DRESSLER

Jubiläumsausgabe

CORNELIA FUNKE

Tintenherz

Mit einem Vorwort und
drei neuen Erzählungen
aus der Tintenwelt

Illustrationen von
Cornelia Funke

Dressler Verlag · Hamburg

MIX
Papier aus verantwortungsvollen Quellen
FSC® C014496

Tintenherz wurde mit der
Kalbacher Klapperschlange ausgezeichnet sowie für den
Deutschen Jugendliteraturpreis nominiert.

Sonderausgabe
1. Auflage 2013

Vorwort und Erzählungen: Cornelia Funke
Alternative Coverillustrationen: Cornelia Funke
Umschlag- und Innenillustrationen: Cornelia Funke
Umschlaggestaltung: Frauke Weise unter Verwendung von
Illustrationen von Cornelia Funke
Satz: CPI – Clausen & Bosse, Leck
Druck und Bindung: GGP Media GmbH, Pößneck
Printed 2013
ISBN 978-3-7915-0495-7

www.dressler-verlag.de
www.corneliafunke.de

Für Anna, die
sogar den »Herrn der Ringe« zur Seite legte,
um dieses Buch zu lesen. (Kann man mehr
von einer Tochter verlangen?)

Und für Elinor,
die mir ihren Namen lieh,
obwohl ich ihn nicht für eine
Elbenkönigin brauchte.

Kam, kam.
Kam ein Wort, kam,
kam durch die Nacht,
wollte leuchten, wollte leuchten.

Asche.
Asche, Asche.
Nacht.

Paul Celan, Engführung

Vorwort

Sind wirklich schon mehr als zwölf Jahre vergangen, seit ich die ersten Sätze von TINTENHERZ geschrieben habe? Ich erinnere mich noch daran, dass ich mir sagte: »Na gut, diese Geschichte wird nur etwas für Bücherfresser. Ich werde sie für all die schreiben, die den gedruckten Buchstaben ebenso verfallen sind wie ich. Es wird das Bekenntnis einer Sucht werden.«

Nie hätte ich gedacht, während ich über Bücherverrückte, Sammler, Buchbinder und Büchermörder recherchierte, dass dieses Buch eines Tages in der ganzen Welt gelesen werden würde und selbst Nichtleser mit dem gedruckten Virus infizieren würde! Das sind für mich die wunderbarsten Früchte, die diese Geschichte getragen hat: all die Briefe von Kindern und Erwachsenen, in denen sie mir berichten, wie die Tintenwelt sie zum Lesen und oft auch zum Schreiben verführt hat. Was kann man einer Geschichtenerzählerin Schöneres berichten?

Ich habe sieben Jahre in der Tintenwelt verbracht. Und das, obwohl ich ursprünglich nur ein einziges Buch schreiben wollte!

Aber die Geschichte wollte es anders.

Auch das haben mich die Tintenbücher gelehrt, dass Geschichten ihren eigenen Willen haben und Schreiberlinge wie Fenoglio und ich wohl doch nur aufschreiben, was sie uns diktieren.

Inzwischen reise ich seit fünf Jahren in einer anderen Welt. Zumindest dachte ich, dass es eine andere ist … Schließlich brachte mich diesmal kein Buch, sondern ein Spiegel dorthin. Aber je weiter ich reise, desto vertrauter sind die Spuren, die ich finde, und die Vermutung wird immer mehr zur Gewissheit, dass diese Welt dieselbe ist, in die ich Staubfinger und Fenoglio gefolgt bin. Eigentlich keine Überraschung. Ich reise immer noch mit demselben Kopf und demselben Herzen.

Es sind ein paar Jahrhunderte vergangen. Die andere Welt ist älter geworden – oder sollte ich besser sagen: jünger, weil sie unserer näher gekommen ist?

Wird Jacob Reckless die Burg des Natternkopfes eines Tages als Ruine besichtigen? Oder einen Nachfahren von Staubfinger in Albert Chanutes Wirtshaus Zum Menschenfresser treffen? So spannend! Wieso gibt es Zauberzungen in unserer Welt? Hat jemand ein Zauberding durch den Spiegel gebracht, mit dem Orpheus, Darius und Mortimer in Berührung gekommen sind?

So viele Fragen. So viele Abenteuer. Und es begann alles vor mehr als zwölf Jahren. Ich hoffe, es werden weitere zwölf. Aber ich will nicht gierig sein. Wann immer diese literarische Reise endet, sie war und ist ein fantastisches Abenteuer!

Ein Fremder in der Nacht

Der Mond schimmerte im Auge des Schaukelpferdes und auch im Auge der Maus, wenn Tolly sie unter dem Kissen hervorholte, um sie anzuschauen. Die Uhr tickte, und in der Stille meinte er kleine nackte Füße über den Boden laufen zu hören, dann Kichern und Wispern und ein Geräusch, als würden die Seiten eines großen Buches umgeblättert.
Lucy M. Boston, Die Kinder von Green Knowe

Es fiel Regen in jener Nacht, ein feiner, wispernder Regen. Noch viele Jahre später musste Meggie bloß die Augen schließen und schon hörte sie ihn, wie winzige Finger, die gegen die Scheibe klopften. Irgendwo in der Dunkelheit bellte ein Hund, und Meggie konnte nicht schlafen, sooft sie sich auch von einer Seite auf die andere drehte.

Unter ihrem Kissen lag das Buch, in dem sie gelesen hatte. Es drückte den Einband gegen ihr Ohr, als wollte es sie wieder zwischen seine bedruckten Seiten locken. »Oh, das ist bestimmt sehr bequem, so ein eckiges, hartes Ding unterm Kopf«, hatte ihr Vater gesagt, als er zum ersten Mal ein Buch unter ihrem Kissen entdeckte. »Gib zu, es flüstert dir nachts seine Geschichte ins Ohr.« – »Manchmal!«, hatte Meggie geantwortet. »Aber es funktioniert nur bei Kindern.« Dafür hatte Mo sie in die Nase gezwickt. Mo. Meggie hatte ihren Vater noch nie anders genannt.

In jener Nacht – mit der so vieles begann und so vieles sich für alle Zeit änderte – lag eins von Meggies Lieblingsbüchern unter ihrem Kissen, und als der Regen sie nicht schlafen ließ, setzte sie sich auf, rieb sich die Müdigkeit aus den Augen und zog das Buch unter dem Kissen hervor. Die Seiten raschelten verheißungsvoll, als sie es aufschlug. Meggie fand, dass dieses erste Flüstern bei jedem Buch etwas anders klang, je nachdem, ob sie schon wusste, was es ihr erzählen würde, oder nicht. Aber jetzt musste erst einmal Licht her. In der Schublade ihres Nachttisches hatte sie eine Schachtel Streichhölzer versteckt. Mo hatte ihr verboten, nachts Kerzen anzuzünden. Er mochte kein Feuer. »Feuer frisst Bücher«, sagte er immer, aber schließlich war sie zwölf Jahre alt und konnte auf ein paar Kerzenflammen aufpassen. Meggie liebte es, bei Kerzenlicht zu lesen. Drei Windlichter und drei Leuchter hatte sie auf dem Fensterbrett stehen. Sie hielt das brennende Streichholz gerade an einen der schwarzen Dochte, als sie draußen die Schritte hörte. Erschrocken pustete sie das Streichholz aus – wie genau sie sich viele Jahre später noch daran erinnerte! –, kniete sich vor das regennasse Fenster und blickte hinaus. Und da sah sie ihn.

Die Dunkelheit war blass vom Regen und der Fremde war kaum mehr als ein Schatten. Nur sein Gesicht leuchtete zu Meggie herüber. Das Haar klebte ihm auf der nassen Stirn. Der Regen triefte auf ihn herab, aber er beachtete ihn nicht. Reglos stand er da, die Arme um die Brust geschlungen, als wollte er sich wenigstens auf diese Weise etwas wärmen. So starrte er zu ihrem Haus herüber.

Ich muss Mo wecken!, dachte Meggie. Aber sie blieb sitzen, mit klopfendem Herzen, und starrte weiter hinaus in die Nacht, als hätte der Fremde sie angesteckt mit seiner Reglosigkeit. Plötzlich drehte er den Kopf und Meggie schien es, als blickte er ihr direkt in die Augen. Sie rutschte so hastig aus dem Bett, dass das aufgeschlagene Buch zu Boden fiel. Barfuß lief sie los, hinaus auf den dunklen Flur. In dem alten Haus war es kühl, obwohl es schon Ende Mai war.

In Mos Zimmer brannte noch Licht. Er war oft bis tief in die Nacht wach und las. Die Bücherleidenschaft hatte Meggie von ihm geerbt. Wenn sie sich nach einem schlimmen Traum zu ihm flüchtete, ließ sie nichts besser einschlafen als Mos ruhiger Atem neben sich und das Umblättern der Seiten. Nichts verscheuchte böse Träume schneller als das Rascheln von bedrucktem Papier.

Aber die Gestalt vor dem Haus war kein Traum.

Das Buch, in dem Mo in dieser Nacht las, hatte einen Einband aus blassblauem Leinen. Auch daran erinnerte Meggie sich später. Was für unwichtige Dinge im Gedächtnis kleben bleiben!

»Mo, auf dem Hof steht jemand!«

Ihr Vater hob den Kopf und blickte sie abwesend an, wie immer, wenn sie ihn beim Lesen unterbrach. Es dauerte jedes Mal ein paar Augenblicke, bis er zurückfand aus der anderen Welt, aus dem Labyrinth der Buchstaben.

»Da steht einer? Bist du sicher?«

»Ja. Er starrt unser Haus an.«

Mo legte das Buch weg. »Was hast du vorm Schlafen gelesen? *Dr. Jekyll und Mr Hyde?*«

Meggie runzelte die Stirn. »Bitte, Mo! Komm mit.«

Er glaubte ihr nicht, aber er folgte ihr. Meggie zerrte ihn so ungeduldig hinter sich her, dass er sich auf dem Flur die Zehen an einem Stapel Bücher stieß. Woran auch sonst? Überall in ihrem Haus stapelten sich Bücher. Sie standen nicht nur in Regalen wie bei anderen Leuten, nein, bei ihnen stapelten sie sich unter den Tischen, auf Stühlen, in den Zimmerecken. Es gab sie in der Küche und auf dem Klo, auf dem Fernseher und im Kleiderschrank, kleine Stapel, hohe Stapel, dicke, dünne, alte, neue ... Bücher. Sie empfingen Meggie mit einladend aufgeschlagenen Seiten auf dem Frühstückstisch, trieben grauen Tagen die Langeweile aus – und manchmal stolperte man über sie.

»Er steht einfach nur da!«, flüsterte Meggie, während sie Mo in ihr Zimmer zog.

»Hat er ein Pelzgesicht? Dann könnte es ein Werwolf sein.«

»Hör auf!« Meggie sah ihn streng an, obwohl seine Scherze ihre Angst vertrieben. Fast glaubte sie schon selbst nicht mehr an die Gestalt im Regen ... bis sie wieder vor ihrem Fenster kniete. »Da! Siehst du ihn?«, flüsterte sie.

Mo blickte hinaus, durch die immer noch rinnenden Regentropfen, und sagte nichts.

»Hast du nicht geschworen, zu uns kommt nie ein Einbrecher, weil es nichts zu stehlen gibt?«, flüsterte Meggie.

»Das ist kein Einbrecher«, antwortete Mo, aber sein Gesicht war so ernst, als er vom Fenster zurücktrat, dass Meggies Herz nur noch schneller klopfte. »Geh ins Bett, Meggie«, sagte er. »Der Besuch ist für mich.«

Und dann war er auch schon aus dem Zimmer – bevor Meggie ihn fragen konnte, was das, um alles in der Welt, für ein Besuch sein sollte, der mitten in der Nacht erschien. Beunruhigt lief sie ihm nach; auf dem Flur hörte sie, wie er die Kette vor der Haustür löste, und als sie in die Eingangsdiele kam, sah sie ihren Vater in der offenen Tür stehen.

Die Nacht drang herein, dunkel und feucht, und das Rauschen des Regens klang bedrohlich laut.

»Staubfinger!«, rief Mo in die Dunkelheit. »Bist du das?«

Staubfinger? Was war das für ein Name? Meggie konnte sich nicht entsinnen, ihn je gehört zu haben, und doch klang er vertraut, wie eine ferne Erinnerung, die nicht recht Gestalt annehmen wollte.

Zuerst blieb es still draußen. Nur der Regen fiel, wispernd und flüsternd, als habe die Nacht plötzlich eine Stimme bekommen. Doch dann näherten sich Schritte dem Haus, und aus der Dunkelheit tauchte der Mann auf, der auf dem Hof gestanden hatte. Der lange Mantel, den er trug, klebte ihm an den Beinen, nass vom Regen, und als der Fremde in das Licht trat, das aus dem Haus nach draußen leckte, glaubte Meggie für den Bruchteil eines Augenblicks, einen kleinen pelzigen Kopf über seiner Schulter zu sehen, der sich schnüffelnd aus seinem Rucksack schob und dann hastig wieder darin verschwand.

Staubfinger fuhr sich mit dem Ärmel über das feuchte Gesicht und streckte Mo die Hand hin.

»Wie geht es dir, Zauberzunge?«, fragte er. »Ist lange her.«

Mo ergriff zögernd die ausgestreckte Hand. »Sehr lange«, sagte er und blickte dabei an seinem Besucher vorbei, als erwartete er, hinter ihm noch eine andere Gestalt aus der Nacht auftauchen zu sehen. »Komm rein, du wirst dir noch den Tod holen. Meggie sagt, du stehst schon eine ganze Weile da draußen.«

»Meggie? Ach ja, natürlich.« Staubfinger ließ sich von Mo ins Haus ziehen. Er musterte Meggie so ausführlich, dass sie vor Verlegenheit nicht wusste, wo sie hinsehen sollte. Schließlich starrte sie einfach zurück.

»Sie ist groß geworden.«

»Du erinnerst dich an sie?«

»Sicher.«

Meggie fiel auf, dass Mo zweimal abschloss.

»Wie alt ist sie jetzt?« Staubfinger lächelte ihr zu. Es war ein seltsames Lächeln. Meggie konnte sich nicht entscheiden, ob es spöttisch, herablassend oder einfach nur verlegen war. Sie lächelte nicht zurück.

»Zwölf«, antwortete Mo.

»Zwölf? Du meine Güte.« Staubfinger strich sich das tropfnasse Haar aus der Stirn. Es reichte ihm fast bis zur Schulter. Meggie fragte sich, welche Farbe es wohl hatte, wenn es trocken war. Die Bartstoppeln um den schmallippigen Mund waren rötlich wie das Fell der streunenden Katze, der Meggie manchmal ein Schälchen Milch vor die Tür stellte. Auch auf seinen Backen sprossen sie, spärlich wie der erste Bart eines jungen Mannes. Die Narben konnten sie nicht verdecken, drei lange blasse Narben. Sie ließen Staubfingers Gesicht aussehen, als wäre es irgendwann zerbrochen und wieder zusammengesetzt worden.

»Zwölf Jahre alt«, wiederholte er. »Natürlich. Damals war sie … drei, nicht wahr?«

Mo nickte. »Komm, ich gebe dir was zum Anziehen.« Er zog seinen Besucher mit sich, voll Ungeduld, als hätte er es plötzlich eilig, ihn vor Meggie zu verbergen. »Und du«, sagte er über die Schulter zu ihr, »du gehst schlafen, Meggie.« Dann zog er ohne ein weiteres Wort die Tür der Werkstatt hinter sich zu.

Meggie stand da und rieb die kalten Füße aneinander. Du gehst schlafen. Manchmal warf Mo sie aufs Bett wie einen Sack Nüsse, wenn es wieder mal zu spät geworden war. Manchmal jagte er sie nach dem Abendessen durchs Haus, bis sie atemlos vor Lachen in ihr Zimmer entkam. Und manchmal war er so müde, dass er sich auf dem Sofa ausstreckte und sie ihm einen Kaffee kochte, bevor sie schlafen ging. Aber nie, niemals zuvor hatte er sie so ins Bett geschickt wie eben.

Eine Ahnung, klebrig von Angst, machte sich in ihrem Herzen breit: dass mit diesem Fremden, dessen Name so seltsam und doch vertraut klang, etwas Bedrohliches in ihr Leben geschlüpft war. Und sie wünschte sich – mit solcher Heftigkeit, dass sie selbst erschrak –, dass sie Mo nicht geholt hätte und dass Staubfinger draußen geblieben wäre, bis der Regen ihn fortgeschwemmt hätte.

Als die Tür zur Werkstatt noch einmal aufging, schrak sie zusammen.

»Du stehst ja immer noch da«, sagte Mo. »Geh ins Bett, Meggie. Los.« Er hatte diese kleine Falte über der Nase, die nur erschien, wenn ihm etwas wirklich Sorgen machte, und blickte durch sie hindurch, als wäre er mit den Gedanken ganz woanders. Die Ahnung in Meggies Herzen wuchs und spreizte schwarze Flügel.

»Schick ihn wieder weg, Mo!«, sagte sie, während er sie auf ihr Zimmer zuschob. »Bitte! Schick ihn weg. Ich kann ihn nicht leiden.«

Mo lehnte sich in ihre offene Tür. »Wenn du morgen aufstehst, ist er fort. Ehrenwort.«

»Ehrenwort? Ohne gekreuzte Finger?« Meggie blickte ihm fest in die Augen. Sie sah immer, wenn Mo log – auch wenn er sich noch so viel Mühe gab, es vor ihr zu verbergen.

»Ohne gekreuzte Finger«, sagte er und hielt zum Beweis beide Hände hoch.

Dann schloss er die Tür hinter sich, obwohl er wusste, dass sie das nicht mochte. Meggie presste lauschend das Ohr dagegen. Sie hörte Geschirr klappern. Ah, der Fuchsbart bekam einen Tee zum Aufwärmen. Ich hoffe, er bekommt eine Lungenentzündung, dachte Meggie. Er musste ja nicht gleich daran sterben wie die Mutter ihrer Englischlehrerin. Meggie hörte, wie der Kessel in der Küche pfiff und Mo mit einem Tablett voll klapperndem Geschirr zurück in die Werkstatt ging.

Nachdem er die Tür zugezogen hatte, wartete sie vorsichtshalber noch ein paar Sekunden, auch wenn es ihr schwerfiel. Dann schlich sie wieder hinaus auf den Flur.

An der Tür zu Mos Werkstatt hing ein Schild, ein schmales Blechschild. Meggie kannte die Wörter darauf auswendig. An den altmodisch spitzgliedrigen Buchstaben hatte sie mit fünf Jahren das Lesen geübt:

Manche Bücher müssen gekostet werden,
manche verschlingt man,
und nur einige wenige kaut man
und verdaut sie ganz.

Damals, als sie noch auf eine Kiste hatte klettern müssen, um das Schild zu entziffern, hatte sie geglaubt, dass das Kauen wörtlich gemeint war, und sich voll Abscheu gefragt, warum Mo ausgerechnet die Worte eines Bücherschänders an seine Tür gehängt hatte.

Inzwischen wusste sie, was gemeint war, aber heute, in dieser Nacht, interessierten sie die geschriebenen Wörter nicht. Die gesprochenen Wörter wollte sie verstehen, die geraunten, leisen, fast unverständlichen Wörter, die die beiden Männer hinter der Tür wechselten.

»Unterschätz ihn nicht!«, hörte sie Staubfinger sagen. Seine Stimme klang so anders als Mos Stimme. Keine Stimme klang so wie die ihres Vaters. Mo konnte Bilder mit ihr in die blanke Luft malen.

»Er würde alles tun, um es zu bekommen!« Das war wieder Staubfinger. »Und alles, glaub mir, heißt alles.«

»Ich werde es ihm nie geben.« Das war Mo.

»Aber er wird es so oder so bekommen! Ich sage es dir noch mal: Sie haben deine Spur.«

»Das wäre nicht das erste Mal. Bisher konnte ich sie immer abschütteln.«

»Ach ja? Und wie lange, denkst du, geht das noch gut? Und was ist mit deiner Tochter? Willst du mir etwa erzählen, dass es ihr gefällt, ständig von Ort zu Ort zu ziehen? Glaub mir, ich weiß, wovon ich rede.«

Hinter der Tür wurde es so still, dass Meggie kaum zu atmen wagte, aus Angst, die beiden Männer könnten es hören.

Dann sprach ihr Vater wieder, zögernd, als fiele es seiner Zunge schwer, die Wörter zu formen. »Und was ... soll ich deiner Meinung nach tun?«

»Komm mit mir. Ich bring dich zu ihnen!« Eine Tasse klirrte. Ein Löffel schlug gegen Porzellan. Wie groß kleine Geräusche in der Stille werden. »Du weißt, Capricorn hält sehr viel von deinen Talenten, er würde sich sicherlich freuen, wenn du es ihm selber bringst! Der Neue, den er als Ersatz für dich aufgetrieben hat, ist ein furchtbarer Stümper.«

Capricorn. Noch so ein seltsamer Name. Staubfinger hatte ihn hervorgestoßen, als könnte ihm der Klang die Zunge zerbeißen. Meggie bewegte die kalten Zehen. Die Kälte zog ihr schon bis in die Nase und sie verstand nicht viel von dem, was die beiden Männer redeten, doch sie versuchte sich jedes einzelne Wort einzuprägen.

In der Werkstatt war es wieder still geworden.

»Ich weiß nicht …«, sagte Mo schließlich. Seine Stimme klang so müde, dass es Meggie das Herz zusammenzog. »Ich muss nachdenken. Was schätzt du, wann seine Männer hier sein werden?«

»Bald!«

Wie ein Stein fiel das Wort in die Stille.

»Bald«, wiederholte Mo. »Na gut. Dann werde ich mich bis morgen entscheiden. Hast du einen Platz zum Schlafen?«

»Oh, der findet sich immer«, antwortete Staubfinger. »Ich komme inzwischen ganz gut zurecht, obwohl mir immer noch alles zu schnell geht.« Sein Lachen klang nicht fröhlich. »Aber ich würde gern erfahren, wie du dich entscheidest. Ist es dir recht, wenn ich morgen wiederkomme? Gegen Mittag?«

»Sicher. Ich hole Meggie um halb zwei von der Schule ab. Komm danach.«

Meggie hörte, wie ein Stuhl zurückgeschoben wurde. Hastig huschte sie zu ihrem Zimmer zurück. Als die Tür der Werkstatt aufging, zog sie gerade ihre Tür hinter sich zu. Die Decke bis ans Kinn gezogen, lag sie da und belauschte, wie ihr Vater sich von Staubfinger verabschiedete. »Also, danke noch mal für die Warnung!«, hörte sie ihn sagen. Dann entfernten sich Staubfingers Schritte, langsam, stockend, als zögerte er fortzugehen, als hätte er noch nicht alles gesagt, was er sagen wollte.

Doch schließlich war er fort und nur der Regen trommelte immer noch mit nassen Fingern gegen Meggies Fenster.

Als Mo ihre Zimmertür öffnete, schloss sie rasch die Augen und versuchte, so langsam zu atmen, wie man es im tiefsten, unschuldigsten Schlaf tut.

Aber Mo war nicht dumm. Manchmal war er geradezu entsetzlich klug. »Meggie, streck mal einen Fuß aus dem Bett«, sagte er.

Widerstrebend schob sie die immer noch kalten Zehen unter der Decke hervor und legte sie in Mos warme Hand.

»Wusste ich's doch«, sagte er. »Du hast spioniert. Kannst du nicht wenigstens ein einziges Mal tun, was ich dir sage?« Mit einem Seufzer schob er ihren Fuß zurück unter die köstlich warme Decke. Dann setzte er sich zu ihr aufs Bett, fuhr sich mit den Händen über das müde Gesicht und blickte aus dem Fenster. Sein Haar war dunkel wie Maulwurfsfell. Meggies Haar war blond wie das ihrer Mutter, von der sie nichts als ein paar blasse Fotos kannte. »Sei froh, dass du ihr mehr ähnelst als mir«, sagte Mo immer. »Mein Kopf würde sich gar nicht gut auf einem Mädchenhals machen.« Aber Meggie hätte ihm gern ähnlicher gesehen. Es gab kein Gesicht auf der Welt, das sie mehr liebte.

»Ich hab sowieso nichts von dem verstanden, was ihr geredet habt«, murmelte sie.

»Gut.«

Mo starrte aus dem Fenster, als stünde Staubfinger immer noch auf dem Hof. Dann stand er auf und ging zur Tür. »Versuch, noch etwas zu schlafen«, sagte er.

Aber Meggie wollte nicht schlafen. »Staubfinger! Was ist das überhaupt für ein Name?«, sagte sie. »Und wieso nennt er dich Zauberzunge?«

Mo antwortete nicht.

»Und dann der, der nach dir sucht ... ich hab gehört, als Staubfinger es gesagt hat ... Capricorn. Wer ist das?«

»Niemand, den du kennenlernen solltest.« Ihr Vater drehte sich nicht um. »Ich dachte, du hättest nichts verstanden? Bis morgen, Meggie.«

Diesmal ließ er die Tür offen. Das Licht aus dem Flur fiel auf ihr Bett. Es mischte sich mit dem Schwarz der Nacht, das durchs Fenster hereinsickerte, und Meggie lag da und wartete, dass die Dunkelheit endlich verschwand und das Gefühl von drohendem Unheil mit sich nehmen würde.

Erst viel später begriff sie, dass das Unheil nicht in dieser Nacht geboren worden war. Es hatte sich nur zurückgeschlichen.

Geheimnisse

»Aber was fangen diese Kinder ohne Geschichtenbücher an?«, fragte Naftali.
Und Reb Zebulun gab zur Antwort: »Sie müssen sich damit abfinden. Geschichtenbücher sind nicht wie Brot. Man kann ohne sie leben.«
»Ich könnte nicht ohne sie leben«, meinte Naftali.
Isaac B. Singer, Naftali, der Geschichtenerzähler, und sein Pferd Sus

Es dämmerte gerade erst, als Meggie aus dem Schlaf fuhr. Über den Feldern verblasste die Nacht, als hätte der Regen den Saum ihres Kleides ausgewaschen. Auf dem Wecker war es kurz vor fünf und Meggie wollte sich auf die Seite drehen und weiterschlafen, als sie plötzlich spürte, dass jemand im Zimmer war. Erschrocken setzte sie sich auf und sah Mo vor ihrem offenen Kleiderschrank stehen.

»Morgen!«, sagte er, während er ihren Lieblingspullover in einen Koffer legte. »Tut mir leid, ich weiß, es ist sehr früh, aber wir müssen verreisen. Wie wär's mit Kakao zum Frühstück?«

Meggie nickte schlaftrunken. Draußen zwitscherten die Vögel so laut, als wären sie schon seit Stunden wach.

Mo warf noch zwei von ihren Hosen in den Koffer, klappte ihn zu und trug ihn zur Tür. »Zieh dir etwas Warmes an«, sagte er. »Es ist kühl draußen.«

»Wohin verreisen wir?«, fragte Meggie, aber er war schon verschwunden. Verstört warf sie einen Blick nach draußen. Fast erwartete sie, Staubfinger dort zu sehen, doch auf dem Hof hüpfte nur eine Amsel über die regenfeuchten Steine. Meggie stieg in ihre Hose und stolperte in die Küche. Auf dem Flur standen zwei Koffer, eine Reisetasche und die Kiste mit Mos Werkzeug.

Ihr Vater saß am Küchentisch und schmierte Brote. Reiseproviant. Als sie in die Küche kam, sah er kurz auf und lächelte ihr zu, aber Meggie sah ihm an, dass er sich Sorgen machte.

»Wir können nicht verreisen, Mo!«, sagte sie. »Ich hab erst in einer Woche Ferien!«

»Und? Es ist schließlich nicht das erste Mal, dass ich wegen eines Auftrags wegmuss, während du Schule hast.«

Da hatte er recht. Es kam sogar oft vor: Jedes Mal, wenn irgendein Antiquar, ein Büchersammler oder eine Bibliothek einen Buchbinder brauchte und Mo den Auftrag bekam, ein paar wertvolle alte Bücher von Schimmel und Staub zu befreien oder ihnen ein neues Kleid zu schneidern. Meggie fand, dass die Bezeichnung »Buchbinder« Mos Arbeit nicht sonderlich gut beschrieb, deshalb hatte sie ihm vor ein paar Jahren ein Schild für seine Werkstatt gebastelt, auf dem *Mortimer Folchart, Bücherarzt* stand. Und dieser Bücherarzt fuhr nie ohne seine Tochter zu seinen Patienten. So war es immer gewesen und so würde es immer sein, gleichgültig, was Meggies Lehrer dazu sagten.

»Wie ist es mit Windpocken? Hab ich die Entschuldigung schon mal benutzt?«

»Letztes Mal. Als wir zu diesem grässlichen Kerl mit den Bibeln mussten.« Meggie musterte Mos Gesicht. »Mo? Müssen wir weg wegen ... gestern Nacht?«

Einen Augenblick lang dachte sie, er würde ihr alles erzählen – was immer es da zu erzählen gab. Aber dann schüttelte er den Kopf.

»Unsinn, nein!«, sagte er und schob die Brote, die er geschmiert hatte, in einen Plastikbeutel. »Deine Mutter hatte eine Tante. Tante Elinor. Wir waren mal bei ihr, als du ganz klein warst. Sie will schon sehr lange, dass ich ihre Bücher in Ordnung bringe. Sie wohnt an einem der oberitalienischen Seen, ich vergess ständig, welcher es ist, aber es ist sehr schön dort, und es sind höchstens sechs, sieben Stunden Fahrt von hier.« Er sah sie nicht an, während er sprach.

Warum muss das gerade jetzt sein?, wollte Meggie fragen. Aber sie tat es nicht. Sie fragte auch nicht, ob er seine Verabredung am Nachmittag vergessen hatte. Sie hatte zu viel Angst vor den Antworten – und davor, dass Mo sie noch einmal belog.

»Ist sie genauso komisch wie die anderen?«, fragte sie nur. Mo hatte mit ihr schon so einiges an Verwandtschaft besucht. Sowohl seine Familie als auch die von Meggies Mutter war groß und, wie es Meggie vorkam, über halb Europa verstreut.

Mo lächelte. »Ein bisschen komisch ist sie schon, aber du wirst mit ihr klarkommen. Sie hat wirklich wunderbare Bücher.«

»Wie lange sind wir denn weg?«

»Kann schon etwas länger werden.«

Meggie trank einen Schluck Kakao. Er war so heiß, dass sie sich die Lippen verbrannte. Hastig presste sie sich das kalte Messer an den Mund.

Mo schob den Stuhl zurück. »Ich muss noch ein paar Sachen in der Werkstatt zusammenpacken«, sagte er. »Aber es dauert nicht lange. Du bist bestimmt todmüde, aber du kannst ja nachher im Bus schlafen.«

Meggie nickte nur und blickte zum Küchenfenster hinaus. Es war ein grauer Morgen. Über den Feldern, die sich die nahen Hügel hinaufzogen, hing Nebel, und Meggie kam es vor, als hätten sich die Schatten der Nacht zwischen den Bäumen versteckt.

»Pack den Proviant ein und nimm dir genug zum Lesen mit!«, rief Mo aus dem Flur. Als ob sie das nicht immer tat. Vor Jahren schon hatte er ihr eine Kiste für ihre Lieblingsbücher gebaut, für all ihre Reisen, kurze und lange, weite und nicht so weite. »Es tut gut, an fremden Orten seine Bücher dabeizuhaben«, sagte Mo immer. Er selbst nahm auch immer mindestens ein Dutzend mit.

Mo hatte die Kiste rot lackiert, rot wie Klatschmohn, Meggies Lieblingsblume, deren Blüten sich so gut zwischen ein paar Buchseiten pressen ließen und deren Stempel einem Sternmuster in die Haut drückten. Auf den Deckel hatte Mo mit wunderschönen, verschlungenen Buchstaben *Meggies Schatzkiste* geschrieben und innen war sie mit glänzend schwarzem Futtertaft ausgeschlagen. Von dem Stoff war allerdings kaum etwas zu sehen, denn Meggie besaß viele Lieblingsbücher. Und immer wieder kam ein Buch dazu, auf einer neuen Reise, an einem anderen Ort. »Wenn du ein Buch auf eine Reise mitnimmst«, hatte Mo gesagt, als er ihr das erste in die Kiste gelegt hatte, »dann geschieht etwas Seltsames: Das Buch wird anfangen, deine Erinnerungen zu sammeln. Du wirst es später nur aufschlagen müssen und schon wirst du wieder dort sein, wo du zuerst darin gelesen hast. Schon mit den ersten Wörtern wird alles zurückkommen: die Bilder, die Gerüche, das Eis, das du beim Lesen gegessen hast ... Glaub mir, Bücher sind wie Fliegenpapier. An nichts haften Erinnerungen so gut wie an bedruckten Seiten.«

Vermutlich hatte er damit recht. Doch Meggie nahm ihre Bücher noch aus einem anderen Grund auf jede Reise mit. Sie waren ihr Zuhause in der Fremde – vertraute Stimmen, Freunde, die sich nie mit ihr stritten, kluge, mächtige Freunde, verwegen und mit allen Wassern der Welt gewaschen, weit gereist, abenteuererprobt. Ihre Bücher munterten sie auf, wenn sie traurig war, und vertrieben ihr die Langeweile, während Mo Leder und Stoffe zuschnitt und alte Seiten neu heftete, die brüchig geworden waren von unzähligen Jahren und ungezählten blätternden Fingern.

Einige Bücher kamen jedes Mal mit, andere blieben zu Hause, weil sie zum Ziel der Reise nicht passten oder einer neuen, noch unbekannten Geschichte Platz machen mussten.

Meggie strich über die gewölbten Rücken. Welche Geschichten sollte sie diesmal mitnehmen? Welche Geschichten halfen gegen die Angst, die gestern Nacht ins Haus geschlichen war? Wie wäre es mit einer Lügengeschichte?, dachte Meggie. Mo log sie an. Er log, obwohl er wusste, dass sie ihm die Lügen jedes Mal an der Nase ansah. *Pinocchio,* dachte Meggie. Nein. Zu unheimlich. Und zu traurig. Aber etwas Spannendes sollte schon dabei sein, etwas, das alle Gedanken aus dem Kopf trieb, auch die dunkelsten. Die Hexen, ja. Die Hexen würden mitkommen, die Hexen mit den kahlen Köpfen, die Kinder in Mäuse verwandeln – und Odysseus mitsamt dem Zyklopen und der Zauberin, die aus Kriegern Schweine macht. Gefährlicher als diese Reise konnte ihre doch nicht werden, oder?

Ganz links steckten zwei Bilderbücher, mit denen Meggie sich das Lesen beigebracht hatte – fünf Jahre alt war sie damals gewesen, die Spur ihres unfassbar winzigen, wandernden Zeigefingers war immer noch auf den Seiten zu sehen – und ganz unten, versteckt unter all den anderen, lagen die Bücher, die Meggie selbst gemacht hatte. Tagelang hatte sie an ihnen herumgeklebt und -geschnitten, hatte immer neue Bilder gemalt, unter die Mo schreiben musste, was darauf zu sehen war: *Ein Engel mit einem glücklichen*

Gesicht, von Meggi für Mo. Ihren Namen hatte sie selbst geschrieben, damals hatte sie das e am Schluss immer weggelassen. Meggie betrachtete die ungelenken Buchstaben und legte das kleine Buch zurück in die Kiste. Mo hatte ihr natürlich beim Binden geholfen. Er hatte all ihre selbst gemachten Bücher mit Einbänden aus bunt gemustertem Papier versehen, und für die übrigen hatte er ihr einen Stempel geschenkt, der ihren Namen und den Kopf eines Einhorns auf der ersten Seite hinterließ, mal mit schwarzer, mal mit roter Tinte, je nachdem, wie es Meggie gefiel. Nur vorgelesen hatte Mo ihr nie aus ihren Büchern. Nicht ein einziges Mal.

Hoch in die Luft hatte er Meggie geworfen, auf den Schultern durchs Haus getragen oder ihr beigebracht, wie sie sich aus Amselfedern ein Lesezeichen basteln konnte. Aber vorgelesen hatte er ihr nie. Nicht ein einziges Mal, nicht ein einziges Wort, sooft sie ihm die Bücher auch auf den Schoß gelegt hatte. Also hatte Meggie sich selbst beibringen müssen, die schwarzen Zeichen zu entziffern, die Schatzkiste zu öffnen …

Meggie richtete sich auf.

Etwas Platz war noch in der Kiste. Vielleicht hatte Mo ja noch ein neues Buch, das sie mitnehmen konnte, besonders dick, besonders wunderbar …

Die Tür zu seiner Werkstatt war verschlossen.

»Mo?« Meggie drückte die Klinke herunter. Der lange Arbeitstisch war wie blank gefegt, nicht ein Stempel, nicht ein Messer, Mo hatte wirklich alles eingepackt. Hatte er doch nicht gelogen?

Meggie betrat die Werkstatt und sah sich um. Die Tür zur Goldkammer stand offen. Eigentlich war es nichts als eine Abstellkammer, aber Meggie hatte den kleinen Raum so getauft, weil ihr Vater dort seine wertvollsten Materialien lagerte: das feinste Leder, die schönsten Stoffe, marmorierte Papiere, Stempel, mit denen man Goldmuster in weiches Leder drückte … Meggie schob den Kopf durch die offen stehende Tür – und sah, wie Mo ein Buch in Packpapier einschlug. Es war nicht besonders groß und auch nicht sonderlich dick. Der Einband aus blassgrünem Leinen sah abgegriffen aus, doch mehr konnte Meggie nicht erkennen, denn Mo verbarg das Buch hastig hinter seinem Rücken, als er sie bemerkte.

»Was machst du hier?«, fuhr er sie an.

»Ich …« Meggie war einen Moment sprachlos vor Schreck, so finster war sein Gesicht. »Ich wollte nur fragen, ob du noch ein Buch für mich hast … die in meinem Zimmer habe ich alle gelesen und …«

Mo fuhr sich mit der Hand übers Gesicht. »Sicher. Irgendwas finde ich bestimmt«, sagte er, aber seine Augen sagten immer noch: Geh weg. Geh weg, Meggie. Und hinter seinem Rücken knisterte das Packpapier. »Ich komm gleich zu dir«, sagte er. »Ich muss nur noch was einpacken, ja?«

Kurz darauf brachte er ihr drei Bücher. Aber das Buch, das er in Packpapier eingeschlagen hatte, war nicht dabei.

Eine Stunde später trugen sie alles hinaus auf den Hof. Meggie fröstelte, als sie nach draußen kam. Es war ein kühler Morgen, kühl wie der Regen der vergangenen Nacht, und die Sonne hing blass am Himmel, wie eine Münze, die jemand dort oben verloren hatte.

Sie wohnten erst seit knapp einem Jahr auf dem alten Hof. Meggie mochte den Ausblick auf die umliegenden Hügel, die Schwalbennester unterm Dach, den ausgetrockneten Brunnen, der einen so schwarz angähnte, als reichte er geradewegs bis hinunter ins

Herz der Erde. Das Haus war ihr immer zu groß und zu zugig gewesen, mit all den leeren Zimmern, in denen fette Spinnen hausten, doch die Miete war günstig und Mo hatte genug Platz für seine Bücher und die Werkstatt. Außerdem gab es einen Hühnerstall neben dem Haus, und die Scheune, in der jetzt nur ihr alter Bus parkte, eignete sich bestens für ein paar Kühe oder ein Pferd. »Kühe muss man melken, Meggie«, hatte Mo gesagt, als sie einmal vorschlug, es doch wenigstens mit zwei oder drei Exemplaren zu versuchen. »Sehr, sehr früh am Morgen. Und jeden Tag.«

»Und was ist mit einem Pferd?«, hatte sie gefragt. »Sogar Pippi Langstrumpf hat ein Pferd, und die hat nicht mal einen Stall.«

Sie wäre auch mit ein paar Hühnern zufrieden gewesen oder einer Ziege, aber auch die musste man jeden Tag füttern, und dafür waren sie zu oft unterwegs. So blieb Meggie nur die orangerote Katze, die ab und zu vorbeigeschlichen kam, wenn es ihr zu anstrengend wurde, sich auf dem Nachbarhof mit den Hunden zu streiten. Der mürrische alte Bauer, der dort wohnte, war ihr einziger Nachbar. Manchmal heulten seine Hunde so jämmerlich, dass Meggie sich die Ohren zuhielt. Zum nächsten Ort, wo sie zur Schule ging und zwei ihrer Freundinnen wohnten, waren es mit dem Rad zwanzig Minuten, aber Mo brachte sie meist mit dem Auto hin, weil es ein einsamer Weg war und die schmale Straße sich an nichts als Feldern und dunklen Bäumen vorbeiwand.

»Himmel, was hast du da reingepackt? Ziegelsteine?«, fragte Mo, als er Meggies Bücherkiste aus dem Haus trug.

»Du sagst es doch selbst immer: Bücher müssen schwer sein, weil die ganze Welt in ihnen steckt«, antwortete Meggie – und brachte ihn zum ersten Mal an diesem Morgen zum Lachen.

Der Bus, der wie ein bunt geschecktes plumpes Tier in der verlassenen Scheune stand, war Meggie vertrauter als alle Häuser, in denen sie mit Mo je gewohnt hatte. Nirgends schlief sie so tief und fest wie in dem Bett, das er ihr in den Bus gebaut hatte. Einen Tisch gab es natürlich auch, eine Kochecke und eine Bank, unter deren Sitzfläche, wenn man sie hochklappte, Reiseführer, Straßenkarten und zerlesene Taschenbücher zum Vorschein kamen.

Ja. Meggie liebte den Bus, aber an diesem Morgen zögerte sie hineinzuklettern. Als Mo noch mal zum Haus zurückging, um die Tür abzuschließen, hatte sie plötzlich das Gefühl, dass sie nie zurückkommen würden, dass diese Reise anders werden würde als all die anderen, dass sie weiter und weiter fahren würden auf der Flucht vor etwas, das keinen Namen hatte. Zumindest keinen, den Mo ihr verriet.

»Also, auf nach Süden!«, sagte er nur, als er sich hinter das Lenkrad klemmte. Und so machten sie sich auf den Weg – ohne von jemandem Abschied zu nehmen, an einem viel zu frühen Morgen, der nach Regen roch.

Doch am Tor wartete Staubfinger schon auf sie.

Nach Süden

»Hinter dem Wilden Wald kommt die weite Welt«, sagte die Ratte. »Und die geht uns nichts an, dich nicht und mich auch nicht. Ich war noch nie drin, und ich gehe auch nicht hinein, und du schon gar nicht, wenn du ein bißchen Verstand hast.«
Kenneth Grahame, Der Wind in den Weiden

Staubfinger musste hinter der Mauer an der Straße gewartet haben. Hundertmal und öfter war Meggie darauf hin- und herbalanciert, bis zu den rostigen Torangeln und wieder zurück, mit fest geschlossenen Augen, damit sie den Tiger deutlicher sehen konnte, der am Fuße der Mauer im Bambus lauerte, die Augen gelb wie Bernstein, oder die Stromschnellen, die rechts und links von ihr schäumten.

Jetzt stand nur Staubfinger da. Aber kein anderer Anblick hätte Meggies Herz schneller schlagen lassen. Er tauchte so plötzlich auf, dass Mo ihn fast überfuhr, nur im Pullover, die Arme fröstelnd um den Leib geschlungen. Sein Mantel war wohl noch feucht vom Regen, doch sein Haar war inzwischen getrocknet. Rotblond sträubte es sich über dem narbigen Gesicht.

Mo stieß einen unterdrückten Fluch aus, stellte den Motor ab und stieg aus dem Bus. Staubfinger setzte sein seltsames Lächeln auf und lehnte sich gegen die Mauer. »Wo willst du hin, Zauberzunge?«, fragte er. »Hatten wir nicht eine Verabredung? Auf die Art hast du mich schon einmal versetzt, erinnerst du dich?«

»Du weißt, warum ich es eilig habe«, antwortete Mo. »Es ist derselbe Grund wie damals.« Er stand immer noch neben der offenen Wagentür, angespannt, als könnte er es nicht erwarten, dass Staubfinger endlich aus dem Weg ging.

Aber der tat, als spürte er nichts von Mos Ungeduld. »Darf ich denn diesmal erfahren, wo du hinwillst?«, fragte er. »Beim letzten Mal musste ich vier Jahre lang nach dir suchen, und mit etwas Pech hätten Capricorns Männer dich vor mir gefunden.« Als er zu Meggie hinübersah, starrte sie feindselig zurück.

Mo schwieg eine Weile, bevor er antwortete. »Capricorn ist im Norden«, sagte er schließlich. »Also fahren wir nach Süden. Oder hat er seine Zelte inzwischen woanders aufgeschlagen?«

Staubfinger blickte die Straße hinunter. In den Schlaglöchern schimmerte der Regen der vergangenen Nacht. »Nein, nein!«, sagte er. »Nein, er ist immer noch im Norden. Das ist das, was man hört, und da du dich ja offenbar wieder mal entschlossen hast, ihm nicht zu geben, was er sucht, mache ich mich wohl besser auch schleunigst auf in den Süden. Ich möchte weiß Gott nicht der sein, von dem Capricorns Männer die schlechte Nachricht hören. Wenn ihr mich also ein Stück mitnehmen würdet ... Ich bin reisefertig!« Die zwei Taschen, die er hinter der Mauer hervorzerrte, sahen aus, als wären sie bereits ein Dutzend Mal um den Globus gereist. Außer ihnen hatte Staubfinger nur noch seinen Rucksack dabei.

Meggie presste die Lippen aufeinander.

Nein, Mo!, dachte sie. Nein, wir nehmen ihn nicht mit! Aber sie brauchte ihren Vater bloß anzusehen, um zu wissen, dass seine Antwort anders lauten würde.

»Nun komm schon!«, sagte Staubfinger. »Was soll ich Capricorns Männern erzählen, wenn sie mich in die Finger bekommen?«

Verloren wie ein ausgesetzter Hund sah er aus, wie er so dastand. Und sosehr Meggie sich auch Mühe gab, etwas Unheimliches an ihm zu entdecken, im blassen Morgenlicht konnte sie nichts finden. Trotzdem wollte sie nicht, dass er mitkam. Auf ihrem Gesicht war das sicher zu deutlich zu lesen, aber keiner der beiden Männer achtete auf sie.

»Glaub mir, ich würde ihnen nicht lange verheimlichen können, dass ich dich gesehen habe«, fuhr Staubfinger fort. »Und außerdem ...«, er zögerte, bevor er den Satz vollendete, »... außerdem bist du mir immer noch was schuldig, oder?«

Mo senkte den Kopf. Meggie sah, wie sich seine Hand fester um die offene Wagentür schloss. »Wenn du es so sehen willst«, sagte er. »Ja, ich nehme an, ich schulde dir was.«

Auf Staubfingers narbigem Gesicht machte sich Erleichterung breit. Schnell warf er sich den Rucksack über die Schulter und kam mit seinen Taschen auf den Bus zu.

»Wartet!«, rief Meggie, als Mo ihm entgegenging, um ihm mit den Taschen zu helfen. »Wenn er mitkommt, will ich erst wissen, warum wir weglaufen. Wer ist dieser Capricorn?«

Mo drehte sich zu ihr um. »Meggie ...«, begann er in dem Tonfall, den sie nur zu gut kannte: Meggie, nun sei nicht so dumm. Meggie, nun komm schon.

Sie öffnete die Bustür und sprang hinaus.

»Meggie, verdammt noch mal! Steig wieder ein. Wir müssen los!«

»Ich steig erst wieder ein, wenn du es mir gesagt hast.«

Mo kam auf sie zu, aber Meggie schlüpfte ihm unter den Händen weg und lief durch das Tor auf die Straße.

»Warum sagst du es mir nicht?«, rief sie.

Die Straße lag so verlassen da, als gäbe es keine anderen Menschen auf der Welt. Ein sachter Wind hatte sich erhoben, er strich Meggie übers Gesicht und ließ die Blätter der Linde rauschen, die an der Straße stand. Der Himmel war immer noch fahl und grau, es wollte einfach nicht heller werden.

»Ich will wissen, was los ist!«, rief Meggie. »Ich will wissen, warum wir um fünf Uhr aufstehen mussten und warum ich nicht zur Schule muss. Ich will wissen, ob wir wiederkommen und wer dieser Capricorn ist!«

Als sie den Namen aussprach, sah Mo sich um, als könnte dieser Fremde, vor dem die beiden Männer offenbar so viel Angst hatten, im nächsten Augenblick aus der leeren Scheune treten, ebenso plötzlich, wie Staubfinger hinter der Mauer aufgetaucht war. Aber der Hof war leer und Meggie war zu wütend, um sich vor jemandem zu fürchten, von dem sie nur den Namen kannte. »Sonst hast du mir immer alles gesagt!«, rief sie ihrem Vater zu. »Immer.«

Aber Mo schwieg. »Ein paar Geheimnisse hat jeder, Meggie«, sagte er schließlich. »Und jetzt steig endlich ein. Wir müssen los.«

Staubfinger musterte erst ihn und dann Meggie mit ungläubigem Gesicht. »Du hast ihr nichts erzählt?«, hörte Meggie ihn mit gesenkter Stimme fragen.

Mo schüttelte den Kopf.

»Aber etwas musst du ihr sagen! Es ist gefährlich, wenn sie nichts weiß. Schließlich ist sie kein kleines Kind mehr.«

»Es ist auch gefährlich, wenn sie es weiß«, antwortete Mo. »Und es würde nichts ändern.«

Meggie stand immer noch auf der Straße. »Ich hab alles gehört, was ihr da redet!«, rief sie. »Was ist gefährlich? Ich steige nicht ein, bevor ich es nicht weiß.«

Mo sagte immer noch nichts.

Staubfinger sah ihn einen Moment lang unschlüssig an, dann stellte er seine Taschen wieder ab. »Also gut«, sagte er. »Dann erzähle ich ihr von Capricorn.«

Langsam kam er auf Meggie zu. Sie machte unwillkürlich einen Schritt zurück.

»Du bist ihm schon begegnet«, sagte Staubfinger. »Es ist lange her, du wirst dich nicht erinnern, du warst noch so klein.« Er hielt die Hand auf Kniehöhe. »Wie soll ich dir erklären, wie er ist? Wenn du sehen müsstest, wie eine Katze einen jungen Vogel frisst, würdest du vermutlich weinen, nicht wahr? Oder versuchen, ihm zu helfen. Capricorn würde den Vogel an die Katze verfüttern, nur um zu sehen, wie sie ihn mit ihren Krallen zerreißt, und das Schreien und Zappeln des kleinen Dings würde ihm schmecken wie Honig.«

Meggie stolperte noch einen Schritt zurück, aber Staubfinger kam weiter auf sie zu.

»Ich nehme nicht an, dass du Spaß daran hast, Menschen Angst zu machen, bis ihre Knie so sehr zittern, dass sie kaum noch stehen können?«, fragte er. »Capricorn findet an nichts mehr Vergnügen. Du glaubst vermutlich auch nicht, dass du dir alles, was du willst, einfach nehmen kannst, egal wie, egal wo. Capricorn glaubt das schon. Und bedauerlicherweise besitzt dein Vater etwas, das er unbedingt haben will.«

Meggie blickte zu Mo hinüber, aber der stand nur da und sah sie an.

»Capricorn kann keine Bücher binden wie dein Vater«, fuhr Staubfinger fort. »Er versteht sich auf nichts besonders gut, nur auf das eine: das Angstmachen. Darin ist er der Meister. Er lebt davon. Obwohl ich glaube, dass er selbst gar nicht weiß, wie es sich anfühlt, wenn die Angst einem die Glieder lähmt und kleinmacht. Aber er weiß ganz genau, wie man sie ruft und verbreitet, in Häusern und Betten, in Herzen und Köpfen. Seine Männer tragen die Angst aus wie schwarze Post, sie schieben sie unter die Türen und in die Briefkästen, pinseln sie an Mauern und Stalltüren, bis sie sich ganz von selbst verbreitet, lautlos und stinkend wie die Pest.« Staubfinger stand jetzt ganz dicht vor Meggie. »Capricorn hat viele Männer«, sagte er leise. »Die meisten sind bei ihm, seit sie Kinder waren, und sollte Capricorn einem von ihnen befehlen, dir ein Ohr oder die Nase abzuschneiden, so wird der es ohne ein Wimpernzucken tun. Sie kleiden sich gern schwarz wie die Saatkrähen, nur ihr Anführer trägt ein weißes Hemd unter der rußschwarzen Jacke, und solltest du jemals einem von ihnen begegnen, dann mach dich klein, ganz klein, damit sie dich vielleicht übersehen. Verstanden?«

Meggie nickte. Sie konnte kaum atmen, so heftig schlug ihr Herz.

»Ich kann verstehen, dass dein Vater dir nie von Capricorn erzählt hat«, sagte Staubfinger und blickte sich zu Mo um. »Ich würde meinen Kindern auch lieber von netten Menschen erzählen.«

»Ich weiß, dass es nicht nur nette Menschen gibt!« Meggie konnte nicht verhindern, dass ihre Stimme vor Ärger zitterte. Vielleicht war auch etwas Angst dabei.

»Ach ja? Woher?« Da war es wieder, das rätselhafte Lächeln, traurig und überheblich zugleich. »Hast du es etwa schon einmal mit einem richtigen Bösewicht zu tun gehabt?«

»Ich hab von ihnen gelesen.«

Staubfinger lachte auf. »Nun, stimmt, das ist fast dasselbe«, sagte er. Sein Spott brannte wie Brennnesselgift. Er beugte sich zu Meggie herunter und sah ihr ins Gesicht. »Ich wünsche dir trotzdem, dass es beim Lesen bleibt«, sagte er leise.

Mo verstaute Staubfingers Taschen ganz hinten im Bus. »Ich hoffe, du hast da nichts drin, was uns um die Ohren fliegen könnte«, sagte er, während Staubfinger sich hinter Meggies Sitz hockte. »Bei deinem Handwerk würde mich das nicht wundern.«

Bevor Meggie fragen konnte, was für ein Handwerk das war, öffnete Staubfinger seinen Rucksack und hob behutsam ein verschlafen blinzelndes Tier heraus. »Da wir offenbar eine längere gemeinsame Reise vor uns haben«, sagte er zu Mo, »möchte ich deiner Tochter jemanden vorstellen.«

Fast so groß wie ein Kaninchen war das Tier, aber viel schlanker, mit einem Schwanz, der buschig wie ein Pelzkragen gegen Staubfingers Brust drückte. Es bohrte schmale Krallen in seinen Ärmel, während es Meggie mit glänzend schwarzen Knopfaugen musterte, und als es gähnte, entblößte es nadelspitze Zähne.

»Das ist Gwin«, erklärte Staubfinger. »Wenn du willst, kannst du ihm die Ohren kraulen. Er ist gerade sehr schläfrig, da wird er schon nicht beißen.«

»Tut er das sonst?«, fragte Meggie.

»Allerdings«, sagte Mo, während er sich wieder hinter das Steuer schob. »Wenn ich du wäre, würde ich die Finger von dem kleinen Biest lassen.«

Aber Meggie konnte von keinem Tier die Finger lassen, selbst wenn es noch so spitze Zähne hatte. »Es ist ein Marder oder so was, stimmt's?«, fragte sie, während sie vorsichtig mit den Fingerspitzen über eins der runden Ohren strich.

»So etwas in der Art.« Staubfinger griff in die Hosentasche und schob Gwin ein Stück trockenes Brot zwischen die Zähne. Meggie kraulte den kleinen Kopf, während er kaute – und stieß mit den Fingerspitzen auf etwas Hartes unter dem seidigen Fell: winzige Hörner, gleich neben den Ohren. Erstaunt zog sie die Hand zurück. »Marder haben Hörner?«

Staubfinger zwinkerte ihr zu und ließ Gwin zurück in den Rucksack klettern. »Der hier schon«, sagte er.

Meggie beobachtete verwirrt, wie er die Riemen zuzog. Sie glaubte, Gwins Hörnchen immer noch unter den Fingern zu spüren.

»Mo, wusstest du, dass Marder Hörner haben?«, fragte sie.

»Ach was, die hat Staubfinger dem bissigen kleinen Teufel angeklebt. Für seine Vorstellungen.«

»Was für Vorstellungen?« Meggie sah erst Mo und dann Staubfinger fragend an, aber Mo ließ nur den Motor an und Staubfinger zog seine Stiefel aus, die eine ebenso weite Reise hinter sich zu haben schienen wie seine Taschen, und streckte sich mit einem tiefen Seufzer auf Mos Bett aus. »Kein Wort, Zauberzunge«, sagte er, bevor er die Augen schloss. »Ich verrate nichts über deine Geheimnisse, aber dafür plauderst du auch nicht die meinen aus. Außerdem muss es für dieses erst dunkel werden.«

Meggie zerbrach sich bestimmt eine Stunde lang immer noch den Kopf darüber, was diese Antwort bedeuten könnte. Aber noch mehr beschäftigte sie eine andere Frage.

»Mo«, fragte sie, als Staubfinger hinter ihnen zu schnarchen begann, »was will dieser … Capricorn von dir?« Sie senkte die Stimme, bevor sie den Namen aussprach, als könnte sie ihm damit etwas von seiner Bedrohlichkeit nehmen.

»Ein Buch«, antwortete Mo, ohne den Blick von der Straße zu wenden.

»Ein Buch? Warum gibst du es ihm nicht?«

»Das geht nicht. Ich werd es dir bald erklären, aber nicht jetzt. In Ordnung?«

Meggie blickte aus dem Busfenster. Die Welt, die vorbeizog, sah schon jetzt fremd aus – fremde Häuser, fremde Straßen, fremde Felder, selbst die Bäume und der Himmel sahen fremd aus, aber daran war Meggie gewöhnt. Noch nie hatte sie sich an einem Ort wirklich zu Hause gefühlt. Mo war ihr Zuhause, Mo und ihre Bücher und vielleicht noch dieser Bus, der sie von einem fremden Ort zum anderen brachte.

»Diese Tante, zu der wir fahren«, fragte sie, als sie durch einen endlos langen Tunnel fuhren, »hat sie Kinder?«

»Nein«, antwortete Mo. »Und ich fürchte, sie mag sie auch nicht besonders. Aber wie gesagt, du wirst schon mit ihr klarkommen.«

Meggie seufzte. Sie erinnerte sich an einige Tanten, und mit keiner war sie sonderlich gut klargekommen.

Aus den Hügeln waren Berge geworden, die Hänge zu beiden Seiten der Straße wurden immer schroffer, und irgendwann sahen die Häuser nicht nur fremd, sondern anders aus. Meggie versuchte, sich die Zeit zu vertreiben, indem sie die Tunnel zählte, doch als der neunte sie verschluckte und die Dunkelheit gar kein Ende nehmen wollte, schlief sie ein. Sie träumte von Mardern in schwarzen Jacken und einem Buch in braunem Packpapier.

Ein Haus voller Bücher

»Mein Garten bleibt mein Garten«, sagte der Riese, »alle verstehen das, und niemand soll darin spielen als ich.«
Oscar Wilde, Der selbstsüchtige Riese

Meggie wachte davon auf, dass es still war.

Das gleichmäßige Brummen des Motors, das sie in den Schlaf gelullt hatte, war verstummt, und der Fahrersitz neben ihr war leer. Meggie brauchte einige Zeit, bis sie sich erinnerte, warum sie nicht in ihrem Bett lag. An der Windschutzscheibe klebten winzige tote Fliegen, und der Bus parkte vor einem Eisentor. Es sah Furcht einflößend aus mit all den matt glänzenden Spitzen, ein Tor aus Spießen, das nur darauf wartete, dass jemand versuchte, sich hinüberzuschwingen und zappelnd daran hängen blieb. Sein Anblick erinnerte Meggie an eine ihrer Lieblingsgeschichten, die vom selbstsüchtigen Riesen, der keine Kinder in seinem Garten haben wollte. Genau so hatte sie sich sein Tor immer vorgestellt.

Mo stand auf der Straße, zusammen mit Staubfinger. Meggie stieg aus und lief zu ihnen. Die Straße grenzte zur Rechten an einen dicht bewachsenen Abhang, der steil abfiel zum Ufer eines großen Sees. Die Hügel auf der anderen Seite ragten aus dem Wasser wie Berge, die darin ertrunken waren. Das Wasser war fast schwarz, am Himmel machte sich schon der Abend breit und spiegelte sich dunkel in den Wellen. In den Häusern am Ufer flammten die ersten Lichter auf wie Glühwürmchen oder herabgefallene Sterne.

»Schön, nicht wahr?« Mo legte Meggie den Arm um die Schultern. »Du magst doch Räubergeschichten. Siehst du die Burgruine da? Auf der hat mal eine berüchtigte Räuberbande gehaust. Ich muss Elinor danach fragen. Sie weiß alles über diesen See.«

Meggie nickte nur und lehnte den Kopf gegen seine Schulter. Ihr war schwindlig vor Müdigkeit, aber Mos Gesicht war zum ersten Mal seit ihrem Aufbruch nicht mehr dunkel vor Sorge. »Wo wohnt sie denn nun?«, fragte sie und verkniff sich ein Gähnen. »Doch wohl nicht hinter dem Stacheltor da, oder?«

»O doch. Das ist der Eingang zu ihrem Grundstück. Nicht sehr einladend, stimmt's?« Mo lachte und zog Meggie über die Straße. »Elinor ist sehr stolz auf dieses Tor. Sie hat es eigens anfertigen lassen, nach einem Bild in einem Buch.«

»Ein Bild vom Garten des selbstsüchtigen Riesen?«, murmelte Meggie, während sie durch die kunstvoll verschlungenen Eisenstäbe lugte.

»Der selbstsüchtige Riese?« Mo lachte. »Nein, ich glaube, es war eine andere Geschichte. Obwohl die sehr gut zu Elinor passen würde.«

An das Tor grenzten zu beiden Seiten hohe Hecken, die jede Sicht auf das, was hinter ihnen lag, mit dornigen Zweigen verwehrten. Aber auch durch die Eisenstäbe konnte Meggie außer ausladenden Rhododendronbüschen und einem breiten Kiesweg, der bald zwischen ihnen verschwand, nichts Verheißungsvolles entdecken.

»Das sieht nach reicher Verwandtschaft aus, nicht wahr?«, raunte Staubfinger ihr ins Ohr.

»Ja, Elinor ist ziemlich reich«, sagte Mo und zog Meggie von dem Tor zurück. »Aber vermutlich wird sie irgendwann arm wie eine Kirchenmaus enden, weil sie ihr ganzes Geld für Bücher ausgibt. Ich fürchte, sie würde ohne Zögern ihre Seele verkaufen, wenn der Teufel ihr dafür das richtige Buch böte.« Mit einem Ruck stieß er das schwere Tor auf.

»Was tust du?«, fragte Meggie alarmiert. »Da können wir doch nicht einfach rein.« Das Schild neben dem Tor war immer noch deutlich zu lesen, auch wenn ein paar Buchstaben schon hinter den Zweigen der Hecke verschwanden. PRIVATBESITZ. ZUTRITT FÜR UNBEFUGTE VERBOTEN. Für Meggie klang das wirklich nicht sehr einladend.

Doch Mo lachte nur. »Keine Sorge«, sagte er und stieß das Tor noch weiter auf. »Das Einzige, was bei Elinor mit einer Alarmanlage gesichert ist, ist ihre Bibliothek. Wer durch ihr Tor spaziert, ist ihr egal. Sie ist nicht gerade das, was man eine ängstliche Frau nennt. Und sehr viel Besuch bekommt sie ohnehin nicht.«

»Was ist mit Hunden?« Staubfinger lugte mit besorgtem Gesicht in den fremden Garten. »Dieses Tor sieht nach mindestens drei kälbergroßen bissigen Hunden aus.«

Aber Mo schüttelte nur den Kopf. »Elinor verabscheut Hunde«, sagte er, während er zurück zum Bus ging. »Und nun steigt ein.«

Das Grundstück von Meggies Tante glich eher einem Wald als einem Garten. Schon bald hinter dem Tor beschrieb der Weg eine Biegung, als wollte er Schwung holen, bevor er weiter den Hang hinaufführte, dann verlor er sich zwischen dunklen Tannen und Kastanienbäumen. Sie säumten ihn so dicht, dass ihre Zweige einen Tunnel bildeten, und Meggie glaubte schon, dass er nie ein

Ende nehmen würde, als die Bäume plötzlich zurückwichen und der Weg in einen kiesbestreuten Platz, umgeben von sorgsam gepflegten Rosenbeeten, mündete.

Ein grauer Kombi stand auf dem Kies, vor einem Haus, das größer war als die Schule, die Meggie das letzte Jahr besucht hatte. Sie versuchte, die Fenster zu zählen, doch sie gab es schnell auf. Es war ein sehr schönes Haus, aber es wirkte ebenso wenig einladend wie das Eisentor an der Straße. Vielleicht sah der ockergelbe Putz nur in der Abenddämmerung so schmutzig aus. Und vielleicht waren die grünen Fensterläden nur deshalb geschlossen, weil die Nacht schon hinter den umliegenden Bergen saß. Vielleicht. Aber Meggie hätte einiges darauf verwettet, dass sie sich auch tagsüber nur selten öffneten. Die Haustür aus dunklem Holz sah so abweisend aus wie ein zugekniffener Mund, und Meggie fasste unwillkürlich nach Mos Hand, als sie darauf zugingen.

Staubfinger folgte ihnen nur zögernd, den zerschlissenen Rucksack, in dem Gwin wohl immer noch schlief, über der Schulter. Als Mo mit Meggie vor die Tür trat, blieb er ein paar Schritte hinter ihnen stehen und musterte unbehaglich die verschlossenen Fensterläden, als verdächtigte er die Hausherrin, sie von irgendeinem der Fenster aus zu beobachten.

Neben der Haustür war ein kleines vergittertes Fenster, das einzige, das sich nicht hinter grünen Läden verbarg. Darunter hing wieder ein Schild.

SOLLTEN SIE MEINE ZEIT MIT NICHTIGKEITEN
VERSCHWENDEN WOLLEN,
DANN GEHEN SIE BESSER GLEICH WIEDER

Meggie warf Mo einen besorgten Blick zu, aber der schnitt ihr nur aufmunternd eine Grimasse und klingelte.

Meggie hörte, wie die Glocke durch das große Haus schrillte. Dann passierte für eine ganze Weile nichts. Nur eine Elster flatterte schimpfend aus einem der Rhododendronbüsche, die um das Haus herum wuchsen, und ein paar fette Spatzen pickten hektisch im Kies nach unsichtbaren Insekten. Meggie warf ihnen gerade ein paar Brotkrümel zu, die sie noch in der Jackentasche hatte – von einem Picknick an einem längst vergessenen Tag –, als die Tür abrupt aufgerissen wurde.

Die Frau, die heraustrat, war älter als Mo, ein gutes Stück älter – obwohl Meggie sich nie ganz sicher war, was das Alter Erwachsener betraf. Ihr Gesicht erinnerte Meggie an das einer Bulldogge, aber vielleicht lag das mehr am Ausdruck als an dem Gesicht selber. Sie trug einen mausgrauen Pullover über einem aschgrauen Rock, eine Perlenkette um den kurzen Hals und Filzpantoffeln an den Füßen, wie Meggie sie mal in einem Schloss hatte anziehen müssen, das Mo und sie besichtigten. Elinors Haar wurde schon grau, sie hatte es hochgesteckt, doch überall hingen Strähnen heraus, als hätte sie es hastig getan und voll Ungeduld. Elinor sah nicht so aus, als verbrächte sie allzu viel Zeit vor dem Spiegel.

»Herrgott, Mortimer! Na, wenn das keine Überraschung ist!«, sagte sie, ohne Zeit an eine Begrüßung zu verschwenden. »Wo kommst du denn her?« Ihre Stimme klang barsch, aber ihr Gesicht konnte nicht ganz verbergen, dass sie sich über Mos Anblick freute.

»Hallo, Elinor«, sagte Mo und legte Meggie die Hand auf die Schulter. »Erinnerst du dich an Meggie? Sie ist ziemlich groß geworden, wie du siehst.«

Elinor warf Meggie einen kurzen irritierten Blick zu. »Ja, das sehe ich«, sagte sie. »Aber Kinder haben es schließlich an sich zu wachsen, nicht wahr? Und soweit ich mich erinnere, habe ich weder dich noch deine Tochter in den letzten Jahren zu Gesicht bekommen. Was verschafft mir ausgerechnet heute die unerwartete Ehre deines Besuches? Willst du dich doch endlich meiner armen Bücher erbarmen?«

»Ganz genau.« Mo nickte. »Einer meiner Aufträge hat sich verschoben, ein Bibliotheksauftrag, du weißt ja, den Bibliotheken fehlt es immer an Geld.«

Meggie musterte ihn beunruhigt. Sie hatte nicht gewusst, dass er so überzeugend lügen konnte.

»Durch die Eile«, fuhr Mo fort, »konnte ich Meggie so schnell nirgendwo anders unterbringen, deshalb habe ich sie mitgebracht. Ich weiß, du magst keine Kinder, aber Meggie schmiert keine Marmelade in Bücher und sie reißt auch keine Seiten heraus, um tote Frösche damit einzuwickeln.«

Elinor ließ ein missbilligendes Brummen hören und musterte Meggie, als würde sie ihr jede Schandtat zutrauen, gleichgültig, was ihr Vater über sie sagte. »Als du sie das letzte Mal mitgebracht hast, konnten wir sie wenigstens in einen Laufstall sperren«, stellte sie mit kalter Stimme fest. »Das dürfte inzwischen wohl nicht mehr möglich sein.« Noch einmal betrachtete sie Meggie von Kopf bis Fuß – wie ein gefährliches Tier, das sie in ihr Haus lassen sollte.

Meggie spürte, wie ihr das Blut vor Ärger ins Gesicht schoss. Sie wollte nach Hause oder zurück in den Bus, irgendwohin, nur nicht im Haus dieser abscheulichen Frau bleiben, die ihr mit ihren kalten Kieselaugen Löcher ins Gesicht starrte.

Elinors Blick ließ von ihr ab und wanderte zu Staubfinger, der immer noch verlegen im Hintergrund stand. »Und das?« Fragend sah sie Mo an. »Kenne ich den auch schon?«

»Das ist Staubfinger, ein ... Freund von mir.« Vielleicht fiel nur Meggie Mos Zögern auf. »Er will weiter nach Süden, aber vielleicht könntest du ihn eine Nacht in einem deiner zahllosen Zimmer unterbringen?«

Elinor verschränkte die Arme. »Nur unter der Bedingung, dass sein Name keinerlei Bezug dazu hat, wie er mit Büchern umgeht«, sagte sie. »Allerdings wird er sich mit einer recht notdürftigen Unterkunft unter dem Dach zufriedengeben müssen, denn meine Bibliothek ist in den letzten Jahren sehr gewachsen und hat fast all meine Gästezimmer verschlungen.«

»Wie viele Bücher haben Sie denn?«, fragte Meggie. Sie war aufgewachsen zwischen Bücherstapeln, aber sie konnte sich beim besten Willen nicht vorstellen, dass sich hinter all den Fenstern dieses großen, großen Hauses Bücher verbargen.

Elinor musterte sie noch einmal, diesmal mit unverhohlener Verachtung. »Wie viele?«, wiederholte sie. »Glaubst du etwa, ich zähle sie wie Knöpfe oder Erbsen? Es sind viele, sehr viele. Vermutlich stehen in jedem Zimmer dieses Hauses mehr Bücher, als du jemals lesen wirst – und einige sind so wertvoll, dass ich dich ohne zu zögern erschießen würde, solltest du es wagen, sie anzufassen. Aber da du ja, wie dein Vater versichert, ein kluges Mädchen bist, wirst du das natürlich ohnehin nicht tun, oder?«

Meggie antwortete nicht. Stattdessen malte sie sich aus, wie sie sich auf die Zehenspitzen stellte und der alten Hexe dreimal auf den Kopf spuckte.

Mo aber lachte. »Du hast dich nicht verändert, Elinor«, stellte er fest. »Eine Zunge so scharf wie ein Papiermesser. Doch ich warne dich: Wenn du Meggie erschießt, mache ich dasselbe mit deinen Lieblingsbüchern.«

Elinors Lippen kräuselten sich zu einem käferkleinen Lächeln. »Gute Antwort«, sagte sie und trat zur Seite. »Du hast dich offenbar auch nicht verändert. Kommt rein. Ich werde dir die Bücher zeigen, die deine Hilfe brauchen. Und noch ein paar andere.«

Meggie hatte immer geglaubt, dass Mo viele Bücher besaß. Nachdem sie Elinors Haus betreten hatte, glaubte sie das nie wieder.

Es gab keine herumliegenden Stapel wie bei Meggie zu Hause. Jedes Buch hatte offenbar seinen Platz. Doch wo andere Menschen Tapeten haben, Bilder oder einfach ein Stück leere Wand, hatte Elinor Bücherregale. In der Eingangshalle, durch die sie sie zuerst führte, waren es weiße Regale, die sich bis zur Decke streckten, in dem Zimmer, das sie danach durchquerten, waren sie schwarz wie die Fliesen auf dem Boden, ebenso wie in dem Flur, der darauf folgte.

»Diese da«, verkündete Elinor mit wegwerfender Geste, während sie an den dicht gedrängt stehenden Bücherrücken vorbeischritt, »haben sich im Laufe der Jahre angesammelt. Sie sind nicht weiter wertvoll, meist von minderer Qualität, nichts Außergewöhnliches. Sollten sich gewisse Finger nicht beherrschen können und irgendwann eins davon herausziehen«, sie warf Meggie einen kurzen Blick zu, »so wird das keine ernsthafteren Folgen haben. Solange diese Finger, nachdem ihre Neugier befriedigt ist, jedes Buch wieder an seinen Platz stellen und keine unappetitlichen Lesezeichen darin hinterlassen.« Bei diesen Worten drehte Elinor sich zu Mo um. »Glaub es oder glaub es nicht!«, sagte sie. »In einem der letzten Bücher, die ich gekauft habe, einer wunderschönen Erstausgabe aus dem neunzehnten Jahrhundert, habe ich doch tatsächlich eine eingetrocknete Salamischeibe als Lesezeichen gefunden.«

Meggie musste kichern, was ihr natürlich auf der Stelle einen weiteren wenig freundlichen Blick eintrug. »Das ist nicht zum Lachen, junge Dame«, sagte Elinor. »Einige der wunderbarsten Bücher, die je gedruckt wurden, gingen verloren, weil irgendein Hohlkopf von Fischhändler sie zerpflückt hat, um in die Seiten seine stinkenden Fische zu wickeln. Im Mittelalter wurden Tausende von Büchern vernichtet, weil man aus ihren Einbänden Schuhsohlen schnitt oder Dampfbäder mit ihrem Papier beheizte.« Die Erinnerung an so unglaubliche, wenn auch schon viele Jahrhunderte zurückliegende Schandtaten ließ Elinor nach Luft schnappen. »Gut, lassen wir das!«, stieß sie hervor. »Sonst rege ich mich zu sehr auf, mein Blutdruck ist eh viel zu hoch.«

Sie war vor einer Tür stehen geblieben. Auf das weiße Holz war ein Anker gemalt, um den sich ein Delphin wand. »Das ist das Zeichen eines berühmten Druckers«, erklärte Elinor und strich mit dem Finger über die spitze Delphinnase. »Genau das Richtige für den Eingang zu einer Bibliothek, oder?«

»Ich weiß«, sagte Meggie. »Aldus Manutius. Er lebte in Venedig. Er hat Bücher gedruckt, die gerade so groß waren, dass sie gut in die Satteltaschen seiner Auftraggeber passten.«

»Ach ja?« Elinor runzelte irritiert die Stirn. »Das wusste ich nicht. Auf jeden Fall bin ich die glückliche Besitzerin eines Buches, das er eigenhändig gedruckt hat. Und zwar im Jahre 1503.«

»Sie meinen, es stammt aus seiner Werkstatt«, korrigierte Meggie.

»Natürlich meine ich das.« Elinor räusperte sich und musterte

Mo so vorwurfsvoll, als könnte nur er daran schuld sein, dass seine Tochter so extravagante Dinge wusste. Dann legte sie ihre Hand auf die Klinke. »Durch diese Tür«, sagte sie, während sie die Klinke mit fast weihevoller Andacht herunterdrückte, »ist noch nie ein Kind gegangen, aber da dein Vater dir vermutlich einen gewissen Respekt vor Büchern beigebracht hat, mache ich eine Ausnahme. Jedoch nur unter der Bedingung, dass du von den Regalen mindestens drei Schritte Abstand hältst. Akzeptierst du diese Bedingung?«

Einen Augenblick lang wollte Meggie ablehnen. Zu gern hätte sie Elinor dadurch verblüfft, dass sie ihre kostbaren Bücher mit Verachtung strafte. Aber sie konnte nicht. Ihre Neugier war einfach zu stark. Fast kam es ihr vor, als könnte sie die Bücher durch die halb offene Tür flüstern hören. Tausend unbekannte Geschichten versprachen sie ihr, tausend Türen zu tausend nie geschauten Welten. Die Versuchung war stärker als Meggies Stolz.

»Akzeptiert«, murmelte sie und verschränkte die Hände hinter dem Rücken. »Drei Schritte.« Ihre Finger kribbelten vor Begierde.

»Kluges Kind«, sagte Elinor in so herablassendem Ton, dass Meggie ihre Entscheidung beinahe rückgängig gemacht hätte. Dann betraten sie Elinors Allerheiligstes.

»Du hast sie renovieren lassen!«, hörte Meggie Mo sagen. Er sagte noch etwas, aber sie hörte nicht mehr zu. Sie starrte nur die Bücher an. Die Regale, in denen sie standen, dufteten nach frisch geschlagenem Holz. Sie reichten bis hinauf zu einer himmelblauen Decke, von der winzige Lampen wie angebundene Sterne hingen. Schmale Holztreppen, versehen mit Rollen, standen vor den Regalen, bereit, jeden begierigen Leser hinauf zu den oberen Borden zu tragen. Es gab Lesepulte, auf denen aufgeschlagene Bücher lagen, angekettet mit messinggoldenen Ketten. Es gab Glasvitrinen, in denen Bücher mit altersfleckigen Seiten jedem, der näher trat, die wunderbarsten Bilder zeigten. Meggie konnte nicht anders. Ein Schritt, ein hastiger Blick zu Elinor, die ihr zum Glück den Rücken zukehrte, und sie stand vor der Vitrine. Tiefer und tiefer beugte sie sich über das Glas, bis sie sich die Nase daran stieß.

Stachlige Blätter rankten sich um blassbraune Buchstaben. Ein winziger roter Drachenkopf spuckte Blüten auf das fleckige Papier. Reiter auf weißen Pferden blickten Meggie an, als wäre kaum ein Tag vergangen, seit jemand sie mit winzigen Pinseln aus Marderhaar gemalt hatte. Neben ihnen stand ein Paar, vielleicht war es ein Brautpaar. Ein Mann mit feuerrotem Hut musterte die beiden feindselig.

»Das sollen drei Schritte sein?«

Meggie fuhr erschrocken herum, aber Elinor schien nicht allzu verärgert zu sein. »Ja, die Kunst der Buchmalerei!«, sagte sie. »Früher konnten nur die Reichen lesen. Deshalb gab man den Armen Bilder zu den Buchstaben, damit sie die Geschichten verstehen konnten. Natürlich dachte man nicht an ihr Vergnügen, die Armen waren zum Arbeiten auf der Welt, nicht, um glücklich zu sein oder sich schöne Bilder anzusehen. Das war den Reichen vorbehalten. Nein. Man wollte sie belehren. Meistens waren es Geschichten aus der Bibel, die ohnehin jeder kannte. Die Bücher lagen in den Kirchen aus, und jeden Tag wurde eine Seite umgeblättert, um ein anderes Bild zu zeigen.«

»Und dieses Buch?«, fragte Meggie.

»Oh, ich denke, das lag nie in der Kirche«, antwortete Elinor. »Das diente wohl eher dem Vergnügen eines sehr reichen Mannes, aber es ist fast sechshundert Jahre alt.« Der Stolz in ihrer Stimme war nicht zu überhören. »Wegen eines solchen Buches hat es schon Mord und Totschlag gegeben. Ich brauchte es zum Glück nur zu kaufen.«

Bei den letzten Worten drehte sie sich abrupt um und musterte Staubfinger, der ihnen lautlos wie eine Katze auf der Jagd gefolgt war. Für einen Moment dachte Meggie, Elinor würde ihn auf den Flur zurückschicken, doch Staubfinger stand mit so ehrfürchtiger Miene vor den Regalen, die Hände auf dem Rücken verschränkt, dass er ihr keinen Anlass bot, und so warf sie ihm nur einen letzten missbilligenden Blick zu und kehrte zu Mo zurück.

Er stand vor einem der Lesepulte und hielt ein Buch in der Hand, dessen Rücken nur noch an ein paar Fäden hing. Ganz vorsichtig hielt er es, wie einen Vogel, der sich den Flügel gebrochen hatte.

»Nun?«, fragte Elinor besorgt. »Kannst du es retten? Ich weiß, es ist in furchtbarem Zustand, und die anderen sind, fürchte ich, nicht viel besser dran, aber …«

»Das lässt sich alles beheben.« Mo legte das Buch zur Seite und begutachtete ein weiteres. »Aber ich denke, ich werde mindestens zwei Wochen brauchen. Wenn ich nicht zusätzliches Material besorgen muss. Das könnte die Sache noch um einiges verlängern. Erträgst du unsere Gegenwart so lange?«

»Selbstverständlich.« Elinor nickte, doch Meggie bemerkte den Blick, den sie in Staubfingers Richtung warf. Er stand immer noch vor den Regalen gleich neben der Tür und schien vollkommen in die Betrachtung der Bücher versunken zu sein, doch Meggie hatte den Eindruck, dass ihm nichts von dem entging, was hinter seinem Rücken gesprochen wurde.

In Elinors Küche gab es keine Bücher, nicht ein einziges, aber sie bekamen dort ein ausgezeichnetes Abendessen, an einem Holztisch, der, wie Elinor versicherte, aus der Schreibstube eines Klosters in Italien stammte. Meggie bezweifelte das. Soweit sie wusste, hatten die Mönche in den Skriptorien der Klöster an Tischen mit schrägen Schreibflächen gearbeitet, doch sie beschloss, dieses Wissen besser für sich zu behalten. Stattdessen nahm sie sich noch ein Stück Brot und fragte sich gerade, ob der Käse genießbar war, der auf dem angeblichen Schreib-Tisch stand, als sie sah, wie Mo Elinor etwas zuraunte. Elinors Augen weiteten sich begierig, woraus Meggie schloss, dass es nur um ein Buch gehen konnte, und sie musste sofort an Packpapier denken, an einen blassgrünen Leineneinband und den Zorn in Mos Stimme.

Neben ihr ließ Staubfinger unauffällig ein Stück Schinken in seinem Rucksack verschwinden: Gwins Abendbrot. Meggie sah, wie sich eine runde Nase schnuppernd aus dem Rucksack schob, in der Hoffnung auf noch mehr Köstlichkeiten. Staubfinger lächelte Meggie zu, als er ihren Blick bemerkte, und steckte Gwin noch etwas Schinkenspeck zu. An Mos und Elinors Getuschel schien er nichts zu finden, doch Meggie war sich sicher, dass die beiden einen geheimen Handel vorhatten.

Nach einer kleinen Weile stand Mo auf und ging hinaus. Meggie fragte Elinor, wo die Toilette sei – und folgte ihm.

Es war ein seltsames Gefühl, Mo nachzuspionieren. Sie konnte sich nicht erinnern, es jemals zuvor getan zu haben – außer in der Nacht, in der Staubfinger gekommen war. Und damals, als sie versucht hatte herauszufinden, ob Mo der Weihnachtsmann war. Sie schämte sich, so hinter ihm herzuhuschen. Aber er war selbst schuld. Warum versteckte er dieses Buch vor ihr? Und jetzt wollte er es womöglich dieser Elinor geben – ein Buch, das sie nicht sehen durfte! Seit Mo es so hastig hinter seinem Rücken verborgen hatte, ging es Meggie nicht mehr aus dem Kopf. Sie hatte sogar schon danach gesucht, in der Tasche mit Mos Sachen, bevor er sie in den Bus gebracht hatte, aber es war nicht zu entdecken gewesen.

Sie musste es einfach sehen, bevor es womöglich in einer von Elinors Vitrinen verschwand! Sie musste wissen, warum es Mo so viel wert war, dass er sie dafür hierher schleppte ...

In der Eingangshalle sah er sich noch einmal um, bevor er das Haus verließ, aber Meggie duckte sich rechtzeitig hinter eine Truhe, die nach Mottenkugeln und Lavendel roch. Sie beschloss, in ihrem Versteck zu bleiben, bis Mo zurückkam. Draußen auf dem Hof hätte er sie bestimmt entdeckt. Die Zeit verging quälend langsam, so, wie sie es immer tut, wenn man mit pochendem Herzen auf etwas wartet. Die Bücher in den weißen Regalen schienen Meggie zu beobachten, doch sie schwiegen, als spürten sie, dass Meggie im Moment nur an ein einziges Buch denken konnte.

Schließlich kam Mo zurück, in der Hand ein in braunes Papier eingeschlagenes Päckchen. Vielleicht will er es hier auch nur verstecken!, dachte Meggie. Wo konnte man ein Buch besser verstecken als zwischen zehntausend anderen? Ja. Mo würde es hierlassen und sie würden wieder nach Hause fahren. Aber ich möchte es einmal sehen, dachte Meggie, nur einmal, bevor es in einem Regal steht, dem ich mich nur auf drei Schritte nähern darf.

Mo ging so dicht an ihr vorbei, dass sie ihn hätte berühren können, doch er bemerkte sie nicht. »Meggie, sieh mich nicht so an!«, sagte er manchmal. »Du liest wieder meine Gedanken.« Jetzt sah er besorgt aus – als wäre er nicht sicher, ob das, was er vorhatte, richtig war. Meggie zählte langsam bis drei, bevor sie ihm folgte, doch ein paar Mal blieb Mo so abrupt stehen, dass sie fast in ihn hineinlief. Er kehrte gar nicht erst in die Küche zurück, er ging gleich zur Bibliothek. Ohne sich noch einmal umzublicken öffnete er die Tür mit dem Zeichen des venezianischen Druckers und zog sie leise hinter sich zu.

Da stand Meggie nun, zwischen all den schweigenden Büchern, und fragte sich, ob sie ihm nachgehen sollte … ob sie ihn bitten sollte, ihr das Buch zu zeigen. Würde er sehr böse sein? Sie wollte gerade ihren ganzen Mut zusammennehmen und ihm folgen, als sie Schritte hörte – schnelle, entschlossene Schritte, hastig vor Ungeduld. Das konnte nur Elinor sein. Was nun?

Meggie öffnete die nächste Tür und schlüpfte hinein. Ein Himmelbett, ein Schrank, Fotos in silbernen Rahmen, ein Stapel Bücher auf dem Nachttisch, auf dem Teppich ein aufgeschlagener Katalog, die Seiten bedeckt mit Abbildungen alter Bücher. Sie war in Elinors Schlafzimmer geraten. Mit klopfendem Herzen lauschte sie nach draußen, hörte Elinors energische Schritte und dann, wie die Tür zur Bibliothek sich ein zweites Mal schloss. Vorsichtig schob sie sich wieder auf den Flur hinaus. Sie stand noch unschlüssig vor der Bibliothek, als sich von hinten plötzlich eine Hand auf ihre Schulter legte. Eine zweite erstickte ihren Schreckensschrei.

»Ich bin's!«, raunte Staubfinger ihr ins Ohr. »Ganz ruhig, sonst haben wir beide Ärger, verstehst du?«

Meggie nickte und Staubfinger nahm langsam die Hand von ihrem Mund. »Dein Vater will dieser Hexe das Buch geben, stimmt's?«, flüsterte er. »Hat er es aus dem Bus geholt? Sag schon. Er hatte es dabei, oder?«

Meggie stieß ihn von sich weg. »Ich weiß nicht!«, zischte sie. »Außerdem – was geht Sie das an?«

»Was mich das angeht?« Staubfinger lachte leise. »Nun, vielleicht erzähle ich dir irgendwann, was mich das angeht. Aber jetzt will ich nur wissen, ob du es gesehen hast.«

Meggie schüttelte den Kopf. Sie wusste selbst nicht, warum sie Staubfinger anlog. Vielleicht, weil seine Hand sich etwas zu fest auf ihren Mund gepresst hatte.

»Meggie! Hör mir zu!« Staubfinger blickte ihr eindringlich ins Gesicht. Seine Narben sahen aus wie blasse Striche, die ihm jemand auf die Wangen gezeichnet hatte, zwei Striche auf die linke, leicht geschwungen, ein dritter auf die rechte, noch länger, vom Ohr bis zum Nasenflügel. »Capricorn wird deinen Vater töten, wenn er das Buch nicht bekommt!«, raunte Staubfinger. »Er wird ihn töten, verstehst du? Habe ich dir nicht erklärt, wie er ist? Er will das Buch haben, und er bekommt immer, was er will. Es ist lächerlich zu glauben, dass es hier sicher vor ihm ist.«

»Mo denkt das nicht!«

Staubfinger richtete sich auf und starrte auf die Tür der Bibliothek. »Ja, ich weiß«, murmelte er. »Das ist ja das Problem. Und deshalb –«, er legte Meggie beide Hände auf die Schultern und schob sie auf die verschlossene Tür zu, »– deshalb gehst du jetzt ganz unschuldig dahinein und findest heraus, was die beiden mit dem Buch vorhaben. Ja?«

Meggie wollte protestieren. Doch ehe sie sich versah, hatte Staubfinger die Tür geöffnet und sie in die Bibliothek geschoben.

Nur ein Bild

Wer Bücher stiehlt oder ausgeliehene Bücher zurückbehält, in dessen Hand soll sich das Buch in eine reißende Schlange verwandeln. Der Schlagfluß soll ihn treffen und all seine Glieder lähmen. Laut schreiend soll er um Gnade winseln, und seine Qualen sollen nicht gelindert werden, bis er in Verwesung übergeht. Bücherwürmer sollen in seinen Eingeweiden nagen wie der Totenwurm, der niemals stirbt. Und wenn er die letzte Strafe antritt, soll ihn das Höllenfeuer verzehren auf immer.
Inschrift in der Bibliothek des Klosters San Pedro in Barcelona, zitiert von Alberto Manguel

Sie hatten das Buch ausgepackt, Meggie sah das Packpapier auf einem Stuhl liegen. Keiner bemerkte, dass sie hereingekommen war. Elinor beugte sich über eins der Lesepulte, Mo stand neben ihr. Beide kehrten der Tür den Rücken zu.

»Unfassbar. Ich dachte, es gäbe kein einziges Exemplar mehr«, sagte Elinor gerade. »Es kursieren eigenartige Geschichten über dieses Buch. Ein Antiquar, bei dem ich oft einkaufe, hat mir erzählt, dass ihm vor Jahren drei Exemplare gestohlen wurden, und zwar am selben Tag. Fast dieselbe Geschichte habe ich von zwei Buchhändlern gehört.«

»Tatsächlich? Wirklich seltsam!«, sagte Mo, doch Meggie kannte seine Stimme gut genug, um zu hören, dass seine Verwunderung geheuchelt war. »Na ja, wie dem auch sei. Auch wenn es kein seltenes Buch wäre, für mich ist es sehr wertvoll und ich wüsste gern, dass es gut aufgehoben ist für eine Weile, bis ich es wieder abhole.«

»Bei mir ist jedes Buch gut aufgehoben«, antwortete Elinor ungnädig. »Das weißt du. Sie sind meine Kinder, meine tintenschwarzen Kinder, und ich hege und pflege sie. Ich halte das Sonnenlicht von ihren Seiten fern, staube sie ab und beschütze sie vor hungrigen Bücherwürmern und schmutzigen Menschenfingern. Dieses hier wird einen Ehrenplatz erhalten, und niemand wird es zu Gesicht bekommen, bis du es zurückhaben willst. Besucher sind in meiner Bibliothek eh unerwünscht. Sie hinterlassen nur Fingerabdrücke und Käserinden in meinen armen Büchern. Außerdem verfüge ich, wie du weißt, über eine sehr kostspielige Alarmanlage.«

»Ja, das ist besonders beruhigend!« Mos Stimme klang erleichtert. »Ich danke dir, Elinor! Ich danke dir wirklich sehr. Und sollte in nächster Zeit doch jemand an deine Tür klopfen und nach dem Buch fragen, dann tu bitte so, als hättest du nie davon gehört, ja?«

»Selbstverständlich. Was tut man nicht alles für einen guten Buchbinder? Außerdem bist du der Mann meiner Nichte. Weißt du, dass ich sie manchmal vermisse? Nun ja, ich denke, das geht dir genauso. Deine Tochter scheint ganz gut ohne sie auszukommen, oder?«

»Sie erinnert sich kaum«, sagte Mo leise.

»Nun, das ist ein Segen, nicht wahr? Manchmal ist es schon praktisch, dass unser Gedächtnis nicht halb so gut ist wie das der Bücher. Ohne sie wüssten wir vermutlich gar nichts mehr. Es wäre alles vergessen: der Trojanische Krieg, Kolumbus, Marco Polo, Shakespeare, all die verrückten Könige und Götter ...« Elinor drehte sich um – und erstarrte.

»Habe ich dein Klopfen überhört?«, fragte sie und starrte Meggie so feindselig an, dass diese allen Mut zusammennehmen musste, um sich nicht einfach umzudrehen und schnell wieder hinaus auf den Flur zu schlüpfen.

»Wie lange stehst du schon da, Meggie?«, fragte Mo.

Meggie schob das Kinn vor. »*Sie* darf es sehen, aber vor mir versteckst du es!«, sagte sie. Angriff war immer noch die beste Verteidigung. »Du hast noch nie ein Buch vor mir versteckt! Was ist denn so Besonderes an diesem? Werde ich blind, wenn ich es lese? Beißt es mir die Finger ab? Was für furchtbare Geheimnisse stehen dadrin, die ich nicht erfahren darf?«

»Ich hab meine Gründe, es dir nicht zu zeigen«, antwortete Mo. Ganz blass war er. Ohne ein weiteres Wort ging er auf sie zu und wollte sie zur Tür ziehen, aber Meggie riss sich los.

»Oh, sie ist starrköpfig!«, stellte Elinor fest. »Das macht sie mir fast sympathisch. Ich erinnere mich, dass ihre Mutter früher genauso war. Komm her.« Sie trat zur Seite und winkte Meggie zu sich. »Du wirst sehen, es ist nichts sonderlich Spannendes an diesem Buch, zumindest nicht für deine Augen. Aber überzeuge dich selbst. Den eigenen Augen glaubt man immer noch am ehesten. Oder ist dein Vater da anderer Meinung?« Sie warf Mo einen fragenden Blick zu.

Mo zögerte – und schüttelte schicksalergeben den Kopf.

Das Buch lag aufgeschlagen auf dem Lesepult. Es schien nicht besonders alt zu sein. Meggie wusste, wie ein wirklich altes Buch aussah. In Mos Werkstatt hatte sie schon Bücher gesehen, deren Seiten fleckig wie Leopardenfell waren und fast ebenso gelb. Sie erinnerte sich an eins, dessen Einband von Holzwürmern befallen gewesen war. Wie winzige Einschusslöcher hatten die Fressspuren ausgesehen, und Mo hatte den Buchblock herausgelöst, die Seiten sorgsam neu zusammengeheftet und ihnen, wie er es nannte, ein neues Kleid geschneidert. So ein Kleid konnte aus Leder sein oder aus Leinen, schlicht oder mit einer Prägung versehen, die Mo mit winzigen Stempeln hineindrückte und manchmal auch vergoldete.

Dieses Buch hatte einen Einband aus Leinen, silbrig grün wie die Blätter einer Weide. Die Kanten waren leicht angestoßen, und die Seiten waren noch so hell, dass jeder Buchstabe klar und schwarz auf dem Papier stand. Über den aufgeschlagenen Seiten lag ein schmales rotes Lesebändchen. Auf der rechten Seite war ein Bild zu sehen. Es zeigte prächtig gekleidete Frauen, einen Feuerspucker, Akrobaten und so etwas wie einen König. Meggie blätterte weiter. Es gab nicht viele Bilder, doch der Anfangsbuchstabe jedes Kapitels war selbst so etwas wie ein kleines Bild. Auf einigen Buchstaben saßen Tiere, um andere rankten sich Pflanzen, ein B brannte lichterloh. So echt sahen die Flammen aus, dass Meggie mit dem Finger darüberstrich, um sich zu vergewissern, dass sie nicht heiß waren. Das nächste Kapitel begann mit einem K. Es spreizte sich wie ein Krieger, auf seinem gestreckten Arm hockte ein Tier mit pelzigem Schwanz. *Keiner sah, wie er aus der Stadt schlüpfte,* las Meggie, aber bevor sich mehr Wörter zusammenfügen konnten, klappte Elinor ihr das Buch vor der Nase zu.

»Ich denke, das reicht«, sagte sie und klemmte es sich unter den Arm. »Dein Vater hat mich gebeten, dieses Buch für ihn an einem sicheren Ort aufzubewahren, und das werde ich jetzt tun.«

Mo griff noch einmal nach Meggies Hand. Diesmal folgte sie ihm. »Bitte, Meggie, vergiss dieses Buch!«, raunte er ihr zu. »Es bringt Unglück. Ich besorge dir hundert andere.«

Meggie nickte nur. Bevor Mo die Tür hinter ihnen schloss,

erhaschte sie noch einen letzten Blick auf Elinor. Sie stand da und betrachtete das Buch so zärtlich, wie Mo sie manchmal ansah, wenn er ihr abends die Decke unters Kinn zog.

Dann war die Tür zu.

»Wo tut sie es hin?«, fragte Meggie, während sie Mo den Flur hinunter folgte.

»Oh, sie hat ein paar wunderbare Verstecke für solche Gelegenheiten«, antwortete Mo ausweichend. »Aber sie sind geheim, wie das mit Verstecken eben so ist. Was hältst du davon, wenn ich dir jetzt dein Zimmer zeige?« Er versuchte, unbeschwert zu klingen, doch es gelang ihm nicht besonders gut. »Es sieht aus wie ein teures Hotelzimmer. Ach was, viel besser.«

»Hört sich gut an«, murmelte Meggie und blickte sich um, doch von Staubfinger war nichts zu entdecken. Wo war er? Sie musste ihn etwas fragen. Sofort. Sie konnte an nichts anderes denken, während Mo ihr das Zimmer zeigte und ihr erzählte, dass nun alles in Ordnung sei, dass er nur noch seine Arbeit machen und sie dann nach Hause fahren würden. Meggie nickte und tat, als hörte sie ihm zu, aber in Wirklichkeit konnte sie nur an die Frage denken, die sie Staubfinger stellen wollte. Sie brannte ihr so auf den Lippen, dass sie sich wunderte, dass Mo sie nicht dort sitzen sah. Mitten auf ihrem Mund.

Als er sie allein ließ, um das Gepäck aus dem Bus zu holen, lief Meggie in die Küche, aber auch dort war Staubfinger nicht. Selbst in Elinors Schlafzimmer sah sie nach, doch so viele Türen sie auch in dem riesigen Haus öffnete, Staubfinger blieb unauffindbar. Schließlich war sie zu müde, um weiterzusuchen. Mo hatte sich längst hingelegt und auch Elinor war in ihrem Schlafzimmer verschwunden. Also ging Meggie in ihr Zimmer und legte sich auf das gewaltige Bett. Ganz verloren kam sie sich darin vor, zwergenhaft, als wäre sie geschrumpft. Wie die Alice im Wunderland, dachte sie und strich über die geblümte Bettwäsche. Sonst gefiel ihr das Zimmer. Es war voller Bücher und Bilder. Sogar einen Kamin gab es, aber er sah aus, als hätte ihn seit mehr als hundert Jahren niemand benutzt. Meggie schwang die Beine aus dem Bett und trat ans Fenster. Draußen war es längst dunkel, und als sie die Fensterläden aufstieß, fuhr ihr ein kühler Wind ins Gesicht. Das Einzige, was sie in der Dunkelheit erkennen konnte, war der kiesbestreute Platz vor dem Haus. Eine Laterne warf ihr blasses Licht auf die grauweißen Steine. Mos gestreifter Bus stand neben Elinors grauem Kombi wie ein Zebra, das sich in einen Pferdestall verlaufen hatte. Er hatte die Streifen auf den weißen Lack gepinselt, nachdem er Meggie *Das Dschungelbuch* geschenkt hatte. Sie dachte an das Haus, das sie so hastig verlassen hatten, an ihr Zimmer und die Schule, in der ihr Platz heute leer geblieben war. Sie war sich nicht sicher, ob sie Heimweh hatte.

Sie ließ die Fensterläden offen stehen, als sie sich schlafen legte. Mo hatte ihre Bücherkiste neben das Bett gestellt. Müde zog sie ein Buch heraus und versuchte, sich in den vertrauten Wörtern ein Nest zu bauen, doch es gelang ihr nicht. Immer wieder verwischte die Erinnerung an das andere Buch die Wörter, immer wieder sah Meggie die Anfangsbuchstaben vor sich, groß und bunt, umringt von Gestalten, deren Geschichte sie nicht kannte, weil das Buch keine Zeit gehabt hatte, sie ihr zu erzählen.

Ich muss Staubfinger finden, dachte sie schläfrig. Er muss doch da sein! Aber dann rutschte ihr das Buch aus den Fingern und sie schlief ein.

Am nächsten Morgen weckte sie die Sonne. Die Luft war noch kühl von der Nacht, aber der Himmel war wolkenlos, und als Meggie sich aus dem Fenster lehnte, konnte sie in der Ferne, zwischen den Zweigen der Bäume, den See schimmern sehen. Das Zimmer, das Elinor ihr zugewiesen hatte, lag im ersten Stock. Mo schlief nur zwei Türen weiter, aber Staubfinger hatte mit einer Kammer unter dem Dach vorliebnehmen müssen. Meggie hatte sie gestern gesehen, auf der Suche nach ihm. Nur ein schmales Bett stand darin, umgeben von Bücherkisten, die sich bis zum Dachstuhl türmten.

Mo saß schon mit Elinor am Tisch, als Meggie zum Frühstück in die Küche kam, aber Staubfinger war nicht da. »Oh, der hat schon gefrühstückt«, sagte Elinor spitz, als Meggie nach ihm fragte, »und zwar in Gesellschaft eines spitzzahnigen Tieres, das auf dem Tisch saß und mich anfauchte, als ich nichts ahnend in die Küche kam. Ich habe eurem seltsamen Freund klargemacht, dass Stubenfliegen die einzigen Tiere sind, die ich auf meinem Küchentisch dulde, und daraufhin ist er mit dem Pelztier nach draußen verschwunden.«

»Was willst du von ihm?«, fragte Mo.

»Oh, nichts weiter, ich ... wollte ihn nur was fragen«, sagte Meggie, aß hastig eine halbe Scheibe Brot, trank etwas von dem abscheulich bitter schmeckenden Kakao, den Elinor gekocht hatte, und lief nach draußen.

Sie fand Staubfinger hinter dem Haus, auf einem stachlig kurzen Rasen, auf dem neben einem Gipsengel ein einsamer Liegestuhl stand. Von Gwin war nichts zu entdecken. Ein paar Vögel stritten sich in dem rot blühenden Rhododendron, und Staubfinger stand mit selbstvergessenem Gesicht da und jonglierte. Meggie versuchte, die bunten Bälle zu zählen, vier, sechs, acht waren es. Er pflückte sie so schnell aus der Luft, dass ihr schwindelig vom

Zuschauen wurde. Auf einem Bein stehend fing er sie, lässig, als brauchte er nicht mal hinzuschauen. Erst als er Meggie bemerkte, entwischte ein Ball seinen Fingern und rollte ihr vor die Füße.

Meggie hob ihn auf und warf ihn Staubfinger zu. »Woher können Sie das?«, fragte sie. »Das sah ... wunderbar aus.«

Staubfinger verbeugte sich spöttisch. Da war es wieder, sein seltsames Lächeln. »Ich verdiene mein Geld damit«, sagte er. »Damit und mit ein paar anderen Dingen.«

»Wie kann man damit Geld verdienen?«

»Auf Märkten. Auf Festen. Auf Kindergeburtstagen. Warst du schon mal auf einem dieser Märkte, wo die Leute so tun, als lebten sie noch im Mittelalter?«

Meggie nickte. Mit Mo war sie mal auf einem solchen Markt gewesen. Wunderschöne Sachen hatte es dort gegeben, fremd, als wären sie nicht einer anderen Zeit, sondern einer anderen Welt entsprungen. Mo hatte ihr eine Dose gekauft, verziert mit bunten Steinen und einem kleinen Fisch aus grün und golden schimmerndem Metall, mit weit aufgesperrtem Maul und einer Kugel im hohlen Bauch, die wie ein Glöckchen klingelte, wenn man die Dose schüttelte. Die Luft hatte nach frisch gebackenem Brot gerochen, nach Rauch und feuchten Kleidern, und Meggie hatte beim Schmieden eines Schwertes zugesehen und sich vor einer verkleideten Hexe hinter Mos Rücken versteckt.

Staubfinger sammelte seine Bälle auf und warf sie zurück in seine Tasche. Offen stand sie hinter ihm im Gras. Meggie schlenderte hin und lugte hinein. Sie sah Flaschen und weiße Watte, eine Tüte Milch, doch bevor sie noch mehr entdecken konnte, klappte Staubfinger die Tasche zu. »Tut mir leid. Berufsgeheimnisse«, sagte er. »Dein Vater hat dieser Elinor das Buch gegeben, stimmt's?«

Meggie zuckte die Achseln.

»Du kannst es mir ruhig sagen. Ich weiß es eh. Ich habe gelauscht. Er ist verrückt, es hierzulassen, aber was soll's.« Staubfinger setzte sich in den Liegestuhl. Im Gras daneben lag sein Rucksack. Ein buschiger Schwanz lugte heraus.

»Ich habe Gwin gesehen«, sagte Meggie.

»Ach ja?« Staubfinger lehnte sich zurück und schloss die Augen. Im Sonnenlicht sah sein Haar heller aus. »Ich auch. Er steckt im Rucksack. Es ist seine Schlafenszeit.«

»Ich hab ihn in dem Buch gesehen.« Meggie ließ Staubfingers Gesicht nicht aus den Augen, während sie das sagte, aber es regte sich nichts darin. Ihm standen die Gedanken nicht auf der Stirn geschrieben wie Mo. Staubfingers Gesicht war wie ein zugeklapptes Buch, und Meggie hatte das Gefühl, dass er jedem auf die Finger schlug, der versuchte, darin zu lesen. »Er saß auf einem Buchstaben«, fuhr sie fort. »Auf einem K. Ich habe die Hörner gesehen.«

»Tatsächlich?« Staubfinger öffnete nicht einmal die Augen. »Weißt du, in welches ihrer tausend Regale diese Büchernärrin es gestellt hat?«

Meggie tat, als hätte sie seine Frage nicht gehört. »Warum sieht Gwin so aus wie das Tier in dem Buch?«, fragte sie. »Haben Sie ihm die Hörner wirklich angeklebt?«

Staubfinger öffnete die Augen und blinzelte in die Sonne.

»Tja, hab ich das?«, fragte er, während er den Himmel musterte. Ein paar Wolken trieben über Elinors Haus. Die Sonne verschwand hinter einer von ihnen und der Schatten fiel auf das grüne Gras wie ein hässlicher Fleck.

»Liest dein Vater dir oft vor, Meggie?«, fragte Staubfinger.

Meggie musterte ihn misstrauisch. Dann kniete sie sich neben den Rucksack und strich über Gwins seidigen Schwanz. »Nein«, sagte sie. »Aber er hat mir das Lesen beigebracht, als ich fünf war.«

»Frag ihn, warum er dir nicht vorliest«, sagte Staubfinger. »Aber lass dich nicht mit irgendwelchen Ausreden abspeisen.«

»Wieso?« Meggie richtete sich ärgerlich auf. »Er mag es nicht, das ist alles.«

Staubfinger lächelte. Er beugte sich aus dem Liegestuhl und schob die Hand in den Rucksack. »Ah, das fühlt sich nach einem vollen Bauch an«, stellte er fest. »Ich glaube, Gwins nächtliche Jagd war erfolgreich. Hoffentlich hat er nicht wieder irgendein Nest geplündert. Oder sind das nur Elinors Brötchen und Eier?« Gwins Schwanz zuckte hin und her, fast wie der einer Katze.

Meggie musterte den Rucksack voll Unbehagen. Sie war froh, dass sie Gwins Schnauze nicht sehen konnte. Vielleicht klebte ja noch Blut daran.

Staubfinger lehnte sich wieder in Elinors Liegestuhl zurück. »Soll ich dir heute Abend zeigen, wozu die Flaschen, die Watte und all die anderen geheimnisvollen Dinge in meiner Tasche gut sind?«, fragte er, ohne sie anzusehen. »Dazu muss es allerdings dunkel sein, rabenschwarz dunkel. Traust du dich mitten in der Nacht aus dem Haus?«

»Natürlich!«, antwortete Meggie gekränkt, obwohl sie im Dunkeln alles andere als gern draußen war. »Aber sagen Sie mir erst, warum –«

»Sie?« Staubfinger lachte auf. »Herrgott, demnächst sagst du noch Herr Staubfinger zu mir. Ich kann dieses Siezen nicht leiden, also lass es, ja?«

Meggie biss sich auf die Lippen und nickte. Er hatte recht – das Sie passte nicht zu ihm. »Also gut, warum hast du Gwin die Hörner angeklebt?«, beendete sie ihre Frage. »Und was weißt du über das Buch?«

Staubfinger verschränkte die Arme hinter dem Kopf. »Eine ganze Menge weiß ich darüber«, sagte er. »Und vielleicht erzähle ich dir irgendwann auch davon, aber jetzt haben wir zwei erst einmal eine Verabredung. Heute Nacht, gegen elf, genau hier. Einverstanden?«

Meggie blickte zu einer Amsel hinauf, die sich auf Elinors Dach das Herz aus dem Leib zwitscherte. »Ja«, sagte sie. »Elf Uhr.« Dann lief sie zum Haus zurück.

Elinor hatte Mo vorgeschlagen, seine Werkstatt gleich neben der Bibliothek einzurichten. Dort gab es einen kleinen Raum, in dem sie ihre Sammlung alter Tier- und Pflanzenführer aufbewahrte (es schien keine Art von Büchern zu geben, die Elinor nicht sammelte). Diese Sorte stand in Regalen aus hellem, honigfarbenem Holz. Auf einigen Borden stützten die Bücher gläserne Schaukästen mit aufgespießten Käfern, was Elinor in Meggies Augen nur noch unsympathischer machte. Vor dem einzigen Fenster stand ein Tisch, es war ein schöner Tisch mit gedrechselten Beinen, doch er war kaum halb so lang wie der, den Mo zu Hause in seiner Werkstatt stehen hatte. Vermutlich fluchte er deshalb leise vor sich hin, als Meggie den Kopf durch die Tür steckte.

»Sieh dir den Tisch an!«, sagte er. »Auf dem kann man seine Briefmarkensammlung sortieren, aber keine Bücher binden. Der ganze Raum ist zu klein. Wo soll ich die Presse aufstellen, wo das Werkzeug lassen ... Letztes Mal habe ich oben unter dem Dach gearbeitet, aber dort stapeln sich inzwischen auch überall die Bücherkisten.«

Meggie strich mit der Hand über die dicht an dicht stehenden Buchrücken. »Sag ihr einfach, du brauchst einen größeren Tisch.«

Vorsichtig zog sie ein Buch aus dem Regal und schlug es auf. Die eigenartigsten Insekten waren darin abgebildet, Käfer mit Hörnern, Käfer mit Rüsseln, einer hatte sogar eine richtige Nase. Meggie fuhr mit dem Zeigefinger über die blassfarbigen Bilder. »Mo, warum hast du mir eigentlich nie vorgelesen?«

Ihr Vater drehte sich so abrupt um, dass ihr fast das Buch aus der Hand rutschte. »Wieso fragst du mich das? Du hast mit Staubfinger gesprochen, stimmt's? Was hat er dir erzählt?«

»Nichts. Gar nichts!« Meggie wusste selbst nicht, warum sie log. Sie schob das Käferbuch zurück an seinen Platz. Fast kam es ihr vor, als spinne jemand ein hauchfeines Netz um sie beide, ein Netz aus Geheimnissen und Lügen, das immer dichter wurde. »Ich finde, es ist eine gute Frage«, sagte sie, während sie nach einem anderen Buch griff. Es hieß *Meister der Tarnung*. Die Tiere darin sahen aus wie lebendige Zweige oder trockene Blätter.

Mo kehrte ihr wieder den Rücken zu. Er begann, sein Werkzeug auf dem viel zu kleinen Tisch auszulegen: Ganz links die Falzbeine, dann den rundköpfigen Hammer, mit dem er die Buchrücken in Form klopfte, das scharfe Papiermesser ...

Sonst pfiff er dabei immer leise vor sich hin, aber jetzt war er ganz still. Meggie spürte, dass seine Gedanken weit fort waren. Aber wo waren sie?

Schließlich setzte er sich auf die Tischkante und sah sie an. »Ich lese nun mal nicht gerne vor«, sagte er, als gäbe es nichts Uninteressanteres auf der Welt. »Das weißt du doch. Es ist einfach so.«

»Warum nicht? Du erzählst mir doch auch Geschichten. Du kannst wunderbar Geschichten erzählen. Du kannst all die Stimmen nachmachen, du kannst es spannend machen und dann wieder komisch …«

Mo verschränkte die Arme vor der Brust, als wolle er sich dahinter verbergen.

»Du könntest mir *Tom Sawyer* vorlesen«, schlug Meggie vor, »oder *Wie das Nashorn seine Runzeln bekam.*« Das war eine von Mos Lieblingsgeschichten. Als sie noch kleiner war, hatten sie manchmal gespielt, dass in ihren Kleidern auch lauter Krümel säßen, wie in der Haut des Nashorns.

»Ja, das ist eine wunderbare Geschichte.« Mo drehte ihr wieder den Rücken zu. Er hob die Mappe auf den Tisch, in der er seine Vorsatzpapiere aufbewahrte, und blätterte abwesend darin herum. »Jedes Buch sollte mit so einem Papier beginnen«, hatte er mal zu Meggie gesagt. »Am besten mit einem dunklen: dunkelrot, dunkelblau, je nachdem, wie der Einband des Buches ist. Wenn du dann das Buch aufschlägst, ist es wie im Theater: Erst ist da der Vorhang. Du ziehst ihn zur Seite und die Vorstellung beginnt.«

»Meggie, ich muss jetzt wirklich arbeiten!«, sagte er, ohne sich umzudrehen. »Je schneller ich mit Elinors Büchern fertig bin, desto eher fahren wir auch wieder nach Hause.«

Meggie stellte das Buch mit den verkleideten Tieren zurück an seinen Platz. »Was, wenn er die Hörner nicht angeklebt hat?«, fragte sie.

»Was?«

»Gwins Hörner. Was, wenn Staubfinger sie nicht angeklebt hat?«

»Er hat sie angeklebt.« Mo schob sich einen Stuhl an den viel zu kurzen Tisch. »Übrigens, Elinor ist einkaufen gefahren. Wenn du vor Hunger umkommst, bevor sie zurück ist, mach dir ein paar Pfannkuchen. In Ordnung?«

»In Ordnung«, murmelte Meggie. Einen Moment lang überlegte sie, ob sie ihm von der nächtlichen Verabredung mit Staubfinger erzählen sollte, aber dann beschloss sie, es nicht zu tun. »Meinst du, ich kann mir ein paar von den Büchern hier mit aufs Zimmer nehmen?«, fragte sie stattdessen.

»Sicher. Solange du sie nicht in deiner Kiste verschwinden lässt.«

»So wie dieser Bücherdieb, von dem du mir erzählt hast?« Meggie klemmte sich drei Bücher unter den linken und vier unter den rechten Arm. »Wie viele hatte er noch mal gestohlen? 30000?«

»40000«, antwortete Mo. »Aber er hat die Besitzer immerhin nicht umgebracht.«

»Nein, das war dieser spanische Mönch, den Namen hab ich vergessen.« Meggie schlenderte zur Tür und schob sie mit der Schuhspitze auf.

»Staubfinger sagt, Capricorn würde dich auch umbringen, um das Buch zu bekommen.« Sie versuchte, ihre Stimme gleichgültig klingen zu lassen. »Würde er das, Mo?«

»Meggie!« Mo drehte sich um und zeigte drohend mit dem Papiermesser auf sie. »Leg dich in die Sonne oder steck deine hübsche Nase in die Bücher da, aber lass mich jetzt arbeiten. Und richte Staubfinger aus, dass ich ihn mit diesem Messer hier in sehr dünne Scheiben schneide, wenn er dir weiter solchen Unsinn erzählt.«

»Das war keine Antwort!«, sagte Meggie und schob sich mit ihren Bücherstapeln auf den Flur hinaus.

In ihrem Zimmer angekommen, breitete sie die Bücher auf dem riesigen Bett aus und begann zu lesen: von Käfern, die in verlassene Schneckenhäuser einzogen wie Menschen in ein leeres Haus, von blattförmigen Fröschen und Raupen mit bunten Dornen, weißbärtigen Affen, gestreiften Ameisenfressern und Katzen, die in der Erde nach Süßkartoffeln graben. Alles schien es zu geben, jedes Wesen, das Meggie sich vorstellen konnte, und noch viele mehr, die sie sich nicht hatte vorstellen können.

Aber in keinem von Elinors klugen Büchern fand sie auch nur ein Wort über gehörnte Marder.

Feuer und Sterne

Da erschienen sie mit tanzenden Bären, Hunden und Ziegen, Affen und Murmeltieren, liefen auf dem Seil, schlugen Purzelbäume nach vorwärts und rückwärts, warfen Schwerter und Messer und stürzten sich unverletzt auf deren Spitzen und Schneiden, verschlangen Feuer und zerkauten Steine, übten Taschenspielerkünste unter Mantel und Hut, mit Zauberbechern und Ketten, ließen Puppen miteinander fechten, schmetterten wie die Nachtigall, schrien wie der Pfau, pfiffen wie das Reh, rangen und tanzten beim Klang der Doppelflöte.

Wilhelm Hertz, Spielmannsbuch

Der Tag verging langsam. Von Mo sah Meggie nur am Nachmittag etwas, als Elinor vom Einkaufen kam und ihnen eine halbe Stunde später Spaghetti mit irgendeiner Fertigsoße servierte. »Tut mir leid, aber ich habe einfach keine Geduld für diese elende Kocherei«, sagte sie, als sie die Töpfe auf den Tisch stellte. »Kann unser Freund mit dem Pelztier vielleicht kochen?«

Staubfinger hob nur bedauernd die Schultern. »Nein, damit kann ich nicht dienen.«

»Mo kann es ganz gut«, sagte Meggie, während sie die wässrige Soße zwischen die Nudeln rührte.

»Der soll meine Bücher restaurieren und nicht kochen«, antwortete Elinor barsch. »Aber wie ist es mit dir?«

Meggie zuckte die Achseln. »Ich kann Pfannkuchen backen«, sagte sie. »Aber warum schaffen Sie sich nicht ein paar Kochbücher an? Sie haben doch sonst alle Sorten Bücher. Das hilft bestimmt.«

Elinor war dieser Vorschlag nicht mal eine Antwort wert.

»Ach, übrigens, noch eine Regel für die Nacht«, sagte sie, nachdem alle eine Weile schweigend vor sich hin gegessen hatten. »Ich dulde kein Kerzenlicht in meinem Haus. Feuer macht mich nervös. Es ernährt sich allzu gern von Papier.«

Meggie schluckte. Sie fühlte sich ertappt. Natürlich hatte sie ein paar Kerzen mitgebracht, sie lagen schon oben auf ihrem Nachttisch, bestimmt hatte Elinor sie gesehen.

Aber Elinor sah nicht Meggie, sondern Staubfinger an, der mit einer Streichholzschachtel spielte. »Ich hoffe, Sie beherzigen diese Regel auch«, sagte sie, »denn offenbar bleibt uns Ihre Gesellschaft noch eine weitere Nacht erhalten.«

»Wenn ich Ihre Gastfreundschaft noch etwas strapazieren darf. Morgen früh bin ich weg, das verspreche ich.« Staubfinger hielt die Streichhölzer immer noch in der Hand. Elinors missbilligender Blick schien ihn nicht weiter zu stören.

»Ich glaube, hier hat jemand ein ganz falsches Bild vom Feuer«, sagte er. »Ich gebe zu, es kann ein bissiges kleines Tier sein, aber man kann es zähmen.« Und mit diesen Worten zog er ein Streichholz aus der Schachtel, zündete es an und schob sich die Flamme in den offenen Mund.

Meggie hielt den Atem an, als seine Lippen sich um das brennende Hölzchen schlossen. Staubfinger öffnete den Mund wieder, zog das erloschene Streichholz heraus und legte es lächelnd auf seinen leeren Teller.

»Sehen Sie, Elinor?«, sagte er. »Es hat mich nicht gebissen. Man kann es leichter zähmen als ein Kätzchen.«

Elinor rümpfte nur die Nase, doch Meggie konnte vor Bewunderung kaum den Blick von Staubfingers Gesicht wenden.

Mo schien das kleine Feuerkunststück nicht überrascht zu haben, auf einen warnenden Blick von ihm ließ Staubfinger die Streichholzschachtel gehorsam in der Hosentasche verschwinden.

»Die Kerzenregel werde ich natürlich beachten«, sagte er schnell. »Kein Problem. Wirklich.«

Elinor nickte. »Gut«, sagte sie. »Aber da ist noch etwas: Sollten Sie heute Abend wieder verschwinden, sobald es dunkel wird, so wie Sie es gestern getan haben, dann kommen Sie besser nicht allzu spät zurück. Um Punkt neun Uhr dreißig schalte ich nämlich meine Alarmanlage ein.«

»Oh, da habe ich ja gestern Abend richtig Glück gehabt.« Staubfinger ließ ein paar Nudeln in der Tasche verschwinden, unbemerkt von Elinor, aber nicht von Meggie. »Ich gebe zu, ich gehe gern nachts spazieren. Die Welt ist dann mehr nach meinem Geschmack, still, fast menschenleer und wesentlich geheimnisvoller. Heute Nacht hatte ich allerdings nicht vor, spazieren zu gehen. Trotzdem müsste ich Sie bitten, diese fabelhafte Anlage etwas später einzuschalten.«

»Ach ja? Und wieso, wenn ich fragen darf?«

Staubfinger zwinkerte Meggie zu. »Nun, ich habe der jungen Dame da eine kleine Vorstellung versprochen. Beginn etwa eine Stunde vor Mitternacht.«

»Aha!« Elinor tupfte sich mit ihrer Serviette etwas Soße von den Lippen. »Eine Vorstellung. Wie wäre es, wenn Sie die auf den Tag legen würden, schließlich ist die junge Dame erst zwölf Jahre alt und sollte um acht im Bett liegen.«

Meggie kniff die Lippen zusammen. Seit ihrem fünften Geburtstag ging sie nicht mehr um acht ins Bett, aber sie gab sich nicht die Mühe, Elinor das zu erklären. Stattdessen bewunderte sie, wie gelassen Staubfinger auf Elinors feindselige Blicke reagierte.

»Tja, tagsüber würden die Kunststücke, die ich Meggie zeigen will, nicht die rechte Wirkung entfalten«, sagte er und lehnte sich auf seinem Stuhl zurück. »Dafür bedarf es leider des schwarzen Mantels der Nacht. Aber wie wäre es, wenn Sie auch zusehen? Dann werden Sie verstehen, weshalb das Ganze im Dunkeln stattfinden muss.«

»Nimm das Angebot an, Elinor!«, sagte Mo. »Seine Vorstellung wird dir gefallen. Vielleicht ist dir Feuer danach nicht mehr ganz so unheimlich.«

»Es ist mir nicht unheimlich. Ich mag es nur nicht!«, stellte Elinor mit unbewegtem Gesicht fest.

»Er kann auch jonglieren«, rutschte es Meggie heraus. »Mit acht Bällen.«

»Mit elf«, berichtigte Staubfinger sie. »Aber Jonglieren ist eher etwas für den Tag.«

Elinor zupfte eine Nudel von der Tischdecke und sah erst Meggie und dann Mo mit missmutigem Gesicht an. »Nun gut. Ich will keine Spielverderberin sein«, sagte sie. »Ich werde wie jeden Abend um halb zehn mit einem Buch im Bett liegen und vorher die Alarmanlage anstellen, aber wenn Meggie mir Bescheid sagt, bevor sie sich zu dieser Privatvorstellung begibt, schalte ich die Anlage für eine Stunde wieder aus. Reicht das?«

»Völlig«, sagte Staubfinger und verneigte sich so tief vor ihr, dass er sich die Nasenspitze am Rand seines Tellers stieß.

Meggie verkniff sich ein Lachen.

Es war fünf vor elf, als sie an die Tür von Elinors Schlafzimmer klopfte.

»Herein!«, hörte sie Elinor rufen, und als sie den Kopf durch die Tür steckte, sah sie sie in ihrem Bett sitzen, tief über einen telefonbuchdicken Katalog gebeugt. »Zu teuer, zu teuer, zu teuer!«, murmelte sie. »Merk dir meinen Rat: Lege dir nie eine Leidenschaft zu, für die dein Geld nicht reicht. Es zernagt einem das Herz wie ein Bücherwurm. Nimm dieses Buch hier zum Beispiel!« Elinor tippte mit dem Finger so heftig auf die linke Katalogseite, dass es Meggie nicht gewundert hätte, wenn sie ein Loch hineingebohrt hätte. »Was für eine Ausgabe, und in so gutem Zustand. Seit fünfzehn Jahren will ich sie kaufen, aber sie ist zu teuer, viel zu teuer.«

Mit einem Seufzer klappte Elinor den Katalog zu, warf ihn auf den Teppich und schwang die Beine aus dem Bett. Zu Meggies Überraschung trug sie ein langes geblümtes Nachthemd. Jünger sah sie darin aus, fast wie ein Mädchen, das eines Morgens mit Falten im Gesicht aufgewacht war. »Nun ja, wahrscheinlich wirst du sowieso nie so verrückt wie ich!«, brummte sie, während sie sich ein paar dicke Socken über die nackten Füße zerrte. »Dein Vater neigt nicht zu Verrücktheiten und deine Mutter hat es auch nie getan. Im Gegenteil, ich habe nie jemanden mit einem kühleren Kopf kennengelernt. Mein Vater dagegen war mindestens so verrückt wie ich. Mehr als die Hälfte meiner Bücher habe ich von ihm geerbt und was hat er nun davon? Haben sie ihn vor dem Tod bewahrt? Im Gegenteil. Der Schlag hat ihn getroffen, bei einer Bücherauktion. Ist das nicht lächerlich?«

Meggie wusste beim besten Willen nicht, was sie darauf sagen sollte. »Meine Mutter?«, fragte sie stattdessen. »Haben Sie sie gut gekannt?«

Elinor schnaubte, als hätte sie ihr eine unzumutbare Frage gestellt. »Selbstverständlich habe ich das. Dein Vater hat sie hier kennengelernt. Hat er dir das nie erzählt?«

Meggie schüttelte den Kopf. »Er redet nicht viel von ihr.«

»Nun, das ist vermutlich auch besser so. Warum in alten Wunden bohren? Und du erinnerst dich ja eh nicht an sie. Das Zeichen auf der Bibliothekstür, das hat sie gemalt. Aber jetzt komm. Sonst verpasst du noch deine Vorstellung.«

Meggie folgte Elinor den unbeleuchteten Flur hinunter. Für einen Augenblick hatte sie das verrückte Gefühl, ihre Mutter könnte aus einer der vielen Türen treten und sie anlächeln. Es brannte kaum ein Licht in dem ganzen riesigen Haus, und Meggie stieß sich ein paar Mal das Knie an einem Stuhl oder einem Tischchen, das sie in der Dunkelheit nicht gesehen hatte. »Warum ist es hier überall so dunkel?«, fragte sie, als Elinor in der Eingangshalle nach dem Lichtschalter tastete.

»Weil ich mein Geld lieber für Bücher statt für überflüssigen Strom ausgebe!«, antwortete Elinor und blinzelte so ärgerlich zu der aufflammenden Lampe hinauf, als wäre sie der Ansicht, das dumme Ding könne ruhig etwas sparsamer mit dem Strom umgehen. Dann schlurfte sie zu einem Metallkasten, der verborgen hinter einem dicken, staubigen Vorhang an der Wand neben der Eingangstür hing. »Ich hoffe, du hast dein Licht ausgemacht, bevor du zu mir kamst?«, fragte sie, während sie den Kasten aufschloss.

»Sicher«, sagte Meggie, auch wenn es nicht stimmte.

»Dreh dich um!«, befahl Elinor, bevor sie sich mit gerunzelter Stirn an der Alarmanlage zu schaffen machte. »Himmel, all diese Knöpfe, ich hoffe, ich habe nicht wieder irgendetwas falsch gemacht. Sag Bescheid, sobald die Vorstellung vorbei ist. Und komm nicht auf die Idee, die Gelegenheit zu nutzen, um in die Bibliothek zu schleichen und dir ein Buch zu holen. Denk dran, ich bin gleich nebenan, und meine Ohren sind besser als die einer Fledermaus.«

Meggie verkniff sich die Antwort, die sie auf den Lippen hatte. Elinor öffnete ihr die Eingangstür. Ohne ein Wort schob Meggie sich an ihr vorbei nach draußen. Es war eine milde Nacht, erfüllt von fremden Düften und Grillenstimmen. »Warst du zu meiner Mutter eigentlich auch immer so freundlich?«, fragte sie, als Elinor gerade die Tür hinter ihr schließen wollte.

Elinor sah sie einen Moment lang wie versteinert an. »Ich denke schon«, sagte sie. »Doch, bestimmt. Und sie war immer genauso frech wie du. Viel Spaß mit dem Streichholzfresser!« Dann schlug sie die Tür zu.

Als Meggie durch den dunklen Garten hinters Haus lief, hörte sie plötzlich Musik. Ganz unvermittelt erfüllte sie die Nacht, als hätte sie nur auf Meggies Schritte gewartet: fremdartig klingende Musik, ein närrisches Durcheinander von Schellen, Pfeifen und Trommeln, ausgelassen und traurig zugleich. Meggie hätte es nicht gewundert, wenn auf dem Rasen hinter Elinors Haus eine ganze Schar von Gauklern auf sie gewartet hätte, aber es war nur Staubfinger da.

Er wartete an derselben Stelle, an der Meggie ihn am Vormittag gefunden hatte. Die Musik kam aus einem Kassettenrecorder, der neben dem Liegestuhl im Gras stand. Für seine Zuschauerin hatte Staubfinger eine Gartenbank an den Rand des Rasens gestellt. Links und rechts von ihr steckten brennende Fackeln in der Erde. Auch auf dem Rasen brannten zwei, sie zeichneten zitternde

Schatten in die Nacht, die über das Gras tanzten wie Diener, die Staubfinger sich aus einer dunklen Welt für diesen Anlass hergerufen hatte.

Er selbst stand mit nacktem Oberkörper da, die Haut blass wie der Mond, der genau über Elinors Haus hing, als wäre auch er eigens für Staubfingers Vorstellung vorbeigekommen.

Als Meggie aus der Dunkelheit auftauchte, verbeugte Staubfinger sich vor ihr. »Bitte Platz zu nehmen, schönes Fräulein!«, rief er in die Musik hinein. »Alles hat nur auf dich gewartet.«

Meggie setzte sich verlegen auf die Bank und sah sich um. Auf dem Liegestuhl standen die zwei Flaschen aus dunklem Glas, die sie in Staubfingers Tasche gesehen hatte. In der linken schimmerte es weißlich, als hätte Staubfinger sich etwas Mondlicht abgefüllt. Zwischen den Holzsprossen des Stuhls steckte ein Dutzend Fackeln mit watteweißen Köpfen, und neben dem Kassettenrecorder standen ein Eimer und eine große, bauchige Vase, die, wenn Meggie sich recht erinnerte, aus Elinors Eingangshalle stammte.

Für einen kurzen Moment ließ sie den Blick hinauf zu den Fenstern des Hauses wandern. In Mos Zimmer brannte kein Licht, wahrscheinlich arbeitete er noch, doch ein Stockwerk tiefer sah Meggie Elinor hinter ihrem erleuchteten Fenster stehen. Sobald Meggie in ihre Richtung sah, zog sie den Vorhang zu, als hätte sie ihren Blick bemerkt, aber ihr Schatten zeichnete sich weiter dunkel auf dem blassgelben Vorhang ab.

»Hörst du, wie still es ist?« Staubfinger schaltete den Recorder aus. Die nächtliche Stille legte sich wie Watte auf Meggies Ohren. Kein Blatt regte sich, nur das Knistern der Fackeln war zu hören und das Zirpen der Grillen.

Staubfinger schaltete die Musik wieder ein. »Ich habe eigens mit dem Wind gesprochen«, sagte er. »Denn eins musst du wissen: Wenn der Wind sich in den Kopf setzt, mit dem Feuer zu spielen, dann kann selbst ich es nicht zähmen. Aber er hat mir sein Ehrenwort gegeben, dass er sich heute Nacht ruhig verhalten und uns den Spaß nicht verderben wird.«

Mit diesen Worten griff er nach einer der Fackeln, die in Elinors Liegestuhl steckten. Er nahm einen Schluck aus der Flasche mit dem eingesperrten Mondlicht und spuckte etwas Weißliches in die große Vase. Danach tauchte er die Fackel, die er in der Hand hielt, in den Eimer, zog sie wieder heraus und hielt ihren tropfenden, watteumwickelten Kopf an eine ihrer brennenden Schwestern. Das Feuer loderte so plötzlich auf, dass Meggie zusammenfuhr. Staubfinger aber setzte die zweite Flasche an die Lippen und füllte sich den Mund, bis seine narbigen Backen prall waren. Dann holte er tief, tief Luft, spannte den Körper wie einen Bogen und spuckte, was immer da in seinem Mund war, über der brennenden Fackel in die Luft.

Ein Feuerball hing über Elinors Rasen, ein gleißend heller Feuerball. Wie etwas Lebendiges fraß er an der Dunkelheit. Und groß war er, so groß, dass Meggie sicher war, dass alles um ihn her im nächsten Augenblick in Flammen aufgehen würde, alles, das Gras, der Stuhl und Staubfinger selbst. Der aber drehte sich um sich selbst, ausgelassen wie ein tanzendes Kind, und spuckte noch einmal Feuer. Hoch in den Himmel ließ er es steigen, als wollte er die Sterne in Brand setzen. Dann entzündete er eine zweite Fackel und strich sich mit der Flamme über die nackten Arme. Glücklich wie ein Kind sah er aus, das mit seinem Lieblingstier spielt. Das Feuer leckte an seiner Haut wie etwas Lebendiges, ein züngelndes brennendes Wesen, das er sich zum Freund gemacht hatte, das ihn liebkoste und für ihn tanzte und die Nacht vertrieb. Hoch in die Luft warf er die Fackel, dorthin, wo gerade noch der Feuerball geglüht hatte, fing sie wieder auf, entzündete andere, jonglierte mit drei, vier, fünf Fackeln. Ihr Feuer wirbelte um ihn herum, tanzte mit ihm, ohne ihn zu beißen: Staubfinger, der Flammenbändiger, Funkenspucker, Feuerfreund. Er ließ die Fackeln verschwinden, als hätte die Dunkelheit sie gefressen, und verbeugte sich lächelnd vor der sprachlosen Meggie.

Wie verzaubert saß sie da, auf der harten Bank, und konnte sich nicht sattsehen, als er erneut die Flasche an den Mund setzte und der Nacht wieder und wieder das Feuer ins schwarze Gesicht spuckte.

Meggie wusste später nie zu sagen, was ihren Blick weggelockt hatte von den wirbelnden Fackeln und sprühenden Funken, hin zum Haus und seinen Fenstern. Vielleicht spürt man die Anwesenheit von Bosheit auf der Haut wie plötzliche Hitze oder Kälte ... vielleicht hatte aber auch nur das Licht ihre Augen eingefangen, das plötzlich durch die Fensterläden der Bibliothek sickerte, auf die Rhododendronbüsche, die ihre Blätter gegen das Holz pressten. Vielleicht.

Sie glaubte Stimmen zu hören, lauter als Staubfingers Musik, Männerstimmen, und eine furchtbare Angst machte sich in ihr breit, genauso schwarz und fremd wie in der Nacht, in der Staubfinger draußen auf dem Hof gestanden hatte.

Als sie aufsprang, entglitt Staubfinger eine brennende Fackel und fiel ins Gras. Schnell trat er das Feuer aus, bevor es sich weiterfraß, dann folgte er Meggies Blick und sah wie sie zum Haus hinüber, ohne ein Wort.

Meggie aber lief los. Der Kies knirschte unter ihren Schuhen, als sie auf das Haus zurannte. Die Tür stand einen Spalt weit auf, in der Eingangshalle brannte kein Licht, aber Meggie hörte laute Stimmen den Flur hinunterschallen, der zur Bibliothek führte. »Mo?«, rief sie, und da war die Angst wieder, schlug den krummen Schnabel in ihr Herz.

Auch die Tür der Bibliothek stand offen. Meggie wollte gerade hinein, als zwei kräftige Hände sie an den Schultern packten.

»Still!«, zischte Elinor und zog sie in ihr Schlafzimmer. Meggie sah, dass ihre Finger zitterten, als sie die Tür abschloss.

»Lass das!« Meggie zerrte Elinors Hand weg, versuchte, den Schlüssel wieder herumzudrehen, wollte sie anschreien, dass sie ihrem Vater helfen musste, aber Elinor presste ihr die Hand auf den Mund und zerrte sie von der Tür weg, so heftig Meggie auch um sich schlug und trat. Elinor war stark, viel stärker als Meggie.

»Es sind zu viele!«, zischte sie, während Meggie versuchte, ihr in die Finger zu beißen. »Vier oder fünf große Kerle, und sie sind bewaffnet.« Sie zog die strampelnde Meggie mit sich zu der Wand neben dem Bett. »Schon hundertmal hab ich mir vorgenommen, mir so einen verdammten Revolver zu kaufen!«, flüsterte sie, während sie das Ohr gegen die Wand presste. »Ach was, tausendmal.«

»Natürlich ist es hier!« Meggie hörte die Stimme, auch ohne dass sie an der Wand lauschen musste. Rau war sie, wie eine Katzenzunge. »Sollen wir dein Töchterchen aus dem Garten holen, damit sie es uns zeigt? Oder willst du das vielleicht doch besser selbst übernehmen?«

Meggie versuchte noch einmal, Elinors Hand von ihrem Mund zu zerren. »Gib endlich Ruhe!«, zischte Elinor ihr ins Ohr. »Du bringst ihn nur in Gefahr. Hörst du?«

»Meine Tochter? Was wisst ihr von meiner Tochter?« Das war Mos Stimme.

Meggie schluchzte auf. Sofort hatte sie Elinors Finger wieder auf dem Gesicht. »Ich habe versucht, die Polizei anzurufen!«, wisperte sie ihr ins Ohr. »Aber die Leitungen sind tot.«

»Oh, wir wissen alles, was wir wissen müssen.« Das war wieder die andere Stimme. »Also, wo ist das Buch?«

»Ich gebe es euch!« Mos Stimme klang müde. »Aber ich komme mit euch, denn ich will das Buch zurückhaben, sobald Capricorn es nicht mehr braucht.«

Ich komme mit ... Was meinte er damit? Er konnte doch nicht einfach weggehen. Meggie wollte wieder zur Tür, aber Elinor hielt sie fest. Meggie wollte sie wegstoßen, doch Elinor umschlang sie mit ihren kräftigen Armen und presste ihr wieder die Finger auf die Lippen.

»Umso besser. Wir sollten dich sowieso mitbringen«, sagte eine zweite Stimme. Sie klang breit und grob. »Du glaubst gar nicht, wie sehr Capricorn sich danach verzehrt, deine Stimme zu hören. Er hat großes Vertrauen in deine Fähigkeiten.«

»Ja, der Ersatz, den Capricorn für dich gefunden hat, ist ein fürchterlicher Stümper.« Das war wieder die Katzenstimme. »Sieh dir Cockerell an.« Meggie hörte das Scharren von Füßen. »Er humpelt, und Flachnases Gesicht sah auch schon besser aus. Obwohl er noch nie eine Schönheit war.«

»Rede nicht lange herum, wir haben nicht ewig Zeit, Basta. Wie sieht's aus, nehmen wir seine Tochter auch gleich mit?« Noch eine Stimme. Sie klang, als drückte jemand dem Sprecher die Nase zu.

»Nein!«, fuhr Mo ihn an. »Meine Tochter bleibt hier oder ich werde euch das Buch nicht geben!«

Einer der Männer lachte. »O doch, Zauberzunge, das würdest du, aber sei unbesorgt. Es war keine Rede davon, sie mitzubringen. Ein Kind würde uns nur aufhalten und Capricorn wartet schon viel zu lange auf dich. Also, wo ist das Buch?«

Meggie presste ihr Ohr so fest gegen die Wand, dass es schmerzte. Sie hörte Schritte und dann ein Schaben, als würde etwas zur Seite geschoben.

Elinor neben ihr hielt den Atem an.

»Kein schlechtes Versteck!«, sagte die Katzenstimme. »Cockerell, pack es ein. Und pass gut darauf auf. Nach dir, Zauberzunge. Los.«

Sie gingen. Meggie versuchte verzweifelt, sich aus Elinors Arm zu winden. Sie hörte, wie die Tür der Bibliothek zufiel, wie die Schritte sich entfernten, leiser und leiser wurden. Dann war es still. Und Elinor ließ sie endlich los.

Meggie stürzte zur Tür, schloss schluchzend auf, lief über den Flur in die Bibliothek.

Sie war leer. Kein Mo.

Die Bücher standen wohlgeordnet auf ihren Regalen, nur an einer Stelle klaffte eine Lücke, breit und dunkel. Meggie glaubte zwischen den Büchern, gut verborgen, eine Klappe zu sehen, die offen stand.

»Unglaublich!«, hörte sie Elinor hinter sich sagen. »Sie haben tatsächlich nur das eine Buch gesucht.« Meggie stieß sie zur Seite und rannte den Flur hinunter.

»Meggie!«, rief Elinor ihr hinterher. »Warte!«

Aber worauf sollte sie warten? Darauf, dass die Fremden mit ihrem Vater fortfuhren? Sie hörte, wie Elinor ihr nachrannte. Ihre Arme waren vielleicht stärker, aber Meggies Beine waren schneller.

In der Eingangshalle brannte immer noch kein Licht. Die Haustür stand sperrangelweit offen und ein kühler Wind wehte Meggie entgegen, als sie atemlos in die Nacht hinausstolperte.

»Mo!«, schrie sie.

Sie glaubte, Autolichter aufflammen zu sehen, hinten, wo der Weg sich zwischen den Bäumen verlor, ein Motor sprang an. Meggie rannte darauf zu. Sie stolperte auf dem taufeuchten Kies und schlug sich das Knie auf. Warm lief ihr das Blut am Schienbein hinunter, aber sie achtete nicht darauf. Sie lief weiter, hinkend und schluchzend, bis sie unten vor dem großen Eisentor stand.

Aber die Straße dahinter war leer.

Und Mo war fort.

Was die Nacht verbirgt

Tausend Feinde außerhalb des Hauses
sind besser als einer drinnen.
Arabisches Sprichwort

Staubfinger verbarg sich hinter dem Stamm einer Kastanie, als Meggie an ihm vorbeirannte. Er sah, wie sie am Tor stehen blieb und die Straße hinunterstarrte. Er hörte, wie sie mit dünner Stimme den Namen ihres Vaters rief. Ihre Rufe verloren sich in der Dunkelheit, kaum lauter als das Zirpen einer Grille in der großen, schwarzen Nacht. Und dann wurde es plötzlich ganz still und Staubfinger sah, wie Meggies schmale Gestalt dastand, als würde sie sich nie wieder regen. Alle Kraft schien sie verlassen zu haben, als könnte der nächste Windstoß sie fortwehen.

So lange stand sie da, dass Staubfinger irgendwann die Augen schloss, um sie nicht mehr sehen zu müssen. Aber nun hörte er sie weinen und sein Gesicht wurde heiß vor Scham, als würde der Wind ihn mit dem Feuer verbrennen, mit dem er eben noch gespielt hatte. Ohne einen Laut stand er da, den Rücken gegen den Baumstamm gepresst, und wartete darauf, dass Meggie zum Haus zurückgehen würde. Aber sie rührte sich immer noch nicht.

Endlich, als seine Beine schon ganz taub waren, drehte sie sich um, wie eine Marionette, der man ein paar Fäden durchtrennt hat, und ging zum Haus zurück. Sie weinte nicht mehr, als sie an Staubfinger vorbeikam, sie fuhr sich nur mit der Hand über die Augen, um die Tränen fortzuwischen, und einen schrecklichen

Moment lang verspürte er den Drang, zu ihr zu laufen, sie zu trösten und ihr zu erklären, warum er Capricorn alles gesagt hatte. Aber da war Meggie auch schon an ihm vorbei. Sie beschleunigte ihre Schritte, als käme ihre Kraft zurück. Immer schneller lief sie, bis sie zwischen den pechschwarzen Bäumen verschwunden war.

Und Staubfinger kam hinter dem Baum hervor, warf sich den Rucksack auf den Rücken, nahm die zwei Taschen mit seinen Habseligkeiten auf und schritt hastig auf das immer noch offen stehende Tor zu.

Die Nacht verschluckte ihn wie einen räuberischen Fuchs.

Allein

»Mein Schätzelchen«, sagte meine Großmutter schließlich. »Bist du auch ganz bestimmt nicht traurig, dass du für den Rest deines Lebens eine Maus bleiben musst?«
»Das ist mir ganz egal«, antwortete ich. »Es spielt gar keine Rolle, wer man ist oder wie man aussieht, solange einen nur jemand liebt.«
Roald Dahl, Hexen hexen

Elinor stand in der hell erleuchteten Haustür, als Meggie zurückkam. Sie hatte sich einen Mantel über das Nachthemd gezogen. Die Nacht war warm, aber vom See wehte jetzt ein kalter Wind herauf. Wie verzweifelt das Mädchen aussah – so verloren. Elinor erinnerte sich an das Gefühl. Es gab kein schlimmeres.

»Sie haben ihn mitgenommen!« Meggies Stimme erstickte fast an ihrer hilflosen Wut. Feindselig starrte sie sie an. »Warum hast du mich festgehalten? Wir hätten ihm helfen können!« Sie hatte die Fäuste geballt, als würde sie am liebsten nach ihr schlagen.

Elinor erinnerte sich auch an dieses Gefühl. Manchmal wollte man nach der ganzen Welt schlagen, aber es nützte nichts, überhaupt nichts. Der Kummer blieb. »Red nicht so einen Unsinn!«, sagte sie barsch. »Wie hätten wir das anstellen sollen? Sie hätten dich auch mitgenommen. Hätte das deinem Vater gefallen? Hätte ihm das irgendetwas genützt? Nein. Also steh nicht länger da herum, sondern komm ins Haus.«

Doch das Mädchen rührte sich nicht. »Sie bringen ihn zu Capricorn!«, flüsterte sie, so leise, dass Elinor sie kaum verstehen konnte.

»Zu wem?«

Meggie schüttelte nur den Kopf und fuhr sich mit dem Ärmel über das nass geweinte Gesicht.

»Die Polizei wird gleich hier sein«, sagte Elinor. »Ich habe sie mit dem Handy deines Vaters angerufen. Ich wollte mir nie so ein Ding anschaffen, aber jetzt werde ich es, denke ich, doch tun. Sie haben mir einfach das Kabel gekappt.«

Meggie hatte sich immer noch nicht gerührt. Sie zitterte. »Sie sind sowieso längst weg!«, sagte sie.

»Du meine Güte, es wird ihm schon nichts passieren!« Elinor zog den Mantel enger um sich. Der Wind wurde stärker. Es würde Regen geben, ganz bestimmt.

»Woher willst du das denn wissen?« Meggies Stimme bebte vor Wut.

Himmel, wenn Blicke töten könnten, dachte Elinor, dann wäre ich jetzt mausetot. »Weil er sogar freiwillig mit ihnen mitgehen wollte!«, antwortete sie ärgerlich. »Du hast es doch auch gehört, oder etwa nicht?«

Das Mädchen senkte den Kopf. Natürlich hatte sie es gehört. »Stimmt!«, flüsterte sie. »Er hat sich mehr Sorgen um das Buch gemacht als um mich.«

Darauf wusste Elinor nichts zu sagen. Ihr Vater war immer der festen Überzeugung gewesen, dass man sich um Bücher mehr kümmern musste als um Kinder. Und als er plötzlich tot war, hatten sie und ihre beiden Schwestern noch jahrelang das Gefühl gehabt, dass er nur wie üblich in der Bibliothek saß und seine Bücher abstaubte. Aber Meggies Vater war anders.

»Unsinn, natürlich hat er sich Sorgen um dich gemacht!«, sagte sie. »Ich kenne keinen Vater, der auch nur halb so vernarrt in seine Tochter ist wie deiner. Du wirst sehen, er wird bald zurück sein. Und nun komm endlich rein!« Sie streckte Meggie die Hand hin. »Ich mach dir eine heiße Milch mit Honig. Macht man nicht so etwas für Kinder, die kreuzunglücklich sind?«

Aber Meggie beachtete die Hand nicht mal. Sie drehte sich plötzlich um und lief los. Als wäre ihr etwas eingefallen.

»He, warte!« Elinor schob schimpfend die Füße in ihre Gartenschuhe und stolperte hinterher. Das dumme Ding lief hinters Haus, dorthin, wo der Feuerfresser ihr seine Vorstellung gegeben hatte. Aber natürlich war der Rasen leer. Nur die abgebrannten Fackeln steckten noch in der Erde.

»Tja, der Herr Streichholzverschlucker scheint auch fort zu sein«, sagte Elinor. »Im Haus ist er jedenfalls nicht.«

»Vielleicht ist er ihnen gefolgt!« Das Mädchen ging zu einer der abgebrannten Fackeln und strich über den verkohlten Kopf. »Genau! Er hat gesehen, was passiert ist, und ist ihnen gefolgt!« Hoffnungsvoll sah sie Elinor an.

»Sicher. So wird es gewesen sein.« Elinor gab sich wirklich Mühe, nicht spöttisch zu klingen. Was glaubst du, wie er ihnen gefolgt ist? Zu Fuß?, setzte sie in Gedanken hinzu. Aber statt das auszusprechen, legte sie Meggie eine Hand auf die Schulter. Herrgott, das Mädchen zitterte immer noch.

»Komm jetzt!«, sagte sie. »Die Polizei wird bald hier sein und im Moment können wir wirklich nichts tun. Du wirst sehen, in ein paar Tagen taucht dein Vater wieder auf, und vielleicht ist dein Feuer spuckender Freund bei ihm. Aber bis dahin musst du es wohl mit mir aushalten.«

Meggie nickte nur. Widerstandslos ließ sie sich mit zum Haus ziehen.

»Eine Bedingung habe ich noch«, sagte Elinor, als sie vor der Haustür standen.

Meggie sah sie voll Misstrauen an.

»Könntest du aufhören, mich, während wir zwei hier allein sind, ständig so anzusehen, als würdest du mich am liebsten vergiften? Ließe sich das einrichten?«

Auf Meggies Gesicht stahl sich ein kleines, verlorenes Lächeln. »Ich denke schon«, sagte sie.

Die zwei Polizisten, die irgendwann auf den kiesbestreuten Hof fuhren, stellten viele Fragen, und weder Elinor noch Meggie konnten sie beantworten. Nein, Elinor hatte die Männer noch nie gesehen. Nein, Geld hatten sie nicht gestohlen, auch sonst nichts von Wert, nur ein Buch. Die beiden Männer wechselten einen belustigten Blick, als Elinor das sagte. Ärgerlich hielt sie ihnen einen Vortrag über den Wert seltener Bücher, aber das machte die Sache nur noch schlimmer. Als Meggie schließlich sagte, dass sie ihren Vater bestimmt finden würden, wenn sie einen gewissen Capricorn ausfindig machten, sahen die beiden sich an, als hätte das Mädchen ernsten Gesichtes behauptet, ihr Vater sei vom bösen Wolf entführt worden. Dann fuhren sie wieder davon. Und Elinor brachte Meggie zu ihrem Zimmer. Das dumme Ding hatte schon wieder Tränen in den Augen und Elinor hatte nicht die leiseste Idee, wie man es anstellte, ein Mädchen von zwölf Jahren zu trösten, also sagte sie nur: »Deine Mutter hat auch immer in diesem Zimmer geschlafen«, was vermutlich das Falscheste war, was man sagen konnte. Deshalb setzte sie schnell noch hinzu: »Lies etwas, wenn du nicht schlafen kannst«, räusperte sich zweimal und ging dann durch das leere, dunkle Haus zurück zu ihrem Zimmer.

Wieso kam es ihr plötzlich so unendlich groß und leer vor? In all den vielen Jahren, die sie nun schon allein hier lebte, hatte es sie nie gestört, dass hinter all den Türen nur ihre Bücher auf sie warteten. Es war lange her, dass sie mit ihren Schwestern in den Zimmern und auf den Fluren Verstecken gespielt hatte. Wie leise hatten sie sich dabei immer an der Tür der Bibliothek vorbeigeschlichen …

Draußen rüttelte der Wind an den Fensterläden. Himmel, ich werde kein Auge zutun können, dachte Elinor. Und dann dachte sie an das Buch, das neben ihrem Bett auf sie wartete, und mit einer Mischung aus Vorfreude und sehr schlechtem Gewissen verschwand sie in ihrem Schlafzimmer.

Ein böser Tausch

Eine starke, bittere Buchkrankheit durchflutet die Seele. Wie schändlich, an diese schwerfällige Masse von Papier, Gedrucktem und Gefühlen toter Männer gebunden zu sein. Wäre es nicht besser, edler und mutiger, den Müll zu belassen, wo er liegt, und hinauszuschreiten in die Welt – als freier, ungehemmter, analphabetischer Superman?
Solomon Eagle, Moving a Library

Meggie schlief nicht in ihrem Bett in dieser Nacht. Sobald Elinors Schritte verklungen waren, lief sie hinüber in Mos Zimmer.

Er hatte noch nicht ausgepackt, die Tasche stand offen neben dem Bett. Nur seine Bücher lagen schon auf dem Nachttisch und eine angebrochene Tafel Schokolade. Mo war verrückt nach Schokolade. Selbst der muffigste Schokoladenweihnachtsmann war nicht sicher vor ihm. Meggie brach ein Stück von der Tafel ab und schob es in den Mund, aber es schmeckte nach nichts. Nur nach Traurigkeit.

Mos Decke war kalt, als sie darunterkroch, und auch das Kissen roch noch nicht nach ihm, sondern nach Weichspüler und Waschmittel. Meggie schob die Hand darunter. Ja, da war es: kein Buch, sondern ein Foto. Meggie zog es hervor. Es war ein Bild ihrer Mutter, Mo hatte es immer unter seinem Kissen liegen. Als sie klein war, hatte Meggie geglaubt, dass Mo ihr irgendwann einfach eine Mutter erfunden hatte, weil er dachte, dass sie gern eine gehabt hätte. Er erzählte ihr wunderbare Geschichten über sie. »Mochte sie mich?«, fragte Meggie dann immer. »Sehr.« – »Wo ist sie?« –

»Sie musste fort, als du gerade drei Jahre alt warst.« – »Warum?« – »Sie musste eben fort.« – »Weit fort?« – »Sehr weit.« – »Ist sie tot?« – »Nein, ganz bestimmt nicht.« Meggie war es gewohnt, dass Mo auf manche Fragen seltsame Antworten gab. Und mit zehn Jahren glaubte sie nicht mehr an eine Mutter, die Mo nur erfunden hatte, sondern an eine, die einfach fortgegangen war. So etwas kam vor. Und solange Mo da war, hatte sie eine Mutter auch nie sonderlich vermisst.

Aber nun war er fort.

Und sie war allein mit Elinor und ihren Kieselaugen.

Sie zog Mos Pullover aus der Tasche und presste das Gesicht hinein. Das Buch ist schuld, dachte sie immer wieder. Nur dieses Buch ist schuld. Warum hat er es Staubfinger nicht gegeben? Manchmal hilft es, wütend zu werden, wenn man vor Traurigkeit nicht ein noch aus weiß. Aber dann kamen die Tränen trotzdem wieder und Meggie schlief mit dem salzigen Geschmack auf den Lippen ein.

Als sie aufwachte, plötzlich, mit klopfendem Herzen und schweißnassem Haar, war alles sofort wieder da: die Männer, Mos Stimme und die leere Straße. Ich geh ihn suchen, dachte Meggie. Ja, das tue ich. Draußen färbte sich der Himmel gerade rot. Nicht mehr lange und die Sonne würde aufgehen. Es war besser, wenn sie fort war, bevor es hell wurde.

Mos Jacke hing über dem Stuhl unter dem Fenster, als hätte er sie gerade erst ausgezogen. Meggie nahm das Portemonnaie heraus, das Geld würde sie brauchen können. Dann schlich sie zu ihrem Zimmer, um ein paar Sachen zu packen, nur das Nötigste: etwas zum Anziehen – und ein Foto von ihr und Mo, damit sie nach ihm fragen konnte. Ihre Kiste würde sie natürlich nicht mitnehmen können. Erst wollte sie sie unter dem Bett verstecken, aber dann beschloss sie, Elinor einen Zettel zu schreiben:

Liebe Elinor, schrieb sie, obwohl sie wirklich nicht fand, dass das für Elinor die passende Anrede war – und fragte sich als Nächstes, ob sie sie duzen oder weiterhin siezen sollte. Ach was, Tanten duzt man, dachte sie, außerdem ist das leichter. *Ich muss meinen Vater suchen gehen,* schrieb sie weiter. *Mach dir keine Sorgen* – die würde Elinor sich sowieso nicht machen – *und sag bitte nicht der Polizei, dass ich weg bin, sonst holen sie mich bestimmt zurück. In der Kiste sind meine Lieblingsbücher. Ich kann sie leider nicht mitnehmen. Bitte pass auf sie auf, ich hole sie ab, sobald ich meinen Vater gefunden habe. Danke. Meggie.*

PS: Ich weiß genau, wie viele Bücher in der Kiste sind.

Den letzten Satz strich sie wieder weg, er würde Elinor nur ärgern, und wer konnte sagen, was sie dann mit den Büchern anstellte. Womöglich verkaufte sie sie. Schließlich hatte Mo jedes von ihnen mit einem besonders schönen Einband versehen. In Leder gebunden war keines, Meggie wollte sich beim Lesen nicht vorstellen müssen, dass man für ihre Bücher einem Kalb oder Schwein die Haut abgezogen hatte. Zum Glück konnte Mo so etwas verstehen. Vor vielen Hundert Jahren, hatte er Meggie mal erzählt, machte man die Einbände für besonders wertvolle Bücher aus der Haut ungeborener Kälber: *Charta virginea non nata,* ein wunderschön klingender Name für ein furchtbares Ding. »Und in diesen Büchern«, hatte Mo gesagt, »standen dann so viele kluge Worte über Liebe und Güte und Barmherzigkeit.«

Während Meggie ihre Tasche packte, gab sie sich alle Mühe, nicht nachzudenken, denn sie wusste, dass sie das zu der Frage führen würde, wo sie denn suchen wollte. Immer wieder schob sie den Gedanken beiseite, aber irgendwann wurden ihre Hände trotzdem langsamer, und schließlich stand sie da, neben der vollgestopften Tasche, und konnte die grausame kleine Stimme in ihrem Inneren nicht länger überhören. »Nun sag schon, wo willst du suchen, Meggie?«, wisperte sie. »Willst du die Straße links oder rechts hinuntergehen? Nicht mal das weißt du. Was glaubst du, wie weit du kommen wirst, bevor die Polizei dich aufgreift? Ein zwölfjähriges Mädchen mit einer Tasche in der Hand und einer wilden Geschichte von einem verschwundenen Vater und keiner Mutter, zu der man es zurückbringen kann?«

Meggie presste sich die Hände auf die Ohren, aber was half das gegen eine Stimme, die aus ihrem Kopf kam oder sonst woher? Eine ganze Weile stand sie so da. Dann schüttelte sie den Kopf, bis die Stimme endlich schwieg, und zerrte die gepackte Tasche auf den Flur hinaus. Sie war schwer, viel zu schwer. Meggie machte sie wieder auf und warf alles zurück in das Zimmer. Nur einen Pullover behielt sie, ein Buch (eins brauchte sie einfach, wenigstens eins), das Foto und Mos Portemonnaie. So würde sie die Tasche tragen können, so weit es sein musste.

Leise schlich sie die Treppe hinunter, in der einen Hand die Tasche, in der anderen den Zettel für Elinor. Die Morgensonne stahl sich schon durch die Ritzen der Fensterläden, aber in dem großen Haus war es so still, als schliefen selbst die Bücher in den Regalen. Nur durch die Tür von Elinors Schlafzimmer drang ein leises Schnarchen. Meggie wollte den Zettel eigentlich unter der Tür durchschieben, aber es ging nicht. Einen Moment lang zögerte sie, dann drückte sie die Klinke hinunter. In Elinors Schlafzimmer war es hell, trotz der geschlossenen Fensterläden. Die Lampe neben dem Bett brannte, offenbar war Elinor beim Lesen eingeschlafen. Sie lag auf dem Rücken und schnarchte, den Mund leicht geöffnet, die Gipsengel an, die über ihr an der Zimmerdecke hingen. An ihre Brust presste sie ein Buch. Meggie erkannte es sofort.

Mit ein paar Schritten war sie neben dem Bett.

»Wo hast du das her?«, schrie sie und zerrte Elinor das Buch aus den schlafschweren Armen. »Das gehört meinem Vater!«

Elinor fuhr aus dem Schlaf, als hätte Meggie ihr heißes Wasser ins Gesicht geschüttet.

»Du hast es gestohlen!«, schrie Meggie, außer sich vor Wut. »Und du hast diese Männer geholt, ja, genau. Du und dieser Capricorn, ihr steckt unter einer Decke! Du hast meinen Vater verschleppen lassen und wer weiß, was du mit dem armen Staubfinger gemacht hast! Du wolltest das Buch haben, von Anfang an! Ich hab gesehen, wie du es angesehen hast – als wär es was Lebendiges! Wahrscheinlich ist es eine Million wert oder zwei oder drei ...«

Elinor saß in ihrem Bett, starrte die Blumen auf ihrem Nachthemd an und sagte kein Wort. Erst als Meggie nach Atem rang, regte sie sich.

»Bist du fertig?«, fragte sie. »Oder willst du hier herumschreien, bis du tot umfällst?« Ihre Stimme klang barsch wie immer, aber es klang noch etwas anderes heraus – ein schlechtes Gewissen.

»Ich werd es der Polizei sagen!«, stieß Meggie hervor. »Ich werd ihnen sagen, dass du das Buch gestohlen hast und dass sie dich fragen sollen, wo mein Vater ist.«

»Ich – habe – dich – und – dieses – Buch – gerettet!«

Elinor schwang die Beine aus dem Bett, ging zum Fenster und stieß die Fensterläden auf.

»Ach ja? Und was ist mit Mo?« Meggies Stimme wurde wieder

laut. »Was passiert, wenn sie merken, dass er ihnen das falsche Buch gegeben hat? Du bist schuld, wenn sie ihm etwas antun. Staubfinger hat es gesagt: Capricorn wird ihn töten, wenn er ihm das Buch nicht gibt. Er wird ihn töten!«

Elinor streckte den Kopf aus dem Fenster und holte tief Luft. Dann drehte sie sich wieder um. »Das ist doch Unsinn!«, sagte sie ärgerlich. »Du gibst viel zu viel auf das, was dieser Streichholzfresser erzählt. Und du hast eindeutig zu viele schlechte Abenteuergeschichten gelesen. Deinen Vater töten, Himmel, er ist kein Geheimagent oder sonst etwas Gefährliches! Er restauriert alte Bücher! Das ist nicht unbedingt ein Beruf, der mit Lebensgefahr verbunden ist! Ich wollte mir das Buch doch nur in Ruhe ansehen. Nur deshalb habe ich es ausgetauscht. Konnte ich ahnen, dass hier mitten in der Nacht diese dunklen Gestalten auftauchen, um deinen Vater samt dem Buch mitzunehmen? Mir hatte er doch nur erzählt, dass ihn irgendein verrückter Sammler seit Jahren wegen des Buches bedrängt. Woher sollte ich wissen, dass dieser Sammler selbst vor Einbruch und Menschenraub nicht zurückschreckt? Nicht einmal ich würde auf solche Ideen kommen. Außer vielleicht für ein, zwei Bücher auf der Welt.«

»Aber Staubfinger hat es gesagt. Er hat gesagt, dass er ihn töten würde!« Meggie hielt das Buch fest umklammert, als könnte sie nur so verhindern, dass noch mehr Unglück herauskroch. Es kam ihr vor, als hätte sie Staubfingers Stimme plötzlich wieder im Ohr. »Und das Schreien und Zappeln des kleinen Dinges«, flüsterte sie, »würde ihm schmecken wie Honig.«

»Was? Von wem redest du jetzt schon wieder?« Elinor setzte sich auf die Bettkante und zog Meggie an ihre Seite. »Du erzählst mir jetzt alles, was du über die Sache weißt. Na los.«

Meggie schlug das Buch auf. Sie blätterte in den Seiten, bis sie das große K wiederfand, auf dem das Tier saß, das Gwin so ähnelte.

»Meggie! He, ich rede mit dir!« Elinor rüttelte sie unsanft an den Schultern. »Von wem hast du gerade gesprochen?«

»Capricorn.« Meggie flüsterte den Namen nur. Es schien Gefahr daran zu kleben, an jedem einzelnen Buchstaben.

»Capricorn. Und weiter? Den Namen habe ich jetzt schon ein paar Mal von dir gehört. Aber wer, zum Henker, soll das sein?«

Meggie klappte das Buch zu, strich über den Einband und betrachtete es von allen Seiten. »Der Titel steht nicht drauf«, murmelte sie.

»Nein, weder auf dem Einband noch innen.« Elinor stand auf und ging zum Kleiderschrank. »Es gibt viele Bücher, bei denen du den Titel nicht gleich erfährst. Schließlich ist es eine relativ neumodische Sitte, ihn auf den Einband zu schreiben. Als man Bücher noch so band, dass sich der Rücken nach innen wölbte, stand der Titel höchstens außen auf dem Seitenschnitt, in den meisten Fällen erfuhr man ihn sogar nur, wenn man das Buch aufschlug. Erst als die Buchbinder lernten, runde Rücken zu machen, wanderte der Titel dorthin.«

»Ja, ich weiß!«, sagte Meggie ungeduldig. »Aber das ist kein altes Buch. Ich weiß, wie alte Bücher aussehen.«

Elinor warf ihr einen spöttischen Blick zu. »O entschuldige! Ich vergaß, dass du ja eine richtige Expertin bist. Aber du hast recht: Dieses Buch ist nicht sehr alt. Es ist vor fast genau achtunddreißig Jahren erschienen. Ein wahrhaft lächerliches Alter für ein Buch!« Sie verschwand hinter der geöffneten Schranktür. »Einen Titel hat es natürlich trotzdem: Es heißt *Tintenherz*. Ich vermute, dein Vater hat es mit Absicht so gebunden, dass man dem Einband nicht ansieht, um welches Buch es sich handelt. Nicht mal innen auf der ersten Seite findest du den Titel, und wenn du genau hinsiehst, wirst du erkennen, dass er die Seite herausgetrennt hat.«

Elinors Nachthemd landete auf dem Teppich, und Meggie sah, wie ihre nackten Beine umständlich in eine Strumpfhose schlüpften.

»Wir müssen noch mal zur Polizei gehen«, sagte sie.

»Wozu?« Elinor warf einen Pullover über die Schranktür. »Was willst du denen erzählen? Hast du nicht gesehen, wie diese beiden uns gestern gemustert haben?« Elinor verstellte die Stimme: »Ah ja, wie war das noch mal, Frau Loredan? Jemand ist in Ihr Haus eingebrochen, nachdem Sie vorher freundlicherweise die Alarmanlage ausgeschaltet hatten. Dann haben diese ach so geschickten Einbrecher nur ein einziges Buch gestohlen, obwohl in Ihrer Bibliothek Bücher im Wert von vielen Millionen stehen, und den Vater dieses Mädchens mitgenommen, nachdem er ihnen ohnehin angeboten hatte, sie zu begleiten! Ah ja. Sehr interessant. Und gearbeitet haben diese Männer vermutlich für einen Mann, der sich Capricorn nennt. Bedeutet das nicht ›Steinbock‹? Herrgott, Mädchen.« Elinor tauchte wieder hinter der Schranktür auf. Sie trug einen scheußlich karierten Rock und einen karamellfarbenen Pullover, der sie blass wie Hefeteig aussehen ließ. »Alle, die an diesem See wohnen, halten mich für verrückt, und wenn wir mit dieser Geschichte noch einmal zur Polizei gehen, wird die Meldung die Runde machen, dass Elinor Loredan nun endgültig übergeschnappt ist. Was wieder einmal der Beweis dafür wäre, dass die Leidenschaft für Bücher eine sehr ungesunde Sache ist.«

»Du ziehst dich an wie eine Großmutter«, sagte Meggie.

Elinor blickte an sich herunter. »Vielen Dank«, sagte sie. »Aber Kommentare über mein Äußeres sind nicht erwünscht. Außerdem könnte ich deine Großmutter sein. Mit etwas Mühe.«

»Warst du schon mal verheiratet?«

»Nein. Ich wüsste nicht, wozu. Und könntest du jetzt bitte aufhören, mir persönliche Fragen zu stellen? Hat dein Vater dir nicht beigebracht, dass man so etwas nicht tut?«

Meggie schwieg. Sie wusste selbst nicht, warum sie die Fragen gestellt hatte. »Es ist sehr wertvoll, oder?«, fragte sie.

»*Tintenherz?*« Elinor nahm Meggie das Buch aus der Hand, strich über den Einband und gab es ihr zurück. »Ja, ich denke schon. Obwohl du in keinem der Kataloge und Verzeichnisse, die es von wertvollen Büchern gibt, auch nur ein Exemplar finden wirst. Ich habe inzwischen einiges über dieses Buch herausgefunden. So mancher Sammler würde deinem Vater sehr, sehr viel Geld bieten, wenn sich herumspräche, dass er das vielleicht einzige Exemplar besitzt. Schließlich soll es nicht nur ein seltenes, sondern auch ein gutes Buch sein. Ich kann dazu nichts sagen, ich habe gestern Nacht kaum ein Dutzend Seiten geschafft. Als die erste Fee auftauchte, bin ich eingeschlafen. Mit Geschichten, in denen Feen, Zwerge und was sonst noch alles vorkommt, konnte ich noch nie viel anfangen. Obwohl ich nichts dagegen hätte, ein paar davon in meinem Garten zu haben.«

Elinor trat noch einmal hinter die Kleiderschranktür, offenbar musterte sie sich in einem Spiegel. Meggies Bemerkung über ihre Kleidung schien sie doch zu beschäftigen. »Ja, ich denke, es ist sehr wertvoll«, wiederholte sie mit nachdenklicher Stimme. »Obwohl es inzwischen fast vergessen ist. Kaum einer scheint noch zu wissen, wovon es handelt, kaum einer scheint es gelesen zu haben. Selbst in Bibliotheken findet man es nicht. Aber ab und zu hört man immer noch diese Geschichten darüber: dass es nur deshalb keines mehr gibt, weil alle noch existierenden Exemplare gestohlen wurden. Vermutlich ist das Unsinn. Nicht nur Tiere und Pflanzen verschwinden, Bücher tun es auch. Leider kommt das nicht einmal selten vor. Man könnte sicherlich hundert Häuser wie dieses bis zum Dach mit all den Büchern füllen, die für immer verschwunden sind.« Elinor schlug die Schranktür wieder zu und steckte sich mit fahrigen Fingern das Haar hoch. »Der Autor lebt noch, soweit ich weiß, aber offenbar hat er nie etwas unternommen, damit sein Buch neu aufgelegt wird – was ich seltsam finde, schließlich schreibt man eine Geschichte doch, damit sie gelesen wird, oder? Nun, vielleicht gefällt ihm seine Geschichte nicht mehr, oder sie verkaufte sich einfach so schlecht, dass sich kein Verlag fand, der sie noch einmal drucken wollte. Was weiß ich?«

»Ich glaub trotzdem nicht, dass sie es nur gestohlen haben, weil es wertvoll ist«, murmelte Meggie.

»Ach nein?« Elinor lachte auf. »Du meine Güte, du bist wirklich die Tochter deines Vaters. Mortimer konnte sich auch nie vorstellen, dass Menschen irgendetwas Verwerfliches für Geld tun, weil es ihm selbst nicht sonderlich viel bedeutet. Hast du eine Vorstellung, was ein Buch wert sein kann?«

Meggie sah sie ärgerlich an. »Ja, hab ich. Aber ich glaube trotzdem nicht, dass das der Grund ist.«

»Nun, ich schon. Und Sherlock Holmes würde dasselbe denken. Hast du die Bücher mal gelesen? Wunderbar. Besonders an Regentagen.« Elinor schlüpfte in ihre Schuhe. Sie hatte seltsam kleine Füße für eine so stämmige Frau.

»Vielleicht steckt irgendein Geheimnis darin«, murmelte Meggie. Nachdenklich strich sie über die dicht bedruckten Seiten.

»Ach, du meinst so etwas wie unsichtbare Botschaften, mit Zitronensaft geschrieben, oder eine Schatzkarte, die sich in einem der Bilder verbirgt.« Elinors Stimme klang so spöttisch, dass Meggie ihr am liebsten den kurzen Hals umgedreht hätte.

»Warum nicht?« Sie klappte das Buch wieder zu und klemmte es sich unter den Arm. »Warum hätten sie sonst Mo mitgenommen? Das Buch hätte doch gereicht.«

Elinor zuckte die Schultern.

Natürlich, sie kann nicht zugeben, dass sie daran nicht gedacht hat, dachte Meggie voll Verachtung. Sie muss einfach immer recht haben.

Elinor sah sie an, als hätte sie ihre Gedanken gehört. »Weißt du was? Lies es doch einfach«, sagte sie. »Vielleicht findest du ja irgendetwas, das deiner Meinung nach nicht in die Geschichte gehört. Ein paar überflüssige Wörter hier, ein paar unnütze Buchstaben dort … und schon hast du sie, die geheime Botschaft. Den Wegweiser zum Schatz. Wer weiß, wie lange es dauern wird, bis dein Vater zurückkommt, und mit irgendetwas musst du hier ja schließlich die Zeit totschlagen.«

Bevor Meggie darauf antworten konnte, bückte Elinor sich nach einem Zettel, der neben ihrem Bett auf dem Teppich lag. Es war Meggies Abschiedsbrief, sie musste ihn fallen gelassen haben, als sie das Buch in Elinors Armen entdeckt hatte.

»Was soll das nun wieder?«, fragte Elinor, nachdem sie ihn mit gerunzelter Stirn gelesen hatte. »Du wolltest deinen Vater suchen gehen? Wo, um Himmels willen? Du bist verrückter, als ich dachte.«

Meggie presste *Tintenherz* an sich. »Wer soll ihn denn sonst suchen?«, sagte sie. Ihre Lippen begannen zu zittern, sie konnte nichts dagegen tun.

»Na, wenn, dann werden wir ihn zusammen suchen!«, erwiderte Elinor unwirsch. »Aber erst mal geben wir ihm Gelegenheit zurückzukommen. Oder glaubst du, es würde ihm gefallen, wenn er bei seiner Rückkehr feststellt, dass du verschwunden bist, um ihn irgendwo in der großen, weiten Welt zu suchen?«

Meggie schüttelte den Kopf. Elinors Teppich verschwamm vor ihren Augen und eine Träne lief ihr den Nasenrücken hinunter.

»Na, dann ist das ja geklärt«, brummte Elinor, während sie ihr ein Stofftaschentuch hinhielt. »Putz dir die Nase und dann frühstücken wir erst mal.«

Sie ließ Meggie nicht aus dem Haus, bevor sie ein Brot und ein Glas Milch hinuntergewürgt hatte. »Das Frühstück ist die wichtigste Mahlzeit am Tag«, verkündete sie, während sie sich die dritte Scheibe Brot schmierte. »Und außerdem will ich nicht riskieren, dass du deinem Vater bei seiner Rückkehr erzählst, ich hätte dich verhungern lassen. Du weißt schon, so wie diese Ziege im Märchen.«

Meggie schluckte die Antwort, die ihr auf der Zunge lag, mitsamt dem letzten Bissen Brot hinunter und lief mit dem Buch nach draußen.

Die Höhle des Löwen

Hört mal. (Erwachsene lassen diesen Absatz bitte weg.) Ich will Euch nicht erzählen, dieses Buch gehe tragisch aus. Ich sagte schon im allerersten Satz, daß es mein Lieblingsbuch ist. Aber es kommen jetzt eine Menge übler Sachen.
William Goldman, Die Brautprinzessin

Meggie setzte sich auf die Bank hinterm Haus, neben der immer noch Staubfingers abgebrannte Fackeln steckten. Noch nie hatte sie so lange gezögert, ein Buch aufzuschlagen. Sie hatte Angst vor dem, was darin wartete. Das war ein ganz neues Gefühl. Noch nie hatte sie Angst gehabt vor dem, was ihr ein Buch erzählen würde, im Gegenteil, meist war sie so begierig, sich in eine unentdeckte, nie gesehene Welt locken zu lassen, dass sie zu den unpassendsten Gelegenheiten zu lesen begann. Beim Frühstück lasen Mo und sie oft beide, und es war mehr als einmal vorgekommen, dass er sie deshalb zu spät zur Schule gebracht hatte. Auch unter der Schulbank hatte sie so manches Mal gelesen, an Bushaltestellen, bei Verwandtenbesuchen, spätabends unter der Decke, bis Mo sie ihr wegzog und ihr androhte, jedes Buch aus ihrem Zimmer zu verbannen, damit sie endlich genug Schlaf bekam. Natürlich hätte er so etwas nie getan und er wusste, dass sie das wusste, doch ein paar Tage schob sie ihr Buch nach solchen Ermahnungen trotzdem gegen neun unter ihr Kissen und ließ es im Traum weiterflüstern, damit Mo das Gefühl hatte, ein wirklich guter Vater zu sein.

Dieses Buch jedoch hätte sie nicht unter ihr Kissen geschoben, aus Furcht vor dem, was es ihr zuflüstern könnte. All das Unheil, das in den letzten drei Tagen geschehen war, schien aus seinen Seiten hervorgekrochen zu sein, und vielleicht war es nur ein Schatten dessen, was dadrinnen noch auf sie wartete?

Trotzdem musste sie hinein. Wo sonst sollte sie nach Mo suchen? Elinor hatte recht, es hatte keinen Sinn, einfach loszulaufen. Sie musste versuchen, Mos Spur zwischen den Buchstaben von *Tintenherz* zu finden.

Doch kaum hatte sie die erste Seite aufgeschlagen, da hörte sie Schritte hinter sich.

»Du wirst dir einen Sonnenstich holen, wenn du weiter so in der prallen Sonne sitzt«, sagte eine vertraute Stimme.

Meggie fuhr herum.

Staubfinger verbeugte sich. Sein Lächeln war natürlich auch wieder da.

»Ah, sieh an, welch eine Überraschung!«, sagte er, beugte sich über ihre Schulter und betrachtete das aufgeschlagene Buch auf ihrem Schoß. »Es ist also noch hier. *Du* hast es.«

Meggie musterte fassungslos sein narbiges Gesicht. Wie konnte er dastehen und tun, als sei nichts geschehen? »Wo warst du?«, fuhr sie ihn an. »Haben sie dich nicht mitgenommen? Und wo ist Mo? Wo haben sie ihn hingebracht?« Sie konnte die Worte gar nicht schnell genug über die Zunge bringen.

Aber Staubfinger ließ sich Zeit mit der Antwort. Er musterte die Büsche ringsum, als hätte er noch nie etwas Ähnliches gesehen. Er trug seinen Mantel, obwohl es ein warmer Tag war, so warm, dass ihm der Schweiß in kleinen glitzernden Perlen auf der Stirn stand.

»Nein, sie haben mich nicht mitgenommen«, sagte er endlich und wandte das Gesicht wieder Meggie zu. »Aber ich habe gesehen, wie sie mit deinem Vater davongefahren sind. Ich bin ihnen nachgerannt, quer durchs Gebüsch, ein paar Mal habe ich gedacht, ich breche mir den Hals an diesem verfluchten Hang, doch ich war noch rechtzeitig unten am Tor, um zu sehen, dass sie in südlicher Richtung davonfuhren. Natürlich habe ich sie sofort erkannt. Capricorn hatte seine besten Männer geschickt. Sogar Basta war dabei.«

Meggie hing mit den Augen an seinen Lippen, als könnte sie die Worte so schneller hervorlocken. »Und? Weißt du, wo sie Mo hingebracht haben?« Ihre Stimme bebte vor Ungeduld.

»Zu Capricorns Dorf, denke ich. Aber ich wollte sichergehen, also ...« Staubfinger zog den Mantel aus und hängte ihn über die Bank. »Also bin ich ihnen nachgelaufen. Ich weiß, das klingt lächerlich, zu Fuß hinter einem Auto her«, sagte er, als Meggie ungläubig die Stirn runzelte. »Aber ich war einfach so wütend. Alles war umsonst gewesen: Dass ich euch gewarnt hatte, dass wir hierhergekommen sind ... Irgendwann konnte ich ein Auto anhalten, das mich in den nächsten Ort mitnahm. Dort hatten sie getankt, vier Männer, schwarz gekleidet und nicht sehr freundlich. Sie waren noch nicht lange fort. Also habe ich mir ein Moped ... ausgeliehen und versucht, ihnen weiter zu folgen. Guck mich nicht so an, du kannst beruhigt sein, ich habe es später zurückgebracht. Es war nicht besonders schnell, doch zum Glück machen die Straßen hier viele, viele Kurven, und irgendwann sah ich sie noch mal, tief unten im Tal, während ich mich noch die Serpentinen hinunterquälte. Und da war ich sicher: Sie bringen deinen Vater in Capricorns Hauptquartier. Nicht in eins der Verstecke weiter nördlich, sondern direkt in die Höhle des Löwen.«

»Die Höhle des Löwen?«, wiederholte Meggie. »Wo ist das?«

»Etwa ... dreihundert Kilometer südlich von hier.« Staubfinger setzte sich neben sie auf die Bank und blinzelte in die Sonne. »Unweit der Küste.« Wieder sah er das Buch an, das immer noch auf Meggies Schoß lag. »Capricorn wird nicht erfreut sein, dass seine Männer ihm das falsche Buch bringen«, sagte er. »Ich kann nur hoffen, dass er seine Enttäuschung nicht an deinem Vater auslässt.«

»Aber Mo wusste doch nicht, dass es das falsche Buch ist! Elinor hat es heimlich ausgetauscht!« Da waren sie schon wieder, die verwünschten Tränen. Meggie fuhr sich mit dem Ärmel über die Augen.

Staubfinger runzelte die Stirn und musterte sie, als wäre er nicht sicher, ob er ihr glauben könnte.

»Sie wollte es sich nur ansehen, sagt sie! Sie hatte es in ihrem Schlafzimmer. Mo kannte das Versteck, in das sie es gelegt hatte, und weil es in Packpapier eingeschlagen war, hat er nicht gemerkt, dass es das falsche Buch war! Und Capricorns Männer haben auch nicht nachgesehen.«

»Natürlich nicht, wozu auch?« Staubfingers Stimme klang verächtlich. »Sie können nicht lesen. Ein Buch ist für sie wie das andere, nichts als bedrucktes Papier. Außerdem sind sie gewohnt, dass man ihnen gibt, was sie wollen.«

Meggies Stimme wurde schrill vor Angst. »Du musst mich hinbringen in dieses Dorf! Bitte!« Flehend sah sie Staubfinger an. »Ich werd Capricorn alles erklären. Ich geb ihm das Buch und er lässt Mo gehen. Ja?«

Staubfinger blinzelte in die Sonne. »Ja, sicher«, sagte er, ohne Meggie anzusehen. »Das ist wohl die einzige Lösung ...«

Bevor er mehr sagen konnte, schallte Elinors Stimme vom Haus herüber. »Na, wen haben wir denn da?«, rief sie und lehnte sich aus ihrem offenen Fenster. Der blassgelbe Vorhang blähte sich im Wind, als hätte sich ein Geist darin verfangen. »Wenn das nicht der Streichholzschlucker ist!«

Meggie sprang auf und lief über den Rasen auf sie zu. »Elinor, er weiß, wo Mo ist!«, rief sie.

»Ach ja?« Elinor stützte sich auf die Fensterbrüstung und musterte Staubfinger mit zusammengekniffenen Augen. »Legen Sie das Buch wieder hin!«, rief sie ihm zu. »Meggie, nimm ihm das Buch ab.«

Verdutzt drehte Meggie sich um. Staubfinger hatte *Tintenherz* tatsächlich in der Hand, doch als Meggie zu ihm hinübersah, legte er es schnell wieder auf die Bank. Dann winkte er sie zu sich, mit einem bösen Blick in Elinors Richtung.

Zögernd kehrte Meggie zu ihm zurück. »Einverstanden, ich bringe dich zu deinem Vater, auch wenn das für mich gefährlich werden könnte!«, raunte er ihr zu. »Aber sie« – er wies mit dem Kopf unauffällig zu Elinor hinüber – »bleibt hier, verstanden?«

Meggie blickte unsicher zum Haus.

»Soll ich mal raten, was er dir zugeflüstert hat?«, rief Elinor über den Rasen.

Staubfinger warf Meggie einen warnenden Blick zu, doch sie beachtete ihn nicht.

»Er will mich zu Mo bringen!«, rief sie.

»Das kann er gern machen!«, rief Elinor zurück. »Aber ich werde mitkommen! Auch wenn ihr zwei vielleicht gern auf meine Gesellschaft verzichten würdet!«

»Das würden wir allerdings gern!«, flüsterte Staubfinger, während er unschuldsvoll in Elinors Richtung lächelte. »Aber wer weiß, vielleicht können wir sie ja gegen deinen Vater eintauschen? Capricorn kann bestimmt noch eine Dienerin gebrauchen. Kochen kann sie zwar nicht, aber vielleicht reicht es fürs Wäschewaschen – auch wenn man das nicht aus Büchern lernt.«

Meggie musste lachen. Obwohl sie in Staubfingers Gesicht nicht lesen konnte, ob er gescherzt oder im Ernst gesprochen hatte.

Feigling

Zuhause! Das meinten diese zärtlichen Rufe, jene behutsamen Streicheleien, die da durch die Luft geweht kamen, die unsichtbaren kleinen Hände, die ihn in eine ganz bestimmte Richtung zogen und zerrten.
Kenneth Grahame, Der Wind in den Weiden

Staubfinger schlich erst in Meggies Zimmer, als er ganz sicher war, dass sie schlief. Sie hatte ihre Tür abgeschlossen. Bestimmt hatte Elinor sie dazu überredet, weil sie ihm nicht traute und weil Meggie sich geweigert hatte, ihr *Tintenherz* noch einmal zu überlassen. Staubfinger musste lächeln, während er den dünnen Draht ins Türschloss schob. Wie dumm diese Frau doch war, obwohl sie so viele Bücher gelesen hatte! Glaubte sie ernsthaft, dass so ein gewöhnliches Türschloss ein Hindernis war? »Ja, vielleicht wäre es das für so plumpe Finger wie deine, Elinor!«, flüsterte er, während er die Tür öffnete. »Aber meine Finger spielen gern mit Feuer und das hat sie flink und sehr geschickt gemacht.«

Die Zuneigung, die er für Zauberzunges Tochter empfand, war da schon ein ernsthafteres Hindernis, und sein schlechtes Gewissen erleichterte die Sache auch nicht gerade. Ja, Staubfinger hatte ein schlechtes Gewissen, als er sich in Meggies Zimmer schlich – obwohl er nichts weiter Schlimmes vorhatte. Er kam keineswegs, um ihr das Buch zu stehlen, obwohl Capricorn es natürlich immer noch wollte: Das Buch und Zauberzunges Tochter dazu, so lautete der neue Auftrag. Aber das musste warten. Heute Nacht kam Staubfinger aus einem anderen Grund. Heute Nacht trieb ihn etwas in Meggies Zimmer, das ihm seit Jahren das Herz zernagte.

Nachdenklich blieb er neben dem Bett stehen und betrachtete das schlafende Mädchen. Ihren Vater an Capricorn zu verraten war nicht weiter schwergefallen, bei ihr würde das schon anders sein. Ihr Gesicht erinnerte Staubfinger an ein anderes, auch wenn auf dem Kindergesicht noch kein Kummer dunkle Schatten hinterlassen hatte. Seltsam, wenn das Mädchen ihn ansah, verspürte er jedes Mal den Wunsch, ihr zu beweisen, dass er das Misstrauen in ihren Augen nicht verdiente. Und eine Spur von Misstrauen war da immer, selbst wenn sie ihn anlachte. Ihren Vater blickte sie ganz anders an – als könnte er sie vor allem Bösen und Dunklen in der Welt bewahren. Was für ein dummer, dummer Gedanke! Niemand würde sie davor beschützen können.

Staubfinger strich über die Narben auf seinem Gesicht und runzelte die Stirn. Fort mit all den unnützen Gedanken, er würde Capricorn bringen, was er wollte, das Mädchen und das Buch. Aber nicht heute Nacht.

Gwin regte sich auf seiner Schulter. Er versuchte, sich das Halsband abzustreifen. Er mochte es ebenso wenig wie die Hundekette, die Staubfinger an dem Halsband befestigt hatte. Er wollte auf die Jagd gehen, doch Staubfinger ließ ihn nicht frei. In der letzten Nacht war der Marder ihm davongelaufen, während er mit Capricorns Männern sprach. Der pelzige kleine Teufel hatte immer noch Angst vor Basta. Staubfinger konnte es ihm nicht verdenken.

Meggie schlief tief und fest, das Gesicht in einen grauen Pullover gedrückt. Wahrscheinlich gehörte er ihrem Vater. Sie murmelte etwas im Schlaf, Staubfinger konnte nicht verstehen, was. Wieder regte sich in seinem Herzen das schlechte Gewissen, doch er scheuchte das lästige Gefühl fort. Er konnte es nicht brauchen, nicht jetzt und auch später nicht. Das Mädchen ging ihn nichts an und mit ihrem Vater war er nun quitt. Ja, quitt. Er hatte keinen Grund, sich wie ein elender, schlangenzüngiger Schuft zu fühlen.

Suchend blickte er sich in dem dunklen Zimmer um. Wo hatte sie nur das Buch? Neben Meggies Bett stand eine rot lackierte Kiste. Staubfinger öffnete den Deckel. Gwins Kette klirrte leise, als er sich vorbeugte.

Die Kiste war gefüllt mit Büchern, wunderschönen Büchern. Staubfinger zog die Taschenlampe unter dem Mantel hervor und leuchtete hinein. »Sieh einer an!«, murmelte er. »Was seid ihr denn für Schönheiten? Wie ein paar prächtig gekleidete Damen auf dem Ball eines Fürsten seht ihr aus.« Wahrscheinlich hatte Zauberzunge jedes einzelne neu gebunden, nachdem Meggies Kinderfinger die alten Einbände zu arg zerfleddert hatten. Natürlich, da war sein Zeichen: der Kopf eines Einhorns. Jedes Buch trug es auf seinem Kleid, und jedes war in einer anderen Farbe gebunden. Sämtliche Farben des Regenbogens waren in der Kiste versammelt.

Das Buch, das Staubfinger suchte, lag ganz zuunterst, schlicht, fast wie ein Bettler sah es aus zwischen all den anderen herausgeputzten Herrschaften, mit seinem silbrig grünen Einband.

Dass Zauberzunge diesem Buch ein so unscheinbares Kleid verpasst hatte, wunderte Staubfinger wenig. Vermutlich hasste Meggies Vater es ebenso sehr, wie Staubfinger es liebte. Behutsam zog er es zwischen den anderen Büchern hervor. Fast neun Jahre war es her, seit er es zuletzt in den Händen gehalten hatte. Damals hatte es noch einen Einband aus Pappe gehabt und einen Schutzumschlag aus Papier, der unten eingerissen war.

Staubfinger hob den Kopf. Meggie seufzte und drehte sich um, bis sie ihm das schlafende Gesicht zuwandte. Wie unglücklich sie aussah. Bestimmt hatte sie einen schlimmen Traum. Ihre Lippen bebten, und ihre Hände umklammerten den Pullover, als suche sie Halt an irgendetwas … an irgendjemandem. Doch in schlimmen Träumen ist man meistens allein, furchtbar allein. Staubfinger erinnerte sich an viele schlimme Träume, und für einen Augenblick hätte er fast die Hand ausgestreckt, um Meggie zu wecken. Was für ein butterweicher Dummkopf er doch war.

Er drehte dem Bett den Rücken zu. Aus den Augen, aus dem Sinn. Dann schlug er das Buch auf, hastig, bevor er es sich anders überlegen konnte. Das Atmen fiel ihm schwer. Er blätterte die ersten Seiten um, las, blätterte weiter, weiter und weiter. Aber mit jeder Seite zögerten seine Finger etwas länger und plötzlich klappte er das Buch wieder zu. Mondlicht sickerte durch die Ritzen der Fensterläden. Er hatte keine Ahnung, wie lange er so dagestanden hatte, die Augen im Labyrinth der Buchstaben verloren. Er war immer noch ein sehr langsamer Leser …

»Feigling!«, flüsterte er. »Oh, du bist ein Feigling, Staubfinger!« Er biss sich auf die Lippen, bis sie schmerzten. »Komm schon!«, flüsterte er. »Das ist vielleicht die letzte Gelegenheit, du Dummkopf. Wenn Capricorn das Buch erst mal hat, wird er dich sicherlich keinen Blick mehr hineinwerfen lassen.« Wieder schlug er das Buch auf, blätterte bis zur Mitte – und klappte es erneut zu, so laut, dass Meggie im Schlaf zusammenfuhr und den Kopf unter der Decke vergrub. Staubfinger wartete reglos neben dem Bett, bis ihr Atem wieder ruhiger ging, dann beugte er sich mit einem tiefen Seufzer über ihre Schatzkiste und legte das Buch zurück zu den anderen.

Lautlos schloss er den Deckel.

»Hast du das gesehen?«, flüsterte er dem Marder zu. »Ich trau mich einfach nicht. Willst du dir nicht lieber einen mutigeren Herrn suchen? Überleg es dir.« Gwin keckerte leise an seinem Ohr, aber falls das eine Antwort war, so konnte Staubfinger sie nicht verstehen.

Für einen Moment lauschte er noch Meggies ruhigem Atem, dann schlich er zur Tür zurück. »Was soll's?«, murmelte er, als er wieder auf dem Flur stand. »Wer will schon das Ende wissen?«

Dann stieg er hinauf in die Dachkammer, die Elinor ihm zugewiesen hatte, und legte sich auf das schmale Bett, um das herum sich die Bücherkisten türmten. Aber er fand keinen Schlaf, bis der Morgen kam.

Und weiter nach Süden

Die Straße gleitet fort und fort,
Weg von der Tür, wo sie begann,
Weit überland, von Ort zu Ort,
Ich folge ihr, so gut ich kann.
Ihr lauf ich raschen Fußes nach,
Bis sie sich groß und weit verflicht
Mit Weg und Wagnis tausendfach.
Und wohin dann? Ich weiß es nicht.
J. R. R. Tolkien, Der Herr der Ringe

Am nächsten Morgen breitete Elinor nach dem Frühstück eine zerknitterte Straßenkarte auf dem Küchentisch aus. »Also, dreihundert Kilometer südlich von hier«, sagte sie mit einem misstrauischen Blick in Staubfingers Richtung. »Dann zeigen Sie uns mal, wo genau wir nach Meggies Vater suchen müssen.«

Meggie sah Staubfinger mit klopfendem Herzen an. Tiefe Schatten lagen um seine Augen, als hätte er in der letzten Nacht mehr als schlecht geschlafen. Zögernd trat er auf den Tisch zu und rieb sich das stopplige Kinn. Dann beugte er sich über die Karte, musterte sie eine endlose kleine Ewigkeit und legte schließlich den Finger darauf.

»Da«, sagte er. »Genau da liegt Capricorns Dorf.«

Elinor trat neben ihn und schaute ihm über die Schulter. »Ligurien«, sagte sie. »Aha. Und wie heißt dieses Dorf, wenn ich fragen darf? Capricornia?« Sie musterte Staubfingers Gesicht, als wollte sie mit den Augen seine Narben nachziehen.

»Es hat keinen Namen.« Staubfinger erwiderte Elinors Blick mit unverhohlener Abneigung. »Irgendwann hat es wohl mal einen gehabt, aber der war schon vergessen, bevor Capricorn sich dort einnistete. Sie werden es auf dieser Karte nicht finden und auch auf keiner anderen. Für den Rest der Welt ist das Dorf nichts als eine Ansammlung verfallener Häuser, zu denen eine Straße führt, die den Namen nicht verdient.«

»Hm.« Elinor beugte sich noch etwas tiefer über die Karte. »In der Gegend bin ich noch nie gewesen. In Genua war ich mal. Habe dort bei einem Antiquar ein sehr schönes Exemplar von *Alice im Wunderland* gekauft, gut erhalten und für die Hälfte von dem, was das Buch wert war.« Sie warf Meggie einen fragenden Blick zu. »Magst du *Alice im Wunderland*?«

»Nicht besonders«, sagte Meggie und starrte auf die Karte.

Elinor schüttelte den Kopf über so viel kindlichen Unverstand und wandte sich wieder Staubfinger zu. »Was treibt dieser Capricorn, wenn er nicht gerade Bücher stiehlt oder Väter verschleppen lässt?«, fragte sie. »Wenn ich Meggie richtig verstanden habe, kennen Sie ihn ziemlich gut.«

Staubfinger wich ihrem Blick aus und fuhr mit dem Finger einen Fluss entlang, der sich blau durch das Grün und Blassbraun der Karte schlängelte.

»Nun, wir stammen aus demselben Ort«, sagte er. »Aber sonst haben wir nicht viel gemein.«

Elinor musterte ihn so eindringlich, als wollte sie ihm ein Loch in die Stirn starren. »Eins finde ich seltsam«, sagte sie. »Mortimer wollte *Tintenherz* doch vor diesem Capricorn in Sicherheit bringen. Warum bringt er das Buch dann zu mir? Er ist ihm so doch fast in die Arme gelaufen!«

Staubfinger zuckte die Achseln. »Nun, vielleicht hielt er Ihre Bibliothek einfach für das sicherste Versteck.«

In Meggies Kopf regte sich eine Erinnerung, zuerst nur ganz vage, aber dann plötzlich war alles wieder da, deutlich, wie ein Bild aus einem Buch. Sie sah Staubfinger dastehen, neben ihrem Bus, am Tor zu Hause, und fast kam es ihr vor, als höre sie seine Stimme …

Erschrocken sah sie ihn an. »Du hast zu Mo gesagt, dass Capricorn im Norden wohnt!«, sagte sie. »Er hat dich extra noch mal gefragt, und du hast gesagt, dass du ganz sicher bist.«

Staubfinger betrachtete seine Fingernägel.

»Nun ja, das … stimmt ja auch«, sagte er, ohne Meggie oder Elinor anzusehen. Er starrte nur seine Fingernägel an. Schließlich rieb er sie an seinem Pullover, als müsste er einen hässlichen Fleck entfernen. »Ihr traut mir nicht«, sagte er heiser, immer noch ohne jemanden anzusehen. »Ihr traut mir beide nicht. Ich … kann das verstehen, aber ich habe nicht gelogen. Capricorn hat zwei Hauptquartiere und noch etliche kleinere Schlupfwinkel, für den Fall, dass ihm der Boden an einem Ort zu heiß wird oder einer seiner Männer für eine Weile untertauchen muss. Meist verbringt er die warmen Monate oben im Norden und fährt erst im Oktober nach Süden, doch in diesem Jahr will er offenbar auch den Sommer dort unten verbringen. Was weiß ich? Vielleicht hatte er im Norden Ärger mit der Polizei? Vielleicht gibt es irgendeine Angelegenheit im Süden, um die er sich persönlich kümmern will?« Seine Stimme klang gekränkt, fast wie die eines Jungen, den man zu Unrecht beschuldigt hat. »Was immer es ist, seine Männer sind mit Meggies Vater nach Süden gefahren, ich habe es selbst gesehen, und wichtige Dinge erledigt Capricorn, wenn er im Süden ist, immer in diesem Dorf! Er fühlt sich sicher dort, sicher wie an keinem anderen Ort. Dort hat er noch nie Ärger mit der Polizei gehabt, dort kann er sich wie ein kleiner König benehmen, als gehörte ihm die Welt. Er macht dort die Gesetze, er bestimmt, was geschieht, er kann tun und lassen, was ihm gefällt, dafür haben seine Männer gesorgt. Glaubt mir, auf so etwas verstehen sie sich.« Staubfinger lächelte. Es war ein bitteres Lächeln. Wenn ihr wüsstet!, schien es zu sagen. Aber ihr wisst ja gar nichts. Nichts versteht ihr.

Meggie spürte, wie sich in ihr wieder die schwarze Angst breitmachte. Sie wuchs nicht aus dem, was Staubfinger sagte, sie wuchs aus dem, was er nicht sagte.

Elinor schien das auch zu spüren. »Himmel, nun drücken Sie sich mal nicht so geheimnisvoll aus!« Ihre barsche Stimme stutzte dem Schrecken die Flügel. »Ich frage noch einmal: Was treibt dieser Capricorn? Womit verdient er sein Geld?«

Staubfinger verschränkte die Arme. »Von mir erfahren Sie gar nichts mehr. Fragen Sie ihn selbst. Schon dass ich Sie zu seinem Dorf bringe, kann mich den Hals kosten, aber ich werde den Teufel tun und Ihnen auch noch von Capricorns Geschäften erzählen.« Er schüttelte den Kopf. »Nein! Ich habe Meggies Vater gewarnt, ich habe ihm geraten, Capricorn das Buch freiwillig zu bringen, aber er wollte nicht hören. Wenn ich ihn nicht gewarnt hätte, hätten Capricorns Männer ihn schon viel früher gefunden. Fragen Sie Meggie! Sie war doch dabei, als ich ihn gewarnt habe! Gut, ich habe ihm nicht alles erzählt, was ich wusste. Na und? Ich rede so wenig wie möglich über Capricorn, ich vermeide es sogar, an ihn zu denken, und glauben Sie mir, wenn Sie ihn erst mal kennen, werden Sie es genauso halten.«

Elinor rümpfte die Nase, als wäre eine solche Annahme zu lächerlich, um darüber auch nur ein Wort zu verlieren.

»Vermutlich können Sie mir auch nicht sagen, warum er so sehr hinter diesem Buch her ist, stimmt's?«, sagte sie, während sie die Karte zusammenfaltete. »Ist er so etwas wie ein Sammler?«

Staubfinger fuhr mit dem Finger die Tischkante entlang. »Ich sage nur so viel: Er will dieses Buch haben, und deshalb sollten Sie es ihm geben. Ich habe mal erlebt, dass seine Männer vier Tage lang jede Nacht vor dem Haus eines Mannes standen, nur weil Capricorn dessen Hund gefiel.«

»Hat er ihn bekommen?«, fragte Meggie leise.

»Natürlich«, antwortete Staubfinger und blickte sie nachdenklich an. »Glaub mir, keiner schläft gut, wenn Capricorns Männer vor seiner Tür stehen und nächtelang zu seinem Fenster hochstarren – oder zu dem seiner Kinder. Meist bekommt er nach spätestens zwei Tagen, was er will.«

»Pfui Teufel!«, sagte Elinor. »Meinen Hund hätte er nicht gekriegt.«

Staubfinger betrachtete wieder seine Fingernägel und lächelte.

»Lächeln Sie nicht so!«, fuhr Elinor ihn an. »Pack ein paar Sachen zusammen!«, sagte sie zu Meggie. »Wir brechen in einer Stunde auf. Es wird Zeit, dass du deinen Vater zurückbekommst. Auch wenn es mir nicht gefällt, dass ich diesem Wie-immer-er-sich-nennt das Buch dafür überlassen muss. Ich hasse es, wenn Bücher in schlechte Hände kommen.«

Sie nahmen Elinors Kombi, obwohl Staubfinger sich für Mos Bus aussprach.

»Unsinn, mit so was bin ich noch nie gefahren«, sagte Elinor, während sie Staubfinger einen Pappkarton voll Reiseproviant in die Arme drückte. »Außerdem hat Mortimer den Bus abgeschlossen.«

Meggie bemerkte, dass Staubfinger eine Antwort auf der Zunge lag, aber er schluckte sie hinunter. »Und falls wir übernachten müssen?«, fragte er, während er den Proviant zu Elinors Auto trug.

»Du meine Güte, wer spricht denn von so was? Ich gedenke spätestens morgen früh wieder hier zu sein. Ich hasse es, meine Bücher länger als einen Tag allein zu lassen.«

Staubfinger warf einen Blick zum Himmel, als wäre dort mehr Verstand zu finden als in Elinors Kopf, und schickte sich an, auf den Rücksitz zu klettern, doch Elinor hielt ihn zurück. »Halt, halt, es ist besser, Sie fahren«, sagte sie und drückte ihm ihren Autoschlüssel in die Hand. »Sie wissen schließlich am besten, wo es hingehen soll.«

Aber Staubfinger gab ihr den Schlüssel zurück. »Ich kann nicht Auto fahren«, sagte er. »Es ist schon unangenehm genug, in so einem Ding mitzufahren, geschweige denn, es zu steuern.«

Elinor nahm ihm den Schlüssel wieder ab und setzte sich kopfschüttelnd hinters Steuer. »Sie sind ein seltsamer Kauz!«, sagte sie, während Meggie auf den Beifahrersitz kletterte. »Und ich hoffe wirklich, dass Sie wissen, wo Meggies Vater steckt, sonst werden Sie feststellen, dass nicht nur dieser Capricorn Furcht einflößend sein kann.«

Meggie kurbelte ihr Fenster herunter, als Elinor den Motor anließ, und blickte zurück zu Mos Bus. Es fühlte sich schlimm an, ihn hier zurückzulassen, schlimmer, als von irgendeinem Haus fortzufahren, von diesem oder einem anderen. So fremd ein Ort auch gewesen war, mit dem Bus hatten Mo und sie immer ein Stück Zuhause dabeigehabt. Nun blieb auch das zurück und nichts war mehr vertraut, außer den Kleidungsstücken in ihrer Reisetasche. Ein paar Sachen für Mo hatte sie auch eingepackt – und zwei von ihren Büchern.

»Eine interessante Wahl!«, hatte Elinor festgestellt, als sie Meggie für die beiden eine Tasche lieh, ein altmodisches Ding aus dunklem Leder, das man sich über die Schulter hängen konnte. »Du nimmst dir also König Arturs Tafelrunde mit und Frodo samt seinen acht Gefährten. Keine schlechten Begleiter. Beides sehr lange Geschichten, gerade das Richtige für eine Reise. Hast du sie schon gelesen?«

Meggie hatte genickt. »Viele Male«, hatte sie gemurmelt und noch einmal über die Einbände gestrichen, bevor sie die Bücher in die Tasche schob. Bei dem einen konnte sie sich noch genau an den Tag erinnern, an dem Mo es neu gebunden hatte.

»Nun guck nicht so düster drein!«, hatte Elinor gesagt und sie besorgt gemustert. »Du wirst sehen, unsere Reise wird nicht halb so schlimm wie die der armen Pelzfüße und sehr viel kürzer.«

Meggie wäre froh gewesen, wenn sie sich da so sicher gewesen wäre. Das Buch, das Anlass ihrer Reise war, lag im Kofferraum, unter dem Ersatzreifen, Elinor hatte es in eine Plastiktüte gesteckt. »Lass den Staubfinger nicht sehen, wo es ist!«, hatte sie ihr eingeschärft, bevor sie es ihr in die Hand drückte. »Ich trau ihm immer noch nicht.«

Aber Meggie hatte beschlossen, Staubfinger zu trauen. Sie wollte ihm trauen. Sie musste ihm trauen. Wer sonst sollte sie zu Mo führen?

Capricorns Dorf

Aber auf die letzte Frage antwortete Selig: »Wahrscheinlich ist er in das Land jenseits der Dunkelheit geflogen, wohin kein Mensch gelangt und wohin sich kein Tier verirrt, wo der Himmel kupfern ist und die Erde aus Eisen, und wo die bösen Mächte unter den Schirmen versteinerter Blätterpilze und in verlassenen Maulwurfsgängen hausen.«
Isaac B. Singer, Naftali, der Geschichtenerzähler, und sein Pferd Sus

Die Sonne stand schon hoch am wolkenlosen Himmel, als sie aufbrachen. Schon bald war die Luft in Elinors Wagen so stickig, dass Meggie das T-Shirt schweißnass auf der Haut klebte. Elinor öffnete ihr Wagenfenster und reichte eine Wasserflasche herum. Sie selbst trug eine Strickjacke, zugeknöpft bis unters Kinn, und irgendwann fragte Meggie sich, ob Elinor unter der Jacke nicht vielleicht längst flüssig geworden war – irgendwann, als sie gerade einmal nicht an Mo dachte oder an Capricorn.

Staubfinger saß so schweigsam auf dem Rücksitz, dass man fast hätte vergessen können, dass er da war. Er hatte sich Gwin auf den Schoß gesetzt. Der Marder schlief, während Staubfingers Hände rastlos über sein Fell strichen, immer wieder. Ab und zu sah Meggie sich zu ihm um. Meist blickte er aus dem Fenster, unbeteiligt, als sähe er durch die Berge und Bäume, die Häuser und Felshänge hindurch, die draußen vorbeizogen. Ganz leer schien sein Blick, weit fort, und einmal, als Meggie sich umsah, lag eine solche Traurigkeit auf dem narbigen Gesicht, dass sie schnell wieder nach vorn blickte.

Sie hätte auch gern ein Tier auf dem Schoß gehabt auf dieser langen, langen Fahrt. Vielleicht hätte es die dunklen Gedanken vertrieben, die sich so hartnäckig in ihrem Kopf breitmachten. Draußen faltete sich die Welt in immer höhere Berge, manchmal schienen sie die Straße zerdrücken zu wollen zwischen ihren steinig grauen Hängen. Doch schlimmer als die Berge waren die Tunnel. In ihnen lauerten Bilder, die nicht einmal Gwins warmer Körper hätte verscheuchen können. Sie schienen sich in der Dunkelheit versteckt zu haben, um dort auf Meggie zu warten: Bilder von Mo an einem finsteren, kalten Ort und von Capricorn … Meggie wusste, dass er es war, obwohl er jedes Mal ein anderes Gesicht hatte.

Eine Weile versuchte sie zu lesen, aber sie merkte bald, dass sie kein Wort von dem im Gedächtnis behielt, was sie las, und so gab sie es schließlich auf und sah aus dem Fenster wie Staubfinger. Elinor nahm kleinere, wenig befahrene Straßen (»Sonst ist diese Fahrerei einfach zu langweilig«, sagte sie). Meggie wäre das egal gewesen. Sie wollte nur ankommen. Ungeduldig musterte sie die Berge und Häuser, in denen andere zu Hause waren. Manchmal erhaschte sie durch das Fenster eines entgegenkommenden Autos einen Blick auf ein fremdes Gesicht, und dann war es wieder fort, wie ein Buch, das man öffnet und gleich wieder zuschlägt. Als sie durch einen kleinen Ort fuhren, sahen sie am Straßenrand einen Mann, der einem weinenden Mädchen ein Pflaster auf das aufgeschlagene Knie klebte. Er strich ihr tröstend übers Haar und Meggie musste daran denken, wie oft Mo das bei ihr getan hatte, wie er manchmal fluchend durchs Haus gerannt war, wenn sich kein

Pflaster fand, und die Erinnerung ließ ihr die Tränen in die Augen schießen.

»Du meine Güte! Hier ist es ja stiller als in der Grabkammer einer Pyramide!«, sagte Elinor irgendwann. (Meggie fand, dass sie ziemlich oft »Du meine Güte« sagte.) »Könnte nicht wenigstens ab und zu mal jemand so etwas sagen wie: ›Ah, schöne Landschaft!‹ oder ›Oh, was für eine prächtige Burg!‹? Bei dieser Totenstille werde ich in spätestens einer halben Stunde am Lenkrad einschlafen.« Von ihrer Jacke hatte sie immer noch keinen einzigen Knopf geöffnet.

»Ich seh keine Burg«, murmelte Meggie. Doch es dauerte nicht lange, bis Elinor eine entdeckte. »Sechzehntes Jahrhundert«, verkündete sie, als die zerfallenen Mauern an einem Berghang auftauchten, »tragische Geschichte. Verbotene Liebe, Verfolgung, Tod, Herzschmerz.« Zwischen nichts sagenden Felswänden erzählte Elinor von einer Schlacht, die genau hier vor mehr als sechshundert Jahren getobt habe (»Wenn du zwischen den Steinen gräbst, findest du bestimmt ein paar Knochen und verbeulte Helme«). Zu jedem Kirchturm schien sie eine Geschichte zu kennen. Manche waren so seltsam, dass Meggie misstrauisch die Stirn runzelte. »Genau so ist es passiert, glaub mir!«, sagte Elinor dann jedes Mal, ohne den Blick von der Straße zu wenden. Besonders die blutrünstigen Geschichten schienen es ihr angetan zu haben: Geschichten von unglücklichen Liebespaaren, die man geköpft, und Fürsten, die man lebendig eingemauert hatte. »Sicher, jetzt sieht alles ganz friedlich aus«, stellte sie fest, als Meggie bei einer Geschichte doch etwas blass wurde. »Aber ich sage dir, irgendwo verbirgt sich immer eine dunkle Geschichte. Nun ja, vor ein paar Hundert Jahren waren die Zeiten eben einfach aufregender.«

Meggie wusste nicht, was an einer Zeit aufregend war, in der die Leute, wenn man Elinor glaubte, nur die Wahl gehabt hatten, an der Pest zu sterben oder von herumziehenden Soldaten umgebracht zu werden. Doch Elinors Gesicht bekam beim Anblick einer niedergebrannten Burg rote Flecken vor Aufregung, und in den sonst so kieselkühlen Augen zeigte sich ein romantisches Leuchten, wenn sie von kriegslüsternen Fürsten und goldgierigen Bischöfen erzählte, die einst die Berge, durch die sie auf gut gepflasterten Straßen fuhren, mit Angst und Tod erfüllt hatten.

»Liebe Elinor, Sie scheinen ganz offensichtlich in der falschen Geschichte geboren worden zu sein«, sagte Staubfinger irgendwann. Es waren die ersten Worte, die er seit ihrem Aufbruch sprach.

»In der falschen Geschichte? In der falschen Zeit, meinen Sie. Ja, das habe ich auch schon des Öfteren gedacht.«

»Nennen Sie es, wie Sie wollen«, sagte Staubfinger. »Auf jeden Fall müssten Sie sich mit Capricorn bestens verstehen. Er mag dieselben Geschichten wie Sie.«

»Soll das eine Beleidigung sein?«, fragte Elinor gekränkt. Der Vergleich schien ihr zu schaffen zu machen, denn danach schwieg sie für fast eine Stunde, sodass Meggie erneut nichts von ihren dunklen Gedanken ablenkte. Und schon warteten in jedem Tunnel wieder die Schreckensbilder.

Es begann zu dämmern, als die Berge zurückwichen und hinter grünen Hügeln, weit wie ein zweiter Himmel, plötzlich das Meer auftauchte. Die tief stehende Sonne ließ es schimmern wie die Haut einer schönen Schlange. Es war lange her, dass Meggie das Meer gesehen hatte. Es war ein kaltes Meer gewesen, schiefergrau und blass vom Wind. Dieses Meer sah anders aus, ganz anders.

Es wärmte Meggie das Herz, es nur anzusehen, aber es verschwand viel zu oft hinter hässlich hohen Häusern. Überall wucherten sie auf dem schmalen Streifen Land, der zwischen dem Wasser und den herandrängenden Hügeln lag. Doch manchmal ließen die Hügel den Häusern keinen Platz, machten sich breit, drängten bis ans Meer und ließen es an ihren grünen Füßen lecken. Wie Wellen, die an Land gekrochen waren, lagen sie da im Licht der untergehenden Sonne.

Während sie der sich windenden Küstenstraße folgten, begann Elinor wieder zu erzählen, irgendetwas über die Römer, die angeblich ebendiese Straße gebaut hatten, die sie entlangfuhren, über ihre Angst vor den wilden Bewohnern dieses schmalen Streifen Landes ...

Meggie hörte nur mit halbem Ohr zu. Am Straßenrand wuchsen Palmen, die Köpfe staubig und stachlig. Zwischen ihnen blühten riesige Agaven, wie Spinnen hockten sie da mit ihren fleischigen Blättern. Der Himmel hinter ihnen färbte sich rosa und zitronengelb, während die Sonne immer tiefer aufs Meer zusank und von oben ein dunkles Blau herabsickerte wie auslaufende Tinte. Der Anblick war so schön, dass es schmerzte.

Meggie hatte sich den Ort, an dem Capricorn hauste, ganz anders vorgestellt. Schönheit und Angst tun sich nur schwer zusammen.

Sie fuhren durch einen kleinen Ort, vorbei an Häusern, die so bunt waren, als hätte ein Kind sie gemalt. Orange und rosa waren sie, rot und immer wieder gelb: blassgelb, braungelb, sandig gelb, schmutzig gelb, mit grünen Fensterläden und rotbraunen Dächern. Selbst die aufziehende Dämmerung konnte ihnen nicht die Farben nehmen.

»Gefährlich sieht es hier nicht gerade aus«, stellte Meggie fest, als wieder so ein rosa Haus vorbeihuschte.

»Weil du immer nur nach links siehst!«, sagte Staubfinger hinter ihr. »Aber es gibt immer eine helle und eine dunkle Seite. Sieh mal nach rechts.«

Meggie gehorchte. Zuerst waren auch da nur die bunten Häuser. Ganz dicht am Straßenrand standen sie, lehnten sich aneinander, als hielten sie einander im Arm. Doch dann waren die Häuser plötzlich fort, und steile Hänge, in deren Falten schon die Nacht nistete, säumten die Straße. Ja, Staubfinger hatte recht, dort sah es unheimlich aus, und die wenigen Häuser schienen zu ertrinken in der aufziehenden Finsternis.

Es wurde rasch dunkler, die Nacht kommt schnell im Süden, und Meggie war froh, dass Elinor weiter die hell erleuchtete Küstenstraße entlangfuhr. Doch schließlich wies Staubfinger sie an, eine Straße zu nehmen, die fort von der Küste führte, fort vom Meer und den bunten Häusern, hinein in die Dunkelheit.

Immer tiefer wand die Straße sich in die Hügel hinein, mal hinauf, mal hinab, bis die Abhänge am Straßenrand immer steiler wurden. Das Licht der Scheinwerfer fiel auf Ginster und verwilderte Weinstöcke, auf Olivenbäume, die sich am Straßenrand krümmten wie alte Männer.

Nur zweimal kam ihnen ein anderer Wagen entgegen. Ab und zu tauchten die Lichter eines Dorfes aus der Dunkelheit auf. Aber die Straßen, die Staubfinger Elinor wies, führten fort von allen Lichtern und nur immer tiefer hinein in die Nacht. Mehrere Male fiel das Scheinwerferlicht auf die verfallenen Reste eines Hauses, doch Elinor wusste über keins von ihnen eine Geschichte zu erzählen. Zwischen den ärmlichen Mauern hatten keine Fürsten gewohnt, keine Bischöfe im roten Mantel, nur Bauern und Landarbeiter, deren Geschichten niemand aufgeschrieben hatte, und nun waren sie verloren, verschwunden unter wildem Thymian und wuchernder Wolfsmilch.

»Sind wir etwa immer noch richtig?«, fragte Elinor irgendwann mit gedämpfter Stimme, als wäre die Welt um sie her zu still, um laut zu sprechen. »Wo soll denn in dieser gottverlassenen Einöde ein Dorf sein? Wahrscheinlich haben wir schon mindestens zweimal die falsche Abzweigung genommen.«

Aber Staubfinger schüttelte nur den Kopf. »Wir sind genau richtig«, antwortete er. »Nur noch über den Hügel da und Sie können die Häuser sehen.«

»Na, hoffentlich!«, brummte Elinor. »Im Moment kann ich kaum die Straße erkennen. Du meine Güte, ich wusste nicht, dass es irgendwo auf der Welt noch so dunkel ist. Hätten Sie mir nicht sagen können, dass es so weit ist? Dann hätte ich noch mal getankt. Ich weiß nicht mal, ob wir es mit dem Benzin wieder zurück an die Küste schaffen.«

»Wessen Auto ist das? Meins?«, fragte Staubfinger gereizt zurück. »Ich habe doch gesagt, ich habe mit den Dingern nichts im Sinn. Und jetzt sehen Sie nach vorn. Gleich müsste die Brücke kommen.«

»Brücke?« Elinor fuhr um die nächste Biegung und trat abrupt auf die Bremse. Mitten auf der Straße stand, beleuchtet von zwei Baulampen, ein Absperrgitter. Das Metall sah angerostet aus, als stünde das Gitter schon seit Jahren da.

»Na bitte!«, rief Elinor und schlug die Hände aufs Lenkrad. »Wir sind falsch. Sag ich es doch!«

»Gar nichts sind wir.« Staubfinger zog Gwin von seiner Schulter und stieg aus. Er sah sich lauschend um, während er auf die Absperrung zuschlenderte. Dann zerrte er das Gitter zum Straßenrand.

Meggie musste fast lachen, als sie Elinors entgeistertes Gesicht sah. »Ist der Kerl jetzt vollständig übergeschnappt?«, flüsterte sie. »Der glaubt doch wohl nicht, dass ich in dieser Finsternis eine abgesperrte Straße hinunterfahre.«

Trotzdem ließ sie den Motor an, als Staubfinger sie ungeduldig weiterwinkte. Sobald sie an ihm vorbei war, zog er das Gitter zurück auf die Straße.

»Sehen Sie mich nicht so an!«, sagte er, als er wieder in den Wagen stieg. »Diese Sperre ist immer da. Capricorn hat sie aufstellen lassen, um unerwünschte Besucher abzuhalten. Es traut sich nicht oft jemand hierher. Die meisten Leute werden von den Geschichten ferngehalten, die Capricorn über das Dorf verbreiten lässt, aber ...«

»Was für Geschichten?«, unterbrach Meggie ihn, obwohl sie sie eigentlich nicht hören wollte.

»Schaurige Geschichten«, antwortete Staubfinger. »Die Leute hier sind abergläubisch, wie überall. Die beliebteste Geschichte ist die, dass der Teufel persönlich hinter dem Hügel dort wohnt.«

Meggie ärgerte sich über sich selbst, aber sie konnte den Blick nicht von der dunklen Hügelkuppe wenden. »Mo sagt, den Teufel haben die Menschen erfunden«, sagte sie.

»Nun, das mag sein.« Staubfinger klebte wieder das rätselhafte Lächeln auf dem Mund. »Aber du wolltest hören, was man sich erzählt. Man sagt, dass die Männer, die in dem Dorf hausen, keine Kugel töten kann, dass sie durch Wände gehen können und sich in jeder Neumondnacht drei Jungen holen, die Capricorn das Stehlen, das Brandschatzen und das Morden lehrt.«

»Himmel, wer hat sich das alles ausgedacht? Die Leute hier oder dieser Capricorn selbst?« Elinor beugte sich tief über das Steuer. Die Straße war voller Schlaglöcher und sie musste im Schritttempo fahren, um nicht stecken zu bleiben.

»Beides.« Staubfinger lehnte sich zurück und ließ Gwin an seinen Fingern knabbern. »Capricorn belohnt jeden, der sich eine neue Geschichte einfallen lässt. Der Einzige, der bei diesem Spiel nie mitmacht, ist Basta, denn er ist selbst so abergläubisch, dass er jeder schwarzen Katze aus dem Weg geht.«

Basta. An den Namen erinnerte Meggie sich, doch bevor sie nachfragen konnte, sprach Staubfinger schon weiter. Das Erzählen schien ihm Spaß zu machen.

»Ach ja! Fast hätte ich es vergessen! Natürlich haben alle, die in dem verfluchten Dorf wohnen, den bösen Blick, selbst die Frauen.«

»Den bösen Blick?« Meggie sah ihn an.

»O ja. Ein Blick und du wirst sterbenskrank. Und spätestens nach drei Tagen bist du mausetot.«

»Wer glaubt denn so was?«, murmelte Meggie und sah wieder nach vorn.

»Dummköpfe glauben so was.« Elinor trat wieder auf die Bremse. Der Wagen schlitterte über den Schotter. Vor ihnen lag die Brücke, von der Staubfinger gesprochen hatte. Die grauen Steine leuchteten bleich im Scheinwerferlicht und der Abgrund darunter schien bodenlos.

»Weiter, weiter!«, sagte Staubfinger ungeduldig. »Sie hält, auch wenn sie nicht so aussieht!«

»Sie sieht aus, als hätten die alten Römer sie gebaut«, brummte Elinor. »Und zwar für Esel, nicht für Autos.«

Aber weiter fuhr sie trotzdem. Meggie kniff die Augen zu und öffnete sie erst wieder, als sie erneut den Straßenschotter unter den Reifen knirschen hörte.

»Capricorn schätzt diese Brücke sehr«, sagte Staubfinger leise. »Ein einziger gut bewaffneter Mann reicht aus, sie unpassierbar zu machen. Aber zum Glück steht nicht jede Nacht ein Posten hier.«

»Staubfinger ...« Meggie drehte sich zögernd zu ihm um, während Elinors Wagen sich den letzten Hügel hinaufquälte. »Was sollen wir erzählen, wenn man uns fragt, wie wir das Dorf gefunden haben? Es ist doch bestimmt nicht gut, wenn Capricorn erfährt, dass du es uns gezeigt hast, oder?«

»Nein, da hast du recht«, murmelte Staubfinger, ohne Meggie anzusehen. »Obwohl wir ihm schließlich das Buch bringen.« Er fing Gwin ein, der auf der Lehne der Rückbank herumkletterte, packte ihn so, dass er nicht nach ihm schnappen konnte, und lockte ihn mit einem Stück Brot in den Rucksack. Der Marder war unruhig geworden, seit es draußen dunkel war. Er wollte auf die Jagd gehen.

Sie hatten den Kamm des Hügels erreicht. Um sie herum war die Welt verschwunden, verschluckt von der Nacht, aber nicht weit entfernt zeichneten sich ein paar bleiche Vierecke in der Dunkelheit ab. Erleuchtete Fenster.

»Da ist es«, sagte Staubfinger, »Capricorns Dorf. Oder, wenn euch das besser gefällt: das Dorf des Teufels.« Er lachte leise.

Elinor drehte sich ärgerlich zu ihm um. »Nun hören Sie schon auf!«, fuhr sie ihn an. »Diese Geschichten scheinen Ihnen ja wirklich sehr zu gefallen. Wer weiß, vielleicht haben Sie selbst sie erfunden und dieser Capricorn ist nichts als ein etwas wunderlicher Büchersammler.«

Darauf sagte Staubfinger nichts. Er sah nur aus dem Fenster, mit seinem seltsamen Lächeln, das Meggie ihm manchmal zu gern von den Lippen gewischt hätte. Auch diesmal schien es nur eins zu sagen: Was seid ihr doch dumm!

Elinor hatte den Motor abgestellt, und die Stille, die sie daraufhin umgab, war so vollkommen, dass Meggie kaum zu atmen wagte. Sie blickte hinab zu den erleuchteten Fenstern. Sonst fand sie helle Fenster in der Nacht stets einladend, aber diese schienen bedrohlicher als die Dunkelheit ringsum.

»Hat dieses Dorf auch irgendwelche normalen Einwohner?«, fragte Elinor. »Harmlose Großmütter, Kinder, Männer, die nichts mit Capricorn zu tun haben ...«

»Nein. Nur Capricorn und seine Männer wohnen dort«, raunte Staubfinger, »und die Frauen, die für sie kochen, putzen und was sonst noch so anfällt.«

»Was sonst noch so anfällt ... Na, wunderbar!« Elinor schnaubte vor Abscheu. »Dieser Capricorn wird mir immer sympathischer. Nun gut, bringen wir die Sache hinter uns. Ich will wieder nach Hause, zu meinen Büchern, zu einer anständigen Beleuchtung und einer Tasse Kaffee.«

»Tatsächlich? Ich dachte, Sie sehnen sich nach ein bisschen Abenteuer?« Wenn Gwin sprechen könnte, dachte Meggie, dann hätte er Staubfingers Stimme.

»Es ist mir lieber, wenn dabei die Sonne scheint«, entgegnete Elinor ihm barsch. »Herrgott, wie ich diese Dunkelheit hasse, aber wenn wir hier noch bis zum Morgengrauen herumsitzen, sind meine Bücher verschimmelt, bevor Mortimer sich um sie kümmern kann. Meggie, geh nach hinten und hole die Tüte. Du weißt schon.«

Meggie nickte und wollte gerade ihre Tür öffnen, als grelles Licht sie blendete. Jemand stand vor der Fahrertür, das Gesicht war nicht zu erkennen, und leuchtete mit einer Taschenlampe in den Wagen. Dann klopfte er unsanft damit gegen die Scheibe.

Elinor fuhr so erschrocken zusammen, dass sie sich das Knie am Lenkrad stieß, doch sie hatte sich schnell wieder gefasst. Fluchend rieb sie sich das schmerzende Bein und öffnete ihr Fenster.

»Was soll das?«, fuhr sie den Fremden an. »Müssen Sie uns zu Tode erschrecken? Man kann leicht überfahren werden, wenn man so in der Dunkelheit herumschleicht.«

Als Antwort schob der Fremde den Lauf einer Flinte durch das offene Fenster. »Das hier ist Privatbesitz!«, sagte er. Meggie glaubte, die Katzenstimme aus Elinors Bibliothek zu erkennen. »Und man kann sehr leicht erschossen werden, wenn man nachts auf Privatbesitz herumfährt.«

»Ich klär das!« Staubfinger beugte sich über Elinors Schulter.

»Ach, sieh einer an. Staubfinger!« Der Fremde zog den Flintenlauf zurück. »Musst du mitten in der Nacht hier aufkreuzen?«

Elinor drehte sich um und warf Staubfinger einen mehr als misstrauischen Blick zu. »Ich wusste gar nicht, dass Sie mit diesen angeblichen Teufeln auf so vertrautem Fuß stehen!«, stellte sie fest.

Aber Staubfinger war schon ausgestiegen. Auch Meggie fand es seltsam, wie vertraulich die beiden Männer die Köpfe zusammensteckten. Sie erinnerte sich noch sehr genau an das, was Staubfinger ihr über Capricorns Männer gesagt hatte. Wie konnte er so mit einem von ihnen sprechen? Von dem, was die beiden redeten, war kein Wort zu verstehen, sosehr Meggie auch die Ohren spitzte, nur eins hörte sie heraus: Staubfinger nannte den Fremden Basta.

»Das gefällt mir nicht!«, flüsterte Elinor. »Sieh dir die beiden an. Die zwei reden miteinander, als ginge unser streichholzfressender Freund hier ein und aus!«

»Wahrscheinlich weiß er, dass sie ihm nichts tun werden, weil wir das Buch bringen!«, wisperte Meggie, während sie die beiden Männer nicht aus den Augen ließ. Der Fremde hatte zwei Hunde dabei, Schäferhunde. Sie beschnupperten Staubfingers Hände und stießen ihm schwanzwedelnd die Schnauzen in die Seite.

»Siehst du das?«, zischte Elinor. »Sogar die verdammten Hunde behandeln ihn wie einen alten Freund. Was, wenn ...«

Bevor sie weitersprechen konnte, öffnete Basta die Fahrertür. »Raus mit euch«, befahl er.

Elinor schwang widerstrebend die Beine aus dem Auto. Meggie stieg auch aus und stellte sich neben sie. Das Herz schlug ihr bis zum Hals. Sie hatte noch nie einen Mann mit einem Gewehr gesehen. Im Fernsehen, ja, aber doch nicht in Wirklichkeit.

»Hören Sie mal, mir gefällt Ihr Ton nicht!«, fuhr Elinor Basta an. »Wir haben eine unerfreuliche Autofahrt hinter uns und sind nur in diese Einöde gekommen, um Ihrem Chef oder Boss oder wie sonst Sie ihn nennen, etwas zu bringen, das er schon lange haben will. Also benehmen Sie sich gefälligst.«

Basta warf ihr einen so abfälligen Blick zu, dass Elinor scharf Luft holte und Meggie unwillkürlich ihre Hand drückte.

»Wo hast du die denn her?«, fragte Basta und drehte sich wieder zu Staubfinger um, der mit so unbeteiligter Miene dastand, als ginge ihn das alles nicht das Geringste an.

»Ihr gehört das Haus, du weißt schon …« Staubfinger sprach mit gesenkter Stimme, doch Meggie konnte ihn trotzdem verstehen. »Ich wollte sie nicht mitbringen, aber sie ist stur.«

»Das kann ich mir vorstellen!« Basta musterte Elinor noch einmal, dann sah er Meggie an. »Und das da ist dann wohl Zauberzunges Töchterchen, was? Sehr ähnlich sieht sie ihm nicht.«

»Wo ist mein Vater?«, fragte Meggie. »Wie geht es ihm?« Es waren die ersten Worte, die sie über die Lippen brachte. Ihre Stimme klang heiser, als hätte sie sie lange nicht benutzt.

»Oh, es geht ihm gut«, antwortete Basta mit einem Blick zu Staubfinger. »Obwohl man ihn zurzeit wohl eher Bleizunge nennen müsste, so wenig, wie er spricht.«

Meggie biss sich auf die Lippen. »Wir wollen ihn abholen«, sagte sie. Ihre Stimme klang hoch und dünn, obwohl sie sich alle Mühe gab, erwachsen zu klingen. »Wir haben das Buch, aber Capricorn bekommt es nur, wenn er meinen Vater freilässt.«

Basta drehte sich wieder zu Staubfinger um. »Irgendwie erinnert sie mich doch an ihren Vater. Siehst du, wie sie die Lippen aufeinanderpresst? Und dann der Blick. Doch, die Verwandtschaft ist eindeutig.« Seine Stimme klang spaßhaft, als er sprach, aber sein Gesicht war es nicht, als er Meggie wieder ansah. Es war ein schmales Gesicht, scharf geschnitten, mit eng zusammenstehenden Augen, die er etwas zusammenkniff, als könnte er so besser sehen.

Basta war kein großer Mann, seine Schultern waren fast so schmal wie die eines Jungen, und doch hielt Meggie den Atem an, als er einen Schritt auf sie zu machte. Sie hatte noch nie vor einem Menschen so viel Angst gehabt, und das lag nicht an der Flinte in seiner Hand. Da war etwas an ihm, etwas Zorniges, Bissiges …

»Meggie, hol die Tüte aus dem Kofferraum.« Elinor schob sich dazwischen, als Basta Meggie festhalten wollte. »Sie hat nichts Gefährliches dadrin!«, sagte sie ärgerlich. »Nur das, weshalb wir hier sind.«

Basta zog zur Antwort nur die Hunde aus dem Weg. Sie jaulten auf, so grob zerrte er sie an seine Seite.

»Meggie, hör mir zu!«, flüsterte Elinor, als sie das Auto stehen ließen und Basta einen steilen Pfad hinunter folgten, der auf die erleuchteten Fenster zuführte. »Gib das Buch erst aus der Hand, wenn sie uns deinen Vater zeigen, verstanden?«

Meggie nickte und drückte die Plastiktüte fest gegen die Brust. Für wie dumm hielt Elinor sie? Andererseits, wie sollte sie das Buch festhalten, wenn Basta versuchen würde, es ihr abzunehmen? Aber diesen Gedanken dachte sie vorsorglich nicht zu Ende ...

Es war eine schwüle Nacht. Der Himmel über den schwarzen Hügeln war gesprenkelt von Sternen. Der Pfad, den Basta sie hinunterführte, war steinig und so dunkel, dass Meggie kaum ihre Füße sehen konnte, aber jedes Mal, wenn sie stolperte, war eine Hand da, um sie aufzufangen, Elinors, die dicht neben ihr ging, oder die von Staubfinger, der ihr mit so leisen Schritten folgte, als wäre er ihr Schatten. Gwin steckte noch in seinem Rucksack, und Bastas Hunde hoben immer wieder witternd die Schnauzen, als zöge ihnen der scharfe Geruch des Marders in die Nase.

Langsam kamen die erleuchteten Fenster näher. Meggie erkannte Häuser, alte Häuser aus grauem, grob behauenem Stein, über deren Dächer sich bleich ein Kirchturm erhob. Viele der Häuser sahen unbewohnt aus, als sie an ihnen vorbeigingen, durch Gassen, die so eng waren, dass Meggie das Atmen schwerfiel. Einigen Häusern fehlte das Dach, andere waren kaum mehr als ein paar halb eingestürzte Mauern. Es war dunkel in Capricorns Dorf, nur wenige Laternen brannten, sie hingen an gemauerten Bögen über den Gassen. Schließlich kamen sie auf einen engen Platz. Auf der einen Seite erhob sich der Kirchturm, den sie schon von ferne gesehen hatten, und nicht weit entfernt davon, nur durch eine schmale Gasse getrennt, lag ein großes, zweistöckiges Haus, das nichts Baufälliges an sich hatte. Der Platz war heller erleuchtet als der Rest des Dorfes, gleich vier Laternen malten bedrohliche Schatten auf sein Pflaster.

Basta führte sie direkt auf das große Haus zu. Hinter drei Fenstern im obersten Stock brannte Licht. Ob Mo dort war? Meggie horchte in sich hinein, als könnte sie dort die Antwort finden, aber Angst war das Einzige, wovon ihr Herzschlag erzählte. Angst und Sorge.

Der erfüllte Auftrag

»Es hat keinen Zweck, ihn zu suchen«, knurrte der Biber.
»Was soll das heißen?«, fragte Suse. »Er kann doch nicht weit sein! Wir müssen ihn finden! Warum behaupten Sie, dass es keinen Zweck hat, ihn zu suchen?«
»Weil es ganz klar ist, wo er ist«, antwortete der Biber. »Begreift ihr denn nicht? Er ist zu ihr gegangen, zur Weißen Hexe. Und er hat uns verraten!«
C. S. Lewis, Der König von Narnia

Meggie hatte sich Capricorns Gesicht hundertmal ausgemalt, von dem Moment an, in dem Staubfinger ihr von ihm erzählt hatte: auf der Fahrt zu Elinors Haus, als Mo noch neben ihr saß, in dem riesigen Bett, und schließlich auf der Fahrt hierher; hundertmal, ach was, tausendmal hatte sie versucht, es sich vorzustellen, und sich dabei alle Bösewichter zu Hilfe gerufen, die ihr in ihren Büchern begegnet waren: Hook, krummnasig und hager, Long John Silver, immer mit einem falschen Lächeln auf den Lippen, Indianer-Joe mit seinem Messer und dem fettigen schwarzen Haar, dem sie in so vielen bösen Träumen begegnet war …

Doch Capricorn sah ganz anders aus.

Meggie gab es schnell auf, die Türen zu zählen, an denen sie vorbeikamen, bevor Basta endlich vor einer stehen blieb. Aber sie zählte die schwarz gekleideten Männer. Vier waren es, mit gelangweilten Gesichtern standen sie auf den Fluren herum. Neben jedem lehnte eine Flinte an der weiß verputzten Wand. Sie sahen aus wie Saatkrähen in ihren engen schwarzen Anzügen. Nur Basta trug ein weißes Hemd, blütenweiß, wie Staubfinger gesagt hatte, und am Kragen seiner Jacke steckte eine rote Blüte wie eine Warnung.

Capricorns Morgenmantel war ebenso rot. Er saß in einem Sessel, als Basta mit den drei nächtlichen Besuchern eintrat, und vor ihm kniete eine Frau und schnitt ihm die Fußnägel. Der Sessel schien zu klein für ihn, Capricorn war ein großer Mann, hager, als hätte man ihm die Haut zu straff über die Knochen gezogen. Seine Haut war blass wie unbeschriebenes Papier, das Haar auf seinem Kopf bürstenkurz. Meggie hätte nicht sagen können, ob es grau oder weißblond war.

Er hob den Kopf, als Basta die Tür öffnete. Seine Augen waren fast ebenso blass wie der Rest von ihm, farblos und hell wie Silbermünzen. Auch die Frau zu seinen Füßen sah kurz auf, als sie hereinkamen, doch dann beugte sie sich wieder über ihre Arbeit.

»Entschuldigt, aber der erwartete Besuch ist da«, sagte Basta. »Ich dachte, Ihr wolltet vielleicht gleich mit ihnen reden.«

Capricorn lehnte sich auf seinem Stuhl zurück und warf Staubfinger einen kurzen Blick zu. Dann wanderten seine ausdruckslosen Augen zu Meggie. Unwillkürlich drückte sie die Plastiktüte mit dem Buch noch fester gegen die Brust. Capricorn starrte die Tüte an, als wüsste er, was sich darin verbarg. Er gab der Frau zu seinen Füßen ein Zeichen. Unwillig richtete sie sich auf, strich ihr kohlschwarzes Kleid glatt und warf Elinor und Meggie einen wenig freundlichen Blick zu. Wie eine alte Elster sah sie aus mit ihrem streng zurückgesteckten grauen Haar und der spitzen Nase, die so gar nicht zu ihrem kleinen, faltigen Gesicht passen wollte. Mit einem Kopfnicken in Capricorns Richtung verließ sie das Zimmer.

Es war ein großer Raum. An Möbeln stand nicht viel darin, nur ein langer Tisch mit acht Stühlen, ein Schrank und eine schwere Anrichte. Es gab keine Lampe im ganzen Raum, nur Kerzen, Dutzende von Kerzen in schweren silbernen Leuchtern. Meggie kam es vor, als füllten sie den Raum mit Schatten statt mit Licht.

»Wo ist es?«, fragte Capricorn. Meggie machte unwillkürlich einen Schritt zurück, als er seinen Stuhl zurückschob. »Sagt mir nicht, diesmal habt ihr mir bloß das Mädchen gebracht.« Seine Stimme war eindrucksvoller als sein Gesicht. Schwer und dunkel war sie und Meggie hasste sie nach dem ersten Wort.

»Sie hat es mitgebracht. Es ist in der Tüte!« Staubfinger antwortete, bevor Meggie es tun konnte. Seine Augen wanderten unstet von einer Kerze zur anderen, während er sprach, als wären ihre tanzenden Flammen das Einzige, was ihn interessierte. »Ihr Vater wusste tatsächlich nicht, dass er das falsche Buch hatte. Diese sogenannte Freundin von ihm« – Staubfinger zeigte auf Elinor – »hat es ausgetauscht, ohne dass er davon wusste! Ich glaube, sie ernährt sich von Buchstaben. Ihr ganzes Haus ist voll von Büchern. Sie zieht sie eindeutig der Gesellschaft von Menschen vor.« Die Worte kamen hastig über Staubfingers Lippen, als wollte er sie loswerden. »Ich konnte sie von Anfang an nicht leiden, aber ihr kennt ja unseren Freund Zauberzunge. Er denkt immer nur das Beste von den Menschen. Er würde dem Teufel höchstpersönlich trauen, wenn der ihn nur freundlich anlächelte.«

Meggie drehte sich zu Elinor um. Sie stand da, als hätte sie ihre Zunge verschluckt. Das schlechte Gewissen stand ihr deutlich auf die Stirn geschrieben.

Capricorn hatte nur ein Nicken für Staubfingers Erklärungen. Er zog den Gürtel seines Morgenmantels fester, verschränkte die

Arme auf dem Rücken und kam langsam auf Meggie zu. Sie gab sich alle Mühe, nicht zurückzuweichen, fest und furchtlos in die farblosen Augen zu sehen, aber die Angst schnürte ihr den Hals zu. Was für ein Feigling sie doch war! Sie versuchte, sich an irgendeinen Helden zu erinnern, aus einem ihrer Bücher, dessen Haut sie überstreifen konnte, um sich stärker, größer, furchtloser zu fühlen. Warum fielen ihr nur Geschichten über die Angst ein, während Capricorn sie musterte? Es fiel ihr doch sonst so leicht, an andere Orte zu verschwinden, in Tiere und Menschen zu schlüpfen, die es nur auf dem Papier gab, warum nicht jetzt? Weil sie Angst hatte. »Weil die Angst alles tötet«, hatte Mo irgendwann mal zu ihr gesagt, »den Verstand, das Herz und die Phantasie sowieso.«

Mo ... Wo war er? Meggie biss sich auf die Lippen, damit sie nicht zitterten, aber sie wusste, dass die Angst in ihren Augen saß und dass Capricorn sie dort sah. Ein Herz aus Eis wünschte sie sich und lächelnde Lippen statt der zitternden eines Kindes, dem man den Vater gestohlen hatte.

Capricorn stand jetzt dicht vor ihr. Er musterte sie. Noch nie hatte jemand sie so angesehen. Sie fühlte sich wie eine Fliege, die schon am Leim des Fliegenfängers klebt und nur noch darauf wartet, dass man sie totschlägt.

»Wie alt ist sie?« Capricorn sah sich zu Staubfinger um, als traute er Meggie nicht zu, die Antwort selbst zu kennen.

»Zwölf!«, sagte sie laut. Es war nicht leicht, mit zitternden Lippen zu sprechen. »Ich bin zwölf. Und ich will jetzt wissen, wo mein Vater ist.«

Capricorn tat, als hätte er den letzten Satz nicht gehört. »Zwölf?«, wiederholte er mit seiner dunklen Stimme, die sich schwer auf Meggies Ohren legte. »Zwei, drei Jahre noch und sie ist ein brauchbares, hübsches Ding. Allerdings müsste man sie etwas besser füttern.« Er drückte ihren Arm mit seinen langen Fingern. Goldene Ringe trug er, gleich drei an einer Hand. Meggie versuchte, sich loszureißen, aber Capricorn hielt sie fest, während er sie mit seinen blassen Augen musterte. Wie einen Fisch. Einen armen zappelnden Fisch.

»Lassen Sie das Mädchen los!« Zum ersten Mal war Meggie froh, dass Elinors Stimme so barsch klingen konnte. Und Capricorn ließ ihren Arm tatsächlich los.

Elinor trat schützend hinter sie und legte ihr die Hände auf die Schultern. »Ich weiß nicht, was hier vorgeht!«, fuhr sie Capricorn an. »Ich weiß nicht, wer Sie sind und was Sie und all diese Flintenmänner in diesem gottverlassenen Dorf treiben, es interessiert mich auch nicht. Ich bin hier, damit dieses Mädchen seinen Vater zurückbekommt. Wir werden Ihnen das Buch, an dem Ihnen so viel liegt, überlassen – auch wenn es mir in der Seele wehtut, aber Sie werden es bekommen, sobald Meggies Vater in meinem Wagen sitzt. Und sollte er aus irgendeinem Grund noch hierbleiben wollen, so möchten wir das aus seinem Mund hören.«

Capricorn wandte ihr ohne ein Wort den Rücken zu. »Warum hast du die Frau mitgebracht?«, fragte er Staubfinger. »Das Mädchen und das Buch, habe ich gesagt. Was soll ich mit der Frau anfangen?«

Meggie sah Staubfinger an.

Das Mädchen und das Buch. Die Worte echoten in ihrem Kopf, immer wieder. *Das Mädchen und das Buch, habe ich gesagt*. Meggie versuchte, Staubfinger in die Augen zu sehen, aber er wich ihrem Blick aus, als könnte er sich daran verbrennen. Es tat weh, sich so dumm zu fühlen. So furchtbar, furchtbar dumm.

Staubfinger hockte sich auf die Kante des Tisches und drückte eine der brennenden Kerzen aus, ganz sacht, ganz langsam, als wartete er auf den Schmerz, den kleinen Biss der Flamme. »Ich habe es Basta schon erklärt: Die liebe Elinor ließ es sich nicht ausreden mitzukommen«, sagte er. »Sie wollte das Mädchen nicht mit mir allein fahren lassen und das Buch hat sie auch nur sehr widerstrebend wieder herausgerückt.«

»Und? Hatte ich nicht recht?« Elinors Stimme wurde so laut, dass Meggie zusammenfuhr. »Hör ihn dir an, Meggie, diesen doppelzüngigen Streichholzfresser! Die Polizei hätte ich rufen sollen, als er wieder auftauchte. Er ist nur wegen des Buches zurückgekommen, nur deshalb.«

Und wegen mir, dachte Meggie. Das Mädchen und das Buch.

Staubfinger tat, als wäre er angestrengt damit beschäftigt, einen losen Faden aus dem Ärmel seines Mantels zu zupfen. Aber seine sonst so geschickten Hände zitterten.

»Und Sie!« Elinor stieß Capricorn den Zeigefinger vor die Brust.

Basta machte einen Schritt vorwärts, aber Capricorn winkte ihn zurück.

»Ich habe wirklich schon viel erlebt, wenn es um Bücher geht. Mir selbst wurde schon so manches Buch gestohlen, und ich kann nicht behaupten, dass alle Bücher in meinen Regalen auf rechtmäßigem Weg dorthin gelangt sind – vielleicht kennen Sie das Zitat ›Alle Büchersammler sind Geier und Jäger‹? –, aber Sie scheinen wirklich der verrückteste von allen zu sein. Es wundert mich, dass ich noch nie von Ihnen gehört habe. Wo ist Ihre Sammlung?« Suchend sah sie sich in dem großen Raum um. »Ich sehe nicht ein einziges Buch.«

Capricorn schob die Hände in die Taschen seines Morgenmantels und gab Basta ein Zeichen.

Bevor Meggie wusste, wie ihr geschah, hatte er ihr die Plastiktüte aus den Händen gerissen. Er öffnete sie, lugte misstrauisch hinein, als vermutete er eine Schlange oder sonst etwas Bissiges darin, und zog dann das Buch heraus.

Capricorn nahm es entgegen. Meggie konnte auf seinem Gesicht nichts von der Zärtlichkeit entdecken, mit der Elinor oder Mo ein Buch betrachteten. Nein, auf Capricorns Gesicht war nichts als Abscheu zu finden – und Erleichterung.

»Die beiden wissen von nichts?« Capricorn klappte das Buch auf, blätterte darin – und schlug es wieder zu. Es war das richtige, Meggie sah es seinem Gesicht an. Es war genau das Buch, das er gesucht hatte.

»Nein, sie wissen nichts. Auch das Mädchen nicht.« Staubfinger sah so angestrengt aus dem Fenster, als gäbe es dort mehr zu sehen als die pechschwarze Nacht. »Ihr Vater hat ihr nichts erzählt. Warum sollte ich es also tun?«

Capricorn nickte.

»Bring die zwei nach hinten!«, befahl er Basta, der immer noch mit der leeren Tüte in der Hand neben ihm stand.

»Was soll das heißen?«, begann Elinor, aber da zerrte Basta sie und Meggie auch schon mit sich.

»Das heißt, dass ich euch zwei hübschen Vögel für die Nacht in einen unserer Käfige sperre«, sagte Basta, während er ihnen die Flinte unsanft in den Rücken stieß.

»Wo ist mein Vater?«, schrie Meggie. Die eigene Stimme schrillte ihr in den Ohren. »Das Buch haben Sie doch jetzt! Was wollen Sie noch von ihm?«

Capricorn schlenderte zu der Kerze, die Staubfinger ausgedrückt hatte, strich mit dem Zeigefinger über den Docht und betrachtete den Ruß auf seiner Fingerkuppe. »Was ich von deinem Vater will?«, sagte er, ohne sich zu Meggie umzudrehen. »Ich will ihn hierbehalten, was sonst? Du scheinst nicht zu wissen, über welch außerordentliches Talent er verfügt. Bisher wollte Zauberzunge es nicht in meine Dienste stellen, sosehr Basta auch versucht hat, ihn zu überreden. Aber jetzt, nachdem Staubfinger dich hergebracht hat, wird er tun, was ich von ihm verlange. Da bin ich ganz sicher.«

Meggie versuchte Bastas Hände wegzustoßen, als er nach ihr griff, aber er packte sie am Nacken wie ein Huhn, dem er den Hals umdrehen wollte. Als Elinor ihr zu Hilfe kommen wollte, richtete er den Flintenlauf lässig auf ihre Brust und stieß Meggie auf die Tür zu.

Als sie sich noch einmal umdrehte, sah sie, dass Staubfinger immer noch an dem großen Tisch lehnte. Er blickte sie an, aber diesmal lächelte er nicht. Verzeih!, schienen seine Augen zu sagen. Ich musste es tun. Ich kann das alles erklären!

Aber Meggie wollte nichts verstehen. Und verzeihen wollte sie schon gar nicht. »Ich hoffe, du fällst tot um!«, schrie sie, als Basta sie aus dem Zimmer zerrte. »Ich hoffe, du verbrennst! Ich hoffe, du erstickst an deinem eigenen Feuer!«

Basta lachte, als er die Tür zuzog. »Nun hör sich einer diese kleine Katze an!«, sagte er. »Ich glaube, ich sollte mich vor dir in Acht nehmen.«

Glück und Unglück

Es war mitten in der Nacht; Bingo konnte nicht schlafen. Der Boden war hart, aber daran war er gewöhnt. Seine Decke war dreckig und roch entsetzlich, aber er war auch daran gewöhnt. Ein Lied ging ihm im Kopf herum, und er konnte es nicht aus seinen Gedanken vertreiben. Es war das Triumphlied der Wendels.
Michael de Larrabeiti, Die Borribles 2 – Im Labyrinth der Wendels

Die Käfige – wie Basta sie genannt hatte –, die Capricorn für unliebsame Gäste bereithielt, lagen hinter der Kirche, an einem asphaltierten Platz, auf dem Müllcontainer und Fässer neben Bergen von Bauschutt standen. Ein leichter Geruch nach Benzin lag in der Luft, und die Glühwürmchen, die ziellos durch die Nacht schwirrten, schienen selbst nicht zu wissen, was sie an diesen Ort verschlagen hatte. Eine Reihe halb verfallener Häuser erhob sich hinter den Containern und dem Schutt. Die Fenster waren nichts als Löcher in den grauen Mauern. Ein paar morsche Fensterläden hingen so schief in ihren Angeln, als würde der nächste Windstoß sie herunterreißen. Nur die Türen im Erdgeschoss hatten offenbar vor nicht allzu langer Zeit einen frischen Anstrich bekommen, ein schmutziges Braun, auf das, ungelenk wie von Kinderhand, eine Zahl gepinselt war. Die letzte Tür trug, soweit Meggie in der Dunkelheit erkennen konnte, eine Sieben.

Basta scheuchte sie und Elinor auf die Vier zu. Für einen Moment war Meggie erleichtert, dass er nicht wirklich einen Käfig gemeint hatte, obwohl die Tür in der fensterlosen Mauer alles andere als einladend aussah.

»Das ist doch alles lächerlich!«, schimpfte Elinor, während Basta die Tür aufschloss und entriegelte. Er hatte sich Verstärkung vom Haus mitgebracht, einen mageren Jungen, der schon die gleiche schwarze Kluft trug wie die erwachsenen Männer in Capricorns Dorf und sichtlich Gefallen daran fand, seine Flinte jedes Mal drohend auf Elinors Brust zu richten, sobald sie den Mund aufmachte. Zum Schweigen brachte sie das nicht.

»Was spielt ihr hier?«, schimpfte sie, ohne den Blick von der Gewehrmündung zu nehmen. »Ich habe gehört, dass diese Berge schon immer ein Paradies für Räuber waren, aber wir leben im 21. Jahrhundert, Mann! Da treibt niemand seinen Besuch mit einer Flinte vor sich her, schon gar nicht so ein Jungchen wie der da …«

»Soweit ich gehört hab, tut man alles, was man früher getan hat, in diesem feinen Jahrhundert auch«, erwiderte Basta. »Und das Jungchen da hat genau das richtige Alter, um bei uns in die Lehre zu gehen. Ich war noch jünger.« Er stieß die Tür auf. Die Dunkelheit dahinter war schwärzer als die Nacht.

Basta stieß zuerst Meggie, dann Elinor hinein und warf die Tür hinter ihnen zu.

Meggie hörte, wie der Schlüssel sich im Schloss drehte, wie Basta etwas sagte und der Junge lachte und wie sich ihre Schritte entfernten. Sie streckte die Hände zur Seite, bis ihre Fingerspitzen eine Mauer berührten. Ihre Augen waren nutzlos wie die einer Blinden, sie konnte nicht einmal erkennen, wo Elinor war. Aber sie hörte sie schimpfen, irgendwo zu ihrer Linken.

»Ist in diesem Loch denn nicht wenigstens ein verdammter

Lichtschalter? Verflucht noch mal, ich komm mir vor, als wäre ich in einem dieser gottverdammten, unerträglich schlecht geschriebenen Abenteuerromane gelandet, wo die Schurken Augenklappen tragen und mit Messern werfen.« Elinor fluchte gern, das war Meggie schon aufgefallen, und je mehr sie sich aufregte, desto mehr fluchte sie.

»Elinor?« Die Stimme kam irgendwo aus der Finsternis.

Freude, Erschrecken, Überraschung, alles klang aus dem einen Wort.

Meggie stolperte fast über die eigenen Füße, so abrupt drehte sie sich um. »Mo?«

»O nein. Meggie! Wie kommst du denn her?«

»Mo!« Meggie stolperte in die Dunkelheit, auf Mos Stimme zu. Eine Hand packte ihren Arm, Finger fuhren ihr übers Gesicht.

»Na endlich!« Unter der Decke flammte eine nackte Glühbirne auf und Elinor nahm mit selbstzufriedener Miene den Finger von einem staubigen Schalter. »Elektrisches Licht ist wirklich eine fabelhafte Erfindung!«, sagte sie. »Zumindest das ist ein deutlicher Fortschritt zu anderen Jahrhunderten, findet ihr nicht?«

»Was tut ihr hier, Elinor?«, fragte Mo, während er Meggie an sich drückte. »Wie konntest du zulassen, dass sie sie herbringen?«

»Wie ich es zulassen konnte?« Elinors Stimme überschlug sich fast. »Ich habe nicht darum gebeten, den Babysitter für deine Tochter spielen zu dürfen. Ich weiß, wie man auf Bücher aufpasst, aber mit Kindern ist das, verdammt noch eins, eine andere Sache. Außerdem hat sie sich Sorgen um dich gemacht! Sie wollte dich suchen. Und was macht die dumme Elinor, statt gemütlich zu Hause zu bleiben? Ich kann das Mädchen doch nicht allein gehen lassen, denk ich mir. Aber das habe ich nun von meinem Edelmut! Ich musste mir Gemeinheiten anhören, mir eine Flinte vor die Brust halten lassen und nun auch noch deine Vorwürfe …«

»Schon gut, schon gut!« Mo schob Meggie von sich und musterte sie von Kopf bis Fuß.

»Es geht mir gut, Mo!«, sagte Meggie, auch wenn ihre Stimme dabei etwas zitterte. »Wirklich.«

Mo nickte und sah zu Elinor hinüber. »Ihr habt Capricorn das Buch gebracht?«

»Natürlich! Du hättest es ihm doch auch gegeben, wenn ich …« Elinor wurde rot und blickte auf ihre staubigen Schuhe.

»Wenn du es nicht vertauscht hättest«, beendete Meggie ihren Satz. Sie griff nach Mos Hand und hielt sie ganz fest. Sie konnte nicht glauben, dass er wieder bei ihr war, ganz heil und gesund, bis auf den blutigen Kratzer auf seiner Stirn, der fast unter seinem dunklen Haar verschwand. »Haben sie dich geschlagen?« Besorgt strich sie mit dem Zeigefinger über das getrocknete Blut.

Mo musste lächeln, obwohl ihm bestimmt nicht danach zumute war. »Das ist nichts. Mir geht's gut! Mach dir keine Sorgen.«

Meggie fand, dass das keine Antwort war, aber sie fragte nicht weiter.

»Wie seid ihr hergekommen? Hat Capricorn seine Männer noch mal geschickt?«

Elinor schüttelte den Kopf. »Das war nicht nötig«, sagte sie bitter. »Dein schleimzüngiger Freund hat das besorgt. Eine schöne Schlange hast du da in mein Haus gebracht. Erst hat er dich verraten und danach hat er diesem Capricorn noch das Buch und deine Tochter auf einem Tablett serviert. ›Das Mädchen und das Buch‹, wir haben es gerade von Capricorn selbst gehört, das war der Auftrag für den Streichholzfresser. Und er hat ihn zur vollsten Zufriedenheit erfüllt.«

Meggie legte sich Mos Arm um die Schulter und verbarg das Gesicht an seiner Seite.

»Das Mädchen und das Buch?« Mo drückte Meggie noch einmal an sich. »Natürlich. Jetzt kann Capricorn sicher sein, dass ich tue, was er verlangt.« Er drehte sich um und schlenderte zu dem Stroh, das in einer Ecke auf dem Boden lag. Mit einem Seufzer setzte er sich darauf, lehnte den Rücken gegen die Mauer und schloss für einen Moment die Augen. »Tja, jetzt sind wir wohl quitt, Staubfinger und ich«, sagte er. »Obwohl ich mich frage, wie Capricorn ihn für den Verrat bezahlen wird. Das, was Staubfinger haben will, kann er ihm nicht geben.«

»Quitt. Wie meinst du das?« Meggie hockte sich neben ihn. »Und was sollst *du* für Capricorn tun? Was will er von dir, Mo?« Das Stroh war feucht, kein guter Platz zum Schlafen, aber wohl immer noch besser als der kahle Steinboden.

Mo schwieg eine kleine Ewigkeit. Er musterte die kahlen Wände, die verschlossene Tür, den schmutzigen Boden.

»Ich denke, es wird Zeit, dir die ganze Geschichte zu erzählen«, sagte er schließlich. »Obwohl ich sie dir eigentlich nicht an einem so trostlosen Ort erzählen wollte und auch erst, wenn du noch etwas älter bist …«

»Ich bin zwölf Jahre alt, Mo!« Warum glaubten Erwachsene, dass Kinder Geheimnisse besser ertragen als die Wahrheit? Wussten sie nichts von den dunklen Geschichten, die man sich zusammenspinnt, um die Geheimnisse zu erklären? Erst viele Jahre später, als Meggie selbst Kinder hatte, verstand sie, dass es Wahrheiten gibt, die das Herz mit Verzweiflung füllen bis an den Rand, und dass man von ihnen nicht gern erzählt, schon gar nicht seinen Kindern, außer man hat etwas, das gegen die Verzweiflung etwas Hoffnung setzt.

»Setz dich, Elinor!«, sagte Mo und rückte etwas zur Seite. »Es ist eine längere Geschichte.«

Elinor seufzte und ließ sich umständlich auf dem feuchten Stroh nieder. »Das ist alles nicht wahr!«, murmelte sie. »Das kann alles nicht wahr sein.«

»Das denke ich seit neun Jahren, Elinor«, sagte Mo. Und dann begann er zu erzählen.

Damals

Er hielt das Buch hoch. »Ich lese es dir vor. Zur Aufheiterung.«
»Kommt auch Sport drin vor?«
»Fechten. Ringkämpfe. Folter. Gift. Wahre Liebe. Haß. Rache. Riesen. Jäger. Böse Menschen. Gute Menschen. Bildschöne Damen. Schlangen. Spinnen. Schmerzen. Tod. Tapfere Männer. Feige Männer. Bärenstarke Männer. Verfolgungsjagden. Entkommen. Lügen. Wahrheiten. Leidenschaften. Wunder.«
»Klingt gut«, sagte ich.
William Goldman, Die Brautprinzessin

Du warst gerade drei Jahre alt, Meggie«, begann Mo. »Ich erinnere mich noch, wie wir deinen Geburtstag gefeiert haben. Ich hatte dir ein Bilderbuch geschenkt. Das mit der Seeschlange, die Zahnschmerzen hat und sich um den Leuchtturm wickelt ...«

Meggie nickte. Es lag immer noch in ihrer Kiste und hatte schon zweimal ein neues Kleid bekommen. »Wir?«, fragte sie.

»Ich und deine Mutter.« Mo zupfte sich etwas Stroh von der Hose. »Ich konnte schon damals an keinem Buchladen vorbeigehen. Das Haus, in dem wir wohnten, war sehr klein – die Schuhschachtel nannten wir es, das Mäusehaus, wir gaben ihm viele Namen –, doch ich hatte an diesem Tag schon wieder eine ganze Kiste voll Bücher in einem Antiquariat gekauft. Elinor« – er warf ihr einen Blick zu und lächelte – »hätte ihre Freude an einigen gehabt. Capricorns Buch war auch dabei.«

»Es gehörte ihm?« Meggie sah Mo erstaunt an, doch der schüttelte den Kopf. »Nein, das nicht, aber … eins nach dem anderen. Deine Mutter seufzte, als sie die neuen Bücher sah, und fragte, wo wir die nun wieder lassen sollten, doch dann hat sie sie natürlich mit ausgepackt. Ich las ihr damals abends immer etwas vor.«

»Du hast vorgelesen?«

»Ja. Jeden Abend. Deiner Mutter gefiel es. An diesem Abend suchte sie sich *Tintenherz* aus. Sie mochte schon immer abenteuerliche Geschichten, Geschichten voller Glanz und Finsternis. Sie konnte dir alle Namen von König Artus' Rittern aufzählen und sie wusste alles über Beowolf und Grendel, über alte Götter und nicht ganz so alte Helden. Piratengeschichten mochte sie auch, aber am liebsten war es ihr doch, wenn wenigstens ein Ritter, ein Drache oder wenigstens eine Fee vorkam. Sie war übrigens immer auf der Seite der Drachen. Von denen schien es in *Tintenherz* keinen einzigen zu geben, aber dafür Glanz und Finsternis im Überfluss und Feen und Kobolde … Kobolde mochte deine Mutter auch sehr: Brownies, Bucca Boos, Fenoderees, die Folletti mit ihren Schmetterlingsflügeln, sie kannte sie alle. Also gaben wir dir einen Stapel Bilderbücher, machten es uns auf dem Teppich neben dir bequem und ich fing an zu lesen.«

Meggie lehnte den Kopf gegen Mos Schulter und starrte die nackte Wand an. Sie sah sich selbst auf dem schmutzigen Weiß, so wie sie sich von alten Fotos kannte: klein, mit speckigen Beinen, die Haare weißblond (sie waren dunkler geworden seither), wie sie mit kurzen Fingern in großen Bilderbüchern blätterte. Wenn Mo erzählte, geschah das immer: Meggie sah Bilder, lebendige Bilder.

»Die Geschichte gefiel uns«, fuhr ihr Vater fort. »Sie war spannend, gut geschrieben und bevölkert mit den seltsamsten Wesen.

Deine Mutter liebte es, von einem Buch ins Unbekannte gelockt zu werden, und die Welt, in die *Tintenherz* sie lockte, war ganz nach ihrem Geschmack. Manchmal ging es sehr finster zu, und jedes Mal, wenn es allzu spannend wurde, legte deine Mutter den Finger an die Lippen und ich las leiser, auch wenn wir sicher waren, dass du viel zu beschäftigt mit deinen eigenen Büchern warst, um einer finsteren Geschichte zu lauschen, deren Sinn du ohnehin noch nicht verstanden hättest. Draußen war es längst dunkel, ich erinnere mich, als wäre es gestern gewesen, es war Herbst, und es zog durch die Fenster. Wir hatten ein Feuer gemacht – die Schuhschachtel hatte keine Zentralheizung, aber einen Ofen in jedem Zimmer – und ich begann mit dem siebten Kapitel. Da passierte es …«

Mo schwieg. Er blickte vor sich hin, als hätte er sich in den eigenen Gedanken verirrt.

»Was?«, flüsterte Meggie. »Was passierte, Mo?«

Ihr Vater sah sie an. »Sie kamen heraus«, sagte er. »Plötzlich standen sie da, in der Tür zum Flur, als wären sie von draußen hereingekommen. Es knisterte, als sie sich zu uns umdrehten – so als entfaltete jemand ein Stück Papier. Ich hatte ihre Namen noch auf den Lippen: Basta, Staubfinger, Capricorn. Basta hielt Staubfinger am Kragen gepackt wie einen jungen Hund, den man schüttelt, weil er etwas Verbotenes getan hat. Capricorn trug schon damals gern Rot, aber er war neun Jahre jünger und noch nicht so hager, wie er es heute ist. Er besaß ein Schwert, ich hatte noch nie eins aus der Nähe gesehen. Basta hatte auch eins am Gürtel hängen, ein Schwert und sein Messer, während Staubfinger …« Mo schüttelte den Kopf. »Nun, er hatte natürlich nichts als den gehörnten Marder dabei, mit dessen Kunststücken er sich seinen Lebensunterhalt verdiente.

Ich glaube nicht, dass einer der drei begriff, was geschehen war. Ich begriff es ja auch erst viel später. Meine Stimme hatte sie aus ihrer Geschichte rutschen lassen wie ein Lesezeichen, das jemand zwischen den Seiten vergessen hat. Wie sollten sie das begreifen?

Basta stieß Staubfinger so grob von sich, dass er hinfiel, und wollte sein Schwert ziehen, doch seine Hände, bleich wie Papier, hatten offenbar noch keine Kraft. Das Schwert rutschte ihm aus den Fingern und fiel auf den Teppich. Die Klinge sah aus, als klebte getrocknetes Blut daran, aber vielleicht war es auch nur das Feuer, das sich darauf spiegelte. Capricorn stand da und sah sich um. Ihm schien schwindelig zu sein, er taumelte wie ein Tanzbär, der sich zu lange gedreht hat. Das hat uns vermutlich gerettet, zumindest hat Staubfinger das immer behauptet. Wären Basta und sein Herr schon ganz bei Kräften gewesen, so hätten sie uns vermutlich getötet. Aber sie waren noch nicht ganz angekommen in dieser Welt, und ich griff mir dieses abscheuliche Schwert, das zwischen meinen Büchern auf dem Teppich lag. Es war schwer, viel schwerer, als ich es mir vorgestellt hatte. Ich muss furchtbar lächerlich ausgesehen haben mit dem Ding. Wahrscheinlich habe ich es wie einen Staubsauger oder einen Stock umklammert, doch als Capricorn taumelnd auf mich zukam und ich ihm die Klinge entgegenhielt, blieb er tatsächlich stehen. Ich stammelte herum, versuchte, ihm klarzumachen, was passiert war, obwohl ich es selbst nicht verstand, aber Capricorn starrte mich bloß an mit seinen wasserblassen Augen, während Basta neben ihm stand, die Hand an seinem Messer, und darauf zu warten schien, dass sein Herr ihm befahl, uns allen die Kehle durchzuschneiden.«

»Und der Streichholzfresser?« Auch Elinors Stimme klang heiser.

»Der saß immer noch auf dem Teppich, wie betäubt und ohne einen Laut von sich zu geben. Um ihn machte ich mir keine Gedanken. Wenn du einen Korb öffnest und es kriechen zwei Schlangen und eine Eidechse heraus, dann kümmerst du dich zunächst nur um die Schlangen, oder?«

»Und meine Mutter?« Meggie konnte nur flüstern. Sie war es nicht gewohnt, das Wort auszusprechen.

Mo sah sie an. »Ich konnte sie nirgends entdecken! Du kniest immer noch zwischen deinen Büchern und starrtest mit großen Augen die fremden Männer an, wie sie da standen mit ihren schweren Stiefeln und ihren Waffen. Ich hatte furchtbare Angst um euch, aber zu meiner Erleichterung schenkten weder Basta noch Capricorn dir irgendwelche Beachtung. ›Schluss mit dem Gerede!‹, sagte Capricorn schließlich, als ich mich immer mehr in meinen eigenen Worten verhaspelte. ›Es interessiert mich nicht, wie ich an diesen armseligen Ort gekommen bin, bring uns auf der Stelle zurück, du verfluchter Zauberer, oder Basta schneidet dir deine geschwätzige Zunge aus dem Mund.‹ Das klang nicht gerade beruhigend und ich hatte in den ersten Kapiteln genug über die zwei gelesen, um zu wissen, dass Capricorn meinte, was er sagte. Mir wurde schwindelig, so verzweifelt überlegte ich, wie ich diesen Albtraum beenden könnte. Ich hob das Buch auf, vielleicht, wenn ich die Stelle noch mal las … ich versuchte es. Ich stolperte durch die Worte, während Capricorn mich anstarrte und Basta das Messer aus dem Gürtel zog. Nichts passierte. Die beiden standen da, in meinem Haus, und machten keine Anstalten, in ihre Geschichte zurückzuschlüpfen. Und plötzlich war ich ganz sicher, dass sie uns töten würden. Und ich ließ das Buch fallen, dieses unglückselige Buch, und hob das Schwert auf, das ich auf den Teppich geworfen hatte. Basta versuchte, mir zuvorzukommen, doch ich war schneller. Ich musste das verdammte Ding mit beiden Händen halten, ich erinnere mich immer noch, wie kalt das Heft sich anfühlte. Frag mich nicht, wie es mir gelang, aber ich schaffte es, Basta und Capricorn auf den Flur hinauszutreiben. Es ging etliches zu Bruch dabei, so heftig habe ich mit dem Schwert herumgefuchtelt, du fingst an zu weinen und ich wollte mich zu dir umdrehen und dir sagen, dass das alles nur ein böser Spuk sei, aber ich hatte alle Hände voll damit zu tun, Bastas Messer und Capricorns Schwert von mir fernzuhalten. Jetzt ist es passiert, musste ich immer wieder denken, jetzt steckst du mitten in einer Geschichte, so wie du es dir immer gewünscht hast, und es ist schrecklich. Die Angst schmeckt ganz anders, wenn man nicht nur über sie liest, Meggie, und es machte nicht halb so viel Spaß, den Helden zu spielen, wie ich gedacht hatte. Die beiden hätten mich bestimmt getötet, wenn sie nicht immer noch etwas schwach auf den Beinen gewesen wären. Capricorn brüllte mich an, die Augen quollen ihm fast aus dem Kopf vor Zorn. Basta fluchte und drohte und verpasste mir einen bösen Schnitt am Oberarm, doch dann stand die Haustür plötzlich auf und die beiden verschwanden in der Nacht, taumelnd wie Betrunkene. Ich schaffte es kaum, die Riegel vorzuschieben, so sehr zitterten meine Finger. Ich lehnte mich gegen die Tür, lauschte nach draußen, aber alles, was ich hörte, war mein eigenes rasendes Herz. Und dann hörte ich dich im Wohnzimmer weinen und erinnerte mich daran, dass da ja noch ein Dritter war. Ich stolperte zurück, das Schwert immer noch in der Hand, und da stand Staubfinger, mitten im Raum. Er hatte keine Waffe, nur den Marder auf seinen Schultern, und er wich zurück, das Gesicht bleich wie der Tod, als ich auf ihn zukam. Ich muss furchtbar ausgesehen haben, das Blut lief mir den Arm herunter und ich zitterte am ganzen Leib, ob mehr vor Angst oder Zorn, hätte ich nicht sagen können. ›Bitte!‹, flüsterte er. ›Töte mich nicht! Ich habe nichts mit den beiden zu schaffen. Ich bin nur ein Gaukler, ein harmloser Feuerspucker. Ich kann es dir beweisen.‹ Und ich antwortete: ›Ja, ja, schon gut. Ich weiß, du bist Staubfinger!‹ Und er duckte sich ehrfurchtsvoll vor mir, dem allwissenden Zauberer, der alles über ihn wusste und ihn aus seiner Welt gepflückt hatte wie einen Apfel aus einem Baum. Der Marder kletterte an seinem Arm hinunter, sprang auf den Teppich und lief auf dich zu. Du hörtest auf zu weinen und strecktest die Hand nach ihm aus. ›Vorsicht, er beißt‹, sagte Staubfinger und scheuchte ihn von dir weg. Ich achtete nicht auf ihn. Ich spürte plötzlich nur, wie still das Zimmer war. Wie still und leer. Ich sah das Buch auf dem Teppich liegen, aufgeschlagen, so wie ich es hatte fallen lassen, und das Kissen, auf dem deine Mutter gesessen hatte. Sie war nicht da. Wo war sie? Ich rief ihren Namen, ich rief ihn immer wieder. Ich lief in alle Zimmer. Aber sie war fort.«

Elinor saß kerzengerade da und starrte ihn an. »Was redest du denn da, um Gottes willen?«, stieß sie hervor. »Sie ist fortgegangen, hast du mir erzählt, auf irgend so eine dumme Abenteuerreise, und nicht zurückgekommen!«

Mo lehnte den Kopf gegen die Mauer. »Irgendetwas musste ich mir doch ausdenken, Elinor«, sagte er. »Die Wahrheit konnte ich ja wohl kaum erzählen, oder?«

Meggie strich mit der Hand über seinen Arm, dort, wo sich die lange, blasse Narbe unter Mos Hemd verbarg. »Du hast mir immer gesagt, du hast dir den Arm aufgeschnitten, als du durch ein zerbrochenes Fenster geklettert bist.«

»Sicher. Die Wahrheit war einfach zu verrückt. Nicht wahr?«

Meggie nickte. Er hatte recht, sie hätte es nur für eine weitere seiner Geschichten gehalten. »Sie ist nie zurückgekommen?«, flüsterte sie, obwohl sie die Antwort wusste.

»Nein«, antwortete Mo. »Basta, Capricorn und Staubfinger sind aus dem Buch herausgekommen und sie ist hineingegangen, zusammen mit unseren zwei Katzen, die wie immer auf ihrem Schoß saßen, als ich vorlas. Vermutlich ist für Gwin auch irgendjemand verschwunden, eine Spinne vielleicht oder eine Fliege oder irgendein Vogel, der gerade ums Haus flatterte ...« Mo schwieg.

Manchmal, wenn er eine Geschichte erfunden hatte, die so gut war, dass Meggie sie für die Wahrheit hielt, lächelte er plötzlich und sagte: »Reingefallen, Meggie.« Wie damals an ihrem siebten Geburtstag, als er ihr erzählt hatte, dass er draußen zwischen den Krokussen ein paar Feen entdeckt hätte. Aber diesmal kam das Lächeln nicht.

»Als ich deine Mutter vergebens im ganzen Haus gesucht hatte«, fuhr er fort, »und zurück ins Wohnzimmer kam, war Staubfinger verschwunden, samt seinem gehörnten Freund. Nur das Schwert war immer noch da und fühlte sich so wirklich an, dass ich beschloss, nicht an meinem Verstand zu zweifeln. Ich brachte dich zu Bett, ich glaube, ich erzählte dir, dass deine Mutter schon schlafen gegangen sei, und dann begann ich noch einmal damit, *Tintenherz* zu lesen. Ich las das ganze verfluchte Buch, bis ich heiser war und draußen die Sonne aufging, aber alles, was herauskam, waren eine Fledermaus und ein seidener Umhang, mit dem ich später deine Bücherkiste ausschlug. In den nächsten Tagen und Nächten versuchte ich es immer wieder, bis mir die Augen brannten und die Buchstaben wie betrunken über die Seiten tanzten. Ich aß nicht, ich schlief nicht, ich erfand für dich immer neue Geschichten über den Aufenthaltsort deiner Mutter und ich achtete darauf, dass du nie im selben Zimmer warst, wenn ich las, aus Angst, du könntest auch noch verschwinden. Um mich machte ich mir keine Gedanken, ich hatte seltsamerweise das Gefühl, als Vorleser sicher davor zu sein, zwischen den Seiten zu verschwinden. Ob das wirklich so ist, weiß ich bis heute nicht.« Mo scheuchte eine Mücke von seiner Hand. »Ich las laut, bis ich meine eigene Stimme nicht mehr hören konnte«, erzählte er weiter. »Aber deine Mutter kam nicht zurück, Meggie. Dafür stand am fünften Tag ein seltsamer kleiner Mann, durchsichtig, als wäre er aus Glas, in meinem Wohnzimmer, und der Postbote, der gerade ein paar Briefe in unseren Briefkasten schob, verschwand. Ich fand sein Fahrrad draußen auf dem Hof. Von da an wusste ich, dass weder Wände noch verschlossene Türen dich sicher davor bewahren würden, auch noch zu verschwinden, dich nicht und niemanden sonst. Und ich beschloss, nie wieder aus einem Buch vorzulesen. Weder aus *Tintenherz* noch aus einem anderen.«

»Was ist aus dem Glasmann geworden?«, fragte Meggie.

Mo seufzte. »Er ist zersplittert, nur wenige Tage später, als ein Laster an unserem Haus vorbeifuhr. Offenbar bekommt es den wenigsten, einfach die Welt zu wechseln. Wir wissen beide, wie glücklich es machen kann, in ein Buch zu schlüpfen und für eine Weile darin zu leben, doch aus einer Geschichte herauszurutschen und sich plötzlich in unserer Welt wiederzufinden scheint nicht sonderlich glücklich zu machen. Staubfinger hat es das Herz gebrochen.«

»Der hat ein Herz?«, fragte Elinor bitter.

»Es würde ihm besser gehen, wenn er keins hätte«, antwortete Mo. »Es verging mehr als eine Woche, bis er wieder vor meiner

Tür stand. Es war Nacht, natürlich, seine liebste Tageszeit. Ich packte gerade. Ich hatte beschlossen, dass es sicherer war fortzugehen, denn ich wollte Basta und Capricorn nicht noch einmal mit einem Schwert aus meinem Haus treiben müssen. Staubfinger bestätigte meine Sorge. Es war weit nach Mitternacht, als er auftauchte, aber ich konnte sowieso nicht schlafen.« Mo strich Meggie übers Haar. »Du schliefst damals auch nicht gut. Du hattest schlimme Träume, sosehr ich auch versuchte, sie mit meinen Geschichten zu vertreiben. Ich packte gerade das Werkzeug in meiner Werkstatt ein, als es an der Haustür klopfte, leise, fast verstohlen. Staubfinger tauchte ebenso plötzlich aus der Dunkelheit auf, wie er es vor vier Tagen getan hat, als er nachts wieder vor unserem Haus stand. Ist das wirklich erst vier Tage her? Als er damals wieder auftauchte, sah er aus, als hätte er zu lange nichts gegessen, mager wie eine streunende Katze, die Augen ganz trüb. ›Bring mich zurück!‹, stammelte er. ›Bring mich zurück, bitte! Diese Welt bringt mich um. Sie ist zu schnell, zu voll und zu laut. Wenn ich nicht vor Heimweh sterbe, dann werde ich verhungern. Ich weiß nicht, wovon ich leben soll. Ich weiß gar nichts. Ich bin wie ein Fisch ohne Wasser.‹ Er wollte mir einfach nicht glauben, dass ich es nicht konnte. Er wollte das Buch sehen, wollte es selbst versuchen, obwohl er kaum lesen konnte, aber ich konnte es ihm natürlich nicht geben. Es wäre so gewesen, als hätte ich das Letzte fortgegeben, was ich noch von deiner Mutter besaß. Zum Glück hatte ich es gut versteckt. Ich erlaubte Staubfinger, auf dem Sofa zu schlafen, und als ich am nächsten Morgen herunterkam, durchwühlte er immer noch die Regale. In den nächsten zwei Jahren tauchte er immer wieder auf, folgte uns, egal, wo ich hinzog, bis ich es leid war und mich bei Nacht und Nebel mit dir davonmachte. Danach habe ich nichts mehr von ihm gesehen. Bis vor vier Tagen.«

Meggie sah ihn an. »Er tut dir immer noch leid«, sagte sie.

Mo schwieg. »Manchmal«, sagte er schließlich.

Elinor kommentierte das mit einem verächtlichen Schnauben. »Du bist noch verrückter, als ich dachte«, sagte sie. »Dieser Bastard ist schuld, dass wir in diesem Loch stecken, wegen ihm schneiden sie uns vielleicht die Hälse durch, und dir tut er leid?«

Mo zuckte die Achseln und sah hinauf zur Decke, wo ein paar Motten um die kahle Glühbirne flatterten. »Bestimmt hat Capricorn ihm versprochen, dass er ihn zurückbringt«, sagte er. »Im Gegensatz zu mir hat er erkannt, dass Staubfinger für solch ein Versprechen alles tun würde. Zurückzukehren in seine Geschichte, das ist das Einzige, was er sich wünscht. Er fragt nicht mal, ob die Geschichte für ihn ein gutes Ende nimmt!«

»Nun, das ist im richtigen Leben nicht anders«, stellte Elinor mit düsterer Miene fest. »Da weiß man auch nicht, ob es gut ausgeht. In unserem Fall spricht zurzeit mehr für ein schlechtes Ende.«

Meggie saß da, die Arme um ihre Beine geschlungen, das Gesicht an ihre Knie gelehnt, und starrte Löcher in die schmutzig weißen Wände. Sie sah das K vor sich, das K, auf dem der gehörnte Marder hockte, und ihr war, als blickte ihre Mutter hinter dem großen Buchstaben hervor, ihre Mutter, wie sie sie von dem blassen Foto unter Mos Kissen kannte. Sie war also doch nicht fortgelaufen. Wie es ihr wohl ging, dort in der anderen Welt? Ob sie sich noch an ihre Tochter erinnerte? Oder waren Meggie und Mo für sie auch nur noch ein verblassendes Bild? Hatte sie auch Sehnsucht nach ihrer eigenen Welt, so wie Staubfinger?

Hatte Capricorn Sehnsucht? War es das, was er von Mo wollte?

Dass er ihn zurücklas? Was passierte, wenn Capricorn merkte, dass Mo gar nicht wusste, wie? Meggie schauderte.

»Capricorn soll da noch einen anderen Vorleser haben«, fuhr Mo fort, als hätte er ihre Gedanken gelesen. »Basta hat mir von ihm erzählt, wahrscheinlich, um mir klarzumachen, dass ich keinesfalls unentbehrlich bin. Er soll für Capricorn schon mehr als einen nützlichen Helfer aus einem Buch herausgelesen haben.«

»Ach ja? Und was will er dann von dir?« Elinor richtete sich auf und rieb sich ächzend das Hinterteil. »Ich verstehe gar nichts mehr. Ich hoffe nur, dass das alles hier einer dieser Träume ist, aus denen man mit Nackenschmerzen und einem schlechten Geschmack im Mund erwacht.«

Meggie bezweifelte, dass Elinor tatsächlich diese Hoffnung hegte. Das feuchte Stroh fühlte sich zu wirklich an und die kalte Mauer in ihrem Rücken auch. Sie lehnte sich wieder gegen Mos Schulter und schloss die Augen. Sie bereute so sehr, dass sie kaum eine Zeile von *Tintenherz* gelesen hatte. Nichts wusste sie über die Geschichte, in der ihre Mutter verschwunden war. Sie kannte nur Mos Geschichten, all die Geschichten, die er ihr in den Jahren, die sie allein waren, über das erzählt hatte, was ihre Mutter fernhielt, Geschichten von Abenteuern, die sie in fernen Ländern erlebte, von furchtbaren Feinden, die immer wieder ihre Heimkehr verhinderten, und von einer Kiste, die sie nur für Meggie füllte, indem sie an jedem verwunschenen Ort etwas Neues, ganz und gar Wundervolles hineinlegte.

»Mo?«, fragte sie. »Glaubst du, es gefällt ihr in dieser Geschichte?«

Mo brauchte lange für seine Antwort. »Die Feen gefallen ihr bestimmt«, sagte er schließlich, »obwohl es launische kleine Dinger sind, und die Kobolde wird sie, so wie ich sie kenne, mit Milch füttern. Ja, ich glaube, das alles wird ihr gefallen …«

»Und … was wird ihr nicht gefallen?« Meggie sah ihn besorgt an.

Mo zögerte. »Das Böse«, sagte er schließlich, »es passieren viele schlimme Dinge in diesem Buch und sie hat nie erfahren, dass alles ein halbwegs gutes Ende nimmt, schließlich habe ich ihr die Geschichte nie zu Ende vorgelesen … Das wird ihr nicht gefallen.«

»Nein, das wird es gewiss nicht«, sagte Elinor. »Aber woher willst du wissen, dass die Geschichte sich nicht ohnehin verändert hat? Schließlich hast du Capricorn und seinen Messerfreund herausgelesen. Die zwei haben wir jetzt am Hals.«

»Ja«, sagte Mo, »aber im Buch sind sie vielleicht trotzdem noch! Glaub mir, ich habe es oft genug gelesen, seit sie herausgekommen sind. Die Geschichte handelt immer noch von ihnen – von Staubfinger, Basta und Capricorn. Heißt das nicht, es ist alles so geblieben, wie es war? Dass Capricorn noch dort ist und wir uns hier nur mit seinem Schatten herumschlagen?«

»Für einen Schatten ist er reichlich Furcht einflößend«, sagte Elinor.

»Ja, das stimmt«, sagte Mo und seufzte. »Vielleicht hat sich doch alles geändert. Vielleicht gibt es hinter der gedruckten Geschichte eine andere, viel größere Geschichte, die sich ebenso wandelt, wie unsere Welt es tut? Und die Buchstaben verraten uns darüber gerade so viel wie ein Blick durch ein Schlüsselloch. Vielleicht sind sie nicht mehr als der Deckel zu einem Topf, der viel mehr enthält, als wir lesen können.«

Elinor stöhnte auf. »Himmel, Mortimer!«, sagte sie. »Hör auf, ich bekomme Kopfschmerzen.«

»Glaub mir, die habe ich auch bekommen, als ich anfing, darüber nachzudenken«, antwortete Mo.

Danach schwiegen sie eine ganze Weile, alle drei, jeder von ihnen gefangen in seinen eigenen Gedanken.

Elinor war die Erste, die wieder sprach, doch es klang fast, als redete sie mit sich selbst. »Du meine Güte«, murmelte sie, während sie sich die Schuhe von den Füßen streifte. »Wenn ich mir überlege, wie oft ich mir gewünscht habe, in eins meiner Lieblingsbücher zu schlüpfen. Dabei ist das doch gerade das Gute an Büchern – dass man sie zuklappen kann, wann immer man will.«

Stöhnend bewegte sie ihre Zehen und begann, auf und ab zu gehen. Meggie musste sich ein Kichern verkneifen. Elinor sah einfach zu komisch aus, wie sie mit ihren schmerzenden Zehen von der Wand zur Tür und zurück wankte, hin und her, wie ein aufgedrehtes Spielzeug.

»Elinor, du machst mich ganz verrückt! Setz dich wieder hin«, sagte Mo.

»Tue ich nicht!«, fuhr sie ihn an. »Weil ich nämlich verrückt werde, wenn ich sitze.«

Mo verzog das Gesicht und legte Meggie den Arm um die Schultern. »Gut, lassen wir sie laufen!«, raunte er ihr zu. »Wenn sie erst mal zehn Kilometer hinter sich hat, wird sie schon umfallen. Aber du solltest jetzt schlafen. Ich überlasse dir auch mein Bett. Es ist gar nicht so schlecht, wie es aussieht. Wenn du die Augen fest schließt, kannst du dir vorstellen, dass du Wilbur, das Schwein bist, das gemütlich in seinem Stall liegt …«

»… oder Wart, der mit den Wildgänsen im Gras schläft.« Meggie musste gähnen. Wie oft hatten sie und Mo schon dieses Spiel gespielt: »Welches Buch fällt dir ein, welches haben wir vergessen? O ja, das! An das habe ich lange nicht mehr gedacht …!« Müde streckte sie sich auf dem piksenden Stroh aus.

Mo zog sich den Pullover über den Kopf und deckte sie damit zu. »Eine Decke brauchst du natürlich trotzdem«, sagte er. »Auch wenn du ein Schwein oder eine Gans bist.«

»Aber du wirst frieren.«

»Unsinn.«

»Und wo wollt ihr schlafen, du und Elinor?« Meggie musste schon wieder gähnen. Sie hatte gar nicht gemerkt, wie müde sie war.

Elinor tapste immer noch von Wand zu Wand. »Wer redet denn von Schlafen?«, sagte sie. »Wir halten natürlich Wache.«

»Gut«, murmelte Meggie und drückte die Nase in Mos Pullover. Er ist wieder da, dachte sie, während der Schlaf ihr die Augenlider schwer machte. Alles andere ist egal. Und dann dachte sie: Wenn ich doch nur das Buch endlich lesen könnte. Aber *Tintenherz* war bei Capricorn – und an den wollte sie jetzt nicht denken, denn sonst würde der Schlaf niemals kommen. Niemals …

Sie wusste später nicht, wie lange sie geschlafen hatte. Vielleicht weckten sie ihre kalten Füße oder das stachlige Stroh unter ihrem Kopf. Auf ihrer Armbanduhr war es vier Uhr. Nichts in dem fensterlosen Raum verriet, ob es Tag oder Nacht war, aber Meggie konnte sich nicht vorstellen, dass die Nacht schon vorbei war. Mo saß mit Elinor neben der Tür. Sie sahen beide müde aus, müde und besorgt, und unterhielten sich mit gedämpften Stimmen.

»Ja, sie halten mich immer noch für einen Zauberer«, sagte Mo gerade. »Sie haben mir diesen lächerlichen Namen gegeben – Zauberzunge. Und Capricorn ist der festen Überzeugung, dass ich es wiederholen kann, jederzeit, mit jedem beliebigen Buch.«

»Und – kannst du?«, fragte Elinor. »Du hast vorhin doch nicht alles erzählt, oder?«

Mo antwortete eine ganze Weile nicht. »Nein!«, sagte er schließlich. »Weil ich nicht will, dass Meggie mich auch für so etwas wie einen Zauberer hält.«

»Es ist also schon öfter passiert, dass du etwas ... herausgelesen hast?«

Mo nickte. »Ich habe immer schon gern vorgelesen, schon als Junge, und einmal, als ich einem Freund *Tom Sawyer* vorlas, lag plötzlich eine tote Katze auf dem Teppich, steif wie ein Brett. Dass dafür eins meiner Stofftiere verschwunden war, habe ich erst später gemerkt. Ich glaube, uns ist beiden fast das Herz stehen geblieben, und wir haben uns geschworen und den Schwur mit Blut besiegelt, wie Tom und Huck, dass wir niemandem je von der Katze erzählen würden. Danach habe ich es natürlich immer wieder versucht, heimlich, ohne Zeugen, aber es schien nie zu passieren, wenn ich es wollte. Es schien überhaupt keine Regel zu geben, höchstens die, dass es nur bei Geschichten passierte, die mir gefielen. Natürlich habe ich alles aufbewahrt, was herauskam, bis auf die Kotzgurke, die mir das Buch über den freundlichen Riesen bescherte. Sie stank einfach zu furchtbar. Als Meggie noch sehr klein war, ist manchmal etwas aus ihren Bilderbüchern gekommen, eine Feder, ein winziger Schuh ... wir haben die Sachen immer in ihre Bücherkiste gelegt, aber ihr nicht gesagt, woher sie stammten. Womöglich hätte sie sonst nie wieder ein Buch angefasst, aus Angst, die Riesenschlange mit Zahnweh könnte herauskommen oder sonst jemand Bedrohliches! Aber nie, Elinor, nie, wirklich niemals ist etwas Lebendiges aus einem Buch gekommen. Bis zu jener Nacht.« Mo betrachtete seine Handflächen, als sähe er dort all die Dinge, die seine Stimme den Büchern entlockt hatte. »Warum konnte es nicht jemand Nettes sein, wenn es schon passieren musste, jemand wie … Babar, der Elefant? Meggie wäre entzückt gewesen.«

O ja, das wäre ich bestimmt gewesen, dachte Meggie. Sie erinnerte sich an den kleinen Schuh und auch an die Feder. Smaragdgrün war sie gewesen, wie die Federn von Polynesia, Doktor Dolittles Papagei.

»Nun ja, ich sag dir, es hätte auch schlimmer kommen können.« Das war typisch Elinor. Als ob es nicht schlimm genug wäre, fern der Welt in einem verfallenen Haus eingesperrt zu sein, umgeben von schwarz gekleideten Männern mit Raubvogelgesichtern und Messern im Gürtel. Aber Elinor konnte sich offenbar tatsächlich Schlimmeres vorstellen. »Stell dir vor, Long John Silver hätte plötzlich in deinem Wohnzimmer gestanden und mit seiner tödlichen Holzkrücke ausgeholt«, raunte sie. »Ich glaube, da ziehe ich diesen Capricorn doch vor. Weißt du was? Wenn wir wieder zu Hause sind, ich meine, in meinem Haus, dann werde ich dir eins dieser netten Bücher geben – *Pu der Bär* zum Beispiel oder vielleicht auch *Wo die wilden Kerle wohnen*. Gegen so ein Monster hätte ich eigentlich nichts einzuwenden. Ich werde dir meinen bequemsten Sessel überlassen, dir einen Kaffee kochen, und dann liest du vor. Ja?«

Mo lachte leise und für einen Moment sah sein Gesicht nicht mehr ganz so sorgenvoll aus. »Nein, Elinor, das werde ich nicht. Obwohl es sehr verlockend klingt. Aber ich habe mir geschworen, nie wieder vorzulesen. Wer weiß, wer das nächste Mal verschwindet, und vielleicht gibt es selbst bei Pu dem Bären einen Bösewicht, den wir übersehen haben. Oder was ist, wenn ich Pu selbst herauslese? Was soll er hier anfangen ohne seine Freunde und ohne den Hundertsechzig-Morgen-Wald? Sein dummes Herz wird ihm brechen, so wie das von Staubfinger zerbrochen ist.«

»Ach was!« Elinor winkte ungeduldig ab. »Wie oft soll ich dir noch sagen, dass dieser Bastard gar kein Herz hat? Aber gut. Kommen wir zu einer weiteren Frage, deren Antwort mich sehr interessiert.« Elinor senkte die Stimme, und Meggie musste sich große Mühe geben, sie noch zu verstehen. »Wer war dieser Capricorn eigentlich in seiner Geschichte? Vermutlich der Bösewicht, gut, aber könnte ich vielleicht noch etwas mehr über ihn erfahren?«

Ja, auch Meggie hätte gern mehr über Capricorn gewusst, aber Mo wurde plötzlich sehr schweigsam. »Je weniger ihr über ihn wisst, desto besser«, sagte er nur. Und dann schwieg er. Elinor bohrte noch eine Weile nach, aber Mo wich all ihren Fragen aus. Er schien einfach keine Lust zu haben, über Capricorn zu sprechen. Seine Gedanken waren ganz woanders, Meggie sah es seinem Gesicht an. Irgendwann nickte Elinor ein, zusammengerollt auf dem kalten Boden, als wollte sie sich an sich selbst wärmen. Mo aber saß weiter da, den Rücken gegen die Mauer gelehnt.

Sein Gesicht verfolgte Meggie in den Schlaf, als sie wieder einnickte. Es tauchte in ihren Träumen auf wie ein dunkler Mond. Er öffnete den Mund und heraus sprangen Gestalten, dicke, dünne, große, kleine, sie hüpften in einer langen Reihe davon. Auf der Nase des Mondes aber, kaum mehr als ein Schatten, tanzte die Gestalt einer Frau – und plötzlich begann der Mond zu lächeln.

Der verratene Verräter

Es war eine eigene Lust, zu sehen, wie etwas verzehrt wurde, wie es schwarz und *zu etwas anderem* wurde. [...] er hätte am liebsten eine aufgespießte Wurst in die Feuersbrunst hineingehalten, während die Bücher mit dem Flügelschlag weißer Tauben vor dem Haus den Flammentod starben. Während die Bücher in Funkenwirbel aufsprühten und von einem brandgeschwärzten Wind verweht wurden.
Ray Bradbury, Fahrenheit 451

Irgendwann kurz vor Tagesanbruch begann die Glühbirne, die ihnen mit ihrem blässlichen Licht durch die Nacht geholfen hatte, zu flackern. Mo und Elinor schliefen, gleich neben der verschlossenen Tür, aber Meggie lag mit offenen Augen in der Dunkelheit und spürte, wie die Angst aus den kalten Mauern kroch. Sie lauschte dem Atem von Elinor und ihrem Vater und wünschte sich nichts mehr als eine Kerze – und ein Buch, das die Angst fernhielt. Überall schien sie zu sein, ein bösartiges, körperloses Wesen, das nur darauf gewartet hatte, dass die Glühbirne verlosch, und sich nun in der Finsternis an sie heranschlich, um sie in ihre kalten Arme zu nehmen. Meggie setzte sich auf, rang nach Atem und kroch auf allen vieren zu Mo. Sie rollte sich an seiner Seite zusammen, so wie sie es früher getan hatte, als sie noch klein war, und wartete darauf, dass das Morgenlicht unter der Tür hindurchsickerte.

Mit dem Licht kamen zwei von Capricorns Männern. Mo hatte

sich gerade erst müde aufgesetzt, und Elinor rieb sich schimpfend den schmerzenden Rücken, als sie die Schritte hörten.

Basta war nicht dabei. Der eine der Männer, groß wie ein Schrank, sah aus, als hätte ihm ein Riese mit seinem Daumen das Gesicht eingedrückt. Der zweite, klein und mager, mit einem Ziegenbart auf dem fliehenden Kinn, spielte ständig an seiner Flinte herum und musterte sie so feindselig, als hätte er große Lust, sie alle drei gleich und auf der Stelle zu erschießen.

»Nun kommt schon. Raus mit euch!«, fuhr er sie an, als sie blinzelnd hinaus in das helle Tageslicht stolperten. Meggie versuchte, sich zu erinnern, ob sie auch diese Stimme in Elinors Bibliothek gehört hatte, aber sie war nicht sicher. Capricorn hatte viele Männer.

Es war ein warmer, schöner Morgen. Der Himmel wölbte sich wolkenlos blau über Capricorns Dorf, und in einem verwilderten Rosenbusch, der zwischen den alten Häusern wuchs, zwitscherten ein paar Finken, als gäbe es bis auf ein paar hungrige Katzen nichts Bedrohliches auf der Welt. Mo griff nach Meggies Arm, als sie nach draußen traten. Elinor musste erst noch in ihre Schuhe schlüpfen, und als der Ziegenbart sie grob ins Freie zerren wollte, weil ihm das nicht schnell genug ging, stieß sie seine Hände weg und übergoss ihn mit einer Flut von Schimpfwörtern. Die beiden Männer brachte das bloß zum Lachen, worauf Elinor die Lippen aufeinanderpresste und es bei feindseligen Blicken beließ.

Capricorns Männer hatten es eilig. Sie führten sie auf demselben Weg zurück, auf dem Basta sie in der vergangenen Nacht hergebracht hatte. Das Flachgesicht ging vor, der Ziegenbart hinter ihnen, die Flinte im Anschlag. Er zog das Bein nach beim Gehen, aber er trieb sie trotzdem immer wieder an, als wollte er beweisen, dass er allemal schneller zu Fuß war als sie.

Selbst tagsüber sah Capricorns Dorf seltsam verlassen aus, und das lag nicht nur an den vielen leer stehenden Häusern, die im Sonnenlicht noch trauriger schienen. Kaum ein Mensch war auf den Gassen zu sehen, nur ein paar von den Schwarzjacken, wie Meggie sie insgeheim getauft hatte, oder magere Jungen, die ihnen wie junge Hunde nachliefen. Zweimal sah Meggie eine Frau vorbeihasten. Kinder entdeckte sie keine, Kinder, die spielten oder hinter ihrer Mutter herliefen, nur Katzen, schwarz, weiß, rostrot, gefleckt, getigert, auf warmen Mauersimsen, Türschwellen und Dachstürzen. Es war still zwischen den Häusern in Capricorns Dorf, und was geschah, schien im Verborgenen zu geschehen. Nur die Männer mit den Flinten verbargen sich nicht. Sie lungerten in Toreingängen und an Häuserecken, steckten die Köpfe zusammen und stützten sich verliebt auf ihre Flinten. Es gab keine Blumen vor den Häusern, wie Meggie sie in den Orten an der Küste gesehen hatte. Stattdessen gab es Häuser mit eingestürzten Dächern und blühende Büsche, die aus leeren Fensterhöhlen wuchsen. Einige dufteten so betäubend, dass Meggie schwindelig davon wurde.

Als sie den Platz vor der Kirche erreichten, dachte Meggie, die beiden Männer würden sie wieder zu Capricorns Haus bringen, aber sie ließen es links liegen und führten sie direkt auf das große Kirchenportal zu. Der Turm der Kirche sah aus, als hätten Wind und Wetter schon bedrohlich lange an seinem Mauerwerk genagt. Die Glocke hing rostig unter dem spitzen Dach, und kaum einen Meter tiefer hatte irgendein vom Wind herbeigetragenes Samenkorn einen schmächtigen Baum hervorgebracht, der sich nun dort oben an die sandfarbenen Steine krallte.

Auf das Kirchenportal waren Augen gemalt, schmale rote Augen, und zu beiden Seiten des Eingangs standen hässliche mannshohe Steinteufel, die ihre Zähne wie bissige Hunde bleckten.

»Willkommen im Haus des Teufels!«, sagte der Ziegenbart mit einer spöttischen Verbeugung, bevor er das schwere Portal öffnete.

»Lass das, Cockerell!«, fuhr das Flachgesicht ihn an und spuckte dreimal auf das staubige Pflaster zu seinen Füßen. »So was bringt Unglück.«

Der Ziegenbart lachte nur und tätschelte einem der Steinteufel den fetten Bauch. »Ach, komm, Flachnase. Du bist ja schon fast so schlimm wie Basta. Es fehlt nicht viel und du hängst dir auch eine stinkende Kaninchenpfote um den Hals.«

»Ich bin eben vorsichtig«, brummte Flachnase. »Man erzählt sich so einiges.«

»Ja, und wer hat die Geschichten erfunden? Wir, du Dummkopf.«

»Einige gab es auch schon vorher.«

»Egal, was passiert«, raunte Mo Elinor und Meggie zu, während die beiden Männer sich stritten, »überlasst mir das Reden. Eine spitze Zunge kann hier gefährlich sein, glaubt mir. Basta hat sein Messer sehr schnell zur Hand und er benutzt es auch.«

»Nicht nur Basta hat hier ein Messer, Zauberzunge!«, sagte Cockerell und stieß Mo in die dunkle Kirche. Hastig lief ihm Meggie nach.

In der Kirche war es kühl und dämmrig. Nur durch wenige Fenster hoch oben drang das Morgenlicht herein und malte blasse Flecken auf Wände und Säulen. Irgendwann waren sie vermutlich grau gewesen wie die Steinfliesen auf dem Boden, doch jetzt gab es nur noch eine Farbe in Capricorns Kirche. Die Wände, die Säulen, selbst die Decke, alles war rot, zinnoberrot wie rohes Fleisch oder getrocknetes Blut, und für einen Moment hatte Meggie das Gefühl, ins Innere eines Untiers zu treten.

In einer Ecke neben dem Eingang stand die Figur eines Engels, ein Flügel war abgebrochen und über den anderen hatte einer von Capricorns Männern seine schwarze Jacke gehängt. Teufelshörner saßen auf dem Kopf des Engels, wie Kinder sie sich zum Karneval aufs Haar klemmen, zwischen ihnen schwebte noch der Heiligenschein. Wahrscheinlich hatte der Engel irgendwann einmal auf dem Steinsockel vor der ersten Säule gestanden, doch er hatte einer anderen Figur Platz machen müssen. Gelangweilt blickte sein hageres, wachsbleiches Gesicht auf Meggie herab. Der Schöpfer der Figur verstand nicht viel von seinem Handwerk, das Gesicht war bemalt wie das einer Plastikpuppe, mit seltsam roten Lippen und blauen Augen, die nichts von dem Schrecken der farblosen Augen besaßen, mit denen der echte Capricorn die Welt musterte. Doch dafür war die Statue mindestens doppelt so groß wie ihr Vorbild, und jeder, der an ihr vorbeiging, musste den Kopf in den Nacken legen, um ihr in das blasse Gesicht zu sehen.

»Darf man das, Mo?«, fragte Meggie leise. »Sich selbst in einer Kirche aufstellen?«

»Oh, das ist eine ganz alte Sitte!«, flüsterte Elinor ihr zu. »Statuen, die in Kirchen stehen, sind selten die von Heiligen. Die meisten Heiligen konnten nämlich keine Bildhauer bezahlen. In der Kathedrale von …«

Cockerell gab ihr einen so unsanften Stoß in den Rücken, dass sie nach vorn stolperte. »Weiter!«, knurrte er. »Und das nächste Mal verbeugt ihr euch, wenn ihr an ihm vorbeigeht, verstanden?«

»Verbeugen?« Elinor wollte stehen bleiben, doch Mo zog sie rasch weiter.

»Aber so ein Schmierentheater kann man doch nicht ernst nehmen!«, schimpfte Elinor.

»Wenn du nicht bald still bist«, flüsterte Mo zurück, »wirst du zu spüren bekommen, wie ernst das hier alles gemeint ist, verstanden?«

Elinor musterte die Schramme auf seiner Stirn und schwieg.

Es gab keine Bänke in Capricorns Kirche, wie Meggie es aus anderen Kirchen kannte, nur zwei lange hölzerne Tische mit Sitzbänken zu beiden Seiten des Mittelgangs. Schmutzige Teller standen darauf, kaffeeverschmierte Becher, Holzbretter mit Käseresten, Messer, Würste, leere Brotkörbe. Mehrere Frauen waren gerade damit beschäftigt, alles fortzuräumen, sie blickten nur kurz auf, als Cockerell und Flachnase mit ihren drei Gefangenen vorbeigingen, dann beugten sie sich wieder über ihre Arbeit. Wie Vögel kamen sie Meggie vor, die ihre Köpfe zwischen die Schultern zogen, damit man sie ihnen nicht abschlug.

Nicht nur die Bänke fehlten in Capricorns Kirche, auch der Altar war verschwunden. Man konnte noch erkennen, wo er gestanden hatte. Stattdessen stand nun ein Stuhl am Ende der Treppe, die früher zum Altar hinaufgeführt hatte, ein wuchtiges Teil, rot gepolstert, mit wulstigen Schnitzereien an Beinen und Armlehnen. Vier flache Stufen waren es, die zu ihm hinaufführten, Meggie wusste selbst nicht, warum sie sie zählte. Ein schwarzer Teppich bedeckte sie – und auf der obersten Stufe, nur wenige Schritte von dem Stuhl entfernt, hockte Staubfinger, das rotblonde Haar zerzaust wie immer, und ließ Gwin gedankenverloren an seinem ausgestreckten Arm hinauflaufen.

Als Meggie mit Mo und Elinor den Mittelgang herunterkam, hob er kurz den Kopf. Gwin kletterte ihm auf die Schulter und entblößte seine kleinen, glassplitterscharfen Zähne, als hätte er bemerkt, mit welchem Abscheu Meggie seinen Herrn musterte. Nun wusste sie, warum der Marder Hörner hatte und sein Zwilling sich auf einer Buchseite spreizte. Alles wusste sie nun: warum Staubfinger diese Welt zu schnell und laut fand, warum er nichts von Autos verstand und oft so dreinblickte, als wäre er ganz woanders. Doch sie empfand kein Mitleid mit ihm, wie Mo es tat. Sein narbiges Gesicht erinnerte sie nur daran, dass er sie belogen hatte, mit sich gelockt wie der Rattenfänger im Märchen. Wie mit seinem Feuer hatte er mit ihr gespielt, wie mit seinen kleinen bunten Bällen: Komm mit, Meggie, hier entlang, Meggie, vertrau mir, Meggie. Am liebsten wäre sie die Stufen hinaufgesprungen und hätte ihm auf den Mund geschlagen, auf seinen verlogenen Mund.

Staubfinger schien ihre Gedanken zu erraten. Er wich ihrem Blick aus, auch Mo und Elinor sah er nicht an. Stattdessen griff er in die Hosentasche und holte ein Päckchen Streichhölzer hervor. Abwesend zog er ein Hölzchen aus der Schachtel, zündete es an, betrachtete gedankenversunken die Flamme und strich mit dem Finger hindurch, fast liebkosend, bis sie ihm die Fingerkuppen versengte.

Meggie wandte den Blick ab. Sie wollte ihn nicht sehen, sie wollte vergessen, dass er da war. Links von ihr, am Fuß der Treppe, standen zwei Eisentonnen, rostig braun, Holz war darin aufgeschichtet, helle, frisch geschlagene Scheite, einer über dem anderen. Meggie fragte sich gerade, wozu sie wohl bestimmt sein mochten, als erneut Schritte durch die Kirche hallten. Basta kam den Mittelgang herunter, mit einem Benzinkanister in der Hand. Cockerell und Flachnase machten mürrisch Platz, als er sich an ihnen vorbeischob.

»Ach, spielt der Schmutzfinger wieder mit seinem besten Freund?«, fragte er, während er die flachen Stufen hinaufstieg. Staubfinger ließ das Streichholz sinken und richtete sich auf. »Hier«, sagte Basta und stellte ihm den Benzinkanister vor die Füße. »Noch etwas zum Spielen. Mach uns Feuer. Das tust du doch am liebsten.«

Staubfinger warf das abgebrannte Streichholz, das er in der Hand hielt, fort und zündete ein neues an. »Und du?«, fragte er leise, während er Basta das brennende Hölzchen vors Gesicht hielt. »Du hast immer noch Angst davor, stimmt's?«

Basta schlug ihm das Streichholz aus der Hand.

»Oh, so etwas solltest du nicht tun!«, sagte Staubfinger. »Das bringt Unglück. Du weißt doch, wie schnell Feuer beleidigt ist.«

Für einen Augenblick dachte Meggie, Basta würde ihn schlagen, und offenbar war sie nicht die Einzige, die das dachte. Alle Augen waren auf die beiden gerichtet. Doch irgendetwas schien Staubfinger zu schützen. Vielleicht war es wirklich das Feuer.

»Du hast Glück, dass ich mein Messer gerade erst geputzt habe!«, zischte Basta. »Aber noch so ein Spiel und ich ritze dir ein paar nette neue Muster in dein hässliches Gesicht. Und aus deinem Marder lass ich mir einen Pelzkragen machen.«

Gwin ließ ein leises, drohendes Keckern hören und schmiegte sich an Staubfingers Nacken. Staubfinger bückte sich, hob die abgebrannten Streichhölzer auf und schob sie zurück in die Schachtel. »Ja, das würde dir sicher Spaß machen«, sagte er, immer noch ohne Basta anzusehen. »Wozu soll ich Feuer machen?«

»Wozu? Tu es einfach. Ums Füttern kümmern wir uns dann. Aber sorg dafür, dass es groß und gefräßig wird, nicht so zahm wie die Feuer, mit denen du gern spielst.«

Staubfinger hob den Kanister hoch und stieg langsam damit die Stufen hinunter. Er stand gerade vor den rostigen Tonnen, als das Kirchenportal sich ein zweites Mal öffnete.

Beim Knarren der schweren Holztüren drehte Meggie sich um und sah Capricorn zwischen den roten Säulen auftauchen. Er warf seinem Abbild im Vorbeigehen einen kurzen Blick zu, dann kam er mit schnellen Schritten den Gang herunter. Er trug einen roten Anzug, rot wie die Wände der Kirche, nur das Hemd darunter war schwarz und die Feder, die ihm am Revers steckte. Gut ein halbes Dutzend seiner Männer folgte ihm, wie Krähen einem Papagei. Bis zur Decke hinauf schienen ihre Schritte zu hallen.

Meggie griff nach Mos Hand.

»Ah, unsere Gäste sind auch schon da«, sagte Capricorn, als er vor ihnen stehen blieb. »Gut geschlafen, Zauberzunge?« Er hatte seltsam weich geschwungene Lippen, fast wie die einer Frau, beim Sprechen strich er ab und zu mit dem kleinen Finger darüber, als müsse er sie nachziehen. Sie waren ebenso farblos wie der Rest seines Gesichtes. »War es nicht nett von mir, dir deine Kleine schon gestern Abend bringen zu lassen? Zunächst wollte ich sie dir heute als Überraschung präsentieren, doch dann dachte ich mir: Capricorn, eigentlich bist du dem Mädchen etwas schuldig, wo sie dir doch ganz freiwillig gebracht hat, wonach du schon so lange suchst.«

Er hielt *Tintenherz* in der Hand. Meggie sah, wie Mos Blick daran haften blieb. Capricorn war groß, aber Mo überragte ihn noch um einige Zentimeter. Capricorn gefiel das ganz offensichtlich nicht. Er hielt sich kerzengerade, als könnte er den Unterschied so wettmachen.

»Lass Elinor mit meiner Tochter nach Hause fahren«, sagte Mo.

»Lass sie fahren, und ich lese dir alles vor, was du willst, aber zuerst lass die beiden gehen.«

Was redete er da? Meggie sah ihn entgeistert an. »Nein!«, sagte sie. »Nein, Mo, ich will nicht weg!« Aber niemand beachtete sie.

»Gehen lassen?« Capricorn drehte sich zu seinen Männern um. »Habt ihr das gehört? Warum sollte ich so etwas Verrücktes tun, jetzt, wo sie schon mal hier sind?« Die Männer lachten, Capricorn aber wandte sich wieder Mo zu. »Du weißt genauso gut wie ich, dass du von nun an alles tun wirst, was ich verlange«, sagte er. »Jetzt, wo sie da ist, wirst du sicherlich nicht mehr so starrköpfig sein und uns eine Demonstration deiner Kunst verweigern.«

Mo drückte Meggies Hand so fest, dass ihr die Finger schmerzten.

»Und was dieses Buch betrifft« – Capricorn betrachtete *Tintenherz* so missbilligend, als habe es ihn in die blassen Finger gebissen – »dieses überaus lästige, alberne und so maßlos geschwätzige Buch, so kann ich dir versichern, dass ich nicht die Absicht habe, mich je wieder von seiner Geschichte fesseln zu lassen. All diese überflüssigen Wesen, diese Flatterfeen mit ihren zirpenden Stimmen, überall kribbelte und krabbelte es, stank nach Fell und Mist, auf dem Marktplatz stolperte man über die krummbeinigen Kobolde und auf der Jagd vertrieben einem die Riesen mit ihren plumpen Füßen das Wild. Flüsternde Bäume, wispernde Teiche ... gab es eigentlich irgendetwas, das nicht reden konnte? Und dann die endlosen schlammigen Wege bis zur nächsten Stadt, wenn man das eine Stadt nennen konnte ... das wohlgeborene, fein gekleidete Fürstenpack auf seinen Burgen, die stinkenden Bauern, so arm, dass nichts bei ihnen zu holen war, die Rumtreiber und Bettler, denen das Ungeziefer aus den Haaren fiel – was war ich sie alle leid.«

Capricorn winkte und einer seiner Männer brachte einen großen Pappkarton. An der Art, wie er ihn trug, sah man, dass der Karton sehr schwer sein musste. Mit einem erleichterten Seufzer stellte er ihn vor Capricorn auf die grauen Fliesen. Capricorn reichte Cockerell, der neben ihm stand, das Buch, das Mo so lange vor ihm verborgen hatte, und öffnete den Karton. Er war bis an den Rand mit Büchern gefüllt.

»Es hat wirklich sehr viel Mühe gekostet, sie alle zu finden«, erklärte Capricorn, während er in den Karton griff und zwei Bücher herausnahm. »Sie sehen verschieden aus, doch der Inhalt ist derselbe. Dass die Geschichte in mehreren Sprachen niedergeschrieben wurde, hat die Suche noch zusätzlich erschwert – eine sehr unnütze Eigenart dieser Welt, all diese verschiedenen Sprachen. Das war in unserer Welt einfacher, stimmt's, Staubfinger?«

Staubfinger antwortete nicht. Er stand da, mit dem Benzinkanister in der Hand, und starrte den Karton an. Capricorn schlenderte auf ihn zu und warf die beiden Bücher in eine der Tonnen.

»Was tut ihr da?« Staubfinger griff nach den Büchern, aber Basta stieß ihn zurück. »Die bleiben, wo sie sind«, sagte er.

Staubfinger wich zurück und verbarg den Kanister hinter dem Rücken, doch Basta riss ihn ihm aus den Händen. »Es sieht fast so aus, als wollte unser Feuerspucker das Feuermachen heute anderen überlassen«, spottete er.

Staubfinger warf ihm einen hasserfüllten Blick zu. Mit starrem Gesicht beobachtete er, wie Capricorns Männer immer mehr Bücher in die Tonnen warfen. Mehr als zwei Dutzend Exemplare von *Tintenherz* lagen schließlich auf dem aufgeschichteten Holz, die Seiten verknickt, die Einbände von sich gestreckt wie gebrochene Flügel.

»Weißt du, was mich in unserer alten Welt auch stets aufs Neue in den Wahnsinn getrieben hat, Staubfinger?«, fragte Capricorn, während er Basta den Benzinkanister aus der Hand nahm. »Wie mühsam es war, Feuer zu machen. Für dich natürlich nicht, du konntest ja sogar mit ihm sprechen, wahrscheinlich hat es dir irgendeiner dieser grunzenden Kobolde beigebracht, aber für unsereins war es ein mühsames Geschäft. Ständig war das Holz feucht oder der Wind drückte auf den Kamin. Ich weiß, du verzehrst dich vor Sehnsucht nach den guten alten Zeiten und vermisst all deine zirpenden, flatternden Freunde, aber ich weine alldem keine Träne nach. Diese Welt ist unendlich viel besser eingerichtet als die, mit der wir uns jahrelang begnügen mussten.«

Staubfinger schien kein Wort von dem zu hören, was Capricorn zu ihm sagte. Er starrte nur auf das Benzin, das sich stinkend über die Bücher ergoss. Die Seiten saugten es so gierig auf, als hießen sie ihr eigenes Ende willkommen. »Wo kommen die alle her?«, stammelte er. »Du hast mir immer gesagt, es gäbe nur noch ein Exemplar, das von Zauberzunge.«

»Ja, ja, ich habe dir so einiges erzählt.« Capricorn schob die Hand in die Hosentasche. »Du bist so ein leichtgläubiger Bursche, Staubfinger. Es macht Spaß, dir Lügen zu erzählen. Deine Ahnungslosigkeit hat mich immer wieder verblüfft, schließlich lügst du doch selbst mit großem Geschick. Aber du glaubst einfach zu gern, was du glauben möchtest, das ist es. Nun, jetzt kannst du mir glauben: Dies hier« – er tippte mit dem Finger auf den benzingetränkten Bücherstapel – »sind tatsächlich die letzten Exemplare unserer tintenschwarzen Heimat. Basta und all die anderen haben Jahre gebraucht, um sie in schäbigen Leihbibliotheken und Antiquariaten aufzustöbern.«

Staubfinger starrte die Bücher an wie ein Verdurstender das letzte Glas Wasser. »Aber du kannst sie nicht verbrennen!«, stammelte er. »Du hast mir versprochen, dass du mich zurückbringst, wenn ich dir Zauberzunges Buch beschaffe. Dafür habe ich dir gesagt, wo er steckt, dafür habe ich dir seine Tochter gebracht …«

Capricorn zuckte nur die Schultern und nahm Cockerell das Buch aus der Hand – das Buch mit dem mattgrünen Einband, das Meggie und Elinor ihm so bereitwillig gebracht hatten, für das er Mo hatte herschleppen lassen und für das Staubfinger sie alle verraten hatte.

»Ich hätte dir auch versprochen, dir den Mond vom Himmel zu holen, wenn es mir genutzt hätte«, sagte Capricorn, während er *Tintenherz* mit gelangweilter Miene auf den Stapel seiner Artgenossen warf. »Ich gebe gern Versprechen, vor allem solche, die ich nicht halten kann.« Dann zog er ein Feuerzeug aus der Hosentasche. Staubfinger wollte auf ihn zuspringen, es ihm aus der Hand schlagen, doch Capricorn gab Flachnase ein Zeichen.

Flachnase war so groß und breit, dass Staubfinger neben ihm fast wie ein Kind aussah, und genau so packte er ihn sich – wie ein ungezogenes Kind. Mit gesträubtem Fell sprang Gwin von Staubfingers Schulter, einer von Capricorns Männern trat nach ihm, als er ihm zwischen den Beinen durchhuschte, aber der Marder entkam und verschwand hinter einer der roten Säulen. Die übrigen Männer standen da und lachten über Staubfingers verzweifelte Versuche, sich aus Flachnases eisernem Griff zu befreien. Flachnase hatte großen Spaß daran, ihn gerade so nah an die benzingetränkten Bücher heranzulassen, dass er die obersten mit den Fingern streifte.

Meggie wurde ganz schlecht von so viel Bosheit, und Mo machte einen Schritt vor, als wollte er Staubfinger zu Hilfe kommen, doch

Basta trat ihm in den Weg. Plötzlich hielt er sein Messer in der Hand. Die Klinge war schmal und blank und sah entsetzlich scharf aus, als er sie Mo an den Hals hielt.

Elinor schrie auf und übergoss Basta mit einer Flut von Schimpfwörtern, die Meggie noch nie gehört hatte, sie selbst konnte sich nicht rühren. Sie stand nur da und starrte auf die Klinge an Mos nacktem Hals.

»Gib mir eins, Capricorn, nur eins!«, stieß ihr Vater hervor, und erst da begriff Meggie, dass er nicht Staubfinger hatte helfen wollen, sondern dass es ihm um das Buch ging. »Ich verspreche dir, ich werde nicht einen Satz daraus in den Mund nehmen, in dem dein Name vorkommt.«

»Dir? Bist du des Teufels? Du bist der Letzte, dem ich eins geben würde«, antwortete Capricorn. »Womöglich kannst du eines Tages deine Zunge doch nicht zügeln und ich lande wieder in dieser lächerlichen Geschichte! Nein, danke.«

»Unsinn!«, rief Mo. »Ich könnte dich nicht zurücklesen, selbst wenn ich es wollte, wie oft soll ich das noch sagen? Frag Staubfinger, tausendmal habe ich es ihm erklärt. Ich versteh selbst nicht, wie und wann es passiert, glaubt mir das doch endlich!«

Capricorns Antwort war nur ein Lächeln. »Es tut mir leid, Zauberzunge, ich glaube grundsätzlich niemandem, das solltest du doch inzwischen wissen. Wir sind alle Lügner, wenn es uns nützt.« Und mit diesen Worten ließ er das Feuerzeug aufflammen und hielt es an eins der Bücher. Fast durchsichtig waren die Seiten durch das Benzin geworden, wie Pergament sahen sie aus, und sie fingen auf der Stelle Feuer. Selbst der Einband, fest und stoffumhüllt, brannte sofort. Das Leinen färbte sich schwarz unter den leckenden Flammen.

Als das dritte Buch Feuer fing, trat Staubfinger Flachnase so heftig gegen die Kniescheibe, dass er ihn mit einem Schmerzensschrei losließ. Flink wie sein Marder entschlüpfte Staubfinger den mächtigen Armen und stolperte auf die Tonnen zu. Ohne Zögern griff er in die Flammen, doch das Buch, das er herausriss, brannte schon wie eine Fackel. Staubfinger ließ es auf den Steinboden fallen und griff wieder ins Feuer, diesmal mit der anderen Hand, doch da hatte Flachnase ihn bereits erneut am Kragen gepackt und schüttelte ihn so grob, dass er nach Luft schnappte.

»Seht euch den Verrückten an!«, spottete Basta, während Staubfinger mit schmerzverzerrtem Gesicht auf seine Hände starrte. »Kann mir irgendwer hier erklären, wonach er solche Sehnsucht hat? Vielleicht nach den hässlichen Moosweibchen, die ihn angehimmelt haben, wenn er auf dem Marktplatz mit seinen Bällen herumgespielt hat? Oder nach den dreckigen Löchern, in denen er mit den anderen Rumtreibern gehaust hat? Teufel, es roch dort noch schlimmer als in dem Rucksack, in dem er den stinkenden Marder herumträgt.«

Capricorns Männer lachten, während die Bücher langsam zu Asche zerfielen. Es roch immer noch nach Benzin in der leeren Kirche, so beißend, dass Meggie husten musste. Mo legte ihr schützend den Arm um die Schultern, als hätte Basta nicht ihn, sondern sie bedroht. Doch wer konnte ihn beschützen?

Elinor musterte seinen Hals so besorgt, als fürchtete sie, Bastas Messer hätte dort doch blutige Spuren hinterlassen. »Diese Kerle sind völlig verrückt!«, wisperte sie. »Du kennst doch bestimmt diesen Satz: Wo man Bücher verbrennt, da werden bald auch Menschen brennen. Was, wenn wir als Nächste auf so einem Holzstapel landen?«

Basta sah zu ihr herüber, als hätte er ihre Worte gehört. Er warf ihr einen spöttischen Blick zu und küsste die Klinge seines Messers. Elinor verstummte, als hätte sie ihre Zunge verschluckt.

Capricorn hatte ein schneeweißes Taschentuch aus seiner Hosentasche gezogen. Er säuberte sich so sorgfältig die Hände damit, als wollte er selbst die Erinnerung an *Tintenherz* von seinen Fingern wischen. »Gut, das wäre endlich erledigt«, stellte er mit einem letzten Blick auf die rauchende Asche fest. Dann stieg er mit selbstzufriedenem Gesicht zu dem Stuhl hinauf, der den Platz des Altars eingenommen hatte. Mit einem tiefen Seufzer ließ er sich auf das blassrote Polster sinken.

»Staubfinger, lass dir in der Küche von Mortola die Hände verarzten!«, befahl er mit gelangweilter Stimme. »Ohne deine Hände bist du nun wirklich zu gar nichts nütze.«

Staubfinger warf Mo einen langen Blick zu, bevor er der Aufforderung folgte. Mit unsicheren Schritten, den Kopf gesenkt, ging er an Capricorns Männern vorbei. Endlos lang schien der Weg bis zum Portal. Für einen kurzen Augenblick fiel gleißend helles Sonnenlicht in die Kirche, als Staubfinger es öffnete. Dann fielen die Türen hinter ihm zu, und Meggie, Mo und Elinor waren allein mit Capricorn und seinen Männern – und dem Geruch von Benzin und verbranntem Papier.

»Kommen wir zu dir, Zauberzunge!«, sagte Capricorn und streckte die Beine aus. Er trug schwarze Schuhe. Voll Wohlgefallen betrachtete er das glänzende Leder und pflückte sich einen Fetzen verkohltes Papier von der Schuhspitze. »Bisher sind ich und Basta und der bedauernswerte Staubfinger der einzige Beweis dafür, dass du ganz Erstaunliches zwischen kleinen schwarzen Buchstaben hervorlocken kannst. Du selbst scheinst deiner Gabe nicht zu trauen, wenn man deinen Worten Glauben schenkt – was ich, wie ich schon sagte, nicht tue. Im Gegenteil, ich glaube, dass du ein Meister deines Faches bist, und ich kann es kaum noch erwarten, dass du uns endlich ein paar Kostproben deines Könnens lieferst. Cockerell!« Seine Stimme klang gereizt. »Wo ist der Vorleser? Hatte ich dir nicht gesagt, du sollst ihn herbringen?«

Cockerell strich sich nervös über den Ziegenbart. »Er war noch damit beschäftigt, die Bücher herauszusuchen«, stammelte er. »Aber ich werde ihn gleich holen.« Mit einer hastigen Verbeugung hinkte er davon.

Capricorn begann, mit den Fingern auf die Armstütze seines Stuhles zu trommeln. »Bestimmt hast du schon gehört, dass ich auf die Dienste eines anderen Vorlesers zurückgreifen musste, während du dich so erfolgreich vor mir versteckt hieltest«, sagte er zu Mo. »Ich habe ihn vor fünf Jahren gefunden, aber er ist ein furchtbarer Stümper. Du brauchst dir nur Flachnases Gesicht anzusehen.« Flachnase senkte verlegen den Kopf, als alle Blicke sich auf ihn richteten. »Das Hinken von Cockerell ist auch ihm zu verdanken. Und du hättest erst die Mädchen sehen sollen, die er mir aus seinen Büchern herausgelesen hat. Man bekam schon Alpträume, wenn man sie bloß ansah. Schließlich habe ich mir von ihm nur noch vorlesen lassen, wenn ich mich über seine Missgeburten amüsieren wollte, und meine Männer habe ich mir in dieser Welt gesucht. Ich habe sie einfach zu mir geholt, solange sie noch jung waren. In fast jedem Dorf gibt es einen einsamen Jungen, der gern mit Feuer spielt.« Lächelnd betrachtete er seine Fingernägel, wie ein Kater, der zufrieden seine Krallen mustert. »Ich habe den Vorleser damit beauftragt, für dich die richtigen Bücher auszusuchen. Mit Büchern kennt der arme Tropf sich wirklich aus, er lebt in ihnen wie einer dieser blassen Würmer, die sich von Papier ernähren.«

»Ach ja, und was soll ich dir aus seinen Büchern herauslesen?« Mos Stimme klang bitter. »Ein paar Ungeheuer, ein paar menschliche Scheusale, die zu denen da« – er wies mit dem Kopf in Bastas Richtung – »passen würden?«

»Um Himmels willen, bring ihn nicht auf Ideen!«, flüsterte Elinor mit einem besorgten Blick in Capricorns Richtung.

Doch der wischte sich nur etwas Asche von der Hose und lächelte. »Nein, danke, Zauberzunge«, sagte er. »Männer habe ich genug, und was die Ungeheuer betrifft, so kommen wir dazu vielleicht später. Zurzeit behelfen wir uns recht gut mit den Hunden, die Basta abgerichtet hat, und mit den Schlangen dieser Gegend. Sie eignen sich hervorragend als tödliche Mitbringsel. Nein, Zauberzunge, alles, was ich heute als Probe deines Könnens verlange, ist Gold. Ich bin hoffnungslos geldgierig. Meine Männer tun wirklich ihr Bestes, diesem Landstrich abzupressen, was er hergibt.« Bei diesen Worten von Capricorn strich Basta zärtlich über sein Messer. »Aber es reicht nie für all die wundervollen Dinge, die es in dieser grenzenlosen Welt zu kaufen gibt. Sie hat so viele Seiten, Zauberzunge, so unendlich viele Seiten, eure Welt, und ich möchte zu gern auf jede meinen Namen schreiben.«

»In was für Buchstaben willst du ihn denn schreiben?«, fragte Mo. »Wird Basta sie mit seinem Messer aufs Papier ritzen?«

»Oh, Basta kann nicht schreiben«, antwortete Capricorn gelassen. »All meine Männer können weder schreiben noch lesen. Ich habe es ihnen verboten. Nur ich habe es mir beibringen lassen, von einer meiner Mägde. Ja, glaube mir, ich bin sehr wohl in der Lage, dieser Welt meinen Stempel aufzudrücken. Und wenn es einmal etwas zu schreiben gibt, so übernimmt das der Vorleser.«

Das Kirchenportal wurde aufgestoßen, als hätte Cockerell nur auf sein Stichwort gewartet. Der Mann, den er mitbrachte, zog den Kopf zwischen die Schultern und blickte weder nach rechts noch nach links, während er Cockerell folgte. Er war klein und dünn und bestimmt nicht älter als Mo, aber er krümmte den Rücken wie ein alter Mann und schlenkerte beim Gehen die Glieder, als wisse er nicht, wohin mit ihnen. Er trug eine Brille, die er beim Gehen immer wieder nervös hochschob, das Gestell war über seiner Nase mit Klebeband umwickelt, als wäre sie ihm schon oft zerbrochen. Mit dem linken Arm drückte er einen Stapel Bücher an die Brust, so fest, als böten sie ihm Schutz gegen die Blicke, die sich von allen Seiten auf ihn richteten, und gegen den unheimlichen Ort, an den man ihn geschleppt hatte.

Als die zwei endlich am Fuß der Treppe angelangt waren, stieß Cockerell seinem Begleiter den Ellbogen in die Seite und der verbeugte sich mit solcher Hast, dass ihm zwei Bücher auf den Boden fielen. Eilig hob er sie auf und verbeugte sich ein zweites Mal vor Capricorn.

»Wir warten schon auf dich, Darius!«, sagte Capricorn. »Ich hoffe, du hast gefunden, womit ich dich beauftragt habe.«

»O ja, ja!«, stammelte Darius, während er Mo einen fast andächtigen Blick zuwarf. »Ist er das?«

»Ja. Zeig ihm die Bücher, die du ausgewählt hast.«

Darius nickte und verbeugte sich wieder, diesmal vor Mo. »Dies sind alles Geschichten, in denen große Schätze vorkommen«, stammelte er. »Es war nicht so leicht, sie zu finden, wie ich dachte, schließlich« – es klang ein leiser, ganz leiser Vorwurf aus seiner

Stimme – »schließlich gibt es nicht sehr viele Bücher in diesem Dorf. Und sooft ich das auch sage, man bringt mir keine neuen mit, und wenn, dann taugen sie nichts. Aber wie dem auch sei … hier sind sie nun. Ich denke, du wirst trotzdem mit der Auswahl zufrieden sein.« Er kniete sich vor Mo auf den Boden und begann, seine Bücher auf den Steinfliesen auszubreiten, eins neben dem anderen, bis Mo alle Titel lesen konnte.

Gleich der erste gab Meggie einen Stich. *Die Schatzinsel.* Beunruhigt sah sie Mo an. Nicht das!, dachte sie. Nicht das, Mo. Aber Mo hatte schon ein anderes in der Hand: *Die Erzählungen aus 1001 Nacht.*

»Ich denke, das hier ist das Richtige«, sagte er. »Darin wird sich sicherlich genug Gold finden. Aber ich sage es dir noch einmal: Ich weiß nicht, was geschehen wird. Es geschieht nie, wenn ich es will. Ich weiß, ihr haltet mich hier alle für einen Zauberer, aber ich bin keiner. Der Zauber kommt aus den Büchern, und ich weiß ebenso wenig wie du oder einer deiner Männer, wie er funktioniert.«

Capricorn lehnte sich in seinem Stuhl zurück und musterte Mo mit ausdruckslosem Gesicht. »Wie oft willst du mir das noch erzählen, Zauberzunge?«, sagte er gelangweilt. »Du kannst es mir erzählen, sooft du willst, ich werde es nicht glauben. In der Welt, deren Tür wir heute endgültig zugeschlagen haben, hatte ich bisweilen mit Zauberern zu tun, mit Zauberern und Hexen, und ich musste mich sehr oft mit ihrem Starrsinn herumschlagen. Basta hat dir ja schon sehr eindrücklich geschildert, wie wir Starrsinn zu brechen pflegen. Doch in deinem Fall werden solche schmerzhaften Methoden ja sicherlich jetzt, wo deine Tochter unser Gast ist, nicht mehr nötig sein.« Mit diesen Worten warf Capricorn Basta einen kurzen Blick zu.

Mo wollte Meggie festhalten, doch Basta war schneller. Er zog sie an seine Seite und schlang ihr von hinten den Arm um den Hals.

»Von heute an, Zauberzunge«, fuhr Capricorn fort, und immer noch klang seine Stimme so unbeteiligt, als redete er über das Wetter, »wird Basta der ganz persönliche Schatten deiner Tochter sein. Das wird sie zuverlässig vor Schlangen und bissigen Hunden schützen, aber natürlich nicht vor Basta, der nur so lange freundlich zu ihr ist, wie ich es sage. Und das wiederum hängt davon ab, wie zufrieden ich mit deinen Diensten sein werde. Habe ich mich verständlich ausgedrückt?«

Mo sah erst ihn und dann Meggie an. Sie gab sich alle Mühe, unerschrocken dreinzublicken, um Mo davon zu überzeugen, dass er sich um sie keine Sorgen machen musste, schließlich hatte sie schon immer sehr viel besser lügen können als er. Doch diesmal nahm er ihr die Lüge nicht ab. Er wusste, dass ihre Angst ebenso groß war wie die, die sie in seinen Augen sah.

Vielleicht ist das hier ja auch nur eine Geschichte!, dachte Meggie verzweifelt. Und gleich schlägt irgendjemand das Buch zu, weil sie einfach so furchtbar und abscheulich ist, und Mo und ich sitzen wieder zu Hause und ich koche ihm einen Kaffee. Sie schloss die Augen, ganz fest, als könnte sie ihre Gedanken auf diese Weise wahr machen, doch als sie durch die Wimpern blinzelte, stand Basta immer noch hinter ihr und Flachnase rieb sich die eingedrückte Nase und betrachtete Capricorn mit seinem Hundeblick.

»Gut«, sagte Mo müde in die Stille hinein. »Ich lese dir vor. Aber Meggie und Elinor bleiben nicht hier.«

Meggie wusste genau, woran er dachte. Er dachte an ihre Mutter und daran, wer diesmal verschwinden würde.

»Unsinn. Natürlich bleiben sie hier.« Capricorns Stimme klang nicht mehr ganz so gelassen. »Und du fängst endlich an, bevor dir das Buch da in den Fingern zu Staub zerfällt.«

Mo schloss für einen Moment die Augen. »Gut, aber Basta lässt das Messer stecken«, sagte er heiser. »Wenn er Meggie oder Elinor auch nur ein Haar krümmt, ich schwöre es dir, dann lese ich dir und deinen Männern die Pest an den Hals.«

Cockerell warf Mo einen erschrockenen Blick zu und selbst über Bastas Gesicht huschte ein Schatten, aber Capricorn lachte nur.

»Darf ich dich daran erinnern, dass du von einer ansteckenden Krankheit redest, Zauberzunge?«, sagte er. »Und sie macht keineswegs vor kleinen Mädchen halt. Also, lass die leeren Drohungen und fang an zu lesen. Jetzt. Auf der Stelle. Und als Erstes möchte ich etwas aus dem Buch da hören!«

Er wies auf das Buch, das Mo gleich zur Seite gelegt hatte.

Die Schatzinsel.

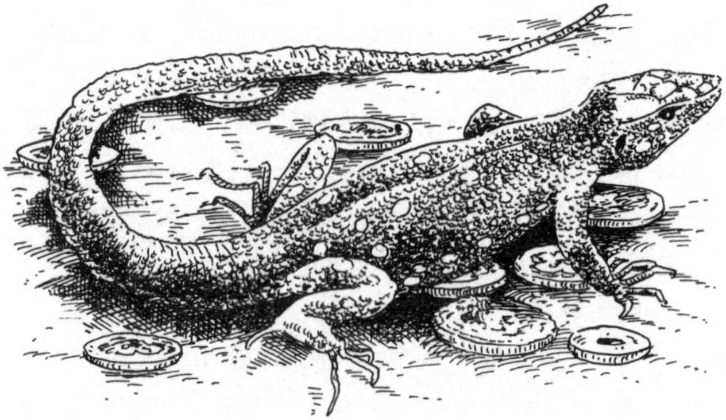

Zauberzunge

Squire Trelawney, Doktor Livesey und die anderen Herren hatten mich aufgefordert, die ganze Geschichte von der Schatzinsel vom Anfang bis zum Ende niederzuschreiben und nichts zu verschweigen als die Lage der Insel; und so greife ich jetzt, im Jahre des Heils 17.., zur Feder und beginne mit der Zeit, da mein Vater Wirt im »Admiral Benbow« war und der sonnenverbrannte alte Seemann mit der Säbelnarbe sich unter unserem Dach einquartierte.

Robert L. Stevenson, Die Schatzinsel

So kam es, dass Meggie ihren Vater zum ersten Mal nach neun Jahren in einer Kirche lesen hörte, und noch viele Jahre später zog ihr, sobald sie eins der Bücher aufschlug, aus denen er an jenem Morgen vorlas, der Geruch von verbranntem Papier in die Nase.

Es war kühl in Capricorns Kirche, auch daran erinnerte Meggie sich später, obwohl die Sonne draußen sicherlich schon hoch und heiß am Himmel stand, als Mo zu lesen begann. Er setzte sich einfach dort, wo er stand, auf den Boden, die Beine gekreuzt, ein Buch auf dem Schoß, die anderen neben sich. Meggie kniete sich neben ihn, bevor Basta sie festhalten konnte.

»Los, auf die Treppe mit euch!«, befahl Capricorn seinen Männern. »Flachnase, du bringst die Frau mit. Nur Basta bleibt da, wo er ist.«

Elinor sträubte sich, doch Flachnase griff ihr einfach ins Haar und zerrte sie mit sich. Einer neben den anderen, so hockten sich

Capricorns Männer auf die Stufen zu Füßen ihres Herrn. Elinor saß zwischen ihnen wie eine aufgeplusterte Taube in einer Schar räuberischer Krähen.

Der Einzige, der ähnlich verloren aussah, war der magere Vorleser, der ganz am Ende der schwarzen Reihe Platz genommen hatte und immer noch unentwegt seine Brille betastete.

Mo schlug das Buch auf seinem Schoß auf und begann mit gerunzelter Stirn, darin zu blättern, als suche er zwischen den Seiten nach dem Gold, das er Capricorn herauslesen sollte.

»Cockerell, du schneidest jedem die Zunge heraus, der auch nur einen Laut von sich gibt, während Zauberzunge liest!«, sagte Capricorn, und Cockerell zog ein Messer aus dem Gürtel und blickte an der Reihe der Männer entlang, als suchte er sich schon das erste Opfer aus. Totenstill wurde es in der rot getünchten Kirche, so still, dass Meggie glaubte, Basta hinter sich atmen zu hören. Aber vielleicht war das auch nur ihre Angst.

Capricorns Männer schienen sich, ihren Gesichtern nach zu urteilen, in ihrer Haut ebenfalls alles andere als wohlzufühlen. Sie musterten Mo mit einer Mischung aus Feindseligkeit und Furcht. Meggie konnte das nur zu gut verstehen. Vielleicht würde schon bald einer von ihnen in dem Buch verschwunden sein, in dem Mo so unschlüssig blätterte. Ob Capricorn ihnen erzählt hatte, dass so etwas passieren konnte? Ob er es überhaupt wusste? Was, wenn passierte, was Mo befürchtete: Dass sie selbst verschwand? Oder Elinor?

»Meggie!«, raunte Mo ihr zu, als hätte er ihre Gedanken gehört. »Halte dich an mir fest, irgendwie, ja?«

Meggie nickte und klammerte sich mit einer Hand an seinen Pullover. Als könnte das nützen!

»Ich glaube, ich habe die richtige Stelle gefunden«, sagte Mo in die Stille hinein. Er warf Capricorn einen letzten Blick zu, sah noch einmal zu Elinor hinüber, räusperte sich – und begann.

Alles verschwand. Die roten Wände der Kirche, die Gesichter von Capricorns Männern und Capricorn selbst auf seinem Stuhl. Es gab nur noch Mos Stimme und die Bilder, die sich aus den Buchstaben formten wie ein Teppich auf dem Webstuhl. Hätte Meggie Capricorn noch mehr hassen können, dann hätte sie es jetzt getan. Schließlich war nur er schuld, dass Mo ihr all die Jahre nicht ein einziges Mal vorgelesen hatte. Was hätte er ihr alles ins Zimmer zaubern können mit seiner Stimme, die jedem Wort einen anderen Geschmack gab und jedem Satz eine Melodie! Selbst Cockerell hatte sein Messer vergessen und die Zungen, die er abschneiden sollte, und lauschte mit abwesendem Blick. Flachnase starrte so verzückt in die Luft, als kreuzte ein Piratenschiff mit geblähten Segeln geradewegs durch eins der Kirchenfenster. Alle schwiegen.

Kein Laut war zu hören außer Mos Stimme, die Buchstaben und Wörter zum Leben erweckte.

Nur einer schien immun gegen den Zauber. Mit ausdruckslosem Gesicht, die blassen Augen auf Mo gerichtet, saß Capricorn da und wartete: auf das Klirren von Münzen in all dem Wohlklang der Worte, auf Kisten aus feuchtem Holz, schwer von Gold und Silber.

Mo ließ ihn nicht lange warten. Während er las, was Jim Hawkins, der Junge, der kaum älter als Meggie war, als er seine schrecklichen Abenteuer erlebte, in einer dunklen Höhle sah, passierte es:

Goldstücke, die die Köpfe von George oder einem der Louis trugen, Dublonen, doppelte Guineen, Moidore und Zechinen, die Köpfe sämtlicher Könige von Europa im Verlauf der letzten hundert Jahre, seltsame orientalische Goldstücke, deren Schrift wie ein Gewirr von Fäden oder wie ein Stück von einem Spinnennetz aussah, runde Stücke, viereckige Stücke, Stücke, die in der Mitte durchbohrt waren, als hätte man sie um den Hals getragen – so ziemlich jede Art von gemünztem Gold musste in dieser Sammlung ihren Platz gefunden haben; und an der Zahl waren sie wie Blätter im Herbst, sodass mein Rücken wehtat, so viel musste ich mich bücken, und meine Finger vom Aussondern schmerzten.

Die Mägde waren noch dabei, die letzten Krümel von den Tischen zu wischen, als über das blanke Holz plötzlich Münzen rollten. Die Frauen stolperten zurück, ließen die Tücher fallen, pressten die Hände vor den Mund, während die Münzen ihnen zwischen die Füße sprangen, goldene, silberne, kupferfarbene Münzen, sie klimperten auf den Steinboden, häuften sich klirrend unter den Bänken, mehr und immer mehr. Einige rollten bis vor die Treppenstufen. Capricorns Männer fuhren hoch, bückten sich nach den glitzernden Dingern, die ihnen gegen die Stiefel sprangen – und zogen die Hände wieder zurück. Keiner von ihnen traute sich, das verhexte Geld anzufassen. Denn was sonst war es? Gold, gemacht aus Papier und Druckerschwärze – und dem Klang einer menschlichen Stimme.

Als der Goldregen aufhörte – im selben Moment, in dem Mo das Buch zuklappte –, sah Meggie, dass sich in all das Glitzern und Glänzen auch hier und da etwas Sand gemischt hatte. Ein paar bläulich schimmernde Käfer krabbelten hastig davon, und aus einem Berg von winzig kleinen Münzen schob sich der Kopf einer smaragdgrünen Eidechse. Mit starren Augen sah sie sich um. Die Zunge tanzte ihr vor dem eckigen Maul. Basta warf sein Messer nach ihr, als könnte er mit der Eidechse die Furcht aufspießen, die sie alle ergriffen hatte, doch Meggie stieß einen Warnruf aus und die Eidechse huschte so schnell davon, dass die Klinge sich die scharfe Nase an den Steinen stieß. Basta sprang hin, hob sein Messer auf und deutete mit der Spitze drohend in Meggies Richtung.

Capricorn aber erhob sich von seinem Stuhl, das Gesicht immer noch so ausdruckslos, als sei nichts geschehen, das einer Regung wert wäre, und klatschte gönnerhaft in die beringten Hände.

»Nicht schlecht für den Anfang, Zauberzunge!«, sagte er. »Sieh es dir an, Darius! So sieht Gold aus, nicht wie der rostige, verbogene Plunder, den du mir hergelesen hast. Aber nun hast du ja gehört, wie man es macht, ich hoffe, du hast daraus etwas gelernt, für den Fall, dass ich deine Dienste doch noch mal brauchen sollte.«

Darius antwortete nicht. Seine Augen hingen so bewundernd an Mo, dass es Meggie nicht überrascht hätte, wenn er sich ihrem Vater zu Füßen geworfen hätte. Als Mo sich aufrichtete, ging er zögernd auf ihn zu.

Capricorns Männer standen immer noch da und starrten das Gold an, als wüssten sie nicht, was nun damit geschehen sollte.

»Was steht ihr da und glotzt wie Kühe auf der Weide?«, rief Capricorn. »Sammelt es ein.«

»Das war wunderbar!«, raunte Darius Mo zu, während Capricorns Männer widerstrebend damit begannen, die Münzen in Säcke und Kisten zu schaufeln. Die Augen hinter seiner Brille glänzten wie die eines Kindes, dem jemand ein lang ersehntes Geschenk gemacht hat. »Ich habe dieses Buch schon viele Male gelesen«, sagte er mit unsicherer Stimme. »Doch noch nie habe ich alles so deutlich gesehen wie heute. Und nicht nur gesehen … gerochen habe ich es, das Salz und den Teer und den modrigen Geruch, der über der verteufelten Insel hängt …«

»Die *Schatzinsel*! Himmel, ich habe mir fast in die Hosen gemacht vor Angst!« Elinor tauchte hinter Darius auf und schob ihn unsanft zur Seite. Flachnase hatte sie offenbar fürs Erste vergessen. »Gleich ist er da, habe ich immer nur gedacht, gleich ist der alte Silver da und schlägt uns seine Krücke um die Ohren.«

Mo nickte nur, aber Meggie sah die Erleichterung auf seinem Gesicht. »Da, nehmen Sie es!«, sagte er zu Darius und drückte ihm das Buch in die Hand. »Ich hoffe, ich muss nie wieder daraus lesen. Man soll das Glück nicht zu oft herausfordern.«

»Du hast seinen Namen jedes Mal etwas falsch ausgesprochen«, flüsterte Meggie ihm zu.

Mo strich ihr zärtlich über den Nasenrücken. »Ah, du hast es gemerkt!«, flüsterte er zurück. »Ja, ich dachte mir, vielleicht hilft das. Vielleicht fühlt der grausame alte Pirat sich auf die Art nicht angesprochen und bleibt, wo er hingehört. Was siehst du mich so an?«

»Na, was denkst du?«, fragte Elinor an Meggies Stelle. »Warum sieht sie ihren Vater so bewundernd an? Weil niemand je so gelesen hat – auch wenn das mit den Münzen nicht passiert wäre. Ich hab alles gesehen, das Meer und die Insel, einfach alles, als könnte ich es anfassen, und deiner Tochter wird es da nicht anders gegangen sein.«

Mo musste lächeln. Er schob mit dem Fuß ein paar Münzen zur Seite, die vor ihm auf dem Boden lagen. Einer von Capricorns

Männern hob sie auf und stopfte sie verstohlen in seine Taschen. Dabei warf er Mo einen so beunruhigten Blick zu, als fürchtete er, von ihm mit einem Zungenschlag in einen Frosch oder einen der Käfer verwandelt zu werden, die immer noch zwischen den Münzen herumkrabbelten.

»Sie haben Angst vor dir, Mo!«, flüsterte Meggie. Selbst auf Bastas Gesicht konnte sie die Furcht sehen, auch wenn er sich alle Mühe gab, sie zu verbergen, indem er besonders gelangweilt dreinblickte.

Nur Capricorn schien das, was geschehen war, immer noch vollkommen kalt zu lassen. Mit verschränkten Armen stand er da und beobachtete seine Männer dabei, wie sie die letzten Münzen zusammenklaubten. »Wie lange soll das noch dauern?«, rief er schließlich. »Lasst das Kleingeld liegen und setzt euch wieder. Und du, Zauberzunge, hol dir das nächste Buch!«

»Das nächste?« Elinors Stimme überschlug sich fast vor Empörung. »Was soll das? Das Gold, das Ihre Männer da zusammenschaufeln, reicht für mindestens zwei Leben. Wir fahren jetzt nach Hause!«

Sie wollte sich umdrehen, doch Flachnase hatte sich an sie erinnert. Grob griff er nach ihrem Arm.

Mo blickte zu Capricorn hoch.

Basta aber legte Meggie mit bösem Lächeln die Hand auf die Schulter. »Nun mach schon, Zauberzunge!«, sagte er. »Du hast es doch gehört. Da liegen noch jede Menge Bücher.«

Mo sah Meggie lange an, bevor er sich bückte und nach dem Buch griff, das er schon einmal in der Hand gehabt hatte: *Die Erzählungen aus 1001 Nacht.*

»Das unendliche Buch«, murmelte er, während er es aufschlug.

»Wusstest du, dass die Araber sagen, niemand könne es je zu Ende lesen, Meggie?«

Meggie schüttelte den Kopf, während sie sich wieder neben ihn auf die kalten Fliesen hockte. Basta ließ sie gewähren, aber er stellte sich dicht hinter sie. Meggie wusste nicht viel über *1001 Nacht*. Sie wusste nur, dass das Buch eigentlich aus vielen Bänden bestand. Das Exemplar, das Darius Mo gegeben hatte, konnte nur ein kleiner Auszug sein. Ob die 40 Räuber darin steckten und Aladin und seine Lampe? Was würde Mo lesen?

Diesmal glaubte Meggie, zwei sich widerstreitende Gefühle auf den Gesichtern von Capricorns Männern zu entdecken: Angst vor dem, was Mo zum Leben erwecken würde, und gleichzeitig den fast sehnsüchtigen Wunsch, noch einmal von seiner Stimme davongetragen zu werden, weit fort, an einen Ort, an dem man alles vergessen konnte, sogar sich selbst.

Es roch nicht mehr nach Salz und Rum, als Mo diesmal zu lesen begann. Es wurde heiß in Capricorns Kirche. Meggies Augen begannen zu brennen, und als sie sie rieb, klebte ihr Sand an den Fingerknöcheln. Wieder lauschten Capricorns Männer Mos Stimme so atemlos, als hätte er sie in Stein verwandelt. Und wieder war Capricorn der Einzige, der von dem Zauber nichts zu spüren schien. Nur an seinen Augen sah man, dass auch er gefesselt war. Starr wie Schlangenaugen hingen sie an Mos Gesicht. Der rote Anzug ließ Capricorns Pupillen noch farbloser aussehen. Sein Körper schien gespannt wie der eines Hundes, der die Beute schon wittert.

Aber diesmal enttäuschte Mo ihn. Die Worte gaben sie nicht frei, all die Schatzkisten, die Perlen und juwelenbesetzten Säbel, die Mos Stimme blinken und blitzen ließ, bis Capricorns Männer glaubten, sie aus der Luft pflücken zu können. Etwas anderes rutschte aus den Seiten, etwas Atmendes, aus Fleisch und Blut.

Ein Junge stand plötzlich zwischen den immer noch rauchenden Tonnen, in denen Capricorn die Bücher hatte brennen lassen. Meggie war die Einzige, die ihn bemerkte. Alle anderen waren zu versunken in die Geschichte. Selbst Mo bemerkte ihn nicht, so weit fort war er, irgendwo zwischen Sand und Wind, während seine Augen sich durch das Geflecht der Buchstaben tasteten.

Der Junge war vielleicht drei oder vier Jahre älter als Meggie. Der Turban um seinen Kopf war schmutzig, die Augen in dem braunen Gesicht dunkel vor Angst. Er fuhr sich mit der Hand darüber, als könnte er es fortwischen, das falsche Bild, den falschen Ort. Er blickte sich in der leeren Kirche um, als hätte er noch nie ein Gebäude wie dieses gesehen. Wie auch? In seiner Geschichte gab es bestimmt keine spitztürmigen Kirchen und grüne Hügel, wie sie ihn draußen erwarteten, auch nicht. Das Gewand, das er trug, hing ihm bis auf die braunen Füße, es leuchtete blau wie ein Stück vom Himmel in der dämmrigen Kirche.

Was passiert, wenn sie ihn sehen?, dachte Meggie. Er ist bestimmt nicht das, was Capricorn sich erhofft hat.

Aber da hatte der ihn auch schon bemerkt. »Halt!«, rief er so scharf, dass Mo mitten im Satz abbrach und den Kopf hob.

Abrupt und etwas unwillig kehrten Capricorns Männer in die Wirklichkeit zurück. Cockerell war als Erster auf den Beinen. »He, wo kommt der her?«, knurrte er.

Der Junge duckte sich, sah sich mit angststarrem Gesicht um und rannte los, hakenschlagend wie ein Kaninchen. Aber er kam nicht weit. Gleich drei Männer rannten ihm nach und fingen ihn ein, vor den Füßen von Capricorns Statue.

Mo legte das Buch neben sich auf die Fliesen und vergrub das Gesicht in den Händen.

»He! Fulvio ist weg!«, rief einer von Capricorns Männern. »Hat sich einfach in Luft aufgelöst.« Alle starrten Mo an. Da war sie wieder, die Angst auf ihren Gesichtern, doch diesmal mischte sie sich nicht mit Bewunderung, sondern mit Wut.

»Schaff den Jungen fort, Zauberzunge!«, befahl Capricorn ärgerlich. »Von der Sorte habe ich mehr als genug. Und bring mir Fulvio zurück.«

Mo nahm die Hände vom Gesicht und stand auf.

»Zum hunderttausendsten Mal: Ich kann niemanden zurückbringen!«, stieß er hervor. »Und das ist keine Lüge, nur weil du es nicht glaubst. Ich kann es nicht. Ich kann weder bestimmen, was oder wer herauskommt, noch, wer geht.«

Meggie fasste nach seiner Hand. Ein paar von Capricorns Männern kamen näher, zwei von ihnen hielten den Jungen gepackt. Sie zerrten an seinen Armen, als wollten sie ihn mittendurch reißen. Mit schreckgeweiteten Augen starrte er in ihre fremden Gesichter.

»Zurück an euren Platz!«, rief Capricorn den aufgebrachten Männern zu. Ein paar waren Mo schon bedrohlich nahe gekommen. »Was soll die Aufregung? Habt ihr vergessen, wie dumm Fulvio sich beim letzten Auftrag angestellt hat? Fast hätten wir die Polizei am Hals gehabt. Es hat also genau den Richtigen getroffen. Und wer weiß? Vielleicht steckt in dem Jungen da ja ein begabter Brandstifter? Trotzdem möchte ich jetzt Perlen sehen, Gold, Juwelen. Diese Geschichte dreht sich schließlich um nichts anderes, also heraus damit!«

Unter den Männern erhob sich beunruhigtes Gemurmel. Trotzdem kehrten die meisten zur Treppe zurück und hockten sich wieder auf die ausgetretenen Stufen. Nur drei standen immer noch vor Mo und starrten ihn feindselig an. Einer von ihnen war Basta.

»Na gut! Fulvio ist entbehrlich!«, rief er, ohne Mo aus den Augen zu lassen. »Aber wen wird er als Nächstes in Luft auflösen, der verdammte Hexer? Ich will nicht in einer dreimal verfluchten Wüstengeschichte enden und plötzlich mit einem Turban herumlaufen!«

Die Männer, die bei ihm standen, nickten zustimmend und musterten Mo so finster, dass Meggie fast das Atmen vergaß.

»Basta, ich sage es nicht noch einmal.« Capricorns Stimme klang bedrohlich ruhig. »Ihr lasst ihn weiterlesen! Und wem von euch dabei vor Angst die Zähne klappern, der verschwindet besser nach draußen und hilft den Frauen beim Wäschewaschen.«

Ein paar der Männer blickten sehnsüchtig zum Kirchenportal, aber nicht einer traute sich zu gehen. Schließlich drehten sich auch die zwei, die bei Basta gestanden hatten, wortlos um und hockten sich zu den anderen.

»Für Fulvio bezahlst du mir noch!«, raunte Basta Mo zu, bevor er sich wieder hinter Meggie stellte. Warum war nicht er verschwunden?

Der Junge hatte immer noch keinen Ton von sich gegeben.

»Sperrt ihn ein, wir werden später sehen, ob wir ihn brauchen können«, befahl Capricorn.

Der Junge sträubte sich nicht einmal, als Flachnase ihn mit sich zog, wie betäubt stolperte er hinterher, als wartete er darauf, endlich aufzuwachen. Wann er wohl begriff, dass dieser Traum kein Ende nehmen würde?

Als die Tür hinter den beiden zufiel, kehrte Capricorn zu seinem

Stuhl zurück. »Lies weiter, Zauberzunge«, sagte er. »Der Tag ist noch lang.«

Aber Mo blickte auf die Bücher zu seinen Füßen und schüttelte den Kopf. »Nein!«, sagte er. »Du hast gesehen, es ist wieder passiert. Ich bin müde. Gib dich zufrieden mit dem, was ich dir von der Schatzinsel geholt habe. Die Münzen sind ein Vermögen wert. Ich will nach Hause und dein Gesicht nie wieder sehen.« Seine Stimme klang rauer als sonst, als hätte sie sich durch zu viele Wörter gelesen.

Capricorn blickte ihn einen Moment lang abschätzend an. Dann musterte er die Säcke und Kisten, die seine Männer mit Münzen gefüllt hatten, als rechnete er im Geist nach, wie lange ihr Inhalt ihm das Leben versüßen würde.

»Du hast recht«, sagte er schließlich. »Wir machen morgen weiter. Sonst erscheint hier womöglich als Nächstes ein stinkendes Kamel oder noch so ein halb verhungerter Junge.«

»Morgen?« Mo machte einen Schritt auf ihn zu. »Was soll das heißen? Gib dich zufrieden! Einer deiner Männer ist schon verschwunden, willst du der Nächste sein?«

»Mit dem Risiko kann ich leben«, antwortete Capricorn unbeeindruckt. Seine Männer sprangen auf, als er sich aus seinem Stuhl erhob und langsam die Altarstufen hinunterschritt. Wie die Schuljungen standen sie da, obwohl etliche größer als Capricorn waren, die Hände auf dem Rücken verschränkt, als hätten sie Angst, er würde im nächsten Moment die Sauberkeit ihrer Fingernägel kontrollieren. Meggie musste an das denken, was Basta gesagt hatte: wie jung er gewesen war, als er zu Capricorn kam. Und sie fragte sich, ob es Angst oder Bewunderung war, die die Männer die Köpfe senken ließ.

Capricorn war vor einem der prall gefüllten Säcke stehen geblieben. »Glaub mir, ich habe noch viel mit dir vor, Zauberzunge«, sagte er, während er in den Sack griff und sich die Münzen durch die Finger gleiten ließ. »Das heute war nur ein Test. Schließlich musste ich mich erst mit eigenen Augen und Ohren von deiner Gabe überzeugen, nicht wahr? All das Gold kann ich wirklich gut gebrauchen, doch morgen wirst du mir etwas anderes herbeilesen.«

Er schlenderte zu den Kartons, in denen die Bücher gelegen hatten, die nun nichts als Asche und ein paar Fetzen verbranntes Papier waren, und griff hinein. »Überraschung!«, verkündete er und hielt mit einem Lächeln ein Buch hoch. Es sah ganz anders aus als das Buch, das Meggie und Elinor ihm gebracht hatten. Es trug noch einen Schutzumschlag aus Papier, bunt, mit einem Bild darauf, das Meggie aus der Ferne nicht erkennen konnte. »Ja, eins habe ich noch!«, stellte Capricorn fest, während er zufrieden die fassungslosen Gesichter musterte. »Mein ganz persönliches Exemplar, könnte man sagen, und morgen, Zauberzunge, wirst du mir daraus vorlesen. Wie ich schon sagte, diese Welt gefällt mir ausgesprochen gut, doch es gibt da einen Freund aus alten Tagen, den ich hier vermisse. Deinem Vertreter habe ich nie erlaubt, seine Kunst an ihm zu erproben, ich hatte zu große Sorge, dass er ihn mir ohne Kopf oder mit nur einem Bein hierher holen würde, aber nun bist du ja da – ein Meister deines Faches.«

Mo starrte das Buch in Capricorns Hand immer noch so ungläubig an, als erwartete er, es würde sich im nächsten Moment in Luft auflösen.

»Ruh dich aus, Zauberzunge«, sagte Capricorn. »Schone deine kostbare Stimme. Du wirst viel Zeit dazu haben, denn ich muss fort und werde erst morgen Mittag zurück sein. Bringt die drei zurück in ihr Quartier!«, befahl er seinen Männern. »Gebt ihnen genug zu essen und ein paar Decken für die Nacht. Ach ja, und Mortola soll ihm Tee bringen lassen, so etwas soll Wunder wirken bei Heiserkeit und einer müden Stimme. Hast du nicht immer auf Tee mit Honig geschworen, Darius?« Fragend drehte er sich zu seinem alten Vorleser um.

Der nickte nur und sah Mo voll Mitgefühl an.

»Zurück in ihr Quartier? Reden Sie etwa von dem Loch, in das Ihr Messermensch uns letzte Nacht gesteckt hat?« Elinors Gesicht bekam rote Flecken, ob vor Entsetzen oder Entrüstung, konnte Meggie nicht erraten. »Das ist Freiheitsberaubung, was Sie hier treiben! Ach was, Menschenraub! Ja, Menschenraub. Wissen Sie, wie viele Jahre Gefängnis darauf stehen?«

»Menschenraub!« Basta ließ sich das Wort auf der Zunge zergehen. »Das klingt gut. Wirklich.«

Capricorn lächelte ihm zu. Dann musterte er Elinor, als sähe er sie zum ersten Mal. »Basta«, sagte er. »Nützt uns diese Dame da irgendetwas?«

»Nicht, dass ich wüsste«, antwortete Basta und lächelte wie ein Junge, dem man gerade erlaubt hatte, ein Spielzeug zu zerschlagen. Elinor wurde blass und wollte einen Schritt zurücktreten, doch Cockerell trat ihr in den Weg und hielt sie fest.

»Was tun wir normalerweise mit unnützen Dingen, Basta?«, fragte Capricorn leise.

Basta lächelte immer noch.

»Hör auf damit!«, fuhr Mo Capricorn an. »Hör sofort auf, ihr Angst zu machen, oder ich lese kein Wort mehr.«

Capricorn drehte ihm mit gelangweilter Miene den Rücken zu. Und Basta lächelte.

Meggie sah, wie Elinor sich die Hand auf die zitternden Lippen presste. Schnell trat sie an ihre Seite. »Sie ist nicht unnütz. Sie kennt sich mit Büchern aus, besser als irgendjemand sonst!«, sagte sie, während sie Elinors Hand drückte.

Capricorn drehte sich um. Der Blick seiner Augen ließ Meggie schaudern, als striche ihr jemand mit kalten Fingern über den Rücken. Seine Wimpern waren hell wie Spinnweben.

»Elinor kennt bestimmt mehr Geschichten mit Schätzen als dein dünner Vorleser!«, stammelte sie. »Ganz bestimmt.«

Elinor drückte Meggies Finger so fest, dass sie sie fast zerdrückte. Ihre eigenen Finger waren schweißnass. »Ja! Sicher, ganz bestimmt!«, stieß sie mit belegter Stimme hervor. »Da fallen mir bestimmt noch etliche ein.«

»So, so!«, sagte Capricorn nur und verzog die wohlgeformten Lippen. »Nun, wir werden sehen.« Dann gab er seinen Männern ein Zeichen und sie schubsten Elinor, Meggie und Mo vor sich her – an den Tischen vorbei, an Capricorns Statue und den roten Säulen, hinaus aus der schweren Tür, die ächzte, als sie sie aufstießen.

Die Kirche warf ihren Schatten auf den Platz zwischen den Häusern. Es roch nach Sommer und die Sonne schien vom wolkenlos blauen Himmel, als wäre nichts geschehen.

Düstere Aussichten

Kaa senkte den Kopf und legte ihn für eine Weile sanft auf Mowglis Schulter. »Ein tapferes Herz und eine höfliche Zunge«, lobte er. »Damit wirst du es im Dschungel noch weit bringen, Menschenkind. Aber nun lauf mit deinen Freunden schnell wieder fort. Leg dich schlafen, denn schon geht der Mond unter, und was jetzt kommt, ist nicht für deine Augen bestimmt.«
Rudyard Kipling, Das Dschungelbuch

Reichlich zu essen bekamen sie tatsächlich. Gegen Mittag brachte ihnen eine Frau Brot und Oliven, und gegen Abend gab es Nudeln, die nach frischem Rosmarin dufteten. Die endlos langen Stunden konnte das nicht verkürzen, ebenso wenig, wie ein voller Bauch die Angst vor dem nächsten Tag vertrieb. Vielleicht hätte das nicht einmal ein Buch geschafft, aber es war müßig, darüber nachzudenken. Es war kein Buch da, nur die fensterlosen Wände und die verschlossene Tür. Immerhin hing eine neue Glühbirne unter der Decke, so mussten sie nicht die ganze Zeit im Dunkeln sitzen. Meggie blickte immer wieder auf den Spalt unter der Tür, um zu sehen, ob es schon dunkel wurde. Sie stellte sich vor, wie draußen die Eidechsen in der Sonne saßen. Auf dem Platz vor der Kirche hatte sie einige gesehen. Hatte die smaragdgrüne, die sich aus den Münzen geschlängelt hatte, den Weg nach draußen gefunden? Und was war mit dem Jungen? Jedes Mal, wenn Meggie die Augen schloss, sah sie sein bestürztes Gesicht.

Sie fragte sich, ob Mo dieselben Gedanken durch den Kopf gingen. Seit man sie wieder eingesperrt hatte, hatte er kaum ein Wort gesprochen. Er hatte sich auf das Strohlager geworfen und das Gesicht zur Wand gedreht. Elinor war nicht gesprächiger. »Wie großzügig!«, hatte sie nur gemurmelt, nachdem Cockerell die Tür hinter ihnen verriegelt hatte. »Unser Gastgeber hat uns zwei weitere Haufen schimmeliges Stroh spendiert.« Dann hatte sie sich mit ausgestreckten Beinen in eine Ecke gesetzt und damit begonnen, finster erst ihre Knie und dann die schmutzige Wand anzustarren.

»Mo?«, fragte Meggie irgendwann, als sie die Stille einfach nicht mehr ertrug. »Was meinst du, was sie mit dem Jungen machen? Und was ist das für ein Freund, den du Capricorn aus dem Buch herauslesen sollst?«

»Ich weiß nicht, Meggie«, antwortete er nur, ohne sich umzudrehen.

Also ließ sie ihn in Ruhe, baute sich ein Strohbett neben dem seinen und schlenderte an den kahlen Wänden entlang. Vielleicht saß hinter einer von ihnen der fremde Junge? Sie legte das Ohr gegen die Mauer. Kein Laut drang hindurch. Jemand hatte seinen Namen in den Putz geritzt: Ricardo Bentone, 19. 5. 96. Meggie fuhr mit dem Finger über die Buchstaben. Zwei Handbreit weiter stand noch ein Name und noch einer. Meggie fragte sich, was aus ihnen geworden war, aus Ricardo und Ugo und Bernardo ... Vielleicht sollte ich meinen Namen auch hineinritzen, dachte sie, für den Fall, dass ... Sie dachte den Satz vorsorglich nicht zu Ende.

Hinter ihr streckte Elinor sich seufzend auf ihrem Strohlager aus. Als Meggie sich zu ihr umdrehte, lächelte sie ihr zu. »Was würde ich jetzt für einen Kamm geben!«, sagte sie und strich sich das Haar aus der Stirn. »Ich hätte nie gedacht, dass ich in so einer Situation ausgerechnet einen Kamm vermissen würde, aber es ist so. Himmel, ich habe nicht eine Haarnadel mehr. Ich muss wie eine Hexe aussehen oder wie eine Spülbürste, die schon bessere Tage gesehen hat.«

»Ach, eigentlich siehst du ganz gut aus. Die Haarnadeln sind dir doch sowieso dauernd rausgerutscht«, sagte Meggie. »Ich finde sogar, du siehst jünger aus.«

»Jünger? Hm. Na, wenn du es sagst.« Elinor blickte an sich herunter. Ihr mausgrauer Pullover war voller Schmutz und ihre Strümpfe hatten gleich drei Laufmaschen. »Wie du mir da in der Kirche geholfen hast«, sagte sie und zupfte ihren Rocksaum über die Knie, »das war wirklich nett. Meine Knie waren noch wie Gummi, solche Angst hatte ich. Ich weiß gar nicht, was mit mir los ist. Ich fühle mich, als wär ich jemand anders, als wäre die gute alte Elinor wieder nach Hause gefahren und hätte mich hier allein gelassen.« Ihre Lippen begannen zu zittern und für einen Augenblick dachte Meggie, sie würde anfangen zu weinen, aber die alte Elinor war wohl doch noch da.

»Ja, da sieht man es mal wieder!«, sagte sie. »Erst in der Not zeigt sich, aus was für einem Holz man geschnitzt ist. Ich dachte immer, ich sei aus Eichenholz gemacht, aber wie es aussieht, ist es wohl doch eher Birnbaum oder sonst ein butterweiches Holz. Da reicht es, dass so ein Mistkerl vor meiner Nase mit seinem Messer herumspielt, und schon rieseln die Späne.«

Jetzt kamen die Tränen doch, sosehr Elinor auch versuchte, sie hinunterzuschlucken. Ärgerlich fuhr sie sich mit dem Handrücken über die Augen.

»Ich finde, du hältst dich gut, Elinor.« Mo lag immer noch mit dem Gesicht zur Wand. »Ich finde, ihr haltet euch beide gut. Und ich könnte mir eigenhändig den Hals dafür umdrehen, dass ich euch das Ganze hier eingebrockt habe.«

»Unsinn, wenn hier jemandem der Hals umgedreht werden sollte, dann diesem Capricorn«, sagte Elinor. »Und diesem Basta. O Gott, ich hätte nie gedacht, dass ich mir mal mit solch grenzenlosem Vergnügen ausmalen würde, einen anderen Menschen umzubringen. Aber ich bin mir sicher, wenn ich diesem Basta einmal die Finger um den Hals legen dürfte …«

Als sie Meggies erstaunten Blick sah, verstummte sie schuldbewusst, doch Meggie zuckte nur die Schultern.

»Geht mir genauso«, murmelte sie und begann, mit ihrem Fahrradschlüssel ein M in die Mauer zu ritzen. Verrückt, dass sie den Schlüssel immer noch in der Hosentasche hatte. Wie ein Andenken an ein anderes Leben.

Elinor fuhr mit dem Finger über eine ihrer Laufmaschen und Mo drehte sich auf den Rücken und starrte zur Decke hinauf. »Es tut mir so leid, Meggie«, sagte er plötzlich. »Es tut mir so leid, dass ich mir das Buch habe abnehmen lassen.«

Meggie kratzte ein großes E in die Wand. »Ach, das macht doch sowieso keinen Unterschied«, sagte sie und trat einen Schritt zurück. Die Gs in ihrem Namen sahen aus wie angebissene Os. »Wahrscheinlich könntest du sie ja sowieso nie wieder herausholen.«

»Ja, wahrscheinlich«, murmelte Mo – und starrte wieder zur Decke hinauf.

»Es ist nicht deine Schuld, Mo«, sagte Meggie. Hauptsache, du bist bei mir!, wollte sie hinzufügen. Hauptsache, Basta hält dir nie wieder sein Messer an den Hals. Ich erinnere mich doch kaum an sie, ich kenn sie doch nur von ein paar Fotos.

Aber sie schwieg, denn sie wusste, dass all das Mo nicht trösten würde, im Gegenteil, wahrscheinlich würde es ihn nur noch traurigen machen. Zum ersten Mal ahnte Meggie, wie sehr er ihre Mutter vermisste. Und einen verrückten Augenblick lang war sie eifersüchtig.

Sie kratzte ein I in den Putz, das war leicht – und ließ den Fahrradschlüssel sinken.

Draußen näherten sich Schritte.

Elinor presste die Hand vor den Mund, als sie stehen blieben. Es war Basta, der die Tür aufstieß. Hinter ihm stand eine Frau; Meggie erkannte die Alte, die sie in Capricorns Haus gesehen hatte. Mit mürrischem Gesicht drängte sie sich an Basta vorbei und stellte einen Becher und eine Thermoskanne auf den Boden. »Als ob ich nicht genug zu tun hätte!«, brummte sie, bevor sie wieder hinausging. »Jetzt dürfen wir auch noch diese Herrschaften durchfüttern. Lasst sie doch wenigstens arbeiten, wenn ihr sie schon hier festhalten müsst.«

»Sag das Capricorn«, antwortete Basta nur. Dann zog er sein Messer heraus, lächelte Elinor zu und wischte die Klinge an seiner Jacke ab. Draußen wurde es dunkel und sein blütenweißes Hemd leuchtete in der aufziehenden Dämmerung.

»Lass dir den Tee schmecken, Zauberzunge«, sagte er, während er sich an der Angst auf Elinors Gesicht weidete. »Mortola hat so viel Honig in die Kanne gerührt, dass der erste Schluck dir vermutlich den Mund zukleben wird, aber dein Hals ist morgen sicherlich wie neu.«

»Was habt ihr mit dem Jungen gemacht?«, fragte Mo.

»Oh, ich glaube, der steckt gleich nebenan. Cockerell wird ihn morgen einer kleinen Feuerprobe unterziehen, danach wissen wir, ob er zu gebrauchen ist.«

Mo setzte sich auf. »Eine Feuerprobe?«, fragte er, seine Stimme klang bitter und höhnisch zugleich. »Na, die kannst du ja wohl kaum gemacht haben. Du fürchtest dich doch sogar vor Staubfingers Streichhölzern.«

»Hüte deine Zunge!«, zischte Basta ihn an. »Noch ein Wort und ich schneid sie dir ab, auch wenn sie noch so wertvoll ist.«

»Nein, das wirst du nicht«, sagte Mo, während er aufstand. Er ließ sich Zeit damit, den Becher mit dampfendem Tee zu füllen.

»Vielleicht nicht.« Basta senkte die Stimme, als hätte er Angst, belauscht zu werden. »Aber dein Töchterchen hat auch eine Zunge und die ist nicht so wertvoll wie deine.«

Mo warf den Becher mit dem heißen Tee nach ihm, doch Basta zog die Tür so schnell zu, dass der Becher daran zerschellte. »Schöne Träume wünsch ich!«, rief er von draußen und schob den Riegel vor. »Ich lass dir einen neuen Becher bringen. Und morgen sehen wir uns wieder.«

Keiner von ihnen sagte ein Wort, als er fort war. Lange, lange Zeit nicht.

»Mo, erzähl mir was!«, flüsterte Meggie irgendwann.

»Was willst du hören?«, fragte er und legte ihr den Arm um die Schultern.

»Erzähl mir, wie wir in Ägypten sind«, wisperte sie, »wie wir nach Schätzen suchen und Sandstürme überstehen und Skorpione und all die furchtbaren Geister, die sich aus ihren Gräbern erheben, um ihre Schätze zu bewachen.«

»Ach, die Geschichte!«, sagte Mo. »Hab ich mir die nicht zu deinem achten Geburtstag ausgedacht? Sie ist ziemlich finster, soweit ich mich erinnere.«

»Ja, sehr!«, sagte Meggie. »Aber sie geht gut aus. Alles geht gut aus, und wir kommen zurück, beladen mit Schätzen.«

»Die will ich auch hören!«, sagte Elinor mit zitternder Stimme. Vermutlich dachte sie immer noch an Bastas Messer.

Und so begann Mo zu erzählen, ohne das Knistern der Seiten, ohne das endlose Labyrinth der Buchstaben.

»Mo, beim Erzählen ist doch noch nie etwas herausgekommen, oder?«, fragte Meggie irgendwann besorgt.

»Nein«, antwortete er. »Dazu braucht es wohl etwas Druckerschwärze und einen fremden Kopf, der sich die Geschichte ausgedacht hat.« Und dann erzählte er weiter und Meggie und Elinor lauschten, bis seine Stimme sie weit, weit fortgebracht hatte. Und irgendwann schliefen sie ein.

Sie alle weckte dasselbe Geräusch. Es machte sich jemand am Schloss der Tür zu schaffen. Meggie glaubte, ein unterdrücktes Fluchen zu hören.

»O nein!«, wisperte Elinor. Sie war als Erste auf den Beinen. »Jetzt holen sie mich! Die Alte hat sie überzeugt! Warum uns durchfüttern? Dich vielleicht«, sagte sie mit einem hektischen Blick auf Mo, »aber mich, wozu?«

»Geh da an die Wand, Elinor«, sagte Mo, während er Meggie hinter sich schob. »Bleibt alle von der Tür weg.«

Das Schloss sprang auf, mit einem dumpfen Klicken, und jemand stieß die Tür auf, gerade so weit, dass er sich hindurchschieben konnte. Staubfinger. Er warf einen letzten besorgten Blick nach draußen, dann zog er die Tür wieder hinter sich zu und lehnte den Rücken dagegen.

»Ich hab gehört, du hast es schon wieder getan, Zauberzunge!«, sagte er mit gesenkter Stimme. »Sie sagen, der arme Junge hat noch keinen Laut von sich gegeben. Ich kann es ihm nicht verdenken. Glaub mir, es ist ein abscheuliches Gefühl, plötzlich in einer anderen Geschichte zu landen.«

»Was wollen Sie hier?«, fuhr Elinor ihn an. Staubfingers Anblick hatte ihr die Angst auf der Stelle vom Gesicht gewischt.

»Lass ihn, Elinor!« Mo schob sie zur Seite und trat auf Staubfinger zu. »Wie geht es deinen Händen?«, fragte er.

Staubfinger zuckte die Achseln. »Sie haben mir irgendeine Salbe draufgeschmiert, aber die Haut ist immer noch so rot wie die Flammen, die an ihr geleckt haben.«

»Frag ihn, was er hier sucht!«, zischte Elinor. »Und falls er nur hier ist, um uns zu erzählen, dass er nichts für den Schlamassel kann, in dem wir stecken, dann dreh ihm doch bitte den verlogenen Hals um.«

Als Antwort warf Staubfinger ihr einen Schlüsselbund zu. »Was denken Sie, warum ich hier bin?«, fuhr er sie an, während er das Licht ausschaltete. »Es war nicht leicht, Basta die Autoschlüssel zu stehlen, und ein Dankeschön wär vielleicht angebracht, doch das können wir gern später erledigen. Jetzt sollten wir nicht länger herumstehen, sondern verschwinden.« Vorsichtig öffnete er die Tür und lauschte nach draußen. »Oben auf dem Kirchturm ist eine Wache«, flüsterte er, »aber der Posten beobachtet die Hügel und nicht das Dorf. Die Hunde sind in ihrem Zwinger, und für den Fall, dass wir doch mit ihnen zu tun bekommen, mögen sie mich zum Glück mehr als Basta.«

»Warum sollten wir ihm plötzlich trauen?«, flüsterte Elinor. »Was, wenn wieder irgendeine Teufelei dahintersteckt?«

»Ihr sollt mich mitnehmen! Das ist alles, was dahintersteckt!«, fuhr Staubfinger sie an. »Ich habe hier nichts mehr zu schaffen! Capricorn hat mich betrogen. Er hat das bisschen Hoffnung, das ich noch hatte, in Rauch aufgehen lassen! Mit mir kann er es ja machen, denkt er, Staubfinger ist nur ein Hund, den man treten kann, ohne dass er zurückbeißt, aber da täuscht er sich. Er hat das Buch verbrannt, also nehme ich ihm den Vorleser wieder weg, den ich ihm gebracht habe. Und was Sie betrifft« – er stieß Elinor den verbrannten Finger vor die Brust – »Sie kommen mit, weil Sie ein Auto haben. Aus diesem Dorf entkommt man nicht zu Fuß, nicht Capricorns Männern und schon gar nicht den Schlangen, die in den Hügeln herumkriechen. Aber ich kann nicht fahren, also ...«

»Na bitte, wusste ich's doch!« Elinor vergaß fast, die Stimme zu senken. »Er will nur seine eigene Haut retten. Deshalb hilft er uns! Er hat nicht etwa ein schlechtes Gewissen, o nein, woher denn?«

»Mir ist egal, warum er uns hilft, Elinor«, unterbrach Mo sie ungeduldig. »Hauptsache, wir kommen hier weg. Aber wir werden noch jemanden mitnehmen.«

»Mitnehmen? Wen?« Staubfinger sah ihn beunruhigt an.

»Den Jungen. Den Jungen, dem ich dasselbe Schicksal beschert habe wie dir«, antwortete Mo, während er sich an ihm vorbei nach draußen schob. »Basta hat gesagt, er steckt gleich nebenan, und für deine geschickten Finger ist ein Schloss ja kein Hindernis.«

»Diese geschickten Finger habe ich mir heute verbrannt!«, zischte Staubfinger verärgert. »Aber wie du willst. Dein weiches Herz wird uns noch den Hals kosten.«

Hinter der Tür mit der 5 war ein leises Rascheln zu hören, als Staubfinger dagegen klopfte. »Sieht so aus, als wollten sie ihn doch am Leben lassen!«, flüsterte er, während er sich an dem Schloss zu schaffen machte. »Die Todeskandidaten sperren sie in die Gruft unter der Kirche. Basta wird jedes Mal blass wie eine Brotmade, wenn Capricorn ihn dort runterschickt, seit ich mir den Spaß gemacht habe, ihm zu erzählen, dass eine Weiße Frau zwischen den Steinsärgen spukt.« Bei der Erinnerung kicherte er leise, wie ein Schuljunge, dem ein besonders guter Streich gelungen ist.

Meggie blickte zur Kirche hinüber. »Töten sie oft jemanden?«, fragte sie leise.

Staubfinger zuckte die Achseln. »Nicht so oft wie früher. Aber es kommt vor ...«

»Hör auf, ihr solche Geschichten zu erzählen!«, raunte Mo. Er und Elinor ließen den Kirchturm nicht aus den Augen. Der Wachtposten hockte hoch oben auf der Mauer, gleich neben der Glocke. Meggie wurde schon schwindelig vom Hinaufsehen.

»Das sind keine Geschichten, Zauberzunge, das ist die Wahrheit! Erkennst du sie schon nicht mehr, wenn du sie siehst? Ja, sie ist ein hässliches Mädchen. Man schaut ihr nicht gern ins Gesicht.« Staubfinger trat von der Tür zurück und verbeugte sich. »Bitte sehr. Das Schloss ist auf. Ihr könnt ihn herausholen.«

»Geh du hinein!«, flüsterte Mo Meggie zu. »Vor dir wird er am wenigsten Angst haben.«

Es war stockdunkel hinter der Tür, aber Meggie hörte wieder ein Rascheln, als sie in die Dunkelheit trat – als regte sich irgendwo ein Tier im Stroh.

Staubfinger schob den Arm durch die Tür und drückte ihr eine Taschenlampe in die Hand. Als Meggie sie anknipste, fiel der Lichtstrahl dem Jungen mitten auf das dunkle Gesicht. Das Stroh, das sie ihm hingeworfen hatten, war noch schimmliger als das, auf dem Meggie geschlafen hatte, doch der Junge sah aus, als habe er ohnehin kein Auge zugetan, seit Flachnase ihn eingesperrt hatte. Er hielt seine Beine umklammert, als wären sie das Einzige, was ihm Halt geben konnte.

Vielleicht wartete er immer noch darauf, dass der böse Traum ein Ende nahm.

»Komm!«, flüsterte Meggie und streckte ihm die Hand hin. »Wir wollen dir helfen! Wir bringen dich hier weg!«

Er regte sich nicht. Er starrte sie nur an, die Augen schmal vor Misstrauen.

»Meggie, beeil dich!«, flüsterte Mo durch die Tür.

Der Junge sah ihn an und rutschte zurück, bis sein Rücken gegen die Mauer stieß.

»Bitte!«, wisperte Meggie. »Du musst mitkommen! Die werden hier schlimme Sachen mit dir anstellen!«

Er sah sie immer noch an. Dann richtete er sich auf, zögernd, ohne sie aus den Augen zu lassen. Er war größer als sie, fast eine Handbreit.

Und plötzlich sprang er los, auf die offene Tür zu. Er stieß Meggie so unsanft aus dem Weg, dass sie hinfiel, doch an Mo kam er nicht vorbei.

»He, he!«, raunte er ihm zu. »Ganz ruhig, ja? Wir wollen dir wirklich helfen, aber du musst tun, was wir sagen, verstanden?«

Der Junge starrte ihn feindselig an. »Ihr seid alle Teufel!«, flüsterte er. »Teufel oder Dämonen!« Ihre Sprache verstand er also. Warum auch nicht? Seine Geschichte erzählte man in allen Sprachen der Welt.

Meggie kam wieder auf die Füße und betastete ihr Knie. Bestimmt hatte sie es sich blutig geschlagen auf dem Steinboden. »Wenn du ein paar Teufel sehen willst, brauchst du bloß hierzubleiben!«, zischte sie, während sie sich an dem Jungen vorbeidrängte. Wie er vor ihr zurückwich! Als wäre sie eine Hexe.

Mo zog ihn an seine Seite. »Siehst du den Wächter da oben?«, flüsterte er und zeigte zum Kirchturm hinauf. »Wenn er uns bemerkt, wird man uns töten.«

Der Junge blickte zu dem Posten hinauf.

Staubfinger trat neben ihn. »Nun kommt endlich!«, zischte er. »Wenn er nicht mitkommen will, bleibt er eben hier. Und ihr anderen zieht eure Schuhe aus«, fügte er mit einem Blick auf die nackten Füße des Jungen hinzu. »Sonst macht ihr mehr Lärm als eine Herde Ziegen.«

Elinor murrte, aber sie gehorchte, und der Junge folgte ihnen, wenn auch zögernd. Staubfinger hastete voran, als wollte er seinem eigenen Schatten davonlaufen. Meggie kam immer wieder ins Stolpern, so steil fiel die Gasse ab, die er sie hinabführte. Elinor stieß jedes Mal einen leisen Fluch aus, wenn sie sich die Zehen an dem buckligen Pflaster stieß. Es war dunkel zwischen den eng stehenden Häusern. Gemauerte Bögen stemmten sich zwischen die Gebäude, als müssten sie sie daran hindern einzustürzen. Die angerosteten Laternen warfen gespenstische Schatten. Jede Katze, die aus einem Türeingang huschte, ließ Meggie zusammenfahren.

Doch Capricorns Dorf schlief. Nur ein einziges Mal kamen sie an einem Wachtposten vorbei, der rauchend in einer Seitengasse lehnte. Zwei Kater stritten sich irgendwo auf den Dächern und der Wächter drehte sich um und bückte sich nach einem Stein, den er nach den Katzen werfen konnte.

Den Augenblick nutzte Staubfinger. Meggie war sehr froh, dass er sie hatte die Schuhe ausziehen lassen. Ohne einen Laut schlichen sie an dem Wächter vorbei. Er kehrte ihnen immer noch den Rücken zu, aber Meggie wagte erst wieder Luft zu holen, als sie um die nächste Ecke bogen. Erneut fielen ihr die vielen leeren Häuser auf, all die toten Fenster und halb verrotteten Türen. Was hatte die Häuser zerstört? Nur die Zeit? Waren die Bewohner vor Capricorn davongelaufen oder war das Dorf schon verlassen gewesen, bevor er sich mit seinen Männern darin einnistete? Hatte Staubfinger nicht so etwas erzählt?

Er war stehen geblieben. Warnend hob er die Hand und legte den Finger an die Lippen. Sie hatten den Rand des Dorfes erreicht. Vor ihnen lag nur noch der Parkplatz. Zwei Laternen beleuchteten den rissigen Asphalt. Zur Linken erhob sich ein hoher Maschendrahtzaun.

»Dahinter liegt Capricorns Fest- und Feierplatz!«, flüsterte Staubfinger. »Früher hat die Dorfjugend dort wohl mal Fußball gespielt, aber jetzt finden dort Capricorns Teufelsfeste statt: Feuer, Schnaps, ein paar Schüsse in die Luft, ein paar Silvesterraketen, geschwärzte Gesichter, und schon ist der Hokuspokus für die Nachbarschaft fertig.«

Sie schlüpften wieder in ihre Schuhe, bevor sie Staubfinger auf den Parkplatz folgten. Meggie blickte immer wieder zu dem Drahtzaun hinüber. Teufelsfeste. Sie glaubte, das Feuer zu sehen, die geschwärzten Gesichter …

»Nun komm schon, Meggie!«, flüsterte Mo, während er sie hinter sich herzog. Irgendwo in der Dunkelheit war das Rauschen von Wasser zu hören und Meggie erinnerte sich an die Brücke, über die sie auf dem Hinweg gekommen waren. Was, wenn diesmal dort ein Posten stand?

Auf dem Platz parkten mehrere Wagen, auch Elinors Auto stand da, etwas abseits von den anderen. Hinter ihnen ragte der Kirchturm über die Dächer und nichts schützte sie mehr vor den Augen des Wachtpostens. Meggie konnte ihn auf die Entfernung nicht entdecken, aber bestimmt hockte er noch da. Wie schwarze Käfer, die über eine Tischplatte krabbeln, mussten sie von dort oben aussehen. Ob er ein Fernglas hatte?

»Nun mach schon, Elinor!«, flüsterte Mo, als sie eine kleine Ewigkeit brauchte, um ihre Autotür aufzuschließen.

»Ja, ja!«, knurrte sie zurück. »Ich habe eben nicht so flinke Hände wie unser staubfingriger Freund.«

Mo legte Meggie den Arm um die Schultern, während er sich besorgt umsah, doch immer noch regte sich nichts außer ein paar herumstreunenden Katzen, weder auf dem Platz noch zwischen den Häusern. Beruhigt schob er Meggie auf den Rücksitz.

Der Junge zögerte einen Moment, er musterte das Auto wie ein fremdartiges Tier, bei dem er sich noch nicht sicher war, ob es gutmütig war oder ihn verschlingen würde, doch schließlich stieg er auch ein.

Meggie warf ihm einen wenig freundlichen Blick zu und rückte so weit wie möglich von ihm weg. Das Knie tat ihr immer noch weh.

»Wo steckt der Streichholzfresser?«, flüsterte Elinor. »Verdammt, sagt mir nicht, dass der Kerl schon wieder verschwunden ist.«

Meggie entdeckte Staubfinger zuerst. Er schlich um die anderen Autos herum.

Elinor umklammerte das Lenkrad, als könne sie nur schwer der Versuchung widerstehen, ohne ihn zu fahren. »Was hat der Bursche jetzt wieder vor?«, wisperte sie.

Keiner von ihnen wusste darauf eine Antwort. Staubfinger blieb eine quälend lange Zeit fort, und als er zurückkam, klappte er ein Messer zusammen.

»Was sollte das nun wieder?«, fuhr Elinor ihn an, als er sich neben den Jungen auf den Rücksitz zwängte. »Haben Sie nicht gesagt, dass wir es eilig haben? Und was haben Sie mit dem Messer getrieben? Sie haben doch wohl nicht jemand aufgeschlitzt?«

»Heiße ich Basta?«, erwiderte Staubfinger gereizt, während er seine Beine hinter den Fahrersitz zwängte. »Ich habe ihnen die Reifen zerschnitten, das ist alles. Vorsichtshalber.« Er hielt das Messer immer noch in der Hand.

Meggie musterte es beunruhigt. »Das ist Bastas Messer«, sagte sie.

Staubfinger lächelte, als er es zurück in die Hosentasche schob. »Jetzt nicht mehr. Ich hätte ihm auch zu gern noch sein albernes Amulett gestohlen, aber er trägt es selbst nachts um den Hals, und das war mir dann doch zu gefährlich.«

Irgendwo begann ein Hund zu bellen. Mo kurbelte sein Fenster herunter und steckte beunruhigt den Kopf ins Freie.

»Glaub es oder glaub es nicht, das sind nur Kröten, die da so einen Höllenlärm veranstalten«, sagte Elinor, doch das, was auch Meggie plötzlich laut durch die Nacht schallen hörte, war nicht die Stimme einer Kröte, und als sie erschrocken durch die Heckscheibe blickte, stieg aus einem der parkenden Autos, einem staubigen, schmutzig weißen Lieferwagen, ein Mann. Es war einer von Capricorns Männern, Meggie hatte ihn schon in der Kirche gesehen. Mit verschlafenem Gesicht sah er sich um.

Als Elinor den Motor anließ, zerrte er sich die Flinte vom Rücken und stolperte auf ihr Auto zu. Für einen Moment tat er Meggie fast leid, so verdutzt und verschlafen sah er aus. Was würde Capricorn mit einem Wachtposten machen, der schlief statt aufzupassen? Doch dann legte er die Flinte an und schoss. Meggie duckte den Kopf tief hinter die Lehne des Rücksitzes, während

Elinor Gas gab. »Verdammt!«, schrie sie Staubfinger an. »Haben Sie den Kerl denn nicht gesehen, als Sie zwischen den Autos herumgeschlichen sind?«

»Nein, habe ich nicht!«, schrie Staubfinger zurück. »Und jetzt fahren Sie! Nicht *den* Weg! Der da vorn führt zur Straße!«

Elinor riss das Steuer herum. Neben Meggie duckte sich der Junge zusammen. Bei jedem Schuss hatte er die Augen zugekniffen und sich die Hände auf die Ohren gepresst. Gab es Gewehre in seiner Geschichte? Wahrscheinlich ebenso wenig wie Autos. Er und Meggie stießen mit den Köpfen gegeneinander, so heftig holperte Elinors Wagen den steinigen Weg hinunter. Als er endlich in die Straße mündete, wurde es kaum besser.

»Das ist nicht die Straße, auf der wir gekommen sind!«, rief Elinor. Capricorns Dorf hing über ihnen wie eine Festung. Die Häuser schienen einfach nicht kleiner zu werden.

»Doch, es ist dieselbe! Aber Basta hat uns bei unserer Ankunft schon weiter oben empfangen!« Staubfinger klammerte sich mit der einen Hand an den Sitz und hielt mit der anderen seinen Rucksack fest. Ein wütendes Knurren war daraus zu hören und der Junge warf dem Sack einen entsetzten Blick zu.

Meggie glaubte die Stelle, an der sie Basta getroffen hatten, zu erkennen, als sie daran vorbeifuhren, den Hügel, von dem aus sie das Dorf zum ersten Mal gesehen hatte. Dann waren die Häuser plötzlich verschwunden, verschluckt von der Nacht, als hätte es Capricorns Dorf nie gegeben.

An der Brücke stand keine Wache, und auch bei dem rostigen Gitter nicht, das die Straße zum Dorf versperrte. Meggie blickte zu ihm zurück, bis die Dunkelheit es verschluckte. Es ist vorbei, dachte sie. Es ist wirklich vorbei.

Die Nacht war klar. Noch nie hatte Meggie so viele Sterne gesehen. Der Himmel spannte sich über den schwarzen Hügeln wie ein mit winzigen Perlen besticktes Tuch. Die ganze Welt schien nur noch aus Hügeln zu bestehen, Katzenbuckel vor dem Gesicht der Nacht, ohne Menschen, ohne Häuser. Ohne Angst.

Mo drehte sich um und strich Meggie das Haar aus der Stirn. »Alles in Ordnung?«, fragte er.

Sie nickte und schloss die Augen. Sie wollte plötzlich nur noch schlafen … falls ihr klopfendes Herz sie ließ.

»Das ist ein Traum!«, murmelte jemand neben ihr mit monotoner Stimme. »Nichts als ein Traum. Was sonst?«

Meggie drehte sich um. Der Junge sah sie nicht an. »Es muss ein Traum sein!«, wiederholte er und nickte dabei so heftig, als wollte er sich selbst Mut machen. »Alles sieht falsch aus, unecht, vollkommen verrückt, so wie in Träumen eben, und jetzt« – er wies mit einer Kopfbewegung nach draußen – »jetzt fliegen wir auch noch. Oder die Nacht fliegt an uns vorbei. Oder was auch immer.«

Meggie hätte fast gelächelt. »Das ist kein Traum«, wollte sie sagen, aber sie war einfach zu müde, um die ganze komplizierte Geschichte zu erklären. Sie sah zu Staubfinger hinüber. Er strich über den Stoff seines Rucksacks, wahrscheinlich versuchte er, seinen zornigen Marder auf die Weise zu beruhigen. »Sieh mich nicht so an!«, sagte er, als er Meggies Blick bemerkte. »*Ich* werd es ihm nicht erklären. Das muss schon dein Vater tun. Schließlich ist er für seinen schlimmen Traum verantwortlich.«

Mo stand das schlechte Gewissen auf die Stirn geschrieben, als er sich zu dem Jungen umwandte. »Wie heißt du?«, fragte er. »Dein Name stand nicht in der …« Er brach ab.

Der Junge sah ihn misstrauisch an, dann senkte er den Kopf.

»Farid«, antwortete er mit tonloser Stimme. »Mein Name ist Farid, aber ich glaube, es bringt Unglück, in einem Traum zu sprechen. Man findet nicht wieder zurück.« Und schon presste er die Lippen zusammen, starrte geradeaus, als wollte er vermeiden, irgendjemanden anzusehen, und schwieg. Hatte er in seiner Geschichte Eltern gehabt? Meggie konnte sich nicht erinnern. Da war nur die Rede von einem Jungen gewesen, einem namenlosen Jungen, der einer Bande Räuber diente.

»Es ist ein Traum!«, flüsterte er wieder. »Nur ein Traum. Die Sonne wird aufgehen und alles wird verschwinden. Ja.«

Mo musterte ihn, unglücklich und ratlos, wie jemand, der ein Vogeljunges angefasst hat und nun zusehen muss, wie die Eltern es dafür verstoßen. Armer Mo, dachte Meggie. Armer Farid. Aber da war noch ein anderer Gedanke, einer, für den sie sich schämte. Er war da, seit in Capricorns Kirche die Eidechse aus den goldenen Münzen gekrochen war. »Ich möchte es auch können«, flüsterte es seither, ganz leise, aber immer wieder. Wie ein Kuckuck hatte sich der Wunsch in ihrem Herzen eingenistet, machte sich breit und plusterte sich auf, sosehr sie auch versuchte, ihn wieder fortzustoßen. »Ich möchte es auch können«, flüsterte er. »Ich möchte sie herauslocken können, sie anfassen können, all die Figuren, all die wunderbaren Figuren, ich will, dass sie aus den Seiten schlüpfen und neben mir sitzen, ich will, dass sie mich anlächeln, ich will, ich will, ich will ...«

Draußen war es immer noch so dunkel, als gäbe es kein Morgen.

»Ich werde durchfahren!«, sagte Elinor. »Ich werde fahren, bis wir wieder vor meinem Haus stehen.«

Da tauchten weit hinter ihnen Scheinwerfer auf, wie Finger, die sich durch die Nacht tasteten.

Schlangen und Dornen

Die Borribles drehten sich um, und da, gerade am Beginn der Brücke, sahen sie einen grellen Kreis weißen Lichts, der sich an der Unterseite des dunklen Himmels brach. Die Scheinwerfer eines Autos waren es, das sich auf der Nordseite der Brücke in Position begab, der Seite, welche die Flüchtlinge erst vor Minuten verlassen hatten.
Michael de Larrabeiti, Die Borribles 2 –
Im Labyrinth der Wendels

Die Scheinwerfer kamen näher, so entschlossen Elinor auch auf das Gaspedal trat.

»Vielleicht ist es nur irgendein Auto!«, sagte Meggie, aber sie wusste selbst, dass das mehr als unwahrscheinlich war. Es lag nur ein Dorf an der holprigen, schlaglochübersäten Straße, der sie seit fast einer Stunde folgten, und das war Capricorns Dorf. Nur von dort konnten ihre Verfolger kommen.

»Und was nun?«, rief Elinor. Sie fuhr Schlangenlinien vor Aufregung. »Ich lasse mich nicht noch einmal in dieses Loch sperren. Nein. Nein. Nein.« Bei jedem Nein schlug sie mit der flachen Hand auf das Lenkrad. »Haben Sie nicht gesagt, Sie hätten ihnen die Reifen zerstochen?«, fuhr sie Staubfinger an.

»Allerdings!«, gab er wütend zurück. »Offenbar hatten sie für solche Fälle vorgesorgt oder haben Sie noch nie was von Ersatzreifen gehört? Geben Sie Gas! Es müsste bald ein Ort kommen. Es kann nicht mehr weit sein. Wenn wir es bis dahin schaffen …«

»Wenn, ja, wenn!«, rief Elinor und klopfte mit dem Finger gegen die Tankanzeige. »Das Benzin reicht höchstens noch für zehn, vielleicht zwanzig Kilometer.«

So weit kamen sie nicht einmal. In einer scharfen Kurve platzte einer der Vorderreifen. Elinor konnte gerade noch das Steuer herumreißen, bevor der Wagen von der Straße schlitterte. Meggie schrie auf und presste die Hände vors Gesicht. Für einen schrecklichen Moment dachte sie, sie würden den steilen Abhang hinabstürzen, der sich links von der Straße in der Dunkelheit verlor, doch der Kombi schlitterte nach rechts, schrammte mit dem Kotflügel die Mauer aus Feldsteinen, die, kaum kniehoch, die andere Straßenseite säumte, tat einen letzten Seufzer und blieb stehen, unter den herabhängenden Zweigen einer Steineiche, die sich über die Straße beugte, als wollte sie mit den Ästen den Asphalt berühren.

»Oh, verdammt, verdammt noch mal!«, fluchte Elinor, während sie ihren Gurt löste. »Alle in Ordnung?«

»Ich weiß schon, warum ich Autos nie getraut habe!«, murmelte Staubfinger und stieß seine Tür auf.

Meggie saß da und zitterte am ganzen Leib.

Mo zog sie aus dem Auto und blickte ihr besorgt ins Gesicht. »Alles in Ordnung?«

Meggie nickte.

Farid kletterte auf Staubfingers Seite heraus. Ob er immer noch an einen Traum glaubte?

Staubfinger stand auf der Straße, den Rucksack über der Schulter, und lauschte. Aus der Ferne drang das Geräusch eines Motors durch die Nacht.

»Das Auto muss von der Straße!«, sagte er.

»Was?« Elinor sah ihn entgeistert an.

»Wir müssen es den Abhang hinunterschieben.«

»Mein Auto?« Elinor schrie fast.

»Er hat recht, Elinor«, sagte Mo. »Vielleicht können wir sie so abschütteln. Wir schieben das Auto den Abhang hinunter. Wahrscheinlich sehen sie es dann nicht mal in der Dunkelheit. Und falls doch, werden sie denken, wir wären von der Straße abgekommen. Während wir den Hang weiter hinaufklettern und uns erst mal zwischen den Bäumen verstecken.«

Elinor warf einen zweifelnden Blick hinauf. »Aber das ist viel zu steil! Und was ist mit den Schlangen?«

»Basta hat bestimmt schon ein neues Messer«, sagte Staubfinger.

Elinor schenkte ihm ihren finstersten Blick. Dann trat sie ohne ein weiteres Wort hinter ihr Auto und warf einen Blick in den Kofferraum. »Wo ist unser Gepäck?«, fragte sie.

Staubfinger musterte sie amüsiert. »Wahrscheinlich hat Basta es unter Capricorns Mägden verteilt. Er macht sich gern etwas beliebt bei ihnen.«

Elinor sah ihn an, als glaubte sie ihm nicht ein einziges Wort. Dann schlug sie den Kofferraum zu, stemmte die Arme gegen den Wagen und begann zu schieben.

Sie schafften es nicht.

Sosehr sie auch schoben und stießen, Elinors Wagen rollte zwar von der Straße, doch er rutschte kaum mehr als zwei Meter die Böschung hinab. Dann blieb er stecken, die Blechnase im Dickicht verfangen, und rührte sich nicht mehr. Das Motorengeräusch aber, das so seltsam fremd in dieser menschenfernen Wildnis klang, drang schon bedrohlich laut an ihre Ohren. Nass geschwitzt stiegen sie wieder zur Straße hinauf – nachdem Staubfinger dem starrköpfigen Wagen einen letzten Tritt versetzt hatte –, kletterten über die Mauer, die aussah, als wäre jeder einzelne Stein mehr als tausend Jahre alt, und kämpften sich den Hang hinauf. Nur weg von der Straße. Mo zog Meggie hinter sich her und Staubfinger half Farid. Elinor hatte genug mit sich selbst zu tun. Der ganze Hang war von Mauern überzogen, mühsamen Versuchen, der kargen Erde schmale Felder und Gärten abzuringen, für ein paar Olivenbäume, Weinstöcke, was immer auf diesem Boden Früchte trug. Aber die Bäume waren längst verwildert und die Erde von Früchten bedeckt, die niemand mehr geerntet hatte, weil die Menschen längst fortgezogen waren, um irgendwo ein weniger hartes Leben zu finden.

»Runter mit den Köpfen!«, keuchte Staubfinger, während er sich mit Farid hinter eine der verfallenen Mauern duckte. »Sie kommen!«

Mo zog Meggie unter den nächsten Baum. Das Dornengestrüpp, das zwischen den knotigen Wurzeln wuchs, war gerade hoch genug, um sie zu verbergen.

»Und die Schlangen?«, flüsterte Elinor, während sie ihnen nachstolperte.

»Denen ist es jetzt zu kalt!«, flüsterte Staubfinger aus seinem Versteck. »Haben Sie denn gar nichts aus all Ihren schlauen Büchern gelernt?«

Elinor hatte die Antwort schon auf der Zunge, doch Mo presste ihr die Hand auf den Mund. Unter ihnen tauchte das Auto auf. Es war der Lieferwagen, aus dem der verschlafene Wachtposten gekrochen war. Ohne langsamer zu werden, fuhr der Wagen an der Stelle vorbei, an der sie Elinors Kombi den Abhang hinuntergeschoben hatten, und verschwand hinter der nächsten Straßenbiegung. Meggie wollte erleichtert den Kopf aus den Dornen nehmen, aber Mo drückte sie wieder nach unten. »Noch nicht!«, flüsterte er – und lauschte.

Die Nacht war so still, wie Meggie es noch nie erlebt hatte. Als könnte man die Bäume atmen hören, die Bäume, das Gras und die Nacht selbst.

Sie sahen die Scheinwerfer des Lieferwagens drüben am Hang eines anderen Hügels auftauchen: zwei Lichtfinger in der Dunkelheit, die sich eine unsichtbare Straße entlangtasteten. Doch plötzlich kamen sie nicht mehr von der Stelle.

»Sie wenden!«, flüsterte Elinor. »O mein Gott. Was jetzt?«

Sie wollte sich aufrichten, aber Mo hielt sie fest. »Bist du verrückt?«, flüsterte er. »Es ist zu spät, um weiterzuklettern. Sie würden uns sehen.«

Mo hatte recht. Der Lieferwagen kam schnell zurück. Meggie sah, wie er nur ein paar Meter entfernt von der Stelle hielt, an der sie Elinors Wagen von der Straße geschoben hatten. Sie hörte, wie die Autotüren aufsprangen, und sah zwei Männer aussteigen. Beide kehrten ihnen den Rücken zu, aber als einer von ihnen sich umdrehte, glaubte Meggie, Bastas Gesicht zu erkennen, obwohl es kaum mehr war als ein heller Fleck in der Nacht.

»Da ist der Wagen!«, sagte der andere. War es Flachnase? Groß und breit genug war er.

»Sieh nach, ob sie drin sind.« Ja, das war Basta. Meggie hätte seine Stimme aus tausend anderen herausgehört.

Flachnase stieg tapsig wie ein Bär den Abhang hinunter. Meggie hörte ihn fluchen, auf die Dornen, auf die Stacheln, auf die Dunkelheit und das verdammte Gesindel, für das er in der Nacht herumstolpern musste. Basta stand immer noch auf der Straße. Sein Gesicht bekam scharfe Schatten, als er ein Feuerzeug aufflammen ließ, um sich eine Zigarette anzuzünden. Der Rauch tanzte weiß zu ihnen herauf, bis Meggie ihn zu riechen glaubte.

»Sie sind nicht da!«, rief Flachnase. »Sie müssen zu Fuß weitergegangen sein. Verdammt, glaubst du, wir müssen ihnen nach?«

Basta trat an den Straßenrand und blickte hinunter. Dann drehte er sich um und betrachtete den Hang, auf dem Meggie sich mit pochendem Herzen an Mos Seite kauerte. »Sehr weit können sie noch nicht sein«, sagte er. »Aber in der Dunkelheit wird es schwer sein, ihre Spur zu finden.«

»Genau!« Flachnase keuchte, als er wieder auf der Straße auftauchte. »Schließlich sind wir keine verfluchten Indianer, stimmt's?«

Basta antwortete nicht. Er stand nur da, lauschte und zog an seiner Zigarette. Dann flüsterte er Flachnase etwas zu. Meggie blieb das Herz fast stehen.

Flachnase blickte sich besorgt um. »Nein, lass uns lieber die Hunde holen!«, hörte Meggie ihn sagen. »Selbst wenn sie sich hier irgendwo versteckt haben, woher sollen wir wissen, ob sie rauf- oder runtergegangen sind?«

Basta warf einen Blick auf die Bäume, blickte die Straße hinunter und trat seine Zigarette aus. Dann ging er zurück zum Wagen und holte zwei Flinten heraus. »Wir versuchen es erst mal mit runter«, sagte er und warf Flachnase eine Flinte zu. »Die Dicke klettert bestimmt lieber bergab.« Ohne ein weiteres Wort verschwand er in der Dunkelheit. Flachnase warf dem Lieferwagen einen sehnsüchtigen Blick zu – und stapfte Basta murrend hinterher.

Die beiden waren kaum außer Sicht, als Staubfinger sich aufrichtete, lautlos wie ein Schatten, und den Hang hinaufzeigte. Das Herz klopfte Meggie bis zum Hals, als sie ihm folgten. Von Baum zu Baum huschten sie, von Strauch zu Strauch, immer wieder einen Blick zurückwerfend. Bei jedem Zweig, der unter ihren Schuhen zerbrach, schrak Meggie zusammen, doch zum Glück machten auch Basta und Flachnase einigen Lärm, während sie sich durch das Dickicht den Berg hinabbewegten.

Irgendwann sahen sie die Straße nicht mehr. Die Angst ließ sie trotzdem nicht los, die Angst, dass Basta vielleicht schon umgedreht war und ihnen bergauf folgte. Doch sooft sie auch stehen blieben und lauschten, sie hörten nur ihren eigenen Atem.

»Sie werden bald merken, dass sie die falsche Richtung gewählt haben!«, flüsterte Staubfinger irgendwann. »Und dann werden sie die Hunde holen. Wir haben Glück, dass sie sie nicht gleich mitgebracht haben. Basta hält nicht viel von ihnen, und er hat recht damit, ich habe sie oft mit Käse gefüttert. Das macht Hundenasen stumpf. Trotzdem, irgendwann wird er sie holen, denn selbst Basta kehrt nicht gern mit einer schlechten Nachricht zu Capricorn zurück.«

»Dann müssen wir eben noch schneller gehen!«, sagte Mo.

»Und wohin?« Elinor rang schon jetzt nach Atem.

Staubfinger blickte sich um. Meggie fragte sich, wozu. Ihre Augen konnten kaum etwas erkennen, so dunkel war es. »Wir müssen uns nach Süden halten«, sagte Staubfinger, »Richtung Küste. Wir müssen unter Menschen, nur das kann uns retten. Dort unten sind die Nächte hell und keiner glaubt an den Teufel.«

Farid stand neben Meggie. Er blickte so angestrengt in die Nacht, als könnte er den Morgen herbeistarren oder in all der Finsternis irgendwo die Menschen entdecken, von denen Staubfinger sprach, doch nicht ein Licht war in der Dunkelheit zu sehen, außer dem Gewirr von Sternen, die kalt und fern am Himmel blinkten. Für einen Augenblick kamen sie Meggie vor wie verräterische Augen und sie glaubte, sie flüstern zu hören: »Sieh doch, Basta, da unten laufen sie. Komm schon, fang sie dir!«

Sie stolperten weiter, dicht beisammen, damit niemand verloren ging. Staubfinger hatte Gwin aus dem Rucksack geholt, er nahm ihn an die Kette, bevor er ihn laufen ließ. Zu gefallen schien dem Marder das nicht. Immer wieder musste Staubfinger ihn aus dem Dickicht zerren, fort von all den verheißungsvollen Gerüchen, die ihren Menschennasen verborgen blieben. Er fauchte und keckerte missbilligend vor sich hin, biss in die Kette und zerrte daran.

»Verflucht, irgendwann stolpere ich noch über das kleine Biest!«, schimpfte Elinor. »Kann es nicht etwas mehr Rücksicht auf meine wunden Füße nehmen? Eins ist gewiss: Sobald wir wieder unter Menschen kommen, werde ich mir das beste Hotelzimmer nehmen, das für Geld zu haben ist, und meine armen Füße auf ein großes, weiches Kissen betten.«

»Du hast dein Geld noch?« Mos Stimme klang ungläubig. »Mir haben sie gleich alles abgenommen.«

»Oh, mein Portemonnaie hat Basta sich auch gleich gegriffen«, sagte Elinor. »Aber ich bin eine vorsichtige Frau. Meine Kreditkarte steckt an einem sicheren Ort.«

»Es gibt einen Ort, der vor Basta sicher ist?« Staubfinger zerrte Gwin von einem Baumstamm herunter.

»Allerdings«, antwortete Elinor. »Kein Mann drängt sich danach, dicke alte Frauen zu durchsuchen. Das kann von Vorteil sein.

Einige meiner wertvollsten Bücher habe ich diesem …« Sie brach abrupt ab und räusperte sich, als ihr Blick auf Meggie fiel. Doch Meggie tat, als hätte sie Elinors letzten Satz nicht gehört oder zumindest nicht verstanden, wovon sie redete.

»So dick bist du nun auch wieder nicht!«, sagte sie. »Und alt ist ja wohl ziemlich übertrieben.« Wie weh ihre Füße taten!

»Oh, vielen Dank, Schätzchen!«, sagte Elinor. »Ich glaube, ich werde dich deinem Vater abkaufen, damit du mir dreimal am Tag solche netten Sachen sagst. Wie viel willst du für sie haben, Mo?«

»Da muss ich nachdenken«, antwortete Mo. »Wie wäre es mit drei Tafeln Schokolade pro Tag?«

So redeten sie dahin, die Stimmen kaum lauter als ein Flüstern, während sie sich durch den Dornenpelz der Hügel kämpften. Es war ganz unwichtig, worüber sie redeten, denn all die gewisperten Worte dienten nur einem Zweck: die Angst fernzuhalten und die Müdigkeit, die jedem von ihnen die Glieder schwer machte. Weiter und weiter gingen sie, hoffend, dass Staubfinger wusste, wohin er sie führte. Meggie hielt sich die ganze Zeit dicht hinter Mo. Sein Rücken bot wenigstens etwas Schutz vor den dornigen Zweigen. Immer wieder verfingen sie sich in ihren Kleidern und zerkratzten ihr das Gesicht, wie bösartige Tiere, die mit nadelscharf gewetzten Krallen in der Dunkelheit lauerten.

Irgendwann stießen sie auf einen Fußpfad, dem sie folgen konnten. Leere Patronenhülsen säumten ihn, hingeworfen von Jägern, die den Tod in die Stille gebracht hatten. Auf der festgetretenen Erde fiel das Laufen leichter, obwohl Meggie vor Müdigkeit kaum noch die Füße heben konnte. Als sie Mo zum zweiten Mal schlaftrunken in die Hacken stolperte, hob er sie auf seinen Rücken und trug sie, wie er es früher so oft getan hatte, als sie noch nicht

Schritt halten konnte mit seinen langen Beinen. »Floh« hatte er sie damals genannt, »Federmädchen« oder »Tinker Bell«, nach der Fee aus *Peter Pan*. So nannte er sie manchmal immer noch.

Müde lehnte Meggie ihr Gesicht an seine Schultern und versuchte, an Peter Pan zu denken statt an Schlangen oder Männer mit Messern. Aber diesmal war ihre eigene Geschichte zu stark, um sich von der erfundenen vertreiben zu lassen.

Farid hatte schon lange nichts mehr gesagt. Die meiste Zeit stolperte er hinter Staubfinger her. Er schien an Gwin Gefallen gefunden zu haben, jedes Mal, wenn der Marder sich mit der Kette irgendwo verfing, hastete Farid hinzu, um ihn zu befreien, auch wenn Gwin ihn dafür anzischte und nach seinen Fingern schnappte. Einmal grub er dem Jungen die Zähne so tief in den Daumen, dass er zu bluten begann.

»Na, glaubst du immer noch, dass das hier ein Traum ist?«, fragte Staubfinger spöttisch, als Farid sich das Blut abwischte.

Der Junge antwortete nicht. Er betrachtete nur seinen schmerzenden Daumen. Dann saugte er daran und spuckte aus. »Was soll es sonst sein?«, fragte er.

Staubfinger sah Mo an, doch der schien so tief in Gedanken, dass er seinen Blick gar nicht bemerkte. »Wie wär's mit: einfach eine neue Geschichte?«, sagte Staubfinger.

Farid lachte. »Eine neue Geschichte. Das gefällt mir. Geschichten mochte ich schon immer.«

»Ach ja? Und wie gefällt dir diese?«

»Ein bisschen zu viele Dornen, und hell könnte es auch langsam werden, aber immerhin musste ich noch nicht arbeiten. Das ist doch was.«

Meggie musste lächeln.

In der Ferne schrie ein Vogel. Gwin blieb stehen und hob witternd die Schnauze. Die Nacht gehört den Räubern. Sie hat ihnen immer gehört. Im Haus vergisst man das leicht, beschützt von Licht und festen Mauern. Die Nacht schützt die Jäger, sie macht ihnen das Anschleichen leicht und schlägt ihre Beute mit Blindheit. Worte fielen Meggie ein, aus einem ihrer Lieblingsbücher: … *denn die Stunden der Nacht sind Stunden der Macht für Reißzahn, Klaue und Pfote.*

Sie lehnte das Gesicht gegen Mos Schulter. Vielleicht sollte ich jetzt besser wieder selbst laufen, dachte sie. Er trägt mich schon so lange. Doch dann nickte sie auf seinem Rücken ein.

Basta

Dieser Wald, jetzt so friedvoll, musste damals von den Todesschreien widergehallt haben, meinte ich. Und so eindringlich war diese Vorstellung, dass ich die Schreie auch jetzt zu hören glaubte.
Robert L. Stevenson, Die Schatzinsel

Meggie wachte davon auf, dass Mo stehen blieb. Der Weg hatte sie fast bis auf den Kamm des Hügels geführt. Es war immer noch dunkel, aber die Nacht war blass geworden und in der Ferne hob sie schon den Rock für einen neuen Morgen.

»Wir müssen rasten, Staubfinger«, hörte Meggie Mo sagen. »Der Junge taumelt bloß noch, Elinors Füße brauchen bestimmt auch etwas Ruhe, und dieser Platz ist nicht der schlechteste, wenn du mich fragst.«

»Was für Füße?«, fragte Elinor und ließ sich stöhnend auf den Boden sinken. »Meinst du die schmerzenden Klumpen am Ende meiner Beine?«

»Genau die«, sagte Mo, während er sie wieder auf die Füße zog. »Aber ein paar Schritte müssen sie noch hinter sich bringen. Wir rasten da drüben.«

Gut fünfzig Meter zu ihrer Linken, ganz oben auf dem Hügel, duckte sich ein Haus zwischen den Olivenbäumen, wenn man es ein Haus nennen wollte. Meggie rutschte von Mos Rücken, bevor sie hinaufstiegen. Die Mauern sahen aus, als hätte jemand eilig ein paar Steine aufgeschichtet, das Dach war eingestürzt und dort, wo früher eine Tür gehangen hatte, gähnte ein schwarzes Loch.

Mo musste sich tief bücken, als er sich hindurchschob. Zerbrochene Dachschindeln bedeckten den Boden, in einer Ecke lagen ein leerer Sack, Tonscherben, vielleicht von einem Teller oder einer Schüssel, und ein paar Knochen, säuberlich abgenagt …

Mo seufzte. »Kein sehr gemütlicher Ort, Meggie«, sagte er. »Aber stell dir einfach vor, du wärst im Versteck der Verlorenen Jungs oder …«

»… im Fass von Huckleberry Finn.« Meggie sah sich um. »Ich glaube, ich schlaf trotzdem lieber draußen.«

Elinor kam herein. Ihr schien die Unterkunft auch nicht sonderlich zu gefallen.

Mo gab Meggie einen Kuss und ging wieder zur Tür. »Glaub mir, hier drinnen ist es sicherer!«, sagte er.

Meggie sah ihm beunruhigt nach. »Wo gehst du hin? Du musst doch auch schlafen.«

»Ach was, ich bin nicht müde.« Sein Gesicht strafte ihn Lügen. »Schlaf jetzt, ja?« Dann verschwand er nach draußen.

Elinor schob mit dem Fuß die zerbrochenen Schindeln zur Seite. »Komm!«, sagte sie, zog ihre Jacke aus und breitete sie auf dem Boden aus. »Wir versuchen, es uns zusammen gemütlich zu machen. Dein Vater hat recht, wir stellen uns einfach vor, wir wären ganz woanders. Warum machen Abenteuer beim Lesen nur so viel mehr Spaß?«, murmelte sie, während sie sich auf dem Boden ausstreckte.

Meggie legte sich zögernd neben sie. »Immerhin regnet es nicht«, stellte Elinor mit einem Blick auf das eingestürzte Dach fest. »Und wir haben die Sterne über uns, auch wenn sie schon sehr blass sind. Vielleicht sollte ich mir zu Hause auch ein paar Löcher ins Dach klopfen lassen.« Mit einem ungeduldigen Nicken forderte sie Meggie auf, den Kopf auf ihren Arm zu legen. »Damit dir die Spinnen nicht beim Schlafen in die Ohren kriechen«, sagte sie und schloss die Augen. »Herrgott«, hörte Meggie sie noch murmeln. »Ich glaube, ich muss mir ein Paar neue Füße kaufen. Diese sind nicht zu retten.« Dann war sie eingeschlafen.

Meggie aber lag mit weit offenen Augen da und lauschte nach draußen. Sie hörte, wie Mo sich leise mit Staubfinger unterhielt, worüber, konnte sie nicht verstehen. Einmal glaubte sie Bastas Namen zu hören. Der Junge war auch draußen geblieben. Farid. Aber von ihm war kein Ton zu hören.

Elinor begann schon nach ein paar Minuten zu schnarchen. Doch Meggie konnte nicht schlafen, sosehr sie es auch versuchte, und so stand sie schließlich leise auf und schlich wieder nach draußen. Mo war wach. Er saß da, den Rücken gegen einen Baum gelehnt und sah zu, wie über den umliegenden Hügeln der Morgen die Nacht vertrieb. Ein paar Schritte entfernt saß Staubfinger. Er hob nur kurz den Kopf, als Meggie aus der Hütte kam. Ob er an die Feen dachte und an die Kobolde? Farid lag neben ihm, zusammengerollt wie ein Hund, und Gwin hockte zu seinen Füßen und fraß etwas. Meggie wandte schnell den Kopf ab.

Die Dämmerung zog über die Hügel, sie eroberte eine Kuppe nach der anderen. Meggie entdeckte Häuser in der Ferne, verstreut wie Spielzeug auf den grünen Hängen. Irgendwo dahinter musste das Meer liegen. Sie legte den Kopf auf Mos Schoß und sah hinauf in sein Gesicht.

»Hier finden sie uns nicht mehr, oder?«, fragte sie.

»Nein, bestimmt nicht!«, sagte er, doch sein Gesicht war nicht halb so unbekümmert wie seine Stimme. »Warum schläfst du nicht bei Elinor?«

»Sie schnarcht«, murmelte Meggie.

Mo lächelte. Dann blickte er mit gerunzelter Stirn wieder den Hang hinab, dorthin, wo, verborgen von Zistrosen, Ginster und hohem Gras, der Weg lag, der sie hergeführt hatte.

Auch Staubfinger ließ den Weg nicht aus den Augen. Der Anblick der beiden wachenden Männer beruhigte Meggie, und bald schlief sie ebenso tief wie Farid – als wäre die Erde vor dem verfallenen Haus nicht mit Dornen, sondern mit Daunenfedern bedeckt. Und sie hielt es zunächst nur für einen bösen Traum, als Mo sie wachrüttelte und ihr die Hand auf den Mund presste.

Warnend legte er einen Finger an die Lippen. Meggie hörte Gras rascheln, das Jaulen eines Hundes. Mo zog sie auf die Füße und schob sie und Farid in das schützende Dunkel der Hütte. Elinor schnarchte immer noch. Sie sah aus wie ein junges Mädchen in dem Licht, das der aufziehende Morgen ihr aufs Gesicht goss, aber sobald Mo sie geweckt hatte, war alles wieder da, die Müdigkeit, die Sorgen und die Furcht.

Mo und Staubfinger stellten sich neben die Türöffnung, der eine links, der andere rechts, den Rücken gegen die Mauer gepresst. Männerstimmen drangen durch die morgendliche Stille. Meggie glaubte, die Hunde schnüffeln zu hören, und sie wollte sich in Luft auflösen, in nichts als geruchlose, unsichtbare Luft. Farid stand neben ihr, die Augen weit aufgerissen. Meggie bemerkte zum ersten Mal, dass sie fast schwarz waren. Noch nie hatte sie so dunkle Augen gesehen, die Wimpern lang wie die eines Mädchens.

Elinor lehnte gegenüber an der Wand, sie zerbiss sich die Lippen vor Angst. Staubfinger gab Mo ein Zeichen, und bevor Meggie begriff, was die beiden vorhatten, schoben sie sich nach draußen. Die Olivenbäume, hinter denen sie sich versteckten, waren kurzstämmig, mit verfilzten Zweigen, die bis auf die Erde hingen, als würde ihnen die Last der Blätter zu viel. Ein Kind hätte sich leicht dahinter verbergen können, aber boten sie auch Schutz genug für zwei erwachsene Männer?

Meggie lugte aus der Türöffnung. Sie erstickte fast an ihrem eigenen Herzschlag. Draußen stieg die Sonne immer höher. In jedes Tal, unter jeden Baum drang das Tageslicht, und plötzlich wünschte Meggie sich die Nacht zurück. Mo war in die Knie gegangen, damit man seinen Kopf nicht über dem Gewirr der Zweige sah. Staubfinger presste sich dicht an den krummen Stamm und da, schrecklich nah, höchstens zwanzig Schritte entfernt von den beiden, stand Basta. Durch Disteln und kniehohes Gras schob er sich den Hang hinauf.

»Die sind längst unten im Tal!«, hörte Meggie eine mürrische Stimme rufen, und im nächsten Moment tauchte Flachnase neben Basta auf. Sie hatten zwei übel aussehende Hunde mitgebracht. Meggie sah, wie sie die breiten Schädel schnuppernd durch das Gras stießen.

»Mit den beiden Kindern und der Dicken?« Basta schüttelte den Kopf und sah sich um. Farid lugte an Meggie vorbei – und fuhr zurück, als hätte ihn etwas gebissen, als er die beiden Männer sah.

»Basta?« Elinors Lippen formten lautlos seinen Namen. Meggie nickte, und Elinor wurde noch blasser, als sie ohnehin schon war.

»Verflucht, Basta, wie lange willst du noch hier herumstapfen?« Flachnases Stimme schallte weit in der Stille, die über den Hügeln lag. »Die Schlangen werden bald munter und ich habe Hunger. Lass uns einfach erzählen, dass sie mit dem Auto ins Tal gestürzt sind. Wir geben dem Ding noch einen Schubs, und schon wird keiner die kleine Lüge merken! Wahrscheinlich erledigen die Schlangen sie sowieso. Und wenn nicht, dann verirren sie sich, verhungern, fangen sich einen Sonnenstich ein, was weiß ich. Auf jeden Fall werden wir sie nie wiedersehen.«

»Er hat ihnen Käse gegeben!« Basta zerrte die Hunde wütend an seine Seite. »Der verfluchte Feuerfresser hat sie mit Käse gefüttert, um ihre Nasen zu ruinieren. Aber mir wollte ja keiner glauben. Kein Wunder, dass sie jedes Mal winseln vor Freude, wenn sie sein hässliches Gesicht sehen.«

»Du schlägst sie zu viel!«, brummte Flachnase. »Deshalb geben sie sich keine Mühe. Hunde mögen es nicht, wenn man sie schlägt.«

»Unsinn. Man muss sie schlagen, sonst beißen sie dich! Deshalb mögen sie den Feuerfresser, weil er genauso ist wie sie, winselnd, hinterhältig und bissig.« Einer der Hunde legte sich ins Gras und leckte sich die Pfoten. Wütend gab Basta ihm einen Tritt in die Seite und riss ihn hoch. »Du kannst ja ins Dorf zurückgehen!«, fuhr er Flachnase an. »Aber ich werde mir den Feuerfresser greifen und ihm jeden Finger einzeln abschneiden. Mal sehen, ob er dann immer noch so geschickt mit seinen Bällen spielt. Ich hab immer gesagt, dass man ihm nicht trauen kann, aber der Boss fand seine Feuerspielchen ja sooo unterhaltsam.«

»Ja, ja, schon gut. Jeder weiß, dass du ihn noch nie ausstehen konntest.« Flachnases Stimme klang gelangweilt. »Aber vielleicht hat er mit dem Verschwinden der anderen ja auch gar nichts zu tun. Du weißt doch, er ist immer schon gekommen und gegangen, wie es ihm gerade einfiel, vielleicht taucht er morgen wieder auf und weiß von nichts.«

»Ja, das wäre ihm zuzutrauen«, knurrte Basta. Er ging weiter. Jeder Schritt brachte ihn den Bäumen näher, hinter denen Mo und Staubfinger sich versteckten. »Und den Autoschlüssel von der Dicken hat Zauberzunge unter meinem Kissen hervorgelesen, was? Nein. Diesmal wird ihm die schönste Ausrede nichts nutzen. Weil er nämlich noch etwas mitgenommen hat, etwas, das mir gehört.«

Staubfinger legte unwillkürlich die Hand an seinen Gürtel, als fürchtete er, Bastas Messer könnte seinen Herrn herbeirufen. Einer der Hunde hob schnuppernd den Kopf und zerrte Basta weiter auf die Bäume zu.

»Er wittert was!« Basta senkte die Stimme. Sie klang heiser vor Erregung. »Das dumme Vieh hat tatsächlich was gerochen!«

Vielleicht zehn, vielleicht weniger Schritte noch und er würde zwischen den Bäumen stehen. Was sollten sie tun? Was sollten sie nur tun?

Flachnase stapfte Basta mit misstrauischer Miene hinterher. »Wahrscheinlich haben sie ein Wildschwein gewittert«, hörte Meggie ihn sagen. »Vor den Biestern muss man sich hüten, die rennen einen glatt über den Haufen. O verflucht, ich glaub, da ist eine Schlange. Eine von diesen schwarzen. Du hast doch das Gegengift im Auto, oder?«

Stocksteif stand er da, rührte sich nicht mehr von der Stelle, starrte nur vor seine Füße. Basta beachtete ihn nicht. Er folgte dem schnuppernden Hund. Ein paar Schritte noch, und Mo hätte nur die Hand ausstrecken müssen, um ihn zu berühren. Basta zog die Flinte von der Schulter, blieb stehen und lauschte. Die Hunde zerrten nach links und sprangen jaulend an einem der Baumstämme hoch.

Gwin hing zwischen den Zweigen.

»Was hab ich gesagt?«, rief Flachnase. »Sie haben einen Marder gerochen! Die Viecher stinken so sehr, dass selbst ich sie aufspüren könnte.«

»Das ist kein gewöhnlicher Marder!«, zischte Basta. »Erkennst du ihn nicht?« Er starrte die verfallene Hütte an. Er sah nichts anderes mehr.

Das nutzte Mo. Er sprang hinter dem Baum hervor, packte Basta und versuchte, ihm die Flinte aus den Händen zu winden.

»Fasst! Fasst ihn, ihr verfluchten Köter!«, brüllte Basta, und offenbar wollten die Hunde ihm diesmal tatsächlich gehorchen. Sie sprangen auf Mo zu, die gelben Zähne gebleckt.

Bevor Meggie auf ihn zulaufen konnte, um ihm zu helfen, hielt Elinor sie fest, wie damals in ihrem Haus, sosehr Meggie sich auch sträubte.

Aber diesmal kam Mo trotzdem jemand zu Hilfe. Bevor die Hunde zubeißen konnten, war Staubfinger da. Meggie dachte, sie würden ihn zerreißen, als er sie an ihren Halsbändern zurückriss, doch stattdessen leckten sie ihm die Hände, sprangen ihn an wie einen alten Freund und warfen ihn fast um, während Mo Basta die Hand auf den Mund presste, bevor er noch einmal nach ihnen rufen konnte.

Doch da war ja noch Flachnase. Zum Glück war er nicht allzu schnell von Begriff. Das rettete sie – dieser kurze Moment, in dem er einfach nur dastand und Basta anstarrte, der sich in Mos Armen wand.

Staubfinger hatte die Hunde zum nächsten Baum gezerrt, er schlang gerade die Leinen um das borkige Holz, als Flachnase aus seiner Erstarrung erwachte.

»Lass ihn los!«, brüllte er und richtete die Flinte auf Mo.

Staubfinger ließ mit einem unterdrückten Fluch die Hunde los, aber schneller als er war der Stein, den Farid warf. Mitten auf die Stirn traf er Flachnase, nur ein unscheinbares kleines Ding, doch der Riesenkerl fiel ins Gras wie ein gefällter Baum, Staubfinger genau vor die Füße.

»Halt mir die Hunde vom Leib!«, rief Mo, während Basta immer noch versuchte, seine Flinte zu gebrauchen. Einer der Hunde hatte sich in Mos Ärmel verbissen, hoffentlich war es nur der Ärmel.

Ehe Elinor sie wieder festhalten konnte, rannte Meggie auf das Untier zu und griff nach dem schartigen Halsband. Der Hund ließ nicht los, sosehr sie auch zerrte, sie sah Blut an Mos Ärmel und bekam Bastas Flintenlauf fast an den Kopf.

Staubfinger versuchte, die Hunde zurückzurufen, und zunächst gehorchten sie ihm auch, zumindest ließen sie Mo los, doch gleichzeitig gelang es Basta, sich zu befreien. »Fasst!«, schrie er, und die Hunde standen knurrend da, unschlüssig, ob sie Basta oder Staubfinger gehorchen sollten.

»Verdammte Köter!«, schrie Basta und richtete die Flinte auf Mos Brust, aber im selben Moment drückte Elinor ihm die Mündung von Flachnases Gewehr an den Kopf. Ihre Hände zitterten, und ihr Gesicht war übersät mit roten Flecken, wie immer, wenn sie sich aufregte, doch sie sah mehr als entschlossen aus, die Waffe auch zu benutzen.

»Flinte runter«, sagte sie mit bebender Stimme, »und wehe, du sagst noch ein falsches Wort zu den Hunden! Ich hatte vielleicht noch nie ein Gewehr in der Hand, aber den Abzug drücken, das schaff ich bestimmt.«

»Macht Platz!«, befahl Staubfinger den Hunden. Sie warfen

Basta einen unsicheren Blick zu, aber als der schwieg, legten sie sich ins Gras und ließen sich von Staubfinger an den nächsten Baum binden.

Aus Mos Ärmel sickerte das Blut, Meggie spürte, wie ihr schwindelig wurde bei dem Anblick.

Staubfinger verband die Wunde mit einem roten Seidentuch, das das Blut schluckte und es verschwinden ließ. »Ist nicht halb so schlimm, wie es aussieht«, sagte er zu Meggie, als sie mit weichen Knien näher trat.

»Hast du in deinem Rucksack auch etwas, mit dem wir den verschnüren können?«, fragte Mo und wies mit dem Kopf auf den immer noch ohnmächtigen Flachnase.

»Der Messermann hier braucht auch noch eine Verpackung!«, sagte Elinor. Basta starrte sie mit hasserfülltem Gesicht an. »Starr mich nicht so an!«, sagte sie und stieß ihm den Flintenlauf vor die Brust. »So ein Gewehr kann bestimmt genauso viel Schaden anrichten wie ein Messer, und glaub mir, es bringt mich auf ein paar sehr böse Ideen.«

Basta verzog verächtlich den Mund, doch er ließ Elinors Zeigefinger, der immer noch am Abzug lag, nicht aus den Augen.

In Staubfingers Rucksack fand sich ein Strick, nicht besonders dick, aber haltbar. »Für beide wird er nicht reichen«, stellte Staubfinger fest.

»Wozu wollt ihr sie fesseln?«, fragte Farid. »Warum tötet ihr sie nicht? Das hatten sie mit uns doch auch vor!«

Meggie sah ihn entgeistert an, doch Basta lachte auf. »Na so was!«, spottete er. »Den Jungen hätten wir brauchen können! Aber wer sagt, dass wir euch töten wollten? Capricorn will euch lebend. Tote können nicht lesen.«

»Ach ja? Wolltest du mir nicht ein paar Finger abschneiden?«, fragte Staubfinger, während er Flachnase das Seil um die Beine schlang.

Basta zuckte die Achseln. »Seit wann stirbt man von so was?«

Dafür stieß Elinor ihm den Flintenlauf so heftig in die Rippen, dass er zurückstolperte. »Habt ihr das gehört? Ich finde, der Junge hat recht. Vielleicht sollten wir die Kerle wirklich erschießen.«

Aber sie taten es nicht, natürlich nicht.

Sie fanden noch ein Seil in dem Rucksack, den Flachnase dabeigehabt hatte, und Staubfinger machte sich mit sichtlichem Vergnügen daran, auch Basta zu verschnüren. Farid half ihm dabei, er verstand offenbar einiges vom Fesseln.

Sie brachten ihre beiden Gefangenen in das verfallene Haus. »Nett von uns, nicht wahr? Da werden die Schlangen euch fürs Erste in Ruhe lassen«, sagte Staubfinger, während sie Basta durch die enge Tür trugen. »Zur Mittagszeit wird es natürlich auch hier ziemlich heiß, doch vielleicht hat euch bis dahin ja jemand gefunden. Die Hunde werden wir freilassen. Wenn sie klug sind, laufen sie nicht ins Dorf zurück, aber Hunde sind selten klug – und so wird euch die ganze Bande wohl spätestens heute Nachmittag suchen.«

Flachnase wachte erst auf, als er neben Basta unter dem löchrigen Dach lag. Er rollte wütend mit den Augen und verfärbte sich purpurrot, aber er konnte ebenso wenig einen Ton herausbringen wie Basta, denn Farid hatte die beiden geknebelt, auch das sehr fachmännisch.

»Einen Moment noch«, sagte Staubfinger, bevor sie die zwei ihrem Schicksal überließen. »Eine Sache gibt es da noch zu erledigen, etwas, das ich immer schon tun wollte.« Und zu Meggies

Schreck zog er Bastas Messer aus dem Gürtel und trat damit auf die Gefangenen zu.

»Was soll das?«, fragte Mo und stellte sich ihm in den Weg. Offenbar hatte er dasselbe gedacht wie Meggie, doch Staubfinger lachte nur. »Keine Sorge, ich will ihm nicht dasselbe Muster ins Gesicht schnitzen, mit dem er meins verschönert hat«, sagte er. »Ich will ihm bloß etwas Angst machen.«

Und schon bückte er sich und durchtrennte mit einem Schnitt das Lederband, das Basta um den Hals trug. Ein kleiner Beutel hing daran, zugezurrt mit einem roten Band. Staubfinger beugte sich über Basta und ließ den Beutel über seinem Gesicht hin- und herschwingen. »Ich nehme dein Glück mit, Basta!«, sagte er leise, während er sich aufrichtete. »Nun schützt dich nichts mehr vor dem bösen Blick, vor Geistern und Dämonen, vor Flüchen, schwarzen Katzen und wovor du sonst noch Angst hast.«

Basta versuchte, mit den gefesselten Beinen nach ihm zu treten, aber Staubfinger wich ihm ohne Mühe aus. »Auf Nimmerwiedersehen, Basta!«, sagte er. »Und sollten sich unsere Wege doch noch einmal kreuzen, dann hab ich ja jetzt das hier.« Er knotete das Lederband in seinem Nacken zusammen. »Bestimmt ist eine Haarsträhne von dir drin, oder? Nein? Vielleicht sollte ich mir lieber noch eine mitnehmen. Hat es nicht eine ganz und gar grässliche Wirkung, wenn man das Haar eines anderen ins Feuer hält?«

»Schluss jetzt!«, sagte Mo und zog ihn mit sich. »Lass uns machen, dass wir fortkommen. Wer weiß, wann Capricorn die zwei vermisst. Hab ich dir eigentlich schon erzählt, dass er nicht alle Bücher verbrannt hat? Ein Exemplar von *Tintenherz* gibt es noch.«

Staubfinger blieb so abrupt stehen, als hätte ihn eine Schlange gebissen.

»Ich dachte, ich muss es dir sagen.« Mo sah ihn nachdenklich an. »Auch wenn es dich vielleicht auf dumme Ideen bringt.«

Staubfinger nickte nur. Dann ging er ohne ein Wort weiter.

»Warum nehmen wir nicht ihren Wagen?«, schlug Elinor vor, als sie zu dem Pfad zurückkehrten, auf dem sie gekommen waren. »Sie haben ihn bestimmt an der Straße stehen lassen.«

»Zu gefährlich«, antwortete Staubfinger. »Wer weiß, wer an der Straße auf uns wartet. Zurück würden wir außerdem länger brauchen als zum nächsten Ort. Und so ein Auto ist leicht zu finden. Wollen Sie Capricorn auf unsere Spur locken?«

Elinor seufzte. »War ja nur so eine Idee«, murmelte sie und massierte ihre schmerzenden Knöchel.

Sie blieben auf dem Weg, denn im hohen Gras regten sich wirklich bereits die Schlangen. Einmal kroch eine schwarz und schmal vor ihnen über die gelbe Erde, und Staubfinger schob ihr einen Stock unter den schuppigen Leib und warf sie zurück in das Dorngestrüpp, aus dem sie gekrochen war. Meggie hatte sich die Schlangen größer vorgestellt, doch Elinor versicherte ihr, dass die kleinsten auch die gefährlichsten waren. Elinor humpelte, aber sie tat ihr Bestes, die anderen nicht aufzuhalten. Auch Mo ging langsamer als sonst. Er versuchte, es zu verbergen, aber der Hundebiss machte ihm zu schaffen.

Meggie ging dicht neben ihm, den Blick immer wieder besorgt auf das rote Tuch geheftet, das Staubfinger um die Wunde geschlungen hatte. Irgendwann stießen sie auf eine befestigte Straße. Ein Laster kam ihnen darauf entgegen, beladen mit rostigen Gasflaschen. Sie waren zu müde, sich zu verstecken, außerdem kam er ja nicht aus Capricorns Richtung; Meggie sah, wie verwundert der Mann hinter dem Steuer sie musterte, als er an ihnen vorbeifuhr. Sie mussten einen abenteuerlichen Anblick bieten in ihren verschmutzten Sachen, schweißnass und zerrissen von all den Dornbüschen, durch die sie sich gekämpft hatten.

Kurz darauf kamen sie an den ersten Häusern vorbei, immer mehr klebten an den Hängen, bunt verputzt, Blumen vor der Tür. Bald stießen sie auf die Ausläufer eines größeren Ortes. Meggie sah mehrstöckige Häuser, Palmen mit staubigen Blättern und plötzlich, noch weit entfernt und silbern von der Sonne, das Meer.

»Herrgott, ich hoffe, sie lassen uns in irgendeine Bank hinein«, sagte Elinor. »Wir sehen aus, als wären wir unter die Räuber gefallen.«

»Na, das sind wir ja auch«, sagte Mo. »Oder?«

In Sicherheit

Die Tage schleppten sich trübselig dahin, zum Glück aber nahm jeder neu anbrechende ein klein wenig von der Seelenangst weg, die auf dem armen Jungen lastete.
Mark Twain, Die Abenteuer des Tom Sawyer

Man ließ Elinor trotz ihrer zerrissenen Strümpfe in eine Bank. Aber zunächst verschwand sie im ersten Café, das an der Straße lag, in der Damentoilette. Meggie erfuhr nie, wo genau sie ihre Wertsachen zu verstecken pflegte, doch als Elinor zurückkam, war ihr Gesicht gewaschen, das Haar nicht mehr ganz so verklettet und sie hielt triumphierend eine goldene Kreditkarte hoch. Dann bestellte sie für alle Frühstück.

Es war ein eigenartiges Gefühl, plötzlich in einem Café zu sitzen, zu essen und draußen auf der Straße ganz gewöhnliche Menschen zu beobachten, die zur Arbeit gingen, einkauften oder einfach nur dastanden und sich unterhielten. Meggie konnte kaum glauben, dass sie nur zwei Nächte und einen Tag in Capricorns Dorf verbracht hatte und dass all dies – das alltägliche Gedränge da draußen – die ganze Zeit über nicht stillgestanden hatte.

Trotzdem hatte sich etwas geändert. Seit Meggie gesehen hatte, wie Basta sein Messer an Mos Hals presste, schien es, als hätte die Welt einen Fleck, einen hässlichen schwarzbraunen Brandfleck, der sich stinkend und knisternd weiterfraß.

Selbst die harmlosesten Dinge hatten plötzlich einen schmutzigen Schatten. Eine Frau lächelte Meggie zu und blieb danach vor den Auslagen einer Schlachterei stehen. Ein Mann zog ein Kind so ungeduldig hinter sich her, dass es stolperte und sich weinend das aufgeschlagene Knie rieb. Und bei dem dort, warum wölbte sich seine Jacke so über dem Gürtel? Trug er vielleicht ein Messer wie Basta?

Der Frieden schien unwirklich, unecht. Die Flucht durch die Nacht und die Angst bei der verfallenen Hütte schienen Meggie wirklicher als die Limonade, die Elinor ihr hinschob.

Farid rührte sein Glas nicht an. Er schnupperte einmal an dem gelben Inhalt, nahm einen Schluck und blickte dann nur noch aus dem Fenster. Seine Augen konnten sich kaum entscheiden, wem oder was sie zuerst folgen sollten. Sein Kopf fuhr hin und her, als folgte er einem unsichtbaren Spiel, dessen Regeln er verzweifelt zu verstehen versuchte.

Nach dem Frühstück erkundigte Elinor sich am Tresen nach dem besten Hotel der Stadt. Während sie mit ihrer Kreditkarte die Rechnung beglich, betrachtete Meggie mit Mo all die Köstlichkeiten, die hinter dem Glas des Tresens standen, und als sie sich umdrehten, waren Staubfinger und Farid verschwunden. Elinor beunruhigte das sehr, doch Mo beschwichtigte ihre Sorge. »Mit einem Hotelbett kannst du Staubfinger nicht locken. Er schläft ungern unter einem festen Dach«, sagte er, »und er ist immer schon seine eigenen Wege gegangen. Vielleicht will er nur fort, vielleicht stellt er sich auch erst einmal an die nächste Straßenecke und gibt eine Vorstellung für die Touristen. Glaub mir, zu Capricorn wird er bestimmt nicht zurückgehen.«

»Und Farid?« Meggie konnte nicht glauben, dass er einfach mit Staubfinger verschwunden war.

Aber Mo zuckte nur die Achseln. »Er ist ihm doch die ganze Zeit schon nicht von der Seite gewichen«, sagte er. »Obwohl ich nicht weiß, ob das mehr an Staubfinger oder an Gwin liegt.«

Das Hotel, das die Bedienung im Café Elinor empfohlen hatte, lag an einem Platz unweit der Hauptstraße, die sich, gesäumt von Palmen und Geschäften, durch den Ort zog. Elinor mietete zwei Zimmer im obersten Stock, von deren Balkon aus man das Meer sehen konnte. Es war ein großes Hotel. Unten neben dem Eingang stand ein seltsam gekleideter Mann, der zwar erstaunt schien über ihr fehlendes Gepäck, aber ihre schmutzige Kleidung mit freundlichem Lächeln übersah. Die Betten waren so weich und weiß, dass Meggie erst einmal ihr Gesicht darin vergrub. Das Gefühl der Unwirklichkeit verließ sie trotzdem nicht. Etwas von ihr war immer noch in Capricorns Dorf, stolperte durch Dornen und lehnte zitternd in der verfallenen Hütte, während Basta draußen näher kam. Mo schien es nicht anders zu gehen. Immer, wenn sie ihn ansah, war sein Gesicht abwesend, und statt der Erleichterung, die sie vielleicht erwartet hatte, nach all dem, was sie erlebt hatten, entdeckte sie Traurigkeit darauf – und eine Nachdenklichkeit, die ihr Angst machte.

»Du denkst doch nicht darüber nach zurückzugehen, oder?«, fragte sie ihn irgendwann, als wieder dieser Ausdruck auf seinem Gesicht lag. Sie kannte ihn so gut.

»Nein, mach dir keine Sorgen!«, antwortete er und strich ihr übers Haar. Aber sie glaubte ihm nicht.

Elinor schien dieselbe Befürchtung zu haben wie Meggie, ein paar Mal redete sie mit ernster Miene auf Mo ein – auf dem Hotelflur vor ihrem Zimmer, beim Frühstück, beim Essen – und schwieg abrupt, sobald Meggie dazukam. Elinor war es auch, die einen Arzt kommen ließ, der Mos Arm versorgte, obwohl Mo das nicht für nötig hielt, und die ihnen allen etwas Neues zum Anziehen kaufte, mit Meggie zusammen, denn, wie sie sagte: »Wenn ich dir etwas aussuche, wirst du es sowieso nicht anziehen.« Außerdem telefonierte sie viel. Sie telefonierte ständig und besuchte sämtliche Buchläden im Ort. Am dritten Tag dann erklärte sie plötzlich beim Frühstück, dass sie nach Hause fahren würde.

»Meine Füße schmerzen nicht mehr, die Sehnsucht nach meinen Büchern bringt mich um, und wenn ich noch einen Touristen in Badehose sehe, schreie ich«, sagte sie zu Mo. »Den Leihwagen hab ich schon. Aber bevor ich fahre, möchte ich dir noch das hier geben!«

Mit diesen Worten schob sie Mo einen Zettel über den Tisch. Ein Name und eine Adresse standen darauf, in Elinors großer, schwungvoller Handschrift. »Ich kenne dich, Mortimer!«, sagte sie. »Ich weiß, dass *Tintenherz* dir nicht aus dem Kopf geht. Deshalb habe ich dir Fenoglios Adresse besorgt. Glaub mir, es war nicht leicht, aber schließlich besteht eine gute Chance, dass er noch ein paar Exemplare besitzt. Versprich mir, dass du ihn besuchst – er wohnt gar nicht weit von hier – und dir das Buch in dem verfluchten Dorf für alle Zeiten aus dem Kopf schlägst.«

Mo starrte die Adresse an, als wollte er sie auswendig lernen, dann schob er den Zettel in seine neu gekaufte Geldbörse. »Du hast recht, das ist wirklich einen Versuch wert!«, sagte er. »Vielen Dank, Elinor!« Er sah fast ein bisschen glücklich aus.

Meggie verstand kein Wort. Sie wusste nur eins: Sie hatte recht gehabt. Mo dachte immer noch an *Tintenherz*, er konnte sich nicht damit abfinden, dass er es verloren hatte.

»Fenoglio? Wer ist das?«, fragte sie mit unsicherer Stimme. »Irgendein Buchhändler?« Der Name kam ihr bekannt vor, doch sie konnte sich nicht erinnern, woher.

Mo antwortete nicht. Er starrte aus dem Fenster.

»Lass uns mit Elinor fahren, Mo!«, sagte Meggie. »Bitte!«

Es war schön, morgens ans Meer zu gehen, und sie mochte die bunten Häuser, aber sie wollte trotzdem fort. Jedes Mal, wenn sie die Hügel sah, die sich hinter dem Ort erhoben, klopfte ihr Herz schneller, und immer wieder glaubte sie, im Menschengedränge auf den Straßen das Gesicht von Basta oder von Flachnase zu entdecken. Sie wollte nach Hause, oder wenigstens zu Elinor. Sie wollte zusehen, wie Mo Elinors Büchern zu neuen Kleidern verhalf, wie er mit seinen Stempeln brüchiges Gold in Leder drückte, Vorsatzpapier auswählte, den Leim anrührte, die Presse festzog. Sie wollte, dass alles wieder so war wie vor der Nacht, in der Staubfinger aufgetaucht war.

Doch Mo schüttelte den Kopf. »Ich muss erst noch diesen Besuch erledigen, Meggie«, sagte er. »Danach fahren wir zu Elinor. Spätestens übermorgen.«

Meggie starrte auf ihren Teller. Was für unglaubliche Dinge man in einem teuren Hotel zum Frühstück bekommen konnte … aber sie hatte keinen Appetit mehr auf frische Waffeln mit Erdbeeren.

»Gut, dann seh ich euch in zwei Tagen. Gib mir dein Ehrenwort darauf, Mortimer!« Die Sorge in Elinors Stimme war nicht zu überhören. »Du kommst, selbst wenn du bei Fenoglio keinen Erfolg hast. Versprich es mir!«

Mo musste lächeln. »Heiliges Ehrenwort, Elinor«, sagte er.

Elinor stieß einen tiefen Seufzer der Erleichterung aus und biss in das Croissant, das schon die ganze Zeit auf ihrem Teller wartete. »Frag mich nicht, was ich anstellen musste, um die Adresse zu bekommen!«, sagte sie mit vollem Mund. »Der Mann wohnt wirklich nicht weit von hier, mit einem Auto ist es bestimmt kaum eine Stunde Fahrt. Seltsam, dass Capricorn und er so nah beieinander wohnen, nicht wahr?«

»Ja, seltsam«, murmelte Mo und blickte aus dem Fenster. Durch die Palmen im Hotelgarten strich der Wind.

»Seine Geschichten spielen fast alle in dieser Gegend«, fuhr Elinor fort, »aber soweit ich weiß, hat er lange im Ausland gelebt und ist erst vor wenigen Jahren wieder hergezogen.« Sie winkte einer Bedienung und ließ sich Kaffee nachschenken.

Meggie schüttelte den Kopf, als die Kellnerin sie fragte, ob sie ihr noch etwas bringen sollte. »Mo, ich will nicht mehr hierbleiben!«, sagte sie leise. »Ich will auch niemanden besuchen. Ich will nach Hause. Oder wenigstens zu Elinor.«

Mo griff nach seinem Kaffee. Er verzog immer noch das Gesicht, wenn er den linken Arm bewegte. »Wir machen diesen Besuch gleich morgen, Meggie«, sagte er. »Du hast ja gehört, es ist gar nicht weit von hier. Und spätestens übermorgen Abend schläfst du wieder in Elinors riesigem Bett, in dem eine ganze Schulklasse Platz hätte.«

Er wollte sie zum Lachen bringen, aber Meggie war nicht zum Lachen zumute. Sie betrachtete die Erdbeeren auf ihrem Teller. Wie rot sie waren.

»Ich werde mir auch ein Auto mieten müssen, Elinor«, sagte Mo. »Kannst du mir das Geld dafür leihen? Ich gebe es dir zurück, sobald wir zu dir kommen.«

Elinor nickte und warf Meggie einen langen Blick zu. »Weißt du was, Mortimer«, sagte sie. »Ich glaube, deine Tochter ist zurzeit auf Bücher nicht gut zu sprechen. Ich erinnere mich an das Gefühl. Jedes Mal, wenn mein Vater wieder so tief in einem versank, dass wir unsichtbar wurden, hätte ich es am liebsten mit einer Schere zerschnitten. Und heute? Heute bin ich genauso verrückt wie er. Ist das nicht seltsam? Na gut!« Sie faltete ihre Serviette zusammen und schob ihren Stuhl zurück. »Ich werde jetzt packen, und du erzählst deiner Tochter, wer Fenoglio ist.«

Dann war sie fort. Und Meggie saß allein mit Mo am Tisch. Er bestellte sich noch einen Kaffee, obwohl er sonst nie mehr als eine Tasse trank.

»Was ist mit deinen Erdbeeren?«, fragte er. »Willst du sie nicht?«

Meggie schüttelte den Kopf.

Mo seufzte und nahm sich eine. »Fenoglio ist der Mann, der *Tintenherz* geschrieben hat«, sagte er. »Es könnte sein, dass er noch ein paar Exemplare besitzt. Es ist sogar mehr als wahrscheinlich.«

»Ach was!«, sagte Meggie verächtlich. »Capricorn hat sie bestimmt längst gestohlen! Er hat sie alle gestohlen, das hast du doch gesehen!«

Aber Mo schüttelte den Kopf. »Ich glaube, an Fenoglio hat er nicht gedacht. Weißt du, mit Schriftstellern ist es eine merkwürdige Sache. Die meisten Menschen können sich nicht vorstellen, dass Bücher von Menschen geschrieben werden, die nicht anders sind als sie. Von Schriftstellern nimmt man an, dass sie längst tot sind, aber bestimmt nicht, dass sie einem auf der Straße begegnen oder beim Einkaufen. Man kennt ihre Geschichten, aber ihren Namen kennt man nicht und schon gar nicht ihr Gesicht. Und die meisten Schriftsteller mögen das – du hast es ja von Elinor gehört, es war ziemlich schwierig, Fenoglios Adresse herauszufinden. Es ist mehr als wahrscheinlich, dass Capricorn nichts davon ahnt, dass sein Erfinder kaum zwei Stunden entfernt von ihm lebt.«

Meggie war sich da nicht so sicher. Nachdenklich legte sie die Tischdecke in Falten und zog den blassgelben Stoff wieder auseinander. »Ich würde trotzdem lieber zu Elinor fahren«, sagte sie. »Das Buch –«, sie stockte, aber dann sprach sie es doch aus »– ich versteh nicht, warum du es unbedingt haben willst. Es nützt doch sowieso nichts.« Sie ist fort, fügte sie in Gedanken hinzu, du hast doch versucht, sie zurückzuholen, aber es geht nicht. Lass uns nach Hause fahren.

Mo nahm sich noch eine von ihren Erdbeeren, die allerkleinste. »Die kleinsten sind immer am süßesten«, sagte er, während er sie sich in den Mund schob. »Deine Mutter liebte Erdbeeren. Sie konnte nicht genug davon bekommen, und sie hat immer fürchterlich geschimpft, wenn es im Frühling so sehr regnete, dass sie ihr auf dem Beet verschimmelten.«

Ein Lächeln huschte über sein Gesicht, während er wieder aus dem Fenster sah. »Nur dieser eine Versuch noch, Meggie«, sagte er. »Nur dieser eine noch. Und übermorgen fahren wir zu Elinor. Ich versprech es dir.«

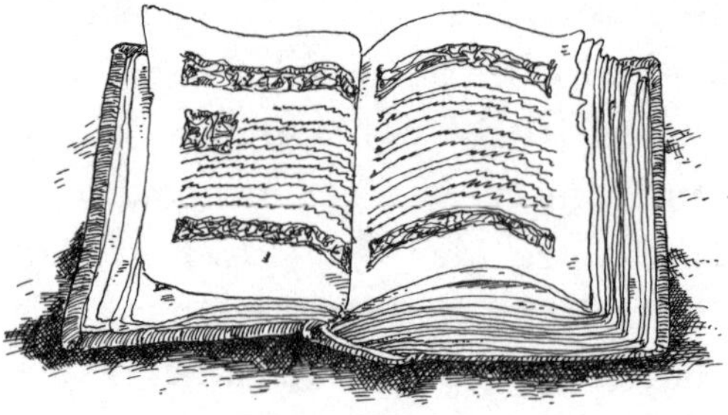

Eine Nacht voller Wörter

Welches Kind hätte nicht gemeint, wenn es in einer lauen Sommernacht nicht einschlafen konnte, Peter Pans Segelschiff am Himmel zu sehen?
Ich will dir beibringen, dieses Schiff zu sehen.
Roberto Cotroneo, Wenn ein Kind an einem Sommermorgen

Meggie blieb im Hotel, als Mo sich auf den Weg zu der Leihwagenfirma machte, bei der er ein Auto bestellt hatte. Sie schob sich einen Stuhl auf den Balkon, blickte über das weiß lackierte Geländer aufs Meer hinaus, das wie blaues Glas hinter den Häusern schimmerte, und versuchte, an nichts zu denken, einfach an gar nichts. Der Autolärm, der zu ihr heraufdrang, war so laut, dass sie Elinors Klopfen fast überhörte.

Sie ging schon wieder den Flur hinunter, als Meggie die Tür aufriss. »Ach, du bist doch da«, sagte Elinor und kam mit verlegener Miene zurück. Sie verbarg irgendetwas hinter dem Rücken.

»Ja, Mo holt den Mietwagen ab.«

»Ich habe etwas für dich, zum Abschied.« Elinor zog ein flaches Päckchen hinter dem Rücken hervor. »Es war nicht leicht, ein Buch ohne Bösewichter zu finden, aber ich wollte unbedingt eins, aus dem dein Vater dir vorlesen kann, ohne Schaden anzurichten. Ich denke, bei diesem kann nichts passieren.«

Meggie schlug das geblümte Papier auseinander. Auf dem Buchumschlag waren zwei Kinder und ein Hund zu sehen, sie knieten auf einem schmalen Stück Fels oder Stein und blickten besorgt in den Abgrund, der unter ihnen gähnte.

»Es sind Gedichte«, erklärte Elinor. »Weiß nicht, ob du so was magst, aber ich dachte, wenn dein Vater sie vorliest, klingen sie bestimmt wundervoll.«

Meggie schlug das Buch auf. Sie las: ... *Ich wisch nie meinen Schatten aus, so lang ich ihn auch hab.* Die Worte wehten ihr wie eine kleine Melodie aus den Seiten entgegen. Behutsam klappte sie das Buch wieder zu.

»Danke, Elinor«, sagte sie. »Ich hab ... leider überhaupt nichts für dich.«

»Tja, da hab ich dann wohl was gut!«, sagte Elinor und zog aus ihrer neu erstandenen Handtasche noch ein Päckchen. »Was soll ein Bücherfresser wie du mit einem Buch?«, sagte sie. »Aber das hier liest du besser allein. Da stecken jede Menge Bösewichter drin. Trotzdem denke ich, dass es dir gefallen wird. Schließlich geht in der Fremde nichts über ein paar tröstende Buchseiten, stimmt's?«

Meggie nickte. »Mo hat mir versprochen, dass wir schon übermorgen nachkommen«, sagte sie. »Du verabschiedest dich doch auch noch von ihm, bevor du losfährst, oder?« Sie legte Elinors erstes Geschenk auf die Kommode neben der Tür und packte das zweite aus. Es war ein dickes Buch, das war gut.

»Ach was! Mach du das für mich!«, sagte Elinor. »Ich bin nicht gut im Abschiednehmen. Außerdem sehen wir uns ja bald wieder – und dass er auf dich aufpassen soll, hab ich ihm schon gesagt. Lass die Bücher nie offen liegen«, sagte sie noch, bevor sie sich umdrehte. »Das bricht ihnen den Rücken. Aber das hat dein Vater dir bestimmt auch schon tausendmal erzählt.«

»Öfter«, sagte Meggie, doch Elinor war schon verschwunden.

Wenig später hörte Meggie, wie jemand seinen Koffer zum Aufzug schleifte, aber sie ging nicht auf den Flur hinaus, um nachzusehen, ob es Elinor war. Sie mochte auch keine Abschiede.

Den Rest des Tages war Meggie sehr schweigsam. Am späten Nachmittag ging Mo mit ihr essen, in einem kleinen Restaurant, nur wenige Straßenecken entfernt. Es dämmerte schon, als sie wieder herauskamen, und draußen drängten sich die Menschen auf den dunkler werdenden Straßen. Auf einem Platz war das Gedränge besonders dicht, und als Meggie sich mit Mo durch die Menge schob, sah sie, dass die Leute sich um einen Feuerspucker drängten.

Es war ganz still, als Staubfinger die brennende Fackel an seinen nackten Armen lecken ließ. Während er sich verbeugte und die Zuschauer klatschten, ging Farid herum und hielt ihnen eine kleine Silberschale hin. Die Schale war das Einzige, was nicht so ganz an diesen Ort zu passen schien. Farid jedoch sah nicht viel anders aus als die Jungen, die unten am Strand herumlungerten und sich jedes Mal anstießen, wenn ein Mädchen vorbeikam. Seine Haut war vielleicht etwas dunkler und sein Haar noch etwas schwärzer, doch sicherlich wäre niemand bei seinem Anblick auf die Idee gekommen, dass er aus einer Geschichte geschlüpft war, in der Teppiche fliegen, Berge sich öffnen und Lampen Wünsche erfüllen konnten. Er trug nicht mehr sein blaues, fußlanges Gewand, sondern Hose und T-Shirt. Er sah älter aus darin. Staubfinger musste ihm beides gekauft haben, ebenso wie die Schuhe, in denen er so vorsichtig auftrat, als hätten sich seine Füße noch nicht ganz an sie gewöhnt. Als er Meggie im Gedränge entdeckte, nickte er ihr verlegen zu und ging dann rasch weiter.

Staubfinger spuckte noch einen letzten Feuerball in die Luft, dessen Größe selbst die mutigsten Zuschauer zurückstolpern ließ, dann legte er die Fackeln weg und griff nach seinen Bällen. Er warf sie so hoch, dass die Leute den Kopf in den Nacken legten, fing sie auf und stieß sie mit dem Knie wieder in die Höhe. Die Arme rollten sie ihm hinauf wie von unsichtbaren Fäden gezogen, tauchten hinter seinem Rücken auf, als hätte er sie aus der leeren Luft gepflückt, sprangen ihm gegen die Stirn, gegen sein Kinn, so leicht, so schwerelos, tanzende kleine Dinger ... alles schien leicht zu werden, ohne Gewicht, nur ein schönes Spiel – wenn da nicht Staubfingers Gesicht gewesen wäre. Es blieb ernst hinter den wirbelnden Bällen, als hätte es nichts mit den tanzenden Händen zu tun, nichts mit ihrer Kunstfertigkeit, nichts mit ihrer sorglosen Leichtigkeit. Meggie fragte sich, ob ihn seine Finger noch schmerzten. Sie sahen immer noch gerötet aus, aber vielleicht war das auch nur der Schein des Feuers.

Als Staubfinger sich verbeugte und seine Bälle zurück in den Rucksack schob, verliefen die Zuschauer sich nur zögernd, doch schließlich standen bloß noch Mo und Meggie da. Farid hockte sich auf das Pflaster und zählte das Geld, das er gesammelt hatte. Er sah zufrieden aus – als hätte er nie etwas anderes getan.

»Du bist also doch noch hier«, sagte Mo.

»Warum nicht?« Staubfinger sammelte seine Sachen ein, die beiden Flaschen, die er schon in Elinors Garten benutzt hatte, die abgebrannten Fackeln, den Spucknapf, dessen Inhalt er achtlos auf das Straßenpflaster goss. Er hatte sich eine neue Tasche zugelegt, die alte stand wohl noch in Capricorns Dorf. Meggie schlenderte auf den Rucksack zu, aber Gwin saß nicht darin.

»Ich hatte gehofft, du würdest längst fort sein, an einem Ort, wo Basta dich nicht finden kann.«

Staubfinger zuckte die Achseln. »Erst muss ich noch etwas Geld auftreiben. Außerdem gefällt mir das Wetter hier besser und die Leute bleiben schneller stehen. Großzügig sind sie auch. Stimmt's, Farid? Wie ist die Ausbeute diesmal?«

Der Junge fuhr zusammen, als Staubfinger sich zu ihm umdrehte. Er hatte die Schale mit dem Geld zur Seite gestellt und wollte sich gerade ein brennendes Streichholz in den Mund schieben. Hastig drückte er es mit den Fingern aus. Staubfinger verkniff sich ein Lächeln. »Er will es unbedingt lernen, das Spiel mit dem Feuer. Ich habe ihm gezeigt, wie er sich kleine Übungsfackeln machen kann, aber er hat es zu eilig. Ständig hat er Brandblasen an den Lippen.«

Meggie sah unauffällig zu Farid hinüber. Er tat, als beachtete er sie nicht, während er Staubfingers Sachen zurück in die Tasche packte, doch sie war sicher, dass er jedes Wort belauschte, das sie sprachen. Zweimal fing sie seinen Blick ein, seinen dunklen Blick, und beim zweiten Mal wandte er sich so abrupt um, dass er fast eine von Staubfingers Flaschen fallen ließ.

»He, he, Vorsicht damit, ja?«, fuhr Staubfinger ihn ungeduldig an.

»Dass du noch hier bist, hat hoffentlich keinen anderen Grund?«, fragte Mo, als Staubfinger sich wieder zu ihm umdrehte.

»Was meinst du damit?« Staubfinger wich seinem Blick aus. »Ach, das. Du denkst, ich könnte noch mal zurückgehen, wegen des Buches. Du überschätzt mich. Ich bin ein Feigling.«

»Unsinn.« Mos Stimme klang ärgerlich. »Elinor fährt heute nach Hause«, sagte er.

»Schön für sie.« Staubfinger musterte Mos Gesicht mit ausdrucksloser Miene. »Und du? Fährst du nicht mit?«

Mo betrachtete die umstehenden Häuser und schüttelte den Kopf. »Ich will noch jemanden besuchen.«

»Hier? Wen?« Staubfinger schlüpfte in ein kurzärmeliges Hemd, ein buntes, groß geblümtes Ding, das so gar nicht zu seinem narbigen Gesicht passen wollte.

»Es gibt da jemanden, der noch ein Exemplar besitzen könnte. Du weißt schon ...«

Staubfingers Gesicht blieb ungerührt, aber seine Finger verrieten ihn. Sie taten sich plötzlich schwer damit, die Knöpfe seines Hemdes in die Knopflöcher zu zwängen. »Das kann nicht sein!«, sagte er heiser. »Capricorn hat beim Einsammeln bestimmt nicht eines übersehen.«

Mo zuckte die Schultern. »Vielleicht. Ich will es trotzdem versuchen. Der Mann, von dem ich spreche, ist kein Buchhändler oder Antiquar. Capricorn weiß wahrscheinlich nicht mal, dass er existiert.«

Staubfinger blickte sich um. In einem der umliegenden Häuser schloss jemand die Fensterläden, und auf der anderen Seite des Platzes spielten ein paar Kinder zwischen den Stühlen eines Restaurants, bis der Kellner sie wegscheuchte. Es roch nach warmem Essen und Staubfingers Feuerspielen, und kein schwarz gekleideter Mann war zwischen den Häusern zu entdecken, außer dem Kellner, der mit gelangweilter Miene die Stühle zurechtrückte.

»Und wer soll dieser geheimnisvolle Unbekannte sein?« Staubfinger senkte die Stimme, bis sie kaum mehr als ein Flüstern war.

»Der Mann, der *Tintenherz* geschrieben hat. Er lebt nicht weit von hier.«

Farid kam auf sie zugeschlendert, die Silberschale mit dem Geld in der Hand. »Gwin kommt gar nicht zurück«, sagte er zu Staubfinger. »Und wir haben nichts mehr, um ihn anzulocken. Soll ich ein paar Eier kaufen?«

»Nein, der versorgt sich schon selbst.« Staubfinger strich mit dem Finger über eine seiner Narben. »Steck das Geld, das wir eingenommen haben, in den Lederbeutel, du weißt schon, der in meinem Rucksack!«, sagte er zu Farid. Seine Stimme klang ungeduldig. Meggie hätte Mo vorwurfsvoll angesehen, wenn er so mit ihr gesprochen hätte, doch Farid schien nichts dabei zu finden. Eilfertig sprang er davon.

»Ich dachte wirklich, es wäre vorbei, kein Zurück, niemals ...« Staubfinger brach ab und blickte zum Himmel hinauf. Ein Flugzeug zog mit bunt blinkenden Lichtern über den Nachthimmel. Auch Farid sah hinauf. Er hatte das Geld weggesteckt und stand abwartend neben dem Rucksack. Etwas Pelziges huschte über den Platz auf ihn zu, krallte sich an seinen Hosenbeinen fest und kletterte ihm auf die Schulter. Mit einem Lächeln griff Farid in die Hosentasche und hielt Gwin ein Stück Brot hin.

»Was ist, wenn es wirklich noch ein Buch gibt?« Staubfinger strich sich das lange Haar aus der Stirn. »Gibst du mir dann noch eine Chance? Versuchst du noch mal, mich zurückzulesen? Nur ein einziges Mal?« Seine Stimme klang so sehnsüchtig, dass es Meggie wehtat.

Aber Mos Gesicht wurde abweisend. »Du kannst nicht zurück, nicht in dieses Buch!«, sagte er. »Ich weiß, du willst kein Wort darüber hören, doch es ist so. Finde dich endlich damit ab. Vielleicht kann ich dir irgendwann helfen, ich habe da so eine Idee, sie ist ziemlich verrückt, aber ...« Er sprach nicht weiter, schüttelte nur den Kopf und trat nach einer leeren Streichholzschachtel, die auf den Steinen lag.

Meggie sah ihn verblüfft an. Von was für einer Idee sprach er? Gab es sie wirklich oder wollte er Staubfinger nur trösten? Wenn ja, dann hatte er sein Ziel nicht erreicht. Staubfinger musterte ihn mit der alten Feindseligkeit. »Ich werde mitkommen«, sagte er. Seine Finger hatten etwas Ruß auf seinem Gesicht hinterlassen, als er sich über die Narbe strich. »Ich werde mitkommen, wenn du diesen Mann besuchst, und dann sehen wir weiter.«

Hinter ihnen erklang lautes Gelächter. Staubfinger sah sich um. Gwin versuchte, Farid auf den Kopf zu klettern, und der Junge lachte, als gäbe es nichts Köstlicheres als ein paar spitze Marderkrallen auf der Kopfhaut.

»*Er* hat überhaupt kein Heimweh!«, murmelte Staubfinger. »Ich habe ihn gefragt. Keine Spur! All das hier« – er wies mit der Hand um sich – »gefällt ihm. Sogar der Lärm und der Gestank der Autos. Er ist froh, hier zu sein. Ihm hast du offenbar einen Gefallen getan.« Der Blick, den er ihrem Vater bei diesen Worten zuwarf, war so vorwurfsvoll, dass Meggie unwillkürlich nach Mos Hand griff.

Gwin war von Farids Schulter gesprungen und schnüffelte neugierig auf dem Pflaster herum. Eins der Kinder, die zwischen den Tischen herumgetobt waren, bückte sich und musterte ungläubig die kleinen Hörner. Aber bevor es die Hand nach dem Tier ausstrecken konnte, sprang Farid dazwischen, griff nach Gwin und setzte sich den Marder wieder auf die Schulter.

»Wo wohnt denn dieser ...?« Staubfinger ließ den Satz unbeendet.

»Etwa eine Stunde von hier.«

Staubfinger schwieg. Am Himmel blinkten schon wieder die Lichter eines Flugzeugs. »Manchmal, wenn man frühmorgens zum

Brunnen ging, um sich zu waschen«, murmelte er, »schwirrten diese winzigen Feen über dem Wasser, kaum größer als eure Libellen und blau wie Veilchenblüten. Sie flogen einem gern ins Haar, manchmal spuckten sie einem auch ins Gesicht. Sehr freundlich waren sie nicht, aber nachts schimmerten sie wie Glühwürmchen. Ich habe mir manchmal eine gefangen und in ein Glas gesperrt. Wenn man sie dann nachts vor dem Schlafen herausließ, hatte man wunderbare Träume.«

»Capricorn hat gesagt, es gab Kobolde und Riesen«, sagte Meggie leise.

Staubfinger musterte sie nachdenklich. »Ja, die gab es«, sagte er. »Kobolde, Moosweibchen, Glasleute … Capricorn mochte sie alle ohne Ausnahme nicht besonders. Er hätte sie am liebsten alle umgebracht. Er hat sie jagen lassen, er hat alles gejagt, was davonlaufen konnte.«

»Es muss eine gefährliche Welt sein.« Meggie versuchte, sie sich vorzustellen, die Riesen, die Kobolde – und die Feen. Mo hatte ihr mal ein Buch über Feen geschenkt.

Staubfinger zuckte die Achseln. »Ja, sie ist gefährlich, und? Die hier ist auch gefährlich, oder?« Abrupt drehte er Meggie den Rücken zu, ging zu seinem Rucksack und warf ihn sich über die Schulter. Dann winkte er dem Jungen. Farid hob die Tasche mit den Bällen und Fackeln hoch und schleppte sie ihm eilfertig nach. Staubfinger kam noch einmal auf Mo zu.

»Untersteh dich und erzähl diesem Mann von mir!«, sagte er. »Ich will ihn nicht sehen. Ich werde beim Auto warten. Ich will nur wissen, ob er noch ein Buch hat, verstanden? Denn an das von Capricorn komme ich ja doch nie dran.«

Mo zuckte die Achseln. »Wie du willst …«

Staubfinger betrachtete seine geröteten Finger und strich über die gespannte Haut. »Womöglich würde er mir noch erzählen, wie meine Geschichte ausgeht«, murmelte er.

Ungläubig sah Meggie ihn an. »Das weißt du nicht?«

Staubfinger lächelte. Meggie mochte sein Lächeln immer noch nicht. Es schien nur dazu da, etwas zu verbergen. »Was ist daran so Besonderes, Prinzessin?«, fragte er mit leiser Stimme. »Weißt du etwa, wie deine Geschichte ausgeht?«

Darauf wusste Meggie keine Antwort.

Staubfinger zwinkerte ihr zu und drehte sich um. »Ich bin morgen früh am Hotel!«, sagte er noch.

Dann ging er, ohne sich noch einmal umzudrehen, davon. Farid folgte ihm mit der schweren Tasche, so glücklich wie ein streunender Hund, der endlich einen Herrn gefunden hat.

In dieser Nacht hing der Mond voll und orangerot wie eine Frucht am Himmel. Mo zog die Vorhänge auf, bevor sie zu Bett gingen, damit sie ihn sehen konnten: ein bunter Lampion zwischen all den weißen Sternen.

Sie konnten beide nicht schlafen. Mo hatte sich ein paar Taschenbücher gekauft, sie sahen so abgegriffen aus, als wären sie schon durch viele Hände gegangen. Meggie las in dem Buch mit den Bösewichtern, das Elinor ihr geschenkt hatte. Es gefiel ihr, aber irgendwann fielen ihr vor Müdigkeit die Augen zu. Sie schlief schnell ein, mit Mo an ihrer Seite, der las und las, während draußen der orangefarbene Mond am fremden Himmel hing.

Als sie irgendwann aus einem wirren Traum hochschreckte, saß Mo immer noch aufrecht im Bett, das aufgeschlagene Buch in der

Hand. Der Mond war längst weitergewandert und durch das Fenster war nichts als die Nacht zu sehen.

»Kannst du nicht schlafen?«, fragte Meggie und setzte sich auf.

»Ach. Dieser dumme Hund hat mich in den linken Arm gebissen, und du weißt ja, das ist nun mal genau die Seite, auf der ich am besten einschlafe. Außerdem geht mir einfach zu viel im Kopf herum.«

»Mir geht auch viel im Kopf herum.« Meggie nahm das Buch mit den Gedichten vom Nachttisch, das Elinor ihr geschenkt hatte. Sie strich über den Einband, fuhr mit der Hand über den gewölbten Rücken und zog mit dem Zeigefinger die Buchstaben auf dem Umschlag nach. »Weißt du was, Mo?«, sagte sie zögernd. »Ich glaub, ich würde es auch gern können.«

»Was?«

Meggie strich noch einmal über den Einband des Buches. Sie glaubte, es flüstern zu hören. Ganz leise. »So zu lesen«, sagte sie. »So zu lesen wie du. So, dass alles lebendig wird.«

Mo sah sie an. »Du bist verrückt!«, sagte er. »All der Ärger, den wir haben, kommt nur davon.«

»Ich weiß.«

Mo klappte sein Buch zu, den Finger zwischen den Seiten.

»Lies mir etwas vor, Mo!«, sagte Meggie leise. »Bitte. Nur einmal.« Sie schob ihm das Buch mit den Gedichten hin. »Elinor hat mir das hier geschenkt. Sie sagt, dabei könnte nicht viel passieren.«

»So? Hat sie das?« Mo schlug das Buch auf. »Und was, wenn doch?« Er blätterte in den glatten Seiten.

Meggie schob ihr Kissen ganz dicht neben seins.

»Hast du wirklich eine Idee, wie du Staubfinger vielleicht doch zurücklesen kannst? Oder hast du ihn belogen?«

»Unsinn. Im Lügen bin ich gar nicht gut, das weißt du.«

»Stimmt.« Meggie musste lächeln. »Was ist das für eine Idee?«

»Das werde ich dir sagen, wenn ich weiß, ob sie funktioniert.«

Mo blätterte immer noch in Elinors Buch. Mit gerunzelter Stirn las er eine Seite, blätterte um und las eine andere.

»Bitte, Mo!« Meggie rückte ganz nah an seine Seite. »Nur ein einziges Gedicht. Ein klitzekleines. Bitte. Für mich.«

Er seufzte. »Ein einziges?«

Meggie nickte

Draußen war der Autolärm verstummt. Die Welt war so still, als hätte sie sich eingesponnen wie ein Falter in einen Kokon, um erst am nächsten Morgen wieder hervorzuschlüpfen, verjüngt und nagelneu.

»Bitte, Mo, lies!«, sagte Meggie.

Und Mo begann, die Stille mit Wörtern zu füllen. Er lockte sie von den Seiten, als hätten sie nur auf seine Stimme gewartet – lange und kurze, spitznasige und weiche, schnurrende, gurrende Wörter. Sie tanzten durchs Zimmer, malten Bilder aus buntem Glas und kitzelten auf der Haut. Selbst als Meggie einnickte, hörte sie sie immer noch, obwohl Mo das Buch längst wieder zugeschlagen hatte. Wörter, die ihr die Welt erklärten, die dunkle und die helle Seite, und eine Mauer bauten gegen alle bösen Träume. Nicht einer kam in dieser Nacht hindurch.

Am nächsten Morgen flatterte ein Vogel auf Meggies Bett, orangerot wie das Mondlicht der vergangenen Nacht. Sie versuchte, ihn zu fangen, doch er flog zum Fenster, hinter dem der blaue Himmel auf ihn wartete. Er prallte gegen das unsichtbare Glas, wieder und wieder, stieß sich den winzigen Kopf, bis Mo das Fenster öffnete und ihn hinausflattern ließ.

»Na, wünschst du dir immer noch, es zu können?«, fragte Mo, nachdem Meggie dem Vogel nachgesehen hatte, bis er mit dem Blau verschmolz.

»Er war wunderschön!«, sagte sie.

»Ja, aber wird es ihm hier gefallen?«, fragte Mo. »Und wer ist für ihn jetzt dort, wo er hergekommen ist?«

Meggie blieb am Fenster sitzen, während Mo hinunterging, um ihre Rechnung zu bezahlen. Sie erinnerte sich genau, welches Gedicht Mo in der Nacht zuletzt gelesen hatte. Sie holte das Buch von ihrem Nachttisch, zögerte einen Augenblick – und schlug es auf.

Da ist ein Ort, wo der Bürgersteig endet
Und bevor die Straße beginnt
Und dort wächst das Gras, das weiche, weiße
Und dort brennt die Sonne, die purpurrot heiße
Und der Mondvogel schläft dort nach langer Reise
Im kühlen Pfefferminzwind.

Meggie flüsterte Shel Silversteins Worte, während sie sie las, aber kein Mondvogel flog von der Lampe. Und den Geruch nach Pfefferminz bildete sie sich bestimmt nur ein.

Fenoglio

> Ihr kennt mich nicht, außer ihr habt n Buch gelesen, was »Tom Sawyers Abenteuer« heißt, aber drauf kommts nicht an. Das Buch hat Mr. Mark Twain gemacht, und was er drin erzählt, ist wahr – mehr oder weniger. Bei manche Sachen hat er übertreibt, aber das meiste stimmt. Ist ja eigentlich egal. Ich hab noch keinen gesehn, wo nicht manchmal lügt.
> *Mark Twain, Die Abenteuer des Huckleberry Finn*

Staubfinger wartete mit Farid schon auf dem Parkplatz, als sie aus dem Hotel kamen. Über den nahen Hügeln hingen Regenwolken, ein schwüler Wind trieb sie langsam aufs Meer zu. Alles schien grau an diesem Tag, selbst die bunt verputzten Häuser und die blühenden Büsche am Straßenrand. Mo nahm die Küstenstraße, von der Elinor erzählt hatte, dass sie schon die Römer gebaut hätten, und folgte ihr weiter nach Westen.

Die ganze Fahrt über lag zu ihrer Linken das Meer, Wasser bis zum Horizont, mal verdeckt von Häusern, mal von Bäumen, doch an diesem Morgen sah es nicht halb so einladend aus wie an dem Tag, an dem Meggie mit Elinor und Staubfinger aus den Bergen gekommen war. Das Grau des Himmels spiegelte sich stumpf in den Wellen und die Gischt schäumte wie schmutziges Putzwasser. Meggie ertappte sich immer öfter dabei, dass ihre Blicke nach rechts wanderten, zu den Hügeln, zwischen denen sich irgendwo Capricorns Dorf verbarg. Einmal glaubte sie sogar, in einer dunklen Falte den bleichen Kirchturm zu entdecken, und das Herz schlug ihr bis zum Hals, obwohl sie wusste, dass es unmöglich Capricorns Kirche sein konnte. Schließlich erinnerten ihre Füße sich noch sehr genau an den endlos langen Weg.

Mo fuhr schneller als sonst, viel schneller, offenbar konnte er es kaum erwarten, ans Ziel zu kommen. Nach gut einer Stunde bogen sie von der Küstenstraße ab und folgten einer schmalen, gewundenen Straße durch ein Tal, das grau von Häusern war. Treibhäuser überzogen die Hügel, die Scheiben weiß gekalkt gegen die Sonne, die sich heute hinter den Wolken verbarg. Erst als die Straße anstieg, wurde es zu beiden Seiten wieder grün. Wilde Wiesen verdrängten die Mauern und Olivenbäume krümmten sich am Straßenrand. Die Straße gabelte sich ein paar Mal und Mo musste immer wieder auf die Karte sehen, die er gekauft hatte, aber schließlich stand der richtige Name auf dem Straßenschild.

Es war ein kleiner Ort, in den sie hineinfuhren, kaum mehr als ein Platz, ein paar Dutzend Häuser und eine Kirche, die der in Capricorns Dorf sehr ähnlich sah. Als Meggie aus dem Auto stieg, sah sie tief unten das Meer liegen. Selbst aus der Entfernung sah man die Gischt auf den Wellen, so unruhig war es an diesem grauen Tag. Mo hatte auf dem Dorfplatz geparkt, gleich neben dem Denkmal für die Toten zweier vergangener Kriege. Die Liste der Namen war lang für einen so kleinen Ort, es schien Meggie, als wären es fast so viele Namen, wie das Dorf Häuser hatte.

»Lass den Wagen ruhig offen, ich pass schon auf ihn auf!«, sagte Staubfinger, als Mo das Auto abschließen wollte. Er warf sich den Rucksack über die Schulter, nahm den schläfrigen Gwin an die Kette und hockte sich auf die Stufen vor dem Denkmal. Farid ließ sich ohne ein Wort neben ihm nieder. Meggie aber folgte Mo.

»Denk dran, du hast versprochen, nichts von mir zu erzählen!«, rief Staubfinger ihnen nach.

»Ja, ja, schon gut!«, antwortete Mo.

Farid spielte schon wieder mit Streichhölzern, Meggie ertappte ihn dabei, als sie sich noch einmal umsah. Das brennende Hölzchen mit dem Mund löschen konnte er schon recht gut, doch Staubfinger nahm ihm die Streichhölzer trotzdem ab und Farid musterte unglücklich seine leeren Hände.

Meggie hatte durch den Beruf ihres Vaters schon oft Menschen kennengelernt, die Bücher liebten, sie verkauften, sammelten, druckten oder, wie ihr Vater, davor bewahrten, auseinanderzufallen, doch noch nie war sie jemandem begegnet, der die Sätze schrieb, die all die Seiten füllten. Selbst bei einigen ihrer Lieblingsbücher wusste sie nicht einmal die Namen der Verfasser, geschweige denn, wie sie aussahen. Sie hatte immer bloß die Figuren gesehen, die ihr aus den Wörtern entgegentraten, nie den, der dahinterstand und sie erfunden hatte. Es war, wie Mo gesagt hatte: Schriftsteller stellte man sich meistens tot oder sehr, sehr alt vor. Doch der Mann, der ihnen öffnete, nachdem Mo zweimal an seiner Tür geklingelt hatte, war keins von beiden. Das heißt, alt war er schon, ziemlich alt, zumindest in Meggies Augen, mindestens sechzig oder noch älter. Sein Gesicht war faltig wie das einer Schildkröte, doch sein Haar war schwarz, ohne den leisesten Anflug von Grau (später würde sie herausfinden, dass er es färbte), und gebrechlich wirkte er auch nicht gerade. Im Gegenteil, er pflanzte sich auf so eindrucksvolle Weise vor ihnen in den leeren Türrahmen, dass es Meggie auf der Stelle die Zunge lähmte.

Mo ging es zum Glück nicht so. »Herr Fenoglio?«, fragte er.

»Ja?« Das Gesicht wurde noch abweisender. Jede Falte füllte sich mit Missbilligung. Aber Mo schien das nicht zu beeindrucken.

»Mortimer Folchart«, stellte er sich vor, »das ist meine Tochter Meggie. Eins Ihrer Bücher führt mich her.«

Ein Junge erschien neben Fenoglio in der Tür, ein kleiner Junge, vielleicht fünf Jahre alt, auf der anderen Seite drängte sich ein Mädchen in den Türrahmen. Neugierig starrte die Kleine erst Mo und dann Meggie an. »Pippo hat die Schokolade aus dem Kuchen gepult«, hörte Meggie sie flüstern, während sie besorgt zu Mo hinaufblickte. Als er ihr zuzwinkerte, verschwand sie kichernd hinter Fenoglios Rücken, der immer noch alles andere als freundlich dreinblickte.

»Die ganze Schokolade?«, brummte er. »Ich komm gleich. Sag Pippo schon mal, dass er grässlichen Ärger kriegen wird.«

Das Mädchen nickte und rannte davon, offenbar war es gern die Überbringerin so schlechter Nachrichten. Der Junge umklammerte Fenoglios Bein.

»Es geht um ein ganz bestimmtes Buch«, fuhr Mo fort. »*Tintenherz*. Sie haben es vor langer Zeit geschrieben und man kann es leider nirgendwo mehr kaufen.« Meggie konnte sich nur wundern, dass Mo die Worte nicht an den Lippen kleben blieben unter dem finsteren Blick, der immer noch auf ihm ruhte.

»Ach das. Ja und?« Fenoglio verschränkte die Arme. Links von ihm tauchte wieder das Mädchen auf. »Pippo hat sich versteckt«, flüsterte es.

»Das wird ihm nichts nützen«, sagte Fenoglio. »Ich finde ihn immer.«

Das Mädchen huschte wieder davon. Meggie hörte, wie es drinnen im Haus laut nach dem Schokoladenräuber rief.

Fenoglio aber wandte sich wieder Mo zu. »Was wollen Sie? Falls Sie mir irgendwelche schlauen Fragen zu dem Buch stellen wollen, vergessen Sie es. Ich habe keine Zeit für so was. Außerdem habe ich es, wie Sie ja schon selbst gesagt haben, vor einer halben Ewigkeit geschrieben.«

»Nein, ich habe keine Fragen dazu, außer einer. Ich wüsste gern, ob Sie noch einige Exemplare besitzen und ob ich Ihnen eines abkaufen kann.«

Jetzt musterte der alte Mann Mo schon nicht mehr ganz so abweisend.

»Sieh einer an. Das Buch muss es Ihnen ja wirklich angetan haben. Ich fühle mich geschmeichelt. Obwohl ...« Sein Gesicht verfinsterte sich erneut. »Sie sind doch wohl nicht einer von diesen Verrückten, die seltene Bücher sammeln, nur weil sie selten sind, oder?«

Mo musste lächeln. »Nein!«, sagte er. »Ich möchte es lesen. Einfach nur lesen.«

Fenoglio stemmte einen Arm gegen den Türrahmen und musterte das gegenüberliegende Haus, als hätte er Sorge, es würde im nächsten Moment zusammenstürzen. Die Gasse, in der er wohnte, war so schmal, dass Mo mit ausgestreckten Armen von einer Seite zur anderen hätte reichen können. Viele der Häuser waren aus sandgrauen groben Steinen gebaut wie die Häuser in Capricorns Dorf, aber hier standen vor den Fenstern und auf den Treppen Blumen, und viele Fensterläden sahen aus, als wären sie frisch gestrichen. Vor einem Haus stand ein Kinderwagen, vor einem anderen lehnte ein Moped, und aus den offenen Fenstern drangen Stimmen auf die Gasse hinaus. Irgendwann, dachte Meggie, hat Capricorns Dorf wohl auch so ausgesehen.

Eine alte Frau ging vorbei, sie musterte die Fremden misstrauisch. Fenoglio nickte ihr zu, murmelte einen knappen Gruß und wartete, bis sie hinter einer grün gestrichenen Haustür verschwunden war. »*Tintenherz*«, sagte er. »Das ist wirklich lange her. Und es ist seltsam, dass Sie gerade danach fragen.«

Das Mädchen kam zurück. Es zerrte an Fenoglios Ärmel und flüsterte ihm etwas ins Ohr. Fenoglios Schildkrötengesicht verzog sich zu einem Lächeln. So gefiel er Meggie schon besser. »Ja, da versteckt er sich jedes Mal, Paula«, sagte er leise zu dem Mädchen. »Vielleicht rätst du ihm, es mal mit einem besseren Versteck zu versuchen.«

Paula rannte zum dritten Mal davon, nicht ohne Meggie vorher noch einen langen neugierigen Blick zuzuwerfen.

»Gut, dann kommen Sie mal rein«, sagte Fenoglio. Ohne ein weiteres Wort winkte er Mo und Meggie ins Haus, ging ihnen durch einen engen dunklen Flur voran, humpelnd, weil ihm der Junge immer noch wie ein Äffchen am Bein hing, und stieß die Tür zur Küche auf, wo auf dem Tisch die Ruine eines Kuchens stand. Die braune Kruste war löchrig wie der Einband eines Buches, an dem seit Jahren Bücherwürmer nagen.

»Pippo?« Fenoglio brüllte so laut, dass selbst Meggie zusammenzuckte, obwohl sie sich keines Verbrechens schuldig fühlte. »Ich weiß, dass du mich hörst. Und ich sage dir, für jedes Loch in diesem Kuchen werde ich dir einen Knoten in deine Nase machen. Verstanden?«

Meggie hörte ein Kichern. Es schien aus dem Schrank neben dem Kühlschrank zu kommen. Fenoglio brach sich ein Stück von dem angebohrten Kuchen ab. »Paula«, sagte er, »gib dem Mädchen auch was, falls sie die Löcher nicht stören.« Paula kam unter dem Tisch hervor und blickte Meggie fragend an.

»Sie stören mich nicht«, sagte Meggie, worauf Paula mit einem gewaltigen Messer ein ebenso gewaltiges Stück Kuchen abschnitt und es vor ihr aufs Tischtuch legte.

»Pippo, reich mal einen von den Rosentellern raus«, sagte Fenoglio, und aus dem Schrank schob sich eine Hand mit einem Teller in den schokoladenbraunen Fingern. Meggie nahm ihn hastig entgegen, bevor er herunterfiel, und legte das Stück Kuchen darauf.

»Sie auch?«, fragte Fenoglio Mo.

»Ich hätte lieber das Buch«, antwortete Mo. Er war ziemlich blass.

Fenoglio pflückte sich den kleinen Jungen vom Bein und setzte sich. »Rico, such dir einen anderen Baum«, sagte er. Dann blickte er Mo nachdenklich an. »Ich kann es Ihnen nicht geben«, sagte er. »Ich besitze kein einziges Exemplar mehr. Sie sind gestohlen worden, alle. Ich hatte sie einer Ausstellung alter Kinderbücher zur Verfügung gestellt, drüben in Genua. Eine sehr üppig illustrierte Sonderausgabe war dabei, dann eins mit einer gezeichneten Widmung des Illustrators, die zwei Bücher, die meinen Kindern gehörten, samt all ihren hineingekritzelten Anmerkungen (ich habe sie immer gebeten, anzustreichen, was sie am besten fanden), und schließlich mein ganz persönliches Exemplar. Alle gestohlen, zwei Tage nachdem die Ausstellung eröffnet worden war.«

Mo fuhr sich mit der Hand übers Gesicht, als könnte er die Enttäuschung fortwischen. »Gestohlen!«, sagte er. »Natürlich.«

»Natürlich?« Fenoglio kniff die Augen zusammen und musterte Mo voll Neugier. »Das müssen Sie mir erklären. Ich lasse Sie nicht aus dem Haus, bevor ich erfahren habe, warum Sie ausgerechnet nach diesem Buch fragen. Ich hetze die Kinder auf Sie, das ist nicht angenehm.«

Mo versuchte ein Lächeln, aber es gelang ihm nicht besonders.

»Meins wurde mir auch gestohlen«, sagte er schließlich. »Und es war ebenfalls ein ganz besonderes Exemplar.«

»Erstaunlich.« Fenoglio hob die Augenbrauen. Wie struppige Raupen saßen sie über seinen Augen. »Los, erzählen Sie.« Aus seinem Gesicht war alle Feindseligkeit verschwunden. Die Neugier hatte das Zepter ergriffen, nichts als die pure Neugier. In Fenoglios Augen entdeckte Meggie den gleichen unstillbaren Hunger nach Geschichten, der sie selbst beim Anblick jedes neuen Buches überkam.

»Da gibt es nicht viel zu erzählen.« Meggie hörte Mos Stimme an, dass er nicht vorhatte, dem alten Mann die Wahrheit zu erzählen. »Ich restauriere Bücher. Ich lebe von ihnen. Ihres habe ich vor etlichen Jahren in einem Antiquariat gefunden, ich wollte es neu binden und dann verkaufen, doch es gefiel mir so gut, dass ich es behielt. Und nun ist es mir gestohlen worden und ich habe vergebens versucht, ein neues zu kaufen. Eine Freundin, die sich sehr gut darauf versteht, seltene Bücher aufzutreiben, schlug mir schließlich vor, es beim Autor selbst zu versuchen. Sie war es auch, die mir Ihre Adresse besorgt hat. Und so fuhr ich hierher.«

Fenoglio wischte ein paar Kuchenkrümel vom Tisch. »Schön«, sagte er. »Aber das ist nicht die ganze Geschichte.«

»Wie meinen Sie das?«

Der alte Mann musterte Mos Gesicht, bis der den Kopf abwandte und aus dem schmalen Küchenfenster sah. »Ich meine damit, dass ich gute Geschichten auf viele Meilen Entfernung rieche, also versuchen Sie nicht, eine vor mir zu verstecken. Heraus damit. Sie bekommen auch noch ein Stück von dem fabelhaften angebohrten Kuchen.«

Paula zwängte sich auf Fenoglios Schoß. Sie schob ihm den Kopf unters Kinn und musterte Mo ebenso erwartungsvoll wie der alte Mann.

Aber Mo schüttelte den Kopf. »Nein, ich glaube, das lasse ich besser. Sie würden mir ohnehin kein Wort glauben.«

»Oh, ich glaube die verrücktesten Sachen!«, widersprach Fenoglio, während er ihm ein Stück Kuchen abschnitt. »Ich glaube jede Geschichte, solange sie nur gut erzählt wird.«

Die Schranktür öffnete sich einen Spalt und Meggie sah, wie sich der Kopf eines Jungen herausschob. »Was ist mit meiner Strafe?«, fragte er. Es musste Pippo sein, den Schokoladenfingern nach zu urteilen.

»Später«, sagte Fenoglio. »Jetzt habe ich erst mal anderes zu tun.«

Enttäuscht schob Pippo sich aus dem Schrank. »Du hast gesagt, du machst mir Knoten in die Nase.«

»Doppelknoten, Seemannsknoten, Schmetterlingsknoten, was immer du willst, aber erst muss ich diese Geschichte hören. Also stell noch ein paar Dummheiten an, bis ich Zeit habe.«

Pippo schob schmollend die Unterlippe vor und verschwand auf den Flur. Der kleine Junge sprang ihm hastig nach.

Mo schwieg immer noch, stupste Kuchenkrümel von der schartigen Tischplatte und malte mit dem Zeigefinger unsichtbare Muster auf das Holz. »Es kommt jemand darin vor, dem ich versprochen habe, sie nicht zu erzählen«, sagte er schließlich.

»*Ein schlechtes Versprechen wird nicht dadurch besser, dass man es hält*«, sagte Fenoglio. »Zumindest steht es so in einem meiner Lieblingsbücher.«

»Ich weiß nicht, ob es ein schlechtes Versprechen war.« Mo seufzte und blickte zur Decke hinauf, als wäre dort die Antwort zu finden. »Also gut«, sagte er. »Ich erzähle es Ihnen. Aber Staubfinger wird mich umbringen, wenn er es erfährt.«

»Staubfinger? Ich habe mal eine Figur so genannt. Natürlich, einen der Gaukler im *Tintenherz*. Hab ihn im vorletzten Kapitel sterben lassen und geweint beim Schreiben, so rührend war das.«

Meggie verschluckte sich fast an dem Kuchenstück, das sie sich gerade in den Mund geschoben hatte, doch Fenoglio fuhr ungerührt fort: »Ich habe nicht viele meiner Figuren sterben lassen, aber manchmal passt es einfach. Sterbeszenen sind nicht leicht zu schreiben, sie geraten einem allzu schnell schmalzig, doch die von Staubfinger ist mir damals wirklich gut gelungen.«

Bestürzt sah Meggie Mo an. »Er stirbt? Aber ... wusstest du das?«

»Sicher. Ich habe die ganze Geschichte gelesen, Meggie.«

»Aber warum hast du es ihm nicht gesagt?«

»Er wollte es nicht hören.«

Fenoglio verfolgte ihren Wortwechsel mit verständnislosem Gesicht – und großer Neugier.

»*Wer* tötet ihn?«, fragte Meggie. »Basta?«

»Ah, Basta!« Fenoglio schmunzelte. Jede seiner Falten füllte sich mit Selbstzufriedenheit. »Einer der besten Schurken, die ich mir je ausgedacht habe. Ein tollwütiger Hund, aber nicht halb so schlimm wie mein anderer dunkler Held: Capricorn. Basta würde sich für ihn das Herz herausreißen lassen, doch Capricorn sind solche Leidenschaften fremd. Er empfindet nichts, gar nichts, nicht mal die eigene Grausamkeit macht ihm Spaß. Ja, für *Tintenherz* sind mir wirklich ein paar finstere Gestalten eingefallen, und dann auch noch der Schatten, Capricorns Hund, wie ich ihn selbst immer nannte. Aber natürlich ist das eine sehr verniedlichende Beschreibung für so ein Ungeheuer.«

»Der Schatten?« Meggies Stimme war kaum mehr als ein Flüstern. »Tötet er Staubfinger?«

»Nein, nein. Entschuldige, ich hatte deine Frage ganz vergessen. Wenn ich erst einmal anfange, von meinen Figuren zu erzählen, kann man mich schwer bremsen. Nein, einer von Capricorns Männern tötet Staubfinger. Wirklich, die Szene ist mir gut gelungen. Staubfinger hat da so einen zahmen Marder, Capricorns Mann will ihn töten, weil er großes Vergnügen daran hat, kleine Tiere zu töten, nun ja, Staubfinger will seinen pelzigen Freund retten – und stirbt für ihn.«

Meggie schwieg. Armer Staubfinger, dachte sie. Armer, armer Staubfinger. Sie konnte überhaupt nichts anderes mehr denken. »Welcher von Capricorns Männern ist es?«, fragte sie. »Flachnase? Oder Cockerell?«

Fenoglio musterte sie voll Bewunderung. »Na so was. Du kannst dir all die Namen merken? Ich vergesse sie meist schon kurz nachdem ich sie erfunden habe.«

»Von den beiden ist es keiner, Meggie«, sagte Mo. »Im Buch ist der Name des Mörders nicht einmal erwähnt. Es ist eine ganze Rotte von Capricorns Männern, die Gwin jagt, und einer von ihnen stößt mit dem Messer zu. Einer, der vermutlich immer noch auf Staubfinger wartet.«

»Wartet?« Fenoglio sah Mo verwirrt an.

»Das ist abscheulich!«, flüsterte Meggie. »Ich bin froh, dass ich nicht weitergelesen habe.«

»Was soll denn das nun wieder heißen? Redest du etwa von meinem Buch?« Fenoglios Stimme klang gekränkt.

»Ja«, sagte Meggie. »Das tue ich.« Fragend sah sie Mo an. »Und Capricorn? Wer tötet den?«

»Niemand.«

»Niemand?«

Meggie sah Fenoglio so anklagend an, dass er sich verlegen die Nase rieb. Es war eine beachtliche Nase.

»Was siehst du mich so an?«, rief er. »Ja. Ich lasse ihn davonkommen. Er ist einer meiner besten Schurken. Wieso hätte ich ihn töten sollen? Im wahren Leben ist es nicht anders: Die großen Mörder entkommen und leben glücklich bis an ihr Lebensende, während die Guten sterben, manchmal die allerbesten. So geht es zu. Warum muss es in Büchern immer anders sein?«

»Was ist mit Basta? Bleibt der etwa auch am Leben?« Meggie fiel ein, was Farid gesagt hatte, damals an der Hütte: »Warum tötet ihr sie nicht? Das hatten sie mit uns doch auch vor!«

»Basta bleibt auch am Leben«, antwortete Fenoglio. »Ich habe damals lange mit der Idee gespielt, eine Fortsetzung von *Tintenherz* zu schreiben, und auf die beiden wollte ich dabei nicht verzichten. Ich war stolz auf sie! Gut, der Schatten war mir auch nicht schlecht gelungen, nein, wirklich, aber an meinen menschlichen Figuren hänge ich doch immer am meisten. Weißt du, wenn du mich fragen würdest, auf welchen von beiden ich stolzer war, auf Basta oder Capricorn – ich könnte es dir nicht sagen!«

Mo starrte wieder zum Fenster hinaus. Dann sah er Fenoglio an. »Würden Sie den beiden gern mal begegnen?«, fragte er.

»Wem?« Fenoglio sah ihn überrascht an.

»Capricorn und Basta.«

»Teufel, nein!« Fenoglio lachte so laut, dass Paula ihm erschrocken den Mund zuhielt.

»Nun, wir sind ihnen begegnet«, sagte Mo müde. »Ich und Meggie – und Staubfinger.«

Das falsche Ende

Eine Geschichte, ein Roman, ein Märchen – diese Dinge gleichen den Lebewesen, und vielleicht sind es sogar welche. Sie haben ihren Kopf, ihre Beine, ihren Blutkreislauf und ihren Anzug wie richtige Menschen.
Erich Kästner, Emil und die Detektive

Fenoglio schwieg lange, nachdem Mo mit seiner Geschichte fertig war. Paula hatte sich längst auf die Suche nach Pippo und Rico gemacht. Meggie hörte sie einen Stock höher über die Holzdielen laufen, hin und her, ein Sprung, ein Rutschen, Gekicher und Geschrei. Doch in Fenoglios Küche war es so still, dass man das Ticken der Uhr hörte, die neben dem Fenster an der Wand hing.

»Hat er diese Narben im Gesicht, Sie wissen schon …?« Fragend sah er Mo an.

Der nickte.

Fenoglio wischte sich mit der Hand ein paar Krümel von der Hose. »Die Narben hat Basta ihm beigebracht«, sagte er. »Weil den beiden dasselbe Mädchen gefiel.«

Mo nickte. »Ja, ich weiß.«

Fenoglio sah aus dem Fenster. »Die Feen haben die Schnitte verarztet«, sagte er. »Deshalb blieben nur feine Narben, kaum mehr als drei blasse Striche auf der Haut, stimmt's?« Fragend sah der alte Mann sich zu Mo um.

Der nickte. Und Fenoglio blickte erneut nach draußen. Im Haus gegenüber stand ein Fenster offen und man hörte, wie eine Frau mit einem Kind stritt.

»Eigentlich müsste ich jetzt sehr, sehr stolz sein«, murmelte Fenoglio. »Jeder Schriftsteller wünscht sich Figuren, die voller Leben sind, und meine sind geradewegs aus Ihrem Buch herausspaziert!«

»Weil mein Vater sie herausgelesen hat«, sagte Meggie. »Er kann das auch bei anderen Büchern.«

»Ah, natürlich.« Fenoglio nickte. »Gut, dass du mich daran erinnerst. Sonst würde ich mich womöglich noch für einen kleinen Gott halten, nicht wahr? Aber das mit deiner Mutter tut mir leid. Obwohl, so besehen, es dann ja eigentlich auch nicht meine Schuld ist.«

»Für meinen Vater ist es schlimmer«, sagte Meggie. »Ich erinnere mich nicht an sie.«

Mo sah sie überrascht an.

»Natürlich. Du warst jünger als meine Enkel!«, stellte Fenoglio nachdenklich fest. Er trat ans Fenster. »Ich würde ihn wirklich gern mal sehen«, sagte er. »Staubfinger, meine ich. Nun tut es mir natürlich leid, dass ich dem armen Kerl so ein schlimmes Ende angedichtet habe. Aber irgendwie passte es zu ihm. Wie es so schön bei Shakespeare heißt: *Jeder spielt seine Rolle, und meine ist eine traurige.*« Er blickte auf die Gasse hinunter. Im Stockwerk über ihnen ging etwas zu Bruch, doch Fenoglio schien das nicht sonderlich zu interessieren.

»Sind das eigentlich Ihre Kinder?«, fragte Meggie und wies nach oben.

»Gott bewahre, nein. Es sind meine Enkel. Eine meiner Töchter lebt auch hier im Ort. Sie kommen ständig zu mir und ich erzähle ihnen Geschichten. Ich erzähle dem halben Dorf Geschichten, aber ich habe keine Lust mehr, sie aufzuschreiben. Wo ist er jetzt?« Fragend drehte sich Fenoglio zu Mo um.

»Staubfinger? Das darf ich nicht sagen. Er will Sie nicht sehen.«

»Er hat einen ziemlichen Schreck bekommen, als mein Vater ihm von Ihnen erzählt hat«, fügte Meggie hinzu. Aber Staubfinger muss erfahren, was mit ihm passiert, dachte sie, er muss. Dann wird er verstehen, dass er wirklich nicht zurückkann. Und trotzdem weiter Heimweh haben, dachte sie. Für alle Zeit.

»Ich muss ihn sehen! Nur einmal. Verstehen Sie das nicht?« Fenoglio sah Mo bittend an. »Ich könnte euch einfach unauffällig folgen. Woran soll er mich schon erkennen? Ich will mich doch nur vergewissern, ob er wirklich so aussieht, wie ich ihn mir vorgestellt habe.«

Aber Mo schüttelte den Kopf. »Ich denke, Sie sollten ihn besser in Ruhe lassen.«

»Unsinn! Ich kann ihn mir ansehen, wann ich will. Schließlich habe ich ihn erfunden!«

»Und umgebracht«, fügte Meggie hinzu.

»Nun ja.« Fenoglio hob hilflos die Hände. »Ich wollte es spannend machen. Magst du keine spannenden Geschichten?«

»Nur wenn sie ein gutes Ende haben.«

»Ein gutes Ende!« Fenoglio ließ ein verächtliches Schnauben hören – und lauschte nach oben. Etwas oder jemand war unsanft auf die Holzdielen gefallen, lautes Weinen folgte dem Aufprall. Fenoglio hastete zur Tür. »Warten Sie hier! Ich bin gleich zurück!«, rief er und verschwand auf den Flur.

»Mo!«, wisperte Meggie. »Du musst es Staubfinger sagen! Du musst ihm sagen, dass er nicht zurückkann.«

Aber Mo schüttelte den Kopf. »Er will es nicht hören, glaub mir.

Ich habe es mehr als ein Dutzend Mal versucht. Vielleicht wäre es doch keine schlechte Idee, ihn mit Fenoglio zusammenzubringen. Seinem Erfinder glaubt er wahrscheinlich eher als mir.« Mit einem Seufzer wischte er ein paar Kuchenkrümel von Fenoglios Küchentisch. »Es gab da ein Bild in *Tintenherz*«, murmelte er, während er mit der flachen Hand über die Tischplatte strich, als könnte er das Bild auf die Weise herbeizaubern. »Eine Gruppe von Frauen war darauf zu sehen, sie standen unter einem Torbogen, prächtig gekleidet, als gingen sie zu einem Fest. Eine von ihnen hatte ebenso helles Haar wie deine Mutter. Man sieht ihr Gesicht nicht auf dem Bild, sie kehrt dem Betrachter den Rücken zu, aber ich habe mir immer vorgestellt, dass sie es ist. Verrückt, oder?«

Meggie legte ihre Hand auf seine. »Mo, versprich mir, dass du nicht noch mal zu dem Dorf fährst!«, sagte sie. »Bitte! Versprich mir, dass du nicht versuchst, das Buch zurückzubekommen.«

Der Sekundenzeiger von Fenoglios Küchenuhr schnitt die Zeit in schmerzhaft feine Scheiben, bis Mo endlich antwortete. »Ich verspreche es dir«, sagte er.

»Sieh mich an dabei!«

Er gehorchte. »Ich versprech es!«, wiederholte er. »Es gibt da nur noch eine Sache, die ich mit Fenoglio besprechen will, dann fahren wir nach Hause und vergessen das Buch. Zufrieden?«

Meggie nickte. Obwohl sie sich fragte, was es da noch zu besprechen gab.

Fenoglio kehrte mit einem verweinten Pippo auf dem Rücken zurück. Die anderen beiden Kinder folgten ihrem Großvater mit zerknirschten Gesichtern. »Löcher im Kuchen und jetzt auch noch eins auf der Stirn, ich glaube, ich sollte euch alle nach Hause schicken!«, schimpfte Fenoglio, während er Pippo auf einen Stuhl setzte. Dann wühlte er in dem großen Schrank, bis er ein Pflaster gefunden hatte, und klebte es seinem Enkel nicht allzu behutsam auf die aufgeschlagene Stirn.

Mo schob seinen Stuhl zurück und stand auf. »Ich habe es mir überlegt«, sagte er. »Ich bringe Sie doch zu Staubfinger.«

Fenoglio drehte sich überrascht zu ihm um.

»Vielleicht können *Sie* ihm ja ein für alle Mal klarmachen, dass er nicht zurückkann«, fuhr Mo fort. »Wer weiß, was er sonst als Nächstes tut. Ich fürchte, es könnte gefährlich für ihn werden … Außerdem habe ich da so eine Idee, sie ist verrückt, aber ich würde gern mit Ihnen darüber sprechen.«

»Verrückter als das, was ich schon gehört habe? Das ist wohl kaum möglich, oder?« Fenoglios Enkel waren wieder im Schrank verschwunden. Kichernd zogen sie die Türen zu. »Ich höre mir Ihre Idee an«, sagte Fenoglio. »Aber vorher will ich Staubfinger sehen!«

Mo blickte Meggie an. Es geschah nicht oft, dass Mo ein Versprechen brach, und er fühlte sich ganz offensichtlich alles andere als wohl dabei. Meggie konnte das nur zu gut verstehen. »Er wartet auf der Piazza«, sagte Mo mit zögernder Stimme. »Aber lassen Sie erst mich mit ihm reden.«

»Auf der Piazza?« Fenoglios Augen weiteten sich. »Das ist ja wunderbar!« Ein Schritt und er stand vor dem kleinen Spiegel, der neben der Küchentür hing, und fuhr sich mit den Fingern durch das dunkle Haar, fast als hätte er Angst, Staubfinger könne vom Aussehen seines Erfinders enttäuscht sein. »Ich werde so tun, als würde ich ihn gar nicht sehen, bis Sie mich rufen!«, sagte er. »Ja, so machen wir es.«

Im Schrank polterte es und Pippo stolperte in einer Jacke heraus, die ihm bis zu den Knöcheln hing. Auf seinem Kopf saß ein Hut, der so groß war, dass er ihm über die Augen rutschte.

»Natürlich!« Fenoglio zog Pippo den Hut vom Haar und setzte ihn sich selbst auf. »Das ist es. Ich nehme die Kinder mit! Ein Großvater mit drei Enkeln, das ist doch wirklich kein beunruhigender Anblick, oder?«

Mo nickte nur und schob Meggie auf den schmalen Flur hinaus.

Als sie die Gasse hinuntergingen, die zurück zur Piazza und zu ihrem Auto führte, folgte Fenoglio ihnen mit ein paar Metern Abstand. Seine Enkel sprangen um ihn herum wie drei junge Hunde.

Ein Frösteln und eine Ahnung

> Und jetzt erst legte sie ihr Buch hin. Und sah mich an. Und sprach es aus: »*Das Leben ist nicht gerecht*, Bill. Wir erzählen unseren Kindern, daß es gerecht ist, aber das ist eine Gemeinheit. Es ist nicht bloß eine Lüge, es ist eine grausame Lüge. Das Leben ist nicht gerecht, ist es nie gewesen und wird es nie sein.«
> *William Goldman, Die Brautprinzessin*

Staubfinger hockte auf den kühlen Steinstufen und wartete. Ihm war übel vor Angst, wovor, wusste er selbst nicht genau. Vielleicht erinnerte ihn das Denkmal in seinem Rücken zu sehr an den Tod. Vor dem Tod hatte er sich schon immer gefürchtet, kalt stellte er ihn sich vor, wie eine Nacht ohne Feuer. Allerdings fürchtete er etwas anderes inzwischen fast noch mehr und das war die Traurigkeit. Seit Zauberzunge ihn in diese Welt gelockt hatte, folgte sie ihm wie ein zweiter Schatten. Traurigkeit, die die Glieder schwer macht und den Himmel grau.

Neben ihm hüpfte der Junge die Stufen hinauf. Hinauf und hinunter, unermüdlich, mit leichten Füßen und zufriedenem Gesicht, als hätte Zauberzunge ihn geradewegs ins Paradies gelesen. Was machte ihn nur so glücklich? Staubfinger blickte sich um, musterte die schmalen Häuser, blassgelb, rosa, pfirsichfarben, die dunkelgrünen Fensterläden und rostrot geziegelten Dächer, den Oleander, der vor einer Mauer blühte, als stünden seine Zweige in Flammen, die Katzen, die um die warmen Mauern strichen. Farid schlich sich an eine von ihnen heran, griff in das graue Fell und setzte sie auf seinen Schoß, obwohl sie ihm die Krallen in die Schenkel grub.

»Weißt du, was man hier tut, damit die Katzen sich nicht allzu sehr vermehren?« Staubfinger streckte die Beine aus und blinzelte in die Sonne. »Sobald der Winter kommt, nehmen die Leute ihre eigenen Katzen ins Haus und stellen für die Streuner Schüsseln mit vergiftetem Futter vor die Tür.«

Farid strich der Grauen über die spitzen Ohren. Sein Gesicht war starr geworden, keine Spur mehr von dem schnurrenden Glück, das es eben noch so weich hatte aussehen lassen. Staubfinger blickte schnell zur Seite. Warum hatte er das gerade gesagt? Hatte ihn das Glück auf dem Gesicht des Jungen gestört?

Farid ließ die Katze laufen und stieg die Stufen zum Denkmal hoch.

Dort oben hockte er immer noch, auf der Mauer, die Beine angezogen, als die anderen zwei zurückkamen. Zauberzunge hatte kein Buch in der Hand, sein Gesicht war angespannt – und das schlechte Gewissen stand ihm auf die Stirn geschrieben.

Warum? Weswegen konnte Zauberzunge ein schlechtes Gewissen haben? Staubfinger sah sich misstrauisch um, ohne zu wissen, wonach er Ausschau hielt. Zauberzunge trug seine Gefühle stets auf dem Gesicht spazieren, er war ein ewig aufgeschlagenes Buch, in dessen Seiten jeder Fremde lesen konnte. Seine Tochter war da schon anders. Was in ihr vorging, war nicht so leicht zu entziffern. Aber als sie jetzt auf ihn zukam, glaubte Staubfinger, so etwas wie Sorge in ihren Augen zu entdecken, vielleicht war es sogar Mitleid. Galt das etwa ihm? Was hatte dieser Schreiberling erzählt, dass das Mädchen ihn so ansah?

Er richtete sich auf und klopfte sich den Staub von der Hose.

»Er hatte kein Buch mehr, stimmt's?«, sagte er, als die beiden vor ihm standen.

»Stimmt. Sie sind alle gestohlen worden«, antwortete Zauberzunge. »Schon vor Jahren.«

Seine Tochter ließ Staubfinger nicht aus den Augen.

»Was starrst du mich so an, Prinzessin?«, fuhr er sie an. »Weißt du etwas, das ich nicht weiß?«

Ins Schwarze getroffen. Ohne Absicht. Er hatte gar nichts treffen wollen, schon gar nicht irgendeine Wahrheit. Das Mädchen biss sich auf die Lippen, sah ihn immer noch an mit dieser Mischung aus Mitleid und Sorge.

Staubfinger fuhr sich übers Gesicht, spürte seine Narben, wie eine Ansichtskarte klebten sie ihm im Gesicht: Schöne Grüße von Basta. Keinen Tag konnte er Capricorns tollwütigen Hund vergessen, auch wenn er wollte. »Damit du den Mädchen künftig noch besser gefällst!«, hatte Basta ihm ins Ohr gezischt, bevor er sein Blut vom Messer wischte.

»Oh, verflucht, dreimal verflucht!« Staubfinger trat so wütend gegen die nächste Mauer, dass er den Tritt noch tagelang im Fuß spürte. »Du hast dem Schreiberling von mir erzählt!«, fuhr er Zauberzunge an. »Und nun weiß selbst deine Tochter mehr über mich als ich selbst! Na gut, heraus damit. Dann will ich es jetzt auch wissen. Erzählt es mir. Du wolltest es mir doch schon immer erzählen. Basta hängt mich auf, ist es das? Er zieht mir den Hals lang, er schnürt mir die Luft ab, bis ich steif wie ein Stock bin, stimmt's? Aber was soll mich das stören? Basta ist doch jetzt hier. Die Geschichte hat sich geändert, sie muss sich geändert haben! Basta kann mir nichts anhaben, wenn du mich nur dorthin zurückbringst, wo ich hingehöre!«

Staubfinger machte einen Schritt auf Zauberzunge zu, er wollte ihn packen, ihn schütteln, ihn schlagen, für all das, was er ihm angetan hatte, aber das Mädchen schob sich dazwischen. »Hör auf! Es ist nicht Basta!«, rief sie, während sie ihn zurückstieß. »Es ist irgendeiner von Capricorns Männern, irgendeiner, der schon auf dich wartet. Sie wollen Gwin töten und du willst ihm helfen und dafür töten sie dich! Gar nichts hat sich daran geändert! Es wird einfach passieren, du kannst nichts dagegen tun. Verstehst du? Deshalb *musst* du hierbleiben, du darfst nicht zurück, niemals!«

Staubfinger starrte das Mädchen an, als könnte er sie auf die Art zum Schweigen bringen, aber sie hielt seinem Blick stand. Sie versuchte sogar, nach seiner Hand zu greifen.

»Sei doch froh, dass du hier bist!«, stammelte sie, während er vor ihr zurückwich. »Hier kannst du ihnen aus dem Weg gehen. Du kannst fortgehen, weit fort, und ...« Ihre Stimme erstarb.

Vielleicht hatte sie die Tränen in Staubfingers Augen gesehen. Ärgerlich wischte er sie mit dem Ärmel fort. Er sah sich um, wie ein Tier, das in der Falle sitzt und nach einem Ausweg sucht. Aber da war kein Ausweg. Kein Vor und, was noch viel schlimmer war, kein Zurück.

Drüben an der Bushaltestelle standen drei Frauen, sie blickten neugierig herüber. Staubfinger zog oft solche Blicke auf sich, alle sahen sie es, dass er nicht hierher gehörte. Ein Fremder, für immer.

Auf der anderen Seite des Platzes spielten drei Kinder und ein älterer Mann Fußball mit einer Blechdose. Farid sah zu ihnen hinüber. Staubfingers Rucksack hing ihm über der schmalen Schulter und an seiner Hose klebten graue Katzenhaare. Er war tief in Gedanken versunken, bohrte die nackten Zehen zwischen die Pflastersteine. Ständig zog er die Turnschuhe aus, die Staubfinger ihm gekauft hatte, selbst auf heißem Asphalt lief er barfuß, die Schuhe an den Rucksack gebunden wie eine Beute, die man nach Hause trug.

Auch Zauberzunge sah zu den spielenden Kindern hinüber. Hatte er dem Alten da etwa ein Zeichen gegeben? Der alte Mann ließ die Kinder stehen und kam auf sie zu. Staubfinger machte einen Schritt zurück. Ein Frösteln kroch ihm den Rücken hinauf.

»Meine Enkel bewundern schon die ganze Zeit über den zahmen Marder, den der Junge da an der Kette hat«, sagte der Alte, als er zu ihnen trat.

Staubfinger machte noch einen Schritt zurück. Warum sah der Mann ihn so an? Er musterte ihn auf völlig andere Weise, als es die Frauen an der Haltestelle getan hatten. »Die Kinder behaupten, dass der Marder Kunststücke kann. Und dass der Junge Feuer isst. Vielleicht dürfen wir herkommen und uns das aus der Nähe ansehen?«

Das Frösteln breitete sich in Staubfingers Körper aus, obwohl ihm die Sonne die Haut verbrannte. Wie der Alte ihn ansah – wie einen Hund, der ihm vor langer Zeit fortgelaufen und nun zurückgekehrt war, mit eingekniffenem Schwanz und verlaustem Fell vielleicht, aber eindeutig sein Hund.

»Unsinn, es gibt keine Kunststücke!«, stieß er hervor. »Gar nichts gibt es hier zu sehen!« Er stolperte noch einen Schritt zurück, doch der Alte kam ihm nach – als verbände sie ein unsichtbares Band.

»Es tut mir leid!«, sagte er und hob die Hand, als wollte er die Narben auf seinem Gesicht berühren.

Staubfinger stieß mit dem Rücken gegen ein parkendes Auto. Nun stand der Alte direkt vor ihm. Wie er ihn anstierte …

»Verschwinden Sie!« Staubfinger stieß ihn grob zurück. »Farid, bring mir meine Sachen!« Der Junge sprang an seine Seite. Staubfinger riss ihm den Rucksack aus der Hand, packte den Marder und stopfte ihn in den Sack, ohne auf die spitzen, zubeißenden Zähne zu achten. Der Alte starrte Gwins Hörner an. Mit fliegenden Fingern hängte Staubfinger sich den Sack über die Schulter und versuchte, sich an ihm vorbeizudrängen.

»Bitte, ich will mich nur mit dir unterhalten.« Der Alte trat ihm in den Weg und griff nach seinem Arm.

»Ich aber nicht.«

Staubfinger versuchte, sich zu befreien. Die knochigen Finger waren erstaunlich kräftig, doch er hatte ja noch das Messer, Bastas Messer. Er zog es aus der Tasche, ließ es aufschnappen und hielt es dem Alten unters Kinn. Seine Hand zitterte, er hatte noch nie Gefallen daran gefunden, jemandem ein Messer vors Gesicht zu halten, aber der Alte ließ los.

Und Staubfinger rannte.

Er achtete nicht auf das, was Zauberzunge ihm nachrief. Er lief davon, wie er es früher oft genug hatte tun müssen. Auf seine Beine konnte er sich verlassen, auch wenn er noch nicht wusste, wo sie ihn letztlich hintragen sollten. Er ließ das Dorf und die Straße hinter sich, schlug sich unter die Bäume, durchs wilde Gras, ließ sich vom senfgelben Ginster verschlucken, verstecken vom silbrigen Laub der Ölbäume ... nur fort von den Häusern, den befestigten Wegen. Die Wildnis hatte ihn immer schon beschützt.

Erst als ihn jeder Atemzug schmerzte, warf Staubfinger sich ins Gras, hinter einer verloren dastehenden Zisterne, in der die Frösche quakten und das Regenwasser, das sich darin gesammelt hatte, in der Sonne verdampfte. Keuchend lag er da, lauschte seinem eigenen Herzschlag und starrte zum Himmel hinauf.

»Wer war der Alte?«

Er fuhr hoch. Der Junge stand vor ihm. Er war ihm gefolgt.

»Verschwinde!«, stieß Staubfinger hervor.

Der Junge hockte sich hin, zwischen die wilden Blumen. Überall wuchsen sie, blau und gelb und rot. Wie verspritzte Farbe saßen die Blüten im Gras.

»Ich kann dich nicht brauchen!«, fuhr Staubfinger ihn an.

Der Junge schwieg, pflückte eine wilde Orchidee und betrachtete ihre Blüte. Wie eine Hummel sah sie aus, eine Hummel an einem Blütenstängel. »Was für eine seltsame Blume!«, murmelte er. »So eine habe ich noch nie gesehen.«

Staubfinger setzte sich auf und lehnte den Rücken an die Wand der Zisterne. »Du wirst es noch bereuen, wenn du mir nachläufst«, sagte er. »Ich gehe zurück. Du weißt schon, wohin.«

Erst als er es aussprach, wurde es ihm bewusst: Er hatte sich entschieden. Schon lange. Er würde zurückgehen. Staubfinger, der Feigling, würde zurückgehen in die Höhle des Löwen. Egal, was Zauberzunge sagte, egal, was dessen Tochter sagte ... Er wollte nur eins. Er hatte immer nur eins gewollt. Und wenn er es schon nicht gleich haben konnte, dann wenigstens die Hoffnung darauf, dass es irgendwann doch noch wahr werden würde.

Der Junge saß immer noch da.

»Nun geh endlich. Geh zu Zauberzunge zurück! Er wird sich um dich kümmern.«

Farid blieb ungerührt sitzen, die Arme um die angezogenen Beine geschlungen. »Du gehst in das Dorf zurück?«

»Ja! Dorthin, wo die Teufel und Dämonen wohnen. Glaub mir, einen Jungen wie dich töten sie zum Frühstück, der Kaffee schmeckt ihnen danach noch mal so gut.«

Farid strich sich mit der Orchideenblüte über die Wangen. Er verzog das Gesicht, als die Blätter seine Haut kitzelten. »Gwin will raus«, sagte er.

Er hatte recht. Der Marder biss in den Stoff des Rucksacks und schob die Schnauze heraus. Staubfinger löste die Riemen und ließ ihn frei.

Gwin blinzelte zur Sonne hinauf, schnatterte verärgert, vermutlich über die unpassende Tageszeit, und huschte auf den Jungen zu.

Farid hob ihn auf seine Schulter und blickte Staubfinger mit ernsten Augen an. »Ich hab noch nie solche Blumen gesehen«, sagte er noch einmal. »Oder solche grünen Hügel oder so einen schlauen Marder. Aber solche Männer wie die, von denen du redest, kenn ich sehr gut. Die sind überall gleich.«

Staubfinger schüttelte den Kopf. »Diese sind besonders schlimm.«

»Sind sie nicht.«

Der Trotz in Farids Stimme brachte Staubfinger zum Lachen, er wusste selbst nicht, warum.

»Wir könnten woanders hingehen«, sagte der Junge.

»Nein, können wir nicht.«

»Warum? Was willst du in dem Dorf?«

»Etwas stehlen«, antwortete Staubfinger.

Der Junge nickte, als wäre Stehlen das normalste Vorhaben der Welt, und schob die Orchidee vorsichtig in seine Hosentasche. »Bringst du mir vorher noch etwas mehr über das Feuer bei?«

»Vorher?« Staubfinger musste lächeln. Der Junge war ein schlauer Bursche, er wusste, dass es vermutlich kein Nachher geben würde.

»Sicher«, sagte er. »Ich bringe dir alles bei, was ich weiß. Vorher.«

Nur eine Idee

»Das mag ja alles stimmen,« sagte die Vogelscheuche. »Doch versprochen ist versprochen, und ein Versprechen muss man halten.«
L. Frank Baum, Der Zauberer von Oz

Sie fuhren nicht zu Elinor, als Staubfinger fort war.

»Meggie, ich weiß, ich hab dir versprochen, dass wir zu Elinor fahren«, sagte Mo, als sie etwas verloren auf dem Platz vor dem Denkmal standen. »Aber ich würde gern erst morgen aufbrechen. Ich hab es dir ja schon gesagt, ich muss etwas mit Fenoglio besprechen.«

Der alte Mann stand immer noch da, wo er mit Staubfinger geredet hatte, und blickte die Straße hinunter. Seine Enkel zerrten an ihm und redeten auf ihn ein, aber er schien sie nicht zu bemerken.

»Was willst du mit ihm besprechen?«

Mo hockte sich auf die Stufen vor dem Denkmal und zog Meggie an seine Seite. »Siehst du die Namen dort?«, fragte er, während er nach oben zeigte, wo die eingemeißelten Buchstaben von Menschen sprachen, die es nicht mehr gab. »Hinter jedem Namen steht eine Familie – eine Mutter oder ein Vater, Geschwister, vielleicht eine Frau. Wenn einer von ihnen herausfände, dass er die Buchstaben zum Leben erwecken könnte, dass wieder Fleisch und Blut werden könnte, was jetzt nur noch ein Name ist, glaubst du nicht, er oder sie würde alles tun, wirklich alles, um das geschehen zu lassen?«

Meggie musterte die lange Namensreihe. Hinter den obersten hatte jemand ein Herz gemalt und auf den Steinen vor dem Denkmal lag ein Strauß vertrockneter Blumen.

»Niemand kann die Toten zurückrufen, Meggie«, fuhr Mo fort. »Vielleicht ist es wahr und mit dem Tod beginnt nur eine neue Geschichte, aber das Buch, in dem sie niedergeschrieben ist, hat noch keiner gelesen, und der, der es verfasst hat, wohnt bestimmt nicht in einem kleinen Ort an der Küste und spielt mit seinen Enkeln Fußball. Der Name deiner Mutter steht nicht auf so einem Stein, er versteckt sich irgendwo in einem Buch, und ich habe eine Idee, wie man vielleicht doch noch ändern kann, was vor neun Jahren geschehen ist.«

»Du willst zurückgehen!«

»Nein, will ich nicht. Ich hab dir mein Wort gegeben. Hab ich das jemals gebrochen?«

Meggie schüttelte den Kopf. Das Wort, das du Staubfinger gegeben hast, dachte sie, das hast du gebrochen, aber sie sprach den Gedanken nicht aus.

»Na, siehst du«, sagte Mo. »Ich will mit Fenoglio reden, nur deshalb will ich noch bleiben.«

Meggie blickte aufs Meer. Die Sonne war durch die Wolken gebrochen, und das Wasser schimmerte und leuchtete plötzlich, als hätte jemand Farbe hineingegossen.

»Es ist nicht weit von hier«, murmelte sie.

»Was?«

»Capricorns Dorf.«

Mo sah nach Osten. »Ja, seltsam, dass es ihn schließlich ausgerechnet hierher gezogen hat, nicht wahr? Als hätte er nach einem Ort gesucht, der dem Land in seiner Geschichte ähnelt.«

»Was, wenn er uns findet?«

»Unsinn. Weißt du, wie viele Orte es an dieser Küste gibt?«

Meggie zuckte die Achseln. »Er hat dich schon mal gefunden, und da warst du weit, weit weg.«

»Mit Staubfingers Hilfe hat er mich gefunden und der wird ihm bestimmt nicht noch einmal helfen.« Mo stand auf und zog sie auf die Füße. »Komm mit, wir fragen Fenoglio, wo wir hier übernachten können. Außerdem sieht er so aus, als könnte er etwas Gesellschaft gebrauchen.«

Fenoglio verriet ihnen nicht, ob Staubfinger so aussah, wie er ihn sich vorgestellt hatte. Er war sehr wortkarg, als sie ihn zu seinem Haus zurückbegleiteten. Doch als Mo ihm sagte, dass er und Meggie gern noch einen Tag bleiben würden, hellte sein Gesicht sich etwas auf. Er bot ihnen für die Nacht sogar eine Wohnung an, die er sonst ab und zu an Touristen vermietete.

Mo nahm dankend an.

Bis in den Abend unterhielten er und der alte Mann sich, während Fenoglios Enkel Meggie durch das verwinkelte Haus jagten. Die beiden Männer setzten sich in Fenoglios Schreibzimmer. Es lag gleich neben der Küche, und Meggie versuchte immer wieder, an der verschlossenen Tür zu lauschen, doch Pippo und Rico erwischten sie jedes Mal dabei und zerrten sie mit ihren schmutzigen kleinen Händen zur nächsten Treppe, bevor sie auch nur zehn Wörter gehört hatte.

Schließlich gab sie es auf. Sie ließ sich von Paula die jungen Kätzchen zeigen, die mit ihrer Mutter in dem winzigen Garten hinterm Haus herumstreunten, und folgte den dreien zu dem Haus, in dem sie mit ihren Eltern wohnten. Sie blieben nicht lange dort, nur gerade so lange, wie sie dazu brauchten, ihre Mutter zu überreden, dass sie auch zum Abendbrot noch bei ihrem Großvater bleiben durften.

Es gab Nudeln mit Salbei. Pippo und Rico sammelten das herb schmeckende Grün mit angeekelten Gesichtern von den Nudeln, aber Meggie und Paula schmeckten die knusprigen Blätter. Nach dem Essen trank Mo mit Fenoglio noch eine ganze Flasche Rotwein, und als der alte Mann ihn und Meggie schließlich zur Tür brachte, sagte er zum Abschied: »Also abgemacht, Mortimer, du kümmerst dich um meine Bücher, und ich mache mich gleich morgen an die Arbeit.«

»Was für eine Arbeit, Mo?«, fragte Meggie, als sie zusammen die spärlich beleuchteten Gassen entlanggingen. Die Nacht hatte kaum Abkühlung gebracht, ein seltsam fremder Wind strich durch das Dorf, heiß und sandig, als brächte er die Wüste übers Meer.

»Mir wär's lieber, du denkst nicht weiter darüber nach«, sagte Mo. »Lass uns für ein paar Tage einfach so tun, als hätten wir Ferien. Ich finde, es sieht hier alles nach Ferien aus, findest du nicht?«

Meggie antwortete darauf nur mit einem Nicken. Ja, Mo kannte sie wirklich sehr genau – oft genug wusste er, was sie dachte, bevor sie es aussprach –, doch ab und zu vergaß er, dass sie nicht mehr fünf Jahre alt war und dass es inzwischen etwas mehr als ein paar netter Worte bedurfte, um sie von Dingen abzulenken, die ihr Sorgen machten.

Also gut!, dachte sie, während sie Mo schweigend durch das schlafende Dorf folgte. Wenn er mir nicht erzählen will, was Fenoglio für ihn erledigen soll, dann frag ich eben das Schildkrötengesicht selber. Und wenn der es mir auch nicht sagt, dann findet es schon einer seiner Enkel für mich heraus! Meggie konnte sich schon lange nicht mehr unter dem Tisch verstecken, ohne beachtet zu werden, aber Paula hatte noch genau die richtige Größe zum Spionieren.

Tintenherz

Aus der Kreativ-Werkstatt von Cornelia Funke

unveröffentlichte Coverentwürfe
für *Tintenherz*

Cornelia Funke
Tintenherz

Cornelia Funke
TINTENHERZ

Cornelia Funke
TINTENHERZ

Cornelia Funke
TINTENHERZ

CORNELIA FUNKE
TINTENHERZ

Cornelia Funke
TINTENHERZ

Cornelia Funke
TINTENHERZ

Zu Hause

Mir, mir Armem war mein Büchersaal
Als Herzogtum genug.
William Shakespeare, Der Sturm

Es war schon fast Mitternacht, als Elinor endlich ihr Tor am Straßenrand auftauchen sah. Unten am Seeufer reihten sich die Lichter aneinander wie eine Karawane von Glühwürmchen, zitternd spiegelten sie sich auf dem schwarzen Wasser. Es war schön, wieder zu Hause zu sein. Selbst der Wind, der Elinor übers Gesicht strich, als sie ausstieg, um das Tor zu öffnen, fühlte sich vertraut an. Alles war vertraut, der Duft der Hecken und der Erde und die Luft, die so viel kühler und feuchter war als im Süden. Sie schmeckte auch nicht länger salzig. Vielleicht werde ich den Geschmack vermissen, dachte Elinor. Das Meer erfüllte sie immer mit Sehnsucht, sie wusste selbst nicht, wonach.

Das eiserne Tor quietschte leise, als sie es aufstieß, fast als hieße es sie willkommen. Es würde keine andere Stimme zu ihrer Begrüßung geben. »Was für ein alberner Gedanke, Elinor!«, murmelte sie ärgerlich, während sie wieder ins Auto stieg. »Deine Bücher werden dich begrüßen. Das reicht doch wohl.«

Schon auf der Fahrt hatte sie solch eine seltsame Anwandlung gehabt. Sie hatte sich Zeit gelassen für den Heimweg, war abseits der großen Straßen gefahren und hatte in einem winzigen Ort in den Bergen übernachtet, dessen Namen sie schon wieder vergessen hatte. Sie hatte es sehr genossen, wieder allein zu sein, schließlich war das der Zustand, den sie gewohnt war, doch dann hatte sie die Stille in ihrem Auto plötzlich gestört und sie hatte sich in einem verschlafenen Städtchen, das nicht mal einen Buchladen hatte, ins Café gesetzt, nur um ein paar Stimmen zu hören. Sie hatte nicht lange dort gesessen, nur für einen hastig hinuntergeschlürften Kaffee, denn sie hatte sich über sich selbst geärgert. »Was soll das, Elinor?«, hatte sie gemurmelt, als sie wieder im Wagen saß. »Seit wann hast du Sehnsucht nach menschlicher Gesellschaft? Es wird wirklich Zeit, dass du wieder nach Hause kommst, bevor du vollends wunderlich wirst.«

Ihr Haus lag so dunkel und verlassen da, als sie darauf zufuhr, dass es ihr eigenartig fremd vorkam. Nur der Duft ihres Gartens verscheuchte das Unwohlsein ein wenig, als sie die Stufen zur Haustür hinaufstieg. Die Lampe über der Tür, die nachts gewöhnlich brannte, war aus, und Elinor musste lächerlich viel Zeit darauf verwenden, mit dem Schlüssel das Türschloss zu finden. Während sie die Tür aufstieß und in die stockfinstere Eingangshalle stolperte, schimpfte sie leise auf den Mann, der gewöhnlich in ihrer Abwesenheit nach dem Haus und dem Garten sah. Dreimal hatte sie vor ihrer Abreise versucht, ihn anzurufen, aber vermutlich war er schon wieder zu seiner Tochter gefahren. Warum verstand keiner, welche Schätze sich in diesem Haus verbargen? Ja, wenn sie aus Gold wären, aber sie bestanden eben nur aus Papier, aus Druckerschwärze und Papier …

Es war still, sehr still, und für einen Augenblick glaubte Elinor, Mortimers Stimme zu hören, wie sie die rot getünchte Kirche mit Leben erfüllt hatte. Hundert Jahre hätte sie ihm zuhören können, ach was, zweihundert. Mindestens. »Er wird mir vorlesen müssen, wenn er herkommt!«, murmelte sie, während sie sich die Schuhe von den müden Füßen streifte. »Irgendein Buch wird sich schon finden, das er ohne Gefahr in die Finger nehmen kann.«

Wieso war ihr noch nie aufgefallen, wie still es in ihrem Haus werden konnte? Totenstill war es, und die Freude, die Elinor erwartet hatte, sobald sie endlich wieder in ihren eigenen vier Wänden war, stellte sich nur zögernd ein.

»Hallooo, da bin ich wieder!«, rief sie in das Schweigen hinein, während sie an der Wand nach dem Lichtschalter tastete. »Jetzt werdet ihr wieder abgestaubt und zurechtgerückt, meine Schätzchen!«

Das Licht an der Decke flammte auf und Elinor stolperte so erschrocken zurück, dass sie über die eigene Handtasche fiel, die sie auf den Boden gestellt hatte. »Himmel!«, flüsterte sie, während sie wieder auf die Füße kam. »Oh, du lieber Himmel. Nein!«

Die Regale an den Wänden, Sonderanfertigung, handgetischlert, waren leer, und die Bücher, die so wohlverwahrt, Rücken neben Rücken, auf den Brettern gestanden hatten, lagen in wüsten Haufen auf dem Boden, zerknickt, verschmutzt, zertreten, als hätten schwere Stiefel auf ihnen einen wilden Tanz getanzt. Elinor begann zu zittern, am ganzen Körper. Sie stolperte durch ihre geschändeten Schätze wie durch einen morastigen Teich, schob sie zur Seite, hob eins auf und ließ es wieder sinken, stolperte weiter, den langen Flur entlang, der zu ihrer Bibliothek führte.

Auf dem Flur sah es nicht besser aus. Die Bücher stapelten sich so hoch, dass es Elinor kaum gelang, sich einen Weg durch die Zerstörung zu bahnen. Dann stand sie vor der Tür der Bibliothek. Sie war nur angelehnt, und Elinor stand eine endlose Ewigkeit mit zitternden Knien davor, bis sie sich endlich traute, die Tür aufzustoßen.

Ihre Bibliothek war leer.

Kein Buch, nicht ein einziges, weder in den Regalen noch in den Vitrinen, deren Glas zerschlagen war. Auch auf dem Boden lag keins. Sie waren alle fort. Und von der Decke baumelte ein toter, roter Hahn.

Elinor presste die Hand auf den Mund, als sie ihn sah. Sein Kopf hing herunter, der Kamm bedeckte die starren Augen. Seine Federn schimmerten immer noch, als habe sich das Leben dorthin geflüchtet, in die feinen rostroten Brustfedern, die dunkel gescheckten Flügel und die langen Schwanzfedern, dunkelgrün und schimmernd wie Seide.

Eins der Fenster stand offen. Ein schwarzer Pfeil war mit Ruß auf das weiß lackierte Fensterbrett gemalt. Er zeigte nach draußen. Elinor stolperte auf das Fenster zu, die Füße taub vor Angst. Die Nacht war nicht dunkel genug, um zu verbergen, was da draußen auf dem Rasen lag: ein formloser Aschehügel, weißlich grau im Mondlicht, grau wie Mottenflügel, grau wie verbranntes Papier.

Da waren sie. Ihre kostbarsten Bücher. Oder das, was von ihnen übrig war.

Elinor kniete sich hin, auf die Fußbodendielen, für die sie selbst das Holz so sorgsam ausgesucht hatte. Durch das offene Fenster über ihr strich der Wind herein, der vertraute Wind, und roch fast ebenso wie die Luft in Capricorns Kirche. Elinor wollte schreien, sie wollte fluchen, schimpfen, toben, doch es kam kein Laut aus ihrem Mund. Sie konnte nur weinen.

Ein guter alter Platz zum Bleiben

»Ich habe keine Mutter«, sagte Peter.
Er hatte auch nicht die leiseste Sehnsucht danach.
Er hielt Mütter für sehr überschätzt.
James M. Barrie, Peter Pan

Die Wohnung, die Fenoglio vermietete, war nur zwei Gassen entfernt von seinem Haus. Sie hatte ein winziges Bad, eine Küche und zwei Zimmer. Da sie im Erdgeschoss lag, war sie etwas dunkel, und die Betten quietschten, wenn man sich hineinlegte, aber Meggie schlief trotzdem gut, auf jeden Fall besser als auf Capricorns feuchtem Stroh oder in der Hütte mit dem eingestürzten Dach.

Mo schlief nicht gut. In der ersten Nacht schreckte Meggie dreimal auf, weil sich draußen auf der Gasse die Kater stritten, und jedes Mal sah sie, dass er mit offenen Augen dalag, die Arme hinterm Kopf verschränkt, und zum dunklen Fenster starrte.

Am nächsten Morgen stand er schon sehr früh auf und kaufte, was sie zum Frühstück brauchten, in dem kleinen Laden, der am Ende der Gasse lag. Die Brötchen waren noch warm, und Meggie hatte wirklich fast das Gefühl, Ferien zu haben, als Mo mit ihr in den nächsten größeren Ort fuhr, um das Nötigste an Werkzeug zu besorgen, Pinsel, Messer, Stoff, feste Pappe – und ein wahrhaft riesiges Eis, das sie zusammen in einem Café am Meer aßen. Meggie hatte den Geschmack immer noch auf der Zunge, als sie an Fenoglios Haustür klopften. Der alte Mann trank mit Mo noch einen Kaffee in seiner grün gestrichenen Küche, dann stieg er mit ihm und Meggie hinauf zum Dachboden, wo er seine Bücher verwahrte.

»Das ist nicht dein Ernst!«, schimpfte Mo, als er vor den zugestaubten Regalen stand. »Man sollte sie dir alle wegnehmen, auf der Stelle! Wann bist du das letzte Mal hier oben gewesen? Den Staub kann man mit einem Spachtel von den Seiten kratzen.«

»Ich musste sie hier einquartieren«, verteidigte Fenoglio sich, während das schlechte Gewissen sich in seinen Falten versteckte. »Es wurde unten einfach zu eng mit all den Regalen und außerdem haben meine Enkel sie ständig in den Fingern gehabt.«

»Nun, die hätten kaum so viel Schaden angerichtet wie die Feuchtigkeit und der Staub«, sagte Mo mit so ärgerlicher Stimme, dass Fenoglio sich wieder nach unten verzog. »Armes Kind. Ist dein Vater immer so streng?«, fragte er Meggie, während sie die steile Treppe hinunterstiegen.

»Nur wenn es um Bücher geht«, antwortete sie.

Fenoglio verschwand in seinem Arbeitszimmer, bevor sie ihn irgendetwas fragen konnte, und seine Enkel waren in der Schule und im Kindergarten, also holte sie sich die Bücher, die Elinor ihr geschenkt hatte, und setzte sich damit auf die Treppe, die in Fenoglios winzigen Garten hinunterführte. Wilde Rosen wuchsen darin, so dicht, dass man kaum einen Schritt tun konnte, ohne dass sie einem ihre Ranken um die Beine schlangen, und von der obersten Treppenstufe aus konnte man das Meer sehen, weit fort war es und scheinbar doch ganz nah.

Meggie schlug wieder die Gedichte auf. Sie musste die Augen zusammenkneifen, so hell schien die Sonne ihr ins Gesicht, und bevor sie zu lesen begann, sah sie über die Schulter, um sicherzugehen, dass Mo nicht vielleicht doch noch einmal heruntergekommen war. Sie wollte nicht, dass er sie bei dem ertappte, was sie vorhatte. Sie schämte sich dafür, doch die Versuchung war einfach zu groß.

Als sie ganz sicher war, dass niemand kam, holte sie tief Luft, räusperte sich – und begann. Sie formte jedes Wort mit den Lippen, so wie sie es bei Mo gesehen hatte, fast zärtlich, als wäre jeder Buchstabe eine Note und jeder lieblos ausgesprochene ein Missklang in der Melodie. Doch bald merkte sie, dass, wenn sie jedem Wort Aufmerksamkeit schenkte, der Satz nicht mehr klang und dass die Bilder dahinter verloren gingen, wenn sie nur auf den Klang und nicht auf den Sinn achtete. Es war schwer. So schwer. Und die Sonne machte sie schläfrig, bis sie das Buch schließlich zuschlug und ihr Gesicht in die warmen Strahlen hielt. Es war ohnehin dumm, es zu versuchen. So dumm …

Am späten Nachmittag kamen Pippo, Paula und Rico, und Meggie streunte mit ihnen durch den Ort. Sie kauften ein in dem Laden, in dem Mo am Morgen gewesen war, saßen zusammen am Dorfrand auf einer Mauer, beobachteten die Ameisen, wie sie Piniennadeln und Blütensamen über die zerfurchten Steine schleppten, und zählten die Schiffe, die auf dem fernen Meer vorüberzogen.

Noch ein zweiter Tag verging so. Ab und zu fragte Meggie sich, wo Staubfinger wohl steckte und ob Farid immer noch bei ihm war, wie es Elinor ging und ob sie sich schon fragte, wo sie blieben.

Auf keine dieser Fragen gab es eine Antwort, und auch, was Fenoglio hinter der Tür seines Schreibzimmers trieb, fand Meggie nicht heraus. »Er kaut auf seinem Stift«, berichtete Paula, nachdem es ihr einmal gelungen war, sich unter seinem Schreibtisch zu verstecken. »Er kaut auf seinem Stift und geht auf und ab.«

»Mo, wann fahren wir zu Elinor?«, fragte Meggie in der zweiten Nacht, als sie spürte, dass er wieder nicht schlafen konnte. Sie setzte sich auf seine Bettkante. Das Bett quietschte genauso wie ihres.

»Bald«, antwortete er. »Aber jetzt schlaf weiter, ja?«

»Vermisst du sie?« Meggie wusste selbst nicht, woher die Frage so unvermittelt kam. Plötzlich war sie einfach da, auf ihrer Zunge, und musste heraus.

Es dauerte lange, bis Mo antwortete.

»Manchmal«, antwortete er schließlich. »Morgens, mittags, abends, nachts. Fast immer.«

Meggie spürte, wie die Eifersucht ihr kleine Krallen ins Herz bohrte. Sie kannte das Gefühl, es regte sich jedes Mal, wenn Mo eine neue Freundin hatte. Aber eifersüchtig auf die eigene Mutter?

»Erzähl mir von ihr!«, sagte sie leise. »Aber keine erfundenen Geschichten, so wie du es früher getan hast.«

Früher hatte sie manchmal in ihren Büchern nach einer passenden Mutter gesucht, aber in ihren Lieblingsbüchern kamen kaum welche vor: Tom Sawyer? Keine Mutter. Huck Finn? Sowieso nicht. Peter Pan, die Verlorenen Jungs? Keine Mutter weit und breit. Jim Knopf, mutterlos ... und in den Märchen nichts als böse Stiefmütter, herzlose, eifersüchtige Mütter ... die Liste ließ sich endlos lang fortsetzen. Früher hatte das Meggie oft getröstet. Es schien nicht sonderlich ungewöhnlich zu sein, keine Mutter zu haben – zumindest nicht in ihren Lieblingsgeschichten.

»Was soll ich dir erzählen?« Mo sah zum Fenster. Draußen stritten sich schon wieder die Kater. Ihr Geschrei klang wie das von kleinen Kindern. »Du siehst ihr ähnlicher als mir – zum Glück.

Sie lacht wie du, und sie kaut genau wie du auf einer Haarsträhne, wenn sie liest. Sie ist kurzsichtig, aber sie ist zu eitel, eine Brille zu tragen ...«

»Kann ich verstehen.« Meggie setzte sich neben ihn. Sein Arm schmerzte ihn kaum noch, der Biss von Bastas Hund war fast verheilt. Aber es würde eine Narbe bleiben, hell wie die, die Bastas Messer vor neun Jahren hinterlassen hatte.

»Wieso verstehst du das? Ich mag Brillen«, sagte Mo.

»Ich nicht. Und ...?«

»Sie liebt Steine, flache, rund geschliffene Steine, die der Hand schmeicheln. Einen oder zwei hat sie immer in der Tasche. Sie hat außerdem die Angewohnheit, sie auf ihre Bücher zu legen, vor allem auf die Taschenbücher, weil sie es nicht mag, wenn die Umschläge hochstehen. Aber du hast die Steine immer weggenommen und sie über den Holzfußboden rollen lassen.«

»Dann war sie böse.«

»Ach was. Sie hat deinen speckigen kleinen Hals gekitzelt, bis du die Steine losgelassen hast.« Mo drehte sich zu ihr um. »Vermisst du sie wirklich nicht, Meggie?«

»Ich weiß nicht. Nur, wenn ich wütend auf dich bin.«

»So ungefähr ein Dutzend Mal am Tag also.«

»Unsinn!« Meggie stieß ihm den Ellbogen in die Seite. Sie lauschten beide hinaus in die Nacht. Das Fenster stand einen Spalt weit offen, es war still draußen. Die Kater waren verstummt, wahrscheinlich leckten sie ihre Wunden. Vor dem Laden saß oft ein getigerter Kater mit einem zerfetzten Ohr. Für einen Augenblick glaubte Meggie, in der Ferne das Meer rauschen zu hören, aber vielleicht war es auch bloß die nahe Autobahn.

»Was denkst du, wo Staubfinger hingegangen ist?« Die Dunkelheit hüllte sie ein wie ein weiches Tuch. Die Wärme werde ich vermissen, dachte sie. Ja, wirklich.

»Ich weiß es nicht«, antwortete Mo. Seine Stimme klang abwesend. »Ich hoffe, weit fort, aber ich bin nicht sicher.«

Nein, das war Meggie auch nicht.

»Glaubst du, der Junge ist noch bei ihm?« Farid. Sie mochte seinen Namen.

»Ich denke schon. Er lief ihm ja nach wie ein Hund.«

»Er mag ihn eben. Glaubst du, Staubfinger mag ihn auch?«

Mo zuckte die Achseln. »Ich weiß nicht, was oder wen Staubfinger mag.«

Meggie lehnte den Kopf gegen seine Brust, so wie sie es zu Hause immer getan hatte, wenn er ihr eine Geschichte erzählte. »Er will das Buch immer noch, nicht wahr?«, flüsterte sie. »Basta wird ihn mit seinem Messer in Scheiben schneiden, wenn er ihn erwischt. Er hat bestimmt längst ein neues Messer.«

Draußen kam jemand die schmale Gasse entlang. Eine Tür ging auf und wurde zugeschlagen, ein Hund bellte.

»Wenn es dich nicht gäbe«, sagte Mo, »würde ich auch zurückgehen.«

Geschwätziger Pippo

»Man hat euch falsch informiert«, sagte Butterblume zu ihm.
»Hier ist kein Dorf, auf viele Meilen nicht.«
»Dann ist ja auch niemand da, der dich schreien hört«, sagte der Sizilianer und sprang sie mit erstaunlicher Behendigkeit an.
William Goldman, Die Brautprinzessin

Am nächsten Morgen, es war vielleicht zehn Uhr, rief Elinor bei Fenoglio an. Meggie saß oben bei Mo und sah zu, wie er ein Buch von seinem angeschimmelten Einband befreite, so vorsichtig, als zöge er ein verletztes Tier aus einer Falle.

»Mortimer!«, rief Fenoglio die Treppe hinauf. »Da ist ein hysterisches Weibsbild an meinem Telefon und schreit mir unverständliches Zeug ins Ohr. Behauptet, eine Freundin von dir zu sein.«

Mo legte das kleiderlose Buch zur Seite und ging nach unten. Fenoglio hielt ihm mit finsterer Miene den Hörer entgegen. Elinors Stimme spuckte Wut und Verzweiflung in das friedliche Arbeitszimmer. Mo hatte Mühe, sich auf das, was sie ihm ins Ohr schimpfte, einen Reim zu machen.

»Wie wusste er … ach ja, natürlich …«, hörte Meggie ihn sagen. »Verbrannt? Alle?« Er fuhr sich mit der Hand übers Gesicht und sah Meggie an, aber sie hatte das Gefühl, dass er durch sie hindurchblickte. »In Ordnung«, sagte er. »Ja, sicher, obwohl ich fürchte, dass sie dir auch hier kein Wort glauben werden. Und für das, was mit deinen Büchern passiert ist, ist die hiesige Polizei nicht zuständig ... ja, gut. Natürlich ... Ich hol dich ab. Ja.«

Dann legte er den Hörer auf.

Fenoglio konnte seine Neugier nicht verhehlen. Er witterte eine neue Geschichte. »Was war das nun wieder?«, fragte er ungeduldig, während Mo nur dastand und das Telefon anstarrte. Es war Samstag. Rico hing wie ein Äffchen auf Fenoglios Rücken, aber die anderen beiden Kinder waren noch nicht aufgetaucht. »Mortimer, was ist? Redest du nicht mehr mit uns? Sieh dir deinen Vater an, Meggie! Steht da wie ausgestopft.«

»Das war Elinor«, sagte Mo. »Die Tante von Meggies Mutter. Ich habe dir von ihr erzählt. Capricorns Männer sind bei ihr eingebrochen. Sie haben im ganzen Haus die Bücher aus den Regalen gerissen und als Fußabtreter benutzt, und die Bücher, die in Elinors Bibliothek standen –«, er zögerte einen Moment, bevor er weitersprach, »– ihre kostbarsten Bücher haben sie nach draußen geschafft und im Garten verbrannt. Alles, was sie noch in ihrer Bibliothek vorgefunden hat, war ein toter Hahn.«

Fenoglio ließ seinen Enkel vom Rücken rutschen. »Rico, sieh mal nach den Kätzchen!«, sagte er. »Das hier ist nichts für deine Ohren.« Rico protestierte, aber sein Großvater schob ihn unbarmherzig aus dem Zimmer und schloss die Tür hinter ihm. »Wieso bist du so sicher, dass Capricorn dahintersteckt?«, fragte er, als er sich wieder zu Mo umwandte.

»Wer sonst? Außerdem ist der rote Hahn doch, soweit ich mich erinnere, sein Wahrzeichen. Hast du deine eigene Geschichte vergessen?«

Fenoglio schwieg bedrückt. »Nein, nein, ich erinnere mich«, murmelte er.

»Was ist mit Elinor?« Meggie wartete mit klopfendem Herzen auf Mos Antwort.

»Die war zum Glück noch nicht zu Hause, hat sich Zeit für den Rückweg genommen. Dem Himmel sei Dank. Aber du kannst dir ja vorstellen, wie es ihr geht. Ihre schönsten Bücher, mein Gott ...«

Fenoglio sammelte mit fahrigen Fingern ein paar Spielzeugsoldaten von seinem Teppich. »Ja, Capricorn liebt das Feuer«, sagte er mit belegter Stimme. »Wenn er es wirklich war, dann kann eure Freundin sehr froh sein, dass er sie nicht gleich mit verbrannt hat.«

»Ich werde es ihr bestellen.« Mo griff nach einer Streichholzschachtel, die auf Fenoglios Schreibtisch lag, zog sie auf und schob sie langsam wieder zu.

»Was ist mit meinen Büchern?« Meggie wagte die Frage kaum zu stellen. »Meine Kiste – ich hatte sie unter dem Bett versteckt.«

Mo legte die Streichholzschachtel zurück auf den Schreibtisch. »Das ist die einzige gute Nachricht«, sagte er. »Deiner Kiste ist nichts passiert. Sie steht immer noch unter dem Bett. Elinor hat nachgesehen.«

Meggie holte tief Luft. Ob Basta die Bücher angesteckt hatte? Nein, Basta hatte Angst vor Feuer, sie konnte sich noch zu gut erinnern, wie Staubfinger ihn damit aufgezogen hatte. Aber letztendlich war es ja egal, wer von den Schwarzjacken es gewesen war. Elinors Schätze waren fort und nicht einmal Mo konnte sie zurückbringen.

»Elinor kommt mit dem Flugzeug her, ich soll sie abholen«, sagte Mo. »Sie hat sich in den Kopf gesetzt, Capricorn die Polizei auf den Hals zu hetzen. Ich habe ihr gesagt, dass ich das für aussichtslos halte. Selbst wenn sie beweisen könnte, dass es seine

Männer waren, die bei ihr eingebrochen sind, wie will sie beweisen, dass er den Befehl gegeben hat? Aber du kennst ja Elinor.«

Meggie nickte düster. Ja, sie kannte Elinor – und sie konnte sie nur zu gut verstehen.

Aber Fenoglio lachte. »Die Polizei! Capricorn kann man doch nicht mit der Polizei kommen!«, rief er. »Er macht sich seine eigenen Regeln, seine eigenen Gesetze …«

»Hör auf! Das ist kein Buch, das du schreibst!«, unterbrach Mo ihn barsch. »Wahrscheinlich macht es Spaß, jemanden wie Capricorn zu erfinden, aber glaub mir, es macht nicht den geringsten Spaß, ihm zu begegnen. Ich fahre zum Flughafen, Meggie lass ich hier. Pass gut auf sie auf.«

Bevor Meggie protestieren konnte, war er aus der Tür. Sie lief ihm nach, aber auf der Gasse kamen ihr Paula und Pippo entgegen. Sie hielten sie fest und wollten sie mit sich ziehen. Den Menschenfresser sollte sie spielen, die Hexe, das sechsarmige Ungeheuer – Figuren aus den Geschichten ihres Großvaters, mit denen sie die Welt und ihre Spiele bevölkerten. Als Meggie es endlich geschafft hatte, die kleinen Hände abzuschütteln, war Mo längst fort. Der Platz, an dem er den Leihwagen geparkt hatte, war leer und Meggie stand auf der Piazza, allein mit dem Denkmal für die Toten und ein paar alten Männern, die, die Hände in den Hosentaschen vergraben, aufs Meer blickten.

Unschlüssig schlenderte sie zu den Stufen vor dem Denkmal und setzte sich. Ihr war nicht danach zumute, Fenoglios Enkel durch sein Haus zu jagen oder Verstecken mit ihnen zu spielen. Nein, sie wollte einfach dasitzen und auf Mos Rückkehr warten. Der heiße Wind, der in der letzten Nacht durch das Dorf geweht und feinen Sand auf den Fensterbrüstungen hinterlassen hatte, war weitergezogen. Die Luft war kühler als an den vergangenen Tagen. Über dem Meer war der Himmel noch klar, doch von den Hügeln trieben graue Wolken heran, und jedes Mal, wenn die Sonne hinter ihnen verschwand, legte sich ein Schatten über die Dächer des Ortes, der Meggie frösteln ließ.

Eine Katze schlich auf sie zu, steifbeinig, den Schwanz in die Höhe gestreckt. Es war ein mageres kleines Ding mit Zecken im grauen Fell und Rippen, die sich wie Streifen unter dem feinen Haar abzeichneten. Meggie lockte sie mit leiser Stimme, bis sie ihr den Kopf unter den Arm schob und schnurrend um ein paar streichelnde Finger bat. Sie sah nicht aus, als ob sie jemandem gehörte, kein Halsband, kein Gramm Fett, das von einem fürsorgenden Besitzer kündete. Meggie kraulte ihr die Ohren, das Kinn, den Rücken, während sie die Straße hinuntersah, die gleich hinter dem Dorf mit einer scharfen Biegung hinter den Häusern verschwand.

Wie weit war es zum nächsten Flugplatz? Meggie stützte das Gesicht in die Hände. Über ihr ballten sich die Wolken immer bedrohlicher zusammen. Dichter und dichter trieben sie heran, grau vom Regen.

Die Katze rieb den Rücken an ihrem Knie, und während Meggies Finger über das schmutzige Fell strichen, kam ihr plötzlich eine neue Frage in den Sinn. Was, wenn Staubfinger Capricorn nicht nur von Elinors Haus berichtet hatte? Was, wenn er ihm auch erzählt hatte, wo *sie* und Mo zu Hause waren? Erwartete sie dann auch ein Haufen Asche auf dem Hof? Nein. Sie wollte nicht daran denken. Er weiß es nicht!, flüsterte sie. Er weiß gar nichts. Staubfinger hat es ihm nicht erzählt. Immer wieder flüsterte sie es, wie eine Beschwörung.

Irgendwann spürte sie einen Regentropfen auf der Hand, dann

noch einen. Sie sah zum Himmel hinauf. Kein Fleckchen Blau war mehr zu entdecken. Wie schnell das nahe Meer das Wetter umschlagen ließ! Na gut, dann warte ich eben in der Wohnung, dachte sie. Vielleicht war sogar noch etwas Milch da für die Katze. Das arme Ding wog kaum mehr als ein trockenes Handtuch, Meggie hatte Angst, ihm etwas zu brechen, als sie es hochhob.

In der Wohnung war es stockdunkel, Mo hatte am Morgen die Fensterläden geschlossen, damit es drinnen nicht stickig wurde von der Sonne. Meggie fröstelte, als sie nass von dem staubfeinen Regen in das kühle Schlafzimmer kam. Sie setzte die Katze auf ihr ungemachtes Bett, schlüpfte in Mos viel zu großen Pullover und lief in die Küche. Die Milchtüte war fast leer, aber verdünnt mit etwas warmem Wasser reichte es gerade noch für ein Schüsselchen.

Die Katze stolperte fast über die eigenen Pfoten, so hastig huschte sie heran, als Meggie ihr die Milch neben das Bett stellte. Draußen regnete es immer heftiger. Meggie hörte, wie die Tropfen auf das Pflaster prasselten. Sie ging zum Fenster und öffnete die Läden. Der Streifen Himmel zwischen den Dächern war so dunkel, als würde die Sonne bereits untergehen. Meggie schlenderte zu Mos Bett und setzte sich darauf. Die Katze schleckte immer noch die Schüssel aus, gierig fuhr die kleine Zunge über die geblümte Glasur, auf einen letzten köstlichen Tropfen hoffend. Meggie hörte Schritte draußen auf der Gasse und dann ein Klopfen an der Tür. Wer war das? Mo konnte doch unmöglich schon zurück sein. Oder hatte er etwas vergessen? Die Katze war verschwunden, vermutlich hatte sie sich unter dem Bett versteckt. »Wer ist da?«, rief Meggie.

»Meggie!«, rief eine Kinderstimme. Natürlich, Paula oder Pippo. Ja, bestimmt war es Pippo. Wahrscheinlich wollten sie mit ihr trotz des Regens wieder nach den Ameisen sehen. Unter dem Bett kam eine graue Tatze hervor und zog an ihrem Schuhband. Meggie trat auf den winzigen Flur hinaus. »Ich hab jetzt keine Zeit zum Spielen!«, rief sie durch die verschlossene Tür.

»Bitte, Meggie!«, flehte Pippos Stimme.

Mit einem Seufzer öffnete Meggie die Tür – und blickte Basta ins Gesicht.

»Na, wen haben wir denn da?«, fragte er mit bedrohlich leiser Stimme, während seine Finger sich um Pippos dünnen Hals legten. »Was sagst du dazu, Flachnase? Sie hat keine Zeit zum Spielen.« Basta stieß Meggie unsanft zurück und trat mit Pippo durch die Tür. Natürlich, Flachnase war auch da. Er passte kaum durch die Tür mit seinem breiten Kreuz.

»Lass ihn los!«, fuhr Meggie Basta mit zitternder Stimme an. »Du tust ihm weh.«

»Tu ich das?« Basta blickte hinunter in Pippos blasses Gesicht. »Das ist nicht nett von mir, wo er uns doch gezeigt hat, wo du steckst.« Bei den letzten Worten drückte er Pippos Hals noch etwas fester. »Weißt du, wie lange wir in dieser dreckigen Hütte gelegen haben?«, zischte er Meggie an.

Sie wich einen Schritt zurück.

»Seeehr lange!« Basta dehnte das Wort und schob sein Fuchsgesicht so nah an Meggies Gesicht, dass sie ihr eigenes Spiegelbild in seinen Augen sah. »Stimmt's, Flachnase?«

»Die verdammten Ratten hätten mir fast die Zehen weggefressen«, knurrte der Riese. »Dafür würde ich der kleinen Hexe zu gern die Nase umdrehen, bis sie ihr verkehrt herum im Gesicht sitzt.«

»Vielleicht später.« Basta schob Meggie in das dunkle Schlafzimmer. »Wo ist dein Vater?«, fragte er. »Der Kleine hier« – er ließ Pippos Hals los und gab ihm einen so unsanften Stoß in den

Rücken, dass er gegen Meggie stolperte – »hat uns gesagt, dass er weggefahren ist. Wohin?«

»Einkaufen.« Meggie konnte kaum atmen vor Angst. »Wie hast du uns gefunden?«, flüsterte sie. Und gab sich selbst die Antwort. Staubfinger. Natürlich. Wer sonst? Aber wofür hatte er sie diesmal verraten?

»Staubfinger«, antwortete Basta, als hätte er ihre Gedanken gelesen. »Es gibt nicht viele Verrückte in dieser Welt, die herumstreunen, Feuer spucken und einen zahmen Marder besitzen, von einem gehörnten ganz zu schweigen. Also mussten wir nur ein wenig herumfragen, und sobald wir Staubfingers Spur hatten, hatten wir natürlich auch die deines Vaters. Und wir hätten euch bestimmt schon eher einen Besuch abgestattet, wenn dieser Dummkopf« – er stieß Flachnase den Ellbogen so heftig in den Magen, dass er ein schmerzvolles Grunzen ausstieß – »euch nicht auf dem Weg hierher aus den Augen verloren hätte. Ein Dutzend Dörfer haben wir abgesucht, uns die Lippen fransig gefragt und die Hacken schief gelaufen, bis wir endlich hierherkamen und sich einer von den alten Kerlen, die den ganzen Tag aufs Meer stieren, an Staubfingers Narbengesicht erinnert hat. Wo steckt er? Ist er auch« – Basta verzog spöttisch den Mund – »einkaufen?«

Meggie schüttelte den Kopf. »Er ist fort«, antwortete sie mit tonloser Stimme. »Schon lange.« Also hatte Staubfinger sie doch nicht verraten. Diesmal nicht. Und er war Basta durch die Finger geschlüpft. Meggie hätte fast gelächelt.

»Ihr habt Elinors Bücher verbrannt!«, sagte sie, während sie den vor Angst immer noch sprachlosen Pippo an sich drückte. »Das wird euch noch leidtun.«

»Ach ja?« Basta lächelte böse. »Warum sollte es? Cockerell

hatte sicher eine Menge Spaß dabei. Aber jetzt Schluss mit dem Gerede, wir haben nicht ewig Zeit. Der Junge da« – Pippo wich vor Bastas Zeigefinger zurück, als wäre er ein Messer – »hat uns ein paar seltsame Dinge erzählt von einem Großvater, der Bücher schreibt, und von einem Buch, an dem dein Vater ganz besonders interessiert war.«

Meggie schluckte. Dummer Pippo. Dummer, geschwätziger kleiner Pippo.

»Hast du deine Zunge verschluckt?«, fragte Basta. »Soll ich dem Kleinen vielleicht noch mal den mageren Hals zudrücken?«

Pippo begann zu weinen, er presste das Gesicht in Mos Pullover, den Meggie immer noch trug. Tröstend strich sie ihm über das krause Haar.

»Das Buch, an das du denkst, besitzt sein Großvater gar nicht mehr!«, fuhr sie Basta an. »Ihr habt es längst gestohlen!« Ihre Stimme klang rau vor Hass und ihr war übel von den eigenen Gedanken. Sie wollte Basta treten, schlagen, ihm sein Messer in den Bauch stoßen, das funkelnagelneue Messer, das in seinem Gürtel steckte.

»Gestohlen, na so was.« Basta grinste Flachnase zu. »Davon überzeugen wir uns lieber selbst, nicht wahr?«

Flachnase nickte abwesend und sah sich um. »He, hörst du das?«

Unter dem Bett drang ein Scharren hervor. Flachnase kniete sich daneben, schob das herabhängende Laken zur Seite und stocherte mit dem Flintenlauf unter dem Bett herum. Fauchend schoss die Graue aus ihrem Versteck und zog Flachnase, als er nach ihr greifen wollte, die Krallen über das hässliche Gesicht. Mit einem Schmerzensschrei kam er auf die Füße. »Der dreh ich den Hals um!«, brüllte er. »Den Nacken breche ich ihr!«

Meggie wollte ihm in den Weg springen, als er der Katze nachstürzte, doch Basta kam ihr zuvor. »Gar nichts tust du!«, fauchte er Flachnase an, während die Graue unter dem Schrank verschwand. »Es bringt Unglück, Katzen zu töten. Wie oft soll ich dir das noch sagen?«

»Schwachsinn! Abergläubischer Schwachsinn! Ich hab schon etlichen von den Biestern den Hals umgedreht!«, schimpfte Flachnase, während er die Hand gegen die blutende Wange presste. »Hab ich deshalb mehr Unglück gehabt als du? Manchmal kannst du einen wirklich wahnsinnig machen mit deinem Geschwätz. Tritt nicht in den Schatten da, das bringt Unglück ... He, du hast den linken Stiefel zuerst angezogen, Unglück! ... Da hat einer gegähnt! Teufel, morgen fall ich tot um!«

»Hör auf!«, fuhr Basta ihn an. »Wenn hier einer schwätzt, dann du! Schaff die Kinder zur Tür.«

Pippo klammerte sich an Meggie, als Flachnase sie auf den Flur hinausschubste. »Was heulst du denn so?«, knurrte er ihn an. »Wir besuchen jetzt deinen Großvater.«

Pippo ließ Meggies Hand nicht ein einziges Mal los, während sie Flachnase hinterherstolperten. Er klammerte sich so fest daran, dass seine kurzen Fingernägel sich in ihre Haut gruben. Warum hat Mo nur nicht auf mich gehört?, dachte sie. Wir hätten nach Hause fahren können.

Es regnete immer noch heftig. Die Tropfen rannen Meggie übers Gesicht und liefen ihr den Nacken hinunter. Die Gassen waren menschenleer, niemand war da, der ihnen helfen konnte. Basta ging dicht hinter ihr, sie hörte, wie er leise auf den Regen schimpfte. Als sie Fenoglios Haus erreichten, waren Meggies Füße klitschnass und Pippo klebten die Locken am Kopf. Vielleicht ist er ja nicht zu Hause!, dachte Meggie hoffnungsvoll – und fragte sich gerade, was Basta in dem Fall tun würde, als die rot gestrichene Tür sich öffnete und Fenoglio vor ihnen stand.

»Ja, seid ihr denn von allen guten Geistern verlassen, bei dem Wetter draußen herumzurennen?«, polterte er. »Gerade wollte ich mich auf die Suche nach euch machen. Kommt rein, aber schnell.«

»Können wir auch rein?«

Basta und Flachnase hatten sich dicht neben die Tür gestellt, den Rücken gegen die Mauer gelehnt, damit Fenoglio sie nicht gleich bemerkte, doch nun trat Basta hinter Meggie und legte ihr die Hände auf die Schultern. Während Fenoglio ihn noch verblüfft musterte, trat Flachnase vor und setzte den Fuß in die geöffnete Tür. Pippo huschte flink wie ein Wiesel an ihm vorbei und verschwand im Haus.

»Wer ist das?« Fenoglio sah Meggie so vorwurfsvoll an, als hätte sie die beiden Fremden freiwillig mitgebracht. »Sind das Freunde deines Vaters?«

Meggie wischte sich den Regen aus dem Gesicht und gab ihm den vorwurfsvollen Blick zurück. »Du müsstest sie eigentlich besser kennen als ich!«, sagte sie.

»Kennen?« Fenoglio blickte sie verständnislos an. Dann musterte er Basta noch einmal – und sein Gesicht wurde starr. »Gütiger Gott!«, murmelte er. »Das gibt's nicht.« Hinter seinem Rücken lugte Paula hervor.

»Pippo weint!«, sagte sie. »Er hat sich im Schrank versteckt.«

»Geh zu ihm!«, sagte Fenoglio, ohne Basta aus den Augen zu lassen. »Ich komm gleich.«

»Wie lange wollen wir noch hier draußen stehen, Basta?«, brummte Flachnase. »Bis wir einlaufen?«

»Basta!«, wiederholte Fenoglio, ohne zur Seite zu treten.

»Ja, das ist mein Name, Alter!« Bastas Augen wurden jedes Mal schmal, wenn er lächelte. »Wir sind hier, weil du etwas hast, das uns sehr interessiert, ein Buch ...«

Natürlich. Meggie hätte fast losgelacht. Er begriff gar nichts! Basta wusste nicht, wer Fenoglio war. Woher auch? Woher sollte er wissen, dass dieser alte Mann ihn erfunden hatte, erschaffen aus Tinte und Papier, sein Gesicht, sein Messer und seine Bosheit.

»Schluss mit dem Gerede!«, knurrte Flachnase. »Mir läuft der Regen schon in die Ohren.« Wie eine lästige Fliege wischte er Fenoglio zur Seite und drängte sich an ihm vorbei ins Haus. Basta folgte ihm mit Meggie. In der Küche schluchzte Pippo immer noch im Schrank. Paula stand davor und redete durch die geschlossene Tür beruhigend auf ihn ein. Als Fenoglio mit den Fremden in die Küche kam, fuhr sie herum und musterte besorgt Flachnases Gesicht. Es war finster wie immer, für ein Lächeln schien es einfach nicht gemacht.

Fenoglio setzte sich an den Tisch und winkte Paula wortlos zu sich.

»Also, wo ist es?« Basta sah sich suchend um, doch Fenoglio war viel zu versunken in den Anblick seiner beiden Geschöpfe, um zu antworten. Vor allem an Basta klebten seine Augen, als könne er nicht glauben, was er sah.

»Ich hab es doch schon gesagt: Es ist keins mehr hier!«, antwortete Meggie an seiner Stelle.

Basta tat, als hätte er sie nicht gehört, und gab Flachnase ungeduldig ein Zeichen. »Such es!«, befahl er, und Flachnase gehorchte murrend. Meggie hörte, wie er die schmale Holztreppe hochpolterte, die zum Dachboden hinaufführte.

»Na, sag schon, kleine Hexe! Wie seid ihr auf den Alten gekommen?« Basta gab ihr einen Stoß in den Rücken. »Woher wusstet ihr, dass er noch ein Exemplar hat?«

Meggie warf Fenoglio einen warnenden Blick zu, aber die Zunge saß bei ihm leider ebenso locker wie bei Pippo.

»Wie sie auf mich gekommen sind? Ich habe das Buch geschrieben!«, verkündete der alte Mann stolz. Vielleicht erwartete er, dass Basta auf der Stelle vor ihm auf die Knie sinken würde, doch der verzog die Lippen nur zu einem mitleidigen Lächeln.

»Natürlich!«, sagte er und zog sein Messer aus dem Gürtel.

»Er hat es wirklich geschrieben!« Meggie konnte die Worte einfach nicht hinunterschlucken. Sie wollte dieselbe Angst auf Bastas Gesicht sehen, die Staubfinger hatte erblassen lassen, als er von Fenoglio erfuhr, doch Basta lachte nur noch einmal und begann, Kerben in Fenoglios Küchentisch zu schnitzen.

»Wer hat sich die Geschichte denn ausgedacht?«, fragte er. »Dein Vater? Wie dumm sehe ich aus, he? Jeder weiß, dass gedruckte Geschichten uralt sind und dass sie aufgeschrieben wurden von irgendwelchen Leuten, die längst tot und begraben sind.« Er stieß die Messerklinge in das Holz, zog sie wieder heraus und stieß sie erneut hinein. Über ihren Köpfen trampelte Flachnase herum.

»Tot und begraben, interessant.« Fenoglio zog Paula auf seinen Schoß. »Hast du das gehört, Paula? Dieser junge Mann glaubt, alle Bücher wären in grauer Vorzeit verfasst worden, von toten Leuten, die die Geschichten wunderweißwo aufgeschnappt haben. Vielleicht haben sie sie aus der Luft gepflückt?«

Paula musste kichern. Im Schrank war es still geworden. Wahrscheinlich lauschte Pippo mit angehaltenem Atem an der Tür.

»Was ist daran so komisch?« Basta richtete sich auf wie eine Schlange, der man auf den Schwanz getreten war.

Fenoglio beachtete ihn nicht. Er betrachtete lächelnd seine Hände – als erinnerte er sich an den Tag, an dem sie begonnen hatten, Bastas Geschichte aufzuschreiben. Dann blickte er Basta an. »Du ... trägst immer lange Ärmel, nicht wahr?«, sagte er. »Soll ich dir sagen, warum?«

Basta kniff die Augen zusammen und warf einen Blick zur Decke hinauf. »Verdammt, warum braucht dieser Idiot so lange, um ein Buch zu finden?«

Fenoglio betrachtete ihn mit verschränkten Armen. »Ganz einfach: Er kann nicht lesen!«, sagte er leise. »Du kannst doch auch nicht lesen, oder hast du es inzwischen gelernt? Nicht einer von Capricorns Männern kann es, ebenso wenig wie Capricorn selbst.«

Basta stieß das Messer so tief in die Tischplatte, dass er Mühe hatte, es wieder herauszuziehen. »Natürlich kann er lesen, was redest du da?« Drohend beugte er sich über den Tisch. »Dein Geschwätz gefällt mir nicht, alter Mann. Wie wär's, wenn ich dir noch ein paar Falten mehr in dein Gesicht schneide?«

Fenoglio lächelte. Vielleicht glaubte er, Basta könnte ihm nichts tun, weil er ihn erfunden hatte. Meggie war sich da nicht so sicher. »Du trägst lange Ärmel«, fuhr Fenoglio so langsam fort, als wolle er Basta Zeit geben, jedes einzelne Wort ganz genau zu verstehen, »weil dein Herr gern mit Feuer spielt. Beide Arme hast du dir verbrannt, bis zu den Schultern, als du für ihn das Haus eines Mannes angezündet hast, der gewagt hatte, Capricorn seine Tochter zu verweigern. Seither legt ein anderer das Feuer und du beschränkst dich auf Messerspiele.«

Basta sprang so plötzlich auf, dass Paula von Fenoglios Schoß rutschte und sich unter dem Tisch versteckte. »Du spielst wohl gern den Neunmalschlauen!«, knurrte er, während er Fenoglio das Messer unters Kinn hielt. »Dabei hast du nur das verfluchte Buch gelesen. Na und?«

Fenoglio sah ihm in die Augen. Das Messer unter seinem Kinn schien ihn nicht halb so zu erschrecken wie Meggie. »Ich weiß alles über dich, Basta«, sagte er. »Ich weiß, dass du jederzeit dein Leben für Capricorn hergeben würdest und dass du jeden Tag nach einem Lob von ihm lechzt. Ich weiß, dass du jünger als Meggie warst, als seine Männer dich aufgelesen haben, und dass du ihn seither für so etwas wie deinen Vater hältst. Aber soll ich dir etwas verraten? Capricorn hält dich für dumm und er verachtet dich dafür. Er verachtet euch alle, seine so ergebenen Söhne, obwohl er selbst dafür gesorgt hat, dass ihr dumm bleibt. Und er würde jeden von euch, ohne zu zögern, an die Polizei verraten, wenn es für ihn von Nutzen wäre. Ist dir das klar?«

»Halt dein schmutziges Maul, alter Mann!« Bastas Messer kam Fenoglios Gesicht bedrohlich nahe. Für einen Augenblick dachte Meggie, er würde ihm die Nase aufschlitzen. »Du weißt gar nichts von Capricorn. Nur das, was du in dem dummen Buch gelesen hast, und ich glaube, ich sollte dir jetzt den Hals durchschneiden!«

»Warte!«

Basta fuhr zu Meggie herum. »Misch dich nicht ein! Zu dir komm ich später, kleine Kröte«, sagte er.

Fenoglio hatte die Hände gegen seinen Hals gepresst und sah Basta fassungslos an. Offenbar hatte er endlich begriffen, dass er keineswegs sicher vor seinem Messer war.

»Wirklich! Du kannst ihn nicht töten!«, rief Meggie. »Sonst …«

Basta strich mit dem Daumen über die Klinge seines Messers. »Sonst was?«

Meggie suchte verzweifelt nach den richtigen Worten. Was sollte sie antworten? Was? »Weil ... Capricorn auch sterben würde!«, stieß sie hervor. »Ja! Genau! Ihr würdet alle sterben, du und Flachnase und Capricorn ... Wenn du den alten Mann tötest, dann sterbt ihr alle, weil er euch erfunden hat!«

Basta verzog die Lippen zu einem höhnischen Lächeln, aber er ließ das Messer sinken. Und für einen Moment glaubte Meggie, in seinen Augen sogar so etwas wie Angst zu entdecken.

Fenoglio warf ihr einen erleichterten Blick zu.

Basta trat einen Schritt zurück, musterte die Klinge seines Messers so angestrengt, als hätte er einen Fleck darauf entdeckt, und rieb sie mit einem Zipfel seiner schwarzen Jacke blank. »Ich glaube euch kein Wort, nur dass das klar ist!«, sagte er. »Aber die Geschichte klingt so verrückt, dass Capricorn sie vielleicht auch gern hören würde. Deshalb« – er warf einen letzten Blick auf das blanke Messer, ließ es zusammenschnappen und steckte es zurück in den Gürtel – »werden wir nicht nur das Buch und das Mädchen mitnehmen, sondern auch dich, alter Mann.«

Meggie hörte, wie Fenoglio scharf den Atem einzog. Sie selbst war nicht sicher, ob ihr Herz vor Angst überhaupt noch schlug. Basta würde sie mitnehmen. Nein!, dachte sie. Nein.

»Mitnehmen? Wohin?«, fragte Fenoglio.

»Frag die Kleine!« Basta wies spöttisch in Meggies Richtung. »Sie und ihr Vater hatten schon mal die Ehre, unsere Gäste zu sein. Übernachtung, Verpflegung, alles inbegriffen.«

»Aber das ist doch Unsinn!«, rief Fenoglio. »Ich dachte, es geht um das Buch!«

»Nun, da hast du falsch gedacht. Wir wussten ja nicht mal, dass es noch eins geben soll. Wir sollten nur Zauberzunge zurückbringen. Capricorn mag es gar nicht, wenn seine Gäste ihn verlassen, ohne sich zu verabschieden, und Zauberzunge ist ein ganz besonderer Gast, nicht wahr, Schätzchen?« Basta zwinkerte Meggie zu. »Aber er ist nicht hier und ich hab Besseres zu tun, als auf ihn zu warten. Deshalb werde ich seine Tochter mitnehmen, auf die Art kommt er ganz von selbst hinterhergestolpert.« Basta trat auf Meggie zu und strich ihr das Haar hinter die Ohren. »Ist sie nicht ein hübscher Köder?«, fragte er. »Glaub mir, alter Mann: Wenn man die Kleine hat, hat man ihren Vater wie einen Tanzbären am Nasenring.«

Meggie schlug seine Hand zur Seite. Sie zitterte vor Wut.

»Mach das nicht noch mal!«, flüsterte Basta ihr ins Ohr.

Meggie war froh, dass Flachnase in dem Moment die Treppe heruntergestampft kam. Atemlos erschien er in der Küchentür, mit einem Stapel Bücher unterm Arm. »Da!«, stieß er hervor, während er sie auf dem Tisch ablud. »Die fangen alle mit diesem abgebrochenen Kreuz an und der Strich kommt auch jedes Mal hinterher. Genau, wie du es aufgezeichnet hast.« Er legte einen schmierigen Zettel neben die Bücher. Ein ungelenkes T und ein I waren darauf gekritzelt. Die Buchstaben sahen aus, als hätte die Hand, die sie geschrieben hatte, viel Mühe damit gehabt.

Basta verteilte die Bücher auf dem Tisch und schob sie mit dem Messer auseinander. »Falsch«, sagte er und schubste zwei über die Tischkante, sodass sie mit verknickten Seiten auf dem Fußboden landeten. »Und die da auch.« Noch zwei landeten auf dem Boden und schließlich stieß Basta auch den Rest vom Tisch. »Du bist ganz sicher, dass da nicht noch eins ist?«, fragte er Flachnase.

»Ja!«

»Wehe, du irrst dich. Glaub mir, dann krieg nicht ich den Ärger, sondern du!«

Flachnase warf einen beunruhigten Blick auf die Bücher zu seinen Füßen.

»Ach ja, noch eine kleine Änderung: Den da nehmen wir auch mit!« Basta wies mit dem Messer auf Fenoglio. »Damit er dem Boss seine schönen Geschichten erzählen kann. Glaub mir, sie sind wirklich sehr unterhaltsam. Und für den Fall, dass er doch noch ein Buch versteckt hat: Zu Hause werden wir genug Zeit haben, ihn danach zu fragen. Du behältst den Alten im Auge, ich pass auf die Kleine auf.«

Flachnase nickte und zerrte Fenoglio von seinem Stuhl hoch. Basta aber griff nach Meggies Arm. Zurück zu Capricorn – sie biss sich auf die Lippen, um nicht loszuweinen, während Basta sie auf Fenoglios Küchentür zu zerrte. Nein. Keine Träne würde Basta von ihr zu sehen bekommen, die Freude würde sie ihm nicht machen. Wenigstens haben sie Mo nicht bekommen!, dachte sie. Und plötzlich konnte sie nur noch eins denken: Was, wenn er ihnen über den Weg lief, bevor sie das Dorf verließen? Was, wenn er ihnen mit Elinor entgegenkam?

Mit einem Mal hatte sie es sehr eilig fortzukommen, aber Flachnase war in der offenen Tür stehen geblieben. »Was ist mit der Kleinen und der Heulsuse im Schrank?«, fragte er.

Pippos Weinen verstummte und Fenoglios Gesicht wurde weißer als Bastas Hemd.

»Nun, Alter, was denkst du, was ich mit den beiden mache?«, fragte Basta höhnisch. »Wo du doch alles über mich zu wissen glaubst.«

Fenoglio brachte kein Wort heraus. Wahrscheinlich schoss ihm jede Grausamkeit durch den Kopf, die er Basta je angedichtet hatte.

Basta genoss die Angst auf seinem Gesicht ein paar köstliche Minuten lang, dann drehte er sich zu Flachnase um. »Die Kinder bleiben hier«, sagte er. »Ein Gör reicht.«

Fenoglio fand nur mühsam seine Stimme wieder. »Paula, ihr geht nach Hause!«, rief er, während Flachnase ihn den Flur hinunterschob. »Hört ihr? Ihr geht sofort nach Hause. Sagt eurer Mutter, ich bin ein paar Tage verreist! Verstanden?«

»Wir gehen noch mal an der Wohnung vorbei«, befahl Basta, als sie draußen auf der Gasse standen. »Ich hab ganz vergessen, deinem Vater eine Nachricht zu hinterlassen. Schließlich soll er doch wissen, wo du bist, oder?«

Was für eine Nachricht soll das werden, wo du kaum zwei Buchstaben richtig schreiben kannst?, dachte Meggie, aber das sprach sie natürlich nicht aus. Den ganzen Weg über hatte sie Angst, dass Mo ihnen entgegenkommen würde. Aber als sie vor der Wohnungstür standen, kam nur eine alte Frau die Gasse herunter.

»Ein Wort und ich gehe zurück und drehe den beiden Kindern die Hälse um!«, flüsterte Basta Fenoglio zu, als die Frau ihren Schritt verlangsamte.

»Hallo, Rosalia«, sagte Fenoglio mit belegter Stimme. »Jetzt habe ich schon wieder Mieter für meine Wohnung. Was sagst du dazu?«

Das Misstrauen verschwand von Rosalias Gesicht und ein paar Atemzüge später war sie am Ende der Gasse verschwunden. Meggie schloss auf und ließ Basta und Flachnase zum zweiten Mal in die Wohnung, in der sie und Mo sich so sicher gefühlt hatten.

Im Flur fiel ihr wieder die Graue ein. Besorgt sah sie sich nach ihr um, aber sie konnte sie nirgendwo entdecken. »Die Katze muss noch raus«, sagte sie, als sie im Schlafzimmer standen. »Sie verhungert doch sonst.«

Basta stieß das Fenster auf. »Nun kann sie raus«, sagte er.

Flachnase schnaubte verächtlich, aber diesmal sagte er nichts über Bastas Aberglauben.

»Kann ich etwas zum Anziehen mitnehmen?«, fragte Meggie.

Flachnase grunzte nur. Und Fenoglio blickte unglücklich an sich herunter. »Ich könnte auch noch was zum Anziehen gebrauchen«, sagte er, aber keiner beachtete ihn. Basta war damit beschäftigt, seine Nachricht zu hinterlassen. Sorgfältig, die Zungenspitze zwischen die Zähne geklemmt, ritzte er mit dem Messer seinen Namen in den Kleiderschrank. BASTA. Die Nachricht würde Mo nur zu gut verstehen.

Meggie stopfte hastig ein paar Sachen in ihren Rucksack. Mos Pullover behielt sie an. Als sie Elinors Bücher zwischen die Kleider stopfen wollte, schlug Basta sie ihr aus der Hand.

»Die bleiben hier!«, sagte er.

Mo kam ihnen nicht entgegen, als sie zu Bastas Wagen gingen.

Den ganzen endlosen Weg lang nicht.

In den pelzigen Hügeln

»Laß ihn in Ruhe«, sagte Merlin. »Vielleicht will er erst Freundschaft mit dir schließen, wenn er dich genauer kennt. Bei Eulen geht das nicht so haste-was-kannste.«
T. H. White, Der König auf Camelot

Staubfinger blickte hinüber zu Capricorns Dorf. Zum Greifen nah schien es. In einigen Fenstern spiegelte sich der Himmel und auf einem der Dächer wechselte einer der Schwarzjacken ein paar zerbrochene Schindeln aus. Staubfinger sah, wie er sich den Schweiß von der Stirn wischte. Nicht mal bei dieser Hitze zogen die Dummköpfe ihre Jacken aus – als hätten sie Angst, auseinanderzufallen ohne ihre schwarze Kluft. Nun ja, auch Krähen legten ihre Federn in der Sonne nicht ab, und nichts als ein Schwarm Krähen waren sie, Räuber, Aasfresser, die ihre scharfen Schnäbel gern in totes Fleisch schlugen.

Den Jungen hatte es zuerst beunruhigt, wie nah beim Dorf das Versteck lag, das Staubfinger ausgewählt hatte, doch er hatte ihm erklärt, warum es nirgendwo auf den umliegenden Hügeln einen sichereren Platz für sie gab. Die verkohlten Mauern waren kaum noch zu entdecken. Wolfsmilch, Ginster und wilder Thymian hatten sich in die rußschwarzen Steine gekrallt, mit grünen Zweigen Schmerz und Unglück zugedeckt. Capricorns Männer hatten das Haus angesteckt, kurz nachdem sie das verlassene Dorf in Besitz genommen hatten. Die alte Frau, die in dem Haus gelebt hatte, hatte sich geweigert fortzugehen, doch Capricorn duldete keine neugierigen Augen so nah an seinem neuen Unterschlupf. Und so hatte er sie losgelassen, seine Krähen, seine schwarzen Männer, und sie hatten Feuer gelegt an den selbst gezimmerten Hühnerstall und an das Haus, in dem es nur ein einziges Zimmer gab. Sie hatten die mühsam angelegten Beete zertrampelt und den Esel erschossen, der fast so alt wie seine Besitzerin war. Im Schutz der Dunkelheit waren sie gekommen, wie immer, der Mond hatte besonders hell geleuchtet in dieser Nacht, so hatte eine von Capricorns Mägden es Staubfinger erzählt. Die alte Frau war aus dem Haus gestolpert und hatte geweint und geschrien. Und dann hatte sie sie alle verflucht, aber angesehen hatte sie dabei nur einen, Basta, der etwas abseits gestanden hatte, weil er Angst vor dem Feuer hatte, sein Hemd so weiß im Mondlicht. Vielleicht hatte sie dahinter so etwas wie Unschuld oder ein gutes Herz vermutet. Flachnase hatte ihr auf Bastas Weisung hin den Mund zugehalten, während die anderen lachten – und plötzlich war sie tot gewesen. Leblos hatte sie zwischen ihren zertretenen Beeten gelegen, und seit diesem Tag fürchtete Basta keinen Ort in den Hügeln so sehr wie den Platz, an dem die verkohlten Mauern aus der Wolfsmilch ragten. Ja, es gab keinen besseren Platz, um Capricorns Dorf zu beobachten.

Staubfinger hockte meist in einer der Steineichen, die früher vielleicht der Alten Schatten gespendet hatten, wenn sie vor ihrem Haus saß. Die Zweige verbargen ihn sicher vor jedem neugierigen Blick, der sich den Hang hinauf verirrte. Stunde um Stunde hockte er so da, reglos, mit dem Fernglas den Parkplatz und die Häuser beobachtend. Er hatte Farid angewiesen, weiter hinten zu bleiben, in der Senke hinter dem Haus. Der Junge hatte nur widerwillig gehorcht. Wie eine Klette klebte er an Staubfingers Fersen. Das niedergebrannte Haus war ihm unheimlich. »Ihr Geist ist bestimmt noch hier«, sagte er immer wieder, »der Geist der alten Frau. Was, wenn sie eine Hexe war?«

Aber Staubfinger lachte ihn nur aus. In dieser Welt gab es keine Geister. Zumindest ließen sie sich nicht sehen. Die Senke lag so geschützt, dass er es in der vergangenen Nacht sogar riskiert hatte, Feuer zu machen. Der Junge hatte ein Kaninchen gefangen, er war ein geschickter Schlingenleger und mitleidloser als Staubfinger. Wenn der ein Kaninchen fing, ging er immer erst hin, wenn er sicher sein konnte, dass das arme Ding nicht mehr zappelte. Farid kannte solches Mitgefühl nicht. Vielleicht hatte er zu oft Hunger gehabt.

Mit welcher Bewunderung er jedes Mal zusah, wenn Staubfinger mit ein paar dünnen Zweigen Feuer machte! Sämtliche Finger hatte der Junge sich schon verbrannt mit seinen Flammenspielchen. In die Nase und die Lippen hatte ihn das Feuer gebissen, und trotzdem ertappte Staubfinger ihn immer wieder dabei, wie er sich Fackeln drehte, aus Watte und dünnen Zweigen, oder mit den Streichhölzern herumspielte. Einmal hatte er das trockene Gras dabei angesteckt, und Staubfinger hatte ihn gepackt und geschüttelt wie einen ungehorsamen Hund, bis ihm die Tränen gekommen waren. »Hör zu, ich sag es nicht noch mal! Das Feuer ist ein gefährliches Tier!«, hatte er ihn angefahren. »Es ist nicht dein Freund. Es wird dich töten, wenn du es falsch behandelst, und dich mit seinem Rauch an deine Feinde verraten!«

»Aber dein Freund ist es!«, hatte der Junge gestammelt, Trotz in der Stimme.

»Unsinn! Ich bin nur nicht leichtsinnig. Ich achte auf den Wind! Hundertmal habe ich es dir schon gesagt: Mach kein Feuer, wenn es windig ist. Und jetzt verschwinde und such nach Gwin.«

»Und es ist doch dein Freund!«, hatte der Junge gemurmelt, bevor er sich davonmachte. »Auf jeden Fall gehorcht es dir besser als der Marder.«

Damit hatte er recht. Was nicht viel hieß, denn ein Marder gehorcht nun mal nur sich selbst, und auch das Feuer gehorchte Staubfinger in dieser Welt nicht halb so gut wie in der anderen. Dort hatten sich die Flammen zu Blüten geformt, wenn er es ihnen sagte. Sie hatten sich für ihn wie Bäume in der Nacht verzweigt und Funken auf ihn herabregnen lassen. Sie hatten gebrüllt und geflüstert, mit knisternden Stimmen, und mit ihm getanzt. Hier waren die Flammen zahm und störrisch zugleich, stumme, fremde Tiere, die ab und zu die Hand bissen, die sie fütterte. Nur manchmal, in kalten Nächten, wenn das Feuer das Einzige war, was die Einsamkeit vertrieb, glaubte er, es wispern zu hören, doch es waren Worte, die er nicht verstand.

Trotzdem hatte der Junge vermutlich recht. Das Feuer war sein Freund, doch es war auch schuld daran, dass Capricorn ihn hatte zu sich bringen lassen, damals, in dem anderen Leben. »Zeig mir, wie man mit dem Feuer spielt!«, hatte er gesagt, nachdem seine Männer Staubfinger zu ihm geschleppt hatten, und Staubfinger hatte gehorcht. Noch heute bereute er, wie viel er ihn gelehrt hatte, denn Capricorn liebte es, das Feuer vom Zügel zu lassen und es erst wieder einzufangen, wenn es sich satt gefressen hatte, an Ernten und Ställen, an Häusern und allem, was nicht schnell genug davonlaufen konnte.

»Ist er immer noch fort?« Farid lehnte sich gegen die borkige Rinde des Baumes. Leise wie eine Schlange war der Junge. Staubfinger schrak immer noch jedes Mal zusammen, wenn er so plötzlich auftauchte.

»Ja!«, antwortete er. »Das Glück lächelt uns zu.« Am Tag ihrer Ankunft hatte Capricorns Wagen noch auf dem Parkplatz gestanden, doch am Nachmittag hatten zwei seiner Jungen damit begonnen, den silbernen Lack zu polieren, bis sie sich darin spiegeln konnten, und kurz bevor es dunkel wurde, war er dann davongefahren. Capricorn ließ sich oft herumfahren, zu den Orten unten an der Küste oder zu einem seiner Stützpunkte, wie er sie gern nannte, obwohl das oft kaum mehr war als eine Hütte im Wald mit einem oder zwei gelangweilten Männern. Er selbst konnte ebenso wenig ein Auto steuern wie Staubfinger, doch einige seiner Männer beherrschten diese Kunst, auch wenn sie fast alle keinen Führerschein besaßen, denn dafür musste man lesen können.

»Ja, ich werde mich heute Nacht wieder hinüberschleichen«, sagte Staubfinger, »lange wird er nicht mehr fort sein und Basta ist bestimmt auch bald zurück.« Bastas Wagen hatte schon bei ihrer Ankunft nicht auf dem Parkplatz gestanden. Ob er und Flachnase etwa immer noch gefesselt in der Ruine lagen?

»Gut! Wann brechen wir auf?« Farids Stimme klang, als wäre er am liebsten sofort losgelaufen. »Sobald die Sonne untergegangen ist? Dann sind sie alle in der Kirche zum Essen.«

Staubfinger scheuchte eine Fliege von seinem Fernglas. »Ich geh allein. Du bleibst hier und passt auf unsere Sachen auf.«

»Nein!«

»Doch. Weil es gefährlich wird. Ich will jemanden besuchen und dafür muss ich mich in den Hof hinter Capricorns Haus schleichen.«

Der Junge musterte ihn mit erstaunten Augen. Schwarz waren sie und blickten manchmal drein, als hätten sie schon zu viel gesehen. »Ja, da staunst du, was?« Staubfinger verkniff sich ein

Lächeln. »Hättest nicht gedacht, dass ich Freunde in Capricorns Haus habe.«

Der Junge zuckte die Achseln und blickte hinüber zum Dorf. Ein Wagen fuhr auf den Parkplatz, ein staubiger Laster. Auf der offenen Ladefläche standen zwei Ziegen.

»Da ist wieder irgendein Bauer seine Ziegen losgeworden!«, murmelte Staubfinger. »Klug von ihm, sie abzugeben, sonst hätte spätestens heute Abend ein Zettel an seiner Stalltür geklebt.«

Farid sah ihn fragend an.

»*Morgen kräht der rote Hahn* hätte auf dem Zettel gestanden. Das ist der einzige Satz, den Capricorns Männer schreiben können. Manchmal hängen sie auch einfach einen toten Hahn über die Tür. Das versteht jeder.«

»Der rote Hahn?« Der Junge schüttelte den Kopf. »Ist das ein Fluch oder so was?«

»Nein! Teufel, du hörst dich schon wieder wie Basta an.« Staubfinger lachte leise.

Capricorns Männer stiegen aus dem Wagen. Der kleinere von ihnen hatte zwei prall gefüllte Plastiktüten dabei, der andere zerrte die Ziegen von der Ladefläche. »Der rote Hahn ist das Feuer, das Feuer, das sie ihnen in die Ställe legen oder an ihre Olivenbäume. Manchmal kräht der Hahn auch unterm Dach oder, wenn jemand besonders verstockt war, im Kinderzimmer. Fast jeder Mensch besitzt etwas, an dem sein Herz hängt.«

Die Männer zerrten die Ziegen ins Dorf. Einer von ihnen war Cockerell, Staubfinger erkannte ihn an seinem Hinken. Er hatte sich schon oft gefragt, ob Capricorn von all diesen kleinen Geschäften wusste oder ob seine Männer ab und zu auch für die eigene Tasche arbeiteten.

Farid fing eine Heuschrecke in der hohlen Hand und beobachtete sie durch seine Finger. »Ich komme trotzdem mit«, sagte er.

»Nein.«

»Ich hab keine Angst!«

»Umso schlimmer.«

Capricorn hatte Scheinwerfer anbringen lassen, nachdem ihm seine Gefangenen davongelaufen waren – vor der Kirche, auf dem Dach seines Hauses und am Parkplatz. Das machte es nicht gerade leichter, unentdeckt zu bleiben. Staubfinger hatte sich gleich in der ersten Nacht ins Dorf geschlichen, das narbige Gesicht mit Ruß geschwärzt, weil man es allzu leicht erkannte.

Auch die Wachtposten hatte Capricorn verstärkt, wahrscheinlich all der Schätze wegen, die Zauberzunge ihm verschafft hatte. Natürlich waren sie längst in den Kellern seines Hauses verschwunden, sorgsam verschlossen in den schweren Geldschränken, die Capricorn dort unten hatte aufstellen lassen. Er gab sein Gold nicht gern aus. Er hortete es wie die Drachen im Märchen. Manchmal schmückte er seine Finger mit einem Ring oder den Hals einer Magd, die ihm gerade gefiel, mit einer Kette. Oder er schickte Basta los, ihm ein neues Jagdgewehr zu kaufen.

»Mit wem willst du dich treffen?«

»Das geht dich nichts an.«

Der Junge ließ das Heupferd wieder laufen. Hektisch sprang es davon auf seinen staksigen olivgrünen Beinen.

»Es ist eine Frau«, sagte Staubfinger. »Eine von Capricorns Mägden. Sie hat mir schon ein paar Mal geholfen.«

»Ist es die, von der du ein Foto im Rucksack hast?«

Staubfinger ließ das Fernglas sinken. »Woher weißt du, was in meinem Rucksack steckt?«

Der Junge zog den Kopf zwischen die Schultern wie jemand, der es gewohnt ist, für jedes unbedachte Wort Prügel zu beziehen. »Ich hab nach Streichhölzern gesucht.«

»Wenn ich dich noch einmal dabei erwische, dass du die Finger in meinem Rucksack hast, sag ich Gwin, er soll sie dir abbeißen.«

Der Junge grinste. »Gwin beißt mich nie.«

Da hatte er recht. Der Marder hatte einen Narren an dem Jungen gefressen.

»Wo steckt das treulose Biest eigentlich?« Staubfinger lugte durch die Zweige. »Ich hab ihn seit gestern nicht gesehen.«

»Ich glaub, er hat ein Weibchen entdeckt.« Farid stocherte mit einem Ast in dem trocknen Laub. Überall unter den Bäumen lag es. Nachts würde es jeden verraten, der versuchte, sich an ihr Lager heranzupirschen. »Wenn du mich heute Nacht nicht mitnimmst«, sagte der Junge, ohne Staubfinger anzusehen, »dann schleich ich dir einfach hinterher.«

»Wenn du mir nachschleichst, schlag ich dich grün und blau.«

Farid senkte den Kopf und musterte mit ausdruckslosem Gesicht seine nackten Zehen. Dann blickte er zu den Mauerresten hinüber, hinter denen sie ihr Lager aufgeschlagen hatten.

»Komm mir jetzt nicht wieder mit dem Geist der alten Frau!«, sagte Staubfinger ärgerlich. »Wie oft soll ich es dir noch sagen? Alles, was gefährlich ist, ist dort drüben in den Häusern. Mach dir Feuer in der Senke, wenn du Angst vor der Dunkelheit hast.«

»Die Geister haben keine Angst vor Feuer.« Die Stimme des Jungen war kaum mehr als ein Flüstern.

Staubfinger stieg mit einem Seufzer von seinem Aussichtsplatz herunter. Der Junge war wirklich fast so schlimm wie Basta. Er fürchtete sich nicht vor Flüchen, Leitern und schwarzen Katzen, aber Geister sah er überall, und nicht etwa nur den der alten Frau, die irgendwo verscharrt in der harten Erde schlief. Nein, Farid sah noch andere Geister, ganze Scharen von ihnen: bösartige, fast allmächtige Geschöpfe, die armen sterblichen Jungen das Herz aus dem Leib rissen und es verspeisten. Er wollte Staubfinger einfach nicht glauben, dass sie nicht mit ihm gekommen waren, dass er sie zurückgelassen hatte in einem Buch, zusammen mit den Räubern, die ihn geprügelt und getreten hatten. Womöglich würde er vor Angst tot umfallen, wenn er heute Nacht allein blieb.

»Also gut, dann kommst du eben mit«, sagte Staubfinger. »Aber du gibst keinen Laut von dir, verstanden? Das da unten sind nämlich keine Geister, sondern echte Menschen mit Messern und Gewehren.«

Farid schlang dankbar die mageren Arme um ihn.

»Ja, ja, schon gut!«, sagte Staubfinger barsch und schob ihn weg. »Los, zeig mir, ob du inzwischen auf einer Hand stehen kannst.«

Der Junge gehorchte sofort. Mit hochrotem Kopf balancierte er erst auf dem rechten, dann auf dem linken Arm, die nackten Beine in die Luft gestreckt. Nach drei wackeligen Sekunden landete er in den harten Blättern einer Zistrose, aber er rappelte sich sofort wieder auf und versuchte es erneut.

Staubfinger setzte sich unter einen Baum.

Es wurde Zeit, den Jungen wieder loszuwerden. Aber wie? Nach einem Hund konnte man ein paar Steine werfen, aber nach einem Jungen ... Warum war er bloß nicht bei Zauberzunge geblieben? Der verstand sich besser aufs Aufpassen. Und schließlich hatte er ihn hergeholt. Aber nein, der Junge war ihm hinterhergelaufen.

»Ich seh mal nach Gwin«, sagte Staubfinger und stand auf. Ohne ein Wort trottete Farid ihm hinterher.

Wieder da

Sie sprach mit dem König und hoffte insgeheim, er würde seinem Sohn den Ausflug verbieten. Aber er sagte: »Nun, meine Liebe, es stimmt schon, dass Abenteuer selbst für die ganz Kleinen nützlich sind. Abenteuer können einem Menschen ins Blut gehen, auch wenn er sich später gar nicht daran erinnert, sie gehabt zu haben.«
Eva Ibbotson, Das Geheimnis von Bahnsteig 13

Wie ein gefährlicher Ort wirkte Capricorns Dorf wirklich nicht an dem grauen, regenverhangenen Tag, an dem Meggie es wiedersah. Schäbig ragten die Häuser aus dem Grün der Hügel. Kein Sonnenstrahl verklärte ihr Alter, und Meggie konnte kaum glauben, dass es dieselben Häuser waren, die in der Nacht ihrer Flucht so bedrohlich gewirkt hatten.

»Interessant!«, flüsterte Fenoglio, als Basta auf den Parkplatz fuhr. »Weißt du, dass dieser Ort einem der Schauplätze, die ich für *Tintenherz* erfunden habe, durchaus ähnlich sieht? Nun gut, es gibt keine Burg, aber die Landschaft ringsum ist annähernd die gleiche, und das Alter des Dorfes dürfte auch fast hinkommen. Und weißt du, dass *Tintenherz* in einer Welt spielt, die unserem Mittelalter nicht ganz unähnlich ist? Gut, ich habe natürlich einiges hinzugefügt, die Feen und Riesen zum Beispiel, und einiges habe ich weggelassen, aber ...«

Meggie hörte ihm nicht weiter zu. Sie musste an die Nacht denken, in der sie aus Capricorns Verschlägen geflohen waren. Damals hatte sie so sehr gehofft, dass sie den Parkplatz, die Kirche und diese Hügel nie wiedersehen würde.

»Los, Bewegung!«, grunzte Flachnase, als er die Autotür aufriss. »Du erinnerst dich ja wohl noch, wo es langgeht, oder?«

Ja, Meggie erinnerte sich – auch wenn heute alles etwas anders aussah. Fenoglio blickte sich in den Gassen um wie ein Tourist. »Ich kenne dieses Dorf!«, flüsterte er Meggie zu. »Das heißt, ich habe von ihm gehört. Es gibt mehr als eine traurige Geschichte darüber. Da war dieses Erdbeben im letzten Jahrhundert, und dann im letzten Krieg …«

»Schone deine Zunge für später, Schreiberling!«, unterbrach Basta ihn. »Ich mag kein Getuschel.«

Fenoglio warf ihm einen ärgerlichen Blick zu – und schwieg. Keinen Ton gab er mehr von sich, bis sie vor der Kirche standen.

»Los, macht die Tür auf. Worauf wartet ihr?«, knurrte Flachnase, und Meggie öffnete zusammen mit Fenoglio das schwere Holzportal. Die kühle Luft, die ihnen entgegendrang, roch genauso abgestanden wie an dem Tag, an dem sie mit Mo und Elinor in die Kirche gekommen war. Im Inneren hatte sich nicht sonderlich viel verändert. Die roten Wände wirkten noch bedrohlicher an diesem wolkenverhangenen Tag und der Ausdruck auf dem Puppengesicht von Capricorns Statue schien noch etwas boshafter geworden zu sein. Auch die Tonnen, in denen die Bücher gebrannt hatten, standen noch am selben Platz, doch von Capricorns Stuhl oben an der Treppe war nichts mehr zu entdecken. Zwei seiner Männer waren gerade dabei, einen neuen Sessel die Stufen hinaufzutragen. Die alte Frau, die aussah wie eine Elster und an die Meggie sich nur ungern erinnerte, stand neben ihnen und erteilte mit ungeduldiger Stimme Anweisungen.

Basta stieß zwei Frauen zur Seite, die auf dem Mittelgang knieten und den Boden wischten, und stolzierte auf die Altarstufen zu. »Wo ist Capricorn, Mortola?«, rief er der Alten schon von Weitem zu. »Ich habe Neuigkeiten für ihn. Wichtige Neuigkeiten.«

Die alte Frau wandte nicht einmal den Kopf. »Weiter nach rechts, ihr Dummköpfe!«, befahl sie den beiden Männern, die sich immer noch mit dem schweren Sessel abmühten. »Na bitte, es geht doch.« Dann drehte sie sich mit gelangweiltem Gesicht zu Basta um.

»Wir hatten dich eher zurückerwartet«, sagte sie.

»Was soll denn das heißen?« Bastas Stimme wurde laut, aber Meggie hörte die Unsicherheit heraus. Es klang fast, als hätte er Angst vor der Alten. »Weißt du, wie viele Orte es an dieser gottverdammten Küste gibt? Und wir waren nicht mal sicher, dass Zauberzunge in der Gegend geblieben ist. Aber ich kann mich auf meine Nase verlassen und« – er wies mit dem Kopf in Meggies Richtung – »ich habe meinen Auftrag erfüllt.«

»Ach ja?« Die Elster blickte an Basta vorbei, dorthin, wo Meggie und Fenoglio mit Flachnase standen. »Ich sehe nur das Mädchen und einen alten Mann. Wo ist ihr Vater?«

»Er war nicht da! Aber er wird herkommen. Die Kleine ist der beste Köder.«

»Und woher weiß er, dass sie hier ist?«

»Ich habe ihm eine Nachricht hinterlassen!«

»Seit wann kannst du schreiben?«

Meggie sah, wie sich Bastas Schultern vor Ärger spannten. »Ich habe ihm meinen Namen hinterlassen, mehr Worte braucht es nicht, um ihm klarzumachen, wo er sein kostbares Töchterchen finden kann. Sag Capricorn, dass ich sie in einen der Käfige sperre.« Mit diesen Worten drehte er sich auf dem Absatz um und stolzierte zu Meggie und Fenoglio zurück.

»Capricorn ist nicht da und ich weiß nicht, wann er zurückkommt!«, rief Mortola ihm nach. »Aber bis zu seiner Rückkehr habe ich hier das Sagen, und ich bin der Ansicht, dass du in letzter Zeit deine Aufträge nicht so erfüllst, wie es erwartet wird.«

Basta drehte sich um, als hätte ihn etwas in den Nacken gebissen, aber Mortola sprach ungerührt weiter.

»Erst lässt du dir von Staubfinger ein paar Schlüssel stehlen, dann verlierst du unsere Hunde und wir müssen in den Bergen nach dir suchen lassen und jetzt das. Gib mir deine Schlüssel.« Die Elster streckte die Hand aus.

»Was?« Basta wurde blass wie ein Junge, der vor der ganzen Klasse Prügel beziehen soll.

»Du hast mich gut verstanden. Ich werde die Schlüssel an mich nehmen: die Schlüssel für die Käfige, für die Gruft und für die Benzinlager. Bring sie mir her.«

Basta rührte sich nicht. »Dazu hast du kein Recht!«, zischte er. »Capricorn hat sie mir gegeben und nur er kann sie mir auch wieder wegnehmen.« Wieder drehte er sich um.

»Er wird sie dir wegnehmen!«, rief Mortola ihm nach. »Und er erwartet deinen Bericht, sobald er zurück ist. Vielleicht versteht er ja besser als ich, warum du Zauberzunge nicht mitgebracht hast.«

Basta antwortete nicht. Er packte Meggie und Fenoglio am Arm und zerrte sie auf das Portal zu. Die Elster rief ihm etwas nach, doch Meggie verstand nicht, was. Und Basta drehte sich nicht noch einmal um.

Er sperrte sie und Fenoglio in den Verschlag mit der Fünf, denselben, in dem Farid gesessen hatte. »So, da könnt ihr warten, bis dein Vater kommt!«, sagte er, bevor er Meggie hineinstieß.

Sie fühlte sich wie in einem bösen Traum, den sie zum zweiten Mal träumte. Nur gab es diesmal nicht mal das muffige Stroh, auf das man sich setzen konnte, und die Glühbirne an der Decke funktionierte nicht. Dafür fiel etwas Tageslicht durch ein schmales Loch in der Mauer.

»Na, wunderbar!«, sagte Fenoglio und ließ sich mit einem Seufzer auf dem kalten Boden nieder. »Ein Viehstall. Wie einfallslos. Ich hätte eigentlich gedacht, dass Capricorn wenigstens einen richtigen Kerker für seine Gefangenen hat.«

»Viehstall?« Meggie lehnte den Rücken gegen die Mauer. Sie hörte den Regen gegen die verschlossene Tür prasseln.

»Ja. Was hast du gedacht, was das hier ist? Früher haben sie die Häuser immer so gebaut, unten kam das Vieh hinein, oben die Menschen. In manchen Dörfern in den Bergen halten sie ihre Ziegen und Esel immer noch so. Wenn sie das Vieh morgens auf die Weide getrieben haben, liegen in den Gassen die dampfenden Haufen herum, und man tritt hinein, wenn man Brötchen kaufen geht.« Fenoglio zupfte sich ein Haar aus der Nase, betrachtete es, als könnte er nicht glauben, dass etwas so Borstiges in seiner Nase wuchs, und schnipste es fort. »Es ist schon wirklich etwas gespenstisch«, murmelte er, »genau so habe ich mir Capricorns Mutter vorgestellt – die Nase, die eng stehenden Augen, selbst die Art, wie sie die Arme verschränkt und das Kinn vorschiebt.«

Meggie sah ihn ungläubig an. »Capricorns Mutter? Die Elster?«

»Die Elster! Nennst du sie so?« Fenoglio lachte leise. »Genau den Spitznamen hat sie auch in meiner Geschichte. Wirklich erstaunlich. Hüte dich vor ihr. Sie hat keinen sonderlich angenehmen Charakter.«

»Ich dachte, sie ist seine Haushälterin.«

»Hm, das solltest du vermutlich auch denken. Also behalte unser kleines Geheimnis einstweilen für dich, verstanden?«

Meggie nickte, auch wenn sie nichts verstand. Es war ohnehin egal, wer die Alte war. Alles war egal. Diesmal war kein Staubfinger da, der nachts die Tür öffnen würde. Alles war umsonst gewesen – als wären sie nie fortgelaufen. Sie trat auf die verschlossene Tür zu und presste die Hände dagegen. »Mo wird herkommen!«, flüsterte sie. »Und dann werden sie uns hier für immer und ewig einsperren.«

»Na, na!« Fenoglio richtete sich auf und trat zu ihr. Er zog sie an seine Brust und ließ sie das Gesicht in seine Jacke drücken. Der Stoff war grob und roch nach Pfeifentabak. »Mir wird schon etwas einfallen!«, raunte er Meggie zu. »Schließlich habe ich diese Schurken erfunden. Da wäre es doch gelacht, wenn ich sie nicht auch wieder aus der Welt schaffen könnte. Dein Vater hatte da so eine Idee, aber …«

Meggie hob das tränennasse Gesicht und sah ihn hoffnungsvoll an, doch der alte Mann schüttelte den Kopf. »Später. Jetzt erklär mir erst mal, welches Interesse Capricorn an deinem Vater hat. Hat es mit seinen Vorlesekünsten zu tun?«

Meggie nickte und wischte sich die Tränen aus den Augen. »Er will, dass Mo ihm jemanden herliest, einen alten Freund …«

Fenoglio reichte ihr ein Taschentuch. Es fielen ein paar Tabakkrümel heraus, als sie sich die Nase damit putzte. »Einen Freund? Capricorn hat keine Freunde.« Der alte Mann runzelte die Stirn. Dann spürte Meggie, wie er plötzlich tief Luft holte.

»Wer ist es?«, fragte sie, doch Fenoglio wischte ihr nur eine Träne von der Backe.

»Jemand, dem du hoffentlich nur zwischen zwei Buchdeckeln begegnen wirst«, antwortete er ausweichend. Dann drehte er sich um und begann, auf und ab zu gehen. »Capricorn wird bald zurück sein«, sagte er. »Ich muss mir überlegen, wie ich ihm gegenübertrete.«

Doch Capricorn kam nicht. Draußen wurde es dunkel und immer noch hatte niemand sie aus ihrem Gefängnis geholt. Nicht einmal etwas zu essen bekamen sie. Es wurde kalt, als die Nachtluft durch das Loch in der Mauer drang, und sie hockten sich Seite an Seite auf den harten Boden, um sich aneinander zu wärmen.

»Ist Basta eigentlich immer noch so abergläubisch?«, fragte Fenoglio irgendwann.

»Ja, sehr«, antwortete Meggie. »Staubfinger zieht ihn gern damit auf.«

»Gut«, murmelte Fenoglio. Aber mehr sagte er nicht.

Capricorns Magd

Da ich meinen Vater und meine Mutter nie gesehen habe, rührten meine ersten Vorstellungen, die ich mir von ihrem Aussehen machte, unsinnigerweise von ihren Grabsteinen her. Die Form der Buchstaben auf dem meines Vaters gab mir den kuriosen Gedanken ein, er sei ein breitschultriger, gedrungener Mann mit lockigem schwarzen Haar und dunklem Teint gewesen. Aus der Form und Linienführung der Inschrift »Desgleichen Georgiana, Frau des Obigen« zog ich den kindischen Schluß, daß meine Mutter sommersprossig und kränklich gewesen sei.
Charles Dickens, Große Erwartungen

Staubfinger brach auf, als die Nacht nicht mehr dunkler werden konnte. Der Himmel war immer noch bewölkt, nicht ein einziger Stern war zu sehen. Nur der Mond tauchte ab und zu zwischen den Wolken auf, schwindsüchtig dünn, wie ein Scheibchen Zitrone in einem Meer von Tinte.

Staubfinger war dankbar für so viel Finsternis, doch der Junge zuckte bei jedem Zweig, der ihm übers Gesicht strich, zusammen.

»Verflucht, ich hätte dich doch bei dem Marder lassen sollen!«, fuhr Staubfinger ihn an. »Du wirst uns noch mit deinem Zähneklappern verraten. Sieh nach vorn! Da liegt das, was dir Angst machen sollte! Keine Geister, sondern Gewehre.«

Vor ihnen, nur ein paar Schritte entfernt, lag Capricorns Dorf. Die neu aufgestellten Scheinwerfer gossen taghelles Licht zwischen die grauen Häuser.

»Da soll noch einer sagen, diese Elektrizität sei ein Segen!«, flüsterte Staubfinger, während sie am Rand des Parkplatzes entlangschlichen. Zwischen den abgestellten Wagen schlenderte gelangweilt ein Wachtposten umher. Gähnend lehnte er sich gegen den Laster, mit dem Cockerell am Nachmittag die Ziegen gebracht hatte, und schob sich Kopfhörer über die Ohren.

»Sehr gut! So könnte eine Armee hier anrücken und er würde es nicht hören!«, flüsterte Staubfinger. »Wenn Basta hier wäre, würde er den Kerl dafür drei Tage ohne einen Bissen Brot in Capricorns Viehverschläge sperren.«

»Wie wär's, wenn wir über die Dächer gehen?« Aus Farids Gesicht war alle Angst verschwunden. Der Wachtposten mit seiner Flinte beunruhigte den Jungen nicht halb sosehr wie seine eingebildeten Geister. Staubfinger konnte über so viel Unverstand nur den Kopf schütteln. Das mit den Dächern war allerdings keine dumme Idee. An einem der Häuser, die an den Parkplatz grenzten, rankte ein Weinstock empor. Er war seit Jahren nicht beschnitten worden. Sobald der Posten, wippend zum Klang der Musik, die ihm die Ohren füllte, auf die andere Seite des Parkplatzes schlenderte, zog Staubfinger sich an den verholzten Zweigen hoch. Der Junge kletterte noch besser als er. Stolz streckte er ihm die Hand entgegen, als er oben auf dem Dach stand. Wie streunende Katzen schlichen sie weiter, vorbei an Schornsteinen, Antennen und Capricorns Scheinwerfern, die ihr Licht nur nach unten richteten und alles hinter sich in schützendem Dunkel ließen. Einmal löste sich eine Dachschindel unter Staubfingers Stiefeln, aber er konnte gerade noch rechtzeitig nach ihr greifen, bevor sie unten auf der Gasse zerschellte.

Als sie den Platz erreichten, an dem die Kirche und Capricorns

Haus lagen, ließen sie sich an einer Dachrinne hinunter. Staubfinger duckte sich für ein paar atemlose Augenblicke hinter einem Stapel leerer Obstkisten und hielt nach Wachtposten Ausschau. Nicht nur der Platz, auch die schmale Gasse, die sich seitlich an Capricorns Haus entlangzog, war in taghelles Licht getaucht. Am Brunnen vor der Kirche hockte eine schwarze Katze. Basta wäre bei ihrem Anblick wohl das Herz stehen geblieben, doch Staubfinger beunruhigten die Posten vor Capricorns Haus weit mehr. Gleich zwei lungerten vor dem Eingang herum. Der eine, ein abgebrochener stämmiger Kerl, hatte Staubfinger vor vier Jahren aufgestöbert, oben im Norden, in einer Stadt, in der er gerade seine letzte Vorstellung geben wollte. Zusammen mit zwei anderen hatte er ihn hergeschleppt, und Capricorn hatte Staubfinger nach Zauberzunge und dem Buch gefragt, auf seine ganz spezielle Weise.

Die beiden Männer stritten sich. Sie waren so miteinander beschäftigt, dass Staubfinger sich ein Herz fasste und mit ein paar schnellen Schritten in der Gasse verschwand, die an Capricorns Haus vorbeiführte. Farid folgte ihm, lautlos wie sein zum Leben erwachter Schatten. Capricorns Haus war ein großes, klobiges Gebäude, vielleicht war es irgendwann das Rathaus des Dorfes gewesen, ein Kloster oder eine Schule. Alle Fenster waren dunkel und auf der Gasse war kein weiterer Wachtposten zu sehen. Doch Staubfinger blieb wachsam. Er wusste, dass die Posten gern in den dunklen Türeingängen lehnten, unsichtbar in ihren schwarzen Anzügen wie Raben in der Nacht. Ja, Staubfinger wusste fast alles über Capricorns Dorf. Er war oft genug durch diese Gassen gestreift, seit Capricorn ihn hatte herbringen lassen, damit er Zauberzunge und das Buch für ihn suchte. Jedes Mal, wenn ihn das Heimweh verrückt machte, war er hierhergekommen, zu seinen alten Feinden, nur um sich nicht mehr ganz so fremd zu fühlen. Selbst die Angst vor Bastas Messer hatte ihn nicht fernhalten können.

Staubfinger hob einen flachen Stein auf, winkte Farid an seine Seite und warf den Stein die Gasse hinunter. Nichts regte sich. Der Posten machte seine Runde, wie er gehofft hatte, und Staubfinger huschte auf die hohe Mauer zu, hinter der Capricorns Garten lag: Gemüsebeete, Obstbäume, Kräuterstauden, durch die Mauer geschützt vor dem kalten Wind, der manchmal von den nahen Bergen herüberwehte. Staubfinger hatte oft die Mägde unterhalten, wenn sie die Beete hackten. Scheinwerfer gab es in dem Garten nicht, auch keine Wache (wer stahl schon Gemüse?), und ins Haus führte vom Hof aus nur eine vergitterte Tür, die nachts verschlossen war. Außerdem lag der Hundezwinger gleich hinter der Mauer, aber er war leer, wie sich zeigte, als Staubfinger sich über die Mauer schwang. Die Hunde waren nicht zurückgekommen aus den Hügeln. Sie waren klüger gewesen, als Staubfinger gedacht hatte, und Basta hatte offenbar noch keine neuen beschafft. Dumm von ihm. Dummer Basta.

Staubfinger winkte dem Jungen, ihm zu folgen, und lief an den sorgsam gepflegten Beeten vorbei, bis er vor der vergitterten Hintertür stand. Der Junge sah ihn fragend an, als er das schwere Gitter sah, doch Staubfinger legte nur den Finger an die Lippen und blickte hinauf zu einem der Fenster im zweiten Stock. Die Läden, schwarz von der Nacht, standen offen. Staubfinger ließ ein Miauen hören, das so echt klang, dass gleich mehrere Katzen darauf antworteten, doch hinter dem Fenster rührte sich nichts. Staubfinger stieß einen unterdrückten Fluch aus, lauschte einen Moment in die Nacht – und ahmte den schrillen Schrei eines Raubvogels nach. Farid zuckte zusammen und presste sich gegen die Hausmauer. Diesmal regte sich oben hinter dem Fenster etwas. Eine Frau beugte sich heraus. Als Staubfinger ihr zuwinkte, winkte sie zurück – und verschwand wieder.

»Guck nicht so!«, raunte Staubfinger, als er Farids besorgten Blick bemerkte. »Wir können ihr trauen. Viele der Frauen sind nicht gut auf Capricorn und seine Männer zu sprechen, manche sind nicht mal freiwillig hier. Aber sie haben alle Angst vor ihm, Angst, dass sie ihre Arbeit verlieren, Angst, dass er ihren Familien das Dach über dem Kopf ansteckt, wenn sie über ihn reden und das, was hier vorgeht, oder dass er Basta mit seinem Messer vorbeischickt ... Resa kennt diese Sorgen nicht, sie hat keine Familie.« Nicht mehr, fügte er in Gedanken hinzu.

Die Tür hinter dem Gitter öffnete sich und die Frau aus dem Fenster – Resa – tauchte mit besorgtem Gesicht hinter den Stäben auf. Sie sah blass aus unter dem dunkelblonden Haar.

»Wie geht es dir?« Staubfinger trat an das Gitter und schob die Hand durch die Stäbe. Resa drückte mit einem Lächeln seine Finger – und wies mit dem Kopf auf den Jungen.

»Das ist Farid.« Staubfinger senkte die Stimme. »Man könnte sagen, er ist mir zugelaufen. Aber du kannst ihm trauen. Er mag Capricorn ebenso wenig wie wir.«

Resa nickte, sah ihn vorwurfsvoll an – und schüttelte den Kopf.

»Ja, ich weiß, es ist nicht klug, dass ich wieder hergekommen bin. Du hast gehört, was passiert ist?« Staubfinger konnte nicht verhindern, dass so etwas wie Stolz aus seiner Stimme klang. »Sie haben gedacht, ich lasse mir alles gefallen, aber so ist es nicht. Ein Buch gibt es noch und ich werde es mir holen! Guck mich nicht so an. Weißt du, wo Capricorn es aufbewahrt?«

Resa schüttelte den Kopf. Hinter ihnen raschelte es, Staubfinger fuhr herum, aber es war nur eine Maus, die über den stillen Hof huschte. Resa zog einen Stift und ein Blatt Papier aus der Tasche ihres Morgenmantels. Sie schrieb langsam, ordentlich, sie wusste, dass es Staubfinger leichter fiel, Großbuchstaben zu lesen. Sie war es gewesen, die ihn das Schreiben und Lesen gelehrt hatte, damit er sich mit ihr unterhalten konnte.

Es dauerte wie immer eine Weile, bis die Buchstaben für Staubfinger Sinn gaben. Er war jedes Mal aufs Neue stolz auf sich, wenn die spinnengliedrigen Zeichen sich endlich zu Wörtern zusammenfügten und er ihnen ihr Geheimnis entreißen konnte. »*Ich werde mich umsehen*«, las er leise. »Gut. Aber sei vorsichtig. Ich will nicht, dass du deinen hübschen Hals riskierst.« Noch einmal beugte er sich über den Zettel. »Was meinst du mit *Die Elster hat jetzt Bastas Schlüssel*?«

Er gab ihr den Zettel zurück. Farid beobachtete Resas schreibende Hand so gebannt, als sehe er jemandem beim Zaubern zu. »Ich glaube, du musst es ihm auch beibringen!«, raunte Staubfinger durch das Gitter. »Siehst du, wie er dich anstarrt?«

Resa hob den Kopf und lächelte Farid zu. Verlegen blickte er zur Seite. Resa fuhr mit dem Finger um ihr Gesicht.

»Du findest, dass er ein hübscher Junge ist?« Staubfinger verzog spöttisch den Mund, während Farid vor Verlegenheit nicht wusste, wo er hinsehen sollte. »Und was ist mit mir? Ich bin schön wie der Mond? Hm, was soll ich von dem Kompliment halten? Meinst du damit, dass ich fast ebenso viele Narben habe?«

Resa presste sich die Hand auf die Lippen. Es war leicht, sie zum Lachen zu bringen, sie lachte wie ein kleines Mädchen. Nur dabei konnte man ihre Stimme hören.

Schüsse zerrissen die Nacht. Resa umklammerte das Gitter und Farid kauerte sich erschrocken am Fuß der Mauer zusammen. Staubfinger zog ihn wieder hoch. »Das ist nichts!«, flüsterte er. »Die Wachen schießen nur wieder auf die Katzen. Das tun sie immer, wenn sie sich langweilen.«

Der Junge sah ihn ungläubig an, aber Resa schrieb weiter. »*Sie hat sie ihm abgenommen*«, las Staubfinger. »*Zur Strafe*. Na, das wird Basta aber gar nicht gefallen. Mit diesen Schlüsseln hat er angegeben, als dürfte er auf Capricorns Augäpfel aufpassen.«

Resa tat, als zöge sie ein Messer aus dem Gürtel und machte ein so finsteres Gesicht, dass Staubfinger fast laut auflachte. Schnell sah er sich um, doch der Hof lag still wie ein Friedhof zwischen den hohen Mauern. »O ja, das kann ich mir vorstellen, dass Basta wütend ist«, flüsterte er. »Da tut er alles, um Capricorn zu gefallen, schlitzt Hälse und Gesichter auf, und dann so etwas.«

Resa griff noch einmal nach dem Zettel. Wieder dauerte es schmerzhaft lange, bis er ihre klaren Buchstaben entziffert hatte. »So, du hast von Zauberzunge gehört. Wer er ist, willst du wissen? Nun, er säße immer noch in Capricorns Verschlägen, wenn ich nicht gewesen wäre. Was noch? Frag Farid. Er hat den Jungen aus seiner Geschichte gepflückt wie einen reifen Apfel. Zum Glück hat er keinen von den Fleisch fressenden Geistern hergelockt, von denen der Junge ständig faselt. Ja, er ist ein sehr guter Vorleser, viel besser als Darius. Du siehst ja, Farid hinkt nicht, sein Gesicht sah wohl auch schon immer so aus, und seine Stimme hat er ebenfalls noch – auch wenn es zurzeit nicht den Anschein hat.«

Farid warf ihm einen bösen Blick zu.

»Wie Zauberzunge aussieht? Basta hat ihm noch nicht das Gesicht verziert, so viel verrate ich dir.«

Über ihnen knarrte ein Fensterladen. Staubfinger presste sich gegen die Gitterstäbe. Nur der Wind, dachte er zunächst, nichts als der Wind. Farid starrte ihn mit schreckgeweiteten Augen an. Vermutlich hörte sich für ihn das Knarren schon wieder nach einem Dämon an, doch das Wesen, das sich aus dem Fenster über ihnen lehnte, war aus Fleisch und Blut: Mortola, oder die Elster, wie sie heimlich genannt wurde. Alle Mägde unterstanden ihr, vor den Augen und Ohren der Elster war nichts sicher, nicht einmal die Geheimnisse, die die Frauen sich nachts in ihren Schlafräumen zuflüsterten. Selbst Capricorns Geldschränke waren besser untergebracht als seine Mägde. Sie alle schliefen in Capricorns Haus, immer zu viert in einem Raum, bis auf die, die sich mit einem seiner Männer eingelassen hatten und mit ihm in einem der verlassenen Häuser wohnten.

Die Elster lehnte sich über den Sims und atmete die kühle Nachtluft ein. Endlos lange hielt sie ihre Nase aus dem Fenster, so lange, dass Staubfinger ihr am liebsten den dürren Hals umgedreht hätte, doch schließlich schien sie jeden Winkel ihres Körpers mit Frischluft gefüllt zu haben und zog das Fenster wieder zu.

»Ich muss gehen, aber ich komme morgen Abend wieder. Vielleicht hast du ja bis dahin etwas über das Buch in Erfahrung gebracht!« Staubfinger drückte noch einmal Resas Hand. Ihre Finger waren rau vom Waschen und Putzen. »Ich weiß, ich hab es schon mal gesagt, trotzdem: Sei vorsichtig und halte dich von Basta fern.«

Resa zuckte die Schultern. Was sollte sie auch sonst, auf einen so überflüssigen Rat hin, tun? Fast alle Frauen im Dorf hielten sich von Basta fern, doch er hielt sich nicht fern von ihnen.

Staubfinger wartete vor der vergitterten Tür, bis Resa wieder in ihrem Zimmer war. Mit einer Kerze gab sie ihm durchs Fenster ein Zeichen.

Der Posten auf dem Parkplatz hatte immer noch die Kopfhörer über den Ohren. Gedankenverloren tanzte er zwischen den Wagen, die Flinte in den ausgestreckten Händen, als hielte er ein Mädchen im Arm. Als er irgendwann doch noch in ihre Richtung sah, hatte die Nacht Staubfinger und Farid längst wieder verschluckt.

Auf dem Rückweg zu ihrem Versteck begegneten sie niemandem, nur einem Fuchs, der mit hungrigen Augen davonhuschte. Zwischen den Mauern des niedergebrannten Hauses hockte Gwin und verschlang einen Vogel. Die Federn leuchteten hell in der Dunkelheit.

»War sie schon immer stumm?«, fragte der Junge, als Staubfinger sich unter den Bäumen zum Schlafen ausstreckte.

»Solange ich sie kenne«, antwortete Staubfinger und wandte ihm den Rücken zu. Farid legte sich neben ihn. So hatte er es von Anfang an gehalten, und sooft Staubfinger auch zur Seite rückte – wenn er aufwachte, lag der Junge immer dicht neben ihm.

»Das Foto in deinem Rucksack«, sagte er. »Es ist von ihr.«

»Und?«

Der Junge schwieg.

»Falls du ein Auge auf sie geworfen hast«, sagte Staubfinger spöttisch, »vergiss es. Sie ist eine von Capricorns Lieblingsmägden. Sie darf ihm sogar das Frühstück bringen und ihm beim Ankleiden helfen.«

»Wie lange ist sie schon bei ihm?«

»Fünf Jahre«, antwortete Staubfinger. »Und in all den Jahren hat Capricorn ihr nicht einmal erlaubt, das Dorf zu verlassen.

Selbst aus dem Haus darf sie nur selten. Sie ist zweimal fortgelaufen, doch sie ist nie weit gekommen. Einmal hat eine Schlange sie gebissen. Sie hat mir nie erzählt, wie Capricorn sie bestraft hat, aber ich weiß, dass sie seither nie wieder versucht hat wegzulaufen.«

Hinter ihnen raschelte es, Farid fuhr auf, doch es war nur Gwin. Der Marder leckte sich das Maul, als er dem Jungen auf den Bauch sprang. Lachend zupfte Farid ihm eine Feder aus dem Fell. Gwin schnupperte hektisch an seinem Kinn, an seiner Nase, als habe er den Jungen vermisst, dann verschwand er wieder in der Nacht.

»Er ist wirklich ein netter Marder!«, flüsterte Farid.

»Ist er nicht«, sagte Staubfinger und zog die dünne Decke bis ans Kinn. »Wahrscheinlich mag er dich, weil du wie ein Mädchen riechst.«

Darauf antwortete Farid nur mit einem langen Schweigen.

»Sie sieht ihr ähnlich«, sagte er, als Staubfinger gerade dabei war einzunicken. »Der Tochter von Zauberzunge. Sie hat den gleichen Mund und die gleichen Augen und sie lacht auch wie sie.«

»Unsinn!«, sagte Staubfinger. »Da gibt es nicht die geringste Ähnlichkeit. Sie haben beide blaue Augen, das ist alles. So was kommt hier öfter vor. Und nun schlaf endlich.«

Der Junge gehorchte. Er hüllte sich in den Pullover, den Staubfinger ihm gegeben hatte, und drehte ihm den Rücken zu. Bald ging sein Atem so regelmäßig wie der eines Säuglings. Staubfinger aber lag die ganze Nacht wach und starrte Löcher in die Dunkelheit.

Geheimnisse

»Wenn ich zum Ritter geschlagen werden sollte«, sagte Wart und starrte verträumt ins Feuer, »dann würd' ich … zu Gott beten, dass er mir alles Böse auf der Welt schickt, nur mir allein. Wenn ich's besiegen würde, wäre nichts mehr übrig, und wenn's mich besiegte, hätt' ich ganz allein dafür zu leiden.«
»Das wäre außerordentlich vermessen von dir«, sagte Merlin, »und du würdest besiegt werden. Und du müßtest dafür leiden.«
T. H. White, Der König auf Camelot

Capricorn empfing Meggie und Fenoglio in der Kirche, etwa ein Dutzend seiner Männer war bei ihm. Er saß in dem neuen, rußschwarzen Ledersessel, den sie unter Mortolas Aufsicht aufgestellt hatten. Diesmal war sein Anzug zur Abwechslung nicht rot, sondern blassgelb wie das Morgenlicht, das durch die Fenster hereinsickerte. Er hatte sie früh holen lassen, draußen über den Hügeln hing noch der Nebel, und die Sonne schwamm darin wie ein Ball in trübem Wasser.

»Bei allen Buchstaben des Alphabets!«, flüsterte Fenoglio, als er mit Meggie den Mittelgang der Kirche hinunterschritt, Basta dicht hinter sich. »Er sieht wirklich haargenau so aus, wie ich ihn mir vorgestellt habe. ›Farblos wie ein Glas Milch‹ – ja, ich glaube, so habe ich mich ausgedrückt.«

Er begann, schneller zu gehen, als könnte er es nicht erwarten, sich sein Geschöpf aus nächster Nähe anzusehen. Meggie konnte kaum Schritt mit ihm halten und Basta riss ihn zurück, bevor er die Treppe erreicht hatte. »He, was soll das werden?«, zischte er ihm zu. »Nicht so eilig, und verbeug dich gefälligst, verstanden?«

Fenoglio warf ihm nur einen verächtlichen Blick zu und blieb kerzengerade stehen. Basta holte mit der Hand aus, doch Capricorn schüttelte fast unmerklich den Kopf und Basta ließ die Hand sinken wie ein getadeltes Kind. Neben Capricorns Sessel, die Arme wie Flügel auf dem Rücken zusammengelegt, stand Mortola.

»Also wirklich, Basta, ich frage mich immer noch, was du dir dabei gedacht hast, ihren Vater nicht mitzubringen!«, sagte Capricorn, während er seinen Blick von Meggie zu Fenoglios Schildkrötengesicht wandern ließ.

»Er war nicht da, ich habe es euch doch erklärt.« Bastas Stimme klang gekränkt. »Sollte ich dasitzen wie eine Kröte am Teich und auf ihn warten? Er wird bald ganz freiwillig hier hereinstolpern! Wir haben doch alle gesehen, mit was für einer Affenliebe er an dem Gör hängt. Ich verwette mein Messer darauf: Noch heute, spätestens morgen taucht er hier auf.«

»Dein Messer? Das ist dir vor Kurzem schon einmal abhandengekommen.« Der Spott in Mortolas Stimme ließ Basta die Lippen aufeinanderpressen.

»Du lässt nach, Basta!«, stellte Capricorn fest. »Dein Hitzkopf vernebelt dir die Gedanken. Aber kommen wir zu deinem anderen Mitbringsel.«

Fenoglio hatte nicht einmal den Blick von ihm gewendet. Er musterte Capricorn wie ein Künstler, der nach langen Jahren ein Bild wiedersieht, das er gemalt hat, und seinem Gesichtsausdruck nach zu urteilen gefiel ihm, was er sah. Nicht die Spur von Angst konnte Meggie in seinen Augen entdecken, nur ungläubige Neugier – und Zufriedenheit, Zufriedenheit mit sich selbst. Capricorn gefiel dieser Blick nicht, auch das sah sie. Er war es nicht gewohnt, dass man ihn so furchtlos musterte, wie der alte Mann es tat.

»Basta hat mir ein paar seltsame Dinge über Sie erzählt, Herr ...«

»Fenoglio.«

Meggie beobachtete Capricorns Gesicht. Hatte er je den Namen gelesen, der auf dem Einband von *Tintenherz* stand, gleich über dem Titel?

»Selbst seine Stimme klingt, wie ich sie mir vorgestellt hatte!«, flüsterte Fenoglio ihr zu. Entzückt wie ein Kind vor dem Löwenkäfig kam er ihr vor – nur dass Capricorn nicht in einem Käfig saß. Ein Blick von ihm, und Basta stieß dem alten Mann den Ellbogen so grob in den Rücken, dass er nach Luft schnappte.

»Ich mag es nicht, wenn man in meiner Gegenwart flüstert«, erklärte Capricorn, während Fenoglio immer noch nach Atem rang. »Wie gesagt, Basta hat mir da eine abenteuerliche Geschichte erzählt – dass Sie behauptet hätten, der Mann zu sein, der ein gewisses Buch geschrieben hat ... Wie hieß es doch gleich?«

»*Tintenherz.*« Fenoglio rieb sich den schmerzenden Rücken. »Es heißt *Tintenherz*, weil es von jemandem handelt, dessen Herz schwarz vor Bosheit ist. Der Titel gefällt mir immer noch.«

Capricorn hob die Augenbrauen – und lächelte. »Oh, wie soll ich das verstehen? Als Kompliment vielleicht? Schließlich ist es meine Geschichte, von der Sie da reden.«

»Nein, ist es nicht. Es ist meine. Du kommst nur darin vor.«

Meggie sah, wie Basta Capricorn einen fragenden Blick zuwarf, doch der schüttelte fast unmerklich den Kopf und Fenoglios Rücken blieb fürs Erste verschont.

»So, so, interessant. Du bleibst also bei deinen Lügen.« Capricorn schlug die Beine auseinander und erhob sich aus seinem Sessel. Mit langsamen Schritten kam er die Stufen herunter.

Fenoglio lächelte Meggie verschwörerisch zu.

»Was lächelst du?« Capricorns Stimme wurde scharf wie Bastas Messer. Er blieb direkt vor Fenoglio stehen.

»Ach, ich musste nur gerade daran denken, dass Eitelkeit eine der Eigenschaften ist, die ich dir auf den Leib geschrieben habe, Eitelkeit und –«, Fenoglio machte eine wirkungsvolle Pause, bevor er weitersprach, »– ein paar andere Schwächen, die ich aber vor deinen Männern besser nicht erläutere, nicht wahr?«

Capricorn musterte ihn schweigend, eine endlose kleine Ewigkeit lang. Dann lächelte er. Es war ein dünnes, blasses Lächeln, kaum mehr als das Heben der Mundwinkel, während seine Augen in der Kirche umherschweiften, als hätte er Fenoglio vollkommen vergessen. »Du bist ein dreister alter Mann«, sagte er. »Und ein Lügner obendrein. Aber wenn du hoffst, mich mit deiner Dreistigkeit und Hochstapelei zu beeindrucken, so wie du es bei Basta geschafft hast, dann muss ich dich enttäuschen. Deine Behauptungen sind lächerlich, genau wie du, und es war mehr als dumm von Basta, dich hierher zu bringen, denn nun müssen wir dich auf irgendeine Weise wieder loswerden.«

Basta wurde blass. Hastig trat er auf Capricorn zu, den Kopf zwischen die Schultern gezogen. »Aber was, wenn er doch nicht lügt?«, hörte Meggie ihn Capricorn zuraunen. »Die beiden behaupten, dass wir alle sterben müssen, wenn wir den Alten anrühren.«

Capricorn musterte ihn mit solcher Verachtung, dass Basta zurückstolperte, als hätte er ihn geschlagen.

Fenoglio aber blickte drein, als amüsierte er sich ausgezeichnet. Meggie kam es vor, als beobachtete er das Ganze wie ein Theaterstück, das eigens für ihn aufgeführt wurde. »Der arme Basta!«, sagte er zu Capricorn. »Du bist wieder einmal sehr ungerecht zu ihm, denn er hat recht. Was, wenn ich nicht lüge? Was, wenn ich euch wirklich erschaffen habe, dich und Basta? Werdet ihr euch einfach in Luft auflösen, wenn ihr mir etwas antut? Es spricht alles dafür.«

Capricorn lachte auf, doch Meggie spürte, dass er über das nachdachte, was Fenoglio gesagt hatte, und dass es ihn beunruhigte – auch wenn er sich Mühe gab, es hinter einer Maske von Gleichgültigkeit zu verbergen.

»Ich kann dir beweisen, dass ich der bin, der ich zu sein behaupte!«, sagte Fenoglio so leise, dass außer Capricorn nur Basta und Meggie seine Worte hören konnten. »Soll ich es hier tun, vor deinen Männern und den Frauen? Soll ich ihnen von deinen Eltern erzählen?«

Es war still geworden in der Kirche. Keiner regte sich, weder Basta noch die Männer, die vor den Stufen warteten. Selbst die Frauen, die dabei waren, den Boden unter den Tischen zu wischen, richteten sich auf und sahen zu Capricorn und dem fremden alten Mann hinüber. Mortola stand immer noch neben seinem Sessel, sie hatte das Kinn vorgeschoben, als könne sie so besser hören, was dort unten geflüstert wurde.

Capricorn betrachtete schweigend seine Manschettenknöpfe. Wie Blutstropfen saßen sie auf seinem hellen Hemd. Dann richtete er die farblosen Augen erneut auf Fenoglios Gesicht. »Sag, was du sagen willst, alter Mann! Doch wenn dir dein Leben lieb ist, sag es so, dass nur ich es höre.« Er sprach leise, doch Meggie hörte die mühsam unterdrückte Wut in seiner Stimme. Noch nie hatte sie mehr Angst vor ihm gehabt.

Capricorn gab Basta ein Zeichen, und der wich widerstrebend ein paar Schritte zurück.

»Die Kleine wird es doch wohl hören dürfen?« Fenoglio legte Meggie die Hand auf die Schulter. »Oder hast du vor ihr auch Angst?«

Capricorn sah Meggie nicht einmal an. Er hatte nur Augen für den alten Mann, der ihn erfunden hatte. »Nun rede schon, auch wenn du nichts zu sagen hast! Du bist nicht der Erste, der in dieser Kirche versucht, seine Haut mit ein paar Lügen zu retten, aber wenn du noch länger dumm herumredest, werde ich Basta anweisen, dir eine hübsche kleine Viper um den Hals zu legen. Für Gelegenheiten wie diese habe ich immer ein paar Exemplare im Haus.«

Fenoglio beeindruckte auch diese Drohung nicht sonderlich. »Gut!«, sagte er, während er einen Blick in die Runde warf, als bedauerte er, nicht mehr Publikum zu haben. »Wo fange ich an? Zunächst etwas Grundsätzliches: Ein Geschichtenerzähler schreibt nie alles auf, was er über seine Figuren weiß. Die Leser müssen nicht alles erfahren. Manches bleibt besser ein Geheimnis, das sich der Erzähler mit seinen Geschöpfen teilt. Bei ihm zum Beispiel« – er wies auf Basta – »wusste ich immer, dass er ein sehr unglücklicher Junge war, bevor du ihn aufgelesen hast. Wie heißt es so schön in einem wunderbaren Buch? *Es ist schrecklich leicht, Kinder davon zu überzeugen, dass sie abscheulich sind.* Basta war überzeugt davon. Nicht, dass du ihn eines Besseren belehrt hast, nein! Warum solltest du? Doch plötzlich war da jemand, an den er sein Herz hängen konnte, der ihm sagte, was er tun sollte … er hatte einen Gott gefunden, Capricorn, und wenn du ihn auch schlecht behandeltest, wer sagt, dass alle Götter gütig sind? Die meisten sind streng und grausam, nicht wahr? In das Buch habe ich das alles nicht geschrieben. Ich wusste es, das reichte. Aber genug von Basta, kommen wir zu dir.«

Capricorn wandte den Blick nicht von Fenoglio, sein Gesicht war so starr, als hätte es sich in Holz verwandelt.

»Capricorn.« Fenoglios Stimme klang fast zärtlich, als er den Namen aussprach. Er blickte über Capricorns Schulter, als hätte er vergessen, dass der, über den er sprach, direkt vor ihm stand und nicht länger in einer ganz anderen Welt steckte, einer Welt zwischen zwei Buchdeckeln. »Natürlich hat er noch einen anderen Namen, aber nicht einmal er selbst erinnert sich an ihn. Capricorn nennt er sich, seit er fünfzehn ist, nach dem Sternzeichen, unter dem er geboren wurde. Capricorn, der Unnahbare, der Unergründliche, der Unersättliche, der gern Gott spielt oder den Teufel, je nachdem. Aber hat der Teufel eine Mutter?« Zum ersten Mal sah Fenoglio Capricorn wieder in die Augen. »Du hast eine.«

Meggie sah zu der Elster hoch. Sie war an den Rand der Stufen getreten, die knochigen Hände zu Fäusten geballt, aber Fenoglio sprach sehr leise.

»Du lässt gern verbreiten, dass sie aus adligem Hause stammte«, fuhr er fort. »Ja, manchmal gefällt es dir sogar zu erzählen, dass sie die Tochter eines Königs war. Dein Vater, behauptest du, war ein Waffenschmied am Hof ihres Vaters. Wirklich eine schöne Geschichte. Soll ich dir meine Version erzählen?«

Zum ersten Mal sah Meggie so etwas wie Furcht auf Capricorns Gesicht, eine Furcht ohne Namen, ohne Anfang und ohne Ende, und hinter ihr, wie ein riesiger schwarzer Schatten, erhob sich der Hass. Meggie war sich sicher: Capricorn hätte Fenoglio in diesem Augenblick zu gern erschlagen, doch die Furcht fesselte seinem Hass die Hände und machte ihn noch größer.

Sah Fenoglio das auch?

»Ja, erzähl sie, deine Geschichte. Warum nicht?« Capricorns Augen wurden starr wie die einer Schlange.

Fenoglio lächelte spitzbübisch wie einer seiner Enkel. »Gut, fahren wir fort. Das mit dem Waffenschmied ist natürlich gelogen.« Meggie hatte immer noch das Gefühl, dass der alte Mann sich köstlich amüsierte. Er benahm sich, als spielte er mit einem jungen Kätzchen. Wusste er so wenig über sein eigenes Geschöpf? »Capricorns Vater war ein einfacher Hufschmied«, fuhr er fort, ohne sich von der kalten Wut in Capricorns Augen beirren zu lassen. »Er ließ seinen Sohn mit heißen Kohlen spielen, und manchmal schlug er fast so heftig auf ihn ein wie auf das Eisen, das er schmiedete. Für Mitleid gab es Prügel, für Tränen sowieso und für jedes ›Ich kann nicht‹ und ›Ich schaff das nicht‹. ›Die Kraft ist das, was zählt!‹, das brachte er seinem Jungen bei. ›Der Stärkere macht die Regeln, nur er, also sorg dafür, dass du sie machst.‹ Auch Capricorns Mutter hielt das für die einzige Wahrheit auf der Welt, die unumstößlich war. Und sie erzählte ihrem Sohn tagaus, tagein, dass er einmal der Allerstärkste sein würde. Sie war keine Prinzessin, sie war eine Magd, mit rauen Händen und rauen Knien, und sie folgte ihrem Sohn wie ein Schatten, auch dann noch, als er sich für sie zu schämen begann und sich eine neue Mutter erfand und einen neuen Vater. Sie bewunderte ihn für seine Grausamkeit, sie liebte es, die Angst zu sehen, die er verbreitete. Und sie liebte sein tintenschwarzes Herz. Ja, dein Herz ist ein Stein, Capricorn, ein schwarzer Stein, etwa so mitfühlend wie ein Stück Kohle, und du bist sehr, sehr stolz darauf.«

Capricorn spielte wieder mit seinem Manschettenknopf, er drehte ihn und betrachtete ihn so gedankenverloren, als gelte all seine Aufmerksamkeit dem kleinen roten Stück Metall und nicht Fenoglios Worten. Als der alte Mann schwieg, zog Capricorn den Jackenärmel sorgfältig über sein Handgelenk und wischte sich eine Fluse vom Ärmel. Den Zorn schien er genauso fortgewischt zu haben, den Zorn, den Hass, die Angst, nichts war mehr davon zu finden in seinem gleichgültigen, blassen Blick.

»Das ist wirklich eine ganz erstaunliche Geschichte, alter Mann«, sagte er mit leiser Stimme. »Sie gefällt mir. Du bist ein guter Lügner, und deshalb werde ich dich hierbehalten. Fürs Erste. Bis ich deine Geschichten leid bin.«

»Hierbehalten?« Fenoglio richtete sich kerzengerade auf. »Ich habe nicht vor, hierzubleiben! Was ...«

Aber Capricorn drückte ihm die Hand auf den Mund. »Kein Wort mehr!«, raunte er ihm zu. »Basta hat mir von deinen drei Enkelkindern berichtet. Wenn du mir Ärger machst oder deine Lügen nicht mir, sondern meinen Männern erzählst, werde ich Basta bitten, ein paar junge Vipern in Geschenkpapier zu wickeln und sie deinen Enkeln vor die Tür zu legen. Habe ich mich deutlich ausgedrückt, alter Mann?«

Fenoglio ließ den Kopf sinken, als hätte Capricorn ihm das Genick gebrochen, mit nichts als ein paar leisen Worten. Als er den Kopf wieder hob, nistete die Angst in jeder Falte seines Gesichtes.

Mit zufriedenem Lächeln schob Capricorn die Hände in die Hosentaschen. »Ja, an irgendetwas hängt ihr alle eure ach so weichen Herzen«, sagte er. »Kinder, Enkel, Geschwister, Eltern, Hunde, Katzen, Kanarienvögel ... Jeder tut es: Bauern, Ladenbesitzer, sogar Polizisten haben Familie oder wenigstens einen Hund. Du brauchst dir bloß ihren Vater anzusehen!« Capricorn wies so plötzlich auf Meggie, dass sie zusammenfuhr. »Er wird herkommen, obwohl er weiß, dass ich ihn nicht wieder gehen lasse, ihn ebenso wenig wie seine Tochter. Trotzdem wird er kommen. Ist die Welt nicht wunderbar eingerichtet?«

»Ja!«, murmelte Fenoglio. »Wunderbar.« Und zum ersten Mal musterte er sein Geschöpf nicht mit Bewunderung, sondern mit Abscheu. Capricorn schien das besser zu gefallen.

»Basta!«, rief er und winkte ihn zu sich. Basta schlenderte betont langsam herbei. Er blickte immer noch beleidigt drein. »Bring den Alten in das Zimmer, in das wir früher Darius gesperrt haben!«, befahl Capricorn ihm. »Und postier eine Wache vor der Tür.«

»Du willst, dass ich ihn in dein Haus bringe?«

»Ja, wieso nicht? Schließlich behauptet er, so etwas wie mein Vater zu sein. Außerdem amüsieren mich seine Geschichten.«

Basta zuckte die Achseln und griff nach Fenoglios Arm. Meggie sah den alten Mann erschrocken an. Gleich würde sie ganz allein sein, allein mit den fensterlosen Mauern und einer verschlossenen Tür in Capricorns Verschlag. Aber Fenoglio fasste nach ihrer Hand, bevor Basta ihn mit sich ziehen konnte. »Lass das Mädchen bei mir«, sagte er zu Capricorn. »Du kannst sie nicht wieder in dieses Loch sperren, mutterseelenallein.«

Capricorn wandte ihm mit gleichgültiger Miene den Rücken zu. »Wie du willst. Ihr Vater wird ohnehin bald hier sein.«

Ja, Mo würde kommen. Meggie konnte an nichts anderes denken, während Fenoglio sie mit sich zog, den Arm um ihren Schultern, als könnte er sie tatsächlich beschützen vor Capricorn und Basta und all den anderen. Aber er konnte es nicht. Würde Mo es können? Natürlich nicht. Bitte!, dachte sie. Vielleicht findet er ja den Weg nicht mehr! Er darf nicht kommen. Und doch wünschte sie sich nichts mehr. Nichts auf der ganzen Welt.

Unterschiedliche Ziele

Faber steckte die Nase ins Buch. »Wissen Sie, daß Bücher nach Muskatnuß oder nach sonst welchen fremdländischen Gewürzen riechen? Als Junge habe ich immer gerne daran geschnuppert.«
Ray Bradbury, Fahrenheit 451

Farid entdeckte das Auto.

Staubfinger lag unter den Bäumen, als es die Straße heraufkam. Er versuchte nachzudenken, aber seit er wusste, dass Capricorn zurück war, konnte er keinen klaren Gedanken fassen. Capricorn war zurück und er wusste immer noch nicht, wo er nach dem Buch suchen sollte. Die Blätter malten ihm Schatten aufs Gesicht, die Sonne stach mit weißen heißen Nadeln durch die Äste und seine Stirn fühlte sich fiebrig an. Basta und Flachnase waren auch wieder da, natürlich, was hatte er gedacht? Dass sie ewig fortbleiben würden? »Was regst du dich auf, Staubfinger?«, flüsterte er zu den Blättern hinauf. »Du hättest nicht wieder herkommen müssen. Du wusstest, dass es gefährlich wird.« Er hörte Schritte näher kommen, hastige Schritte.

»Ein graues Auto!« Farid keuchte, als er sich neben ihm ins Gras kniete, so schnell war er gelaufen. »Ich glaub, es ist Zauberzunge!«

Staubfinger sprang auf. Der Junge wusste, wovon er redete. Er konnte diese stinkenden Blechkäfer tatsächlich auseinanderhalten. Ihm war das nie gelungen.

Hastig folgte er Farid zu der Stelle, von der aus man die Brücke sah. Wie eine träge Schlange wand die Straße sich von dort aus auf Capricorns Dorf zu. Es blieb ihnen nicht viel Zeit, wenn sie Zauberzunge den Weg abschneiden wollten. Hektisch stolperten sie den Hang hinunter. Farid sprang als Erster auf den Asphalt. Staubfinger war immer stolz auf seine Behändigkeit gewesen, doch der Junge war noch flinker als er, schnell wie ein Reh, mit ebenso dünnen Beinen. Mit dem Feuer spielte er inzwischen wie mit einem jungen Hund, so selbstvergessen, dass Staubfinger ihn ab und zu mit einem brennenden Streichholz daran erinnerte, wie heiß die Zähne dieses Hundes waren.

Zauberzunge bremste scharf, als er Staubfinger und Farid auf der Straße stehen sah. Er sah so müde aus, als hätte er ein paar Nächte schlecht geschlafen. Neben ihm saß Elinor. Wo kam die her? War sie nicht nach Hause gefahren, zurück in ihre Büchergruft? Und wo war Meggie?

Zauberzunges Gesicht hatte sich abrupt verfinstert, als er Staubfinger sah und aus dem Auto stieg. »Natürlich!«, rief er, während er auf ihn zukam. »*Du* hast ihnen erzählt, wo wir sind! Wer sonst? Was hat Capricorn dir diesmal versprochen?«

»Wem hab ich was erzählt?« Staubfinger wich vor ihm zurück. »Ich habe niemandem irgendwas erzählt! Frag den Jungen.«

Zauberzunge warf Farid nicht einmal einen Blick zu. Die Bücherfresserin war auch ausgestiegen. Mit grimmigem Gesicht stand sie neben dem Wagen.

»Der Einzige, der hier etwas erzählt hat, warst du!«, stieß Staubfinger hervor. »Du hast dem Alten von mir erzählt, obwohl du mir versprochen hast, es nicht zu tun.«

Zauberzunge blieb stehen. Es war so leicht, ihm ein schlechtes Gewissen zu machen.

»Ihr solltet das Auto da unter den Bäumen verstecken.« Staubfinger zeigte zum Straßenrand. »Es kann jederzeit einer von Capricorns Männern hier vorbeikommen und fremde Autos sehen die hier gar nicht gern.«

Zauberzunge drehte sich um und blickte die Straße hinunter. »Du glaubst ihm doch wohl nicht?«, rief Elinor. »Natürlich hat er euch verraten, wer sonst? Der Mensch lügt, sobald er den Mund aufmacht.«

»Basta hat Meggie geholt.« Zauberzunge klang ausdruckslos, ganz anders als sonst, als wäre ihm mit seiner Tochter auch der Klang seiner Stimme abhandengekommen. »Fenoglio haben sie auch mitgenommen, gestern Morgen, als ich Elinor vom Flughafen abholte. Seither suchen wir dieses verfluchte Dorf. Ich hatte ja keine Ahnung, wie viele verlassene Dörfer es in diesen Hügeln gibt. Erst als wir an der Straßensperre vorbeikamen, war ich sicher, dass wir endlich auf der richtigen Straße sind.«

Staubfinger schwieg und blickte zum Himmel hinauf. Ein paar Vögel zogen nach Süden, schwarz wie Capricorns Männer. Er hatte nicht gesehen, wie sie das Mädchen gebracht hatten, aber schließlich hatte er nicht den ganzen Tag zum Parkplatz hinübergestarrt.

»Basta war mehrere Tage fort, ich dachte mir schon, dass er nach euch sucht«, sagte er. »Du hast Glück, dass er dich nicht auch erwischt hat.«

»Glück?« Elinor stand immer noch neben dem Wagen. »Sag ihm, er soll aus dem Weg gehen!«, rief sie Zauberzunge zu. »Oder ich fahre ihn eigenhändig über den Haufen! Er hat von Anfang an mit diesen elenden Brandstiftern unter einer Decke gesteckt.«

Zauberzunge musterte Staubfinger immer noch, als könnte er

sich nicht entscheiden, ob er ihm glauben sollte oder nicht. »Capricorns Männer sind in Elinors Haus eingebrochen«, sagte er schließlich. »Sie haben alle Bücher, die in ihrer Bibliothek standen, im Garten verbrannt.«

Staubfinger musste zugeben, für einen Moment empfand er fast so etwas wie Genugtuung. Was hatte die Büchernärrin geglaubt? Dass Capricorn sie einfach vergessen würde? Er zuckte die Achseln und musterte Elinor mit ausdruckslosem Gesicht. »Das war zu erwarten«, sagte er.

»Das war zu erwarten?« Elinors Stimme überschlug sich fast. Kampflustig wie ein Bullterrier stapfte sie auf ihn zu. Farid trat ihr in den Weg, aber sie stieß ihn so unsanft zur Seite, dass er auf den heißen Asphalt fiel. »Den Jungen kannst du vielleicht einwickeln mit deinem Feuergespucke und deinen bunten Bällen, Streichholzfresser!«, fuhr sie Staubfinger an. »Aber bei mir funktioniert das nicht! Von den Büchern in meiner Bibliothek ist nichts übrig als eine Containerladung Asche! Die Polizei war voll Bewunderung für die brandstifterische Meisterleistung. ›Immerhin haben sie Ihr Haus nicht angesteckt, Frau Loredan! Nicht mal Ihr Garten ist zu Schaden gekommen, bis auf den Brandfleck auf dem Rasen.‹ Was interessiert mich das Haus? Was interessiert mich der verfluchte Rasen? Sie haben meine kostbarsten Bücher verbrannt!«

Staubfinger sah die Tränen in ihren Augen, auch wenn sie das Gesicht schnell zur Seite drehte, und plötzlich regte sich in ihm doch so etwas wie Mitgefühl. Vielleicht war sie ihm ähnlicher, als er dachte: Auch ihre Heimat hatte aus Papier und Druckerschwärze bestanden, ähnlich wie die seine. Wahrscheinlich fühlte sie sich in der echten Welt ebenso fremd wie er. Doch er ließ sie sein Mitleid nicht sehen, er verbarg es hinter Spott und Gleichgültigkeit, so wie sie ihre Verzweiflung hinter Wut versteckte. »Was haben Sie denn gedacht? Capricorn wusste, wo Sie wohnen. Es war vorauszusehen, dass er seine Männer losschickt, nachdem Sie ihm einfach davongelaufen waren. Er war schon immer sehr nachtragend.«

»Ach ja, und von wem wusste er, wo ich wohne? Von dir!« Elinor holte aus, mit geballter Faust, aber Farid hielt ihren Arm fest. »Er hat nichts verraten!«, rief er. »Gar nichts. Er ist nur hier, um etwas zu stehlen.«

Elinor ließ den Arm sinken.

»Also doch!« Zauberzunge trat neben sie. »Du bist hier, um dir das Buch zu holen. Das ist verrückt!«

»Na, und du? Was hast du vor?« Staubfinger musterte ihn verächtlich. »Willst du einfach in Capricorns Kirche spazieren und ihn bitten, dir deine Tochter zurückzugeben?«

Zauberzunge schwieg.

»Er wird sie dir nicht geben und das weißt du!«, fuhr Staubfinger fort. »Sie ist nur der Köder, und sobald du angebissen hast, seid ihr zwei Capricorns Gefangene, vermutlich bis ans Ende eures Lebens.«

»*Ich* wollte ja die Polizei mitbringen!« Elinor befreite ihren Arm ärgerlich aus Farids braunen Händen. »Aber Mortimer war dagegen.«

»Klug von ihm! Capricorn hätte Meggie in die Berge schaffen lassen und ihr hättet sie nie wiedergesehen.«

Zauberzunge blickte dorthin, wo sich hinter den Hügeln dunkel die nahen Berge abzeichneten.

»Warte, bis ich das Buch gestohlen habe!«, sagte Staubfinger. »Ich werde mich schon heute Nacht wieder ins Dorf schleichen!

Ich werde deine Tochter nicht befreien können wie beim letzten Mal, denn Capricorn hat die Wachen verdreifacht, und das ganze Dorf ist nachts heller erleuchtet als das Fenster eines Juwelierladens, aber vielleicht erfahre ich ja, wo sie sie gefangen halten! Mit der Information kannst du dann anfangen, was du willst. Und zum Dank für meine Mühe versuchst du vorher noch einmal, mich zurückzulesen. Was sagst du?«

Er fand seinen Vorschlag sehr vernünftig, doch Zauberzunge überlegte kurz und schüttelte dann den Kopf. »Nein!«, sagte er. »Nein, tut mir leid, ich kann nicht länger warten. Meggie wird sich sowieso schon fragen, wo ich bleibe. Sie braucht mich.« Und damit drehte er sich um und ging zurück zu seinem Wagen.

Aber bevor er einsteigen konnte, trat Staubfinger ihm in den Weg. »Mir tut es auch leid«, sagte er, während er Bastas Messer aufschnappen ließ. »Du weißt, ich mag die Dinger nicht, aber manchmal muss man die Leute vor ihrer eigenen Dummheit beschützen. Ich werde nicht zulassen, dass du in dieses Dorf hineintappst wie ein Karnickel in die Falle, nur damit Capricorn dich und deine Wunderstimme wegsperrt. Das hilft deiner Tochter nicht und mir schon gar nicht.«

Farid hatte auf Staubfingers Zeichen ebenfalls sein Messer gezogen, er hatte es dem Jungen in dem Ort am Meer gekauft, es war ein lächerlich kleines Ding, aber Farid drückte es Elinor so fest in die Seite, dass sie das Gesicht verzog. »Herrgott, willst du mich aufschlitzen, du kleiner Bastard?«, fuhr sie ihn an.

Der Junge zuckte zurück, aber das Messer ließ er trotzdem nicht sinken.

»Fahr den Wagen von der Straße, Zauberzunge!«, befahl Staubfinger. »Und komm nicht auf dumme Gedanken: Der Junge hält deiner bücherverliebten Freundin das Messer so lange vor die Brust, bis du wieder bei uns bist.«

Zauberzunge gehorchte. Natürlich. Was hätte er sonst tun sollen? Sie banden die beiden an den Bäumen fest, die gleich hinter dem niedergebrannten Haus wuchsen, nur ein paar Schritte entfernt von ihrem provisorischen Lager. Elinor schimpfte lauter, als Gwin es tat, wenn er am Schwanz aus dem Rucksack gezogen wurde.

»Hören Sie auf!«, fuhr Staubfinger sie an. »Es nützt uns allen nichts, wenn Capricorns Männer uns hier finden.«

Das half. Sie schwieg auf der Stelle. Zauberzunge hatte den Kopf gegen den Baumstamm gelehnt und die Augen geschlossen.

Farid prüfte sorgfältig noch einmal alle Knoten, bis Staubfinger ihn zu sich winkte. »Du wirst die beiden bewachen, wenn ich mich heute Nacht in das Dorf schleiche«, raunte er ihm zu. »Und komm mir nicht wieder mit den Geistern. Diesmal bist du schließlich nicht allein.«

Der Junge blickte ihn so verletzt an, als hätte er ihm die Hand ins Feuer gehalten. »Aber sie sind gefesselt!«, protestierte er. »Was gibt es da aufzupassen? Meine Knoten hat noch nie jemand aufbekommen, Ehrenwort! Bitte. Ich will mit dir mitkommen! Ich kann Wache stehen oder die Posten ablenken. Ich kann mich sogar in Capricorns Haus schleichen! Ich bin leiser als Gwin!«

Doch Staubfinger schüttelte den Kopf. »Nein!«, sagte er barsch. »Heute geh ich allein. Und wenn ich jemanden brauche, der mir auf Schritt und Tritt nachläuft, schaff ich mir einen Hund an.«

Dann ließ er den Jungen stehen.

Es war ein heißer Tag. Der Himmel über den Hügeln war blau und ohne eine einzige Wolke. Es würden noch Stunden vergehen, bis es dunkel wurde.

In Capricorns Haus

Im Traum bin ich manchmal durch dunkle Häuser gegangen, die ich nicht kannte. Unbekannte, dunkle, entsetzliche Häuser. Schwarze Zimmer, die mich umschlossen, bis ich nicht mehr atmen konnte …
Astrid Lindgren, Mio, mein Mio

Zwei schmale Metallbetten an einer weiß getünchten Wand übereinander, ein Schrank, ein Tisch vor dem Fenster, ein Stuhl, ein leeres Brett an der Wand, auf dem nur eine Kerze lag. Meggie hatte gehofft, dass man durch das Fenster die Straße sehen konnte oder wenigstens den Parkplatz, aber man blickte nur in den Hof hinunter. Ein paar von Capricorns Mägden beugten sich über die Beete und rupften Unkraut und in einer Ecke pickten Hühner in einem drahtumzäumten Auslauf. Die Mauer, die den Hof umgab, war hoch, hoch wie eine Gefängnismauer.

Fenoglio saß auf dem unteren Bett und starrte düster auf den staubigen Boden. Die Holzdielen knarrten, wenn man darauf trat. Vor der Tür schimpfte Flachnase herum.

»Was soll ich? Nein, such dir jemand anders, verflucht noch mal! Da schleich ich ja noch lieber rüber ins nächste Dorf, leg jemandem Benzinlappen vor die Tür oder häng einen toten Hahn ans Fensterkreuz. Meinetwegen springe ich sogar mit 'ner Teufelsmaske vor den Fenstern rum, wie Cockerell es letzten Monat machen musste. Aber ich stehe mir nicht die Beine in den Bauch, um einen alten Mann und ein kleines Mädchen zu bewachen! Hol dir irgendeinen Jungen, die sind froh, wenn sie mal was anderes machen können als Autos putzen.«

Aber Basta ließ nicht mit sich reden. »Nach dem Abendessen wirst du abgelöst!«, sagte er, dann war er fort. Meggie hörte, wie sich seine Schritte entfernten, den langen Flur entlang, es waren fünf Türen bis zur Treppe, und an ihrem Fuß ging es links zur Eingangstür ... sie hatte sich den Weg genau gemerkt. Aber wie sollte sie an Flachnase vorbeikommen? Noch einmal trat sie ans Fenster. Schon beim Hinaussehen wurde ihr schwindelig. Nein, da konnte sie nicht hinunterklettern. Den Hals würde sie sich brechen.

»Lass das Fenster bloß auf!«, sagte Fenoglio hinter ihr. »Hier drin ist es so heiß, dass man zerläuft.«

Meggie setzte sich neben ihn aufs Bett. »Ich werde weglaufen!«, flüsterte sie ihm zu. »Sobald es dunkel wird.« Der alte Mann blickte sie ungläubig an, dann schüttelte er sehr energisch den Kopf. »Bist du verrückt? Das ist viel zu gefährlich!«

Draußen auf dem Flur schimpfte Flachnase immer noch vor sich hin.

»Ich werd sagen, dass ich zum Klo muss.« Meggie presste ihren Rucksack an sich. »Und dann renn ich los.«

Fenoglio fasste sie an den Schultern. »Nein!«, flüsterte er noch einmal mit Nachdruck. »Nein, das tust du nicht! Uns wird schon etwas einfallen! Es ist mein Beruf, mir etwas einfallen zu lassen, hast du das schon vergessen?«

Meggie presste die Lippen zusammen. »Ja, ja, schon gut!«, murmelte sie. Dann stand sie auf und schlenderte zurück zum Fenster.

Draußen dämmerte es schon.

Ich werd es trotzdem versuchen, dachte sie, während Fenoglio sich hinter ihr mit einem Seufzer auf dem schmalen Bett ausstreckte. Ich werd nicht den Köder spielen! Ich werde weglaufen, bevor sie Mo auch noch gefangen haben.

Und während sie auf die Dunkelheit wartete, schob sie zum hundertsten Mal die Frage fort, die sich immer wieder in ihren Kopf drängte:

Wo war Mo?

Warum war er noch nicht gekommen?

Leichtsinn

»Du glaubst also, daß dies eine Falle ist?« fragte der Graf.
»Ich halte immer alles für eine Falle, solange das Gegenteil nicht erwiesen ist«, antwortete der Prinz. »Deshalb bin ich noch am Leben.«
William Goldman, Die Brautprinzessin

Es blieb heiß, als die Sonne untergegangen war. Kein Wind regte sich in der Dunkelheit und die Glühwürmchen tanzten über dem verdorrten Gras, als Staubfinger sich wieder zu Capricorns Dorf schlich.

In dieser Nacht lungerten zwei Wachtposten auf dem Parkplatz herum, und keiner von ihnen trug einen Kopfhörer, also beschloss Staubfinger, sich auf anderen Wegen Capricorns Haus zu nähern. Auf der anderen Seite des Dorfes gab es Gassen, die vor mehr als hundert Jahren von dem Erdbeben, das auch die letzten Einwohner vertrieben hatte, so gründlich zerstört worden waren, dass Capricorn sie nicht wieder hatte instand setzen lassen. Diese Gassen waren blockiert vom Schutt eingestürzter Mauern, es war nicht ungefährlich, dort herumzuklettern. Immer wieder stürzte etwas ein, auch nach all den Jahren noch, und Capricorns Männer mieden diesen Teil des Dorfes, wo hinter verrotteten Haustüren auf so manchem Tisch noch das schmutzige Geschirr längst verschwundener Bewohner stand. Hier gab es keine Scheinwerfer und selbst die Posten verirrten sich selten her.

Auf der Gasse, die Staubfinger nahm, türmten sich zerbrochene Dachschindeln und Steine mehr als kniehoch, sie rutschten ihm unter den Füßen weg, und als er wieder einmal in die Nacht lauschte, besorgt, dass der Lärm doch jemanden herbeigerufen hatte, sah er einen Wachtposten zwischen den eingestürzten Häusern auftauchen. Sein Mund wurde trocken vor Angst, während er sich hinter die nächste Mauer duckte. Schwalbennester klebten daran, eins neben dem anderen. Der Wachtposten summte vor sich hin, während er näher kam. Staubfinger kannte ihn, er war schon viele Jahre bei Capricorn. Basta hatte ihn angeworben, in einem anderen Dorf, in einem anderen Land. Nicht immer hatte Capricorn in diesen Hügeln gehaust. Es hatte andere Orte gegeben, einsam gelegene Dörfer wie dieses, Häuser, verlassene Gehöfte, einmal sogar eine Burg. Aber irgendwann kam immer der Tag, an dem das Netz aus Angst, das Capricorn so geübt zu spinnen verstand, riss und die Polizei aufmerksam wurde. Irgendwann würde es auch hier passieren.

Der Wachtposten blieb stehen und zündete sich eine Zigarette an. Der Rauch zog Staubfinger in die Nase. Er wendete den Kopf – und sah eine Katze, ein mageres weißes Ding, das zwischen den Steinen hockte. Wie erstarrt saß sie da und sah ihn an mit ihren grünen Augen. »Schscht!«, hätte er gerne geflüstert. »Sehe ich vielleicht gefährlich aus? Nein, aber der da draußen, der erschießt zuerst dich und dann bin ich an der Reihe.« Die grünen Augen starrten ihn an. Der weiße Schwanz begann hin und her zu zucken. Staubfinger sah auf seine staubigen Stiefel, auf ein verbogenes Stück Eisen zwischen den Steinen, nur nicht auf die Katze. Tiere mögen es gar nicht, wenn man ihnen in die Augen sieht. Gwin bleckte jedes Mal die nadelspitzen Zähne, wenn er es tat.

Der Wachtposten begann wieder zu summen, die Zigarette zwischen den Lippen. Dann endlich, als es Staubfinger schon vorkam, als würde er für den Rest seines Lebens hinter der eingefallenen Mauer hocken müssen, drehte der Posten sich um und schlenderte davon. Staubfinger wagte sich nicht zu rühren, bis die Schritte verklungen waren. Als er sich steifbeinig aufrichtete, sprang die Katze fauchend davon und er stand lange da zwischen den toten Häusern und wartete darauf, dass sein Herz wieder langsamer schlug.

Kein weiterer Posten begegnete ihm, bis er sich über Capricorns Mauer schwang. Der Geruch von Thymian drang ihm entgegen, schwer, wie er sonst nur am Tag in der Luft hing. Alles schien zu duften in dieser heißen Nacht, selbst die Tomatenpflanzen und die Salatköpfe. Auf dem Beet unmittelbar vor dem Haus wuchsen die Giftpflanzen. Die Elster pflegte sie persönlich. Schon so mancher Todesfall im Dorf hatte nach Oleander oder Bilsenkraut gerochen.

Das Fenster zu dem Zimmer, in dem Resa schlief, stand offen wie immer. Als Staubfinger Gwins zorniges Keckern nachahmte, winkte ihm aus dem offenen Fenster eine Hand zu und verschwand rasch wieder. Wartend lehnte er sich gegen die vergitterte Tür. Der Himmel über ihm war übersät von Sternen, es schien kaum Platz für die Nacht zu sein. Bestimmt weiß sie etwas, dachte er, aber was, wenn sie mir erzählt, dass Capricorn das Buch in einen seiner Geldschränke gesperrt hat?

Die Tür hinter dem Gitter öffnete sich. Sie knarrte jedes Mal so, als wolle sie sich über die nächtliche Störung beschweren. Staubfinger wandte sich um und blickte in das Gesicht einer Fremden. Es war ein junges Mädchen, vielleicht fünfzehn, sechzehn Jahre alt. Ihre Wangen waren noch pausbäckig wie die eines Kindes.

»Wo ist Resa?« Staubfinger umklammerte das Gitter. »Was ist mit ihr?«

Das Mädchen schien starr vor Angst. Es starrte seine Narben an, als hätte es noch nie ein zerschnittenes Gesicht gesehen.

»Hat sie dich geschickt?« Staubfinger hätte am liebsten die Hände durch das Gitter gesteckt, um die dumme kleine Gans zu schütteln. »Nun sag doch schon. Ich habe nicht die ganze Nacht Zeit.« Er hätte Resa nicht bitten dürfen, ihm zu helfen. Er hätte sich selbst umsehen müssen. Wie hatte er sie nur in Gefahr bringen können? »Haben sie sie eingesperrt? Nun rede doch endlich!«

Das Mädchen starrte über seine Schulter und wich einen Schritt zurück. Staubfinger fuhr herum, um zu sehen, was sie sah – und blickte in Bastas Gesicht.

Wo hatte er nur seine Ohren gehabt? Basta war berüchtigt für die Lautlosigkeit seiner Schritte, aber Flachnase, der neben ihm stand, war bestimmt kein Meister im Anschleichen. Und Basta hatte noch jemanden mitgebracht: Mortola stand neben ihm. Also hatte sie in der letzten Nacht doch nicht nur wegen der frischen Luft den Kopf aus dem Fenster gestreckt. Oder hatte Resa ihn etwa an sie verraten? Der Gedanke tat weh.

»Ich hätte wirklich nicht gedacht, dass du dich noch mal hertraust!«, schnurrte Basta, während er ihn mit der flachen Hand gegen das Gitter stieß. Staubfinger spürte, wie die Stäbe sich in seinen Rücken drückten.

Flachnase lächelte breit wie ein Kind an Weihnachten, so lächelte er immer, wenn er jemandem Angst machen durfte.

»Was hast du mit unsrer schönen Resa zu schaffen?« Basta ließ sein Messer aufschnappen, und Flachnases Lächeln wurde noch etwas breiter, als er sah, wie die Angst Schweißperlen auf Staubfingers Stirn trieb. »Nun, ich hab es ja schon immer gesagt«, fuhr Basta fort, während er die Messerspitze langsam Staubfingers

Brust hinaufwandern ließ. »Der Feuerfresser ist verliebt in Resa, mit den Augen würde er sie verschlucken, wenn er könnte, aber die anderen wollten mir nicht glauben. Trotzdem – dass du dich hierher traust, wo du doch so ein Angsthase bist.«

»Er ist eben verliebt«, sagte Flachnase und lachte.

Aber Basta schüttelte nur den Kopf. »Nein, aus Liebe wär der Schmutzfinger nicht hergekommen, dazu ist er ein viel zu kalter Fisch. Er ist wegen dem Buch hier, stimmt's? Du hast immer noch Sehnsucht nach flatternden Feen und stinkenden Kobolden.« Basta strich fast zärtlich mit dem Messer an Staubfingers Kehle entlang.

Staubfinger vergaß, wie man atmet. Er erinnerte sich nicht mehr.

»Geh zurück auf dein Zimmer!«, fuhr die Elster das Mädchen hinter ihm an. »Was stehst du da noch herum?« Staubfinger hörte das Rascheln eines Kleides, dann fiel die Tür hinter ihm ins Schloss.

Bastas Messer saß immer noch an seinem Hals, aber als der die Spitze gerade noch etwas höher wandern lassen wollte, griff die Elster ihm in den Arm. »Schluss jetzt!«, sagte sie barsch. »Lass die Spielchen, Basta.«

»Ja, der Boss hat gesagt, wir sollen ihn heil zu ihm bringen!« Flachnases Stimme war anzuhören, wie wenig er von diesem Befehl hielt.

Basta ließ die Messerspitze ein letztes Mal an Staubfingers Hals herunterwandern. Dann ließ er es mit einer blitzschnellen Bewegung einschnappen.

»Wirklich schade!«, sagte Basta. Staubfinger spürte seinen Atem auf der Haut. Bastas Atem roch nach Minze, frisch und scharf. Angeblich hatte ihm irgendwann ein Mädchen, das er küssen wollte, gesagt, dass er aus dem Mund stank. Dem Mädchen war das nicht bekommen, doch seither kaute Basta von früh bis spät Pfefferminzblätter. »Mit dir konnte man immer gut spielen, Staubfinger«, sagte er, während er zurücktrat, das zugeschnappte Messer immer noch in der Hand.

»Bringt ihn zur Kirche!«, befahl Mortola. »Ich sage Capricorn Bescheid.«

»Weißt du, dass der Boss sehr wütend auf deine stumme Freundin ist?«, raunte Flachnase Staubfinger zu, während er und Basta ihn in die Mitte nahmen. »Sie war immer so was wie ein Liebling von ihm.«

Einen Atemzug lang fühlte Staubfinger sich fast gut.

Resa hatte ihn also nicht verraten.

Er hätte sie trotzdem nicht um Hilfe bitten dürfen. Niemals.

Leise Worte

Sie mochte seine Tränen gern, und sie streckte ihren schönen Finger aus und ließ sie darüber rollen. Ihre Stimme war so leise, dass er zuerst nicht verstehen konnte, was sie sagte. Dann verstand er. Sie sagte, dass sie dächte, sie könnte wieder gesund werden, wenn Kinder an Feen glauben.
James M. Barrie, Peter Pan

Meggie versuchte es wirklich.

Sobald es dunkel wurde, hämmerte sie mit der Faust gegen die Tür. Fenoglio fuhr aus dem Schlaf, aber bevor er sie aufhalten konnte, hatte Meggie dem Posten vor der Tür schon zugerufen, dass sie zum Klo müsse. Der Mann, der Flachnase abgelöst hatte, war ein kurzbeiniger Kerl mit abstehenden Ohren, der sich die Langeweile dadurch vertrieb, dass er mit einer Zeitung Motten totschlug, die sich ins Haus verirrt hatten. Mehr als ein Dutzend klebte schon an der weißen Wand, als er Meggie auf den Flur hinausließ.

»Ich muss auch mal!«, rief Fenoglio, vielleicht wollte er Meggie auf die Art doch noch von ihrem Vorsatz abbringen, aber der Wächter schlug ihm die Tür vor der Nase zu. »Einer nach dem anderen!«, grunzte er den alten Mann an. »Und wenn du dich nicht beherrschen kannst, pinkelst du eben aus dem Fenster.«

Er nahm seine Zeitung mit, als er Meggie zum Klo brachte. Auf dem Weg schlug er drei weitere Motten tot und einen Schmetterling, der rastlos zwischen den kahlen Wänden umherflatterte. Schließlich stieß er eine Tür auf, die letzte Tür vor der Treppe, die nach unten führte. Nur ein paar Schritte!, dachte Meggie. Die Stufen hinunter spring ich bestimmt schneller als er.

»Bitte, Meggie, du musst das mit dem Weglaufen vergessen!«, hatte Fenoglio ihr immer wieder ins Ohr geraunt. »Du wirst dich verirren. Da draußen ist kilometerweit nichts als Wildnis! Dein Vater würde dich übers Knie legen, wenn er wüsste, was du vorhast.«

Würde er nicht, hatte Meggie gedacht. Doch als sie in dem kleinen Raum stand, in dem nichts als ein Klo und ein Eimer standen, verließ sie doch fast der Mut. Es war so dunkel draußen, so furchtbar dunkel. Und es war ein weiter Weg bis hinunter zur Eingangstür von Capricorns Haus.

»Ich muss es versuchen!«, flüsterte sie, bevor sie die Tür aufriss. »Ich muss!«

Der Wächter fing sie schon auf der fünften Treppenstufe ein. Wie einen Sack trug er sie zurück. »Beim nächsten Mal bring ich dich zum Chef!«, sagte er, als er sie zurück in das Zimmer stieß. »Der weiß bestimmt eine schöne Strafe für dich.«

Fast eine halbe Stunde lang schluchzte sie vor sich hin, während Fenoglio neben ihr saß und unglücklich vor sich hin starrte. »Ist ja schon gut!«, brummte er immer wieder, aber es war nichts gut, gar nichts.

»Wir haben nicht mal eine Lampe!«, schluchzte sie irgendwann. »Und meine Bücher haben sie mir auch weggenommen.«

Daraufhin griff Fenoglio unter sein Kissen und legte ihr eine Taschenlampe in den Schoß. »Die habe ich unter meiner Matratze gefunden«, flüsterte er. »Zusammen mit ein paar Büchern. Es sah fast aus, als hätte sie jemand dort versteckt.«

Darius, der Vorleser. Meggie konnte sich noch gut daran erinnern, wie der kleine, dünne Mann mit seinem Stapel Bücher durch Capricorns Kirche gehastet war. Bestimmt gehörte die Taschenlampe ihm. Wie lange Capricorn ihn wohl in dem kleinen kahlen Raum gefangen gehalten hatte?

»Im Schrank lag auch noch eine Wolldecke, ich habe sie dir auf das obere Bett gelegt«, raunte Fenoglio. »Ich komme da nicht hinauf. Als ich es versucht habe, hat das Bett geschwankt wie ein Schiff auf hoher See.«

»Ich schlafe sowieso lieber oben.« Meggie fuhr sich mit dem Ärmel übers Gesicht. Sie hatte keine Lust mehr zu weinen. Es nützte ohnehin nichts.

Fenoglio hatte ihr zusammen mit der Decke auch ein paar von Darius' Büchern auf die Matratze gelegt. Behutsam legte Meggie sie nebeneinander. Es waren fast alles Erwachsenenbücher: ein zerlesener Krimi, ein Buch über Schlangen, eins über Alexander den Großen, die *Odyssee*. Ein Märchenbuch und *Peter Pan*, das waren die einzigen Kinderbücher – und *Peter Pan* hatte sie schon mindestens ein halbes Dutzend Mal gelesen.

Draußen schlug der Wächter wieder mit seiner Zeitung zu und unter ihr wälzte Fenoglio sich unruhig auf dem schmalen Bett herum. Meggie wusste, dass sie nicht würde schlafen können. Sie brauchte es gar nicht erst zu versuchen. Noch einmal musterte sie die fremden Bücher. Lauter verschlossene Türen. Durch welche sollte sie gehen? Hinter welcher würde sie alles vergessen, Basta und Capricorn, *Tintenherz*, sich selbst, einfach alles? Sie schob den Krimi zur Seite, das Buch über Alexander den Großen, zögerte – und griff nach der Odyssee. Es war ein zerlesenes Bändchen, Darius musste es sehr gemocht haben. Er hatte sogar Zeilen unterstrichen, eine so heftig, dass der Stift fast das Papier zerrissen hatte: *Aber die Freunde rettet' er nicht, wie eifrig er strebte.* Meggie blätterte unschlüssig in den abgegriffenen Seiten, dann schlug sie das Buch wieder zu und legte es zur Seite. Nein. Sie kannte die Geschichte gut genug, um zu wissen, dass sie vor diesen Helden fast ebenso viel Angst hatte wie vor Capricorns Männern. Sie wischte eine Träne fort, die ihr immer noch an der Wange hing, und fuhr mit der Hand über die anderen Bücher. Märchen. Sie mochte Märchen nicht besonders, aber das Buch sah sehr schön aus. Die Seiten knisterten, als Meggie in ihnen blätterte. Sie waren dünn wie Transparentpapier, bedeckt von winzigen Buchstaben. Es gab prächtige Bilder von Zwergen und Feen, und die Geschichten erzählten von mächtigen Geschöpfen, riesengroß, bärenstark, unsterblich sogar, doch alle waren heimtückisch: Die Riesen fraßen Menschen, die Zwerge gierten nach Gold und die Feen waren boshaft und nachtragend. Nein. Meggie richtete die Taschenlampe auf das letzte Buch. *Peter Pan*.

Die Fee darin war auch nicht sehr nett, aber die Welt, die zwischen diesen Buchdeckeln auf sie wartete, war ihr vertraut. Vielleicht war das in einer so dunklen Nacht genau das Richtige. Draußen schrie ein Käuzchen, sonst war es still in Capricorns Dorf. Fenoglio murmelte etwas im Schlaf und begann zu schnarchen. Meggie kroch unter die kratzige Decke, zerrte Mos Pullover aus ihrem Rucksack und schob ihn sich unter den Kopf.

»Bitte!«, flüsterte sie, während sie das Buch aufschlug. »Bitte bring mich hier fort, nur für eine Stunde oder zwei, aber bitte, bring mich weit, weit fort.« Draußen brummte der Wächter irgendetwas vor sich hin. Wahrscheinlich langweilte er sich. Der Holzboden knarrte unter seinen Schritten, als er auf und ab ging, immer auf und ab vor der verschlossenen Tür.

»Weg hier!«, flüsterte Meggie. »Bring mich weg hier! Bitte!«

Sie ließ den Finger die Zeilen entlangwandern, über das sandig raue Papier, während ihre Augen den Buchstaben folgten, an einen anderen, kälteren Ort, in eine andere Zeit, in ein Haus ohne verriegelte Türen und schwarz gekleidete Männer. »*Kaum war die Fee hereingekommen, da ging das Fenster auf*«, flüsterte Meggie. Sie konnte es knarren hören. »*Die kleinen Sterne hatten es aufgepustet und Peter fiel ins Zimmer. Er hatte Tinker Bell einen Teil des Wegs getragen und seine Hände waren noch voll von Feenstaub.*« Feen, dachte Meggie. Ich kann verstehen, dass Staubfinger die Feen vermisst. Aber das war jetzt ein verbotener Gedanke. Sie wollte nicht an Staubfinger denken, nur an Tinker Bell und Peter Pan und an Wendy, die in ihrem Bett lag und noch nichts ahnte von dem seltsamen Jungen, der in ihr Zimmer geflogen war, gekleidet in Laub und Spinnweben. »›*Tinker Bell*‹, *rief er leise, nachdem er sich vergewissert hatte, dass die Kinder schliefen,* ›*Tink, wo bist du?*‹ *Sie war gerade in einem Krug und das genoss sie sehr; sie war noch nie in einem Krug gewesen.*« Tinker Bell. Meggie flüsterte den Namen gleich zweimal, sie hatte es immer schon geliebt, ihn auszusprechen, mit diesem kleinen Stups der Zunge gegen die Zähne und dem weichen B, das wie ein Kuss von den Lippen rutschte. »›*Los, komm her und sag mir, ob du weißt, wo sie meinen Schatten hingelegt haben.*‹ *Die lieblichsten Klänge, wie von goldenen Glöckchen, antworteten ihm. Das ist die Feensprache. Ihr gewöhnlichen Kinder könnt sie nicht hören, aber wenn ihr sie hören könntet, wüsstet ihr, dass ihr sie von früher her kennt.*« Wenn ich fliegen könnte wie Tinker Bell, dachte Meggie, dann könnte ich einfach auf das Fensterbrett da klettern und davonfliegen. Ich müsste mir keine Sorgen um die Schlangen machen und ich würde Mo finden, bevor er herkommt. Er muss sich verfahren haben. Ja. Genau. Aber was, wenn ihm etwas passiert war ... Meggie schüttelte den Kopf, als könnte sie so die Gedanken vertreiben, die sich wieder hineingeschlichen hatten. *»Tinker Bell sagte, dass sich Peters Schatten in der großen Kiste befände«*, wisperte sie. *»Sie meinte die Kommode und Peter sprang in die Schubladen und verstreute ihren Inhalt mit beiden Händen auf dem ...«*

Meggie hielt inne. Da war etwas Helles im Zimmer. Sie knipste die Taschenlampe aus, doch das Licht war immer noch da ... *tausendmal heller als die Nachtlichter.*

»Und wenn es für eine Sekunde zur Ruhe kam«, flüsterte Meggie, *»hast du gesehen: Es war eine ...«* Sie sprach das Wort nicht aus. Sie folgte dem Licht nur mit den Augen, wie es hin und her schwirrte, hastig, schneller als ein Glühwürmchen und viel größer.

»Fenoglio!« Von dem Wächter vor der Tür war nichts mehr zu hören. Vielleicht war er eingeschlafen. Meggie beugte sich über die Bettkante, bis sie mit den Fingern Fenoglios Schulter erreichte. »Fenoglio, sieh doch!« Sie rüttelte ihn, bis er endlich die Augen aufschlug. Was, wenn sie aus dem Fenster flog?

Meggie ließ sich vom Bett rutschen. Sie schlug das Fenster so hastig zu, dass sie fast einen der schillernden Flügel einklemmte. Erschrocken schwirrte die Fee davon. Meggie glaubte, ein zirpendes Schimpfen zu hören.

Fenoglio starrte das flirrende Ding mit schlafverquollenen Augen an. »Was ist das?«, fragte er mit heiserer Stimme. »Ein mutiertes Glühwürmchen?«

Meggie kehrte zum Bett zurück, ohne die Fee aus den Augen zu lassen. Immer schneller schwirrte sie durch den engen Raum, wie ein verirrter Schmetterling, hinauf zur Decke, zurück zur Tür, dann wieder zum Fenster. Immer wieder zum Fenster. Meggie legte Fenoglio das Buch auf den Schoß.

»*Peter Pan.*« Er sah das Buch an, dann die Fee, dann wieder das Buch.

»Ich hab es nicht gewollt!«, flüsterte Meggie. »Wirklich nicht.«

Die Fee flog schon wieder gegen das Fenster, wieder und wieder.

»Nein!« Meggie lief zu ihr. »Du darfst nicht da raus! Du verstehst das nicht.« *Es war eine Fee. Nicht größer als deine Hand, aber sie wuchs noch. Es war ein Mädchen, und sie hieß Tinker Bell, elegant gekleidet in ein geripptes Blatt.*

»Da kommt jemand!« Fenoglio richtete sich auf, so hastig, dass er sich den Kopf an dem Bett über ihm stieß. Er hatte recht. Draußen auf dem Flur näherten sich Schritte, schnelle, entschlossene Schritte. Meggie wich ans Fenster zurück. Was hatte das zu bedeuten? Es war mitten in der Nacht. Mo ist gekommen!, dachte sie. Er ist da, und ihr Herz tat einen Sprung vor Freude, obwohl sie sich nicht freuen wollte.

»Versteck sie!«, raunte Fenoglio. »Schnell, versteck sie!«

Meggie sah ihn verwirrt an. Natürlich. Die Fee. Sie durften sie nicht entdecken. Meggie versuchte, nach ihr zu greifen, aber sie schlüpfte ihr zwischen den Fingern durch und schwirrte hinauf zur Decke. Dort blieb sie, wie ein Licht aus unsichtbarem Glas.

Die Schritte waren jetzt ganz nah. »Nennst du das Wache halten?« Das war Bastas Stimme. Meggie hörte ein dumpfes Stöhnen, wahrscheinlich hatte er den Wächter mit einem Tritt geweckt. »Schließ auf, na los, ich hab nicht ewig Zeit.«

Jemand schob einen Schlüssel in das Schloss. »Das ist der falsche, du verschnarchter Idiot! Capricorn wartet auf das Mädchen, ich werde ihm erzählen, warum er so lange warten musste.«

Meggie kletterte auf ihr Bett. Es schwankte bedrohlich, als sie sich aufrichtete. »Tinker Bell!«, flüsterte sie. »Bitte! Komm her!« Aber so vorsichtig sie auch die Hand nach ihr ausstreckte, die Fee schwebte zurück zum Fenster – und Basta öffnete die Tür.

»He, wo kommt die denn her?«, fragte er, während er in der offenen Tür stehen blieb. »So ein Flatterdings hab ich seit Jahren nicht gesehen.«

Meggie und Fenoglio schwiegen. Was hätten sie auch sagen sollen?

»Glaubt nicht, ihr kommt um die Antwort herum!« Basta zog seine Jacke aus, nahm sie in die linke Hand und ging langsam auf das Fenster zu. »Stell dich in die Tür, für den Fall, dass sie mir entwischt!«, befahl er dem Wächter. »Wenn du sie vorbeilässt, schneid ich dir die Ohren ab.«

»Lass sie!« Meggie rutschte hastig wieder vom Bett, aber Basta war schneller. Er warf seine Jacke und Tinker Bells Licht erlosch wie das einer ausgeblasenen Kerze. Unter dem schwarzen Stoff zuckte es matt, als die Jacke zu Boden fiel. Basta hob sie vorsichtig auf, hielt sie wie einen Sack zusammen und blieb damit vor Meggie stehen. »Also, Schätzchen, raus damit!«, sagte er mit bedrohlich ruhiger Stimme. »Wo kommt die Fee her?«

»Ich weiß nicht!«, stieß Meggie hervor, ohne ihn anzusehen. »Sie … war plötzlich da.«

Basta sah zu dem Wächter hinüber. »Hast du hier in der Gegend schon mal so was wie eine Fee gesehen?«, fragte er.

Der Wächter hob die Zeitung auf, an der immer noch ein paar

blutige Mottenflügel klebten, und schlug sie mit einem breiten Lächeln gegen den Türrahmen. »Nein, aber wenn, dann wüsste ich, was ich mit ihr mache!«, sagte er.

»Ja, die kleinen Dinger sind lästig wie Stechmücken. Aber sie sollen Glück bringen.« Basta wandte sich wieder Meggie zu. »Also, rück endlich raus damit! Wo kommt sie her? Ich frag nicht noch mal.«

Meggie konnte es nicht verhindern, ihre Augen wanderten zu dem Buch, das Fenoglio hatte fallen lassen. Basta folgte ihrem Blick und hob es auf.

»Na so was!«, murmelte er, während er das Bild auf dem Einband musterte. Der Zeichner hatte Tinker Bell gut getroffen. Sie war in Wirklichkeit etwas blasser als auf dem Bild und auch eine Spur kleiner, doch Basta erkannte sie natürlich trotzdem. Er pfiff leise durch die Zähne, dann hielt er Meggie das Buch dicht vors Gesicht. »Erzähl mir jetzt nicht, dass der Alte sie hergelesen hat!«, sagte er. »Du warst es. Darauf verwette ich mein Messer. Hat dein Vater es dir beigebracht oder hast du es nur von ihm geerbt? Na, egal.« Er schob das Buch in den Hosenbund und griff nach Meggies Arm. »Komm, lass uns Capricorn davon erzählen. Eigentlich sollte ich dich ja nur holen, damit du einen alten Bekannten wiedertriffst, aber gegen so aufregende Neuigkeiten hat Capricorn bestimmt nichts einzuwenden.«

»Ist mein Vater gekommen?« Meggie ließ sich widerstandslos aus der Tür zerren.

Basta schüttelte den Kopf und musterte sie spöttisch. »Nein, der ist immer noch nicht aufgetaucht!«, sagte er. »Offenbar ist ihm die eigene Haut doch lieber als deine. Wenn ich du wäre, wäre ich ziemlich schlecht auf ihn zu sprechen.«

Meggie spürte beides zugleich – Enttäuschung, scharf wie ein Stachel, und Erleichterung.

»Ich gebe zu, ich bin auch ziemlich enttäuscht von ihm«, fuhr Basta fort. »Schließlich hab ich mein Messer darauf verwettet, dass er kommt, aber nun brauchen wir ihn ja wohl gar nicht mehr, stimmt's?« Er schüttelte seine Jacke, und Meggie glaubte, ein leises, verzweifeltes Klingeln zu hören.

»Schließ den Alten wieder ein!«, befahl Basta dem Wachtposten. »Und wehe, du schnarchst wieder, wenn ich zurückkomme!«

Dann zerrte er Meggie den Gang hinunter.

Eine Strafe für Verräter

»Und du?«, wollte Lobosch wissen. »Du, Krabat, hast keine Angst?«
»Mehr als du ahnst«, sagte Krabat. »Und nicht nur um mich allein.«
Otfried Preußler, Krabat

Ihr eigener Schatten folgte Meggie wie ein böser Geist, als sie mit Basta den Platz vor der Kirche überquerte. Das grelle Licht der Scheinwerfer ließ den Mond wie einen ausgedienten Lampion erscheinen.

In der Kirche war es nicht halb so hell. Capricorns Statue blickte blass aus der Dunkelheit herab, halb verschluckt von den Schatten, und zwischen den Säulen war es so finster, als hätte die Nacht sich vor dem Scheinwerferlicht hierher geflüchtet. Nur über Capricorns Platz hing eine einsame Lampe, gelangweilt lehnte er in seinem Sessel, in einem seidenen Morgenmantel, der schimmerte wie das Gefieder eines Pfaus. Auch diesmal stand die Elster hinter ihm, in dem spärlichen Licht war sie kaum mehr als ein blasses Gesicht über einem schwarzen Kleid. In einer der Tonnen am Fuß der Treppe brannte ein Feuer. Der Rauch biss Meggie in die Augen, und das zuckende Licht, das die Flammen warfen, tanzte auf den Wänden und Säulen, als stünde die ganze Kirche in Flammen.

»Legt den Lappen vor das Fenster seiner Kinder, als letzte Warnung!« Capricorns Stimme hallte bis zu Meggie, obwohl er nicht laut sprach. »Tränkt ihn mit Benzin, bis es herausleckt«, wies er

Cockerell an, der mit zwei anderen Männern am Fuß der Treppe stand. »Wenn der Geruch dem Dummkopf gleich am Morgen in die Nase steigt, begreift er vielleicht endlich, dass es mit meiner Geduld ein Ende hat.«

Mit einem kurzen Nicken nahm Cockerell die Anweisung entgegen, drehte sich auf dem Absatz um und winkte den anderen beiden, ihm zu folgen. Ihre Gesichter waren rußgeschwärzt und jeder der drei trug eine rote Hahnenfeder im Knopfloch. »Ah, Zauberzunges Tochter!«, knurrte Cockerell höhnisch, als er an Meggie vorbeihinkte. »Sieh an, hat dein Vater dich immer noch nicht abgeholt? Allzu groß scheint seine Sehnsucht ja nicht zu sein.«

Die anderen zwei lachten, und Meggie konnte nichts dagegen tun, dass ihr das Blut ins Gesicht schoss.

»Na endlich!«, rief Capricorn, als Basta mit ihr vor den Treppenstufen haltmachte. »Warum hat das so lange gedauert?« Über das Gesicht der Elster huschte fast so etwas wie ein Lächeln. Sie hatte die Unterlippe etwas vorgeschoben, was ihrem hageren Gesicht einen Ausdruck großer Zufriedenheit gab. Diese Zufriedenheit beunruhigte Meggie sehr viel mehr als die finstere Miene, die Capricorns Mutter gewöhnlich zur Schau trug.

»Der Posten hat den Schlüssel nicht gefunden!«, erwiderte Basta ärgerlich. »Und dann musste ich auch noch das hier einfangen.« Die Fee begann, sich erneut zu regen, als er die Jacke hochhielt. Der Stoff beulte sich unter ihren verzweifelten Versuchen, sich zu befreien.

»Was soll das sein?« Capricorns Stimme klang ungeduldig. »Fängst du neuerdings Fledermäuse?«

Bastas Lippen wurden schmal vor Ärger, doch er verkniff sich eine Antwort und schob wortlos die Hand unter den schwarzen Stoff. Mit einem unterdrückten Fluch zog er die Fee darunter hervor. »Zum Teufel mit den Flimmerdingern!«, schimpfte er. »Ich hatte ganz vergessen, wie fest sie zubeißen können!«

Tinker Bell flatterte verzweifelt mit einem Flügel, der andere klemmte zwischen Bastas Fingern. Meggie konnte nicht hinsehen. Sie schämte sich, das kleine, zerbrechliche Ding aus seinem Buch gelockt zu haben. Sie schämte sich so sehr.

Capricorn musterte die Fee mit angeekeltem Gesicht. »Wo kommt denn die her? Und was für eine Sorte ist das? Ich habe noch nie eine mit solchen Flügeln gesehen.«

Basta zog *Peter Pan* aus dem Gürtel und legte das Buch auf die Stufen. »Ich glaube, sie stammt aus dem da«, sagte er. »Sieh dir das Bild auf dem Umschlag an, innendrin sind auch Bilder von ihr. Und nun rate, wer sie herausgelesen hat.« Er drückte Tinker Bell so fest, dass sie lautlos nach Luft schnappte, und legte die andere Hand auf Meggies Schulter. Sie versuchte, seine Finger abzuschütteln, aber Basta griff nur noch fester zu.

»Die Kleine?« Capricorns Stimme klang ungläubig.

»Ja, und sie scheint es genauso gut zu können wie ihr Vater. Sieh dir die Fee an!« Basta packte Tinker Bell an den dünnen Beinen und hob sie hoch. »Sie sieht ganz in Ordnung aus, findest du nicht? Sie kann fliegen und schimpfen und klingeln, alles, was die dummen Dinger eben so können.«

»Interessant. Wirklich, das ist sehr interessant.« Capricorn erhob sich aus seinem Sessel, zog den Gürtel seines Morgenmantels etwas fester und kam die Treppe herunter. Neben dem Buch, das Basta auf die Stufen gelegt hatte, blieb er stehen. »Es liegt also in der Familie!«, murmelte er, während er sich bückte und das Buch aufhob. Mit gerunzelter Stirn betrachtete er den Einband. »*Peter Pan*«, las er. »Das ist doch eins der Bücher, die mein alter Vorleser ganz besonders schätzte. Ja, ich erinnere mich, er hat mir mal daraus vorgelesen. Sollte mir einen dieser Piraten herauslocken, aber es ist ihm kläglich misslungen. Stinkende Fische hat er mir ins Schlafzimmer geholt und einen rostigen Enterhaken. Haben wir ihn die Fische nicht zur Strafe essen lassen?«

Basta lachte auf. »Ja, aber er hat mehr darüber gejammert, dass du ihm seine Bücher hast abnehmen lassen. Das hier muss er versteckt haben.«

»Ja, das muss er wohl.« Capricorn trat mit nachdenklicher Miene auf Meggie zu. Sie hätte ihn am liebsten in die Finger gebissen, als er ihr die Hand unters Kinn legte und ihr Gesicht so drehte, dass sie ihm direkt in die blassen Augen sehen musste. »Siehst du, wie sie mich ansieht, Basta?«, stellte er spöttisch fest. »Genauso starrsinnig, wie ihr Vater es immer getan hat. Den Blick solltest du dir lieber für ihn aufsparen, Kleine. Du bist bestimmt sehr wütend auf deinen Vater, nicht wahr? Nun, von jetzt an kann es mir gleich sein, wo er steckt. Von heute an habe ich dich als meine neue, wunderbar begabte Vorleserin, aber du … du musst ihn doch dafür hassen, dass er dich im Stich gelassen hat, oder? Schäm dich nicht dafür. Hass kann sehr beflügelnd sein. Ich mochte meinen Vater auch nie.«

Meggie drehte den Kopf zur Seite, als Capricorn endlich ihr Kinn losließ. Das Gesicht brannte ihr vor Scham und Wut, und sie spürte seine Finger immer noch auf der Haut, als hätten sie Flecken hinterlassen.

»Hat Basta dir verraten, warum er dich zu so später Stunde noch hierher bringen sollte?«

»Ich soll hier jemanden treffen.« Meggie versuchte, ihre Stimme fest und unerschrocken klingen zu lassen, doch es gelang ihr nicht. Das Schluchzen, das ihr in der Kehle steckte, ließ nur ein Flüstern vorbei.

»Richtig!« Capricorn gab der Elster ein Zeichen. Mit einem Nicken stieg sie die Treppe hinunter und verschwand im Dunkel hinter den Säulen. Wenig später knarrte es über Meggies Kopf, und als sie erschrocken hinauf zur Decke blickte, sah sie, wie sich aus der Dunkelheit etwas herabsenkte: Ein Netz, nein, es waren zwei Netze, wie sie sie schon auf Fischerbooten gesehen hatte. Vielleicht fünf Meter über dem Boden blieben sie hängen, genau über Meggies Kopf, und erst da erkannte sie, dass Menschen zwischen den groben Maschen steckten – wie Vögel, die sich in einem Obstbaumnetz verfangen haben. Meggie wurde schon schwindelig vom Hinaufschauen, wie musste es sich erst anfühlen, dort oben zu baumeln, nur von ein paar Stricken gehalten?

»Nun, erkennst du deinen alten Freund?« Capricorn schob die Hände in die Taschen seines Morgenmantels. Tinker Bell klemmte immer noch in Bastas Fingern wie ein zerbrochenes Püppchen. Ihr zaghaftes Klingeln war das einzige Geräusch, das zu hören war. »Ja!« Die Befriedigung in Capricorns Stimme war nicht zu überhören. »So geht es schmutzigen Verrätern, die Schlüssel stehlen und Gefangene freilassen.«

Meggie würdigte ihn keines Blickes. Sie hatte nur Augen für Staubfinger. Ja, natürlich. Es war Staubfinger.

»Hallo, Meggie«, rief er zu ihr herunter, »du siehst blass aus.« Er gab sich wirklich Mühe, unbeschwert zu klingen, doch Meggie hörte die Angst in seiner Stimme. Auf Stimmen verstand sie sich. »Ich soll dir schöne Grüße von deinem Vater bestellen! Er wird dich bald holen, lässt er dir ausrichten. Und er wird nicht allein kommen.«

»Du wirst noch ein richtiger Märchenerzähler, wenn du so weitermachst, Feuerfresser!«, rief Basta zu ihm hinauf. »Aber die Geschichte glaubt dir nicht mal die Kleine. Da musst du dir schon was Besseres ausdenken!«

Meggie starrte zu Staubfinger hinauf. Sie wollte ihm so gerne glauben.

»He, Basta, lass endlich die arme Fee los!«, rief er seinem alten Feind zu. »Schick sie mir herauf, ich habe schon viel zu lange keine mehr gesehen.«

»Das hättest du wohl gern. Nein, die werde ich selbst behalten!«, antwortete Basta und stupste Tinker Bell den Finger gegen die winzige Nase. »Ich hab gehört, Feen halten Unglück fern, wenn man sie sich ins Zimmer stellt. Vielleicht stecke ich sie in eine von diesen großen Weinflaschen. Du warst doch immer so ein großer Feenfreund. Was essen sie? Soll ich sie mit Fliegen füttern?«

Tinker Bell stemmte die Arme gegen seine Finger und versuchte verzweifelt, ihren zweiten Flügel zu befreien. Es gelang ihr sogar, aber Basta hielt weiter ihre Beine fest, und so heftig sie auch flatterte, sie kam nicht frei, bis sie es schließlich mit einem leisen Klingeln aufgab. Sie leuchtete kaum noch heller als eine verlöschende Kerze.

»Weißt du, warum ich das Mädchen habe herbringen lassen, Staubfinger?«, rief Capricorn zu seinem Gefangenen hinauf. »Sie sollte dich dazu überreden, uns etwas über ihren Vater und seinen Aufenthaltsort zu erzählen – falls du überhaupt etwas darüber weißt, was ich langsam bezweifle. Aber nun brauche ich diese

Information nicht mehr. Die Tochter wird den Platz des Vaters einnehmen, und das genau zur richtigen Zeit! Denn ich habe beschlossen, dass wir uns für deine Bestrafung etwas ganz Besonderes einfallen lassen werden. Etwas Eindrucksvolles, Unvergessliches! Schließlich steht das einem Verräter zu, nicht wahr? Ahnst du bereits, worauf ich hinauswill? Nein? Dann lass mich dir helfen. Meine neue Vorleserin wird uns zu deinen Ehren aus *Tintenherz* vorlesen. Schließlich ist das dein Lieblingsbuch, auch wenn man von dem Wesen, das sie herlocken soll, sicherlich nicht behaupten kann, dass du es liebst. Ihr Vater hätte mir diesen alten Freund längst hergeholt, wenn du ihm nicht zur Flucht verholfen hättest, aber nun wird das eben seine Tochter erledigen. Kannst du dir denken, von welchem Freund ich spreche?«

Staubfinger lehnte die narbige Wange gegen das Netz. »O ja, das kann ich. Er ist mir unvergesslich«, sagte er so leise, dass Meggie ihn nur mit Mühe verstand.

»Was redet ihr immer nur von der Bestrafung des Feuerspuckers?« Die Elster war wieder zwischen den Säulen hervorgetreten. »Habt ihr unser stummes Täubchen Resa vergessen? Ihr Verrat war mindestens so schlimm wie seiner.« Voll Verachtung blickte sie zu dem zweiten Netz hinauf.

»Ja, ja, natürlich!« Aus Capricorns Stimme klang fast so etwas wie Bedauern. »Welch eine Verschwendung, aber es lässt sich nicht ändern.«

Meggie konnte das Gesicht der Frau nicht erkennen, die hinter Staubfinger in dem zweiten Netz baumelte. Sie sah nur das dunkelblonde Haar, den Stoff eines blauen Kleides und schmale Hände, die die Seile umklammerten.

Capricorn stieß einen tiefen Seufzer aus. »Ach, es ist wirklich eine Schande!«, sagte er zu Staubfinger gewandt. »Musstest du dir ausgerechnet sie aussuchen? Hättest du nicht irgendeine andere überreden können, für dich herumzuschnüffeln? Ich hatte wirklich eine Schwäche für sie, seit Darius, dieser Stümper, sie mir hergelesen hat. Es hat mich nie gestört, dass sie dabei ihre Stimme eingebüßt hat. Nein, wirklich nicht, dummerweise nahm ich an, ich könne ihr deshalb besonders vertrauen. Wusstest du, dass ihr Haar früher wie gesponnenes Gold aussah?«

»Ja, daran erinnere ich mich«, antwortete Staubfinger mit heiserer Stimme. »Aber in deiner Gegenwart ist es dunkel geworden.«

»Unsinn!« Capricorn runzelte ärgerlich die Stirn. »Vielleicht sollten wir es mit Feenstaub versuchen. Mit etwas Feenstaub bestreut soll doch selbst Messing wie Gold aussehen, vielleicht funktioniert das auch bei Frauenhaaren?«

»Das wird kaum die Mühe lohnen!«, sagte die Elster höhnisch. »Außer du willst, dass sie bei ihrer Hinrichtung besonders gut aussieht.«

»Ach was.« Capricorn drehte sich abrupt um und ging wieder auf die Treppe zu. Meggie bemerkte es kaum. Sie blickte hinauf zu der fremden Frau. Capricorns Worte saßen ihr wie Fieber hinter der Stirn: Haare wie gesponnenes Gold ... der Stümper von Vorleser ... Nein, das konnte nicht sein. Sie starrte nach oben, kniff die Augen zusammen, um das Gesicht hinter den Seilen besser erkennen zu können, aber die Schatten, die es verbargen, waren schwarz.

»Gut.« Capricorn ließ sich mit einem tiefen Seufzer wieder in seinen Sessel sinken. »Wie lange werden wir für die Vorbereitungen brauchen? Schließlich sollte das Ganze in einem angemessenen Rahmen stattfinden.«

»Zwei Tage.« Die Elster stieg die Stufen hinauf und nahm erneut ihren Platz hinter ihm ein. »Falls du die Männer von den anderen Stützpunkten herkommen lassen willst.«

Capricorn runzelte die Stirn. »Ja, warum nicht? Es wird Zeit, wieder einmal ein kleines Exempel zu statuieren. Die Disziplin hat in letzter Zeit doch sehr zu wünschen übrig gelassen.« Als er Basta bei diesen Worten anblickte, senkte der den Kopf, als lasteten alle Verfehlungen der letzten Tage wie Blei auf seinen Schultern. »Übermorgen also«, fuhr Capricorn fort. »Sobald es dunkel wird. Darius soll vorher mit dem Mädchen noch einen Test machen. Lasst sie irgendetwas herauslesen, ich will nur sichergehen, dass die Fee kein Zufall war.«

Basta hatte Tinker Bell wieder in seine Jacke gehüllt. Meggie hätte sich am liebsten die Hände auf die Ohren gepresst, um das verzweifelte Klingeln der Fee nicht zu hören. Sie presste die Lippen aufeinander, damit sie aufhörten zu zittern, und sah zu Capricorn hinauf.

»Ich werd aber nicht für dich lesen!«, sagte sie. Ihre Stimme hallte wie die Stimme einer Fremden durch die Kirche. »Kein einziges Wort! Ich werd dir kein Gold herlesen und schon gar nicht irgendeinen ... Henker!« Sie spuckte Capricorn das Wort ins Gesicht.

Der aber spielte nur gelangweilt mit dem Gürtel seines Morgenmantels. »Bring sie zurück!«, befahl er Basta. »Es ist spät. Das Mädchen muss schlafen.«

Basta gab Meggie einen Stoß in den Rücken. »Los, du hast es gehört. Beweg dich.«

Meggie sah ein letztes Mal zu Staubfinger hinauf, dann ging sie zögernd vor Basta den Gang hinunter. Als sie unter dem zweiten

Netz stand, blickte sie nochmals hoch. Das Gesicht der fremden Frau lag immer noch im Dunkeln, aber sie glaubte, die Augen zu erkennen, eine schmale Nase … und wenn sie sich das Haar heller vorstellte …

»Los, geh weiter!«, fuhr Basta sie an.

Meggie gehorchte, aber sie blickte immer wieder zurück. »Ich werd es nicht tun!«, rief sie, als sie schon fast vor dem Portal stand. »Ich verspreche es! Ich lese ihm niemanden her. Niemals!«

»Versprich nichts, was du nicht halten kannst!«, raunte Basta ihr zu, während er das Portal aufstieß. Dann zog er sie wieder auf den hell erleuchteten Platz hinaus.

Das schwarze Pferd der Nacht

Er bückte sich und holte Sophiechen aus seiner Westentasche. Da stand sie nun in ihrem Nachthemdchen mit nackten Füßen. Sie zitterte und schaute um sich in die wirbelnden Nebelschwaden und gespensterhaft wogenden Dünste.
»Wo sind wir denn hier?«, fragte sie.
»Im Traumland sind wir«, sagte der GuRie. »Wir sind da, wo die Träume herkommen.«
Roald Dahl, Sophiechen und der Riese

Fenoglio lag auf dem Bett, als Basta Meggie durch die Tür stieß.

»Was habt ihr mit ihr angestellt?«, fuhr er Basta an, während er hastig auf die Füße kam. »Sie ist ja weiß wie die Wand!«

Doch Basta hatte die Tür längst wieder hinter sich zugezogen. »In zwei Stunden kommt deine Ablösung!«, hörte Meggie ihn zu dem Posten sagen. Dann war er fort.

Fenoglio legte ihr die Hände auf die Schultern und blickte ihr besorgt ins Gesicht. »Nun? Sag schon! Was wollten sie von dir? Ist dein Vater da?«

Meggie schüttelte den Kopf. »Sie haben Staubfinger gefangen«, antwortete sie. »Und eine Frau.«

»Was für eine Frau? Himmel, du bist ja völlig durcheinander.« Fenoglio zog sie zum Bett. Meggie setzte sich neben ihn.

»Ich glaub, sie ist meine Mutter«, flüsterte sie.

»Deine Mutter?« Fenoglio sah sie entgeistert an. Seine Augen waren blutunterlaufen von der schlaflosen Nacht.

Meggie strich abwesend ihr Kleid glatt. Der Stoff war schmutzig und zerknittert. Kein Wunder, sie schlief seit Tagen darin. »Ihr Haar ist dunkler«, stammelte sie. »Und das Foto, das Mo von ihr hat, ist mehr als neun Jahre alt ... Capricorn hat sie in ein Netz gesteckt, genau wie Staubfinger. In zwei Tagen will er sie beide hinrichten lassen, und ich soll dafür jemanden aus *Tintenherz* herauslesen, diesen Freund, wie Capricorn ihn nennt, ich hab es dir erzählt! Mo sollte ihn auch schon herlocken, du wolltest mir nicht erzählen, wer es ist, aber jetzt musst du es mir sagen!« Flehend sah sie Fenoglio an.

Der alte Mann schloss die Augen. »Grundgütiger!«, murmelte er.

Draußen war es immer noch dunkel. Der Mond hing genau vor ihrem Fenster. Eine Wolke trieb an ihm vorbei wie ein zerfetztes Kleid.

»Ich erzähl es dir morgen«, sagte Fenoglio. »Versprochen.«

»Nein! Erzähl es jetzt.«

Nachdenklich blickte er sie an. »Es ist keine Geschichte für die Nacht. Du wirst schlecht träumen danach.«

»Erzähl es mir!«, wiederholte Meggie.

Fenoglio seufzte. »Oje! Den Blick kenne ich von meinen Enkeln«, sagte er. »Also gut.« Er half ihr auf ihr Bett hinauf, schob ihr Mos Pullover unter den Kopf und zog ihr die Decke bis ans Kinn. »Ich erzähle es dir so, wie es in *Tintenherz* steht«, sagte er leise. »Ich kenne die Zeilen fast auswendig, ich war damals sehr stolz auf sie ...« Er räusperte sich, bevor er die Worte in die Nacht flüsterte: *»Doch es gab einen, den die Menschen noch mehr fürchteten als Capricorns Männer. Man nannte ihn den Schatten. Er erschien nur, wenn Capricorn ihn rief. Mal war er rot wie das*

Feuer, mal grau wie die Asche, die es aus allem macht, was es frisst. Wie die Flamme aus dem Holz, so züngelte er aus der Erde. Seine Finger brachten den Tod, selbst sein Atem. Vor den Füßen seines Herrn erhob er sich, lautlos und ohne Gesicht, witternd, wie ein Hund auf der Fährte, und wartete darauf, dass sein Herr auf sein Opfer wies.« Fenoglio fuhr sich über die Stirn und sah zum Fenster. Es dauerte eine Weile, bis er weitersprach, als müsse er sich die Worte erst wieder ins Gedächtnis rufen, aus längst vergangenen Jahren. »*Man sagte*«, fuhr er schließlich leise fort, »*Capricorn hätte den Schatten aus der Asche seiner Opfer erschaffen lassen, von einem Kobold oder den Zwergen, die sich auf alles verstehen, was Feuer und Rauch hervorbringen können. Ganz sicher war keiner, denn es hieß, Capricorn hätte die töten lassen, die den Schatten ins Leben gerufen hatten. Nur eins wusste jeder: dass er unsterblich und unverletzlich war und ohne Mitleid, wie sein Herr.*«

Fenoglio schwieg.

Und Meggie starrte mit klopfendem Herzen in die Nacht hinaus.

»Ja, Meggie«, sagte Fenoglio schließlich mit leiser Stimme. »Ich denke, du sollst ihm den Schatten herholen. Und gnade uns Gott, wenn dir das gelingt. Es gibt viele Ungeheuer auf dieser Welt, die meisten davon sind menschlich, und sterblich sind sie alle. Ich möchte nicht schuld daran sein, dass künftig auch noch ein unsterbliches Monster auf diesem Planeten Angst und Schrecken verbreitet. Dein Vater hatte eine Idee, als er zu mir kam, ich habe dir schon einmal davon erzählt, vielleicht ist sie unsere einzige Chance, aber ich weiß noch nicht, ob und wie sie funktionieren wird. Ich muss nachdenken, es bleibt uns nicht viel Zeit, und du solltest jetzt schlafen. Was hast du gesagt? Übermorgen schon soll das Ganze stattfinden?«

Meggie nickte. »Sobald es dunkel wird!«, flüsterte sie.

Fenoglio fuhr sich müde mit der Hand übers Gesicht. »Wegen der Frau solltest du dir keine Sorgen machen«, sagte er. »Ich weiß nicht, ob du es gern hörst, aber ich denke, sie kann unmöglich deine Mutter sein, sosehr du dir das vielleicht auch wünschst. Wie soll sie hergekommen sein?«

»Darius!« Meggie grub ihr Gesicht in Mos Pullover. »Der schlechte Vorleser. Capricorn hat es gesagt: Er hat sie hergeholt und dabei hat sie ihre Stimme verloren. Sie ist zurück, ich bin ganz sicher, und Mo weiß nichts davon! Er denkt immer noch, sie steckt in dem Buch und ...«

»Nun, wenn du recht hast, dann wünschte ich, sie steckte wirklich noch dort«, sagte Fenoglio, während er ihr mit einem Seufzer noch einmal die Decke über die Schultern zog. »Ich denke immer noch, dass du dich irrst, aber glaub, was du willst! Und jetzt schlaf.«

Doch Meggie konnte nicht schlafen. Mit dem Gesicht zur Wand lag sie da und lauschte in sich hinein. Sorge und Freude mischten sich in ihrem Herzen wie zwei Farben, die ineinanderliefen. Jedes Mal, wenn sie die Augen schloss, sah sie die Netze und hinter den Stricken die beiden Gesichter, Staubfingers und das andere, verschwommen wie ein altes Foto. Sosehr sie sich auch Mühe gab, es genauer zu sehen, es verschwamm immer wieder.

Draußen dämmerte schon der Morgen, als sie endlich einschlief, aber die bösesten Träume nimmt die Nacht nicht mit sich. In der grauen Zeit zwischen Nacht und Tag wachsen sie besonders schnell und aus Sekunden spinnen sie eine Ewigkeit. Einäugige

Riesen und Riesenspinnen schlichen sich in Meggies Schlaf, Höllenhunde, Kinder fressende Hexen, alle Schreckgestalten, die ihr je im Reich der Buchstaben begegnet waren. Sie krochen aus der Kiste, die Mo ihr gebaut hatte, und zwängten sich aus den Seiten ihrer Lieblingsbücher hervor. Selbst aus den Bilderbüchern, die Mo ihr geschenkt hatte, als Buchstaben für sie noch keinen Sinn ergaben, quollen die Ungeheuer. Grellbunt und zottig tanzten sie durch Meggies Traum, lächelten mit zu breiten Mündern und bleckten spitze kleine Zähne. Da war die Grinsekatze, vor der sie sich immer so gefürchtet hatte, und dort kamen die Wilden Kerle, die Mo so liebte, dass er ein Bild von ihnen in seiner Werkstatt hängen hatte. Wie groß ihre Zähne waren! Staubfinger würde zwischen ihnen verschwinden wie Knusperbrot. Aber gerade als einer von ihnen, der mit den tellergroßen Augen, die Krallen ausstreckte, kam aus dem grauen Nichts eine neue Gestalt, knisternd wie eine Flamme, aschgrau und gesichtslos, packte den Wilden Kerl und zerriss ihn in lauter papierne Fetzen.

»Meggie!«

Die Ungeheuer zerrannen, die Sonne schien Meggie ins Gesicht. Fenoglio stand neben ihrem Bett. »Du hast geträumt.«

Meggie setzte sich auf. Das Gesicht des alten Mannes sah aus, als hätte er die ganze Nacht kein Auge zugetan und dadurch noch ein paar Falten mehr bekommen. »Wo ist mein Vater, Fenoglio?«, fragte sie. »Warum kommt er denn bloß nicht?«

Farid

Denn jene Diebe pflegten auf den Landstraßen zu lauern, auf Dörfer und Städte loszujagen und die Einwohner zu plagen. Und jedesmal, wenn sie eine Karawane geplündert oder ein Dorf überfallen hatten, brachten sie ihre Beute an diesen abgelegenen versteckten Ort, der den Blicken der Menschen fern war.
Die Geschichte von Ali Baba und den vierzig Räubern

Farid starrte Löcher in die Nacht, bis ihm die Augen schmerzten, aber Staubfinger kam nicht. Manchmal glaubte Farid, sein vernarbtes Gesicht zwischen den tief hängenden Zweigen zu sehen. Manchmal glaubte er, seine fast lautlosen Schritte auf den vertrockneten Blättern zu hören, doch er täuschte sich jedes Mal. Farid war es gewohnt, die Nacht zu belauschen. Viele, endlos viele Nächte hatte er damit verbracht und so gelernt, seinen Ohren mehr als seinen Augen zu trauen. Damals, in dem anderen Leben, als die Welt um ihn her nicht grün, sondern gelb und braun gewesen war, hatten seine Augen ihn so manches Mal im Stich gelassen, auf seine Ohren aber hatte er sich immer verlassen können.

Trotzdem, in dieser Nacht, der längsten aller Nächte, lauschte Farid vergebens. Staubfinger kam nicht zurück. Als es über den Hügeln dämmerte, ging Farid zu den beiden Gefangenen, gab ihnen Wasser, etwas von dem trockenen Brot, das noch da war, und ein paar Oliven.

»Komm schon, Farid, binde uns los!«, sagte Zauberzunge, als

er ihm das Brot zwischen die Lippen schob. »Staubfinger müsste längst zurück sein, das weißt du.«

Farid schwieg. Seine Ohren liebten Zauberzunges Stimme. Sie hatte ihn herausgelockt aus dem anderen elenden Leben, aber Staubfinger liebte er mehr, er wusste selbst nicht, warum – und Staubfinger hatte gesagt, er solle die Gefangenen bewachen. Von Losbinden war keine Rede gewesen.

»Hör mal, du bist doch ein kluger Junge«, sagte die Frau. »Also benutz für einen Moment deinen Kopf, ja? Willst du hier sitzen, bis Capricorns Männer kommen und uns finden? Ein schöner Anblick werden wir sein: Ein Junge, der zwei Gefesselte bewacht, die keine Hand rühren können, um ihm zu helfen. Totlachen werden sie sich.«

Wie hieß sie noch mal? Eli-nor. Farid hatte Schwierigkeiten, sich den Namen zu merken. Er lag ihm schwer auf der Zunge wie ein Kiesel. Er klang wie der einer Zauberin aus einem fernen, fernen Land. Sie war ihm unheimlich, sie sah ihn an wie ein Mann, ohne Scheu, ohne Angst, und ihre Stimme konnte sehr laut werden, zornig wie die eines Löwen ...

»Wir müssen hinunter ins Dorf, Farid!«, sagte Zauberzunge. »Wir müssen herausfinden, was mit Staubfinger passiert ist – und wo meine Tochter steckt.«

Ach ja, das Mädchen ... das Mädchen mit den hellen Augen, kleine Stücke Himmel, heruntergefallen und eingefangen von dunklen Wimpern. Farid stocherte mit einem Stock in der Erde herum. Eine Ameise trug einen Brotkrümel an seinen Zehen vorbei, der größer war als sie selbst.

»Vielleicht versteht er uns gar nicht!«, sagte Elinor.

Farid hob den Kopf und warf ihr einen ärgerlichen Blick zu. »Ich verstehe alles!« Vom ersten Augenblick an hatte er alles verstanden, als hätte er nie eine andere Sprache gehört. Er musste an die rote Kirche denken. Staubfinger hatte ihm erklärt, dass es eine Kirche gewesen war, Farid hatte so ein Gebäude vorher nie gesehen. Er erinnerte sich auch an den Mann mit dem Messer. In seinem alten Leben hatte es viele solcher Männer gegeben. Sie liebten ihre Messer und stellten furchtbare Dinge damit an.

»Du wirst fortgehen, wenn ich dich losbinde.« Farid sah Zauberzunge unsicher an.

»Werde ich nicht. Oder glaubst du, ich lasse meine Tochter da unten? Bei Basta und Capricorn?«

Basta und Capricorn. Ja, das waren die Namen gewesen. Der Messermann und der Mann mit den wasserblassen Augen. Ein Räuber, ein Mörder ... Farid wusste alles über ihn. Staubfinger hatte viel erzählt, wenn sie abends zusammen am Feuer saßen. Dunkle Geschichten hatten sie ausgetauscht, obwohl sie beide so große Sehnsucht hatten nach einer hellen.

Nun wurde auch diese mit jedem Tag dunkler.

»Es ist besser, ich gehe allein.« Farid bohrte den Stock so heftig in die Erde, dass er ihm in den Fingern zerbrach. »Ich hab Übung darin, mich in fremde Dörfer zu schleichen, in fremde Paläste, Häuser ... es war meine Aufgabe, früher. Du weißt schon.«

Zauberzunge nickte.

»Sie haben immer mich geschickt«, fuhr Farid fort. »Wer fürchtet schon einen mageren Jungen? Ich konnte überall herumschnüffeln, ohne dass jemand Verdacht schöpfte. Wann wechseln die Wachen? Was ist der beste Fluchtweg? Wo wohnt der reichste Mann im Ort? Wenn alles gut ging, gaben sie mir genug zu essen. Wenn etwas schief ging, prügelten sie mich wie einen Hund.«

»Sie?«, fragte Elinor.

»Räuber«, antwortete Farid.

Die beiden Erwachsenen schwiegen. Und Staubfinger war immer noch nicht zurück. Farid blickte zum Dorf hinüber und beobachtete, wie die ersten Sonnenstrahlen über die Dächer wanderten.

»Gut. Vielleicht hast du recht«, sagte Zauberzunge. »Du gehst allein hinunter und findest heraus, was wir wissen müssen, aber vorher bindest du uns los. Nur so können wir dir helfen, wenn sie dich doch erwischen. Außerdem möchte ich hier nicht so angebunden herumsitzen, wenn die erste Schlange vorbeikriecht.«

Die Frau sah sich so erschrocken um, als hätte sie es schon zwischen den trockenen Blättern rascheln hören. Farid aber musterte nachdenklich Zauberzunges Gesicht. Er versuchte herauszufinden, ob seine Augen ihm auch trauen konnten. Seine Ohren taten es sowieso. Schließlich stand er ohne ein Wort auf, zog das Messer aus dem Gürtel, das Staubfinger ihm geschenkt hatte, und schnitt die beiden los.

»Ah, mein Gott, nie wieder lass ich mich so verschnüren!«, rief Elinor, während sie sich die Arme und Beine rieb. »Das fühlt sich alles so taub an, als hätte ich mich in eine Stoffpuppe verwandelt. Wie geht es dir, Mortimer? Fühlst du deine Füße noch?«

Farid musterte sie neugierig. »Du ... siehst nicht aus wie seine Frau. Bist du seine Mutter?«, fragte er mit einem Nicken in Zauberzunges Richtung.

Elinor bekam mehr Flecken als ein Fliegenpilz. »Himmelherrgott, nein! Wie kommst du denn auf die Idee? Sehe ich schon so alt aus?« Sie blickte an sich herunter und nickte. »Ja, wahrscheinlich. Trotzdem, ich bin nicht seine Mutter. Ich bin auch nicht Meggies

Mutter, falls das deine nächste Eingebung sein sollte. Meine Kinder waren alle aus Papier und Tinte, und der da« – sie wies dorthin, wo die Dächer von Capricorns Dorf durch die Bäume schimmerten – »hat sehr viele von ihnen umbringen lassen. Das wird er bereuen, glaub mir.«

Farid sah sie zweifelnd an. Er konnte sich nicht vorstellen, dass Capricorn sich vor einer Frau fürchtete, schon gar nicht vor einer, die bereits außer Atem geriet, wenn sie einen Hang hinaufkletterte, und Angst vor Schlangen hatte. Nein, wenn der Mann mit den blassen Augen sich überhaupt vor etwas fürchtete, dann vor dem, den die meisten fürchten – dem Tod. Und Elinor sah nicht so aus, als verstünde sie etwas vom Töten. Auch Zauberzunge sah nicht danach aus.

»Das Mädchen ...«, fragte Farid ihn zögernd. »Wo ist ihre Mutter?«

Zauberzunge ging zu der kalten Feuerstelle und nahm sich noch ein Stück von dem Brot, das zwischen den rußgeschwärzten Steinen lag. »Sie ist schon lange fort«, sagte er. »Meggie war damals gerade drei. Was ist mit deiner?«

Farid zuckte die Achseln und blickte hinauf zum Himmel. Er war so blau, als hätte es die Nacht nie gegeben. »Ich geh jetzt besser«, sagte er, steckte das Messer wieder ein und griff nach Staubfingers Rucksack. Gwin schlief nur ein paar Schritte entfernt, zusammengerollt zwischen den Wurzeln eines Baumes. Farid hob ihn hoch und scheuchte ihn in den Rucksack. Der Marder protestierte verschlafen, doch Farid kraulte ihm den Kopf und schnallte den Rucksack zu.

»Warum nimmst du den Marder mit?«, fragte Elinor verwundert. »Schon sein Gestank kann dich verraten.«

»Er könnte nützlich sein«, antwortete Farid und schob die Spitze von Gwins buschigem Schwanz auch noch in den Sack. »Er ist klug. Klüger als ein Hund und als ein Kamel sowieso. Er versteht, was man zu ihm sagt, und vielleicht findet er Staubfinger.«

»Farid?« Zauberzunge suchte in seinen Taschen, bis er aus einer ein Stück Papier zog. »Ich weiß nicht, ob du herausfinden kannst, wo sie Meggie gefangen halten«, sagte er, während er mit einem Bleistiftstummel hastig etwas darauf kritzelte, »aber falls es möglich ist, kannst du irgendwie versuchen, dass sie diesen Zettel bekommt?«

Farid nahm das Stück Papier entgegen und betrachtete es. »Was steht darauf?«, fragte er.

Elinor zog ihm den Zettel aus den Fingern. »Zum Teufel, Mortimer, was soll denn das sein?«, fragte sie.

Zauberzunge lächelte. »Mit dieser Schrift haben Meggie und ich schon oft geheime Botschaften ausgetauscht, sie beherrscht sie noch viel besser als ich. Erkennst du sie nicht? Sie stammt aus einem Buch. *Wir sind ganz in der Nähe,* steht da. *Mach dir keine Sorgen. Wir werden dich bald holen. Mo, Elinor und Farid.* Meggie wird die Nachricht lesen können, aber niemand sonst.«

»Aha!«, murmelte Elinor, während sie Farid den Zettel zurückgab. »Na gut. Falls der Zettel in falsche Hände fällt, ist es wohl besser so, vielleicht können ein paar von diesen Brandstiftern ja doch lesen.«

Farid faltete den Zettel zusammen, bis er kaum größer als eine Münze war, und schob ihn in die Hosentasche. »Spätestens, wenn die Sonne da über dem Hügel steht, bin ich zurück«, sagte er. »Wenn nicht …«

»… komm ich dich suchen«, beendete Zauberzunge den Satz.

»Und ich natürlich auch«, fügte Elinor hinzu.

Farid hielt das für keine gute Idee, aber er sagte es nicht.

Er nahm denselben Weg, den Staubfinger genommen hatte in der letzten Nacht, in der er verschwunden war, als hätten die Geister, die in der Dunkelheit warteten, ihn gefressen.

Pelz auf dem Sims

Allein die Sprache schützt uns vor dem Schrecken der namenlosen Dinge.
Toni Morrison, Nobelpreisrede 1993

An diesem Morgen brachte Flachnase Meggie und Fenoglio das Frühstück und es bestand nicht nur aus Brot und ein paar Oliven. Flachnase stellte ihnen auch noch einen Korb mit Obst auf den Tisch und einen Teller voll süßer kleiner Kuchen. Das Lächeln allerdings, das er dazu servierte, gefiel Meggie gar nicht.

»Alles für dich, Prinzesschen!«, grunzte er und kniff sie mit seinen klobigen Fingern in die Wange. »Damit dein Stimmchen noch etwas kräftiger wird. Es herrscht ziemliche Aufregung, seit Basta das von der Hinrichtung rumerzählt hat. Na ja, ich hab's ja schon immer gesagt: Es muss im Leben auch noch was anderes geben, als tote Hähne aufhängen und Katzen erschießen.«

Fenoglio starrte Flachnase so angeekelt an, als könnte er beim besten Willen nicht glauben, dass ihm ein solches Geschöpf aus der Feder geschlüpft war.

»Ja, wirklich. Wir haben verdammt lange keine schöne Hinrichtung mehr gehabt!«, fuhr Flachnase fort, während er zur Tür zurückstapfte. »Zu viel Aufsehen, hieß es immer. Und wenn jemand wegmusste – Vorsicht, Vorsicht! Lasst es wie einen Unfall aussehen. Macht das Spaß? Nein. Das war nicht wie früher, mit Essen und Trinken und Tanzen und Musik, so, wie sich das eben gehört. Diesmal machen wir es endlich wieder wie in den alten Zeiten.«

Fenoglio nahm einen Schluck von dem schwarzen Kaffee, den Flachnase gebracht hatte, und verschluckte sich daran.

»Was? Hast du etwa keinen Spaß an so was, alter Mann?« Flachnase musterte ihn spöttisch. »Glaub mir, Capricorns Hinrichtungen sind etwas ganz Besonderes!«

»Wem sagst du das?«, murmelte Fenoglio unglücklich.

In dem Moment klopfte es an der Tür. Flachnase hatte sie einen Spalt weit offen stehen lassen, und Darius, der Vorleser, schob den Kopf herein.

»Entschuldigung!«, hauchte er und blickte Flachnase so besorgt an wie ein Vogel, der sich einer hungrigen Katze nähern muss. »Ich … ähm … soll das Mädchen etwas lesen lassen. Anweisung von Capricorn.«

»Ah ja? Na, hoffentlich liest sie diesmal was Nützliches heraus. Basta hat mir die Fee gezeigt. Sie hat nicht mal Feenstaub, so fest man sie auch schüttelt.« In dem Blick, den Flachnase Meggie zuwarf, mischten sich Abscheu und Ehrfurcht. Vielleicht hielt er sie ja für so etwas wie eine Hexe. »Klopf, wenn du wieder rauswillst!«, knurrte er, als er sich an Darius vorbeidrängte.

Darius nickte und stand einen Augenblick regungslos da, bevor er sich mit verlegenem Gesicht zu Meggie und Fenoglio an den Tisch setzte. Begierig starrte er das Obst an, bis Fenoglio ihm den Korb hinschob. Zögernd griff er nach einer Aprikose. Er schob sich die kleine Frucht mit solcher Andacht in den Mund, als erwartete er, nie wieder im Leben etwas ähnlich Köstliches zwischen die Lippen zu bekommen.

»Himmel, das ist eine Aprikose!«, spottete Fenoglio. »Das ist nicht gerade eine seltene Frucht in diesen Breiten.«

Darius spuckte mit verlegenem Gesicht den Aprikosenkern in

seine Hand. »Immer, wenn sie mich in dieses Zimmer sperrten«, erklärte er mit zaghafter Stimme, »bekam ich nur trockenes Brot. Sie nahmen mir auch meine Bücher weg, doch einige konnte ich verstecken, und wenn der Hunger allzu groß wurde, sah ich mir die Bilder darin an. Das schönste war eins mit Aprikosen, manchmal habe ich stundenlang dagehockt und die gemalten Früchte angestarrt, während mir das Wasser im Mund zusammenlief. Seitdem kann ich mich einfach nicht beherrschen, wenn ich sie sehe.«

Meggie nahm noch eine Aprikose aus dem Korb und drückte sie ihm in die mageren Finger. »Haben sie dich oft eingesperrt?«, fragte sie.

Der magere kleine Mann zuckte die Achseln. »Jedes Mal, wenn ich etwas nicht so ganz richtig herausgelesen hatte«, antwortete er ausweichend. »Also eigentlich immer. Irgendwann haben sie es dann aufgegeben, weil sie merkten, dass mein Lesen durch die Angst, die sie mir machten, nicht gerade besser wurde. Im Gegenteil … Flachnase zum Beispiel«, er senkte die Stimme und warf einen nervösen Blick zur Tür, »Flachnase habe ich herausgelesen, während Basta mit seinem Messer neben mir stand. Nun ja …« Er hob bedauernd die schmalen Schultern.

Meggie sah ihn voll Mitgefühl an. Dann fragte sie mit zögernder Stimme: »Hast du auch Frauen herausgelesen?«

Fenoglio warf ihr einen beunruhigten Blick zu.

»Sicher«, antwortete Darius. »Ich habe Mortola hergelesen! Sie behauptet, ich hätte sie älter gemacht und klapprig wie einen schlecht geleimten Stuhl, aber ich finde, bei ihr habe ich wirklich nicht allzu viel falsch gemacht. Zum Glück war auch Capricorn dieser Meinung.«

»Und jüngere?« Meggie sah weder Darius noch Fenoglio bei der Frage an. »Hast du auch jüngere Frauen herausgelesen?«

»Oh, erinnere mich nicht!« Darius seufzte. »Es war am selben Tag, an dem ich Mortola herauslas. Capricorn lebte damals weiter im Norden, auf einem einsamen, halb verfallenen Gehöft in den Bergen, und es gab nicht allzu viele Mädchen in der Gegend. Ich wohnte nicht weit entfernt, im Haus meiner Schwester. Ich arbeitete als Lehrer, aber in meiner Freizeit las ich manchmal vor – in Büchereien und Schulen, bei Kinderfesten und manchmal, an warmen Sommerabenden, sogar auf einem Platz oder in einem Café. Ich liebte es, vorzulesen …« Sein Blick wanderte zum Fenster, als könnte er dort einen Blick auf diese längst vergessenen, glücklicheren Tage erhaschen. »Basta wurde auf mich aufmerksam, als ich auf einem Dorffest las, ich glaube, es war *Doktor Dolittle*, und plötzlich war da dieser Vogel. Als ich nach Hause ging, fing Basta mich ein wie einen herrenlosen Hund und nahm mich mit zu Capricorn. Zuerst ließ er mich Gold herauslesen, wie deinen Vater«, er lächelte Meggie traurig zu, »dann musste ich ihm Mortola herholen, und dann befahl er mir, seine Mägde herauszulesen. Es wurde furchtbar.« Darius schob mit bebenden Fingern seine Brille hoch. »Ich hatte solche Angst. Wie soll man da gut vorlesen? Er ließ es mich dreimal versuchen. Ach, sie taten mir so leid, ich will nicht darüber reden!« Er verbarg sein Gesicht hinter den Händen, knochig wie die eines alten Mannes waren sie. Meggie glaubte, ihn schluchzen zu hören, und einen Moment lang zögerte sie, ihre nächste Frage zu stellen, aber dann tat sie es doch.

»Die Magd, die sie Resa nennen«, fragte sie, während das Herz ihr bis zum Hals klopfte, »war sie auch dabei?«

Darius nahm die Hände vom Gesicht. »Ja, sie kam ganz durch

Zufall heraus, es stand nicht mal ihr Name da«, antwortete er mit belegter Stimme. »Eigentlich hatte Capricorn nach einer anderen verlangt, doch plötzlich stand Resa da, und zuerst dachte ich, diesmal hätte ich nichts falsch gemacht. Sie sah so schön aus, fast unwirklich schön, mit ihrem Goldhaar und den traurigen Augen. Aber dann merkten wir, dass sie nicht sprechen konnte. Nun ja, Capricorn störte das nicht weiter, ich glaube sogar, es gefiel ihm.« Er griff umständlich in seine Hosentasche und zog ein zerknülltes Taschentuch heraus. »Ich konnte es wirklich mal besser!«, schniefte er. »Aber diese ewige Angst ... Darf ich?« Mit einem traurigen Lächeln nahm er sich noch eine Aprikose und biss hinein. Dann tupfte er sich mit dem Ärmelsaum den Saft von den Lippen, räusperte sich und richtete seinen Blick auf Meggie. Seine Augen wirkten seltsam groß hinter den dicken Brillengläsern.

»Bei dem, ähem ... Fest, das Capricorn plant«, sagte er, während er den Blick senkte und verlegen mit dem Finger an der Tischkante entlangfuhr, »sollst du, wie du ja wohl schon weißt, aus *Tintenherz* lesen. Das Buch wird bis zu diesem Anlass an einem geheimen Ort verwahrt. Nur Capricorn weiß, wo. Du wirst es deshalb erst bei der ... ähem, Veranstaltung zu sehen bekommen. Für die letzte Probe deines Talentes, die Capricorn verlangt, sollen wir deshalb ein anderes Buch verwenden. Zum Glück gibt es in diesem Dorf noch ein paar andere Bücher, nicht viele, aber, nun ja, auf jeden Fall wurde mir die Aufgabe übertragen, das richtige auszuwählen.« Er hob den Kopf erneut und schenkte Meggie ein kleines, leises Lächeln. »Zum Glück musste ich diesmal nicht nach Gold und Ähnlichem Ausschau halten. Capricorn möchte lediglich einen Beweis deines Könnens, und deshalb« – er schob ein kleines Buch über den Tisch – »habe ich das hier ausgewählt.«

Meggie beugte sich über den Einband. »*Gesammelte Märchen von Hans Christian Andersen*«, las sie vor. Sie sah Darius an. »Die sind sehr schön.«

»Ja!«, hauchte er. »Traurig, aber sehr, sehr schön.« Er griff über den Tisch und schlug das Buch für Meggie auf, an einer Stelle, an der ein paar lange Grashalme zwischen den vergilbten Seiten klemmten. »Zuerst dachte ich an mein Lieblingsmärchen, das mit der Nachtigall, vielleicht kennst du es?«

Meggie nickte.

»Ja, aber der Fee, die du gestern herausgelesen hast, geht es gar nicht gut in dem Krug, in den Basta sie gesperrt hat«, fuhr Darius fort, »und deshalb dachte ich, es wäre vielleicht besser, wenn du es mit dem Zinnsoldaten versuchst.«

Der Zinnsoldat. Meggie schwieg. Der tapfere Zinnsoldat in seinem Papierschiffchen ... Sie stellte sich vor, wie er plötzlich neben dem Obstkorb stand. »Nein!«, sagte sie. »Nein. Ich hab es Capricorn schon gesagt. Ich werde ihm gar nichts herauslesen, nicht mal zur Probe. Sag ihm, ich kann es nicht mehr. Sag ihm einfach, ich habe es versucht, und es ist nichts aus dem Buch herausgekommen!«

Darius sah sie mitfühlend an. »Das würde ich gern!«, sagte er leise. »Wirklich. Aber die Elster ...« Er presste wie ertappt die Finger auf die Lippen. »Oh, Verzeihung, ich meine natürlich die Hausmeisterin, Frau Mortola – du sollst *ihr* vorlesen. Ich habe nur den Text ausgesucht.«

Die Elster. Meggie sah sie vor sich, mit ihren Vogelaugen. Was, wenn ich mir auf die Zunge beiße?, dachte sie. Ganz fest. Aus Versehen war ihr das schon ein paar Mal passiert, und einmal war die Zunge so angeschwollen gewesen, dass sie sich mit Mo zwei Tage lang in Zeichensprache unterhalten hatte. Hilfe suchend sah sie Fenoglio an.

»Tu es!«, sagte er zu ihrer Überraschung. »Lies der Alten vor, aber mach eines zur Bedingung: dass du den Zinnsoldaten behalten darfst. Erzähl ihr irgendetwas – dass du mit ihm spielen willst, dass du dich sonst zu Tode langweilst – und dann verlangst du noch etwas: ein paar Blätter Papier und einen Stift. Sag, du willst malen. Verstanden? Wenn sie darauf eingeht, sehen wir weiter.«

Meggie verstand kein Wort, aber bevor sie fragen konnte, was Fenoglio vorhatte, ging die Tür auf, und die Elster stand im Zimmer.

Der Vorleser sprang bei ihrem Anblick so hastig auf die Füße, dass er Meggies Teller vom Tisch stieß. »Oh, entschuldige, entschuldige!«, stammelte er, während er mit seinen knochigen Fingern die Scherben auflas. Bei der letzten schnitt er sich so heftig in den Daumen, dass das Blut auf die Holzdielen tropfte.

»Komm hoch, du Hohlkopf!«, fuhr Mortola ihn an. »Hast du ihr das Buch gezeigt, aus dem sie lesen soll?«

Darius nickte und betrachtete unglücklich seinen zerschnittenen Finger.

»Gut, dann verschwinde. Du kannst den Frauen in der Küche helfen. Es müssen Hühner gerupft werden.«

Darius verzog angeekelt das Gesicht, aber er verbeugte sich und verschwand auf den Flur, nicht ohne Meggie noch einen letzten mitfühlenden Blick zugeworfen zu haben.

»Gut!«, sagte die Elster und nickte ihr ungeduldig zu. »Fang an zu lesen – und gib dir Mühe.«

Meggie las den Zinnsoldaten heraus. Es war, als fiele er einfach von der Decke. »*Das ging mit schrecklicher Geschwindigkeit, er streckte das Bein gerade in die Luft und blieb auf der Mütze stehen, mit dem Bajonett unten zwischen den Pflastersteinen.*«

Die Elster griff nach ihm, bevor Meggie es tun konnte. Sie musterte ihn wie ein Stück bemaltes Holz, während er sie mit entsetzten Augen ansah. Dann steckte sie ihn in die Tasche ihrer grob gestrickten Wolljacke.

»Bitte! Kann ich ihn haben?«, stammelte Meggie, als die Elster schon in der Tür stand. Fenoglio stellte sich hinter sie, als wollte er ihr Rückendeckung geben, aber die Elster musterte nur Meggie mit ihrem starren Vogelblick. »Sie … Sie können doch nichts damit anfangen«, stotterte Meggie weiter. »Ich langweil mich. Bitte.«

Die Elster sah sie mit unbewegtem Gesicht an. »Wenn Capricorn ihn gesehen hat, bekommst du ihn zurück!«, sagte sie, dann war sie verschwunden.

»Das Papier!«, rief Fenoglio. »Du hast das Papier und den Stift vergessen!«

»Tut mir leid!«, murmelte Meggie. Sie hatte es nicht vergessen, sie hatte sich einfach nicht getraut, die Elster um noch mehr zu bitten. Das Herz klopfte ihr eh schon bis zum Hals.

»Na gut, dann muss ich es auf andere Art bekommen«, murmelte Fenoglio. »Fragt sich nur wie.«

Meggie ging zum Fenster, lehnte die Stirn gegen die Scheibe und blickte hinunter in den Garten, wo ein paar von Capricorns Mägden damit beschäftigt waren, die Tomatenstauden hochzubinden. Was Mo wohl sagen würde, wenn er wüsste, dass ich es auch kann?, dachte sie. Wen hast du herausgelesen, Meggie? Die arme Tinker

Bell und den standhaften Zinnsoldaten? »Ja«, murmelte Meggie, während sie mit dem Finger ein unsichtbares M an die Scheibe malte. Arme Fee, armer Zinnsoldat, armer Staubfinger und – wieder musste sie an die Frau denken, die Frau mit den dunklen Haaren. »Resa«, flüsterte sie. Teresa. So hatte ihre Mutter geheißen.

Sie wollte dem Fenster gerade wieder den Rücken zukehren, als sie aus dem Augenwinkel sah, wie sich etwas über den Sims draußen schob ... eine pelzige kleine Schnauze. Meggie stolperte erschrocken zurück. Klettern Ratten an Hausmauern hoch? Ja, das taten sie. Aber das war keine Ratte, der Kopf war zu stumpfnasig. Schnell trat sie wieder dicht hinter die Scheibe.

Gwin.

Der Marder hockte auf dem schmalen Sims und blickte mit schläfrigen Augen zu ihr herein.

»Basta!«, murmelte Fenoglio hinter ihr. »Ja, Basta wird mir das Papier besorgen. Das ist eine Idee.«

Meggie öffnete das Fenster, ganz langsam, damit Gwin nicht erschrak und womöglich in die Tiefe stürzte. Selbst ein Marder würde sich bei dieser Höhe bestimmt alle Knochen brechen, wenn er auf dem gepflasterten Hof aufschlug. Ganz langsam streckte sie die Hand nach draußen. Ihre Finger zitterten, als sie über Gwins Rücken strich. Dann packte sie ihn, bevor er mit seinen kleinen Zähnen nach ihr schnappen konnte, und hob ihn rasch ins Zimmer. Besorgt sah sie nach unten, aber keine der Mägde hatte etwas bemerkt. Sie beugten sich alle über die Beete, die Kleider schweißnass von der heißen Sonne, die ihnen auf die Rücken brannte.

Unter Gwins Halsband steckte ein Zettel, schmutzig, hundertmal gefaltet, mit einem Stück Band festgeknotet.

»Warum machst du das Fenster auf? Die Luft draußen ist noch

heißer als hier drin! Wir …« Fenoglio brach ab und starrte entgeistert das Tier auf Meggies Arm an. Schnell legte sie warnend einen Finger an den Mund. Dann presste sie den zappelnden Gwin gegen ihre Brust und zupfte den Zettel unter seinem Halsband hervor. Der Marder keckerte drohend und schnappte noch einmal nach ihrem Finger. Er mochte es gar nicht, wenn man ihn allzu lange festhielt. Selbst Staubfinger biss er, wenn er es versuchte.

»Was hast du da, eine Ratte?« Fenoglio trat näher. Meggie ließ den Marder los und sofort sprang er zurück auf das Fensterbrett.

»Ein Marder!«, rief Fenoglio entgeistert. »Wo kommt der denn her?« Meggie sah erschrocken zur Tür, aber der Wächter hatte offenbar nichts gehört. Fenoglio presste sich die Hand auf den Mund und musterte Gwin so erstaunt, dass Meggie fast lachen musste. »Er hat Hörner!«, flüsterte er.

»Natürlich. Weil du ihn so erfunden hast!«, flüsterte sie zurück.

Gwin hockte immer noch auf dem Fensterbrett. Unbehaglich blinzelte er in die Sonne. Er mochte das Tageslicht eigentlich nicht, er verschlief den Tag. Wie kam er hierher?

Meggie schob den Kopf aus dem Fenster, doch unten auf dem Hof waren immer noch nur die Mägde zu sehen. Hastig trat sie wieder zurück ins Zimmer und faltete den Zettel auseinander.

»Eine Nachricht?« Fenoglio beugte sich über ihre Schulter. »Kommt sie von deinem Vater?«

Meggie nickte. Sie hatte die Schrift sofort erkannt, obwohl sie nicht so gleichmäßig war wie sonst. Das Herz begann, ihr in der Brust zu tanzen. Sie folgte den Buchstaben so sehnsüchtig mit den Augen, als wären sie ein Weg, an dessen Ende Mo auf sie wartete.

»Was zum Teufel steht da? Ich kann nicht ein Wort entziffern!«, raunte Fenoglio.

Meggie lächelte. »Das ist Elbenschrift!«, flüsterte sie. »Mo und ich benutzen sie als Geheimschrift, seit ich den *Herrn der Ringe* gelesen habe, aber er ist wohl etwas aus der Übung. Er hat ziemlich viele Fehler gemacht.«

»Gut, und was steht da?«

Meggie las es ihm vor.

»Farid, wer soll das sein?«

»Ein Junge. Mo hat ihn aus *1001 Nacht* herausgelesen, aber das ist eine andere Geschichte. Du hast ihn gesehen, er war mit Staubfinger zusammen, als der vor dir weglief.« Meggie faltete den Zettel wieder zusammen und sah noch einmal aus dem Fenster. Eine der Mägde hatte sich aufgerichtet. Sie wischte sich die Erde von den Händen und blickte zu der hohen Mauer, als träumte sie davon, einfach darüber wegzufliegen. Wer hatte Gwin hergebracht? Mo? Oder hatte der Marder ganz allein hergefunden? Das war mehr als unwahrscheinlich. Er strich bestimmt nicht am helllichten Tag herum, ohne dass jemand nachgeholfen hatte.

Meggie schob den Zettel in den Ärmel ihres Kleides. Gwin hockte immer noch auf dem Fenstersims. Schläfrig reckte er den Hals und schnupperte draußen an der Mauer. Vielleicht roch er die Tauben, die manchmal vor dem Fenster landeten. »Füttre ihn mit Brot, damit er nicht wegläuft!«, raunte Meggie Fenoglio zu, dann lief sie zum Bett und zerrte ihren Rucksack herunter. Wo war nur der Stift? Sie hatte doch einen Bleistift gehabt. Da war er. Es war kaum mehr als ein Stummel. Aber woher sollte sie Papier nehmen? Sie zog eins von Darius' Büchern unter der Matratze hervor und trennte vorsichtig das Vorsatzpapier heraus. Noch nie hatte sie so etwas getan, ein Blatt aus einem Buch gerissen, aber jetzt musste es sein.

Sie kniete sich auf den Boden und begann zu schreiben, in derselben verschlungenen Schrift, in der Mo seine Nachricht abgefasst hatte. Sie konnte die Buchstaben im Schlaf: *Es geht uns gut und ich kann es auch, Mo! Ich habe Tinker Bell herausgelesen, und morgen, wenn es dunkel wird, soll ich Capricorn den Schatten aus* Tintenherz *herlocken, damit er Staubfinger tötet.* Von Resa schrieb sie nichts. Kein Wort davon, dass sie glaubte, ihre Mutter gesehen zu haben, und dass auch sie, wenn es nach Capricorn ging, nicht einmal noch zwei Tage zu leben hatte. So eine Nachricht passte nicht auf ein Stück Papier, egal, wie groß es war.

Gwin knabberte gierig an dem Brot, das Fenoglio ihm hinhielt. Meggie faltete das Vorsatzpapier zusammen und band es ihm ans Halsband. »Pass gut auf dich auf!«, flüsterte sie Gwin zu, dann warf sie den Rest Brot hinunter auf Capricorns Hof. Der Marder huschte die Hauswand hinunter, als gäbe es nichts Leichteres auf der Welt. Eine der Mägde schrie auf, als er ihr zwischen den Beinen durchhuschte. Sie rief den anderen Frauen etwas zu, wahrscheinlich hatte sie Angst um Capricorns Hühner, aber Gwin war schon über die Mauer verschwunden.

»Gut, sehr gut, dein Vater ist also da!«, raunte Fenoglio Meggie zu, während er neben sie an das offene Fenster trat. »Irgendwo da draußen. Sehr gut. Und du bekommst den Zinnsoldaten zurück. Alles entwickelt sich zum Besten, wer sagt es denn?« Er knetete seine Nasenspitze und blinzelte hinaus in das gleißende Sonnenlicht. »Als Nächstes«, murmelte er, »werden wir uns Bastas Aberglauben zunutze machen! Wie gut, dass ich ihn mit dieser kleinen Schwäche ausgestattet habe! Ein kluger Schachzug.«

Meggie verstand nicht, wovon er redete, aber es war ihr auch egal. Sie konnte nur eins denken: Mo ist da.

Ein dunkler Ort

»Jim, alter Junge«, sagte Lukas mit rauer Stimme, »das war eine kurze Reise. Tut mir leid, dass du nun mein Schicksal teilen musst.«
Jim schluckte.
»Wir sind doch Freunde«, antwortete er leise und biss sich auf die Unterlippe, damit sie nicht so zittern sollte.
Michael Ende, Jim Knopf und Lukas der Lokomotivführer

Staubfinger nahm an, Capricorn würde Resa und ihn bis zur Hinrichtung in den verfluchten Netzen baumeln lassen, doch sie verbrachten nur eine einzige sehr lange Nacht darin. Am Morgen, kaum dass die Sonne helle Flecken auf die roten Kirchenwände malte, ließ Basta sie herunterholen. Für ein paar schreckliche Sekunden dachte Staubfinger, Capricorn hätte beschlossen, sie doch auf schnelle, unauffällige Weise aus dem Weg zu schaffen, und er wusste nicht, was ihm die Knie weicher machte, die Angst oder die Nacht in dem Netz, als er wieder festen Boden unter den Füßen spürte. Auf jeden Fall konnte er sich kaum auf den Beinen halten.

Die Angst nahm Basta ihm fürs Erste, auch wenn das sicherlich nicht in seiner Absicht lag. »Ich hätte dich ja zu gern noch etwas da oben baumeln lassen«, sagte er, während seine Männer Staubfinger aus dem Netz zogen. »Aber Capricorn hat aus irgendeinem Grund beschlossen, euch für den Rest eures kläglichen Lebens in die Gruft zu sperren.«

Staubfinger gab sich alle Mühe, seine Erleichterung zu verbergen. Der Tod war also doch noch ein paar Schritte entfernt. »Vermutlich stört es Capricorn, ständig Zuhörer zu haben, wenn er mit euch seine schmutzigen Pläne bespricht«, sagte er. »Oder vielleicht will er auch bloß, dass wir auf eigenen Beinen zu unserer Hinrichtung gehen können.« Eine Nacht mehr in dem Netz und Staubfinger hätte nicht einmal mehr gewusst, dass er Beine hatte. Seine Knochen schmerzten schon nach der einen Nacht so sehr, dass er sich wie ein alter Mann bewegte, als Basta ihn und Resa hinunter in die Gruft brachte. Resa stolperte ein paar Mal auf der Treppe, ihr schien es noch schlechter zu gehen, aber sie gab keinen Laut von sich, und als Basta nach ihrem Arm griff, nachdem sie auf einer Stufe ausgerutscht war, machte sie sich los und warf ihm einen so eisigen Blick zu, dass er sie allein weitergehen ließ.

Die Gruft unter der Kirche war ein feuchter, kalter Ort, selbst wenn die Sonne draußen, wie an diesem Tag, die Dachziegel von den Häusern schmolz. Es roch nach Schimmel und Mäusedreck in den Eingeweiden der alten Kirche und nach Dingen, deren Namen Staubfinger gar nicht wissen wollte. Capricorn hatte die engen Kammern, in denen längst vergessene Priester in steinernen Sarkophagen schliefen, schon kurz nach seiner Ankunft in dem verlassenen Dorf mit Gittern versehen lassen. »Was ist passender, als Todgeweihte auf Särgen schlafen zu lassen?«, hatte er damals mit einem Lachen festgestellt. Sein Humor war schon immer von ganz besonderer Art gewesen.

Basta stieß sie ungeduldig die letzten Stufen hinab. Er hatte es eilig, wieder ans Tageslicht zu kommen, fort von den Toten und ihren Geistern. Seine Hand zitterte, als er seine Laterne an einen Haken hängte und das Gitter der ersten Zelle aufschloss. Hier unten gab es kein elektrisches Licht. Es gab auch keine Heizungen oder andere Errungenschaften dieser Welt, nur die stillen Sarkophage und die Mäuse, die über die zersprungenen Steinfliesen huschten.

»Na, willst du uns nicht noch etwas Gesellschaft leisten?«, fragte Staubfinger, als Basta sie in die Zelle stieß. Sie mussten die Köpfe einziehen. Man konnte kaum aufrecht stehen unter den alten Gewölben. »Wir könnten uns Geistergeschichten erzählen. Ich kenne ein paar neue.«

Basta knurrte wie ein Hund. »Für dich werden wir keinen Sarg brauchen, Dreckfinger!«, sagte er, während er das Gitter wieder zuschloss.

»Stimmt! Eine Urne vielleicht, ein Marmeladenglas, aber bestimmt keinen Sarg.« Staubfinger trat einen Schritt von dem Gitter zurück. So war er außer Reichweite von Bastas Messer. »Ich sehe, du hast ein neues Amulett!«, rief er. Basta war schon fast an der Treppe. »Es ist doch wieder eine Kaninchenpfote, oder? Hab ich dir nicht gesagt, dass so ein Ding die Weißen Frauen anzieht? In unserer alten Welt konnte man sie sehen, das ist hier unpraktischerweise nicht so, aber da sind sie natürlich trotzdem, mit ihrem Gewisper und ihren eisigen Fingern.«

Basta stand an der Treppe, die Fäuste geballt, er drehte ihm immer noch den Rücken zu. Staubfinger wunderte sich jedes Mal aufs Neue darüber, wie leicht man ihm mit ein paar Worten Angst machen konnte. »Erinnerst du dich noch, wie sie sich ihre Opfer holen?«, fuhr er leise fort. »Sie flüstern dir deinen Namen zu: ›*Bastaaa!*‹ Und als Nächstes beginnst du zu frieren und dann ...«

»Deinen Namen werden sie bald flüstern, Schmutzfinger!«, unterbrach Basta ihn mit bebender Stimme. »Nur deinen.« Und dann hastete er die Stufen hinauf, als wären die Weißen Frauen schon hinter ihm her.

Seine Schritte verklangen und Staubfinger war allein – mit der Stille, mit dem Tod und mit Resa. Sie waren offenbar die einzigen Gefangenen. Manchmal ließ Capricorn irgendeinen armen Wicht in die Gruft sperren, um ihm Angst zu machen, doch die meisten, die hierherkamen und ihre Namen auf die Sarkophage schrieben, verschwanden in irgendeiner dunklen Nacht, und niemand sah sie jemals wieder.

Ihr Abschied von dieser Welt würde da schon etwas spektakulärer ausfallen.

Meine letzte Vorstellung sozusagen, dachte Staubfinger. Vielleicht ist es ja so, dass ich bei der Gelegenheit feststelle, dass das alles hier bloß ein böser Traum war und ich nur sterben musste, um wieder nach Hause zu kommen? Eine angenehme Vorstellung. Wenn er doch nur daran hätte glauben können.

Resa hatte sich auf den Sarkophag gesetzt. Es war ein schlichter Steinsarg. Der Deckel war gesprungen, und der Name, der wohl irgendwann darauf gestanden hatte, war nicht mehr zu entziffern. Resa schien die Nähe der Toten keine Angst einzuflößen.

Staubfinger ging das anders. Er hatte keine Angst vor Geistern und Weißen Frauen wie Basta. Wäre eine erschienen, er hätte sie mit allem Anstand begrüßt. Nein. Er hatte Angst vor dem Tod. Er glaubte, ihn atmen zu hören hier unten, so tief, dass für ihn selbst keine Luft mehr übrig blieb. Seine Brust fühlte sich an, als säße ein großes hässliches Tier darauf. Vielleicht war es da oben in dem Netz doch nicht so schlimm gewesen. Immerhin hatte es Luft zum Atmen gegeben.

Er spürte, wie Resa ihn beobachtete. Sie winkte ihn zu sich, klopfte auf den Deckel des Sarkophags. Zögernd setzte er sich neben sie. Sie griff in die Taschen ihres Kleides, holte eine Kerze heraus und hielt sie ihm fragend vors Gesicht. Staubfinger musste lächeln. Ja, natürlich hatte er Streichhölzer dabei. Es war ein Kinderspiel, so etwas Kleines wie ein paar Streichhölzer vor Basta und den anderen Dummköpfen zu verstecken.

Resa klebte die flackernde Kerze mit etwas Wachs auf den Sarg. Sie liebte Kerzen, brennende Kerzen und Steine. Sie hatte immer beides in den Taschen – und noch einiges mehr. Vielleicht hatte sie die Kerze heute aber auch nur für ihn angezündet, weil sie wusste, wie sehr er das Feuer liebte.

»Es tut mir leid, ich hätte allein nach dem Buch suchen sollen«, sagte er, während er mit dem Finger durch die helle Flamme strich. »Verzeih mir.«

Sie hielt ihm den Mund zu. Vermutlich hieß das, dass es ihrer Meinung nach nichts zu verzeihen gab. Was für eine nette, wortlose Lüge. Sie nahm die Hand wieder fort und Staubfinger räusperte sich. »Du … hast es doch nicht gefunden, oder?« Nicht, dass das jetzt noch einen Unterschied gemacht hätte, aber er musste es einfach wissen.

Resa schüttelte den Kopf und hob bedauernd die Schultern.

»Nun, das hab ich mir gedacht.« Er seufzte.

Die Stille war schrecklich, schrecklicher als tausend Stimmen.

»Erzähl mir eine Geschichte, Resa!«, sagte er leise und rückte näher an ihre Seite. Bitte!, fügte er in Gedanken hinzu. Verjag mir die Angst. Sie drückt mir die Brust ein. Bring uns an einen anderen, besseren Ort.

Resa konnte das. Sie kannte unendlich viele Geschichten, woher, hatte sie ihm nie verraten, aber er wusste es natürlich. Er wusste genau, wer ihr die Geschichten früher vorgelesen hatte, schließlich hatte er ihr Gesicht gleich erkannt, schon als er sie das erste Mal in Capricorns Haus gesehen hatte. Zauberzunge hatte ihm oft genug ihr Foto gezeigt.

Resa zog ein Stück Papier aus ihren unergründlichen Taschen. Nicht nur Kerzen und Steine verbargen sich darin. So wie Staubfinger stets etwas bei sich trug, um Feuer zu machen, hatte Resa immer etwas Papier und einen Stift dabei, ihre Zunge aus Holz, wie sie es nannte; Kerzenstummel, ein Stift und etwas schmutziges Papier – offenbar war keines der Dinge Capricorns Männern gefährlich genug erschienen, um es ihr fortzunehmen.

Wenn sie eine ihrer Geschichten erzählte, schrieb sie manchmal nur einen halben Satz, und Staubfinger musste ihn zu Ende führen. So ging es schneller und die Geschichte schlug überraschende Haken. Doch diesmal wollte sie ihm keine Geschichte erzählen, obwohl er nie dringender eine gebraucht hatte.

»Wer ist das Mädchen?«, schrieb Resa.

Natürlich. Meggie. Sollte er lügen? Warum nicht? Aber er tat es nicht, er wusste selbst nicht, warum. »Sie ist Zauberzunges Tochter. – Wie alt? – Zwölf, glaube ich.«

Die Antwort passte. Er sah es in ihren Augen. Es waren Meggies Augen. Vielleicht etwas müder.

»Wie Zauberzunge aussieht? Das hast du mich, glaube ich, schon mal gefragt. Er hat keine Narben so wie ich.« Er versuchte ein Lächeln, aber Resa blieb ernst. Das Licht der Kerze flackerte über ihr Gesicht. Du kennst sein Gesicht besser als meins, dachte Staubfinger, aber ich werde es dir nicht sagen. Er hat mir eine ganze Welt weggenommen, warum soll ich ihm da nicht die Frau nehmen dürfen?

Sie stand auf und hielt ihre Hand ein Stück über ihren Kopf.

»Ja. Er ist groß. Größer als du und größer als ich.« Warum log er nicht? »Ja, sein Haar ist dunkel, aber ich will jetzt nicht über ihn reden!« Er hörte selbst, dass seine Stimme ärgerlich klang. »Bitte!« Er griff nach ihrer Hand und zog sie wieder an seine Seite. »Erzähl mir lieber eine Geschichte. Die Kerze wird bald ausgehen, und das Licht, das Basta uns dagelassen hat, reicht aus, um diese verfluchten Särge zu sehen, aber nicht, um Buchstaben zu entziffern.«

Sie sah ihn nachdenklich an, so, als wollte sie seine Gedanken lesen, die Worte finden, die er nicht aussprach. Aber Staubfinger konnte sein Gesicht besser verschließen als Zauberzunge, viel besser. Undurchdringlich konnte er es machen: ein Schild für sein Herz gegen zu neugierige Blicke. Was ging die anderen sein Herz an?

Resa beugte sich wieder über das Papier und begann zu schreiben.

»*Horch und pass auf und hör zu; denn das ereignete sich und geschah und trug sich zu und begab sich und war, mein allerliebster Liebling, als die zahmen Tiere wild waren. Der Hund war wild, und das Pferd war wild, und die Kuh war wild, und das Schaf war wild, und das Schwein war wild – so wild, wie man sich nur vorstellen kann –, und sie wanderten auf ihre wilde Weise durch die weiten wilden Wälder. Aber das wildeste von allen wilden Tieren war die Katze. Sie blieb für sich, und ein Ort war für sie so gut wie der andere.*« Resa wusste immer, welche Geschichte er gerade brauchte. Sie war eine Fremde in dieser Welt, genau wie er. Es konnte einfach nicht sein, dass sie zu Zauberzunge gehörte.

Farids Bericht

»Also gut«, sagte Zoff. »Folgendes habe ich zu sagen, wer glaubt, er hat einen besseren Plan, kann das nachher erzählen.«
Michael de Larrabeiti, Die Borribles 2 – Im Labyrinth der Wendels

Als Farid zurückkam, wartete Zauberzunge schon auf ihn. Elinor schlief unter den Bäumen, das Gesicht rot von der Mittagshitze, aber Zauberzunge stand immer noch dort, wo Farid ihn verlassen hatte. Erleichterung machte sich auf seinem Gesicht breit, als er ihn den Hügel heraufkommen sah.

»Wir haben Schüsse gehört!«, rief er Farid entgegen. »Ich dachte, wir sehen dich nie wieder.«

»Sie schießen auf die Katzen«, antwortete Farid und ließ sich ins Gras fallen. Zauberzunges Sorge machte ihn verlegen. Er war es nicht gewohnt, dass man sich um ihn sorgte. *Warum hat das so lange gedauert? Wo hast du dich rumgetrieben?* Solchen Empfang war er gewohnt. Selbst Staubfingers Gesicht war immer verschlossen gewesen, abweisend wie eine verriegelte Tür. Zauberzunge jedoch stand alles auf der Stirn geschrieben – Sorge, Freude, Ärger, Schmerz, Liebe –, selbst wenn er es zu verbergen suchte, so, wie er jetzt gerade versuchte, die Frage hinunterzuschlucken, die ihm bestimmt schon seit Farids Aufbruch auf der Zunge brannte.

»Deiner Tochter geht es gut«, sagte Farid. »Und deine Nachricht hat sie bekommen – obwohl sie im obersten Stock von Capricorns

Haus eingesperrt ist. Aber Gwin ist ein großer Kletterer, noch besser als Staubfinger, und das will was heißen.« Er hörte, wie Zauberzunge aufatmete – als hätte er ihm alle Last der Welt von der Brust genommen.

»Ich hab sogar eine Antwort bekommen.« Farid ließ Gwin aus dem Rucksack, hielt ihn am Schwanz fest und löste Meggies Nachricht von seinem Halsband.

Zauberzunge faltete das Papier so vorsichtig auseinander, als hätte er Angst, die Buchstaben mit seinen Fingern zu verwischen. »Vorsatzpapier«, murmelte er. »Sie muss es aus einem Buch gerissen haben.«

»Was schreibt sie?«

»Hast du versucht, es zu lesen?«

Farid schüttelte den Kopf und zog ein Stück Brot aus der Hosentasche. Gwin hatte sich eine Belohnung verdient. Doch der Marder war verschwunden. Wahrscheinlich holte er den lang entbehrten Tagesschlaf nach.

»Du kannst nicht lesen, stimmt's?«

»Nein.«

»Nun, die Schrift hier könnten die wenigsten lesen. Es ist dieselbe, die ich benutzt habe. Du hast ja gesehen, nicht mal Elinor konnte sie entziffern.« Zauberzunge strich das Papier glatt – es war mattgelb, wie Wüstensand, las – und hob abrupt den Kopf. »Du meine Güte!«, murmelte er. »Auch das noch.«

»Was ist?« Farid biss selbst in das Brot, das er für den Marder aufbewahrt hatte. Es war hart, sie würden bald neues stehlen müssen.

»Meggie kann es auch!« Zauberzunge schüttelte ungläubig den Kopf und starrte das Papier in seiner Hand an.

Farid stützte den Ellbogen ins Gras. »Das weiß ich schon, alle reden davon ... ich hab sie belauscht. Sie sagen, sie kann hexen wie du, und dass Capricorn jetzt nicht mehr auf dich warten muss. Dich braucht er nun nicht mehr.«

Zauberzunge sah ihn an, als wäre ihm der Gedanke noch gar nicht gekommen. »Stimmt«, murmelte er. »Jetzt werden sie sie niemals gehen lassen. Nicht freiwillig.« Er starrte auf die Buchstaben, die seine Tochter geschrieben hatte. Für Farid sahen sie aus wie Schlangenspuren im Sand.

»Was schreibt sie noch?«

»Dass sie Staubfinger gefangen haben und dass sie jemand herbeilesen soll, der ihn tötet, schon morgen Abend.« Er ließ den Zettel sinken und fuhr sich mit der Hand durchs Haar.

»Ja, das hab ich auch gehört.« Farid riss einen Grashalm aus und zerrupfte ihn in winzige Stücke. »Sie sollen ihn in die Gruft unter der Kirche gesperrt haben. Was steht noch auf dem Zettel? Schreibt deine Tochter nichts darüber, wen sie für Capricorn herlocken soll?«

Zauberzunge schüttelte den Kopf, aber Farid sah, dass er mehr darüber wusste, als er ihm verriet.

»Du kannst es mir ruhig sagen! Es ist ein Henker, stimmt's? Einer, der sich aufs Köpfeabschlagen versteht.«

Zauberzunge schwieg, als hätte er ihn nicht gehört.

»Ich hab so was schon gesehen«, sagte Farid. »Du kannst es mir also ruhig erzählen. Wenn der Henker gut mit dem Schwert umgehen kann, geht es ziemlich schnell.«

Zauberzunge sah ihn für einen Moment entgeistert an, dann schüttelte er den Kopf. »Es ist kein Henker«, sagte er. »Zumindest keiner mit einem Schwert. Es ist überhaupt kein Mensch.«

Farid wurde blass. »Kein Mensch?«

Zauberzunge schüttelte den Kopf. Es dauerte eine Weile, bis er weitersprechen konnte. »Sie nennen ihn den Schatten«, sagte er mit tonloser Stimme. »Ich erinnere mich nicht mehr genau an die Wörter, mit denen er im Buch beschrieben ist, ich weiß nur, dass ich ihn mir wie eine Gestalt aus brennender Asche vorgestellt habe, grau und heiß, ohne Gesicht.«

Farid starrte ihn an. Für einen Moment wünschte er sich, er hätte nicht gefragt.

»Sie ... freuen sich alle schon auf die Hinrichtung«, erzählte er mit stockender Stimme weiter. »Die Schwarzjacken sind richtig guter Laune. Die Frau wollen sie auch töten, die, mit der Staubfinger sich getroffen hat. Weil sie versucht hat, das Buch für ihn zu finden.« Er bohrte die nackten Zehen in die Erde. Staubfinger hatte versucht, ihn an Schuhe zu gewöhnen, wegen der Schlangen, doch man hatte darin bei jedem Schritt das Gefühl, dass einem jemand die Zehen festhielt, deshalb hatte er sie schließlich ins Feuer geworfen.

»Was für eine Frau? Eine von Capricorns Mägden?« Zauberzunge sah ihn fragend an.

Farid nickte. Er rieb sich die nackten Zehen. Sie waren voller Ameisenbisse. »Sie kann nicht sprechen, ist stumm wie ein Fisch. Staubfinger hat ein Foto von ihr im Rucksack. Sie hat ihm wohl schon öfter geholfen. Außerdem ist er, glaub ich, verliebt in sie.«

Es war nicht schwer für ihn gewesen, sich in dem Dorf umzusehen. Es gab dort viele Jungen, die nicht älter waren als er. Sie wuschen den Schwarzjacken die Autos, putzten ihre Stiefel und ihre Waffen, überbrachten Liebesbriefe ... Liebesbriefe hatte er auch überbringen müssen, damals, in dem anderen Leben. Stiefel hatte er keine putzen müssen, Waffen schon – und Kameldreck hatte er geschaufelt. Autolack polieren war bestimmt angenehmer.

Farid starrte zum Himmel hoch. Winzige Wolken trieben vorbei, weiß wie Reiherfedern, plustrig wie Akazienblüten. Über diesen Himmel zogen oft Wolken. Farid gefiel das. Der Himmel über jener Welt, aus der er kam, war immer nackt gewesen.

»Schon morgen«, murmelte Zauberzunge. »Was soll ich bloß tun? Wie soll ich sie aus Capricorns Haus herausholen? Vielleicht kann ich mich ja nachts irgendwie hineinschleichen, ich bräuchte so einen schwarzen Anzug …«

»Ich hab dir einen mitgebracht.« Farid zerrte zuerst die Jacke und dann die Hose aus dem Rucksack. »Ich hab sie von der Wäscheleine gestohlen. Für Elinor hab ich ein Kleid!«

Zauberzunge musterte ihn mit so unverhohlener Bewunderung, dass Farid rot wurde. »Du bist ja ein richtiger Teufelskerl! Vielleicht sollte ich *dich* fragen, wie ich Meggie aus diesem Dorf herausbekomme?«

Farid lächelte verlegen und betrachtete seine Zehen. Ihn fragen? Noch nie hatte ihn jemand nach seinen Ideen gefragt. Er war immer nur der Spürhund gewesen, der Kundschafter. Die Pläne hatten andere gemacht: Pläne für Raubzüge, Überfälle, Rachepläne. Den Hund fragte man nicht. Den Hund schlug man, wenn er nicht gehorchte. »Wir sind nur zwei und da unten sind mindestens zwanzig«, sagte er. »Es wird nicht leicht …«

Zauberzunge blickte dorthin, wo sie ihr Lager hatten und die Frau unter den Bäumen schlief. »Zählst du Elinor nicht mit? Das ist ein Fehler. Sie ist sehr viel kampflustiger als ich und zurzeit sehr, sehr wütend.«

Farid musste lächeln. »Gut. Dann drei!«, sagte er. »Drei gegen zwanzig.«

»Ja, das klingt nicht gut, ich weiß.« Zauberzunge stand mit einem Seufzer auf. »Komm, erzählen wir Elinor, was du herausgefunden hast«, sagte er, aber Farid blieb im Gras sitzen. Er griff nach einem der trockenen Zweige, die überall herumlagen. Erstklassiges Feuerholz. Hier gab es unendlich viel davon. In seinem alten Leben wäre man für solches Holz weit, sehr weit gegangen. Mit Gold hätte man dafür bezahlt. Farid betrachtete das Holz, strich mit dem Finger über die borkige Rinde und blickte zu Capricorns Dorf.

»Wir könnten uns vom Feuer helfen lassen«, sagte er.

Zauberzunge sah ihn verständnislos an. »Wie meinst du das?«

Farid hob noch einen Stock auf und noch einen. Er legte sie aufeinander, all die trockenen Zweige und Äste, die die Bäume hier abwarfen, als hätten sie zu viel davon.

»Staubfinger hat mir gezeigt, wie man das Feuer zähmt. Es ist wie Gwin: Es beißt, wenn man nicht weiß, wie man es packen muss, doch wenn man es richtig behandelt, tut es, was man will. So hat Staubfinger es mir beigebracht. Wenn wir es zur richtigen Zeit benutzen und am richtigen Ort ...«

Zauberzunge bückte sich, nahm einen der Äste in die Hand und strich darüber. »Und wie willst du es wieder einfangen, wenn du es losgelassen hast? Es hat schon lange nicht mehr geregnet. Eh du dich versiehst, brennen die Hügel.«

Farid zuckte die Achseln. »Nur, wenn der Wind ungünstig steht.«

Aber Zauberzunge schüttelte den Kopf. »Nein!«, sagte er entschieden. »Mit Feuer spiele ich in diesen Hügeln erst, wenn mir nichts anderes mehr einfällt. Lass uns heute Nacht ins Dorf schleichen. Vielleicht kommen wir an den Wachen vorbei. Vielleicht kennen sie sich untereinander so schlecht, dass sie mich für einen von ihnen halten. Schließlich haben wir es schon einmal geschafft, ihnen durch die Finger zu schlüpfen. Vielleicht gelingt es uns noch mal.«

»Das sind ziemlich viele Vielleichts«, sagte Farid.

»Ich weiß!«, antwortete Zauberzunge. »Ich weiß.«

Ein paar Lügen für Basta

»Sieh her!«, schrie sie. »Ich spucke auf den Boden und verwünsche es. Schwarz sei sein Fall. Wenn du den Laird siehst, dann erzähl's ihm nur; sag ihm, dass dies das zwölfhundertneunzehnte Mal war, dass Jennet Clouston den Fluch herabbeschworen hat auf ihn und sein Haus, auf Scheuer und Stall, Gesind und Gast, auf Mann, Frau, Fräulein und Kind – schwarz, schwarz sei ihr Fall!«
Robert L. Stevenson, Entführt

Fenoglio benötigte nur ein paar Sätze, um den Posten vor der Tür davon zu überzeugen, dass er auf der Stelle mit Basta sprechen musste. Der alte Mann war ein begnadeter Lügner. Aus dem Nichts spann er Geschichten, schneller als eine Spinne ihr Netz.

»Was willst du, Alter?«, fragte Basta, als er in der Tür stand. Er hatte den Zinnsoldaten dabei. »Da, kleine Hexe!«, sagte er zu Meggie, als er ihn ihr in die Hand drückte. »Ich hätte ihn ins Feuer geworfen, aber auf mich hört hier ja niemand mehr.«

Der Zinnsoldat fuhr zusammen bei dem Wort »Feuer«, sein Schnurrbärtchen sträubte sich und seine Augen blickten so verzweifelt, dass es Meggie ins Herz schnitt. Als sie ihn schützend mit den Händen umschloss, glaubte sie, seinen Herzschlag zu spüren. Das Ende seiner Geschichte fiel ihr ein: *Da schmolz der Zinnsoldat zu einem Klumpen. Und als die Magd am nächsten Tag die Asche ausleerte, fand sie ihn. Er war ein kleines zinnernes Herz geworden.*

»Ja, niemand hört mehr auf dich, das sehe ich auch so!« Fenoglio musterte Basta mitfühlend wie ein Vater den Sohn – was er in gewisser Weise ja auch war. »Genau aus diesem Grund wollte ich mit dir sprechen.« Verschwörerisch senkte er die Stimme. »Ich biete dir einen Handel an.«

»Einen Handel?« Basta musterte ihn mit einer Mischung aus Angst und Hochmut.

»Ja, einen Handel«, wiederholte Fenoglio leise. »Ich langweile mich! Ich bin ein Schreiberling, wie du mich so treffend genannt hast, ich brauche Papier zum Leben, so wie andere Brot und Wein oder was immer. Bring mir Papier, Basta, und ich helfe dir, die Schlüssel zurückzubekommen. Du weißt schon, die Schlüssel, die die Elster dir abgenommen hat.«

Basta zog sein Messer heraus. Als er es aufschnappen ließ, begann der Zinnsoldat so heftig zu zittern, dass ihm das Bajonett aus den winzigen Händen rutschte. »Wie soll das vor sich gehen?«, fragte Basta, während er sich mit der Messerspitze die Fingernägel säuberte.

Fenoglio beugte sich zu ihm: »Ich werde dir einen kleinen Schadenszauber schreiben. Einen, der Mortola für Wochen ins Bett zwingt und dir Zeit gibt, Capricorn zu beweisen, dass du der wahre Meister der Schlüssel bist. Natürlich wirkt so ein Zauber nicht gleich, so etwas dauert seine Zeit, aber glaub mir, wenn er erst mal wirkt …« Fenoglio hob bedeutungsvoll die Augenbrauen.

Doch Basta rümpfte verächtlich die Nase. »Ich habe es schon mit Spinnen versucht, mit Petersilie und Salz. Der Alten ist mit nichts beizukommen.«

»Petersilie und Spinnen!« Fenoglio lachte leise. »Du bist ein Dummkopf, Basta. Ich rede nicht über Kinderzauber. Ich spreche von Buchstaben. Nichts ist mächtiger als sie, im Guten wie im

Bösen, glaub mir.« Fenoglio senkte die Stimme zu einem Flüstern: »Ich habe auch dich aus Buchstaben geschaffen, Basta! Dich und Capricorn.«

Basta wich vor ihm zurück. Angst und Hass sind Brüder und Meggie sah sie beide auf Bastas Gesicht. Und noch etwas sah sie: Er glaubte dem Alten. Er glaubte ihm jedes Wort. »Du bist ein Hexer!«, stieß er hervor. »Du und das Mädchen, man sollte euch beide verbrennen wie diese verfluchten Bücher und ihren Vater gleich dazu.« Schnell spuckte er dem Alten vor die Füße, dreimal.

»Oh, spucken. Wogegen soll das helfen? Gegen den bösen Blick?«, spottete Fenoglio. »Das mit dem Verbrennen ist kein sehr neuer Gedanke, Basta, aber ein Freund von neuen Gedanken warst du ja noch nie. Nun gut, kommen wir ins Geschäft oder nicht?«

Basta starrte den Zinnsoldaten an, bis Meggie ihn hinter ihrem Rücken verbarg. »Also gut!«, knurrte er. »Aber ich werde jeden Tag nachprüfen, was du gekritzelt hast, verstanden?«

Wie willst du das tun?, dachte Meggie. Du kannst doch nicht lesen. Basta sah sie an, als hätte er gehört, was sie dachte. »Ich kenn da eine von den Mägden«, sagte er. »Sie wird es für mich lesen, also versuch keine Tricks, verstanden?«

»Sicher!« Fenoglio nickte energisch. »Ach ja, ein Stift wäre auch nicht schlecht. Ein schwarzer, wenn es geht.«

Basta brachte den Stift und einen ganzen Stapel weißes Schreibmaschinenpapier. Fenoglio setzte sich mit bedeutungsschwangerer Miene an den Tisch, legte das erste Blatt vor sich hin, faltete es und zerriss es dann säuberlich in kleine Teile. Auf jedes einzelne Teil schrieb er fünf Buchstaben, verschnörkelt, kaum lesbar und immer die gleichen. Dann faltete er die Zettelchen sorgfältig zusammen, spuckte einmal auf jedes, reichte sie Basta und erklärte ihm, dass er sie auf folgende Weise verstecken müsse: »Jeweils drei dort, wo sie schläft, dort, wo sie isst, und dort, wo sie arbeitet. Nur so wird nach drei Tagen und drei Nächten die erwünschte Wirkung eintreten. Sollte die Verfluchte allerdings einen der Zettel finden, so wird der Zauber sich umgehend gegen dich richten.«

»Was soll denn das heißen?« Basta starrte Fenoglios Zettel an, als würden sie ihm auf der Stelle die Pest an den Hals hexen.

»Nun, versteck sie so, dass sie sie nicht findet!«, erwiderte Fenoglio darauf nur und schob ihn zur Tür.

»Wenn es nicht wirkt, alter Mann«, knurrte Basta, bevor er die Tür hinter sich zuzog, »verzier ich dein Gesicht genau so, wie ich es beim Schmutzfinger getan habe.« Dann war er fort und Fenoglio lehnte sich mit zufriedenem Lächeln gegen die geschlossene Tür.

»Aber es wird nicht wirken!«, wisperte Meggie.

»Na und? Drei Tage sind eine lange Zeit«, antwortete Fenoglio, während er sich wieder an den Tisch setzte. »Und ich hoffe, dass wir sie nicht brauchen werden. Schließlich wollen wir schon morgen Abend eine Hinrichtung verhindern, oder?«

Den Rest des Tages starrte er abwechselnd in die Luft oder schrieb wie ein Besessener. Immer mehr weiße Bögen füllten sich mit seiner großen, ungeduldig über das Papier hastenden Schrift.

Meggie störte ihn nicht. Sie setzte sich mit dem Zinnsoldaten ans Fenster, blickte zu den Hügeln und fragte sich, wo in diesem Dickicht aus Blättern und Zweigen sich Mo verbarg. Der Zinnsoldat saß neben ihr, das Bein starr von sich gestreckt, und musterte die ihm gänzlich fremde Welt mit verschreckten Augen. Vielleicht dachte er an die Tänzerin aus Papier, in die er so verliebt war, vielleicht dachte er auch gar nichts. Er sprach kein einziges Wort.

Geweckt in schwarzer Nacht

Auch Blumen trugen die Diener herbei, zu jeder Mittagsstunde. Große Haufen von Blüten der Eiche und des Ginsters und vom Mädesüß, die schönsten und feinsten, die in Wald und Feld gesammelt werden konnten.
Evangeline Walton, Die vier Zweige des Mabinogi

Draußen war es längst dunkel, aber Fenoglio schrieb immer noch. Unter dem Tisch lagen die Blätter, die er zerknüllt oder zerrissen hatte. Es waren viel mehr als die, die er zur Seite legte, vorsichtig, als könnten die Buchstaben vom Papier rutschen. Als eine der Mägde, ein kleines, mageres Ding, ihnen das Abendbrot brachte, versteckte Fenoglio die zur Seite gelegten Blätter unter seiner Bettdecke. Basta kam nicht wieder an diesem Abend. Vielleicht war er zu sehr damit beschäftigt, Fenoglios Zauberzettel zu verstecken.

Meggie legte sich erst schlafen, als draußen alles so schwarz war, dass die Hügel mit dem Himmel verschmolzen. Sie ließ das Fenster offen stehen. »Gute Nacht!«, flüsterte sie in die Dunkelheit, als könnte Mo sie hören. Dann nahm sie den Zinnsoldaten und kletterte auf ihr Bett. Sie setzte den kleinen Soldaten neben ihr Kissen. »Glaub mir, du hast es besser getroffen als Tinker Bell!«, flüsterte sie ihm zu. »Die ist bei Basta, weil er denkt, dass Feen Glück bringen, und weißt du was? Wenn wir je hier herauskommen, versprech ich dir, dass ich dir eine Tänzerin bastle, genauso eine wie in deiner Geschichte.«

Er sagte auch darauf nichts. Er sah sie nur an mit seinen traurigen Augen, und dann nickte er, kaum merklich. Hat er auch seine Stimme verloren?, dachte Meggie, oder konnte er noch nie sprechen? Sein Mund sah wirklich so aus, als habe er ihn noch nicht ein einziges Mal geöffnet. Wenn ich doch das Buch hier hätte, dachte sie, dann könnte ich es nachlesen, oder ich könnte versuchen, ihm die Tänzerin herzuholen. Aber das Buch hatte die Elster. Sie hatte ihr auch alle anderen Bücher wegnehmen lassen.

Der Zinnsoldat lehnte sich gegen die Wand und schloss die Augen. Nein, die Tänzerin bricht ihm nur das Herz!, dachte Meggie, bevor sie einschlief. Das Letzte, was sie hörte, war Fenoglios Stift, wie er über das Papier eilte, von Buchstabe zu Buchstabe, schnell wie ein Weberschiffchen, das aus schwarzen Fäden ein vielfältiges Bild zusammenfügt ...

In dieser Nacht träumte Meggie nicht von Ungeheuern. Nicht einmal eine Spinne krabbelte durch ihre Träume. Sie war zu Hause, das wusste sie, obwohl ihr Zimmer aussah wie das in Elinors Haus. Mo war auch da und ihre Mutter. Sie sah aus wie Elinor, doch Meggie wusste, dass es die Frau war, die neben Staubfinger in Capricorns Kirche gehangen hatte. In Träumen weiß man viel, vor allem, dass man seinen Augen nicht trauen darf. Man weiß es einfach. Sie wollte sich gerade neben ihre Mutter setzen, auf das alte Sofa, das zwischen Mos Bücherregalen stand, als plötzlich jemand ihren Namen flüsterte: »Meggie!« Immer wieder. »Meggie!« Sie wollte es nicht hören, sie wollte, dass der Traum niemals endete, doch die Stimme rief unbarmherzig weiter. Meggie kannte sie. Widerstrebend schlug sie die Augen auf.

Fenoglio stand neben ihrem Bett, die Finger schwarz von Tinte, schwarz wie die Nacht draußen vor dem offenen Fenster.

»Was ist? Ich will schlafen.« Meggie drehte ihm den Rücken zu. Sie wollte in ihren Traum zurück. Vielleicht war er noch da, irgendwo hinter ihren geschlossenen Lidern. Vielleicht klebte ja noch etwas Glück an ihren Wimpern, wie Goldstaub. Ließen Träume in den Märchen nicht manchmal so etwas zurück? Der Zinnsoldat schlief auch noch, der Kopf war ihm auf die Brust gesunken.

»Aber ich bin fertig!« Fenoglio flüsterte, obwohl das Schnarchen der Wache unüberhörbar durch die Tür drang. Auf dem Tisch, im Licht der flackernden Kerze, lag ein dünner Stapel beschriebener Blätter.

Meggie setzte sich gähnend auf.

»Wir müssen heute Nacht etwas versuchen!«, raunte Fenoglio. »Wir werden sehen, ob man Geschichten ändern kann, mit deiner Stimme und meinen Worten. Wir versuchen, unseren kleinen Soldaten zurückzuschicken.« Hastig holte er die beschriebenen Seiten und legte sie ihr in den Schoß. »Es ist ungünstig, dass wir es mit einer Geschichte versuchen müssen, die nicht ich geschrieben habe, aber was soll's? Was haben wir zu verlieren?«

»Zurückschicken? Aber ich will ihn nicht zurückschicken!«, sagte Meggie entgeistert. »Er wird sterben. Der Junge wirft ihn in den Kachelofen und er schmilzt. Und die Tänzerin verbrennt.« *Von der Tänzerin hingegen war nur eine Paillette übrig, und die war kohlschwarz verbrannt.*

»Nein, nein!« Fenoglio tippte ungeduldig auf die Blätter in ihrem Schoß. »Ich habe ihm eine neue Geschichte geschrieben, mit einem glücklichen Ende. *Das* war die Idee deines Vaters: die Geschichten zu ändern! Ihm ging es nur darum, deine Mutter zurückzuholen, *Tintenherz* so umzuschreiben, dass es sie wieder ausspuckt. Aber wenn diese Idee wirklich funktioniert, Meggie – wenn man eine gedruckte Geschichte ändern kann, indem man Worte hinzuschreibt, dann kann man alles an ihr ändern: wer herauskommt, wer hineingeht, wie sie endet, wen sie glücklich und wen sie unglücklich macht. Verstehst du? Es ist nur ein Versuch, Meggie! Aber wenn der Zinnsoldat verschwindet, glaub mir, dann können wir auch *Tintenherz* ändern! Wie, darüber muss ich mir noch Gedanken machen, doch jetzt lies. Bitte!« Fenoglio holte die Taschenlampe unter dem Kissen hervor und drückte sie Meggie in die Hand.

Zögernd richtete sie den Strahl auf die erste dicht beschriebene Seite. Ihre Lippen fühlten sich mit einem Mal spröde an. »Es endet wirklich gut?« Sie fuhr sich mit der Zunge über die Lippen und blickte den schlafenden Zinnsoldaten an. Sie glaubte, ein feines Schnarchen zu hören.

»Ja, ja, ich habe ein schmalztriefend glückliches Ende geschrieben.« Fenoglio nickte ungeduldig. »Er zieht mit der Tänzerin in dieses Schloss und sie leben dort sorglos bis ans Ende aller Tage … Keine geschmolzenen Herzen, kein verbranntes Papier, nichts als Liebesglück.«

»Deine Schrift ist schwer zu lesen.«

»Was? Ich habe mir die allergrößte Mühe gegeben!«

»Trotzdem.«

Der alte Mann seufzte.

»Also gut«, sagte Meggie. »Ich versuch es.«

Jeder, wirklich jeder Buchstabe ist wichtig!, dachte sie. Lass sie klingen, lass sie trommeln, lass sie wispern und rascheln und rollen. Dann begann sie zu lesen.

Beim dritten Satz setzte sich der Zinnsoldat kerzengerade auf.

Meggie sah es aus dem Augenwinkel. Für einen Moment verlor sie fast den Faden, stolperte mit der Zunge über ein Wort und las es noch mal. Danach wagte sie es nicht, den kleinen Soldaten noch einmal anzusehen – bis Fenoglio die Hand auf ihren Arm legte.

»Er ist fort!«, flüsterte er. »Meggie, er ist fort!«

Er hatte recht. Das Bett war leer.

Fenoglio drückte ihren Arm so heftig, dass es schmerzte. »Du bist wahrhaftig eine kleine Zauberin!«, flüsterte er. »Aber ich war auch nicht schlecht, oder? Nein, wirklich nicht.« Bewundernd betrachtete er seine tintenverschmierten Finger. Dann klatschte er in die Hände und tanzte wie ein alter Bär in dem engen Zimmer herum. Als er endlich wieder neben Meggies Bett stehen blieb, war er etwas außer Atem. »Wir zwei werden Capricorn eine böse Überraschung bereiten!«, flüsterte er, während ein Lächeln in jeder seiner Falten nistete. »Ich werde mich gleich an die Arbeit machen! O ja! Er wird bekommen, was er will: Du wirst ihm seinen Schatten herlesen. Doch sein alter Freund wird sich verändert haben, dafür werde ich sorgen! Ich, Fenoglio, der Meister der Worte, der Tintenzauberer, Papierhexer. Ich habe Capricorn erschaffen, und ich werde ihn wieder auslöschen, als hätte es ihn nie gegeben – was, wie ich zugeben muss, besser gewesen wäre! Armer Capricorn! Es wird ihm genauso gehen wie dem Zauberer, der seinem Neffen diese Blumenfrau gemacht hat. Du kennst die Geschichte, oder?«

Meggie starrte auf die Stelle, an der der Zinnsoldat gesessen hatte. Sie vermisste ihn. »Nein!«, murmelte sie. »Was für eine Blumenfrau?«

»Es ist eine sehr alte Geschichte. Ich erzähle dir die kurze Version. Die lange ist schöner, aber es wird bald hell. Also – es war einmal ein Zauberer namens Gwydion, der hatte einen Neffen, den er mehr als alles auf der Welt liebte, doch seine Mutter hatte den Jungen mit einem Fluch belegt.«

»Warum?«

»Das führt jetzt zu weit. Sie hatte ihn verflucht. Wenn er eine Frau berührte, würde er sterben. Dem Zauberer brach es das Herz. Sein Lieblingsneffe sollte für ewig zu trostloser Einsamkeit verdammt sein? Nein. Wozu war er ein Zauberer? Also schloss er sich drei Tage und drei Nächte in sein Zauberzimmer ein und erschuf eine Frau aus Blumen, aus Mädesüß, Ginster und den Blüten der Eiche, um genau zu sein. Nie hatte es eine schönere Frau gegeben und Gwydions Neffe verliebte sich auf der Stelle in sie. Doch Blodeuwedd, das war ihr Name, wurde sein Verhängnis. Sie verliebte sich in einen anderen und zusammen töteten sie den Neffen des Zauberers.«

»Blodeuwedd!« Meggie kostete den Namen wie eine fremde Frucht. »Das ist traurig. Was geschah mit ihr? Tötete der Zauberer sie zur Strafe auch?«

»Nein. Gwydion verwandelte sie in eine Eule, und seither klingen alle Eulen wie weinende Frauen, bis zum heutigen Tag.«

»Schön! Traurig und schön«, murmelte Meggie. Warum waren traurige Geschichten nur oft so schön? Im richtigen Leben war das anders. »Gut, nun kenn ich die Geschichte von der Blumenfrau«, sagte sie. »Aber was hat sie mit Capricorn zu tun?«

»Nun, Blodeuwedd tat nicht, was man von ihr erwartete. Und genau dafür werden wir auch sorgen: Deine Stimme und meine Worte, schöne, nagelneue Worte – sie werden dafür sorgen, dass Capricorns Schatten *nicht* tut, was er von ihm erwartet!« Fenoglio sah so zufrieden aus wie eine Schildkröte, die ein frisches

Salatblatt gefunden hat, und das an einem gänzlich unverhofften Ort.

»Und was genau *soll* er tun?«

Fenoglio runzelte die Stirn. Die Zufriedenheit war verschwunden. »Daran arbeite ich noch«, sagte er ärgerlich und tippte sich an die Stirn. »Genau hier. Das braucht Zeit.«

Draußen erhoben sich Stimmen, Männerstimmen. Sie kamen von jenseits der Mauer. Meggie rutschte hastig von ihrem Bett und lief an das offen stehende Fenster. Sie hörte Schritte, hastige, stolpernde, fliehende Schritte – und dann Schüsse. Sie lehnte sich so weit aus dem Fenster, dass sie fast hinausfiel, aber sie konnte nichts sehen, natürlich nicht. Der Lärm schien von dem Platz vor der Kirche zu kommen. »He, he, Vorsicht!«, raunte Fenoglio und hielt sie an den Schultern fest. Wieder fielen Schüsse. Capricorns Männer riefen sich etwas zu. Ihre Stimmen klangen wütend, aufgeregt. Warum konnte sie bloß nicht verstehen, was sie sagten? Voll Angst blickte sie Fenoglio an, vielleicht hatte er ja etwas aus dem Geschrei heraushören können, Wörter, Namen …

»Ich weiß, was du denkst, aber es war ganz gewiss nicht dein Vater!«, beruhigte er sie. »Er wird doch nicht so verrückt sein, sich nachts in Capricorns Haus zu schleichen!« Sanft zog er sie vom Fenster weg. Die Stimmen verklangen. Die Nacht wurde wieder still, als wäre nichts geschehen.

Mit klopfendem Herzen kletterte Meggie auf ihr Bett zurück. Fenoglio half ihr hinauf.

»Lass ihn Capricorn töten!«, flüsterte sie. »Mach, dass der Schatten ihn tötet.« Sie erschrak selbst über ihre Worte. Aber sie nahm sie nicht zurück.

Fenoglio rieb sich die Stirn. »Ja, das werde ich wohl müssen, nicht wahr?«, murmelte er.

Meggie nahm Mos Pullover und presste ihn an sich. Irgendwo im Haus knallten Türen, Schritte schallten zu ihnen herauf. Dann war es wieder still. Bedrohlich klang diese Stille. Totenstille, dachte Meggie. Das Wort wollte ihr einfach nicht mehr aus dem Kopf.

»Was passiert, wenn der Schatten auch dir nicht gehorcht?«, fragte sie. »So wie die Blumenfrau? Was dann?«

»Daran«, antwortete Fenoglio langsam, »sollten wir besser gar nicht erst denken.«

Allein

»Ach, warum bin ich nur nicht in meiner Hobbithöhle geblieben!« sagte der arme Herr Beutlin, als er auf Bomburs Rücken durchgeschüttelt wurde.
J. R. R. Tolkien, Der Hobbit

Als Elinor die Schüsse hörte, sprang sie so hastig auf die Füße, dass sie im Dunkeln über ihre eigene Decke stolperte. Der Länge nach fiel sie in das stoppelige Gras. Es zerstach ihr die Hände, als sie sich wieder hochstemmte. »O mein Gott, o mein Gott, sie haben sie erwischt!«, stammelte sie, während sie in der Nacht herumstolperte und nach dem dummen Kleid suchte, das der Junge für sie gestohlen hatte. Es war so dunkel, dass sie ihre eigenen Füße kaum sehen konnte. »Das haben sie nun davon«, flüsterte sie immer wieder. »Warum haben sie mich nicht mitgenommen, verfluchte Dummköpfe, ich hätte Wache stehen können, ich hätte schon aufgepasst.« Aber als sie das Kleid endlich gefunden hatte und es sich mit zitternden Fingern über den Kopf gezerrt hatte, blieb sie plötzlich reglos stehen.

Wie still es war. Totenstill.

Sie haben sie erschossen!, wisperte etwas in ihr. Deswegen ist es so still. Sie sind tot. Mausetot. Liegen blutend auf diesem Platz, vor dem Haus, alle beide, o mein Gott. Was nun? Sie schluchzte auf. Nein, Elinor, keine Tränen. Was soll das? Such sie, nun mach schon.

Sie stolperte los. War das die richtige Richtung?

»Du kannst nicht mit, Elinor!« Das hatte Mortimer gesagt. Er hatte so anders ausgesehen in dem Anzug, den Farid für ihn gestohlen hatte, wie einer von Capricorns Männern, aber das war schließlich der Zweck der Maskerade. Selbst eine Flinte hatte der Junge ihm besorgt.

»Warum nicht?«, hatte sie geantwortet. »Ich zieh sogar dieses alberne Kleid an!«

»Eine Frau würde auffallen, Elinor! Du hast es doch selbst gesehen. Nachts ist dort nicht eine Frau auf den Straßen. Nur die Wachen. Frag den Jungen.«

»Ich will ihn nicht fragen! Warum hat er mir keinen Anzug gestohlen? Dann könnte ich mich als Mann verkleiden!«

Darauf hatten sie keine Antwort gewusst.

»Elinor, bitte, wir brauchen jemanden, der bei unseren Sachen bleibt!«

»Bei unseren Sachen? Meinst du Staubfingers dreckigen Rucksack?« Sie hatte vor Wut dagegen getreten. Wie schlau sie sich vorgekommen waren! Aber ihre Maskerade hatte ihnen nichts genützt. Wer hatte sie erkannt? Basta, Flachnase, das Hinkebein? »Bei Tagesanbruch sind wir zurück, Elinor! Mit Meggie.« Lügner! Sie hatte es seiner Stimme angehört, dass er selbst nicht daran glaubte. Elinor stolperte über eine Baumwurzel, griff mit den Händen in irgendetwas Stachliges und ließ sich schluchzend auf die Knie fallen. Mörder! Mörder und Brandstifter. Was hatte sie mit solchem Pack zu schaffen? Sie hätte es wissen müssen, damals, als Mortimer so plötzlich wieder vor ihrer Tür stand und sie bat, das Buch zu verstecken. Warum hatte sie nicht einfach Nein gesagt? Hatte sie nicht gleich gedacht, dass der Streichholzfresser aussah wie einer, dem man das Wort Ärger mit roter Farbe auf die

Stirn geschrieben hatte? Aber das Buch – ja, das Buch. Natürlich hatte sie dem nicht widerstehen können …

Den stinkenden Marder haben sie mitgenommen!, dachte sie, während sie sich wieder aufraffte. Aber mich nicht. Und jetzt sind sie tot. »Lass uns zur Polizei gehen!« Wie oft hatte sie das gesagt! Aber Mortimers Antwort war immer dieselbe gewesen. »Nein, Elinor, Capricorn würde Meggie verschwinden lassen, sobald der erste Polizist das Dorf betritt. Und Bastas Messer ist schneller als alle Polizei der Welt, glaub mir.« Über seiner Nasenwurzel hatte sich dabei diese steile kleine Falte gezeigt, sie kannte ihn gut genug, um zu wissen, was sie bedeutete.

Was sollte sie nur tun? So ganz allein.

Stell dich nicht an, Elinor!, fuhr sie sich selber an. Du warst immer allein, hast du das schon vergessen? Streng deinen Kopf an. Du musst dem Mädchen helfen, egal, was mit ihrem Vater passiert ist. Du musst sie herausholen aus diesem dreimal verfluchten Dorf, es ist niemand mehr da, der das erledigen könnte außer dir, oder willst du, dass aus ihr eine von diesen verhuschten Mägden wird, die sich kaum trauen, den Kopf zu heben und nur dazu da sind, für den feinen Herrn zu putzen und zu kochen? Vielleicht darf sie Capricorn ab und zu etwas vorlesen, wenn er Lust darauf verspürt, und wenn sie dann älter wird … sie ist ein hübsches Ding …

Elinor wurde schlecht. »Ich brauche so eine Flinte«, flüsterte sie, »oder ein Messer, ein großes, scharfes Messer, damit schleich ich mich in Capricorns Haus. Wer soll mich schon erkennen in diesem unsäglichen Kleid?« Mortimer hatte immer geglaubt, dass sie nur mit der Welt zurechtkam, die zwischen zwei Buchdeckeln steckte, aber sie würde es ihm zeigen!

Wie denn?, flüsterte es. Er ist fort, Elinor, fort wie deine Bücher.

Sie schluchzte auf, so laut, dass sie selbst erschrak und sich die Hand auf den Mund presste. Ein Ast zerbrach unter ihrem Fuß und hinter einem der Fenster in Capricorns Dorf erlosch das Licht. Sie hatte recht gehabt. Die Welt war furchtbar, grausam, mitleidlos, dunkel wie ein schlimmer Traum. Kein Ort zum Leben. Bücher waren der einzige Ort, an dem es Mitleid, Trost, Glück gab ... und Liebe. Bücher liebten jeden, der sie aufschlug, schenkten Geborgenheit und Freundschaft und verlangten nichts dafür, gingen nie fort, niemals, selbst dann nicht, wenn man sie schlecht behandelte. *Liebe, Wahrheit, Schönheit, Weisheit und Trost im Angesicht des Todes.* Wer hatte das nur gesagt? Irgendein anderer Büchernarr, sie konnte sich nicht an seinen Namen erinnern, aber an die Worte. Wörter sind unsterblich ... außer es kommt jemand und verbrennt sie. Und selbst dann ...

Sie stolperte weiter. Aus Capricorns Dorf sickerte das Licht bleich wie milchiges Wasser in die Nacht. Auf dem Parkplatz, zwischen den Autos, standen drei von den Mördern und steckten die Köpfe zusammen. »Ja, redet nur!«, wisperte Elinor. »Prahlt mit euren blutigen Fingern und euren verkohlten Herzen, ihr werdet es noch bereuen, sie umgebracht zu haben.« Was war besser? Gleich hinunterschleichen oder erst am Morgen? Es war beides Wahnsinn, sie würde keine zwei Ecken weit kommen. Einer der drei Männer sah sich um und für einen Moment dachte Elinor, er könnte sie sehen. Sie stolperte zurück, rutschte aus und hielt sich gerade noch an einem Zweig fest, bevor ihre Füße wieder den Halt verloren. Da raschelte es hinter ihr, und bevor sie sich umsehen konnte, presste sich eine Hand auf ihren Mund. Sie wollte schreien, aber es kam kein Laut aus ihrem Mund, so fest drückten sich die Finger auf ihre Lippen.

»Hier steckst du also. Weißt du, wie lange ich schon nach dir suche?«

Das konnte nicht sein. Sie war so sicher gewesen, dass sie diese Stimme nie wieder hören würde.

»Entschuldige, aber ich wusste, dass du schreien würdest! Komm!« Mortimer nahm die Hand von ihrem Mund und winkte sie hinter sich her. Sie war nicht sicher, was sie lieber getan hätte: ihm um den Hals zu fallen oder ihn so fest zu schlagen, dass es wehtat.

Erst als die Häuser von Capricorns Dorf hinter den Bäumen kaum noch zu sehen waren, blieb er stehen. »Warum bist du nicht beim Lager geblieben? Stolperst hier in der Dunkelheit herum ... Weißt du, wie gefährlich das ist?«

Das war zu viel. Elinor rang immer noch nach Atem, so schnell war er gegangen. »Gefährlich?« Es war schwer, leise zu sprechen, wenn man so wütend war. »Du redest von gefährlich? Ich habe die Schüsse gehört und das Geschrei! Ich dachte, ihr wärt tot! Ich dachte, sie hätten euch durchlöchert, zerschossen ...«

Er fuhr sich übers Gesicht. »Ach was, die können alle nicht zielen«, sagte er. »Zum Glück.«

Elinor hätte ihn dafür schütteln können, dass er so gelassen tat. »Ach ja? Und was ist mit dem Jungen?«

»Der ist auch in Ordnung, bis auf einen Kratzer an der Stirn. Als die Schüsse fielen, ist ihm der Marder weggelaufen und er ist hinterher. Dabei hat er einen Querschläger abbekommen. Ich habe ihn oben beim Lager gelassen.«

»Der Marder? Ist das eure einzige Sorge, der bissige, stinkende Marder? Diese Nacht hat mich zehn Jahre meines Lebens gekostet!« Elinor wurde schon wieder laut. Schnell senkte sie die Stimme. »Ich hab dieses schreckliche Kleid angezogen!«, zischte sie. »Ich hab euch vor mir gesehen, mit all dem Blut und den Wunden ... Ja, sieh mich ruhig so an!«, fuhr sie ihn an. »Es ist ein Wunder, dass ihr nicht tot seid. Ich hätte nicht auf dich hören dürfen. Wir hätten zur Polizei gehen sollen ... diesmal müssen sie uns glauben, wir ...«

»Es war nur Pech, Elinor!«, unterbrach er sie. »Glaub mir. Ausgerechnet dieser Cockerell hat vor dem Haus Wache gestanden. Die anderen hätten mich gar nicht erkannt.«

»Und was wird morgen sein? Vielleicht ist es dann Basta oder Flachnase! Was hilft es deiner Tochter, wenn du tot bist?«

Mortimer drehte ihr den Rücken zu. »Ich bin aber nicht tot, Elinor!«, sagte er. »Und ich werde Meggie da rausholen, bevor sie die Hauptrolle bei einer Hinrichtung spielt.«

Als sie zu ihrem Lager kamen, schlief Farid schon. Das blutige Tuch, das Mortimer ihm um den Kopf gebunden hatte, sah fast so aus wie der Turban, den er getragen hatte, als er hinter den Säulen von Capricorns Kirche hervorgetreten war.

»Es sieht schlimmer aus, als es ist«, flüsterte Mo. »Aber glaub mir, wenn ich ihn nicht festgehalten hätte, wäre er diesem Marder durch das halbe Dorf nachgelaufen. Und wenn sie uns nicht erwischt hätten, hätte er sich bestimmt auch noch in die Kirche geschlichen, um nach Staubfinger zu sehen.«

Elinor nickte nur und wickelte sich in ihre Decke. Die Nacht war mild, an anderen Orten hätte man sie sicherlich friedlich genannt.

»Wie habt ihr sie abgeschüttelt?«, fragte sie.

Mortimer setzte sich neben den Jungen. Elinor sah erst jetzt, dass er die Flinte dabeihatte, die Farid für ihn gestohlen hatte. Er zog sie von der Schulter und legte sie neben sich ins Gras. »Sie sind uns nicht lange gefolgt«, antwortete er. »Wozu auch? Sie wissen, dass wir wiederkommen. Sie brauchen nur zu warten.«

Und Elinor würde dabei sein, das schwor sie sich. Sie wollte sich nie wieder so fühlen wie in dieser Nacht, so verlassen von allem und jedem. »Was habt ihr als Nächstes vor?«, fragte sie.

»Farid hat vorgeschlagen, dass wir Feuer legen. Bisher habe ich es für zu gefährlich gehalten, aber die Zeit läuft uns davon.«

»Feuer?« Elinor kam es vor, als würde das Wort ihr die Zunge verbrennen. Seit sie die Asche ihrer Bücher gefunden hatte, versetzte schon der Anblick eines Streichholzes sie in Panik.

»Staubfinger hat dem Jungen einiges darüber beigebracht, außerdem kann selbst der größte Dummkopf ein Feuer legen. Wenn wir an Capricorns Haus Feuer legen ...«

»Bist du verrückt geworden? Was ist, wenn es sich auf die Hügel ausbreitet?«

Mo senkte den Kopf und strich mit der Hand über den Lauf der Flinte. »Ich weiß«, sagte er. »Aber ich seh keinen anderen Weg. Das Feuer wird für Aufregung sorgen, Capricorns Männer werden damit beschäftigt sein, es zu löschen, und in dem Durcheinander werde ich versuchen, an Meggie heranzukommen. Farid kümmert sich um Staubfinger.«

»Das ist Wahnsinn!« Diesmal konnte Elinor es nicht ändern, ihre Stimme wurde laut. Farid murmelte etwas im Schlaf, griff fahrig nach der Binde um seinen Kopf und drehte sich dann auf die andere Seite.

Mo zog ihm die Decke zurecht und lehnte sich wieder gegen den Baumstamm. »Wir werden es trotzdem so machen, Elinor«, sagte er. »Glaub mir, ich habe mir den Kopf zerbrochen, bis ich dachte, ich werde verrückt. Es gibt keinen anderen Weg. Und wenn alles nichts hilft, lege ich auch noch Feuer an seine verfluchte Kirche. Ich schmelze ihm sein Gold zu Klumpen und leg ihm das ganze verdammte Dorf in Schutt und Asche. Ich will meine Tochter zurück.«

Darauf sagte Elinor nichts mehr. Sie legte sich hin und tat, als schliefe sie, obwohl sie kein Auge zubekam. Als der Morgen dämmerte, überredete sie Mortimer, sich auch noch etwas schlafen zu legen und ihr die Wache zu überlassen. Es dauerte nicht lange, bis er schlief. Sobald sein Atem ruhig und gleichmäßig klang, zog Elinor das dumme Kleid aus, schlüpfte in ihre eigenen Sachen, kämmte sich das zerzauste Haar und schrieb ihm einen Zettel. *Ich hole Hilfe. Gegen Mittag bin ich wieder da. Bitte unternimm nichts, bis ich zurück bin. Elinor*

Sie schob ihm den Zettel in die halb geöffnete Hand, damit er ihn gleich fand, wenn er aufwachte. Als sie sich an dem Jungen vorbeischlich, sah sie, dass der Marder zurück war. Er hatte sich neben dem Jungen zusammengerollt, leckte sich die Pfoten und starrte Elinor aus schwarzen Augen an, als sie sich über Farid beugte, um ihm den Verband zurechtzuzupfen. Unheimliches kleines Biest, sie würde ihn nie mögen, aber der Junge liebte ihn wie einen Hund. Mit einem Seufzer richtete sie sich wieder auf. »Pass auf die beiden auf, verstanden?«, flüsterte sie, dann machte sie sich auf den Weg. Ihr Wagen stand immer noch da, wo sie ihn unter den Bäumen versteckt hatte. Es war ein gutes Versteck, sie stolperte selbst einmal vorbei, so dicht hingen die Zweige. Der Motor sprang gleich an, Elinor lauschte einen Moment besorgt in den Morgen, aber nichts war zu hören außer den Vögeln, die den Tag so ausgelassen begrüßten, als wäre es der letzte.

Das nächstliegende Dorf, durch das sie und Mortimer gekommen waren, war kaum eine halbe Stunde Autofahrt entfernt. Dort gab es bestimmt eine Polizeistation.

Die Elster

Doch sie weckten ihn mit Worten, ihren scharfen, glänzenden Waffen.
T. H. White, Das Buch Merlin

Es war noch früh am Morgen, als Meggie Bastas Stimme draußen auf dem Flur hörte. Sie hatte das Frühstück, das eine der Mägde gebracht hatte, nicht angerührt. Sie hatte gefragt, was in der letzten Nacht geschehen war, was die Schüsse bedeutet hätten, aber das Mädchen hatte sie nur voller Angst angestarrt, den Kopf geschüttelt und war wieder aus der Tür gehuscht. Vermutlich hielt sie sie für eine Hexe.

Fenoglio hatte auch nicht gefrühstückt. Er schrieb. Er schrieb ohne Unterlass, füllte Blatt für Blatt, zerriss, was er geschrieben hatte, begann von Neuem, legte ein Blatt zur Seite und begann mit dem nächsten, runzelte die Stirn, zerknüllte es – und begann von vorn. Seit Stunden ging das so und nur drei Blätter hatte er nicht zerrissen. Nur drei. Beim Klang von Bastas Stimme versteckte er sie hastig unter seiner Matratze, auch die zerknüllten schob er mit dem Fuß unters Bett. »Meggie, schnell! Hilf mir, sie aufzusammeln!«, flüsterte er. »Er darf die Seiten nicht finden. Keine einzige.«

Meggie gehorchte, aber denken konnte sie nur an eines: Warum kam Basta? Wollte er ihr etwas sagen? Wollte er ihr Gesicht sehen, wenn er ihr sagte, dass sie nicht mehr auf Mo warten musste?

Fenoglio hatte sich wieder an den Tisch gesetzt, vor sich ein leeres Blatt, auf das er schnell ein paar Wörter kritzelte, als die Tür aufging.

Meggie hielt den Atem an, als könnte sie so auch die Wörter aufhalten – die Wörter, die gleich aus Bastas Mund kommen und ihr das Herz zerstechen würden.

Fenoglio legte den Stift zur Seite und stellte sich neben sie. »Was gibt es?«, fragte er.

»Ich soll sie holen«, sagte Basta. »Mortola will sie sehen.« Seine Stimme klang ärgerlich, als wäre es unter seiner Würde, etwas so Unwichtiges zu erledigen.

Mortola? Die Elster? Meggie sah Fenoglio an. Was hatte das zu bedeuten? Aber der alte Mann hob nur ratlos die Schultern.

»Das Täubchen soll sich ansehen, was es heute Abend lesen wird«, erklärte Basta. »Damit sie nicht herumstottert wie Darius und alles verdirbt.« Ungeduldig winkte er Meggie zu sich. »Na komm schon.«

Meggie machte einen Schritt auf ihn zu, doch dann blieb sie stehen. »Ich will erst wissen, was heute Nacht passiert ist«, sagte sie. »Ich hab Schüsse gehört.«

»Oh, das!« Basta lächelte. Seine Zähne waren fast so weiß wie sein Hemd. »Ich glaube, dein Vater wollte dich besuchen, aber Cockerell hat ihn nicht hereingelassen.«

Meggie stand immer noch wie angewurzelt da. Basta griff nach ihrem Arm und zerrte sie grob mit sich. Fenoglio versuchte, ihnen zu folgen, aber Basta schlug ihm die Tür vor der Nase zu. Fenoglio rief ihr etwas nach, doch Meggie konnte ihn nicht verstehen. In ihren Ohren rauschte es, als hörte sie ihrem eigenen Blut dabei zu, wie es viel zu schnell durch ihre Adern rann.

»Er konnte noch weglaufen, wenn dich das tröstet«, sagte Basta, während er sie auf die Treppe zustieß. »Allerdings heißt das nicht viel, wenn ich es mir recht überlege. Die Katzen können das oft auch noch, wenn Cockerell auf sie schießt, aber schließlich findet man sie dann doch verendet in irgendeiner Ecke.«

Meggie trat ihm gegen das Schienbein, mit aller Kraft. Dann sprang sie los, die Stufen hinunter, aber Basta hatte sie schnell eingeholt. Mit schmerzverzerrtem Gesicht griff er in ihr Haar und zerrte sie an seine Seite. »Versuch das nicht noch mal, Schätzchen!«, zischte er ihr zu. »Du kannst froh sein, dass du heute Abend die Hauptattraktion auf unserem Fest bist, sonst würde ich dir jetzt hier und auf der Stelle deinen dünnen Hals umdrehen.«

Meggie versuchte es nicht noch einmal. Selbst wenn sie es gewollt hätte, sie hätte keine Gelegenheit mehr gehabt. Basta ließ ihre Haare nicht mehr los. Wie einen ungehorsamen Hund zerrte er sie hinter sich her. Meggie traten vor Schmerz die Tränen in die Augen, doch sie drehte ihr Gesicht so, dass Basta sie nicht sehen konnte.

Er brachte sie in den Keller. Diesen Teil von Capricorns Haus hatte sie noch nicht betreten. Die Decke war niedrig, noch niedriger als in dem Verschlag, in den man sie, Mo und Elinor zuerst gesperrt hatte. Die Wände waren weiß verputzt wie im oberen Teil des Hauses und es gab ebenso viele Türen. Die meisten sahen aus, als wären sie lange nicht geöffnet worden. Vor einigen hingen schwere Schlösser. Meggie musste an die Geldschränke denken, von denen Staubfinger erzählt hatte, und an das Gold, das Mo Capricorn in seine Kirche geholt hatte. Sie haben ihn nicht getroffen!, dachte sie. Ganz bestimmt nicht. Das Hinkebein kann doch nicht zielen.

Endlich blieben sie vor einer Tür stehen. Sie war aus einem anderen Holz gefertigt als die übrigen Türen, seine Maserung war schön wie das Fell eines Tigers. Das Holz schimmerte rötlich im Licht der nackten Glühbirnen, die den Keller erleuchteten.

»Glaub mir!«, raunte Basta Meggie zu, bevor er an die Tür klopfte. »Wenn du dir bei Mortola solche Frechheiten erlaubst wie bei mir, wird sie dich so lange in eins von den Netzen in der Kirche stecken, bis du vor Hunger an den Seilen nagst. Gegen ihr Herz ist meins weich wie eins von den Stofftieren, die man kleinen Mädchen in die Betten legt, wenn sie nicht schlafen können.« Sein Pfefferminzatem strich Meggie übers Gesicht. Nie wieder würde sie etwas essen können, das nach Pfefferminz roch.

Das Zimmer der Elster war so groß, dass man darin hätte tanzen können. Die Wände waren rot wie die Wände in der Kirche, aber viel war nicht von ihnen zu sehen. Sie waren bedeckt mit Fotos in Goldrahmen, Fotos von Häusern und Menschen. Sie drängten sich an der Wand wie eine Menschenmenge auf einem zu engen Platz. In ihrer Mitte, goldgerahmt wie die anderen, aber um vieles größer, hing ein Porträt von Capricorn. Wer immer es gemalt hatte, er war ebenso wenig ein Meister seiner Kunst wie der, der die Statue in der Kirche angefertigt hatte. Capricorns Gesicht auf dem Bild war runder und weicher als in Wirklichkeit und sein seltsam weiblicher Mund saß wie eine fremde Frucht unter der etwas zu kurz und breit geratenen Nase. Nur seine Augen hatte der Maler genau getroffen. Ausdruckslos wie im wirklichen Leben blickten sie auf Meggie herab, wie die eines Mannes, der einen Frosch betrachtet, dem er den Leib aufschlitzen will, um zu sehen, wie sein Inneres beschaffen ist. Kein Gesicht, das hatte sie in Capricorns Dorf gelernt, ist furchterregender als eines ohne Mitleid.

Die Elster saß seltsam steif in einem samtig grünen Ohrensessel direkt unter dem Porträt ihres Sohnes. Sie saß da, als wäre sie es nicht gewohnt zu sitzen – wie eine Frau, für die es immer etwas zu tun gab und die die Ruhe mit Unbehagen erfüllte. Aber vielleicht zwang ihr Körper sie manchmal in diesen unförmigen Sessel, der viel zu gewaltig für sie schien – Meggie sah, dass die Beine der Alten über den Füßen geschwollen waren. Unförmig wölbten sie sich unter den spitzen Knien. Als sie ihren Blick bemerkte, zog die Elster sich den Rocksaum über die Knie.

»Hast du ihr gesagt, warum sie hier ist?« Das Aufstehen machte ihr Mühe. Meggie sah, wie sie sich mit der Hand auf ein Tischchen stützte und die Lippen aufeinanderpresste. Basta schien ihre Schwäche zu gefallen, ein Lächeln umspielte seine Lippen, bis die Elster ihn ansah und es mit einem einzigen eisigen Blick fortwischte. Ungeduldig winkte sie Meggie zu sich. Basta gab ihr einen Stoß in den Rücken, als sie sich nicht gleich in Bewegung setzte.

»Komm, ich will dir etwas zeigen.« Die Elster ging mit langsamen, aber festen Schritten zu einer Kommode, die viel zu schwer für ihre anmutig geschwungenen Beine zu sein schien. Auf der Kommode stand, zwischen zwei blassgelben Lampen, eine hölzerne Schatulle. Sie war ringsum verziert mit einem Muster aus winzigen Löchern.

Als die Elster den Deckel öffnete, fuhr Meggie zurück. Zwei Schlangen lagen in der Schatulle, dünn wie Eidechsen und kaum länger als Meggies Unterarm.

»Ich halte mein Zimmer immer schön warm, damit die beiden nicht zu schläfrig werden!«, erklärte die Elster, während sie die oberste Schublade der Kommode aufzog und einen Handschuh herausnahm. Er war aus festem schwarzem Leder und so steif, dass sie Mühe hatte, die schmale Hand hineinzuzwängen. »Dein

Freund Staubfinger hat der armen Resa einen bösen Streich gespielt, als er ihr auftrug, nach dem Buch zu suchen«, fuhr sie fort, während sie in die Schatulle fasste und eine der Schlangen mit festem Griff hinter dem flachen Kopf packte.

»Nun komm schon!«, fuhr sie Basta an und hielt ihm die sich windende Schlange hin. Meggie sah seinem Gesicht an, dass sich alles in ihm dagegen sträubte, aber er trat näher und nahm die Schlange entgegen. Weit von sich hielt er ihren schuppigen Leib, der sich wand und drehte.

»Du siehst, Basta mag meine Schlangen nicht!«, stellte die Elster mit einem Lächeln fest. »Er mochte sie noch nie, aber das heißt nicht viel. Soweit ich weiß, mag Basta überhaupt nichts außer seinem Messer. Zudem glaubt er, dass Schlangen Unglück bringen, was natürlich vollkommener Unsinn ist.« Mortola reichte Basta die zweite Schlange. Meggie sah die winzigen Giftzähne, als die Viper das Maul aufsperrte. Für einen Moment tat Basta ihr fast leid.

»Nun, was sagst du? Ist das nicht ein gutes Versteck?«, fragte die Elster und griff ein drittes Mal in die Schatulle. Diesmal holte sie ein Buch heraus. Meggie hätte gewusst, um welches es sich handelte, selbst wenn sie den bunten Umschlag nicht wiedererkannt hätte. »Ich habe in dieser Schatulle schon oft wertvolle Dinge verwahrt«, fuhr die Elster fort. »Niemand weiß von ihr und ihrem Inhalt außer Basta und Capricorn. Die arme Resa hat in vielen Zimmern nach dem Buch gesucht, sie ist ein mutiges Ding, aber auf meine Schatulle ist sie nicht gekommen. Dabei mag sie Schlangen, ich kenne kaum jemanden, der so wenig Angst vor ihnen hat, obwohl sie schon mal gebissen wurde. Stimmt's, Basta?« Die Elster zog den Handschuh aus und warf ihm einen spöttischen Blick zu. »Basta erschreckt Frauen, die ihn abweisen, gern mit einer Schlange. Bei Resa hatte er damit keinen Erfolg. Wie war das noch mal? Hat sie sie dir nicht vor die Tür gelegt, Basta?«

Basta schwieg. Die Schlangen ringelten sich immer noch in seinen Händen. Eine hatte den Schwanz um seinen Arm geschlungen.

»Leg sie wieder hinein!«, befahl die Elster ihm. »Aber sei vorsichtig.« Dann ging sie mit dem Buch zurück zu ihrem Sessel. »Setz dich!«, kommandierte sie und wies auf den Fußschemel, der neben dem Sessel stand.

Meggie gehorchte. Unauffällig sah sie sich um. Mortolas Zimmer kam ihr vor wie eine bis an den Rand gefüllte Schatzkiste. Von allem gab es zu viel – zu viele goldene Kerzenständer, zu viele Lampen, Teppiche, Bilder, zu viele Vasen, Porzellanfiguren, Seidenblumen, vergoldete Glöckchen.

Die Elster warf ihr einen spöttischen Blick zu. Wie ein Kuckuck saß sie da in ihrem schwarzen, unansehnlichen Kleid, der sich in das Nest eines anderen Vogels gedrängt hatte. »Ein prächtiges Zimmer für eine Magd, nicht wahr?«, stellte sie selbstzufrieden fest. »Capricorn weiß, was er an mir hat.«

»Er lässt dich im Keller wohnen!«, erwiderte Meggie. »Obwohl du seine Mutter bist.«

Warum kann man Worte nicht hinunterschlucken – sie einfangen und schnell wieder zwischen die Lippen schieben? Die Elster musterte sie mit solchem Hass, dass Meggie ihre knochigen Finger schon an der Kehle spürte. Aber Mortola saß nur da und blickte sie an mit ihren starren Vogelaugen. »Wer hat dir das erzählt? Der alte Hexer?«

Meggie presste die Lippen aufeinander und sah zu Basta hinüber. Vermutlich hatte er kein Wort mitbekommen, er legte gerade die zweite Schlange zurück in die Schatulle. Ob er von Capricorns kleinem Geheimnis wusste? Bevor sie weiter darüber nachdenken konnte, legte Mortola ihr das Buch auf den Schoß.

»Ein Wort darüber zu irgendjemandem hier oder an einem anderen Ort«, zischte die Elster ihr zu, »und deine nächste Mahlzeit bereite ich höchstpersönlich zu. Etwas Eisenhutextrakt, ein paar Eibenspitzen oder vielleicht ein paar Schierlingssamen in die Soße, wie würde dir das schmecken? Glaub mir, das Essen würde dir gar nicht gut bekommen. Und jetzt fang an zu lesen.«

Meggie starrte auf das Buch in ihrem Schoß. Als Capricorn es hochgehalten hatte, damals in der Kirche, hatte sie das Bild auf dem Schutzumschlag nicht erkennen können. Nun hatte sie Gelegenheit, es sich aus der Nähe anzusehen. Den Hintergrund bildete eine Landschaft, die wie ein etwas verfremdetes Abbild der Hügel aussah, die Capricorns Dorf umgaben. Im Vordergrund aber sah man ein Herz, ein schwarzes Herz, umgeben von roten Flammen.

»Nun schlag es schon auf!«, fuhr die Elster sie an.

Meggie gehorchte – und schlug die Seite auf, die mit dem K begann, auf dem der gehörnte Marder hockte. Wie lange war es her, dass sie in Elinors Bibliothek gestanden und auf dieselbe Seite gestarrt hatte? Eine Ewigkeit, ein ganzes Leben?

»Das ist die falsche Seite. Blättre weiter!«, wies die Elster sie an. »Bis zu der Seite mit der eingeknickten Ecke.«

Meggie gehorchte wortlos. Auf der Seite war kein Bild, auch auf der gegenüberliegenden nicht. Ohne nachzudenken, strich sie die umgeknickte Ecke mit dem Daumennagel glatt. Mo hasste umgeknickte Buchseiten.

»Was soll das? Willst du, dass ich die Stelle nicht wiederfinde?«, spottete die Elster. »Fang mit dem zweiten Absatz an, aber untersteh dich, laut zu lesen. Ich habe keine Lust, den Schatten plötzlich in meinem Zimmer stehen zu sehen.«

»Und wie weit? Wie weit soll ich heute Abend lesen?«

»Was weiß ich?« Die Elster beugte sich vor und rieb sich das linke Bein. »Wie lange brauchst du denn für gewöhnlich, um sie herauszulocken, deine Feen und Zinnsoldaten und was sonst noch?«

Meggie senkte den Kopf. Arme Tinker Bell. »Das kann man nicht sagen«, murmelte sie. »Es ist ganz verschieden. Manchmal geht es schnell, manchmal passiert es erst nach vielen Seiten oder auch überhaupt nicht.«

»Nun, dann sieh dir das ganze Kapitel an, das wird ja wohl reichen! Und von ›überhaupt nicht‹ will ich nichts hören!« Die Elster rieb sich das andere Bein. Beide waren umwickelt, man sah die Bandagen durch die dunklen Strümpfe, die sie trug. »Was guckst du so?«, fuhr sie Meggie an. »Kannst du mir dagegen etwas herbeilesen? Kennst du kleine Hexe vielleicht eine Geschichte, die ein Rezept gegen das Alter und den Tod hat?«

»Nein«, flüsterte Meggie.

»Nun, dann glotz nicht dumm, sondern guck in das Buch. Sieh dir jedes Wort an. Ich will heute Abend nicht ein einziges Stottern hören, kein Gestammel, keinen Versprecher, verstanden? Diesmal soll Capricorn genau das bekommen, was er will. Dafür werde ich sorgen.«

Meggie ließ die Augen über die Buchstaben wandern. Sie verstand kein Wort von dem, was sie las, sie konnte nur an Mo denken und an die Schüsse in der Nacht. Aber sie tat, als lese sie weiter,

weiter und weiter, während Mortola sie nicht aus den Augen ließ. Schließlich hob sie den Kopf und klappte das Buch zu. »Fertig«, sagte sie.

»So schnell?« Die Elster sah sie ungläubig an.

Meggie antwortete nicht. Sie sah Basta an. Mit gelangweiltem Gesicht lehnte er an Mortolas Sessel. »Ich werde das heute Abend nicht lesen«, sagte sie. »Ihr habt meinen Vater erschossen, heute Nacht. Basta hat es mir gesagt. Kein Wort werd ich lesen.«

Die Elster drehte sich zu Basta um. »Was soll das?«, fragte sie ärgerlich. »Denkst du, die Kleine liest besser, wenn du ihr das dumme Herz brichst? Sag ihr, dass ihr ihn verfehlt habt, nun mach schon.«

Basta senkte den Blick wie ein Junge, den seine Mutter bei einem bösen Streich ertappt hat. »Ich hab's ihr doch gesagt«, knurrte er. »Cockerell kann nicht zielen. Nicht einen Kratzer hat ihr Vater abgekriegt.«

Meggie schloss vor Erleichterung die Augen. Sie fühlte sich warm und wunderbar. Alles war gut, und was nicht gut war, würde gut werden.

Das Glück machte sie verwegen. »Da ist noch etwas!«, sagte sie. Wovor sollte sie Angst haben? Sie brauchten sie. Nur sie konnte ihnen diesen Schatten herauslesen, niemand sonst – außer Mo, und den hatten sie immer noch nicht gefangen. Sie würden ihn nie fangen, niemals.

»Was noch?« Die Elster strich sich über das streng zurückgesteckte Haar. Wie sie wohl früher einmal ausgesehen hatte, als sie so alt wie Meggie gewesen war? Hatte sie auch da schon so schmale Lippen gehabt?

»Ich werde nur lesen, wenn ich Staubfinger noch mal sehen darf. Bevor er …« Sie beendete den Satz nicht.

»Wozu?«

Weil ich ihm sagen will, dass wir versuchen werden, ihn zu retten, dachte Meggie, und weil ich glaube, dass meine Mutter bei ihm ist, aber natürlich sprach sie das nicht aus. »Ich will ihm sagen, dass es mir leidtut«, antwortete sie stattdessen. »Schließlich hat er uns damals geholfen.«

Mortola verzog spöttisch den Mund. »Wie rührend!«, sagte sie.

Ich will sie nur einmal aus der Nähe sehen, dachte Meggie. Vielleicht ist sie es ja doch nicht. Vielleicht …

»Was, wenn ich Nein sage?« Die Elster musterte sie wie eine Katze, die mit einer jungen, unerfahrenen Maus spielt.

Aber Meggie hatte diese Frage erwartet. »Dann beiß ich mir auf die Zunge!«, sagte sie. »Ich beiß so fest, dass sie anschwillt und ich heute Abend nicht lesen kann.«

Die Elster lehnte sich in ihrem Sessel zurück und lachte. »Hast du das gehört, Basta? Die Kleine ist nicht dumm.«

Basta nickte nur.

Mortola aber musterte Meggie fast wohlwollend. »Ich werde dir etwas sagen: Ich erfülle dir deinen albernen kleinen Wunsch. Doch was dein Lesen heute Abend betrifft, so möchte ich, dass du dir meine Fotos ansiehst.«

Meggie sah sich um.

»Sieh sie dir gut an. Siehst du all die Gesichter? Jeder von ihnen hatte sich Capricorn zum Feind gemacht und von keinem hat man je wieder gehört. Die Häuser, die du auf den Fotos siehst, stehen auch nicht mehr, nicht eins von ihnen, das Feuer hat sie gefressen. Denk an die Fotos, wenn du heute Abend liest, kleine Hexe. Solltest du herumstottern oder auf den dummen Gedanken kommen, einfach den Mund zu halten, dann wird dein Gesicht schon bald auch aus so einem hübschen Goldrahmen blicken. Wenn du aber deine Sache gut machst, dann lassen wir dich zurück zu deinem Vater. Warum nicht? Lies wie ein Engel heute Nacht und du wirst ihn wiedersehen! Man hat mir erzählt, dass seine Stimme jedes Wort in Samt und Seide verwandelt, in Fleisch und Blut. So wirst du auch lesen, nicht zittrig und stammelnd wie dieser Dummkopf Darius. Hast du mich verstanden?«

Meggie sah sie an. »Verstanden!«, sagte sie leise, auch wenn sie genau wusste, dass die Elster log.

Sie würden sie niemals zurück zu Mo lassen. Er würde sie schon holen müssen.

Bastas Stolz und Staubfingers List

»Immerhin wüßte ich gern, ob wir jemals in Liedern und Geschichten vorkommen werden. Wir sind natürlich in einer; aber ich meine: in Worte gefaßt, weißt du, am Kamin erzählt oder aus einem großen, dicken Buch mit roten und schwarzen Buchstaben vorgelesen, Jahre und Jahre später. Und die Leute werden sagen: ›Laß uns von Frodo und dem Ring hören!‹ Und sie werden sagen: ›Das ist eine meiner Lieblingsgeschichten.‹«
J. R. R. Tolkien, Der Herr der Ringe

Basta schimpfte ohne Unterbrechung vor sich hin, während er Meggie hinüber zur Kirche brachte. »Auf die Zunge beißen? Seit wann fällt die Alte auf so etwas herein? Und wer darf das freche Gör in die Gruft bringen? Basta, wer sonst? Was bin ich hier eigentlich? Die einzige männliche Magd?«

»Gruft?« Meggie hatte geglaubt, dass die Gefangenen immer noch in den Netzen steckten, doch als sie in die Kirche traten, war nichts von ihnen zu sehen und Basta stieß sie ungeduldig zwischen die Säulen.

»Ja, die Gruft!«, fuhr er sie an. »Aufbewahrungsort für Tote und solche, die es bald sein werden. Da geht's runter. Na los, ich hab heute noch Besseres zu tun, als den Babysitter für das Fräulein Zauberzunge zu spielen.«

Die Treppe, auf die er wies, führte steil hinunter in die Dunkelheit. Die Stufen waren ausgetreten und so ungleichmäßig hoch, dass Meggie bei jedem zweiten Schritt ins Stolpern kam. Unten war es so dunkel, dass sie erst nicht merkte, dass die Treppe zu Ende war, und mit dem Fuß nach der nächsten Stufe tastete, bis Basta sie unsanft nach vorne stieß. »Was soll das nun wieder?«, hörte sie ihn fluchen. »Warum ist die verdammte Laterne schon wieder aus?« Ein Streichholz flammte auf und Bastas Gesicht tauchte aus dem dunklen Nichts.

»Besuch für dich, Staubfinger!«, verkündete er höhnisch, während er die Laterne anzündete. »Zauberzunges Töchterchen will sich von dir verabschieden. Ihr Vater hat dich in diese Welt gebracht und seine Tochter wird dafür sorgen, dass du sie heute Abend wieder verlässt. Ich hätte sie ja nicht hergelassen, aber die Elster wird noch richtig weich auf ihre alten Tage. Die Kleine scheint dich wirklich zu mögen. An deinem schönen Gesicht kann das ja wohl kaum liegen, oder?« Bastas Lachen hallte hässlich von den feuchten Wänden wider.

Meggie trat auf das Gitter zu, hinter dem Staubfinger stand. Sie sah ihn nur kurz an, dann blickte sie über seine Schulter. Capricorns Magd saß auf einem steinernen Sarkophag. Die Laterne, die Basta angezündet hatte, verbreitete nur spärlich Licht, aber es genügte, um ihr Gesicht zu erkennen. Es war das Gesicht von Mos Foto. Nur das Haar, das es umrahmte, war jetzt dunkler, und von einem Lächeln war auch nichts zu entdecken.

Als Meggie an das Gitter trat, hob ihre Mutter den Kopf und sah sie an, unverwandt, als gäbe es auf der Welt nichts anderes als sie.

»Mortola hat sie hergelassen?«, sagte Staubfinger. »Schwer zu glauben.«

»Die Kleine hat gedroht, dass sie sich auf die Zunge beißt.« Basta stand immer noch an der Treppe. Er spielte mit der Kaninchenpfote herum, die er als Glücksbringer um den Hals trug.

»Ich wollte mich bei dir entschuldigen.« Meggie sagte die Worte zu Staubfinger, doch sie sah dabei ihre Mutter an, die immer noch auf dem Sarkophag saß.

»Wofür?« Staubfinger lächelte sein seltsames Lächeln.

»Für heute Abend. Dass ich doch lese.«

Wie konnte sie den beiden nur von Fenoglios Plan erzählen? Wie?

»Gut, jetzt hast du dich entschuldigt!«, sagte Basta ungeduldig. »Komm, die Luft hier unten wird dein Stimmchen noch heiser machen.«

Aber Meggie drehte sich nicht um. Sie schloss die Finger um die Gitterstäbe, so fest sie konnte. »Nein«, sagte sie, »ich will noch bleiben.« Vielleicht fiel ihr ja noch etwas ein, ein paar unverdächtige Sätze ... »Ich hab noch etwas herausgelesen«, sagte sie zu Staubfinger. »Einen Zinnsoldaten.«

»Aha!« Staubfinger lächelte wieder. Eigenartig, diesmal kam ihr sein Lächeln weder rätselhaft vor noch überheblich »Nun, dann kann ja heute Abend nichts mehr schiefgehen, oder?«

Er sah sie nachdenklich an und Meggie versuchte, es ihm mit den Augen zu sagen: Wir retten euch. Alles wird anders kommen, als Capricorn erwartet! Glaub mir!

Staubfinger sah sie immer noch an. Er versuchte zu verstehen. Fragend hob er die Augenbrauen. Dann sah er zu Basta hinüber. »He, Basta, wie geht es der Fee?«, fragte er. »Lebt sie noch oder hat deine Gegenwart sie schon umgebracht?«

Meggie sah, dass ihre Mutter auf sie zukam, zögernd, als ginge sie über zerbrochenes Glas.

»Sie lebt noch!«, antwortete Basta mürrisch. »Klingelt herum, dass man kein Auge zubekommt. Wenn das so weitergeht, sag ich

Flachnase, er soll ihr den Hals umdrehen, so wie er es immer mit den Tauben tut, die seinen Wagen vollscheißen.« Meggie sah, wie ihre Mutter ein Stück Papier aus der Tasche ihres Kleides zog und es Staubfinger unauffällig in die Hand drückte.

»Das brächte euch beiden mindestens zehn Jahre Unglück«, sagte Staubfinger. »Glaub mir. Du weißt doch, mit Feen kenne ich mich aus. He, pass auf, da ist etwas, hinter dir ...«

Basta fuhr herum, als hätte ihn etwas in den Nacken gebissen.

Blitzschnell schob Staubfingers Hand sich durch das Gitter und drückte Meggie den Zettel in die Hand.

»Verdammt!«, fluchte Basta. »Versuch das nicht noch mal, verstanden?« Er drehte sich um, als Meggies Finger sich gerade um das Papier schlossen. »Ein Zettel! Na, sieh mal an.«

Meggie versuchte vergebens, die Hand geschlossen zu halten, Basta bog ihre Finger ohne große Mühe auseinander. Dann starrte er die winzigen Buchstaben an, die ihre Mutter geschrieben hatte.

»Los, lies!«, knurrte er und hielt ihr den Zettel vor die Augen.

Meggie schüttelte den Kopf.

»Lies!« Bastas Stimme senkte sich drohend. »Oder soll ich dir ein genauso hübsches Muster aufs Gesicht schnitzen wie deinem Freund hier?«

»Lies schon, Meggie«, sagte Staubfinger. »Der Bastard weiß sowieso, wie verrückt ich auf einen guten Schluck bin.«

»Wein?« Basta lachte auf. »Die Kleine soll dir Wein besorgen? Wie soll sie das denn anstellen?«

Meggie starrte den Zettel an. Jedes Wort prägte sie sich ein, bis sie sie auswendig konnte. *Neun Jahre sind lang. Ich habe all deine Geburtstage gefeiert. Du siehst noch viel schöner aus, als ich es mir ausgemalt habe.*

Sie hörte Basta lachen.

»Ja, das sieht dir ähnlich, Staubfinger«, sagte er. »Denkst, du kannst deine Angst im Wein ertränken. Aber dafür würde ein ganzes Fass nicht ausreichen.«

Staubfinger zuckte die Schultern. »Es war einen Versuch wert.« Vielleicht sah er etwas zu zufrieden aus, als er das sagte.

Basta runzelte die Stirn und musterte nachdenklich sein narbiges Gesicht. »Andererseits«, sagte er langsam, »warst du schon immer ein gerissener Hund. Und für eine Flasche Wein stehen da ziemlich viele Buchstaben. Was meinst du, Schätzchen?« Er hielt Meggie den Zettel noch einmal hin. »Willst du ihn mir nun vorlesen oder soll ich ihn der Elster zeigen?«

Meggie griff so schnell zu, dass sie den Zettel schon hinter dem Rücken verbarg, als Basta noch seine leeren Finger anstarrte.

»Her damit, du kleines Biest!«, zischte er sie an. »Her mit dem Zettel oder ich schneid ihn dir aus den Fingern.«

Aber Meggie wich vor ihm zurück, bis sie mit dem Rücken gegen das Gitter stieß.

»Nein!«, stieß sie hervor, klammerte sich mit der einen Hand an die Stäbe und schob mit der anderen den Zettel hindurch. Staubfinger verstand sofort. Sie spürte, wie er ihr das Papier aus den Fingern zog.

Basta schlug ihr so heftig ins Gesicht, dass ihr Kopf gegen das Gitter prallte. Eine Hand strich ihr übers Haar, und als sie sich wie betäubt umsah, sah sie ihrer Mutter ins Gesicht. Gleich merkt er es, dachte sie, gleich weiß er alles. Doch Basta hatte nur Augen für Staubfinger, der den Zettel hinter dem Gitter hin und her schwenkte wie einen Wurm vorm Schnabel eines hungrigen Vogels.

»Na, wie ist es?«, sagte Staubfinger, während er einen Schritt zurücktrat. »Traust du dich zu mir herein oder willst du dich lieber weiter mit dem Mädchen schlagen?«

Basta stand regungslos da, wie ein Kind, das jemand plötzlich und ganz unerwartet geohrfeigt hat. Dann packte er Meggies Arm und riss sie an sich. Sie spürte etwas Kaltes an ihrem Hals. Sie musste es nicht sehen, um zu wissen, was es war.

Ihre Mutter schrie auf und zerrte an Staubfingers Hand, doch der hielt den Zettel nur noch höher. »Wusste ich's doch!«, sagte er. »Du bist ein Feigling, Basta! Hältst lieber einem Kind das Messer an den Hals, statt dich hier hereinzutrauen. Ja, wenn du jetzt Flachnase bei dir hättest, mit seinem breiten Kreuz und seinen fleischigen Fäusten – aber er ist nicht da. Nun komm schon, du hast das Messer! Ich habe nur meine Hände, und du weißt, wie ungern ich sie zum Kämpfen missbrauche.«

Meggie spürte, wie Bastas Griff sich lockerte. Die Klinge drückte sich nicht mehr in ihre Haut. Sie schluckte und fasste nach ihrem Hals. Fast erwartete sie, warmes Blut zu fühlen, aber da war nichts. Basta stieß sie so heftig von sich, dass sie stolperte und auf dem feuchtkalten Boden landete. Dann griff er in die Hosentasche und zerrte einen Schlüsselbund heraus. Die Wut ließ ihn keuchen wie einen Mann, der weit und zu schnell gelaufen ist. Mit zitternden Fingern schob er einen Schlüssel in das Zellenschloss.

Staubfinger beobachtete ihn mit ausdruckslosem Gesicht. Er winkte Meggies Mutter vom Gitter weg und wich selbst ebenfalls zurück, behände wie ein Tänzer. Sein Gesicht verriet nicht, ob er Angst hatte, die Narben schienen nur noch dunkler als sonst.

»Was soll das?«, sagte er, als Basta in die Zelle trat und ihm sein Messer entgegenhielt. »Steck das Ding weg. Wenn du mich tötest, verdirbst du Capricorn den ganzen Spaß. Das würde er dir kaum verzeihen.« Ja, er hatte Angst. Meggie hörte sie in seiner Stimme, die Worte kamen ihm etwas zu schnell über die Lippen.

»Wer spricht denn vom Töten?«, schnurrte Basta, während er die Zellentür hinter sich zuzog.

Staubfinger wich bis an den Steinsarkophag zurück. »Ah, du willst mir das Gesicht noch etwas mehr verzieren?« Er flüsterte fast. Jetzt war da noch etwas anderes in seiner Stimme, Hass, Abscheu, Wut. »Denk nicht, dass das diesmal so leicht wird«, sagte er leise. »Ich habe mir inzwischen ein paar praktische Dinge beigebracht.«

»Tatsächlich?« Basta stand kaum noch einen Schritt von ihm entfernt. »Und was soll das sein? Dein Freund, das Feuer, ist nicht hier, um dir zu helfen. Nicht mal den stinkenden Marder hast du dabei.«

»Ich habe da mehr an Worte gedacht!« Staubfinger legte die Hand auf den Sarkophag. »Hab ich es dir noch nicht erzählt? Die Feen haben mir beigebracht, wie man jemanden verflucht. Sie hatten Mitleid mit meinem zerschnittenen Gesicht und sie wussten, wie schlecht ich mich aufs Kämpfen verstehe. Ich verfluche dich, Basta – bei den Knochen des Toten, der in diesem Sarg liegt. Ich wette, es liegt längst nicht mehr irgendein Priester darin, sondern einer, den ihr habt verschwinden lassen, stimmt's?«

Basta antwortete nicht, doch sein Schweigen war beredter als alle Worte.

»Ja, natürlich. So ein alter Sarg ist ein wunderbares Versteck.« Staubfinger strich mit den Fingern über den zersprungenen Deckel, als wollte er den Toten mit der Wärme seiner Hand ins Leben zurückrufen. »Sein Geist soll dich heimsuchen, Basta!«, sagte er mit beschwörender Stimme. »Er soll dir meinen Namen ins Ohr flüstern bei jedem Schritt, den du tust ...«

Meggie sah, wie Bastas Hand zu der Kaninchenpfote wanderte.

»Das Ding wird dir nichts helfen!« Staubfingers Hand lag immer noch auf dem Sarkophag. »Armer Basta! Wird dir schon heiß? Fangen deine Glieder an zu zittern?«

Basta stieß mit dem Messer nach ihm, doch Staubfinger wich der Klinge leichtfüßig aus.

»Gib mir den Zettel, den du ihr zugesteckt hast!« Basta schrie es ihm ins Gesicht, doch Staubfinger schob den Zettel in seine Hosentasche. Meggie stand da, reglos wie eine Puppe. Aus dem Augenwinkel sah sie, wie ihre Mutter in die Tasche ihres Kleides griff. Als sie die Hand wieder herauszog, hielt sie einen Stein darin, grau und kaum größer als ein Vogelei.

Staubfinger strich mit den Händen über den Deckel des Sarkophags und streckte sie Basta entgegen. »Soll ich dich damit anfassen?«, fragte er. »Was passiert, wenn man einen Sarg berührt, in dem jemand liegt, der ermordet wurde? Sag schon. Du kennst dich mit solchen Dingen doch aus.« Wieder machte er einen Schritt zur Seite, wie ein Tänzer, der sein Gegenüber umkreist.

»Ich schneid dir deine stinkenden Finger ab, wenn du versuchst, mich anzufassen!«, brüllte Basta, das Gesicht zornrot. »Jeden einzelnen und deine Zunge dazu.« Wieder stieß er mit dem Messer zu, zerschnitt die Luft mit der blanken Klinge, aber Staubfinger wich ihr aus. Immer schneller sprang er um Basta herum, duckte sich, trat zurück und wieder vor, doch plötzlich hatte er sich selbst gefangen mit seinem verwegenen Tanz. Hinter ihm war nur noch die kahle Mauer, rechts von ihm das Gitter – und Basta kam auf ihn zu.

In dem Moment hob Meggies Mutter die Hand. Der Stein traf Bastas Kopf. Verblüfft fuhr er herum, sah sie an, als versuchte er, sich daran zu erinnern, wer sie sei, und presste die Hand an den blutenden Kopf. Meggie wusste nicht, wie Staubfinger es anstellte, aber plötzlich hielt er Bastas Messer in der Hand. Basta starrte die vertraute Klinge so entgeistert an, als könnte er nicht fassen, dass sie sich treulos gegen seine Brust richtete.

»Na, wie fühlt sich das an?« Staubfinger näherte die Messerspitze langsam Bastas Bauch. »Spürst du, wie weich dein Fleisch ist? So ein Körper ist ein zerbrechliches Ding und du kannst dir keinen neuen besorgen. Wie macht ihr das noch mal mit den Katzen und Eichhörnchen? Flachnase erzählt es zu gern ...«

»Ich jage keine Eichhörnchen.« Bastas Stimme klang heiser. Er versuchte, nicht auf die Klinge zu sehen; kaum eine Handbreit war sie von seinem blütenweißen Hemd entfernt.

»Ach ja, stimmt. Ich erinnere mich. Daran hast du weniger Spaß als die anderen.«

Bastas Gesicht war weiß. Alle Zornesröte war daraus verschwunden. Die Angst ist nicht rot. Die Angst ist blass wie das Gesicht eines Toten. »Was hast du jetzt vor?«, stieß er hervor. Er atmete schwer, als wäre er am Ersticken. »Glaubst du etwa, du kommst lebend aus dem Dorf heraus? Sie werden euch erschießen, bevor du über den Platz bist.«

»Nun, das ziehe ich einer Begegnung mit dem Schatten vor«, erwiderte Staubfinger. »Außerdem kann keiner von euch besonders gut schießen.«

Meggies Mutter trat neben ihn. Sie tat, als schriebe sie mit dem Finger in die Luft. Staubfinger griff in seine Hosentasche und gab ihr den Zettel. Basta folgte dem Papier mit den Augen, als könnte er es mit seinen Blicken an sich ziehen. Resa schrieb etwas darauf und gab es Staubfinger zurück. Mit gerunzelter Stirn las er, was sie geschrieben hatte. »Warten, bis es dunkel wird? Nein, ich will nicht warten. Aber vielleicht sollte das Mädchen besser hierbleiben.« Er sah Meggie an. »Capricorn wird ihr nichts tun. Sie ist schließlich seine neue Zauberzunge und irgendwann wird ihr Vater kommen und sie holen.« Staubfinger steckte den Zettel wieder ein und fuhr mit der Messerspitze an Bastas Hemdknöpfen entlang. Sie klickten, als das Metall sie berührte. »Geh schon zur Treppe, Resa«, sagte er. »Ich werde das hier erledigen, und dann schlendern wir über Capricorns Platz davon, als wären wir ein unschuldiges Liebespaar.«

Zögernd öffnete Resa die Zellentür. Sie trat vor das Gitter und griff nach Meggies Hand. Ihre Finger waren kalt und etwas rau, die Finger einer Fremden, doch das Gesicht war vertraut, auch wenn es auf dem Foto jünger und nicht so besorgt ausgesehen hatte.

»Resa! Wir können sie nicht mitnehmen!« Staubfinger griff nach Bastas Arm und stieß ihn mit dem Rücken gegen die Mauer. »Ihr Vater bringt mich um, wenn sie da draußen erschossen wird. Und jetzt dreh dich um und halt ihr die Augen zu, oder willst du, dass sie zusieht ...« Das Messer zitterte in seiner Hand. Resa sah ihn erschrocken an, sie schüttelte heftig den Kopf, aber Staubfinger tat, als sähe er sie nicht.

»Du musst fest zustoßen, Schmutzfinger!«, zischte Basta, während er die Hände gegen den Stein hinter sich presste. »Das Töten ist keine leichte Angelegenheit. Man muss es üben, um es gut zu machen.«

»Unsinn!« Staubfinger packte ihn an der Jacke und hielt ihm das Messer unters Kinn, so wie Basta es bei Mo gemacht hatte, damals, in der Kirche. »Jeder Dummkopf kann töten. Es ist leicht, so leicht, wie ein Buch ins Feuer zu werfen, eine Tür einzutreten oder einem Kind Angst zu machen.«

Meggie begann zu zittern, sie wusste selbst nicht, warum. Ihre

Mutter machte einen Schritt auf das Gitter zu, doch als sie Staubfingers versteinertes Gesicht sah, blieb sie stehen. Dann drehte sie sich um, zog Meggies Gesicht an ihre Brust und schlang die Arme fest um sie. Ihr Geruch kam Meggie vertraut vor, wie etwas lang Vergessenes, sie schloss die Augen und versuchte, an nichts zu denken, nicht an Staubfinger, nicht an das Messer und nicht an Bastas weißes Gesicht. Und dann, für einen schrecklichen Moment, hatte sie nur einen Wunsch – Basta tot auf dem Boden liegen zu sehen, reglos wie eine weggeworfene Puppe, ein hässliches, dummes Ding, vor dem man sich immer ein bisschen gefürchtet hatte ... Kaum einen Fingerbreit war das Messer von Bastas weißem Hemd entfernt, doch plötzlich griff Staubfinger ihm in die Hosentasche, zerrte die Zellenschlüssel heraus und machte einen Schritt zurück. »Ach was, du hast recht, ich versteh nichts vom Töten«, sagte er, während er sich rückwärts aus der Zelle schob. »Und für dich werd ich es nicht lernen.«

Auf Bastas Gesicht machte sich ein höhnisches Lächeln breit, doch Staubfinger beachtete es nicht. Er schloss die Gittertür zu, griff nach Resas Hand und zog sie zur Treppe. »Lass sie los!«, drängte er, als er sah, dass sie Meggie immer noch festhielt. »Glaub mir doch, ihr wird nichts geschehen und wir können sie nicht mitnehmen!« Aber Resa schüttelte nur den Kopf und schlang Meggie den Arm um die Schultern.

»He, Staubfinger!«, rief Basta. »Ich wusste, du stichst nicht. Gib mir mein Messer zurück. Du weißt eh nichts damit anzufangen!«

Staubfinger beachtete ihn nicht. »Sie werden dich töten, wenn du bleibst«, sagte er zu Resa, aber er ließ ihre Hand los.

»He, da oben!«, brüllte Basta. »Hierher! Alarm! Die Gefangenen wollen sich davonmachen!«

Erschrocken sah Meggie Staubfinger an. »Warum hast du ihn nicht geknebelt?«

»Womit denn, Prinzessin?«, fuhr Staubfinger sie an.

Resa zog Meggie an sich und strich ihr übers Haar.

»Erschießen, erschießen, sie werden euch erschießen!« Bastas Stimme überschlug sich. »Heeeee! Alaaarm!«, schrie er noch einmal und rüttelte an den Gitterstäben.

Oben wurden Schritte hörbar.

Staubfinger warf Resa einen letzten Blick zu. Dann stieß er einen leisen Fluch aus, drehte sich um und sprang die ausgetretenen Stufen hinauf.

Meggie konnte nicht hören, ob er die Tür oben aufstieß. Nur Bastas Geschrei klang ihr in den Ohren, hilflos lief sie auf ihn zu, sie wollte ihn schlagen, durch das Gitter, mitten in das schreiende Gesicht. Wieder hörte sie Schritte, gedämpfte Schreie ... was sollten sie nur tun? Jemand kam die Treppe heruntergepoltert. Kam Staubfinger zurück? Aber es war nicht sein Gesicht, das aus der Dunkelheit auftauchte, sondern das von Flachnase. Hinter ihm stolperte noch einer von Capricorns Männern die Treppe herunter. Er sah sehr jung aus, das Gesicht rund und bartlos, doch er richtete sofort die Flinte auf Meggie und ihre Mutter.

»He, Basta! Was machst du hinter dem Gitter?«, fragte Flachnase verblüfft.

»Schließ auf, du verdammter Hohlkopf!«, fuhr Basta ihn durch die Gitterstäbe an. »Staubfinger ist weg.«

»Staubfinger?« Flachnase fuhr sich mit dem Ärmel übers Gesicht. »Dann hatte der Junge hier doch recht. Kam gerade zu mir und erzählt, er hätte den Feuerspucker oben hinter einer Säule gesehen.«

»Du bist ihm nicht hinterher? Ja, bist du denn wirklich so blöd, wie du aussiehst?« Basta presste das Gesicht gegen die Stäbe, als könnte er sich hindurchzwängen.

»He, he, pass auf, was du sagst, klar?« Flachnase trat an das Gitter heran und musterte Basta mit sichtlichem Vergnügen. »Er hat dich also schon wieder reingelegt, der Schmutzfinger. Das wird Capricorn gar nicht gefallen.«

»Schick ihm jemanden nach!«, brüllte Basta. »Oder ich sag Capricorn, dass du ihn hast laufen lassen!«

Flachnase zog ein Taschentuch aus der Hosentasche und putzte sich geräuschvoll die Nase. »Ach ja? Wer steckt denn hinter dem Gitter, ich oder du? Er wird nicht weit kommen. Am Parkplatz stehen zwei Wachen, auf dem Platz stehen noch mal drei, und sein Gesicht kann man ja leicht erkennen, dafür hast du schließlich gesorgt, nicht wahr?« Sein Lachen klang wie Hundegebell. »Weißt du, an den Anblick könnte ich mich glatt gewöhnen! Dein Gesicht macht sich gut hinter Gittern. Da kannst du einem nicht frech kommen und mit deinem Messer unter der Nase herumfuchteln.«

»Schließ endlich die verdammte Tür auf!«, brüllte Basta. »Oder ich schneid dir deine hässliche Nase ab.«

Flachnase verschränkte die Arme. »Ich kann gar nicht aufschließen«, stellte er mit gelangweilter Stimme fest. »Der Schmutzfinger hat die Schlüssel mitgenommen. Oder siehst du sie irgendwo?« Fragend drehte er sich zu dem Jungen um, der Meggie und ihrer Mutter immer noch die Flinte entgegenhielt. Als er den Kopf schüttelte, grinste Flachnase über das ganze eingedrückte Gesicht. »Nein, er sieht ihn auch nirgendwo. Tja, da werde ich wohl mal zu Mortola gehen. Vielleicht hat sie ja einen Ersatzschlüssel.«

»Lass das Grinsen!«, schrie Basta. »Sonst schäl ich es dir von den Lippen.«

»Was du nicht sagst. Ich seh dein Messerchen gar nicht. Hat Staubfinger es dir etwa schon wieder gestohlen? Wenn das so weitergeht, kann er bald eine Sammlung aufmachen.« Flachnase wandte Basta den Rücken zu und zeigte auf die Zelle neben ihm. »Sperr die Frau dort ein und bewach sie, bis ich mit den Schlüsseln zurückkomme«, sagte er. »Ich bring erst mal die kleine Zauberzunge zurück.«

Meggie sträubte sich, als er sie mit sich zerrte, aber Flachnase hob sie kurzerhand hoch und warf sie sich über die Schulter. »Was hat die Kleine eigentlich hier unten gemacht?«, fragte er. »Weiß Capricorn davon?«

»Frag die Elster!«, fauchte Basta.

»Ich werd mich hüten«, brummte Flachnase, während er mit Meggie zur Treppe stapfte. Sie sah noch, wie der Junge ihre Mutter mit dem Flintenlauf in die andere Zelle stieß, dann waren da nur noch die Stufen und die Kirche und der staubige Platz, über den Flachnase sie schleppte wie einen Sack Kartoffeln.

»Na, hoffentlich ist dein Stimmchen nicht so dünn wie du!«, grunzte er, als er sie vor dem Zimmer, in das man sie und Fenoglio gesperrt hatte, wieder auf die Füße stellte. »Sonst wird der Schatten wohl etwas schwachbrüstig sein, wenn er heute Abend tatsächlich hier erscheint.«

Meggie antwortete nicht.

Als Flachnase die Tür aufschloss, ging sie ohne ein Wort an Fenoglio vorbei, kletterte auf ihr Bett und vergrub den Kopf in Mos Pullover.

Pech für Elinor

Dann beschrieb ihm Charley noch die genaue Lage der Polizeiwache und gab ihm dazu noch zahlreiche Anweisungen, wie er geradewegs durch den Torweg und dann im Hof rechter Hand die Stufen hinauf durch die Tür gehen sollte, und dass er den Hut abnehmen müsste, wenn er in das Amtszimmer käme. Danach forderte er ihn auf allein weiterzugehen und versprach ihm, dort, wo sie sich verabschiedeten, auf ihn zu warten.
Charles Dickens, Oliver Twist

Elinor war mehr als eine Stunde unterwegs, bis sie endlich einen Ort mit einer eigenen Polizeiwache fand. Das Meer war noch weit, aber die Hügel wurden schon flacher, und an den Hängen wuchs Wein statt des baumreichen Dickichts, das Capricorns Dorf umgab. Es würde ein furchtbar heißer Tag werden, noch heißer als die vergangenen, das spürte man schon jetzt. Als Elinor aus dem Auto stieg, hörte sie ein fernes Donnergrollen. Der Himmel über den Häusern war immer noch blau, doch es war ein dunkles Blau, dunkel wie tiefes Wasser. Unheilschwanger …

Sei nicht albern, Elinor!, dachte sie, während sie auf das blassgelb verputzte Haus zuging, in dem die Polizeiwache lag. Es kommt ein Gewitter, das ist alles, oder wirst du jetzt schon ebenso abergläubisch wie dieser Basta?

Es saßen zwei Beamte in dem engen Büro, als Elinor eintrat. Sie hatten ihre Uniformjacken über die Stühle gehängt. Die Luft war so stickig, dass man sie hätte in Flaschen füllen können, trotz des großes Ventilators, der sich unter der Decke drehte.

Der jüngere von den beiden, breit und kurznasig wie ein Mops, lachte Elinor schon aus, während sie ihre Geschichte noch erzählte, und fragte sie, ob sie vielleicht deshalb einen so roten Kopf habe, weil der Wein dieser Gegend ihr etwas zu gut schmecke. Elinor hätte ihn von seinem Stuhl gekippt, wenn der andere sie nicht beruhigt hätte. Es war ein hagerer, langer Kerl mit melancholischem Blick und dunklem Haar, das sich über der Stirn lichtete.

»Hör schon auf!«, wies er den anderen zurecht. »Lass sie ihre Geschichte wenigstens zu Ende erzählen.« Er lauschte mit unbewegtem Gesicht, während Elinor von Capricorns Dorf und seinen schwarzen Männern erzählte, runzelte die Stirn, als sie von Brandstiftung und toten Hähnen sprach, und hob die Augenbrauen, als sie zu Meggie und der geplanten Hinrichtung kam. Von dem Buch und davon, wie diese Hinrichtung vonstatten gehen sollte, erwähnte sie natürlich nichts. Noch vor zwei Wochen hätte sie schließlich selbst kein Wort davon geglaubt.

Als sie mit ihrem Bericht am Ende war, schwieg ihr Zuhörer eine Weile. Er ordnete die Bleistifte auf seinem Schreibtisch, legte ein paar Papiere zusammen und blickte sie schließlich nachdenklich an. »Ich habe schon von diesem Dorf gehört«, sagte er.

»Natürlich, jeder hat davon gehört!«, spottete der andere. »Das Dorf des Teufels, das verfluchte Dorf, das sogar die Schlangen meiden. Die Wände der Kirche sind mit Blut bestrichen und durch die Gassen streichen schwarze Männer, die in Wirklichkeit Totengeister sind und Feuer in ihren Taschen tragen. Es reicht, nur in die Nähe zu kommen, und schon löst man sich in Luft auf. Puff!« Er hob die Hände und klatschte sie über dem Kopf zusammen.

Elinor musterte ihn mit eisigem Blick. Sein Kollege lächelte, aber dann stand er mit einem Seufzer auf, zog sich umständlich die Jacke an und winkte Elinor, ihm zu folgen. »Ich seh mir das mal an!«, sagte er über die Schulter.

»Wenn du nichts Besseres zu tun hast!«, rief der andere ihm hinterher und lachte so laut, dass Elinor fast zurückgegangen wäre, um ihn doch noch von seinem Stuhl zu kippen. Kurze Zeit später saß sie auf dem Beifahrersitz eines Polizeiwagens, und vor ihr wand sich dieselbe kurvenreiche Straße durch die Hügel, die sie gekommen war. Du meine Güte, warum habe ich das bloß nicht eher getan?, dachte sie immer wieder. Nun wird alles gut, alles. Niemand wird erschossen oder hingerichtet, Meggie bekommt ihren Vater zurück und Mortimer seine Tochter. Ja, alles wird gut! Dank Elinor! Sie hätte singen können, tanzen (auch wenn sie das nicht besonders gut konnte). Noch nie in ihrem Leben war sie mit sich so zufrieden gewesen. Da sollte noch einer behaupten, sie käme mit der realen Welt nicht zurecht.

Der Polizist neben ihr sagte kein Wort. Er blickte nur auf die Straße, nahm Kurve für Kurve in einem Tempo, das Elinors Herzschlag immer wieder schmerzhaft beschleunigte, und knetete ab und zu geistesabwesend sein rechtes Ohrläppchen. Er schien den Weg zu kennen. Er zögerte nicht ein einziges Mal, wenn die Straße sich teilte, an keiner Abzweigung fuhr er in die falsche Richtung. Elinor musste daran denken, wie endlos lange sie und Mo nach dem Dorf gesucht hatten, und dann, ganz plötzlich, kam ihr ein etwas beunruhigender Gedanke.

»Es sind ziemlich viele!«, sagte sie mit unsicherer Stimme, als sie gerade wieder eine Kurve mit solchem Schwung nahmen, dass der Abgrund zu ihrer Linken bedrohlich nahe kam. »Dieser Capricorn hat ziemlich viele Männer. Und sie sind bewaffnet, auch wenn sie wohl nicht besonders gut zielen können. Sollten Sie da nicht um Verstärkung bitten?« So war es doch immer in diesen Filmen, diesen lächerlichen Filmen, in denen es nur um Verbrecher und Polizisten ging. Da wurde immer um Verstärkung gebeten.

Der Polizist fuhr sich durch das schüttere Haar und nickte, als hätte er daran natürlich selbst auch längst gedacht. »Sicher, sicher!«, sagte er, während er mit abwesender Miene nach seinem Funkgerät griff. »Verstärkung kann da bestimmt nicht schaden, aber sie sollte sich im Hintergrund halten. Schließlich geht es erst einmal darum, ein paar Fragen zu stellen.«

Er forderte über Funk fünf Männer an. Nicht viel gegen Capricorns Schwarzjacken, wie Elinor fand, aber besser als nichts – auf jeden Fall besser als ein verzweifelter Vater, ein arabischer Junge und eine etwas übergewichtige Büchersammlerin.

»Das ist es!«, sagte sie, als Capricorns Dorf in der Ferne auftauchte, grau und unscheinbar in all dem dunklen Grün.

»Ja, das dachte ich mir!«, antwortete der Polizist und von da an schwieg er wieder. Als er dem Posten auf dem Parkplatz nur kurz zunickte, wollte Elinor sich einfach nichts Schlechtes dabei denken. Erst als er mit ihr vor Capricorn stand, in der rot getünchten Kirche, und sie ihm übergab wie ein Ding, das er gefunden hatte und nun dem rechtmäßigen Besitzer zurückerstattete, musste sie es sich eingestehen – dass nichts gut werden würde. Dass nun alles verloren war und sie so dumm gewesen war, so furchtbar dumm.

»Sie erzählt schlimme Sachen über Euch herum«, hörte sie den Polizisten sagen. Er mied es, Elinor anzusehen. »Sie hat da etwas von Kindesentführung gesagt. Das wäre eine andere Sache als Brandstiftung ...«

»Und es ist Unsinn!«, beantwortete Capricorn gelangweilt die unausgesprochene Frage. »Ich liebe Kinder – wenn sie mir nicht zu nahe kommen. Ansonsten stören sie nur die Geschäfte.«

Der Polizist nickte und betrachtete unglücklich seine Hände. »Sie hat auch noch etwas von einer Hinrichtung gesagt …«

»Wirklich?« Capricorn musterte Elinor, als könnte er nur staunen über so viel Phantasie. »Nun, du weißt, so etwas habe ich gar nicht nötig. Die Leute tun, was ich sage, auch ohne dass ich zu drastischeren Maßnahmen greifen muss.«

»Natürlich!«, murmelte der Polizist und nickte. »Natürlich.«

Er hatte es sehr eilig, wieder fortzukommen. Als seine schnellen, abgehackten Schritte verklangen, lachte Cockerell, der die ganze Zeit auf den Stufen gesessen hatte. »Drei kleine Kinder hat er, nicht wahr? Ja, man sollte allen Polizisten vorschreiben, kleine Kinder zu haben. Bei diesem war es besonders leicht, Basta musste sich bloß zweimal vor die Schule stellen. Wie sieht es aus? Sollen wir vorsichtshalber noch einen Besuch bei ihm zu Hause machen? Zur Auffrischung des guten Eindrucks?« Fragend sah er Capricorn an, aber der schüttelte den Kopf.

»Nein, ich denke, das ist nicht nötig! Lass uns lieber darüber nachdenken, was wir mit unserem Gast hier anfangen. Was tun wir mit jemandem, der so schlimme Dinge über uns erzählt?«

Elinor wurden die Knie weich, als seine blassen Augen sich auf sie richteten. Wenn Mortimer mir jetzt anbieten würde, mich in irgendein Buch zu lesen, dachte sie, ich würde es tun! Ich würde nicht mal wählerisch sein.

Hinter ihr standen noch drei oder vier von den Schwarzjacken, weglaufen war also sinnlos. Jetzt kannst du dich nur noch mit Würde in dein Schicksal ergeben, Elinor!, dachte sie.

Aber von so etwas zu lesen war viel leichter, als es zu tun.

»Die Gruft oder die Ställe?«, fragte Cockerell, während er auf sie zuschlenderte. Die Gruft?, dachte Elinor. Darüber hat Staubfinger doch irgendetwas gesagt? Es ist nichts Gutes gewesen ...

»Die Gruft? Warum nicht? Loswerden müssen wir sie, wer weiß, wen sie sonst als Nächstes herbringt.« Capricorn verbarg ein Gähnen hinter der vorgehaltenen Hand. »Gut, dann bekommt der Schatten heute Abend eben noch etwas mehr zu tun. Das wird ihm gefallen.«

Elinor wollte etwas sagen, irgendetwas Verwegenes, Heldenhaftes, doch ihre Zunge war zu nichts zu gebrauchen. Wie taub lag sie in ihrem Mund. Cockerell hatte sie schon bis zu der lächerlichen Statue gezerrt, als Capricorn ihn noch einmal zurückrief.

»Ich habe ganz vergessen, sie nach Zauberzunge zu fragen!«, rief er. »Frag, ob sie zufällig weiß, wo er sich zurzeit aufhält.«

»Na los, raus damit!«, knurrte Cockerell und packte ihren Nacken, als wollte er die Worte aus ihr herausschütteln. »Wo steckt er?«

Elinor presste die Lippen aufeinander. Schnell, Elinor, schnell, eine gute Antwort!, dachte sie, und plötzlich funktionierte ihre Zunge wieder.

»Was fragst du mich das?«, rief sie Capricorn zu, der immer noch in seinem Sessel saß, so blass, als hätte man ihn zu lange gewaschen, als hätte die Sonne, die draußen auf den Platz brannte, ihn ausgebleicht. »Du weißt die Antwort doch am besten. Er ist tot. Deine Männer haben ihn erschossen, ihn und den Jungen.« Sieh ihn an, Elinor!, dachte sie. Ganz fest, so wie du früher deinen Vater angesehen hast, wenn er dich mit dem falschen Buch erwischt hat. Ein paar Tränen wären auch nicht schlecht. Komm schon, denk einfach an deine Bücher, all die verbrannten Bücher! Denk an die letzte Nacht, an die Angst, die Verzweiflung – und wenn das alles nichts hilft, dann kneif dich!

Capricorn betrachtete sie nachdenklich.

»Na bitte!«, rief Cockerell ihm zu. »Ich wusste doch, dass wir ihn getroffen haben!«

Elinor blickte Capricorn immer noch an, er verschwamm hinter dem Schleier ihrer falschen Tränen.

»Nun, wir werden sehen«, sagte er langsam. »Meine Männer suchen eh die Hügel nach einem entflohenen Gefangenen ab. Ich nehme nicht an, dass du mir verrätst, wo sie nach den beiden Toten suchen sollen?«

»Ich habe sie begraben und ich werde bestimmt nicht verraten wo.« Elinor spürte, wie ihr eine Träne die Nase herunterrann. Bei allen Buchstaben der Welt, Elinor!, dachte sie. An dir ist eine Schauspielerin verloren gegangen.

»Begraben, so, so.« Capricorn spielte mit den Ringen an seiner linken Hand. Gleich drei trug er, er rückte sie mit gerunzelter Stirn zurecht, als hätten sie ohne seine Erlaubnis ihren Platz verlassen.

»Deshalb bin ich zur Polizei gegangen!«, sagte Elinor. »Um sie zu rächen, sie und meine Bücher.«

Cockerell lachte. »Deine Bücher musstest du nicht begraben, nicht wahr? Was haben sie gut gebrannt, wie allerbestes Feuerholz, und ihre Seiten – die haben gezittert wie bleiche Fingerchen.« Er hob die Hände und machte es nach. Elinor schlug ihm ins Gesicht, mit aller Kraft, und davon hatte sie nicht wenig. Blut quoll aus Cockerells Nase. Er wischte es mit der Hand ab und betrachtete es, als wäre er überrascht, dass etwas so Rotes aus ihm herausfließen konnte. »Nun sieh dir das an!«, sagte er und zeigte Capricorn die blutverschmierten Finger. »Du wirst sehen, die wird dem Schatten mehr zu schaffen machen als Basta.«

Als er sie mit sich zog, schritt Elinor hoch erhobenen Hauptes neben ihm. Erst als sie die Treppe sah, die schon nach wenigen, steilen Stufen in einem bodenlosen, schwarzen Loch verschwand, verließ sie für einen Moment der Mut. Die Gruft, natürlich, jetzt fiel es ihr ein, der Platz für die Todgeweihten. So riechen tat es auf jeden Fall, modrig und feucht, wie man sich das Parfüm des Todes eben vorstellt.

Elinor traute zuerst ihren Augen nicht, als sie Bastas schmale Gestalt an den Gitterstäben lehnen sah. Sie hatte gedacht, sie hätte sich verhört bei Cockerells letztem Satz, doch da war er, Basta, eingesperrt wie ein Tier im Käfig, dieselbe Angst, dieselbe Hoffnungslosigkeit in den Augen. Nicht mal Elinors Anblick munterte ihn auf. Er sah durch sie hindurch, durch sie und durch Cockerell, als wären sie zwei der Geister, vor denen er sich so fürchtete.

»Was tut er hier?«, fragte Elinor. »Sperrt ihr euch jetzt schon gegenseitig ein?«

Cockerell zuckte die Achseln. »Soll ich es ihr sagen?«, fragte er Basta, doch er erhielt keine Antwort, nur denselben leeren Blick. »Erst hat er Zauberzunge entwischen lassen und jetzt Staubfinger. So verdirbt man es sich mit dem Chef, auch wenn man sich für seinen ganz persönlichen Liebling hält. Na ja, das Feuerlegen kriegst du ja schon seit Jahren nicht mehr hin.« Der Blick, mit dem er Basta musterte, war voll Schadenfreude.

Frau Loredan, es wird Zeit, über Ihr Testament nachzudenken!, dachte Elinor, während Cockerell sie weiterstieß. Wenn Capricorn jetzt schon seinen treuesten Hund umbringen lässt, dann wird er bei Ihnen bestimmt nicht zögern.

»He, du könntest ruhig etwas fröhlicher gucken!«, rief Cockerell Basta zu, während er einen Schlüsselbund aus der Jackentasche fischte. »Schließlich hast du jetzt schon zwei Frauen zur Gesellschaft.«

Basta lehnte die Stirn gegen das Gitter. »Ihr habt den Feuerfresser immer noch nicht?«, fragte er tonlos. Seine Stimme klang, als hätte er sie sich heiser geschrien.

»Nein, aber die Dicke hier sagt, dass wir Zauberzunge erwischt haben. Mausetot soll er sein. Offenbar hat Flachnase doch mal getroffen. Na ja, er hat ja genug an den Katzen geübt.«

Hinter der Gittertür, die Cockerell für sie aufschloss, regte sich etwas. Eine Frau saß in der Dunkelheit, den Rücken gegen etwas gelehnt, das verdächtig nach einem steinernen Sarg aussah. Zuerst konnte Elinor ihr Gesicht nicht sehen. Doch dann richtete sie sich auf.

»Gesellschaft für dich, Resa!«, rief Cockerell, während er Elinor durch die offene Tür stieß. »Ihr könnt ja ein bisschen miteinander plaudern!«

Er lachte laut, während er davonstapfte.

Elinor aber wusste nicht, ob sie lachen oder weinen sollte. Sie hätte ihre Lieblingsnichte gern an einem anderen Ort wiedergesehen.

Mit knapper Not

»Ich weiß nicht, was es ist«, antwortete Fiver unglücklich.
»Im Augenblick gibt es hier keine Gefahr, aber sie kommt – sie kommt.«
Richard Adams, Unten am Fluss

Farid hörte Schritte, als sie gerade dabei waren, die Fackeln zu drehen.

Sie mussten noch fester und größer sein als die, die Staubfinger bei seinen Vorführungen benutzte. Schließlich sollten sie lange brennen. Die Haare hatte er Zauberzunge auch schon gestutzt, mit dem Messer, das Staubfinger ihm geschenkt hatte. Bürstenkurz waren sie nun, das veränderte Zauberzunges Aussehen wenigstens etwas. Farid hatte ihm auch gezeigt, mit welcher Erde er sich das Gesicht einreiben musste, damit seine Haut dunkler aussah. Diesmal durfte niemand sie erkennen, diesmal nicht – doch dann hörte er die Schritte. Und Stimmen: Eine schimpfte, die andere lachte und rief etwas. Sie waren noch zu weit entfernt, um die Worte verstehen zu können.

Zauberzunge raffte die Fackeln zusammen, Gwin schnappte nach Farids Fingern, als er ihn unsanft in den Rucksack stopfte. »Wohin, Farid, wohin?«, flüsterte Zauberzunge.

»Ich weiß!« Farid warf sich den Rucksack über die Schulter und zog ihn mit sich, zu den verkohlten Mauerresten. Er kletterte über die schwarzen Steine, dort, wo mal ein Fenster gewesen war, sprang in das ausgedörrte Gras hinter der Mauer und bückte sich. Die Metallplatte, die er zur Seite zerrte, war verzogen vom Feuer, von Steinkraut überwuchert. Wie Schnee bedeckten die winzigen weißen Blüten das Blech. Farid hatte die Platte entdeckt, als er darauf gesprungen war, in den langen Stunden, die er mit Staubfinger hier verbracht hatte, mit dem schweigsamen, ewig verschlossenen Staubfinger. Von der Mauer ins Gras, vom Gras auf die Mauer war er gehüpft, um die Stille und die Langweile zu vertreiben, und dabei hatte er es entdeckt – das Loch unter der Platte. Ihm war aufgefallen, wie hohl es darunter klang. Vielleicht war der unterirdische Verschlag ursprünglich nichts als ein Platz für leicht verderbliche Vorräte gewesen, doch wenigstens einmal schon hatte er auch als Versteck gedient.

Zauberzunge fuhr zurück, als er das Skelett in der Dunkelheit berührte. Klein sah es aus, kaum groß genug für das eines Erwachsenen, ganz friedlich lag es da, in dem engen, unterirdischen Verschlag, zusammengekauert, als hätte es sich zum Schlafen gelegt. Vielleicht hatte Farid deshalb keine Angst davor, weil es so friedlich aussah. Wenn es hier unten einen Geist gab, da war er sicher, dann war es nur eine traurige, blasse Gestalt, vor der man sich nicht fürchten musste.

Es war eng, als Farid die Platte wieder über das Loch gezogen hatte. Zauberzunge war groß, fast zu groß für den Verschlag, aber seine Nähe war beruhigend, auch wenn sein Herz ebenso schnell schlug wie das von Farid. Der Junge spürte es, als sie so nebeneinanderhockten, jeden einzelnen Schlag, während sie beide nach oben lauschten.

Die Stimmen kamen näher, doch sie waren nur undeutlich zu hören, die Erde dämpfte sie wie etwas aus einer anderen Welt. Einmal trat ein Fuß auf das Blech und Farid krallte die Finger in Zauberzunges Arm. Er ließ ihn nicht wieder los, bis es still wurde über ihren Köpfen. Es dauerte sehr lange, bis sie der Stille trauten, so endlos lange, dass Farid ein paar Mal den Kopf wendete, weil ihm war, als hätte das Skelett sich geregt.

Sie waren wirklich fort, als Zauberzunge die Platte vorsichtig anhob und hinauslugte. Nur die Grillen zirpten unermüdlich und von der verkohlten Mauer flatterte erschrocken ein Vogel auf.

Sie hatten alles mitgenommen, ihre Decken, Farids Pullover, in den er nachts wie in ein Schneckenhaus geschlüpft war, selbst die blutigen Binden, die Zauberzunge ihm um die Stirn gewunden hatte, in der Nacht, in der sie fast erschossen worden wären.

»Was soll's?«, sagte Zauberzunge, als sie neben ihrer kalten Feuerstelle standen. »Heute Abend werden wir unsere Decken nicht brauchen.« Dann fuhr er Farid durch das schwarze Haar. »Was würde ich bloß ohne dich machen, Meisteranschleicher, Kaninchenfänger, Versteckefinder?«, sagte er.

Und Farid starrte auf seine nackten Zehen und lächelte.

Ein so zerbrechliches Ding

Als sie sagte, sie hoffe, dass Tinker Bell sich freuen würde, fragte er: »Wer ist Tinker Bell?«
»Aber Peter!«, sagte sie schockiert. Doch als sie es ihm erklärte, konnte er sich nicht erinnern.
»Es gibt so viele davon«, sagte er. »Ich nehme an, sie ist tot.«
Ich nehme an, er hatte Recht, denn Feen leben nicht lange, aber sie sind so klein, dass ihnen die kurze Zeit nicht besonders kurz vorkommt.
James M. Barrie, Peter Pan

Capricorns Männer suchten am falschen Ort nach Staubfinger. Er hatte es nicht geschafft, aus dem Dorf zu entkommen. Er hatte es nicht einmal versucht. Staubfinger war in Bastas Haus.

Es lag in einer Gasse gleich hinter Capricorns Hof, umgeben von leeren Häusern, in denen nur Katzen und Ratten hausten. Basta mochte keine Nachbarn, er mochte überhaupt keine Gesellschaft außer der von Capricorn. Staubfinger war sich sicher: Basta hätte auf Capricorns Türschwelle geschlafen, wenn er es ihm erlaubt hätte, doch keiner seiner Männer wohnte im Haupthaus. Sie hielten Wache dort, das war alles. Essen taten sie in der Kirche und schlafen in einem der vielen leeren Häuser des Dorfes, das war eine unumstößliche Regel. Die meisten zogen ständig um, lebten mal in dem einen und, wenn es dort durchs Dach leckte, eben in einem anderen Haus. Nur Basta hauste, seit sie in das Dorf gekommen waren, am selben Platz. Staubfinger vermutete, dass er sich dieses Haus ausgesucht hatte, weil neben der Schwelle Johanniskraut wuchs. Schließlich hatte keine andere Pflanze so sehr den Ruf, alles Böse fernzuhalten – von dem Bösen, das in Bastas Herz nistete, einmal abgesehen.

Es war ein Haus aus grauem Stein, wie die meisten Häuser des Dorfes, mit schwarz gestrichenen Fensterläden, die Basta meist geschlossen hielt und auf die er Zeichen gepinselt hatte, die seiner Meinung nach ebenso das Unglück fernhielten wie die gelben Blüten des Johanniskrauts. Manchmal glaubte Staubfinger, dass Bastas ständige Angst vor Flüchen und plötzlichem Unheil nur daher kam, dass er sich vor der eigenen Finsternis fürchtete und aus ihr schloss, dass der Rest der Welt genauso beschaffen sein musste.

Staubfinger hatte Glück gehabt, dass er es bis zu Bastas Haus geschafft hatte. In einen ganzen Schwarm von Capricorns Männern war er hineingerannt, kaum dass er aus der Kirche gestolpert war. Natürlich hatten sie ihn gleich erkannt. Ja, dafür hatte Basta wahrlich gesorgt, für alle Zeiten. Ihre Verblüffung hatte Staubfinger gerade genug Zeit gegeben, in einer der Gassen zu verschwinden. Aber zum Glück kannte Staubfinger jeden Winkel des verfluchten Dorfes. Zuerst hatte er sich zum Parkplatz durchschlagen wollen und von dort in die Hügel, aber dann war ihm Bastas leeres Haus eingefallen. Durch Mauerlöcher hatte er sich gezwängt, war durch Keller gekrochen und hatte sich hinter den Brüstungen nie genutzter Balkone geduckt. Wenn es ums Verstecken ging, machte selbst Gwin ihm nichts vor, und es kam ihm nun zugute, dass ihn eine seltsame Neugier schon immer dazu getrieben hatte, die verborgenen und vergessenen Winkel dieses und jedes anderen Ortes zu erkunden.

Er war außer Atem, als er Bastas Haus erreichte. Basta war

vermutlich der Einzige in Capricorns Dorf, der seine Haustür abschloss, aber das Schloss war kein Hindernis. Staubfinger versteckte sich auf dem Dachboden, bis sein Herzschlag langsamer ging, auch wenn dort die Holzbohlen so morsch waren, dass er bei jedem Schritt fürchtete durchzubrechen. In Bastas Küche fand er genug zu essen, wie ein Wurm hatte der Hunger schon an seinen Magenwänden gezwackt. Weder er noch Resa hatten etwas zu essen bekommen, seit man sie in die Netze gesteckt hatte, und es war ein doppeltes Vergnügen, sich mit Bastas Vorräten den Bauch zu füllen.

Als er halbwegs satt war, öffnete er einen der Fensterläden einen Spalt weit, damit er es rechtzeitig hörte, wenn sich Schritte näherten, doch das einzige Geräusch, das an sein Ohr drang, war ein Klingeln, so schwach, dass es kaum wahrnehmbar war. Erst da fiel ihm die Fee ein, die Fee, die Meggie hergelesen hatte in diese feenlose Welt.

Er fand sie in Bastas Schlafzimmer. Nichts als ein Bett stand darin und eine Kommode, auf der, sorgsam aufgereiht, Ziegelsteine lagen, jeder von ihnen mit Ruß bedeckt. Es ging im Dorf das Gerücht, dass Basta sich von jedem Haus, das Capricorn anstecken ließ, einen Stein mitnahm, auch wenn er das Feuer inzwischen fürchtete. Offenbar war die Geschichte wahr. Auf einem der Steine stand ein Glaskrug, von dem ein mattes Leuchten ausging, kaum heller, als es ein Glühwürmchen hervorgebracht hätte. Die Fee lag auf dem Boden, zusammengerollt wie ein Schmetterling, der gerade erst aus dem Kokon geschlüpft war. Basta hatte einen Teller auf die Öffnung des Kruges gestellt, doch das zerbrechliche Ding sah nicht so aus, als hätte es noch die Kraft zu fliegen.

Als Staubfinger den Teller fortnahm, hob die Fee nicht einmal den Kopf. Staubfinger schob die Hand in das gläserne Gefängnis und hob das kleine Geschöpf behutsam heraus. Ihre Glieder waren so zart, dass er Angst hatte, seine Finger würden sie zerbrechen. Die Feen, die er kannte, hatten anders ausgesehen, kleiner, aber kräftiger gebaut, mit veilchenblauer Haut und vier schillernden Flügeln. Diese hatte dieselbe Hautfarbe wie ein Mensch, ein sehr blasser Mensch, und ihre Flügel glichen nicht denen einer Libelle, sondern eher denen eines Schmetterlings. Ob sie trotzdem dieselbe Lieblingsspeise hatte wie die Feen, die er kannte? Es war einen Versuch wert, sie sah schon jetzt halb tot aus.

Staubfinger holte das Kissen von Bastas Bett, legte es auf den blank geputzten Küchentisch (alles in Bastas Haus war blank geputzt, sauber wie sein immer blütenweißes Hemd) und bettete die Fee darauf. Dann füllte er eine Schale mit Milch und stellte sie neben dem Kissen auf den Tisch. Sie schlug sofort die Augen auf – was die feine Nase und die Vorliebe für Milch betraf, schien sie sich also nicht von den Feen zu unterscheiden, die er kannte. Er tauchte den Finger in die Milch und ließ einen weißen Tropfen auf ihre Lippen fallen. Sie leckte ihn ab wie eine hungrige kleine Katze. Einen nach dem anderen träufelte Staubfinger ihr in den Mund, bis sie sich aufsetzte und matt mit den Flügeln schlug. Ihr Gesicht hatte schon wieder etwas Farbe bekommen, doch von dem, was sie schließlich mit mattem Klingeln von sich gab, verstand er kein Wort, obwohl er drei Feensprachen beherrschte.

»Wie schade!«, flüsterte er, während sie die Flügel spreizte und noch etwas unsicher zur Decke hinaufflatterte. »So kann ich dich natürlich auch nicht fragen, ob du mich vielleicht unsichtbar machen kannst oder so klein, dass du mich zu Capricorns Festplatz tragen könntest.«

Die Fee blickte auf ihn herab, klingelte etwas für seine Ohren Unverständliches und ließ sich auf der Kante des Küchenschrankes nieder.

Staubfinger setzte sich auf den einzigen Stuhl, der an Bastas Küchentisch stand, und sah zu ihr hinauf. »Trotzdem«, sagte er. »Es tut gut, endlich wieder eine wie dich zu sehen. Wenn das Feuer in dieser Welt nun noch etwas mehr Humor hätte und ab und zu ein Kobold oder ein Glasmann den Kopf zwischen den Bäumen hervorstrecken würde – vielleicht könnte ich mich dann ja doch noch an den Rest gewöhnen, an den Lärm, die Hast, das Gedränge und daran, dass man den Menschen kaum je entkommt – und an die helleren Nächte ...«

Er saß noch lange so da, in der Küche seines ärgsten Feindes, und sah der Fee dabei zu, wie sie durch den Raum schwirrte, alles untersuchte (Feen sind neugierig, diese machte offenbar keine Ausnahme) und immer wieder von der Milch naschte, bis er ihr die Schale ein zweites Mal füllte. Ein paar Mal näherten sich Schritte, doch sie gingen jedes Mal vorbei. Wie gut, dass Basta keine Freunde hatte. Die Luft, die durch das Fenster hereindrang, war schwül und machte ihn schläfrig, und der schmale Streifen Himmel über den Häusern würde noch viele Stunden hell bleiben. Genug Zeit, um darüber nachzudenken, ob er zu Capricorns Fest gehen sollte oder nicht.

Warum sollte er hingehen? Das Buch konnte er sich später holen, irgendwann, wenn die Aufregung im Dorf vergessen war und alles wieder seinen alltäglichen Gang ging. Und was war mit Resa? Was sollte schon mit ihr sein? Der Schatten würde sie holen. Daran war nichts zu ändern. Niemand konnte daran etwas ändern, auch Zauberzunge nicht, falls er wirklich so verrückt sein sollte, es zu versuchen. Aber er wusste ja gar nichts von ihr und um seine Tochter musste man sich keine Sorgen machen. Schließlich war sie nun Capricorns liebstes Spielzeug. Er würde nicht zulassen, dass der Schatten ihr etwas zuleide tat.

Nein, ich werde nicht hingehen, dachte Staubfinger, wozu? Ich kann ihnen nicht helfen. Ich werde mich hier eine Weile verstecken. Morgen gibt es keinen Basta mehr, das ist doch schon etwas wert. Vielleicht verschwinde ich dann auch, für immer, fort von hier … Nein. Er wusste, dass er das nicht tun würde. Nicht, solange das Buch hier war.

Die Fee war ans Fenster geflogen. Neugierig lugte sie hinaus auf die Gasse.

»Vergiss es. Bleib hier!«, sagte Staubfinger. »Das da draußen ist nichts für dich, glaub mir.«

Fragend sah sie ihn an. Dann legte sie die Flügel zusammen und kniete sich auf das Fensterbrett. Und dort blieb sie, als könnte sie sich nicht entscheiden zwischen dem stickigen Zimmer und der fremden Freiheit da draußen.

Die richtigen Sätze

Das war das Fürchterliche: dass aus diesem Schlamm der tiefsten Tiefen Stimmen und Schreie zu kommen schienen, dass der formlose Staub sich bewegte und sündigte, dass, was tot war und keine Gestalt besaß, sich die Äußerungen des Lebens anmaßte.
Robert L. Stevenson, Der seltsame Fall von Dr. Jekyll & Mr Hyde

Fenoglio schrieb und schrieb, doch die Blätter, die er unter der Matratze versteckt hatte, wurden nicht zahlreicher. Immer wieder holte er sie hervor, strich an ihnen herum, zerriss eins und legte ein anderes dazu. »Nein, nein, nein!«, hörte Meggie ihn leise schimpfen. »Das ist es noch nicht, nein.«

»In ein paar Stunden wird es schon dunkel!«, sagte sie irgendwann besorgt. »Was, wenn du nicht fertig wirst?«

»Ich bin ja fertig!«, fuhr er sie gereizt an. »Ich bin schon ein Dutzend Mal fertig gewesen, aber ich bin nicht zufrieden.« Er senkte die Stimme zu einem Wispern, bevor er weitersprach: »Da gibt es so viele Fragen: Was, wenn der Schatten auf dich oder mich oder die Gefangenen losgeht, nachdem er Capricorn getötet hat? Und – gibt es wirklich nur die Lösung, Capricorn töten zu lassen? Was soll danach mit seinen Männern geschehen? Was mach ich mit denen?«

»Na, was schon? Der Schatten muss sie alle töten!«, flüsterte Meggie zurück. »Wie sollen wir sonst jemals wieder nach Hause kommen oder meine Mutter retten?«

Fenoglio gefiel diese Antwort nicht. »Himmel, was bist du doch für ein herzloses Ding!«, flüsterte er. »Sie alle töten! Hast du gesehen, wie jung einige von ihnen sind?« Er schüttelte den Kopf. »Nein, ich bin schließlich kein Massenmörder, ich bin Schriftsteller! Da wird mir doch wohl eine unblutigere Lösung einfallen.«

Und wieder begann er zu schreiben ... und durchzustreichen ... und wieder zu schreiben, während draußen die Sonne immer tiefer sank, bis ihre Strahlen die Kuppen der Hügel mit einem Saum aus Gold versahen.

Jedes Mal, wenn sich draußen auf dem Flur Schritte näherten, versteckte Fenoglio, was er geschrieben hatte, unter seiner Matratze, doch niemand kam, um nachzusehen, was der alte Mann da so pausenlos auf weiße Blätter kritzelte. Denn Basta saß in der Gruft.

Die Posten, die vor ihrer Tür gelangweilt Wache standen, bekamen an diesem Nachmittag oft Besuch. Offenbar waren auch die Männer von Capricorns Außenposten ins Dorf gekommen, um die Hinrichtung zu sehen. Meggie drückte ihr Ohr an die Tür und belauschte ihre Gespräche: Sie lachten viel und ihre Stimmen klangen aufgeregt. Alle freuten sich auf das, was sie erwartete. Nicht einer schien Mitleid für Basta zu empfinden, im Gegenteil, es schien den Reiz nur zu erhöhen, dass Capricorns ehemaliger Liebling in dieser Nacht sterben sollte. Von ihr selbst sprachen sie natürlich auch. Die kleine Hexe nannten sie sie, das Zauberbalg, und nicht alle schienen von ihren Fähigkeiten überzeugt zu sein.

Was Bastas Henker betraf, so erfuhr Meggie nicht mehr als das, was Fenoglio ihr ohnehin schon erzählt hatte und was ihr von dem, was die Elster sie hatte lesen lassen, im Gedächtnis geblieben war. Viel war das nicht, doch sie hörte die Angst in den

Stimmen vor der Tür und das ehrfürchtige Grauen, das alle bei der Erwähnung seines namenlosen Namens überkam. Nicht alle kannten den Schatten, nur die, die wie Capricorn aus Fenoglios Buch stammten, doch gehört hatten sie offenbar alle schon von ihm – und sie malten sich in den schwärzesten Farben aus, wie er sich über die Gefangenen hermachen würde. Wie genau er seine Opfer tötete, darüber gab es offenbar verschiedene Meinungen, aber die Vermutungen, die sie belauschte, wurden schrecklicher und schrecklicher, je näher der Abend rückte, bis Meggie nicht mehr ertrug, was sie hörte, sich ans Fenster setzte und die Hände auf die Ohren presste.

Es war sechs Uhr – die Kirchturmglocke begann gerade zu schlagen –, als Fenoglio plötzlich den Stift hinlegte und mit zufriedenem Gesicht musterte, was er zu Papier gebracht hatte. »Ich hab es!«, flüsterte er. »Ja, das ist es. So wird es gehen. So wird es ganz wunderbar.« Voll Ungeduld winkte er Meggie zu sich und schob ihr das Blatt hin.

»Lies!«, flüsterte er mit einem nervösen Blick zur Tür. Flachnase prahlte draußen gerade damit, wie sie einem Bauern die Olivenölvorräte vergiftet hatten.

»Das ist alles?« Meggie betrachtete ungläubig das eine beschriebene Blatt.

»Ja, sicher! Du wirst sehen, mehr ist nicht nötig. Es müssen eben nur die richtigen Sätze sein. Nun lies schon endlich!«

Meggie gehorchte.

Die Männer draußen lachten und es fiel ihr schwer, sich auf Fenoglios Worte zu konzentrieren. Schließlich gelang es ihr. Doch kaum hatte sie den ersten Satz beendet, wurde es draußen schlagartig still und die Stimme der Elster schallte über den Flur: »Was ist das hier, ein Kaffeekränzchen?«

Fenoglio griff hastig nach dem wertvollen Blatt und schob es unter die Matratze. Er zupfte gerade das Betttuch wieder zurecht, als die Elster die Tür aufstieß. »Dein Abendessen«, sagte sie zu Meggie und stellte einen dampfenden Teller auf den Tisch.

»Was ist mit mir?«, fragte Fenoglio mit betont heiterer Stimme. Die Matratze war etwas verrutscht, als er das Papier darunter versteckt hatte, und er lehnte sich gegen sein Bett, damit Mortola es nicht sah, doch zum Glück hatte sie keinen Blick für ihn übrig. Sie hielt ihn für einen Lügner, nichts weiter, da war Meggie sicher, und vermutlich ärgerte es sie, dass Capricorn in diesem Punkt nicht ihrer Meinung war.

»Du isst alles auf!«, befahl sie Meggie. »Und dann ziehst du dich um. Deine Sachen sind abscheulich und außerdem starren sie vor Dreck.« Sie winkte der Magd, die mit ihr gekommen war. Es war ein junges Ding, höchstens vier, fünf Jahre älter als Meggie. Die Gerüchte über Meggies angebliche Hexenkräfte waren offenbar auch zu ihr vorgedrungen. Über ihrem Arm hing ein schneeweißes Kleid, und sie vermied es, Meggie anzusehen, als sie sich an ihr vorbeischob, um es an den Schrank zu hängen.

»Ich will das Kleid nicht!«, fuhr Meggie die Elster an. »Ich will den hier anziehen.« Sie zog Mos Pullover von ihrem Bett, doch Mortola riss ihn ihr aus den Händen.

»Unsinn. Soll Capricorn denken, wir hätten dich in einen Sack gesteckt? Er hat dir dieses Kleid ausgesucht und du ziehst es an. Entweder du tust es selbst oder wir stecken dich hinein. Sobald es dunkel wird, hole ich dich ab. Wasch dich und kämm dir die Haare, du siehst aus wie eine streunende Katze.«

Die Magd drückte sich erneut mit so besorgtem Gesicht an Meggie vorbei, als könnte sie sich an ihr verbrennen. Die Elster schob sie ungeduldig auf den Flur hinaus und folgte ihr. »Schließ hinter mir ab!«, fuhr sie Flachnase an. »Und schick deine Freunde weg. Du sollst Wache halten.«

Flachnase schlenderte mit gelangweilter Miene auf die Tür zu. Meggie sah, wie er der Elster hinter ihrem Rücken eine Fratze schnitt, bevor er die Zimmertür zuzog.

Sie trat auf das Kleid zu und strich über den weißen Stoff. »Weiß!«, murmelte sie. »Ich mag keine weißen Sachen. Der Tod hat weiße Hunde. Mo hat mir eine Geschichte über sie erzählt.«

»O ja, die weißen, rotäugigen Hunde des Todes.« Fenoglio trat hinter sie. »Gespenster sind auch weiß und den Blutdurst der alten Götter haben sie nur mit weißen Tieren gestillt, als ob die Unschuld Göttern besser schmeckt. O nein. Nein!«, fügte er rasch hinzu, als er Meggies erschrockenen Blick sah. »Nein. Glaub mir, an so etwas hat Capricorn bestimmt nicht gedacht, als er dir das Kleid schickte. Woher soll er solche Geschichten kennen? Weiß ist auch die Farbe des Anfangs und des Endes, und wir beide« – er senkte die Stimme – »du und ich, wir werden dafür sorgen, dass es Capricorns Ende wird und nicht unseres.« Sachte zog er Meggie zum Tisch und drückte sie auf den Stuhl. Der Geruch von gebratenem Fleisch zog ihr in die Nase.

»Was ist das für ein Fleisch?«, fragte sie.

»Sieht nach Kalb aus. Wieso?«

Meggie schob den Teller weg. »Ich hab keinen Hunger«, murmelte sie.

Fenoglio musterte sie voll Mitgefühl. »Weißt du, Meggie«, sagte er, »ich glaube, ich sollte als Nächstes eine Geschichte über dich schreiben: wie du uns alle rettest, nur mit deiner Stimme. Das würde sicherlich sehr spannend werden ...«

»Aber geht es auch gut aus?« Meggie sah zum Fenster. Nur ein, höchstens zwei Stunden noch, dann würde es dunkel sein. Was, wenn Mo auch zu dem Fest kam? Was, wenn er noch einmal versuchte, sie zu befreien? Er wusste doch nicht, was sie und Fenoglio vorhatten. Was, wenn sie wieder auf ihn schossen? Was, wenn sie ihn in der letzten Nacht doch getroffen hatten ... Meggie legte die Arme auf den Tisch und verbarg ihr Gesicht darin.

Sie spürte, wie Fenoglio ihr übers Haar strich. »Alles wird gut, Meggie!«, raunte er ihr zu. »Glaub mir, meine Geschichten gehen immer gut aus. Wenn ich es will.«

»Das Kleid hat ganz enge Ärmel!«, wisperte sie. »Wie soll ich das Blatt da herausbekommen, ohne dass die Elster es merkt?«

»Ich werde sie ablenken. Verlass dich darauf.«

»Und die anderen? Sie werden es alle sehen, wenn ich das Blatt herausziehe.«

»Unsinn. Du machst das schon.« Fenoglio legte ihr die Hand unters Kinn. »Alles wird gut, Meggie!«, sagte er noch einmal, während er ihr mit dem Zeigefinger eine Träne von der Wange wischte. »Du bist nicht allein, auch wenn es dir nachher vielleicht so vorkommen wird. Ich bin da und Staubfinger ist irgendwo da draußen. Glaub mir, ich kenne ihn wie mich selbst, er wird kommen, und wenn es nur ist, um das Buch zu sehen, um es vielleicht zurückzubekommen ... und dann ist da ja auch noch dein Vater – und dieser Junge, der dich so liebeskrank angesehen hat, damals auf dem Platz vor dem Denkmal, als ich Staubfinger getroffen habe.«

»Lass das!« Meggie stieß ihm den Ellbogen in den Bauch, aber sie musste lachen, obwohl die Tränen immer noch alles verschwimmen ließen, den Tisch, ihre Hände und Fenoglios faltiges Gesicht. Es kam ihr vor, als hätte sie in den letzten Wochen die Tränen für ein ganzes Leben aufgebraucht.

»Wieso? Er ist ein hübscher Junge. Ich würde bei deinem Vater auf der Stelle ein gutes Wort für ihn einlegen.«

»Du sollst aufhören!«

»Nur, wenn du etwas isst.« Fenoglio schob ihr den Teller wieder hin. »Und diese Freundin von euch, wie hieß sie noch ...«

»Elinor.« Meggie schob sich eine Olive in den Mund und biss hinein, bis sie den Kern zwischen den Zähnen spürte.

»Genau. Vielleicht steckt sie ja auch da draußen, zusammen mit deinem Vater. Herrgott, wenn ich es mir überlege, sind wir fast in der Überzahl.«

Meggie verschluckte sich fast an dem Olivenkern. Fenoglio lächelte selbstzufrieden. Mo zog jedes Mal die Augenbrauen hoch, wenn er es schaffte, sie zum Lachen zu bringen, und machte ein so verwundert ernstes Gesicht, als wüsste er beim besten Willen nicht, worüber sie lachte. Meggie sah sein Gesicht so deutlich vor sich, dass sie fast die Hand danach ausgestreckt hätte.

»Du wirst deinen Vater bald wiedersehen!«, raunte Fenoglio. »Und dann wirst du ihm erzählen, dass du ganz nebenbei deine Mutter gefunden und sie vor Capricorn gerettet hast. Das ist doch etwas, oder?«

Meggie nickte nur.

Das Kleid kratzte am Hals und an den Armen. Es sah nicht aus wie das Kleid eines Kindes, eher wie das einer Erwachsenen, und es war Meggie etwas zu groß. Als sie ein paar Schritte darin machte, trat sie auf den Saum. Die Ärmel waren eng, doch das Blatt Papier, dünn wie ein Libellenbein, konnte sie ohne Mühe hineinschieben. Sie versuchte es ein paar Mal – hineinschieben, herausziehen. Schließlich ließ sie es stecken. Es knisterte etwas, wenn sie die Hände bewegte oder den Arm hob.

Der Mond stand blass über dem Kirchturm, die Nacht trug sein Licht wie einen Schleier vorm Gesicht, als die Elster wiederkam, um Meggie zu holen.

»Du hast dich nicht gekämmt!«, stellte sie ärgerlich fest. Diesmal hatte sie eine andere Magd dabei, eine untersetzte Frau mit rotem Gesicht und roten Händen, die ganz offenbar keine Angst vor Meggies Hexenkräften hatte. Sie zog Meggie den Kamm so unnachgiebig durchs Haar, dass sie fast aufschrie.

»Schuhe!«, sagte die Elster, als sie Meggies nackte Zehen unter dem Saum des Kleides hervorlugen sah. »Hat denn keiner an die Schuhe gedacht?«

»Sie könnte die dort doch ruhig anziehen.« Die Magd zeigte auf Meggies ausgetretene Turnschuhe. »Das Kleid ist lang genug, man wird sie gar nicht sehen. Außerdem – gehen Hexen nicht immer barfuß?«

Die Elster warf ihr einen Blick zu, der ihr die Stimme auf den Lippen ersterben ließ.

»Genau!«, rief Fenoglio, der die ganze Zeit mit spöttischem Blick beobachtet hatte, wie die beiden Frauen Meggie zurechtmachten. »Das tun sie. Sie gehen immer barfuß. Muss ich mich eigentlich auch noch umziehen für den festlichen Anlass? Was trägt man denn so zu einer Hinrichtung? Ich nehme doch an, dass ich direkt neben Capricorn sitzen werde?«

Die Elster streckte ihr Kinn vor. Es war so weich und klein, als stammte es aus einem anderen, sanfteren Gesicht. »Du kannst bleiben, wie du bist«, sagte sie, während sie Meggie eine perlenbesetzte Spange ins Haar schob. »Gefangene müssen sich nicht umkleiden.« Wie Gift tropfte ihr der Spott von der Stimme.

»Gefangene? Was soll das denn heißen?« Fenoglio schob seinen Stuhl zurück.

»Ja, Gefangene. Was sonst?« Die Elster trat zurück und musterte Meggie mit abschätzendem Blick. »So müsste es gehen«, stellte sie fest. »Seltsam, mit dem offenen Haar erinnert sie mich an irgendjemanden.« Meggie senkte schnell den Kopf, und bevor die Elster sich gründlicher Gedanken über ihre Beobachtung machen konnte, lenkte Fenoglio ihre Aufmerksamkeit auf sich.

»Ich bin kein gewöhnlicher Gefangener, Gnädigste, das wollen wir doch wohl mal klarstellen!«, polterte er. »Ohne mich gäbe es das alles hier nicht, einschließlich Ihrer alles andere als erfreulichen Person!«

Die Elster streifte ihn mit einem letzten verächtlichen Blick und griff nach Meggies Arm, zum Glück nicht nach dem, unter dessen Ärmel Fenoglios kostbare Worte steckten. »Der Wächter wird dich holen, wenn es Zeit ist«, sagte sie, während sie Meggie zur Tür zog.

»Denk an das, was dein Vater dir gesagt hat!«, rief Fenoglio, als Meggie schon auf dem Flur stand. »Die Worte werden erst lebendig, wenn du sie auf der Zunge schmeckst.«

Die Elster gab Meggie einen Stoß in den Rücken. »Nun geh schon weiter!«, sagte sie und zog die Tür hinter ihnen zu.

Feuer

Da aber sprang Bagheera plötzlich auf. »Nein! Ich hab's! Lauf rasch hinunter ins Tal, zu den Hütten der Menschen, und nimm dir von der Roten Blume, die sie dort pflanzen. Dann hast du, wenn deine Stunde gekommen ist, einen mächtigeren Freund als mich oder Baloo oder sonst einen vom Rudel, der dich liebt. Hol dir die Rote Blume!«
Mit der Roten Blume meinte Bagheera das Feuer; nur nannte es keiner im Dschungel beim Namen, denn alle fürchteten es wie den Tod.
Rudyard Kipling, Das Dschungelbuch

Sie machten sich auf den Weg, als die Dämmerung sich über die Hügel legte. Gwin ließen sie beim Lager. Nach dem, was bei ihrem letzten nächtlichen Ausflug in Capricorns Dorf passiert war, sah auch Farid ein, dass es so besser war. Zauberzunge ließ ihn vorangehen. Er wusste nichts von seiner Angst vor Geistern und anderen Nachtgestalten, Farid hatte sie gut vor ihm zu verbergen gewusst, viel besser als vor Staubfinger. Zauberzunge verspottete ihn auch nicht für seine Angst vor der Dunkelheit, wie Staubfinger es getan hatte, und seltsamerweise machte das die Furcht kleiner, ließ sie schrumpfen, wie es sonst nur das Tageslicht bewirkte.

Als Farid den steilen Hang hinunterstieg, vorsichtig, aber mit sicherem Schritt, hörte er die Geister in den Bäumen und Büschen wispern wie in jeder Nacht, doch sie kamen nicht näher, als hätten sie plötzlich Angst vor ihm, als könnte er ihnen befehlen, wie Staubfinger es mit dem Feuer tat.

Das Feuer. Sie hatten beschlossen, es direkt bei Capricorns Haus zu legen. So würde es die Hügel nicht so schnell erreichen, aber das bedrohen, was Capricorn am nächsten war: seine Schatzkammern.

Diesmal lag das Dorf nicht still und menschenleer da wie in den vergangenen Nächten. Es summte wie ein Wespennest. Auf dem Parkplatz patrouillierten gleich vier bewaffnete Posten, und um den Maschendrahtzaun, der das leere Fußballfeld umgab, war eine Reihe von Wagen geparkt. Ihre Scheinwerfer tauchten das Feld in grelles Licht. Der Asphalt sah aus wie ein helles Tuch, das jemand in der Dunkelheit ausgebreitet hatte.

»Also dort soll das Spektakel stattfinden«, flüsterte Zauberzunge, als sie sich den Häusern näherten. »Arme Meggie.«

In der Mitte des Platzes war so etwas wie ein Podest aufgebaut, und ihm gegenüber stand ein Käfig, vielleicht für das Ungeheuer, das Zauberzunges Tochter herbeilesen sollte, oder für die Gefangenen. Am linken Rand des Feldes, den Maschendrahtzaun und das Dorf im Rücken, standen lange Holzbänke, ein paar von den Schwarzjacken hockten schon darauf wie Raben, die ein helles, warmes Plätzchen für die Nacht gefunden hatten.

Für einen Moment dachten sie daran, sich über den Parkplatz ins Dorf zu schleichen. Unter all den Fremden würde sie so schnell niemand bemerken; doch dann entschieden sie sich für einen längeren, dunkleren Weg. Farid schlich wieder voran, jeden Baumstamm als Deckung nutzend, immer oberhalb der Häuser bleibend, bis unter ihnen der Teil des Dorfes lag, der unbewohnt war und aussah, als hätte ihn ein Riese zertreten. In dieser Nacht patrouillierten selbst dort mehr Wachen als sonst. Immer wieder mussten sie sich in den Schatten eines Toreingangs drücken, sich hinter eine Mauer ducken oder durch ein Fenster klettern und mit angehaltenem Atem darauf warten, dass der Posten vorbeiging. Zum Glück gab es viele dunkle Ecken in Capricorns Dorf, und die Posten schlenderten so gelangweilt durch die Gassen, wie es Männer tun, die sicher sind, dass ihnen keine Gefahr droht.

Farid hatte Staubfingers Rucksack dabei, mit allem, was man brauchte, um ein schnelles, heißes Feuer zu entfachen. Zauberzunge trug das Holz, das sie gesammelt hatten, für den Fall, dass die Flammen zwischen den Steinen nicht genug Nahrung fanden. Außerdem gab es da ja auch noch Capricorns Benzinvorräte. Farid hatte den Geruch noch in der Nase von der Nacht, in der sie ihn eingesperrt hatten. Die Fässer wurden selten bewacht, aber vielleicht würden sie sie auch gar nicht brauchen.

Es war eine windstille Nacht, die Flammen würden ruhig und stetig brennen. Farid erinnerte sich gut an Staubfingers Warnung: »Mach niemals Feuer, wenn es windig ist. Der Wind greift einmal hinein, und schon wird es dich vergessen, denn er wird hineinblasen und es anfachen, bis es dich anspringt und beißt und dir die Haut von den Knochen leckt.« Aber heute schlief der Wind und die unbewegte Luft füllte die Gassen wie warmes Wasser einen Eimer.

Sie hatten gehofft, den Platz vor Capricorns Haus leer vorzufinden, doch als sie sich vorsichtig aus einer der gegenüberliegenden Gassen schoben, stand ein halbes Dutzend seiner Männer vor der Kirche.

»Was machen die noch hier?«, flüsterte Farid, während Zauberzunge ihn in den Schatten vor einer Tür zog. »Das Fest soll doch gleich losgehen.«

Zwei Mägde kamen aus Capricorns Haus, jede mit einem Stapel Teller. Sie trugen sie zur Kirche, offenbar sollte dort später die gelungene Hinrichtung gefeiert werden. Als die Mägde sich an den Männern vorbeidrängten, pfiffen sie ihnen nach. Eine der Frauen ließ fast das Geschirr fallen, als einer versuchte, ihr mit dem Flintenlauf den Rock hochzuschieben. Es war derselbe Mann, der Zauberzunge erkannt hatte, als sie sich in der letzten Nacht hergeschlichen hatten. Farid griff sich an die immer noch blutige Stirn und verwünschte ihn mit den schlimmsten Flüchen, die er kannte. Die Beulenpest wünschte er ihm an den Hals, die Krätze … warum stand ausgerechnet er da? Doch selbst wenn sie an ihm vorbeikamen, ohne dass er sie noch einmal erkannte – wie sollten sie Feuer legen, solange die anderen noch dort herumlungerten?

»Ganz ruhig!«, flüsterte Zauberzunge ihm zu. »Sie werden schon verschwinden. Wir müssen jetzt erst mal herausfinden, ob Meggie auch wirklich aus dem Haus ist.«

Farid nickte und blickte zu dem großen Haus hinüber. Hinter zwei Fenstern brannte noch Licht, aber das musste nichts bedeuten. »Ich schleich zum Platz runter und seh nach, ob sie schon dort ist«, wisperte er Zauberzunge zu. Vielleicht hatten sie Staubfinger ja schon aus der Kirche geholt, vielleicht steckte er in dem Käfig, den sie aufgestellt hatten, und er konnte ihm zuflüstern, dass sie seinen besten Freund, das Feuer, hergebracht hatten, damit es ihn rettete.

Die Nacht füllte viele Winkel zwischen den Häusern mit ihrem Schatten, trotz der großen, hellen Lampen, und Farid wollte sich in ihrem Schutz gerade davonmachen, als die Tür von Capricorns Haus sich öffnete. Die Alte trat heraus, die Alte, die ein Gesicht wie ein Geier hatte. Sie zerrte Zauberzunges Tochter hinter sich her. Farid hätte sie fast nicht erkannt in dem langen weißen Kleid, das sie trug. Hinter den beiden schob sich der Mann aus der Tür, der hinter ihnen hergeschossen hatte, die Flinte in der Hand. Er sah sich um, dann zog er einen Schlüsselbund aus der Tasche, verschloss die Tür und winkte einen der Männer zu sich, die vor der Kirche standen. Offenbar befahl er ihm, das Haus zu bewachen. Eine Wache also, ein Mann würde bleiben, wenn die anderen zu dem Fest gingen.

Farid spürte, wie Zauberzunge neben ihm jeden Muskel anspannte – als wollte er loslaufen, hin zu seiner Tochter, die fast so blass war wie ihr Kleid. Warnend umklammerte Farid seinen Arm, doch Zauberzunge schien ihn vergessen zu haben. Ein unvorsichtiger Schritt und er würde aus dem schützenden Schatten treten! »Nicht!« Farid zerrte ihn besorgt zurück – soweit er das vermochte, schließlich reichte er ihm kaum bis zur Schulter. Zum Glück blickten Capricorns Männer nicht in ihre Richtung, sie sahen der Alten nach, als sie den Platz überquerte, so schnell, dass das Mädchen ein paar Mal über den Saum ihres Kleides stolperte.

»Sie sieht blass aus!«, flüsterte Zauberzunge. »Himmel, siehst du, was für eine Angst sie hat? Vielleicht guckt sie ja her, vielleicht können wir ihr irgendwie ein Zeichen geben ...«

»Nein!« Farid hielt ihn immer noch mit beiden Händen fest. »Wir müssen das Feuer legen. Nur das kann ihr helfen. Bitte, Zauberzunge, sie können dich sehen!«

»Nenn mich nicht ständig Zauberzunge. Das macht mich ganz verrückt.«

Die alte Frau verschwand mit Meggie zwischen den Häusern. Flachnase folgte ihnen, schwerfällig wie ein Bär, den man in einen schwarzen Anzug gesteckt hatte, und dann, endlich, gingen auch die anderen. Lachend verschwanden sie in der Gasse, voll Vorfreude auf das, was diese Nacht für sie bereithielt: Tod, gewürzt mit Angst – und die Ankunft eines neuen Schreckens in dem verfluchten Dorf.

Nur der Wachtposten vor Capricorns Haus stand noch da. Mit finsterem Gesicht blickte er den anderen nach, trat nach einer leeren Zigarettenschachtel und schlug die Faust gegen die Mauer. Nur er würde den Spaß verpassen. Der Posten oben auf dem Kirchturm konnte wenigstens von Weitem zusehen, aber er …

Sie hatten damit gerechnet, dass ein Wächter vor dem Haus stehen würde. Farid hatte Zauberzunge erklärt, wie man ihn am besten loswerden konnte, und Zauberzunge hatte genickt und gesagt, genau so würden sie es machen. Als die Schritte von Capricorns Männern verklungen waren und nur noch der Lärm vom Parkplatz heraufdrang, lösten sie sich aus dem Schatten, taten, als träten sie gerade erst aus der Gasse und gingen Seite an Seite auf den Wächter zu. Misstrauisch sah er ihnen entgegen, stieß sich von der Mauer ab, an der er gelehnt hatte, und zog die Flinte von der Schulter. Die Flinte war ein beunruhigender Anblick. Farid fasste sich unwillkürlich wieder an die Stirn, aber wenigstens war der Wächter keiner der Männer, die sie vielleicht gleich erkannt hätten, weder das Hinkebein noch Basta noch sonst einer von Capricorns ganz persönlichen Bluthunden.

»He, du musst uns helfen!«, rief Zauberzunge ihm zu, ohne die Flinte zu beachten. »Die Dummköpfe haben Capricorns Sessel vergessen. Wir sollen ihn runterbringen.«

Der Wächter hielt die Flinte vor der Brust. »Ach ja? Auch das noch. Das Ding bricht einem das Kreuz, so schwer ist es. Woher kommt ihr?« Er musterte Zauberzunges Gesicht, als versuchte er sich zu erinnern, ob er es schon mal gesehen hatte. Farid beachtete er gar nicht. »Seid ihr die aus dem Norden? Ich hab gehört, ihr habt dort eine Menge Spaß.«

»Ja, das stimmt.« Zauberzunge trat so dicht an den Posten heran, dass er einen Schritt zurück machte. »Komm jetzt, du weißt, Capricorn mag es gar nicht, wenn er warten muss.«

Der Wächter nickte mürrisch. »Ja, ja, schon gut«, brummte er, während er zur Kirche hinüberblickte. »Hat sowieso keinen Sinn, hier Wache zu stehen. Was glauben die? Dass der Feuerspucker sich herschleicht, um das Gold zu stehlen? Der Kerl war schon immer ein Feigling, der ist längst über alle Berge ...« Zauberzunge schlug ihm den Flintengriff auf den Kopf, während er noch zur Kirche hinübersah, und zerrte ihn hinter Capricorns Haus, wo die Nacht schwarz wie Ruß war.

»Hast du gehört, was er gesagt hat?« Farid schlang dem bewusstlosen Wächter einen Strick um die Beine. Vom Fesseln verstand er mehr als Zauberzunge. »Staubfinger ist geflohen! Er kann nur ihn gemeint haben! Er ist über alle Berge, hat er gesagt.«

»Ja, ich hab es gehört! Und ich bin genauso froh darüber, aber meine Tochter ist immer noch hier.« Zauberzunge drückte ihm den Rucksack in die Arme und sah sich um. Der Platz lag immer noch so still und verlassen da, als gäbe es keinen Menschen außer ihnen in Capricorns Dorf. Vom Wächter auf dem Kirchturm war kein Laut zu hören, vermutlich starrte er in dieser Nacht nur auf den hell erleuchteten Fußballplatz.

Farid zog zwei Fackeln aus Staubfingers Rucksack und die Flasche mit Brennspiritus. Er ist ihnen entwischt!, dachte er. Einfach entwischt! Fast hätte er laut gelacht.

Zauberzunge lief zurück zu Capricorns Haus, lugte in einige Fenster und schlug schließlich eins von ihnen ein. Er zog dazu die

Jacke aus und presste sie gegen das Glas, um das Klirren zu dämpfen. Vom Parkplatz drangen Gelächter und Musik herauf.

»Die Streichhölzer! Ich find sie nicht!« Farid wühlte in Staubfingers Sachen herum, bis Zauberzunge ihm den Rucksack aus der Hand zog.

»Gib her!«, flüsterte er. »Bereite du die Fackeln vor.«

Farid gehorchte. Sorgfältig tränkte er die Watte mit dem beißend riechenden Spiritus. Staubfinger wird zurückkommen, um Gwin zu holen, dachte er, und dann nimmt er mich mit. Aus einer der Gassen klangen Stimmen herüber, Männerstimmen. Für ein paar scheußliche Augenblicke schien es, als näherten sie sich, doch dann verklangen sie wieder, wurden verschluckt von der Musik, die vom Parkplatz heraufdrang und die Nacht erfüllte wie ein schlechter Geruch.

Zauberzunge suchte immer noch nach den Streichhölzern. »Pfui Spinne!«, fluchte er leise und zog die Hand aus dem Rucksack. Marderkötel klebten ihm am Daumen. Er wischte sie an der nächsten Mauer ab, griff noch einmal in den Sack und warf Farid eine Streichholzschachtel zu. Dann zog er noch etwas heraus – das kleine Buch, das Staubfinger in einer eingenähten Seitentasche verwahrte. Farid hatte schon oft darin geblättert. Es waren Bilder hineingeklebt, ausgeschnittene Bilder von Feen und Hexen, von Kobolden, Nymphen und uralten Bäumen ... Zauberzunge sah sie sich an, während Farid die zweite Fackel tränkte. Dann betrachtete er das Foto, das zwischen den Seiten gesteckt hatte, das Foto von Capricorns Magd, die versucht hatte, Staubfinger zu helfen, und dafür in dieser Nacht sterben sollte. Ob sie auch entkommen war? Zauberzunge starrte das Foto an, als gäbe es nichts anderes mehr auf der Welt.

»Was ist?« Farid hielt das Streichholz an die tropfende Fackel. Die Flamme loderte auf, zischend und hungrig. Wie schön sie war! Farid leckte sich den Finger und strich hindurch. »Da! Nimm!« Er hielt Zauberzunge die Fackel hin, es war besser, er warf sie durch das Fenster, schließlich war er größer. Doch Zauberzunge stand nur da und starrte das Foto an.

»Das ist die Frau, die Staubfinger geholfen hat«, sagte Farid. »Die, die sie auch gefangen haben! Ich glaube, er ist verliebt in sie. Hier.« Noch einmal hielt er Zauberzunge die brennende Fackel hin. »Worauf wartest du?«

Zauberzunge sah ihn an, als hätte er ihn aus einem Traum aufgeschreckt. »So, so, verliebt«, murmelte er, während er ihm die Fackel aus der Hand nahm. Dann schob er das Foto in die Brusttasche seines Hemdes, blickte noch einmal über den leeren Platz und warf die Fackel durch die zerbrochene Scheibe in Capricorns Haus.

»Heb mich hoch! Ich will sehen, wie es brennt!«

Zauberzunge tat ihm den Gefallen. Das Zimmer schien so etwas wie ein Büro zu sein, Farid sah Papier, einen Schreibtisch, ein Bild von Capricorn an der Wand. Irgendjemand schien hier doch schreiben zu können. Die Fackel lag brennend zwischen den beschriebenen Blättern, sie schleckte und schmatzte, wisperte voll Glück über den so reichlich gedeckten Tisch, loderte auf und sprang weiter, vom Tisch zu den Vorhängen vorm Fenster. Gierig fraß sie sich an dem dunklen Stoff hinauf. Das ganze Zimmer füllte sich mit Rot und Gelb. Rauch quoll zwischen den zerbrochenen Scheiben hervor und biss Farid in die Augen.

»Ich muss los!« Zauberzunge stellte ihn abrupt wieder auf die Füße. Die Musik war verstummt. Es war plötzlich gespenstisch still. Zauberzunge rannte los, auf die Gasse zu, die hinunter zum Parkplatz führte.

Farid sah ihm nach. Er hatte eine andere Aufgabe. Er wartete noch, bis die Flammen aus dem Fenster schlugen, dann begann er zu schreien: »Feuer! Feuer in Capricorns Haus!« Seine Stimme schallte über den leeren Platz.

Mit klopfendem Herzen rannte er zur Ecke des großen Hauses und sah zum Kirchturm hinauf. Der Wächter war auf die Füße gesprungen. Farid zündete die zweite Fackel an und warf sie vor das Portal der Kirche. Die Luft begann, nach Rauch zu riechen. Der Wächter erstarrte, wandte sich um, dann – endlich – läutete er die Glocke.

Und Farid lief davon, Zauberzunge hinterher.

Verrat, Geschwätzigkeit und Dummheit

Und da sprach er: »Ich muß umkommen, daran ist kein Zweifel; es gibt keinen Weg zur Befreiung aus diesem engen Gefängnis!«
Die Geschichte von Ali Baba und den vierzig Räubern

Elinor fand, dass sie sich wirklich tapfer hielt. Zwar wusste sie immer noch nicht, was genau auf sie zukam – wenn ihre Nichte mehr darüber wusste, so hatte sie es ihr nicht verraten –, aber dass es nichts Gutes war, daran bestand wohl kein Zweifel.

Auch Teresa machte den Männern, die sie aus der Gruft holten, nicht die Freude von Tränen. Fluchen oder sie beschimpfen konnte sie ja ohnehin nicht mehr. Ihre Stimme war fort wie ein Kleidungsstück, das sie nicht mehr trug. Zum Glück hatte sie wenigstens die zwei Zettel dabeigehabt, zerknitterte, verschmutzte Dinger, viel zu klein für all die Wörter, die sich in neun Jahren ansammeln, aber besser als nichts. Bis an den Rand hatte sie sie gefüllt mit winzigen Buchstaben, bis nicht ein einziges Wort mehr darauf Platz fand. Über sich selbst und das, was sie erlebt hatte, wollte sie nichts erzählen, sie winkte nur ungeduldig ab, als Elinor sie flüsternd darum bat. Nein, sie wollte Fragen stellen, Fragen über Fragen – über ihre Tochter und ihren Mann. Und Elinor wisperte ihr die Antworten ins Ohr, ganz leise, damit Basta nicht erfuhr, dass die beiden Frauen, die mit ihm sterben sollten, einander kannten, seit die Jüngere das Laufen gelernt hatte – zwischen Elinors endlos langen und damals noch bis zum Bersten gefüllten Bücherregalen.

Basta hielt sich nicht gut. Immer, wenn sie zu ihm hinüberblickten, sahen sie seine Hände, die Gitterstäbe umklammernd, die Knöchel weiß unter der sonnenbraunen Haut. Einmal glaubte Elinor, ihn weinen zu hören, doch als man sie aus den Zellen holte, war sein Gesicht so ausdruckslos wie das eines Toten, und als sie in den unsäglichen Käfig gesperrt wurden, hockte er sich in einer Ecke auf den Boden und saß so reglos da wie eine Puppe, mit der niemand mehr spielen wollte.

Der Käfig roch nach Hunden und rohem Fleisch, er sah auch aus wie ein Hundezwinger. Einige von Capricorns Männern fuhren mit den Läufen ihrer Flinten an dem silbergrauen Gitter entlang, bevor sie sich auf die Bänke setzten, die für sie bereitstanden. Vor allem Basta bekam so viel Hohn und Spott zu hören, dass es für zehn Männer noch zu viel gewesen wäre. Daran, dass er sich trotzdem nicht ein einziges Mal regte, sah man, wie tief seine Verzweiflung war.

Elinor und Teresa hielten sich dennoch fern von ihm, soweit das in dem Käfig ging. Auch von dem Gitter hielten sie sich fern, von all den Fingern, die sich hindurchbohrten, den Fratzen, die man ihnen schnitt, den brennenden Zigaretten, die zu ihnen hineingeschnipst wurden. Dicht beieinander standen sie, froh, dass die andere da war, und gleichzeitig traurig darüber.

Ganz am Rande des Platzes, gleich neben dem Eingang, sorgsam getrennt von den Männern, saßen die Frauen, die für Capricorn arbeiteten. Von der freudigen Erregung, die bei den Männern herrschte, war dort nichts zu entdecken. Die meisten Gesichter waren bedrückt und immer wieder wanderte ein Blick zu Teresa, voll Furcht – und Mitleid.

Capricorn kam, als die langen Bänke bis auf den letzten Platz gefüllt waren. Für die Jungen gab es keine Plätze, sie hockten vor den Schwarzjacken auf dem Boden. Mit unbewegtem Gesicht schritt Capricorn an ihnen allen vorbei, achtlos, als wären sie wirklich nur eine Schar von Krähen, die sich auf sein Geheiß versammelt hatte. Nur vor dem Käfig, in dem seine Gefangenen steckten, verlangsamte er seinen Schritt, um jeden der drei mit einem kurzen selbstzufriedenen Blick zu mustern. In Basta kehrte für den Bruchteil eines Augenblicks das Leben zurück, als sein alter Herr und Meister vor dem Gitter stehen blieb, er hob den Kopf und sah Capricorn so flehend an wie ein Hund, der seinen Herrn um Verzeihung bittet, doch Capricorn ging ohne ein Wort weiter. Nachdem er sich in seinem schwarzen Ledersessel niedergelassen hatte, stellte sich Cockerell breitbeinig hinter ihm auf. Offenbar war er der neue Favorit.

»Himmel! Hör endlich auf, ihn so anzusehen!«, fuhr Elinor Basta an, als sie merkte, dass er immer noch mit den Augen an Capricorn hing. »Er hat vor, dich zu verfüttern wie eine Fliege an einen Frosch, wie wäre es da mit etwas Empörung? Du hattest doch sonst immer diese hübschen Drohungen parat: Ich schneid dir die Zunge heraus, ich schneid dich in Scheiben ... wo sind sie alle hin?«

Aber Basta senkte nur erneut den Kopf und starrte auf den Boden zwischen seinen Stiefeln. Wie eine Auster kam er Elinor vor, der man das Fleisch und das Leben herausgesaugt hatte.

Als Capricorn Platz genommen hatte und die Musik, die die ganze Zeit über den Platz geschallt war, verstummte, brachten sie Meggie. Sie hatten sie in ein grässliches Kleid gesteckt, aber sie trug den Kopf hoch, und die Alte, die sie alle nur die Elster nannten, hatte alle Mühe, sie zu dem Podest zu zerren, das die Schwarzjacken in der Mitte des Feldes errichtet hatten. Ein einsamer Stuhl stand darauf, er sah so verloren aus, als habe ihn jemand dort oben vergessen. Ein Galgen und ein Strick wären Elinor passender erschienen. Meggie sah zu ihnen herüber, als die Elster sie die Holztreppe hinaufzog.

»Hallo, mein Schatz!«, rief Elinor, als Meggies Blick erschrocken an ihr hängen blieb. »Mach dir keine Sorgen, ich bin bloß hier, weil ich dein Vorlesen nicht verpassen wollte!«

So still war es bei Capricorns Ankunft geworden, dass ihre Stimme über das ganze Feld hallte. Mutig klang sie und furchtlos. Zum Glück konnte keiner hören, wie heftig ihr das Herz dabei gegen die Rippen hämmerte. Keiner merkte, dass sie fast an ihrer Angst erstickte, denn Elinor hatte ihren Panzer angelegt, ihren undurchdringlichen, wahrhaft nützlichen Panzer, hinter dem sie sich in Notzeiten schon immer versteckt hatte. Mit jedem Kummer war er etwas härter geworden und Kummer hatte es in Elinors Leben genug gegeben.

Einige der Schwarzjacken lachten bei ihren Worten und selbst über Meggies Gesicht huschte ein blasses Lächeln. Elinor legte Teresa den Arm um die Schulter und drückte sie an sich. »Sieh dir deine Tochter an!«, flüsterte sie ihr zu. »Tapfer wie ... wie ...« Sie wollte Meggie mit einem Helden aus irgendeiner Geschichte vergleichen, doch alle, die ihr einfielen, waren Männer, und außerdem schien ihr niemand tapfer genug, um es mit dem Mädchen aufzunehmen, das so kerzengerade dastand und mit trotzig vorgeschobenem Kinn Capricorns Schwarzjacken musterte.

Die Elster hatte nicht nur Meggie mitgebracht, sondern auch noch einen alten Mann. Elinor vermutete, dass es der Mensch war, der ihnen den ganzen Ärger eingebrockt hatte – Fenoglio, der Erfinder von Capricorn, Basta und all den anderen Scheusalen, einschließlich des Ungeheuers, das sie heute Nacht ums Leben bringen sollte. Elinor hatte von Büchern immer schon mehr gehalten als von Schriftstellern und sie musterte den Alten wenig wohlwollend, als Flachnase ihn an ihrem Käfig vorbeiführte. Ein Stuhl stand für ihn bereit, nur ein paar Schritte von Capricorns Sessel entfernt. Elinor fragte sich, ob das bedeutete, dass Capricorn einen neuen Freund gewonnen hatte, doch als Flachnase sich mit grimmiger Miene hinter dem Alten aufbaute, schloss sie daraus, dass es sich wohl eher um einen weiteren Gefangenen handelte.

Capricorn erhob sich, sobald der alte Mann neben ihm saß. Ohne ein Wort ließ er den Blick über die lange Reihe seiner Männer schweifen, langsam, als riefe er sich bei jedem einzelnen ins Gedächtnis, was er in seinen Diensten geleistet und was er falsch gemacht hatte. Die Stille, die sich breitmachte, roch nach Angst. Jedes Gelächter war verstummt, nicht einmal ein Flüstern war zu hören.

»Den meisten von euch«, begann Capricorn mit erhobener Stimme, »muss ich nicht erklären, wofür die drei Gefangenen, die ihr dort seht, bestraft werden! Für den Rest reicht es wohl, wenn ich sage, dass es um Verrat, Geschwätzigkeit und Dummheit geht. Man kann sicherlich darüber streiten, ob Dummheit ein Verbrechen ist, das den Tod verdient. Ich denke, ja, denn sie kann durchaus die gleichen Folgen haben wie Verrat.«

Bei dem letzten Satz erhob sich Unruhe auf den Bänken. Elinor dachte zuerst, Capricorns Worte hätten sie ausgelöst, doch dann hörte sie die Glocke. Selbst Basta hob den Kopf, als ihr Läuten durch die Nacht schallte. Auf ein Zeichen von Capricorn winkte Flachnase fünf Männer zu sich und stapfte mit ihnen davon. Die

Zurückgebliebenen steckten beunruhigt die Köpfe zusammen, einige sprangen sogar auf und blickten zum Dorf hinüber. Capricorn aber hob die Hand, um dem Gemurmel, das sich erhoben hatte, ein Ende zu machen. »Es ist nichts!«, rief er, so laut und schneidend, dass es schlagartig wieder still wurde. »Ein Feuer, nichts weiter. Und mit Feuer kennen wir uns schließlich aus, nicht wahr?«

Gelächter erhob sich, doch einige, Frauen und Männer, blickten immer noch beunruhigt zu den Häusern hinüber.

Sie hatten es also getan. Elinor biss sich so fest auf die Lippen, dass es schmerzte. Mortimer und der Junge hatten Feuer gelegt. Noch war über den Dächern kein Rauch zu entdecken, und bald wandten sich alle Gesichter wieder beruhigt Capricorn zu, der irgendetwas über Verrat und Falschheit erzählte, über Disziplin und gefährliche Nachlässigkeit, aber Elinor hörte ihm nur mit halbem Ohr zu. Sie blickte zu den Häusern, immer wieder, auch wenn sie wusste, dass das nicht klug war.

»Genug zu den Gefangenen, die hier sind!«, rief Capricorn. »Kommen wir zu denen, die entkommen sind.« Cockerell hob einen Sack auf, der hinter Capricorns Sessel gelegen hatte, und reichte ihn ihm. Capricorn griff mit einem Lächeln hinein und hielt etwas hoch: Ein Stück Stoff, von einem Hemd oder einem Kleid, zerrissen und bedeckt mit Blut.

»Sie sind tot!«, rief Capricorn in die Runde. »Ich hätte sie natürlich lieber hier gesehen, doch leider ließ es sich nicht vermeiden, sie auf der Flucht zu erschießen. Nun, um den verräterischen Feuerspucker, den ihr fast alle kennt, ist es nicht schade, und Zauberzunge hat zum Glück eine Tochter hinterlassen, die seine Begabungen geerbt hat.«

Teresa sah Elinor an, die Augen starr vor Angst. »Er lügt!«, flüsterte Elinor ihr zu, auch wenn sie den Blick nicht von den blutbefleckten Fetzen wenden konnte. »Er benutzt meine Lügen! Das ist kein Blut, das ist Farbe, irgendeine Farbe ...«. Doch sie sah, dass ihre Nichte ihr nicht glaubte. Sie glaubte an die blutigen Tücher, ebenso wie ihre Tochter. Elinor sah es Meggies Gesicht an und sie hätte ihr zu gern zugerufen, dass Capricorn log, aber sie wollte, dass er noch eine Weile daran glaubte – dass sie alle tot waren und niemand kommen konnte, um sein schönes Fest zu stören.

»Ja, brüste dich mit einem blutigen Lappen, du elender Brandstifter!«, schrie sie ihm durch das Gitter zu. »Darauf kannst du dir wirklich etwas einbilden. Was brauchst du noch ein Monster? Ihr seid alle Monster! Alle, wie ihr da sitzt! Büchermörder, Kinderräuber!«

Keiner beachtete sie. Ein paar Schwarzjacken lachten und Teresa trat an das Gitter, klammerte die Finger um den dünnen Draht und sah zu Meggie hinüber.

Capricorn ließ den blutigen Stoff auf der Armlehne seines Sessels liegen. Ich kenne diesen Fetzen!, dachte Elinor voll Trotz. Ich hab ihn irgendwo schon mal gesehen. Sie sind nicht tot. Wer sonst soll denn das Feuer gelegt haben? Der Streichholzfresser!, flüsterte etwas in ihr, aber sie wollte es nicht hören. Nein, die Geschichte musste ein gutes Ende nehmen. Das gehörte sich einfach so! Geschichten mit einem traurigen Ende hatte sie noch nie gemocht.

Der Schatten

Mein Himmel ist Messing
Meine Erde Eisen
Mein Mond ein Klumpen Lehm
Pestilenz meine Sonne
Brennend am Mittag
Und ein Dunst des Todes
Bei Nacht.
William Blake, Enions zweiter Klagegesang

In Büchern heißt es oft, dass Hass sich heiß anfühlt, aber auf Capricorns Fest lernte Meggie, dass er kalt war, eine eiskalte Hand, die das Herz erstarren lässt und es gegen die Rippen drückt wie eine geballte Faust. Der Hass ließ sie frieren trotz der milden Luft, die sie umschmeichelte, als wollte sie ihr weismachen, dass die Welt noch heil und gut war, trotz des blutigen Tuches, auf das Capricorn mit einem Lächeln seine beringte Hand legte.

»Gut, das wäre das!«, rief er. »Kommen wir zu dem, weshalb wir eigentlich hier sind. Heute Nacht wollen wir nicht nur ein paar Verräter bestrafen, sondern auch das Wiedersehen mit einem alten Freund feiern. Einige von euch erinnern sich wohl noch an ihn, und die anderen, das verspreche ich euch, werden ihn nie vergessen, wenn sie ihm erst einmal begegnet sind.«

Cockerell verzog das hagere Gesicht zu einem schmerzlichen Lächeln. Er freute sich offenbar nicht sonderlich auf dieses Wiedersehen und auch auf einigen anderen Gesichtern machte sich Furcht breit bei Capricorns Worten.

»Gut, genug geredet. Lassen wir uns etwas vorlesen.«

Capricorn lehnte sich in seinem Sessel zurück und nickte der Elster zu.

Mortola klatschte in die Hände und quer über den Platz kam Darius gehastet, mit der Schatulle, die Meggie zuletzt im Zimmer der Elster gesehen hatte. Offenbar wusste er von ihrem Inhalt. Sein Gesicht war noch spitzer als sonst, als er die Schatulle öffnete und sie der Elster mit demütig gesenktem Kopf hinhielt. Die Schlangen schienen schläfrig, denn diesmal streifte Mortola sich keinen Handschuh über, als sie sie heraushob. Sie hängte sie sich sogar über die Schulter, während sie das Buch aus der Schatulle nahm. Dann legte sie die Schlangen zurück, behutsam wie kostbares Geschmeide, schloss den Deckel und gab die Schatulle Darius zurück. Mit betretenem Gesicht blieb er auf dem Podest stehen. Meggie erhaschte einen mitfühlenden Blick von ihm, als die Elster sie auf den Stuhl zog und ihr das Buch auf den Schoß legte.

Da war es also wieder, das unglückselige Ding in seinem bunten Papierkleid. Welche Farbe es wohl darunter hatte? Meggie hob den Schutzumschlag mit dem Finger an und sah dunkelroten Stoff, rot wie die Flammen, die das schwarze Herz umgaben. Alles, was passiert war, hatte zwischen den Seiten dieses Buches begonnen, und nur von seinem Autor konnte nun Rettung kommen. Meggie strich über den Einband, so wie sie es immer tat, bevor sie ein Buch aufschlug. Das hatte sie Mo abgeschaut. Seit sie denken konnte, erinnerte sie sich an diese Bewegung – wie er ein Buch in die Hand nahm, fast zärtlich über den Einband strich und es dann aufschlug, so, als öffnete er eine Schachtel, die bis zum Rand mit nie gesehenen Kostbarkeiten gefüllt war. Natürlich kam es vor, dass hinter dem Einband nicht die Wunder warteten, auf die man gehofft hatte, dann schlug man das Buch wieder zu, ärgerlich über das nicht eingelöste Versprechen, doch so ein Buch war *Tintenherz* nicht. Schlechte Geschichten erwachen nicht zum Leben. Es gibt keinen Staubfinger in ihnen, nicht einmal einen Basta.

»Ich soll dir etwas ausrichten!« Das Kleid der Elster roch nach Lavendel. Der Duft umgab Meggie wie eine Drohung.

»Solltest du nicht tun, wofür du hier bist, solltest du auf die Idee kommen, dich absichtlich zu versprechen oder die Worte so zu verdrehen, dass der Gast nicht kommt, auf den Capricorn wartet, dann wird Cockerell« – Meggie spürte Mortolas Atem auf der Wange, so dicht beugte sie sich über sie – »dem alten Mann dort die Kehle durchschneiden. Vielleicht wird Capricorn es nicht befehlen, weil er dem Alten seine dummen Lügen glaubt, doch ich glaube sie nicht und Cockerell wird tun, was ich sage. Hast du mich verstanden, Engelchen?« Sie kniff Meggie mit ihren mageren Fingern in die Wange.

Meggie stieß ihre Hand weg und blickte zu Cockerell hinüber. Er trat hinter Fenoglio, lächelte ihr zu und zog ihm den Finger über die Kehle.

Fenoglio stieß ihn zurück und warf Meggie einen Blick zu, der alles in einem sein sollte: Aufmunterung und Trost zugleich und ein stummes Lachen über all die Schrecken, die sie umgaben. Es würde an ihm liegen, ob ihr Plan funktionierte, nur an ihm und seinen Wörtern.

Meggie spürte das Papier in ihrem Ärmel, es kratzte auf der Haut. Ihre Hände kamen ihr vor wie die einer Fremden, als sie in den Seiten blätterte. Die Stelle, an der sie beginnen sollte, war nicht länger nur durch eine umgeknickte Ecke gekennzeichnet. Zwischen den Seiten steckte ein Lesezeichen, schwarz wie verkohltes Holz. »Streich dir das Haar aus der Stirn!«, hatte Fenoglio gesagt. »Das ist mein Zeichen.« Aber gerade als sie die linke Hand hob, wurde es erneut unruhig auf den Bänken.

Flachnase kam zurück, Ruß im Gesicht. Er hastete an Capricorns Seite und raunte ihm etwas zu. Capricorn runzelte die Stirn und sah zu den Häusern hinüber. Meggie entdeckte zwei Rauchfahnen, gleich neben dem Kirchturm. Bleich stiegen sie in den Himmel.

Noch einmal erhob Capricorn sich aus seinem Sessel. Er versuchte, gelassen zu klingen, spöttisch, wie ein Mann, der sich über einen Kinderstreich amüsiert, doch sein Gesicht sagte etwas anderes: »Es tut mir leid, dass ich noch einigen von euch dieses Fest verderben muss, aber heute Nacht kräht auch bei uns der rote Hahn. Es ist ein schmächtiges Hähnchen, doch den Hals umdrehen muss man ihm trotzdem. Flachnase, nimm dir noch mal zehn Männer.«

Flachnase gehorchte und stapfte mit seinen neuen Helfern davon. Die Bänke sahen nun schon deutlich leerer aus. »Keiner von euch zeigt seine Nase wieder hier, bevor ihr den Brandstifter gefunden habt!«, rief Capricorn ihnen nach. »Wir werden ihm gleich hier und heute beibringen, was es heißt, beim Teufel selbst Feuer zu legen!«

Irgendjemand lachte. Doch die meisten der Zurückgebliebenen sahen beunruhigt zum Dorf hinüber. Einige der Mägde waren sogar aufgestanden, doch die Elster rief scharf ihre Namen und sie setzten sich schnell wieder zwischen die anderen, wie Schulkinder, denen man auf die Finger geschlagen hat. Trotzdem blieb es unruhig. Kaum einer sah zu Meggie, fast alle drehten ihr den Rücken zu, zeigten auf den Rauch, steckten die Köpfe zusammen. Am

Kirchturm kroch ein rotes Leuchten empor und über den Dächern ballte sich grauer Rauch.

»Was soll das? Was starrt ihr das bisschen Rauch an?« Nun war der Ärger in Capricorns Stimme nicht mehr zu überhören. »Etwas Rauch, ein paar Flammen. Na und? Wollt ihr euch davon etwa das Fest verderben lassen? Das Feuer ist unser bester Freund, habt ihr das schon vergessen?«

Meggie sah, wie sich die Gesichter zögernd wieder ihr zuwandten. Und dann hörte sie einen Namen. Staubfinger. Eine Frauenstimme hatte ihn gerufen.

»Was soll das?« Capricorns Stimme wurde so scharf, dass Darius fast die Schatulle mit den Schlangen aus den Armen rutschte. »Es gibt keinen Staubfinger mehr. Er liegt dort in den Hügeln, den Mund voll Erde und seinen Marder auf der Brust. Ich will seinen Namen nicht mehr hören. Er ist vergessen, als hätte es ihn nie gegeben ...«

»Das ist nicht wahr.«

Meggies Stimme schallte so laut über den Platz, dass sie selbst zusammenschrak. »Er ist hier!« Sie hielt das Buch hoch. »Egal, was ihr mit ihm macht. Jeder, der die Geschichte liest, wird ihn sehen, sogar seine Stimme kann man hören und wie er lacht und Feuer spuckt.«

Es war still, ganz still auf dem leeren Fußballfeld. Nur ein paar Füße scharrten beunruhigt auf der roten Asche – und plötzlich hörte Meggie etwas in ihrem Rücken. Da war ein Ticken hinter ihr, wie das einer Uhr, und doch klang es anders, es klang wie eine menschliche Zunge, die das Ticken nachahmte: Tick-tack-tick-tack-tick-tack. Das Geräusch kam von den Autos, die hinter dem Drahtzaun parkten und sie mit ihrem Scheinwerferlicht blendeten. Meggie konnte nicht anders, sie sah sich um, trotz der Elster und all der Blicke, die misstrauisch auf ihr ruhten. Sie hätte sich für ihre Dummheit ohrfeigen können. Was, wenn die anderen die Gestalt nun auch gesehen hatten, die schmale Gestalt, die sich zwischen den Autos aufrichtete und rasch wieder duckte. Aber niemand schien sie bemerkt zu haben, ebenso wenig wie das Ticken.

»Das war eine schöne Ansprache!«, sagte Capricorn langsam. »Doch du bist nicht hier, um Trauerreden auf verstorbene Verräter zu halten. Du sollst lesen. Und noch einmal sage ich das nicht!«

Meggie zwang sich, ihn anzublicken. Nur nicht zu den Autos sehen. Was, wenn das wirklich Farid gewesen war? Was, wenn sie sich das Ticken nicht eingebildet hatte …

Die Elster blickte sich misstrauisch um. Vielleicht hatte sie es ja nun auch gehört, das leise, harmlose Ticken, nichts als eine Zunge, die jemand gegen die Zähne stieß. Was bedeutete das schon? Außer man kannte die Geschichte von Captain Hook und seiner Angst vor dem Krokodil mit dem Ticken im Bauch. Die Elster kannte sie bestimmt nicht. Aber Mo wusste, dass Meggie sein Zeichen verstehen würde. Oft genug hatte er sie mit dem Ticken geweckt, ganz dicht an ihrem Ohr, so dicht, dass es kitzelte. »Frühstück, Meggie!«, hatte er geflüstert. »Das Krokodil ist da!«

Ja, Mo wusste, dass sie das Ticken erkennen würde, das Ticken, mit dem Peter Pan sich auf Hooks Schiff geschlichen hatte, um Wendy zu retten. Er hätte ihr kein besseres Zeichen geben können.

Wendy!, dachte Meggie. Wie war es dann weitergegangen? Für einen Moment vergaß sie fast, wo sie war, doch die Elster erinnerte sie daran. Mit der flachen Hand schlug sie ihr gegen den Kopf. »Fang endlich an, du kleine Hexe!«, zischte sie.

Und Meggie gehorchte.

Hastig schob sie das schwarze Lesezeichen von den Buchstaben. Sie musste sich beeilen, sie musste lesen, bevor Mo irgendeine Dummheit machte. Er wusste ja nicht, was sie und Fenoglio vorhatten.

»Ich werde jetzt anfangen, und ich will, dass mich keiner stört!«, rief sie. »Keiner! Verstanden?« Bitte, dachte sie, bitte unternimm nichts!

Ein paar von Capricorns übrig gebliebenen Männern lachten, Capricorn aber lehnte sich zurück und verschränkte erwartungsvoll die Arme. »Ja, merkt euch, was die Kleine gesagt hat!«, rief er. »Wer sie stört, wird dem Schatten als Begrüßungsgeschenk überreicht.«

Meggie schob zwei Finger in ihren Ärmel. Da waren sie, Fenoglios Worte. Sie sah die Elster an. »*Sie* stört mich!«, sagte sie laut. »Ich kann nicht lesen, wenn sie hinter mir steht.«

Capricorn gab der Elster ungeduldig ein Zeichen. Mortola verzog das Gesicht, als hätte er ihr befohlen, Seife zu essen, aber sie trat zurück, zwei, drei zögernde Schritte. Das musste reichen.

Meggie hob die Hand und strich sich das Haar aus der Stirn.

Fenoglios Zeichen.

Er begann auf der Stelle mit seiner Vorstellung. »Nein! Nein! Nein! Sie liest nicht!«, rief er und machte einen Schritt auf Capricorn zu, bevor Cockerell ihn zurückhalten konnte. »Ich kann das nicht zulassen! Ich bin der Erfinder dieser Geschichte und ich habe sie nicht geschrieben, damit sie für Mord und Totschlag missbraucht wird!«

Cockerell versuchte, ihm die Hand auf den Mund zu pressen, doch Fenoglio biss ihm in die Finger und wich ihm mit einer Behändigkeit aus, die Meggie dem alten Mann gar nicht zugetraut hätte.

»Ich habe dich erfunden!«, brüllte er, während Cockerell ihn um Capricorns Sessel jagte. »Und ich bereue es, du schwefelstinkender Schuft.« Dann rannte er auf den Platz hinaus. Erst vor dem Käfig mit den Gefangenen holte Cockerell ihn ein. Für den Spott, den er dafür von den Bänken erntete, drehte er Fenoglio den Arm so fest auf den Rücken, dass der alte Mann einen Schmerzensschrei ausstieß. Doch er sah zufrieden aus, als Cockerell ihn zurück an Capricorns Seite zerrte, sehr zufrieden, denn er wusste, dass er Meggie genug Zeit verschafft hatte. Sie hatten es oft genug geübt. Ihre Finger hatten gezittert, als sie das Blatt aus ihrem Ärmel zog, aber niemand bemerkte etwas, als sie es zwischen die Buchseiten schob. Nicht einmal die Elster.

»Was ist dieser Alte doch für ein Aufschneider!«, rief Capricorn. »Sehe ich vielleicht aus, als hätte mich so einer erfunden?«

Wieder erhob sich Gelächter. Der Rauch über dem Dorf schien vergessen. Cockerell presste Fenoglio die Hand auf den Mund.

»Noch einmal, und diesmal hoffentlich zum letzten Mal!«, rief Capricorn Meggie zu. »Fang an! Die Gefangenen haben lange genug auf den Henker gewartet.«

Stille machte sich noch einmal breit, wieder roch sie nach Angst.

Meggie beugte sich über das Buch auf ihrem Schoß.

Die Buchstaben schienen auf den Seiten zu tanzen.

Komm heraus!, dachte Meggie. Komm heraus und rette uns. Rette uns alle: Elinor und meine Mutter, Mo und Farid. Rette Staubfinger, wenn er noch da ist, und von mir aus sogar Basta.

Ihre Zunge fühlte sich an wie ein kleines Tier, das in ihrem

Mund Zuflucht gefunden hatte und sich nun den Kopf an den Zähnen stieß.

»*Capricorn hatte viele Männer*«, begann sie. »*Und jeder von ihnen war gefürchtet in den umliegenden Orten. Nach kaltem Rauch stanken sie, nach Schwefel und all dem, was einem Feuer schmeckt. Wenn einer von ihnen auf den Feldern oder in den Gassen auftauchte, verschlossen die Menschen die Türen und versteckten ihre Kinder. Feuerfinger nannten sie sie, Bluthunde. Capricorns Männer hatten viele Namen. Man fürchtete sie am Tage und nachts schlichen sie sich in die Träume und vergifteten sie. Doch es gab einen, den die Menschen noch mehr fürchteten als Capricorns Männer.*« Meggie schien es, als würde ihre Stimme mit jedem Wort größer. Sie schien zu wachsen, bis sie überall war. »*Man nannte ihn den Schatten.*«

Zwei Zeilen noch tief unten auf der Seite, dann umblättern. Fenoglios Buchstaben warteten. »Sieh dir das an, Meggie!«, hatte er geflüstert, als er ihr das Blatt zeigte. »Bin ich nicht ein Künstler? Gibt es etwas Schöneres auf der Welt als Buchstaben? Zauberzeichen, Stimmen der Toten, Bausteine für wundersame Welten, besser als diese, Trostspender, Vertreiber der Einsamkeit. Hüter von Geheimnissen, Verkünder der Wahrheit …«

Schmeck jedes Wort, Meggie, flüsterte Mos Stimme in ihr, lass es dir auf der Zunge zergehen. Schmeckst du die Farben? Schmeckst du den Wind und die Nacht? Die Angst und die Freude? Und die Liebe. Schmeck sie, Meggie, und alles erwacht zum Leben.

»*Man nannte ihn den Schatten. Er erschien nur, wenn Capricorn ihn rief*«, las sie. Wie das Sch ihr über die Lippen zischte, wie dunkel das o sich im Mund formte. »*Mal war er rot wie das*

Feuer, mal grau wie die Asche, die es aus allem macht, was es frisst. Wie die Flamme aus dem Holz, so züngelte er aus der Erde. Seine Finger brachten den Tod, selbst sein Atem. Vor den Füßen seines Herrn erhob er sich, lautlos und ohne Gesicht, witternd wie ein Hund auf der Fährte, und wartete darauf, dass sein Herr auf sein Opfer wies. Man sagte, Capricorn hätte den Schatten aus der Asche seiner Opfer erschaffen lassen, von einem Kobold oder den Zwergen, die sich auf alles verstehen, was Feuer und Rauch hervorbringen. Ganz sicher war keiner, denn es hieß, Capricorn hätte die töten lassen, die den Schatten ins Leben gerufen hatten. Nur eines wusste jeder, dass er unsterblich war, unverletzlich und ohne Mitleid, wie sein Herr.«

Meggies Stimme verschwand, als hätte der Wind sie ihr von den Lippen gewischt.

Etwas erhob sich aus dem Schotter, der den Platz bedeckte, wuchs in die Höhe, streckte aschfarbene Glieder. Die Nacht stank nach Schwefel. Der Geruch brannte Meggie so sehr in den Augen, dass die Buchstaben verschwammen, aber sie musste weiterlesen, während das unheimliche Wesen wuchs, höher und höher, als wollte es den Himmel mit seinen schwefligen Fingern berühren.

»Doch eines Nachts, eine milde, sternenreiche Nacht war es, hörte der Schatten nicht Capricorns Stimme, als er erschien, sondern die eines Mädchens, und als es seinen Namen rief, erinnerte er sich: an all die, aus deren Asche er geformt war, an all den Schmerz und all die Traurigkeit …«

Die Elster griff über Meggies Schulter. »Was ist das? Was liest du da?«

Aber Meggie sprang auf und wich vor ihr zurück, bevor sie ihr das Blatt entreißen konnte. »*Er erinnerte sich*«, las sie mit lauter Stimme weiter, »*und er beschloss, Rache zu nehmen, Rache an denen, die Ursache all dieses Unglücks waren, die die Welt vergifteten mit ihrer Grausamkeit.*«

»Sie soll aufhören!«

War das Capricorns Stimme? Meggie stolperte fast über den Rand des Podestes, als sie versuchte, der Elster auszuweichen. Darius stand da und starrte sie entgeistert an, mit der Schatulle in der Hand. Und plötzlich, ganz bedächtig, als habe er alle Zeit der Welt, stellte er die Schatulle ab und schlang der Elster von hinten seine dünnen Arme um die Brust. Und er ließ nicht los, sosehr sie auch strampelte und schimpfte. Und Meggie las weiter, den Blick auf den Schatten gerichtet, der da stand und zu ihr herübersah. Er hatte wirklich kein Gesicht, aber er hatte Augen, furchtbare Augen, rot wie das Leuchten, das drüben zwischen den Häusern glomm, wie die Glut eines verborgenen Feuers.

»Nehmt ihr das Buch weg!«, schrie Capricorn. Er stand vor seinem Sessel, gebeugt, als hätte er Angst, seine Beine würden ihm den Dienst verweigern, wenn er auch nur einen Schritt auf den Schatten zutat. »Nehmt es ihr weg!«

Aber keiner seiner verbliebenen Männer rührte sich, keiner der Jungen, keine der Frauen kam ihm zu Hilfe. Sie alle sahen nur den Schatten an, wie er reglos dastand und Meggies Stimme lauschte, als erzählte sie ihm eine lange vergessene Geschichte.

»*Ja, Rache wollte er nehmen*«, las Meggie weiter. Wenn ihre Stimme doch bloß nicht so gezittert hätte, aber es war nicht leicht zu töten, auch wenn es ein anderer für sie tun würde. »*Und so trat der Schatten auf seinen Herrn zu und streckte die aschfahlen Hände nach ihm aus …*«

Wie lautlos sie sich bewegte, die riesige schreckliche Gestalt!

Meggie starrte Fenoglios nächsten Satz an: *Und Capricorn fiel auf sein Gesicht, und sein schwarzes Herz stand still …*

Sie konnte es nicht sagen, sie konnte nicht.

Es war alles umsonst gewesen.

Dann stand plötzlich jemand hinter ihr, sie hatte gar nicht bemerkt, dass er auf das Podest gestiegen war. Der Junge war bei ihm, er hatte eine Flinte dabei und zielte damit drohend auf die Bänke – doch niemand dort rührte sich. Niemand rührte auch nur einen Finger, um Capricorn zu retten. Und Mo nahm Meggie das Buch aus der Hand, flog mit den Augen die Zeilen entlang, die Fenoglio hinzugefügt hatte, und las mit fester Stimme zu Ende, was der alte Mann geschrieben hatte: »*Und Capricorn fiel auf sein Gesicht, und sein schwarzes Herz stand still, und alle, die mit ihm gebrandschatzt und gemordet hatten, verschwanden – wie Asche, die der Wind verweht.*«

Nur ein verlassenes Dorf

In den Büchern begegne ich den Toten, als wären sie
lebendig,
in den Büchern schaue ich die kommenden Dinge.
Alle Dinge verderben und vergehen mit der Zeit;
aller Ruhm würde der Vergessenheit anheimfallen,
wenn Gott den Sterblichen nicht das Hilfsmittel des
Buches gegeben hätte.
Richard de Bury, zitiert von Alberto Manguel

So starb Capricorn, genau so, wie Fenoglio es geschrieben hatte, und Cockerell verschwand, im selben Augenblick, in dem sein Herr zu Boden fiel, und mit ihm mehr als die Hälfte der Männer, die auf den Bänken saßen. Der Rest lief davon, alle rannten davon, die Jungen und die Frauen. Ihnen entgegen kamen die Männer, die Capricorn losgeschickt hatte, das Feuer zu löschen, und die, die den Brandstifter hatten suchen sollen. Ihre Gesichter waren rußverschmiert und voll Entsetzen, nicht der Flammen wegen, die an Capricorns Haus gefressen hatten … die hatten sie gelöscht. Nein. Vor ihren Augen hatte sich Flachnase in nichts aufgelöst und mit ihm noch etliche andere. Fort waren sie, als hätte die Dunkelheit sie verschluckt, als hätte es sie nie gegeben, und vielleicht war das ja auch so. Der Mann, der sie erschaffen hatte, hatte sie auch ausgelöscht, wegradiert wie Fehler in einer Zeichnung, Flecken auf weißem Papier. Fort waren sie, und die anderen, die nicht aus Fenoglios Worten geboren waren, rannten zurück, um Capricorn von dem Entsetzlichen zu berichten. Doch Capricorn lag auf seinem Gesicht, der Schotter klebte ihm am roten Anzug, und niemand würde ihm je wieder berichten – von Feuer und Rauch, von Angst und Tod. Nie wieder.

Nur der Schatten stand da, so groß, dass die Männer, die über den Parkplatz gerannt kamen, ihn schon von Weitem sahen, grau vor dem nachtschwarzen Himmel, die Augen zwei brennende Sterne, und sie vergaßen, was sie hatten berichten wollen, jeder drängte zu den Wagen, die auf dem Parkplatz standen. Nur fort wollten sie, fort, bevor das Wesen, das wie ein Hund gerufen worden war, sie alle fraß.

Meggie kam erst zu sich, als sie alle fort waren. Sie hatte den Kopf unter Mos Arm geschoben, so wie sie es immer tat, wenn sie die Welt nicht mehr sehen wollte, und Mo hatte das Buch unter die Jacke gesteckt, in der er wirklich fast wie einer von Capricorns Männern aussah, und sie festgehalten, während alles um sie her rannte und schrie und nur der Schatten ganz still war, so still, als hätte es ihm alle Kraft genommen, seinen Herrn zu töten.

»Farid«, hörte sie Mo irgendwann sagen, »kannst du den Käfig da öffnen?«

Erst da zog sie den Kopf unter Mos Arm hervor und sah, dass die Elster noch da war. Warum war sie nicht verschwunden? Darius hielt sie immer noch fest, als habe er Angst vor dem, was geschehen würde, wenn er sie losließ. Aber sie trat und wehrte sich nicht mehr. Sie sah nur zu Capricorn hinüber und die Tränen liefen ihr über das scharf geschnittene Gesicht, über das kleine weiche Kinn und tropften auf ihr Kleid wie Regen.

Farid sprang von dem Podest, behände wie Gwin, und lief auf den Käfig zu, ohne den Schatten dabei aus den Augen zu lassen.

Doch der regte sich immer noch nicht, er stand nur da, als würde er sich nie, nie wieder regen.

»Meggie«, flüsterte Mo ihr zu. »Lass uns zu den Gefangenen gehen, ja? Die arme Elinor sieht etwas mitgenommen aus und außerdem möchte ich dir jemanden vorstellen.«

Farid machte sich schon an der Tür des Käfigs zu schaffen und die beiden Frauen blickten zu ihnen herüber.

»Du brauchst sie mir nicht vorzustellen«, sagte Meggie und drückte seine Hand. »Ich weiß, wer sie ist. Ich weiß es schon lange, ich wollte es dir so gern erzählen, aber du warst ja nicht da, und jetzt müssen wir erst noch etwas lesen. Die letzten Sätze.« Sie zog das Buch unter Mos Jacke hervor und blätterte, bis sie auf Fenoglios Zettel zwischen den Seiten stieß. »Er hat sie auf die andere Seite geschrieben, sie passten nicht mehr darauf«, sagte sie. »Er kann einfach keine kleinen Buchstaben schreiben.«

Fenoglio.

Sie ließ den Zettel sinken und sah sich suchend um, aber sie konnte ihn nirgends entdecken. Ob Capricorns Männer ihn mitgenommen hatten, oder ...

»Mo, er ist nicht da!«, sagte sie bestürzt.

»Ich such gleich nach ihm«, beschwichtigte Mo sie. »Aber jetzt lies, schnell! Oder soll ich es tun?«

»Nein!«

Der Schatten begann, sich wieder zu regen, er machte einen Schritt auf den toten Capricorn zu, taumelte zurück und drehte sich, plump wie ein Tanzbär. Meggie glaubte, ein Stöhnen zu hören. Farid duckte sich neben dem Käfig zusammen, als die roten Augen in seine Richtung starrten. Auch Elinor und ihre Mutter wichen zurück. Meggie aber las mit fester Stimme:

»Der Schatten stand da, und die Erinnerungen schmerzten ihn so sehr, dass es ihn fast zerriss. Er hörte sie in seinem Kopf, all die Schreie und Seufzer, er glaubte, die Tränen auf seiner grauen Haut zu spüren. Ihre Angst brannte wie Rauch in seinen Augen. Und dann, ganz plötzlich, spürte er etwas anderes. Es ließ ihn zusammensinken, auf die Knie zwang es ihn, seine ganze grausige Gestalt zerfiel, und plötzlich waren sie alle wieder da, all die, aus deren Asche er geschaffen worden war: Frauen und Männer, Kinder, Hunde, Katzen, Kobolde, Feen und noch viele mehr.«

Meggie sah, wie sich der leere Platz füllte. Mehr und mehr wurden es. Sie drängten sich dort, wo der Schatten zusammengesunken war, sahen sich um wie Schläfer, die erwacht waren, und Meggie las Fenoglios letzten Satz: *»Sie erwachten wie aus einem bösen Traum und alles wurde endlich gut.«*

»Er ist nicht mehr da!«, sagte Meggie, als Mo ihr Fenoglios Blatt aus der Hand nahm und es zurück in das Buch legte. »Er ist fort, Mo! Er ist in dem Buch. Ich weiß es.«

Mo betrachtete das Buch und schob es wieder unter seine Jacke. »Ja, ich glaube, du hast recht«, sagte er. »Aber wenn es so ist, können wir es fürs Erste nicht ändern.« Dann zog er Meggie mit sich, hinunter von dem Podest, zwischen all die Menschen und fremdartigen Wesen, die sich auf Capricorns Platz drängten, als wären sie immer schon da gewesen. Darius folgte ihnen, er hatte die Elster doch noch losgelassen, sie stand neben dem Stuhl, auf dem Meggie gesessen hatte, die knochigen Hände auf die Lehne gestützt, und weinte, lautlos, mit ausdruckslosem Gesicht, als bestünde sie nur noch aus Tränen.

Eine Fee flatterte Meggie ins Haar, als sie mit Mo auf den Käfig zuging, in dem Elinor und ihre Mutter steckten – ein winziges, blauhäutiges Ding, das sich wortreich entschuldigte. Dann stolperte ihr ein zottiger Kerl vor die Füße, halb Mensch, halb Tier schien er zu sein, und schließlich trat sie fast auf ein winziges Männlein, das vollkommen aus Glas zu bestehen schien. Capricorns Dorf hatte ein paar seltsame neue Bewohner bekommen.

Farid versuchte immer noch, das Schloss zu öffnen, als sie den Käfig erreichten. Mit finsterem Gesicht stocherte er daran herum, murmelte etwas wie: Staubfinger habe es ihm aber genau so gezeigt, und das sei einfach ein ganz besonderes Schloss.

»Na, wunderbar!«, spottete Elinor und presste ihr Gesicht von innen gegen das Gitter. »Jetzt hat uns zwar dieser Schatten nicht verspeist, dafür müssen wir aber leider in einem Käfig verhungern. Was sagst du zu deiner Tochter, Mo? Ist sie nicht ein tapferes kleines Ding? Nicht ein Wort hätte ich über die Lippen bekommen, nicht ein einziges Wort. Gott, mir ist fast das Herz stehen geblieben, als diese Alte ihr das Buch wegreißen wollte.«

Mo legte Meggie die Hand auf die Schulter und lächelte, aber ansehen tat er jemand anderen. Neun Jahre sind eine lange, sehr, sehr lange Zeit.

»Ich hab es! Ja, ich hab es!«, rief Farid und stieß die Käfigtür auf. Aber bevor die beiden Frauen auch nur einen Schritt darauf zugehen konnten, erhob sich eine Gestalt in der dunkelsten Ecke des Zwingers, sprang auf sie zu und griff sich die Erste, die ihm in den Weg kam – Meggies Mutter.

»Halt!«, zischte Basta. »Halt, halt, nicht so eilig. Wo willst du denn hin, Resa? Zu deiner lieben Familie? Meinst du, ich habe all das Gewisper unten in der Gruft nicht verstanden? O doch, das habe ich.«

»Lass sie los!«, schrie Meggie. »Lass sie los!« Warum hatte sie denn nur nicht auf das dunkle Bündel geachtet, das da so reglos in der Ecke gelegen hatte? Wie hatte sie denn nur denken können, dass Basta ebenso tot war wie Capricorn? Aber wieso war er es nicht? Warum war er nicht verschwunden, wie Flachnase und Cockerell und all die anderen?

»Lass sie los, Basta!« Mo sprach ganz leise, als hätte er keine Kraft für mehr. »Du kommst hier nicht raus, auch nicht mit ihr. Keiner wird dir helfen, sie sind alle fort.«

»O doch, ich komme raus!«, erwiderte Basta mit hämischer Stimme. »Ich drück ihr die Kehle zu, wenn du mich nicht vorbeilässt. Ich breche ihr den dünnen Hals. Weißt du eigentlich, dass sie nicht sprechen kann? Keinen Ton kann sie von sich geben, weil Darius, der Stümper, sie herausgelesen hat. Ein stummer Fisch ist sie, ein hübscher, stummer Fisch. Aber so wie ich dich kenne, willst du sie trotzdem zurück, nicht wahr?«

Mo antwortete nicht und Basta lachte.

»Warum bist du nicht tot?«, schrie Elinor ihn an. »Warum bist du nicht umgefallen wie dein Herr oder hast dich in Luft aufgelöst? Sag schon!«

Basta zuckte nur die Achseln: »Was weiß ich?«, schnurrte er, während er Resas Hals mit seiner Hand umschloss. Sie versuchte, ihn zu treten, doch er drückte ihr die Kehle nur noch fester zu. »Die Elster ist schließlich auch noch da, aber sie hat ja auch immer die anderen die Drecksarbeit machen lassen, und was mich betrifft – vielleicht gehör ich jetzt zu den Guten, weil sie mich in den Käfig gesteckt haben? Vielleicht steh ich noch hier, weil ich schon lange nichts mehr angesteckt hab und Flachnase viel mehr Spaß am Umbringen hatte? Vielleicht, vielleicht, vielleicht ... jedenfalls bin ich noch hier … und jetzt lass mich durch, Bücherfresserin!«

Aber Elinor rührte sich nicht.

»Nein!«, sagte sie. »Du kommst hier nur raus, wenn du sie loslässt! Ich hätte nie gedacht, dass diese Geschichte ein gutes Ende nimmt, aber sie hat es – und das wirst du kleiner Bastard nicht in letzter Minute verderben. So wahr ich Elinor Loredan heiße!« Mit entschlossener Miene stellte sie sich vor die Käfigtür. »Diesmal hast du dein Messer nicht dabei!«, fuhr sie mit drohend leiser Stimme fort. »Du hast nur dein gemeines Mundwerk, und das, glaub mir, wird dir jetzt gar nichts nützen. Drück ihm die Finger in die Augen, Teresa! Tritt ihn, beiß ihn, den Mistkerl!«

Aber bevor Teresa gehorchen konnte, stieß Basta sie von sich, so heftig, dass sie gegen Elinor stolperte und sie umriss, sie und Mo, der den beiden zu Hilfe kommen wollte.

Und Basta sprang auf die offene Käfigtür zu, stieß den verblüfften Farid und Meggie zur Seite – und rannte davon, vorbei an all denen, die immer noch wie Schlafwandler auf Capricorns Festplatz umherirrten. Bevor Farid oder Mo ihm nachlaufen konnten, war er verschwunden.

»Na, fabelhaft!«, murmelte Elinor, während sie mit Teresa aus dem Käfig stolperte. »Jetzt wird der Kerl mich in meinen Träumen verfolgen und jedes Mal, wenn ich nachts draußen in meinem Garten etwas rascheln höre, werde ich mir vorstellen, dass sein Messer mir an der Kehle sitzt.«

Aber nicht nur Basta war fort, auch die Elster verschwand spurlos in dieser Nacht. Und als sie sich müde auf den Weg zum Parkplatz machten, um irgendein Auto zu finden, das sie fortbrachte aus Capricorns Dorf, waren auch sämtliche Wagen verschwunden. Nicht ein Auto stand mehr auf dem nun dunklen Platz.

»O nein, bitte sagt mir, dass das nicht wahr ist!«, stöhnte Elinor. »Heißt das, wir dürfen wieder zu Fuß gehen, den ganzen dreimal verfluchten stachelübersäten Weg?«

»Wenn du nicht zufällig ein Telefon dabeihast«, sagte Mo. Nicht einen Schritt war er von Teresas Seite gewichen, seit Basta fort war. Er hatte sich besorgt ihren Hals angesehen – die roten Flecken, die Bastas Finger hinterlassen hatten, sah man immer noch – und er hatte sich eine Strähne ihres Haares durch die Finger gleiten lassen und gesagt, dass es ihm dunkel fast noch besser gefiel. Aber neun Jahre sind wirklich eine lange Zeit, und Meggie beobachtete, wie vorsichtig die beiden wieder aufeinander zugingen, wie Menschen auf einer schmalen Brücke, die über ein weites, weites Nichts führt.

Elinor hatte natürlich kein Telefon dabei. Capricorn hatte es ihr abnehmen lassen, und obwohl Farid sich sogleich anbot, Capricorns rußgeschwärztes Haus danach abzusuchen, fand es sich nicht wieder.

Also beschlossen sie schließlich, noch eine letzte Nacht in dem Dorf zu verbringen, zusammen mit all denen, die Fenoglio vom Tod zurückgeholt hatte. Es war immer noch eine wunderschöne, milde Nacht, und unter den Bäumen ließ sich sicherlich gut übernachten.

Meggie besorgte mit Mo Decken, es gab genug davon in dem aufs Neue verlassenen Dorf. Nur Capricorns Haus betraten sie nicht. Meggie wollte nie wieder einen Fuß über seine Schwelle setzen, nicht wegen des beißenden Brandgeruchs, der immer noch aus den Fenstern quoll, nicht wegen der verkohlten Türen, sondern der Erinnerungen wegen, die sie schon bei seinem Anblick ansprangen wie bissige Tiere.

Als sie zwischen Mo und ihrer Mutter unter einer der alten Korkeichen saß, die den Parkplatz umstanden, musste sie für einen Augenblick an Staubfinger denken und fragte sich, ob Capricorn in seinem Fall vielleicht doch nicht gelogen hatte und er wirklich tot irgendwo in den Hügeln lag. Vermutlich werde ich nie erfahren, was aus ihm geworden ist, dachte sie, während sich über ihr eine der blauen Feen mit ratlosem Gesicht auf einem Zweig wiegte.

Das ganze Dorf schien verzaubert in dieser Nacht. Die Luft war erfüllt von Gemurmel, und die Gestalten, die über den Parkplatz schlenderten, sahen aus, als wären sie Kinderträumen entschlüpft und nicht den Worten eines alten Mannes. Auch das fragte sich Meggie in dieser Nacht immer wieder: wo Fenoglio jetzt wohl war und ob es ihm gefiel in seiner eigenen Geschichte. Sie wünschte es ihm so sehr. Aber sie wusste, dass ihm seine Enkel fehlen würden und die Versteckspiele in seinem Küchenschrank.

Bevor Meggie die Augen zufielen, sah sie Elinor zwischen den Kobolden und Feen herumschlendern, mit so glücklichem Gesicht, wie sie es bei ihr noch nie gesehen hatte. Links und rechts von Meggie aber saßen ihre Eltern, und ihre Mutter schrieb, auf Baumblätter, auf den Stoff ihres Kleides und in den Sand. Es gab so viele Wörter, die erzählt sein wollten …

Heimweh

Und doch wusste Bastian, dass er ohne das Buch nicht weggehen konnte. Jetzt war ihm klar, dass er überhaupt nur dieses Buches wegen hierher gekommen war, es hatte ihn auf geheimnisvolle Art gerufen, weil es zu ihm wollte, weil es eigentlich schon seit immer ihm gehörte!
Michael Ende, Die unendliche Geschichte

Staubfinger sah alles mit an, von einem Dach aus, das gerade so weit entfernt von Capricorns Festplatz war, dass er sich vor dem Schatten sicher fühlte und doch alles verfolgen konnte – durch das Fernglas, das er in Bastas Haus gefunden hatte. Erst hatte er in seinem Versteck bleiben wollen. Zu oft schon hatte er den Schatten töten sehen. Aber ein seltsames Gefühl, unvernünftig wie Bastas Amulette, hatte ihn dann doch hergetrieben: das Gefühl, dass er das Buch beschützen könnte durch seine bloße Anwesenheit. Als er hinaus auf die Gasse schlüpfte, spürte er noch etwas anderes, etwas, das er sich nur ungern eingestand: Er wollte Basta sterben sehen, durch dasselbe Fernglas, mit dem Basta so oft seine künftigen Opfer beobachtet hatte.

Und so hockte er dann da, auf den Schindeln eines löchrigen Daches, den Rücken gegen den kalten Schornstein gelehnt, mit rußgeschwärztem Gesicht (denn das Gesicht ist ein verräterisch helles Ding in der Nacht), und beobachtete, wie dort, wo Capricorns Haus stand, Rauch in den Himmel stieg. Er sah, wie Flachnase mit einigen Männern davonzog, um es zu löschen. Er sah, wie der Schatten aus dem Boden wuchs, wie der alte Mann verschwand, das Gesicht voll grenzenlosem Erstaunen, und wie Capricorn den Tod starb, den er selbst herbeigerufen hatte. Basta starb leider nicht, was wirklich ärgerlich war. Staubfinger sah ihn davonrennen. Die Elster folgte ihm, das sah er auch.

Er sah alles: Staubfinger, der Zuschauer.

Er war schon oft nur der Zuschauer gewesen, und dies war nicht seine Geschichte. Was gingen sie ihn an, Zauberzunge und seine Tochter, der Junge, die Büchernärrin und die Frau, die nun wieder einem anderen gehörte! Sie hätte mit ihm fliehen können, aber sie war in der Gruft geblieben, bei ihrer Tochter, also hatte er sie aus seinem Herzen gestoßen, wie er es immer tat, wenn sich dort jemand zu dauerhaft einnisten wollte. Er war froh, dass der Schatten sie nicht geholt hatte, aber sie ging ihn nichts mehr an. Von nun an würde Resa eben Zauberzunge wieder all die wunderbaren Geschichten erzählen, die die Einsamkeit verscheuchten und das Heimweh und die Angst. Was kümmerte es ihn.

Und die Feen und die Kobolde, die da plötzlich auf Capricorns Platz herumstolperten? Sie hatten in dieser Welt ebenso wenig zu suchen wie er und auch sie würden ihn nicht vergessen lassen, dass er nur aus einem Grund noch hier war. Nur das Buch interessierte ihn noch, nur das Buch, und als er gesehen hatte, wie Zauberzunge es sich unter die Jacke schob, hatte er beschlossen, es sich zurückzuholen. Wenigstens das Buch würde ihm gehören, es musste ihm gehören. Er würde über die Seiten streichen, und wenn er dabei die Augen schloss, würde er wieder zu Hause sein.

Der Alte war nun dort, der Alte mit dem faltigen Gesicht. Verrückt. Ja, deine Angst, Staubfinger!, dachte er bitter. Du bist und bleibst ein Feigling. Warum hast *du* nicht neben Capricorn gestanden? Warum hast du dich nicht hinuntergetraut, vielleicht wärst *du* dann verschwunden, so wie der Alte verschwunden ist.

Die Fee mit den Schmetterlingsflügeln und dem milchweißen Gesicht war ihm nachgeschwirrt. Sie war ein eitles kleines Ding. Jedes Mal, wenn sie ihr Spiegelbild in irgendeinem Fenster sah, verweilte sie mit einem selbstvergessenen Lächeln davor, drehte und wendete sich in der Luft, fuhr sich mit den Fingern durchs Haar und betrachtete sich, als wäre sie jedes Mal aufs Neue entzückt von der eigenen Schönheit. Die Feen, die er gekannt hatte, waren nicht besonders eitel gewesen, im Gegenteil, manchmal hatten sie ein ausgesprochenes Vergnügen daran gehabt, sich die winzigen Gesichter mit Schlamm oder Blütenstaub zu beschmieren und ihn dann kichernd zu fragen, welche von ihnen sich hinter all dem Schmutz verbarg.

Vielleicht sollte ich mir doch eine fangen!, dachte Staubfinger. Sie könnte mich unsichtbar machen. Es wäre wunderbar, mal wieder unsichtbar zu sein. Und so einen Kobold – ich könnte mit ihm auftreten. Alle würden glauben, er wäre nichts als ein klein gebliebener Mensch in einem pelzigen Anzug. Niemand kann so lange auf dem Kopf stehen wie ein Kobold, niemand kann so gut Grimassen schneiden, und dann ihre komischen ausgelassenen Tänzchen ... ja, warum nicht?

Als der Mond schon über den halben Himmel gewandert war und Staubfinger immer noch auf dem Dach hockte, wurde die Fee mit den Schmetterlingsflügeln ungeduldig. Ihr Klingeln klang schrill und zornig, als sie um ihn herumschwirrte. Was wollte sie? Dass er sie dorthin zurückbrachte, wo sie hergekommen war, dorthin, wo alle Feen Schmetterlingsflügel hatten und man ihre Sprache verstand?

»Da redest du mit dem Falschen«, sagte er leise zu ihr. »Siehst du das Mädchen dort unten und den Mann, der neben der Frau mit dem aschblonden Haar sitzt? Das sind die Richtigen, aber ich sage dir gleich: Sie sind zwar groß darin, dich in ihre Welt hineinzulocken, doch vom Zurückbringen verstehen sie nicht viel. Trotzdem, versuch es! Vielleicht hast du ja mehr Glück als ich!«

Die Fee drehte sich um, blickte hinunter, warf ihm einen letzten, gekränkten Blick zu und schwirrte davon. Staubfinger sah, wie ihr Leuchten sich mit dem Leuchten der anderen Feen mischte, wie sie sich umschwirrten und durch die Zweige der Bäume jagten. Sie waren so vergesslich. Kein Kummer lebte länger als einen Tag in ihren kleinen Köpfen – und wer weiß, vielleicht hatte die milde Nachtluft sie längst vergessen lassen, dass dies nicht ihre Geschichte war.

Es dämmerte schon, als unten endlich alle schliefen. Nur der Junge hielt Wache. Er war ein misstrauischer Junge, immer auf der Hut, immer wachsam, außer wenn er mit dem Feuer spielte. Staubfinger musste lächeln, als er an sein eifriges Gesicht dachte und daran, wie er sich die Lippen versengt hatte, als er sich aus seinem Rucksack heimlich die Fackeln geholt hatte. Der Junge würde kein Problem sein. Nein. Ganz gewiss nicht.

Zauberzunge und Resa schliefen unter einem Baum, Meggie lag zwischen den beiden, behütet wie ein junger Vogel im warmen Nest. Nur einen Schritt weiter schlief Elinor. Sie lächelte im Schlaf. Staubfinger hatte sie noch nie so glücklich gesehen. Auf ihrer Brust lag eine der Feen, zusammengerollt wie ein Engerling, Elinor hatte die Hand um sie gelegt. Das Gesicht der Fee war kaum größer als ihre Daumenkuppe und das Feenlicht sickerte durch Elinors kräftige Finger wie ein eingefangener Stern.

Farid richtete sich auf, sobald er Staubfinger näher kommen sah. Er hatte eine Flinte in der Hand, bestimmt hatte sie mal einem von Capricorns Männern gehört. »Du ... du bist gar nicht tot?«, hauchte er ungläubig. Er trug immer noch keine Schuhe. Kein Wunder, er war ständig über die Schuhbänder gestolpert, und das Schleifenbinden hatte ihm große Probleme bereitet.

»Nein, ich bin nicht tot.« Staubfinger blieb neben Zauberzunge stehen und blickte auf ihn hinunter, auf ihn und Resa. »Wo ist Gwin?«, fragte er den Jungen. »Ich hoffe, du hast gut auf ihn aufgepasst!«

»Er war weggelaufen, nachdem sie auf uns geschossen hatten, aber er ist zurückgekommen!« Aus der Stimme des Jungen klang Stolz.

»So.« Staubfinger ging neben Zauberzunge in die Hocke. »Tja, er wusste schon immer, wann es Zeit wird davonzurennen, genau wie sein Herr.«

»Letzte Nacht haben wir ihn im Lager gelassen, oben bei dem verbrannten Haus, weil wir wussten, dass es ziemlich gefährlich wird«, fuhr der Junge fort. »Aber ich wollte ihn holen gehen, sobald meine Wache vorbei ist.«

»Nun, das kann ich ja nun erledigen. Mach dir keine Sorgen, es geht ihm bestimmt gut. So ein Marder weiß sich durchzuschlagen.« Staubfinger streckte die Hand aus und schob sie unter Zauberzunges Jacke.

»Was tust du?« Die Stimme des Jungen klang beunruhigt.

»Ich nehme mir nur, was mir gehört«, antwortete Staubfinger.

Zauberzunge regte sich nicht, als er ihm das Buch aus der Jacke zog. Er schlief tief und fest. Was sollte seinen Schlaf auch jetzt noch stören? Er hatte alles, was er begehrte.

»Es ist nicht deins!«

»Ist es doch.« Staubfinger richtete sich auf. Er sah hinauf in die Zweige. Gleich drei Feen schliefen da oben, er hatte sich immer schon gefragt, wie sie in den Bäumen schlafen konnten, ohne herunterzufallen. Vorsichtig pflückte er zwei von dem dünnen Zweig, auf dem sie lagen, pustete ihnen sacht ins Gesicht, als sie gähnend die Augen aufschlugen, und schob sie in seine Tasche.

»Das Pusten macht sie schläfrig«, erklärte er dem Jungen. »Nur ein kleiner Tipp – falls du mal mit ihnen zu tun hast. Aber ich glaube, es funktioniert nur bei den blauen.«

Einen Kobold weckte er nicht auf. Sie waren ein starrköpfiges Volk, es würde lange dauern, einen von ihnen davon zu überzeugen, mit ihm zu gehen, und womöglich würde Zauberzunge vorher aufwachen.

»Nimm mich mit!« Der Junge stellte sich ihm in den Weg. »Hier, ich habe deinen Rucksack.« Er hielt ihn hoch, als wolle er sich damit Staubfingers Gesellschaft erkaufen.

»Nein.« Staubfinger nahm ihm den Rucksack ab, hängte ihn sich über die Schulter und drehte ihm den Rücken zu.

»Doch!« Der Junge lief ihm nach. »Du musst mich mitnehmen. Was soll ich Zauberzunge sonst sagen, wenn er merkt, dass das Buch fort ist?«

»Sag ihm, du bist eingeschlafen.«

»Bitte!«

Staubfinger blieb stehen. »Was ist mit ihr?« Er wies auf Meggie. »Das Mädchen gefällt dir doch. Warum bleibst du nicht bei ihr?«

Der Junge wurde rot. Er starrte das Mädchen lange an, als wollte er sich ihren Anblick einprägen. Dann drehte er sich wieder zu Staubfinger um. »Ich gehör nicht zu ihnen.«

»Zu mir gehörst du auch nicht.« Staubfinger ließ ihn noch einmal stehen, aber als der Parkplatz schon viele Meter hinter ihm lag, war der Junge immer noch da. Er versuchte, so leise zu gehen, dass Staubfinger ihn nicht hörte, und als er sich umdrehte, blieb er stehen wie ein ertappter Dieb.

»Was soll das? Ich werde sowieso nicht mehr lange hier sein!«, fuhr Staubfinger ihn an. »Jetzt, wo ich das Buch habe, werde ich mir jemanden suchen, der mich wieder hineinliest, und wenn es so ein Stotterer wie Darius ist, der mich mit einem Hinkebein oder eingedrücktem Gesicht heimschickt. Was fängst du dann an? Dann bist du allein.«

Der Junge zuckte die Schultern und blickte ihn an, mit seinen rußschwarzen Augen. »Feuer spucken kann ich schon ganz gut!«, sagte er. »Ich hab viel geübt, während du weg warst. Aber das Schlucken klappt noch nicht ganz so gut.«

»Das ist auch schwerer. Du machst es zu hastig. Tausendmal habe ich dir das schon gesagt.«

Sie fanden Gwin bei den Ruinen des verbrannten Hauses, schläfrig, mit Federn an der Schnauze. Er schien erfreut, Staubfinger zu sehen, er leckte ihm sogar die Hand, aber dann lief er dem Jungen hinterher. Sie gingen, bis es hell war, immer Richtung Süden, wo irgendwo das Meer lag. Dann machten sie Rast, mit Vorräten aus Bastas Küchenschrank: etwas Wurst, rot und scharf, ein Stück Käse, Brot und Olivenöl. Das Brot war schon etwas hart, sie tauchten es in das Öl, aßen, schweigend nebeneinander im Gras sitzend, und dann gingen sie weiter. Zwischen den Bäumen blühte blau und mattrosa wilder Salbei. In Staubfingers Tasche rührten sich die Feen – und der Junge ging hinter ihm wie ein zweiter Schatten.

Nach Hause

Und er segelte zurück,
fast ein ganzes Jahr
und viele Wochen lang
und noch einen Tag
bis in sein Zimmer, wo es Nacht war
und das Essen auf ihn wartete,
und es war noch warm.
Maurice Sendak, Wo die wilden
Kerle wohnen

Als Mo am Morgen merkte, dass das Buch fort war, kam Meggie zuerst der Gedanke, Basta hätte es genommen, und ihr wurde schlecht vor Angst bei der Vorstellung, dass er um sie herumgeschlichen war, während sie schliefen. Doch Mo hatte einen anderen Verdacht.

»Farid ist auch fort, Meggie!«, sagte er. »Glaubst du, er wäre mit Basta gegangen?«

Nein, das glaubte sie nicht. Farid wäre nur mit einem gegangen. Meggie konnte sich gut vorstellen, wie Staubfinger aus der Dunkelheit aufgetaucht war, genau wie damals, in der Nacht, in der alles begonnen hatte.

»Aber Fenoglio!«, sagte sie.

Darauf seufzte Mo nur. »Ich weiß nicht, ob ich versucht hätte, ihn zurückzuholen, Meggie«, sagte er. »Es ist schon zu viel Unheil aus diesem Buch gekommen, und ich bin kein Schriftsteller, der sich die Worte schreiben kann, die er vorlesen will. Ich bin nur so etwas wie ein Arzt für Bücher. Ich kann ihnen neue Einbände geben, kann sie ein bisschen jünger machen, ihnen die Bücherwürmer austreiben und verhindern, dass sie mit den Jahren ihre Seiten verlieren wie ein Mann seine Haare. Aber ihre Geschichten weiterspinnen, neue, leere Seiten mit den richtigen Worten füllen, das kann ich nicht. Das ist ein anderes, ganz anderes Handwerk. Ein berühmter Schriftsteller hat mal geschrieben: *Man kann einen Schriftsteller als dreierlei ansehen: als Geschichtenerzähler, als Lehrer oder als Magier ... aber das Übergewicht hat der Magier, der Zauberer.* Ich habe schon immer geglaubt, dass er damit recht hat.«

Meggie wusste nicht, was sie darauf sagen sollte. Sie wusste nur, dass sie Fenoglios Gesicht vermisste. »Und Tinker Bell?«, fragte sie. »Was ist mit ihr? Muss sie nun auch hierbleiben?« Als sie aufgewacht war, hatte die Fee neben ihr im Gras gelegen. Jetzt schwirrte sie mit den anderen Feen herum. Wie ein Schwarm Motten sahen sie aus, wenn man nicht allzu genau hinschaute. Meggie konnte sich beim besten Willen nicht erklären, wie sie Basta entkommen war. Hatte er sie nicht in einen Krug stecken wollen?

»Nun, soweit ich mich erinnere, hatte Peter Pan irgendwann sowieso vergessen, dass es sie überhaupt gibt«, sagte Mo. »Stimmt's?«

Ja, daran erinnerte Meggie sich auch.

»Trotzdem!«, murmelte sie. »Armer Fenoglio!«

Aber im selben Moment, in dem sie das sagte, schüttelte ihre Mutter energisch den Kopf. Mo suchte in seinen Taschen nach Papier, alles, was er fand, war die Rechnung einer Tankstelle und ein Filzstift. Teresa nahm ihm beides mit einem Lächeln aus der Hand. Dann schrieb sie, während Meggie neben ihr im Gras hockte: *Er muss dir nicht leidtun. Er ist in keiner schlechten Geschichte gelandet.*

»Ist Capricorn noch dort? Bist du ihm je begegnet?«, fragte Meggie. Wie oft hatten Mo und sie sich das gefragt. *Tintenherz* erzählte schließlich immer noch von ihm. Aber vielleicht gab es tatsächlich etwas hinter der gedruckten Geschichte, eine ganze Welt, die sich veränderte, so wie diese es tat, mit jedem Tag.

Ich habe nur von ihm gehört, schrieb ihre Mutter. *Man redete von ihm, als sei er verreist. Doch es gab andere, ebenso schlimm wie er. Es ist eine Welt voller Schrecken und Schönheit und* – ihre Buchstaben wurden so klein, dass Meggie sie kaum entziffern konnte – *ich konnte Staubfingers Heimweh immer gut verstehen.*

Der letzte Satz beunruhigte Meggie, doch als sie ihre Mutter besorgt ansah, lachte die und griff nach ihrer Hand. *Nach euch hatte ich mehr Heimweh, viel mehr,* schrieb sie ihr auf die Handfläche, und Meggie schloss die Finger um die Wörter, als könnte sie sie auf die Art festhalten. Auf der langen Fahrt zu Elinors Haus las sie sie noch oft, und es dauerte viele Tage, bis sie verblassten.

Elinor hatte sich nicht damit abfinden können, dass sie sich noch einmal zu Fuß durch die dornigen, schlangenbewohnten Hügel kämpfen sollte. »Bin ich verrückt?«, schimpfte sie. »Die Füße tun mir schon weh, wenn ich nur daran denke.« Und so machten sie und Meggie sich noch einmal auf die Suche nach einem Telefon. Es war ein seltsames Gefühl, durch das nun wirklich verlassene Dorf zu gehen, vorbei an Capricorns rauchgeschwärztem Haus und dem halb verkohlten Portal der Kirche. Auf dem Platz davor stand das Wasser. Der blaue Himmel spiegelte sich darin und ließ es fast so aussehen, als habe sich der Platz über Nacht in einen

See verwandelt. Die Schläuche, mit denen Capricorns Männer das Haus ihres Herrn gerettet hatten, wanden sich wie riesige Schlangen darin. Das Feuer hatte tatsächlich nur das untere Stockwerk verwüstet, doch Meggie traute sich trotzdem nicht hinein, und nachdem sie in mehr als einem Dutzend anderer Häuser vergeblich gesucht hatten, verschwand Elinor schließlich allein durch die verbrannte Tür. Meggie erklärte ihr, wo sie das Zimmer der Elster finden konnte, und Elinor nahm eine Flinte mit, für den Fall, dass die Alte zurückgekommen war, um wenigstens einige von ihren Schätzen und denen ihres räuberischen Sohnes zu retten. Aber die Elster war verschwunden, ebenso wie Basta, und Elinor kam mit einem triumphierenden Lächeln auf den Lippen und einem Telefon zurück.

Sie ließ ein Taxi kommen. Es war etwas schwierig, dem Fahrer klarzumachen, dass er die Straßensperre, auf die er stoßen würde, nicht beachten sollte, doch zum Glück glaubte er wenigstens nicht an die Teufelsgeschichten, die man sich über das Dorf erzählte. Mo und Elinor erwarteten ihn schon an der Straße, damit er die Feen und Kobolde nicht zu Gesicht bekam. Während Meggie mit ihrer Mutter im Dorf blieb, ließen die beiden sich in den nächsten größeren Ort fahren, um ein paar Stunden später mit zwei Leihwagen zurückzukommen, Kleinbussen genauer gesagt. Denn Elinor hatte beschlossen, all den fremdartigen Wesen, die es in ihre Welt verschlagen hatte, ein Zuhause anzubieten. »Asyl«, wie sie es nannte, »schließlich hat unsere Welt weder Geduld noch allzu viel Verständnis für Menschen, die etwas anders sind. Wie soll es da erst solchen gehen, die blau sind und fliegen können?«

Es dauerte eine Weile, bis alle Elinors Angebot verstanden hatten. Natürlich galt es auch für die Menschen, aber die meisten von ihnen entschlossen sich, in Capricorns Dorf zu bleiben. Offenbar erinnerte es sie an ein Zuhause, das der Tod sie fast hatte vergessen lassen, und Meggie erzählte daraufhin den Kindern von den Schätzen, die immer noch in Capricorns Keller liegen mussten. Vermutlich würden sie ausreichen, um alle neuen Bewohner von Capricorns Dorf für den Rest ihres Lebens satt zu machen. Die Vögel, Hunde und Katzen, die dem Schatten entschlüpft waren, waren nicht geblieben, sondern längst in den umliegenden Hügeln verschwunden, aber auch ein paar Feen und zwei der Glasmännchen entschieden sich, berauscht von Ginsterblüten, Rosmarinduft und den engen Gassen, in denen ihnen alte Steine alte Geschichten zuflüsterten, das einstmals verfluchte Dorf zu ihrem Zuhause zu machen.

Trotzdem waren es schließlich dreiundvierzig blauhäutige, libellenflügelige Feen, die in die Busse schwirrten und sich auf den Lehnen der grau gemusterten Sitze niederließen. Offenbar hatte Capricorn Feen so achtlos totgeschlagen, wie andere es mit Mücken tun. Tinker Bell gehörte zu denen, die nicht mitkamen, worüber Meggie nicht sonderlich böse war, denn sie hatte festgestellt, dass Peter Pans Fee sehr rechthaberisch war. Außerdem zerrte ihr Klingeln wirklich an den Nerven, und Tinker Bell klingelte fast pausenlos, immer dann, wenn sie nicht bekam, was sie wollte.

Zusätzlich zu vier Kobolden stiegen noch dreizehn Glasmänner und -frauen in Elinors Busse – und Darius, der unglückliche, stotterzüngige Vorleser. Ihn hielt nichts mehr in dem verlassenen und nun doch wieder bewohnten Dorf. Für ihn wohnten dort zu viele schmerzvolle Erinnerungen. Er bot Elinor an, ihr zu helfen, ihre Bibliothek wieder aufzubauen, und Elinor nahm an (Meggie hatte den leisen Verdacht, dass sie insgeheim mit dem Gedanken spielte, Darius vielleicht doch noch einmal vorlesen zu lassen, nun, da Capricorns bedrohliche Gegenwart seine Zunge nicht länger stolpern ließ).

Meggie blickte noch lange zurück, als sie Capricorns Dorf hinter sich ließen. Sie wusste, dass sie seinen Anblick nie vergessen würde, ebenso wenig, wie man manche Geschichten vergisst, obwohl sie einem Angst gemacht haben oder vielleicht gerade deshalb.

Mo hatte sie vor der Abfahrt noch einmal besorgt gefragt, ob es ihr auch recht sei, dass sie erst einmal zu Elinor fuhren. Meggie war es mehr als recht. Seltsamerweise hatte sie mehr Heimweh nach Elinors Haus als nach dem alten Hof, auf dem sie und Mo die letzten Jahre verbracht hatten.

Auf dem Rasen hinter dem Haus war an der Stelle, an der Capricorns Männer die Bücher aufgeschichtet hatten, immer noch der Brandfleck zu sehen, doch die Asche hatte Elinor abtragen lassen – nachdem sie ein Marmeladenglas mit dem feinen grauen Staub gefüllt hatte. Es stand auf dem Nachttisch neben ihrem Bett.

Von den Büchern, die Capricorns Männer nur aus den Regalen gerissen hatten, standen viele schon wieder an ihrem Platz, andere warteten auf Mos Arbeitstisch darauf, neu gebunden zu werden, aber die Regale in der Bibliothek waren immer noch leer, und Meggie sah die Tränen in Elinors Augen, als sie beide davorstanden – auch wenn sie sie hastig fortwischte.

In den nächsten Wochen kaufte Elinor ein. Sie kaufte Bücher. Quer durch Europa reiste sie dafür. Darius war immer dabei und manchmal begleitete auch Mo die beiden. Meggie aber blieb mit ihrer Mutter in dem großen Haus. Sie setzten sich zusammen an eins der Fenster und blickten hinaus in den Garten, wo die Feen sich Nester bauten, kugelige Gebilde, die wie Bälle an den Zweigen der Bäume hingen. Die Glasgeschöpfe nisteten sich auf Elinors Dachboden ein und die Kobolde gruben sich Höhlen zwischen den großen alten Bäumen, von denen es reichlich in Elinors Garten gab. Sie schärfte ihnen allen ein, das Grundstück möglichst nicht zu verlassen. Sie warnte sie eindringlich vor den Gefahren der Welt, die jenseits ihrer Hecken lag, aber schon bald schwirrten die Feen nachts zum See hinunter, die Kobolde schlichen sich in die schlafenden Dörfer an seinem Ufer und die Glasmenschen verschwanden im hohen Gras, das die Hänge der angrenzenden Berge bedeckte.

»Mach dir nicht zu viel Sorgen«, sagte Mo, als Elinor wieder einmal über so viel Unvernunft stöhnte. »Die Welt, aus der sie stammen, war schließlich auch nicht gerade ungefährlich.«

»Aber sie war anders!«, rief Elinor darauf nur. »Es gab keine Autos, was, wenn die Feen gegen eine Windschutzscheibe fliegen? Und es gab auch keine Jäger mit Gewehren, die nur zum Spaß auf alles schießen, was sich bewegt.«

Elinor wusste inzwischen alles über die Welt von *Tintenherz*. Meggies Mutter hatte viel Papier gebraucht, um ihre Erinnerungen daran niederzuschreiben. Jeden Abend bat Meggie sie darum, ihr noch mehr zu erzählen, und dann saßen sie zusammen, und Teresa schrieb und Meggie las, und manchmal versuchte sie zu malen, was ihre Mutter beschrieben hatte.

Die Tage vergingen und Elinors Regale füllten sich mit neuen, wunderbaren Büchern. Manche waren in bedauernswertem Zustand, und Darius, der damit begonnen hatte, ein Verzeichnis von Elinors bedruckten Schätzen zu erstellen, unterbrach immer wieder seine Arbeit, um Mo bei der seinen zuzusehen. Mit großen Augen saß er daneben, wenn Mo ein zerlesenes Buch von seinem verschlissenen Einband befreite, lose Seiten neu heftete, Rücken klebte und tat, was immer sonst nötig war, um die Bücher für viele weitere Jahre zu erhalten.

Meggie konnte später nicht sagen, wann sie sich entschlossen, für immer bei Elinor zu bleiben. Vielleicht war es erst nach vielen Wochen, vielleicht wussten sie es aber auch schon am ersten Tag. Meggie bekam das Zimmer mit dem viel zu großen Bett, unter dem immer noch ihre Bücherkiste stand. Sie hätte ihrer Mutter zu gern aus ihren Lieblingsbüchern vorgelesen, doch sie verstand inzwischen, warum Mo es auch weiterhin sehr selten tat. Und eines Tages, als sie wieder einmal nicht schlafen konnte, weil sie Bastas Gesicht draußen in der Nacht zu sehen glaubte, setzte sie sich an den Tisch vor ihrem Fenster und begann zu schreiben, während die Feen in Elinors Garten leuchteten und die Kobolde in den Büschen raschelten.

Denn das war Meggies Plan: Sie wollte lernen, Geschichten zu spinnen, so wie Fenoglio es gekonnt hatte. Sie wollte lernen, nach Worten zu fischen, damit sie ihrer Mutter vorlesen konnte, ohne sich Sorgen zu machen, wer herauskam und sie mit heimwehkranken Augen ansah. Nur Wörter konnten sie zurückschicken, all die, die aus nichts als Buchstaben gemacht waren, und deshalb beschloss Meggie, dass Wörter ihr Handwerk werden sollten. Wo konnte man das besser lernen als in einem Haus, in dessen Garten Feen ihre Nester bauten und Bücher nachts in den Regalen flüsterten?

Wie Mo schon gesagt hatte: Mit Zauberei hat das Geschichtenschreiben eben auch zu tun.

Erzählungen aus der Tintenwelt

Orpheus

Regen. Regen jeden Tag. Und die Kälte! Es erstaunte Orpheus, dass die Tinte nicht gefror. Eisenglanz zeterte jeden Morgen über Rheuma in den Gliedern und stöhnte, wenn er ihm die Federn spitzte, allerdings war das wohl nur ein weiterer Versuch des Glasmanns, sich um die Arbeit zu drücken. Wer hatte je von Rheuma in Glasgliedern gehört?

Tyrola … der Name hatte so verheißungsvoll geklungen, als er halb erfroren über die Grenze gestolpert war! Aber das ganze Königreich war so jämmerlich wie das Wetter. Das Schloss des Königs verdiente die Bezeichnung Schloss nicht wirklich, und ›König‹ war eine schmeichelhafte Bezeichnung für den Dummkopf, der Tyrola regierte. Seine Untertanen nannten ihn hinter vorgehaltener Hand Sigismund, den Wahnsinnigen. Die meisten aßen nichts als trockenes Brot und übel riechenden Käse und überlebten die Kälte, indem sie sich mit selbst gebranntem Schnaps in ihren finsteren Berghütten betranken.

Zum Glück gab es wenigstens einige, die es zu bescheidenem Wohlstand gebracht hatten. Seit knapp einem Jahr fristete Orpheus sein Dasein damit, in der Hauptstadt die Töchter eines Tuchhändlers zu unterrichten, der den ehrgeizigen Plan hatte, sie an irgendeinen Fürsten zu verheiraten. Die Jüngere klemmte vor Anstrengung die Zunge zwischen die Zähne, wenn sie ihren Namen schrieb.

Ach, es war ein Elend! Und eine zum Himmel schreiende Verschwendung seiner Talente! Aber wenigstens war er sicher, dass Fenoglios Worte zwischen den finsteren Bergen, in denen er halb verhungert und mit erfrorenen Zehen Zuflucht gefunden hatte, machtlos waren. Die Kreaturen, die einem in Tyrolas Wäldern und Schluchten begegneten, waren der Beweis: Mandl, Muggestutze, Nörggele …, haarige Kobolde, deren Namen niemand auszusprechen wagte, Menschen fressende Spinnen und Ziegenböcke …, von all denen hatte der Alte kein Wort geschrieben. Orpheus musste es wissen. Schließlich kannte er das Buch des Tintenwebers, das ihn an diesen gottverlassenen Ort gebracht hatte, immer noch Wort für Wort auswendig.

Nein. Diese Berge gehörten nicht Fenoglio – auch wenn der Alte sicher widersprochen hätte. Schließlich glaubte er in seiner grenzenlosen Eitelkeit, der Schöpfer dieser ganzen Welt zu sein. Der Tag würde kommen, an dem er, Orpheus, ihn eines Besseren belehren würde. O ja, das würde er. Aber leider taten auch seine Worte sich schwer, zwischen diesen Bergen lebendig zu werden.

Seit seiner Ankunft schrieb er sich die Finger wund. Doch alles, was er ins Leben las, war so blass und kraftlos, als hätte der eisige Wind ein paar entscheidende Buchstaben fortgeblasen.

Bruneck … Tyrolas Hauptstadt, in der Orpheus zwei blamabel schäbige Kammern bewohnte, hätte mitsamt der Stadtmauer in den Audienzsaal des Natternkopfes gepasst. Und auf dem Markt konnte man von Gauklern, fahrenden Händlern oder Soldaten hören, wie viel aufregender es in Ombra zuging: Der Schwarze Prinz verhandelte den Frieden mit der Witwe des Natternkopfes … Violante hieß neuerdings die Gütige, weil sie ihre Juwelen versetzt hatte, um die Armen zu füttern … Sie hatte eindeutig zu viel Zeit mit dem edlen Dummkopf Mortimer verbracht! Es gab keine neuen Geschichten über den Eichelhäher, offenbar war der strahlende Held tatsächlich in den Ruhestand getreten. Doch jeder Gaukler erzählte vom Flammentänzer und seiner schönen Frau, die mit dem Feuer tanzte, oder von seinem Schüler Farid, der die Herzen sämtlicher Mädchen in Fenoglios Tintenreich mit seinen albernen Funkentricks brach.

Manchmal wurde Orpheus so übel von den Geschichten, dass er sich stundenlang in einen der Eimer übergab, den seine hässliche Wirtin ihrer Ziege hinstellte. All das Gerede von Ombras goldenen Tagen! Von den Glasblumen, die an der Stadtmauer blühten (Glasblumen! Fenoglios Ideen wurden mit zunehmendem Alter immer kitschiger). Es hieß, dass in Ombras Bäumen silberne Nachtigallen sangen, dass ein Riese mit seinem Sohn das Stadttor bewachte und dass man neuerdings auf dem Markt fliegende Teppiche kaufen konnte.

O ja, Fenoglio füllte ganz offensichtlich Bücher mit seinen dummen Buchstabenspäßen, während er, Orpheus, vor Kälte kaum die Finger um die Feder krümmen konnte und mit Tinte schrieb, die zäh wie Teer auf das fleckige Pergament floss, dass die Händler hier verkauften.

War es ein Wunder, dass seine Worte nichts bewirkten?

Was hatte ihn nur geritten, sich von der Burg im See nach Norden zu wenden?

Der Himmel war tatsächlich blau, als Orpheus sich auf den Weg zu einer neuen Schülerin machte. Aber die erste Pfütze, in die er trat, füllte ihm die Stiefel mit wässrigem Ziegenmist.

Ach, Orpheus! Was ist aus dir geworden? All der Reichtum ... verloren! All die Macht! All das Ansehen! Verspielt!

Er hatte erneut eine schlaflose Nacht damit verbracht, sich zu fragen, an wem er sich zuerst rächen würde … An dem Buchbinder? An Fenoglio? Oder doch zu allererst an Staubfinger … Ja, sein Name war immer noch der schmerzendste Dorn in Orpheus' frierendem Fleisch. Er konnte den Abscheu im Blick seines Jugendhelden einfach nicht vergessen. Wie eine Made hatte er sich gefühlt, die aus verwesendem Fleisch gekrochen war …

Ja, zuerst würde er sich an Staubfinger rächen.

Rache. Die Aussicht darauf machte die Dummheit seiner Schülerinnen erträglich – und die Arroganz ihrer reichen Väter.

Der Bäckermeister, der einen Lehrer für seine vierzehnjährige Tochter Severina suchte, hieß Alois Haberkorn und backte schlechtes Brot, aber er hatte es durch Geiz und Geschäftstüchtigkeit zu beträchtlichem Reichtum gebracht. Angeblich lieh sich selbst der König Geld von ihm.

Der Diener, der ihm die Tür öffnete, warf dem Glasmann auf Orpheus' Schulter einen misstrauischen Blick zu, bevor er ihn wortlos in den Raum führte, in dem seine Schülerin wartete. Die Masken an den Wänden sah man in vielen Häusern der Stadt. Orpheus fand die geschnitzten Fratzen abscheulich, aber angeblich hielten sie allerlei unerquickliche Berggeister fern. Ein Tisch, eine Bank, ein Ofen – der Bäckermeister verschwendete kein Geld für die Einrichtung seines Hauses.

Severina Haberkorn stand so kerzengerade in der Mitte des Saals, als wäre sie zum Appell angetreten. Sie trug das aschblonde Haar geflochten und straff zurückgesteckt, wie es Sitte in diesen Breiten war. Der plumpe Körper zeigte erste Anzeichen von Fraulichkeit.

»Setz dich.«

Orpheus schlug mit einem Seufzer eins der Bücher auf, die er für den Unterricht benutzte. Er hatte sie einem Tuchhändler gestohlen, dessen Tochter er ebenfalls unterrichtete. Der Mann hatte von dem Diebstahl, wie erwartet, nichts bemerkt. Die meisten Reichen dieser Stadt betrachteten Bücher nur als notwendige Dekoration und verspürten nicht die geringste Versuchung, sie jemals aufzuschlagen. Das war zugegebenermaßen in Ombra nicht anders.

Severina setzte sich wortlos an den Tisch und griff nach der Feder, die neben dem Tintenfass bereitlag. Sie gab sich alle Mühe, den Glasmann nicht anzustarren.

»Meine Methode funktioniert folgendermaßen«, erklärte Orpheus, während er Eisenglanz auf dem Tisch absetzte. »Falls du dich nicht konzentrierst und dich verschreibst, wird der Glasmann durch die feuchte Tinte laufen. Solltest du trödeln oder ganze Worte auslassen, gießt er dir die Tinte übers Pergament.«

Eisenglanz lächelte böse, während er sich neben dem Tintenfass aufstellte.

Diese Maßnahmen waren pädagogisch sicher fragwürdig, aber sie machten das Unterrichten sowohl für Orpheus als auch für den Glasmann wenigstens etwas unterhaltsam.

Severina verschrieb sich oft. Bei allen Nachtmaren – sie war noch dümmer als die anderen Mädchen, die Orpheus unterrichtete!

Wörter … Sie benutzten sie wie Schubladen, in denen alles Leben wie vertrocknetes Brot abgelegt war! Kein Wunder, dass er schlecht schlief. Jeder Tag hinterließ nichts als Fußspuren aus toten Buchstaben und er hörte das Kratzen der Federn noch im Traum.

Orpheus fand den Pergamentstreifen, als er beim Abendessen

saß. Er hatte sich gewundert, mit welchem Gleichmut seine neue Schülerin es hingenommen hatte, dass Eisenglanz mindestens ein Dutzend Mal über ihre ungelenken Buchstaben spaziert war. Aber wusste er nicht selbst, wie viel Gleichmut die Aussicht auf Rache brachte?

Das dumme Ding hatte den Streifen in einem der Bücher versteckt, die er neben ihr auf dem Tisch abgelegt hatte. Die Schrift war eindeutig ihre Handschrift, obwohl sie sich beim Schreiben etwas mehr Mühe gegeben hatte.

Ein Tropfen Blut und Nesselsaft
Gibt meinen Worten Zauberkraft
Der Glasmann soll sich winden
Vor Schmerzen wie ein Wurm

Sieh an! Die Tochter des Bäckermeisters glaubte an die Macht der Worte!

Orpheus blickte sich um. Der Glasmann soll sich winden …

Eisenglanz war nirgends zu entdecken, aber das bedeutete nichts. Der Glasmann verbrachte die meisten Abende damit, Brunecks enge Gassen nach seinesgleichen abzusuchen, obwohl Orpheus ihm immer wieder erklärte, dass Glasmänner nur die absurde Schöpfung des Tintenwebers waren und damit in diesem Teil der Welt nicht existierten.

Vielleicht hatte Rudolph Eisenglanz gesehen, Orpheus hatte den Diener eingestellt, obwohl er ihn sich eigentlich nicht leisten konnte. Er wollte gerade nach ihm rufen, als er ein gläsernes Keuchen hinter der Zuckerdose hörte.

Eisenglanz' Beine strampelten hilflos, und seine Stiefel schabten

Kerben in den Tisch, an dem Orpheus so viele Nächte vergebens versucht hatte, Worte ins Leben zu lesen.

Ja. Er wand sich tatsächlich wie ein Wurm.

Orpheus starrte fasziniert auf den sich krümmenden Glasmann herab.

Oh, das war fantastisch.

Es war ganz und gar wunderbar!

Eisenglanz wand sich immer noch, das Gesicht verzerrt vor Schmerz und hilflosem Zorn, als Orpheus Rudolph befahl, ihm seinen Mantel zu bringen. Der Mann war langsam wie eine Weinbergschnecke. Nun, wenn ihm die Worte erst wieder gehorchten, ließ sich das schnell ändern. Alles ließ sich ändern!

Draußen war der Himmel immer noch klar. Ein blasser Mond hing über den mit Holzschindeln gedeckten Dächern, und die Gassen waren menschenleer bis auf eine Zigeunerin, die nach seiner Hand griff, um ihm die Zukunft zu lesen. Orpheus stieß sie aus dem Weg. Die Zukunft würde so sein, wie er sie schrieb!

Der Diener des Bäckermeisters blickte säuerlich überrascht, als er Orpheus zu so ungewohnter Stunde vor der Tür stehen sah, aber er glaubte die Geschichte von den vergessenen Hausaufgaben. Seine Schülerin war weniger dumm. Severina Haberkorn wusste, warum ihr Lehrer so spät am Abend nach ihr verlangte.

»Lass es aufhören!«, fuhr Orpheus sie an. »Und zwar auf der Stelle.« Warum sich mit Höflichkeiten aufhalten. »Ich brauche den Glasmann noch. Und ich will wissen, wie du es machst.«

Severina blickte zur Tür. Orpheus war nicht sicher, ob sie es in der Hoffnung tat, ihre Eltern dort zu sehen, oder aus Sorge. In dem stoischen Gesicht war schwer zu lesen. Schließlich streckte sie ihm auffordernd die Hand hin.

Orpheus reichte ihr den Pergamentstreifen.

Sie spuckte auf die Worte und gab ihm den Streifen zurück.

»Das ist alles?«

Ein Nicken.

»Was kannst du noch geschehen lassen?«

»Ich kann Jungen verliebt in mich machen.«

»Und?«

Sie biss sich auf die Lippen und warf ihm einen finsteren Blick zu.

»Ich hab meine Nase schmaler gemacht.«

Teufel, dieses Land war ein gefährlicherer Ort, als er gedacht hatte, wenn vierzehnjährige Mädchen neue Nasen herbeischreiben konnten oder solche Schmerzen wie die, die den Glasmann zappeln ließen.

»Muss man die Worte laut lesen?«

Severina schüttelte den Kopf.

Das war enttäuschend. Orpheus war immer stolz auf seine samtene Stimme gewesen. Andererseits – so waren die Künste des Buchbinders und seiner Tochter hier ebenfalls nutzlos. Der Gedanke war ermutigend.

»Wer hat dir gezeigt, wie es geht?«

Nesselsaft und Blut ..., darauf war sie sicher nicht allein gekommen.

Sie versuchte nicht, die Schadenfreude in ihrer Stimme zu verhehlen. »Die Worte gehorchen nur Frauen.«

Das war neu.

Die Worte auf dem Pergament hatten sich in der Spucke aufgelöst. »Noch mal ... Wer hat es dir gezeigt?«

Das Mädchen schüttelte den Kopf. »Man fällt tot um, wenn man sie verrät.«

»Sie?«

Er drohte, das Pergament ihren Eltern zu zeigen, aber Severina schwieg. Sie hatte Angst. Soweit Orpheus bekannt war, hatte weder Fenoglios Name noch sein eigener je solche Gefühle ausgelöst. Beeindruckend.

Die Frau des Bäckermeisters kam herein, als Orpheus ihre Tochter gerade bei den Zöpfen packen und ihr die Wahrheit mit Gewalt entlocken wollte. Er klaubte die Pergamentfetzen vom Boden auf, bevor er sich empfahl.

Tinte, die sich in Spucke auflöste. Blut. Nesselgift. Es schien, dass man hier etwas mehr Aufwand betreiben musste, um Worte zum Atmen zu bringen. Aber – es war möglich.

Sie …

Eisenglanz schlief erschöpft neben dem Tintenfass, als Orpheus nach Hause kam, aber er lebte.

Orpheus fand Rudolph in der Küche.

»Zu wem gehe ich, wenn ich Zauberworte brauche?«

Der Mann zog den Kopf ein wie ein Huhn, dem man mit dem Beil drohte.

Aber als Orpheus ihm einen seiner schwer verdienten Taler unter die Nase hielt, wurden die braunen Augen rund wie die Münze. Er hatte vier Kinder durchzufüttern. Das Jüngste hatte ihn zum Witwer gemacht.

Er hatte so verzweifelt Arbeit gebraucht, dass es sehr leicht gewesen war, seine Bezahlung herunterzuhandeln.

»Man geht besser nicht zu ihnen«, murmelte er, ohne die Augen von der Münze zu nehmen.

»Zu wem? Nun rede schon, oder ich stecke die Münze wieder ein. Deine Kinder sehen sehr verhungert aus.«

Die Hände klammerten sich fester um den Besenstiel.

»Hexen.« Rudolph sprach das Wort aus, als könnte es ihm die Lippen verbrennen. O ja, das können sie, guter Mann.

Hexen. Fenoglio hatte nie über Hexen geschrieben.

Orpheus wäre Rudolph fast um den schmächtigen Hals gefallen.

Ombra war kaum hundert Meilen entfernt und diese Berge wussten nichts von Fenoglios Worten. Oh, diese Welt war groß! Sie war ganz offensichtlich so viel größer als das lächerliche Tintenreich, in dem der alte Mann sich wie ein König gebärdete. Oh Orpheus! Wie hast du nur je schlecht über diese Berge reden können! Sie würden ihm neue, finsterere Worte für seine Rache liefern. Worte, die nach Nesselsaft und Blut schmeckten. Nach schwarzer Magie und neblig kalten Nächten.

Es gab so viel zu lernen.

»Wo finde ich eine Hexe?«

Er spürte schon, wie sich die Worte in ihm regten, all die Worte, die leben wollten. Orpheus hörte sie flüstern. Nein. Sie krächzten wie Raben, bellten wie tollwütige Hunde, heulten wie hungrige Wölfe. Er hörte sie schon so lange.

Der Diener schloss die Finger um die Münze.

»Im Wald … Sie sind immer im Wald. Weit abseits der Wege. Aber es gibt gute und böse.«

Bestens.

»Wo finde ich eine böse?«, fragte Orpheus.

Fünf Jahre später

Der Himmel brannte. Staubfinger liebte es, die Nacht in Flammen zu setzen. Sein Feuer trieb rote Blüten zwischen den Sternen, wie Mohn, der sich durch Felder aus weißem Schaumkraut fraß.

Fenoglio stand am Fenster seiner Dachkammer und genoss die Aussicht. Er wohnte wieder unter Minervas Dach. Die einfache Kammer war immer noch das beste Zuhause, und der Ausblick war so viel spektakulärer als der von der Burg – besonders in Nächten, in denen Staubfinger seiner schönen Frau die Bühne bereitete. Wenn Roxane für die Hässliche tanzte, tat sie es stets unter einem mit Feuer bestickten Himmel.

Staubfinger und Roxane … Fenoglio hatte es schon seit Langem aufgegeben, sie als seine Schöpfung zu bezeichnen. Er hatte dem Glauben abgeschworen, dass man Menschen und die Welten, in denen sie lebten, aus Worten erschaffen konnte. Man konnte sie darin fangen, ja. Ihr Echo einfangen im Klang von Konsonanten und Vokalen. Aber erschaffen? Nein. Das Leben selbst wurde nicht aus Tinte geboren. Die Finger eines Riesen hatten Fenoglio Demut gelehrt, ein Waldweg, bedeckt mit Soldatenleichen, und nicht zuletzt die Tochter des Natternkopfes, deren weise Regentschaft er nicht vorhergesehen hatte, als er über ein einsames hässliches Mädchen geschrieben hatte.

Aber auch wenn der Stoff dieser Welt sich selbst webte (oder von jemandem fabriziert wurde, der sich im Verborgenen hielt),

Fenoglio widersprach immer noch nicht, wenn man ihn voll Ehrfurcht (und mit leichtem Schaudern) den Tintenweber nannte. Es tat seiner Eitelkeit allzu gut, und schließlich gelang es ihm von Zeit zu Zeit tatsächlich, den Stoff dieser Welt mit ein paar zusätzlichen Stickereien zu versehen. Mit ein paar Verzierungen hier und da, etwas mehr Farbe ...

Da! Staubfingers Blüten spien ihre Feuersaat auf den dunklen Samt der Nacht. Ein Schwarm von Schwänen flog über den Himmel, mit Flügeln aus weißen Funken. Er war sehr einfallsreich, wenn es galt, die Tänze von Roxane zu inszenieren, um die Violante sie von Zeit zu Zeit für ihre Untertanen bat. Die Burgtore von Ombra standen in diesen Nächten weit offen, und die Menschen kamen von überall her, um die Tänzerin zu bestaunen, die mit dem Feuer tanzte.

Fenoglio war selbst mehrmals unter den Zuschauern gewesen, aber inzwischen zog er dem Gedränge auf dem Burghof den Ausblick von Minervas Fenster vor.

Es war immer noch kalt, obwohl der März bereits fast verstrichen war, und Fenoglios alternde Knochen widerstanden allen Worten, die er schrieb, um den Rheumatismus aus seinen Gelenken zu vertreiben. Roxanes Kräuter wirkten da schon besser – ein weiterer Beweis für die wahren Wurzeln und Wirklichkeiten dieser Welt.

Ah, Tintenweber, du wirst alt.

Das war an keinem Ort angenehm, und er wünschte sich an keinen anderen, obwohl er manchmal seine Zeitung am Morgen vermisste oder den starken Kaffee, den er dreimal täglich genossen hatte. Es war ein Skandal, dass die Kaffeebohne sich immer noch nicht nach Ombra verirrt hatte. Wein und Tee, das war alles, was man auf den Märkten fand. Nun ja, man konnte nicht alles haben. Allerdings hatte Fenoglio es schon immer schwer gefunden, diese Regel zu akzeptieren.

Jemand klopfte an seine Tür. Es klang, als schlüge jemand mit einem Flaschenhals gegen das Holz.

Himmel, dieser Glasmann war so ungeduldig, dass er sich eines Tages noch selbst zersplittern würde!

Die Erfindung der Glasmänner beanspruchte Fenoglio immer noch für sich, obwohl Meggie ihn gern mit den wilden Exemplaren aufzog, die in den Wäldern lebten. Zugegeben, die machten keinerlei Anstalten, Federn zu spitzen, und widersprachen seiner Behauptung, dass er die Spezies ausschließlich für Dichter erfunden hatte. Aber egal, ob er selbst oder ein anderer für die Erschaffung von Glasmännern verantwortlich war: Es war eine Tatsache, dass ihre lächerlich hohen Stimmen absolut unverständlich wurden, wenn sie aufgeregt waren! Was ohne Zweifel ein Argument für die weitverbreitete Meinung war, dass Glasmänner generell überflüssig und ein lächerliches Konzept waren.

»Heraus damit. Worüber regst du dich nun schon wieder auf?«, fuhr Fenoglio Rosenquarz an, während er die Tür hinter ihm schloss. (Nicht einmal das konnten sie selbst.) »Ein Kuhfladen auf dem Pflaster? Ein Huhn, das nach dir gepickt hat? Du wirst sehen, du wirst noch eines Tages vor Ärger über irgendeine Nichtigkeit zerspringen!«

Draußen feierte Staubfinger die Kunst und Schönheit seiner Frau, indem er das Feuer Roxanes tanzende Silhouette an den Himmel malen ließ. Ihre Hand griff nach dem Mond wie nach einem silbernen Ball.

»Dieser rauchgraue Dreckskerl ...!«, keuchte Rosenquarz.

»Ich war so sicher, dass ich sein hässliches Gesicht nie wieder sehen würde. Nichts als ein Haufen Splitter, das hätte er verdient zu sein! Glassplitter in den Exkrementen eines flohverseuchten Hundes!«

Von wem redete er? Von dem Glasmann, der ihm Konkurrenz bei der Glasfrau machte, der Rosenquarz nachstellte? Obwohl, nein, der war nicht grau, sondern veilchenblau (eine unglückliche Farbe für einen Glasmann).

»Nun, ich hoffe, du hast nicht vor, dich mit deinem Konkurrenten zu prügeln«, sagte Fenoglio, während er zurück ans Fenster trat. »Solltest du dir die Arme brechen, wärst du nicht nur für mich nutzlos, sondern auch für die blassgelbe Nadelhalterin, die dir den Kopf verdreht hat.«

Das Objekt von Rosenquarz' Begierde arbeitete für Beatrice Sommavilla, eine Näherin, der fast sämtliche Menschenmänner Ombras nachseufzten. Selbst Fenoglio hatte ihr Liebesgedichte geschrieben … Alter schützte vor Torheit nicht …

Rosenquarz kletterte mit der Behändigkeit einer Spinne auf die Kommode, die neben Fenoglios Schreibpult stand. Er hasste es, wenn er zu ihm aufblicken musste, während sie stritten. Nun, selbst von der Kommode aus musste er das. Lächerlich kleine Kreatur. Aber die Klettertalente von Glasmännern waren wirklich beeindruckend.

»Du hörst wieder einmal nicht zu!«, zischte Rosenquarz. »Deinesgleichen hört niemals zu! All der Platz in euren plumpen Köpfen, für was? Eisenglanz! Ich habe Eisenglanz gesehen, Orpheus' Glasmann! Ich nehme an, du erinnerst dich noch an dessen Namen? Eisenglanz hockte auf der Schulter eines Mannes, der noch verschlagener aussah als er selbst, und er starrte den Feuertänzer an, als wollte er ihm mit seinem Glasblick Löcher in die Haut schneiden!«

Draußen ließ Staubfinger das Feuer sterben und die Nacht wurde schwarz wie Ruß.

»Unsinn, ich bin sicher, du irrst dich.« Fenoglio hasste das Beben, das er in der eigenen Stimme hörte». Ein Glasmann sieht aus wie der andere, das ist alles! Und Grau ist weiß Gott nicht die seltenste Farbe.«

»Ein Glasmann sieht aus wie der andere?« Die Liste abfälliger Namen, mit der Rosenquarz Fenoglio und die Gattung Mensch im Allgemeinen bedachte, nahm kein Ende. Er verbrachte entschieden zu viel Zeit in der Taverne am Markt, wo die Wirtin auf ihrem Schanktisch ein Dutzend winziger Stühle für Glasmänner bereithielt. Sie füllte ihnen ein paar Fingerhüte mit ihrem billigsten Wein, und die Glasmänner schrieben im Austausch dafür die anzüglichen Lieder auf, die sie für die Spielleute dichtete.

Oh, dieses schrille Stimmchen! Es füllte ihm die alten Ohren mit geschreddertem Glas.

Aber was, wenn der Glasmann sich nicht irrte? Fenoglio fühlte sich wie der Wolf im Märchen, dem die sieben Geißlein den Magen mit Kieseln füllten.

Er hatte Orpheus' Namen zuletzt vor fünf Jahren gehört. An dem Tag, an dem Meggies jüngerer Bruder Dante geboren worden war. Mortimer hatte ihm erst damals in allen Einzelheiten erzählt, was auf der Burg im See geschehen war.

Fünf Jahre …

Sie hatten Dantes Geburtstag vor drei Tagen gefeiert. Seine Mutter hatte all seine Lieblingsgeschöpfe für ihn gezeichnet (Holzgeister, Nymphen, Glasmänner – und Hunde). Sein Vater hatte aus den Zeichnungen das schönste Buch gebunden, das je ein Fünfjähriger besessen hatte. Meggie hatte ihrem Bruder eine winzige Kopie des Umhangs genäht, den der Schwarze Prinz trug. Sie war mit Nadel und Faden inzwischen fast ebenso geschickt wie mit Worten. Ihr Freund Doria (den Dante anbetete) hatte ihm eine Kutsche geschnitzt, die ganz von selbst fuhr, und Staubfinger – ja, Staubfinger hatte Dante natürlich all diese Geschenke vergessen lassen, indem er ihm einen Hund aus Feuer geschickt hatte.

Kiesel im Magen …

Fünf Jahre. Fünf prachtvolle, magische Jahre. Nein, Fenoglio wollte nichts von Orpheus oder seinem verschlagenen Glasmann hören. Sie waren beide tot. So hatte er es sich all die Jahre eingeredet, wenn er an den Käsekopf gedacht hatte.

Er verbrachte eine schlaflose Nacht. Der Himmel über Ombras Dächern war beunruhigend finster, nachdem Staubfingers Feuer erloschen waren, und als der Morgen anbrach, war er so blass und grau wie der Glasmann, der Fenoglio den Schlaf geraubt hatte. Selbst Minervas Kinder schliefen noch, als er das Pferd aus dem Stall holte, das der Schwarze Prinz ihm geschenkt hatte.

Die Hügel waren silbern vom Tau, der in Tausenden von Spinnennetzen hing. Schimmernde Todesfallen … Fenoglio versuchte, irgendeinen Gedanken zu fassen, der nicht finster war, aber es wollte einfach nicht gelingen!

Rosenquarz war auch schon unterwegs, um nach dem Mann zu suchen, auf dessen Schulter er Eisenglanz gesehen hatte. Fenoglio hatte ihm aufgetragen, auch die anderen Glasmänner zu bitten, nach dem Fremden Ausschau zu halten. Außerdem hatte er eine Nachricht an den Schwarzen Prinzen und an Mortimer geschickt.

Aber Staubfinger wollte er die schlechten Neuigkeiten persönlich überbringen. Das schuldete er ihm. Ganz abgesehen davon, dass er nie eine Gelegenheit ausließ, Roxane einen Besuch abzustatten. Ihre Schönheit ließ ihn selbst an einem Morgen wie diesem an die Vollkommenheit dieser Welt glauben.

Aber Roxane war nicht zu Hause, als Fenoglio das Pferd vor dem schlichten Haus zügelte, in dem sie mit Staubfinger lebte. Natürlich. Sie sammelte die Kräuter, mit denen sie handelte, gern, wenn die Blätter noch feucht vom Tau waren. Fenoglio musste zugeben, dass er die geschmacklosen Pillen seiner Welt vermisste, wenn er Roxanes bittere Aufgüsse trank – auch wenn sie ihm oft besser halfen. Natürlich sagte er das nicht, aber Roxane lächelte ihm stets auf eine wissende Art zu, die ihm das Blut in die faltigen Wangen schießen ließ.

Ah, ihr Lächeln. Staubfinger konnte sich trotz allem, was ihm geschehen war, sehr glücklich schätzen, und das nicht nur wegen der Frau, die ihn liebte. Wer immer seinen Schicksalsfaden gesponnen hatte, der Feuertänzer war ganz und gar großartig, seit er vom Tod zurück war. Eine atmende Flamme, in Frieden mit dem Leben und dem, was danach kam. Staubfinger überschritt die Grenze zwischen beiden so selbstverständlich, als wechselte er zwischen Tag und Nacht.

Er stand mit Jehan, Roxanes Sohn aus zweiter Ehe, vor dem Haus. Jehan ging bei einem Schmied in Ombra in die Lehre. Er hatte bereits den Ruf, Wunderdinge aus geschmolzenem Eisen zu erschaffen. Sicher nicht zuletzt dank dem, was sein Stiefvater ihn über das Feuer gelehrt hatte.

Sie ahnten wohl beide, dass Fenoglio schlechte Nachrichten brachte, sobald er auf den Hof ritt. Fenoglio ertappte sich manchmal immer noch dabei, dass er in Staubfingers Gesicht nach den Narben suchte, die er einst beschrieben hatte. Es war voller Geheimnisse, obwohl die Weißen Frauen alle Spuren von Schmerz daraus getilgt hatten.

»Wir müssen den Glasmann finden«, sagte Jehan. »Und ihn zwingen, preiszugeben, wo sein Meister sich verbirgt. Ich sollte ihn über die Esse halten, das wird ihm den Mund öffnen!«

Staubfingers Lächeln war noch mysteriöser, seit er von den Weißen Frauen zurück war. Es machte Fenoglio immer verlegen. Ich weiß alles über dich, schien es zu sagen. Du alter Narr.

»Nein«, sagte Staubfinger. »Wie sollen wir wissen, ob er uns die Wahrheit sagt? Aber der Schwarze Prinz sollte ihm jemanden nachschicken. Es kann nicht schaden zu erfahren, wo Orpheus sein Unwesen treibt.«

»Der Starke Mann übernimmt das sicher gern«, sagte Jehan. »Am besten bricht er ihnen beiden den Nacken, dem Glasmann und Orpheus. Bevor er uns wieder mit Worten vergiften kann.«

Staubfinger ließ eine winzige Flamme in seiner Hand wachsen. »Ich habe all die Jahre im Feuer nach ihm gesucht«, sagte er, »aber es konnte ihn nicht finden. Entweder ist er tot und sein Glasmann dient einem anderen Herrn, oder er ist in ein Land entkommen, in dem mein Feuer blind ist.«

Kiesel im Magen. Fenoglio sah wilde Länder vor sich, fremd und gefährlich … Länder, die ebenso wenig von seinen Worten wussten wie von Staubfingers Feuer. Er blickte unwillkürlich zum Horizont. Die Weite, die dahinter wartete, machte ihm zum ersten Mal Angst.

Als die Flamme in Staubfingers Hand erlosch, zeichnete die Asche ihm die Silhouette einer tanzenden Frau auf die Haut.

»Ich komme mit dir«, sagte er zu Fenoglio. »Um diesen Glasmann zu finden. Und um mit dem Prinzen zu sprechen.«

Fünf Jahre.

Sie alle spürten es. Eine neue Geschichte regte sich. Oder war es immer noch die alte?

Das Silberne Buch

In Le Puy, einer französischen Kleinstadt tief in den Bergen der Ardèche, gibt es ein Museum, das bis vor wenigen Jahren einen Schatz hütete. Nun ist die Vitrine leer, bis auf eine Fotografie, die ein in Silber gebundenes Buch zeigt. Die Schließen des Einbandes sind geformt wie fliegende Schwäne. Den Bund zieren Türme, umwuchert von Rosen, und auf den Buchdeckeln treibt das Silber Lilienblüten und stachelbewehrte Ranken, zwischen denen der aufmerksame Betrachter die Schnauze eines Wolfs oder den Kopf eines Einhorns entdecken kann.

Die Bewohner von Le Puy lieben ihr Silbernes Buch, deshalb die Fotografie. Sie hoffen immer noch auf einen Besucher, der eines Tages vor der leeren Vitrine steht und feststellt: »Aber dieses Buch habe ich doch gerade erst gesehen!«

Ich fürchte, sie hoffen vergebens. Die Diebe, die das Buch in der Nacht zum 11. November 2009 stahlen, handelten im Auftrag des Mannes (falls wir ihn einen Mann nennen wollen), für den es einst gebunden wurde.

Unmöglich?

Glaubt man der Beschreibung, die neben der Vitrine an der Wand zu lesen ist, kam das Silberne Buch im Jahr 1823 nach Le Puy – als Vermächtnis eines Adeligen, der ohne Erben starb. Aber das ist nur die halbe Geschichte. Das Buch ist noch wesentlich älter.

Die Buchmalereien auf den pergamentenen Seiten bebildern

keine religiösen Geschichten, wie in den meisten Büchern ihrer Entstehungszeit. Die Könige und Fürsten, von denen sie erzählen, finden sich seltsamerweise in keinem historischen Text der Gegend. Das Silberne Buch von Le Puy wurde deshalb oft als Märchenbuch gedeutet, das die Kinder irgendeines Adligen mit seinen Geschichten unterhielt, oder als verklärte Ahnenhistorie eines längst vergessenen Fürsten.

Die Wahrheit ist, wie so oft, wesentlich wundersamer. Das Buch hat sein Geheimnis all die Jahrhunderte sehr gut zwischen seinen Silberdeckeln bewahrt. Selbst die Diebe, die es stahlen, dachten, dass es ihrem Auftraggeber um den silbernen Einband ging. Die eindringliche Warnung, die man ihnen mitgab, verstärkte diesen Irrtum nur: Sie sollten das Buch auf keinen Fall mit bloßen Händen berühren oder die Klemmen öffnen, die es verschlossen.

Es hat im Lauf der Jahrhunderte vierzehn Männer und Frauen gegeben, die das Silberne Buch berührt und geöffnet haben. Sie alle verfügten danach über eine seltsame Gabe: Sie konnten geschriebene Worte nur durch ihre Stimme zum Leben erwecken. Figuren, Dinge, all die Welten, die sich zwischen den Seiten von Büchern verbergen wie in Schachteln aus Buchstaben ..., sie erwachten zum Leben, sobald sie die Stimme eines Menschen hörten, den das Silberne Buch mit seinem Zauber berührt hatte. Und nicht nur das: Dieser Zauber war so stark, dass die Gabe, die er verlieh, sich vererbte, meist an das älteste Kind. Gewöhnlich regt sie sich zum ersten Mal um den siebten Geburtstag herum, doch es gibt auch Fälle, in denen sie sich früher zeigt.

Von den vierzehn bekannten Zauberzungen hielten die meisten ihre Gabe geheim. Schließlich ist sie mehr als verdächtig in einer Welt, die schon lange nicht mehr an Zauberei glaubt.

Der Mann, der das Silberne Buch in Auftrag gab und es Jahrhunderte später stehlen ließ (ja, wir sollten ihn besser so nennen, es gefällt ihm gar nicht, wenn man seine Geheimnisse preisgibt), ließ das Buch aus zwei Gründen binden. Zum einen bewahrte es auf seinen Seiten Erinnerungen an eine andere Welt – die Welt, aus der er stammte. Aber ein so harmloser Zweck war ihm nicht genug. Seinesgleichen liebt es, alle Dinge mit einer Prise Schabernack zu versehen. Und so verbarg er im Silber der Buchdeckel noch etwas anderes: einen Zauber, der all das Leben zum Atmen bringt, das sich in geschriebenen Worten verbirgt.

Die Männer und Frauen, denen das Silber die Zungen verzauberte, bemerkten nicht einmal, was mit ihnen geschah. Schließlich hatten sie nur ein Buch berührt.

Niemand weiß, warum das Silberne Buch seinem ursprünglichen Besitzer verloren ging. Vielleicht war die erste Zauberzunge ein ganz gewöhnlicher Dieb.

Dann waren da die Gouvernante, die ihre Schützlinge damit überraschte, dass sie einen leibhaftigen Drachen aus ihrem Lieblingsbuch las, nachdem sie das Silberne Buch in der Bibliothek ihres Vaters entdeckt hatte; der Priester, der es heimlich aus dem Regal eines Bischofs zog und wenige Tage später einen Teufel aus einem seiner heiligen Bücher las; der Diener, der es abstaubte und die Gabe, die es ihm verlieh, nie entdeckte; der Buchbinder, der es auf Spuren von Schimmel untersuchte und einen rüssellosen Elefanten aus einer seiner Lieblingsgeschichten las … Sein Sohn Mortimer soll die Gabe geerbt und selbst eine sehr begabte Zauberzunge gewesen sein. Er verschwand unter geheimnisvollen Umständen, mitsamt seiner Tochter und seiner Frau …

Ach ja, und dann ist da noch die Geschichte von Ferdinando

Lampedusa Fenoglio, dem Schriftsteller, der ebenso verschwand wie Mortimer Folchart. Angeblich soll er einige der Geschichten, die das Silberne Buch auf seinen Seiten erzählte, als Inspiration für ein eigenes Buch verwandt haben. Ein gefährliches Unterfangen, wenn man es mit einem Zauberbuch zu tun hat …

Der Museumswächter, der Fenoglio die Vitrine öffnete, weil er ein großer Bewunderer seiner Bücher war, ließ ihn, wie er betont, natürlich nicht mit dem größten Schatz des Museums allein. Er berichtet, dass der Schriftsteller eine ganze Weile nur auf den silbernen Einband starrte. Er erklärt es sich damit, dass das Silber stets so blank war, dass es einem blütengeschmückten Spiegel glich. Aber das ist sicher eine fantasievolle Übertreibung.

Inhalt

Quellenverzeichnis

Der Verlag dankt folgenden Lizenzgebern für die freundliche Abdruckgenehmigung:

COTRONEO, Roberto: *Wenn ein Kind an einem Sommermorgen,* Seite 261
Aus dem Italienischen von Burkhart Kroeber
© der deutschen Ausgabe: ECON Verlag GmbH, Düsseldorf 1996, veröffentlicht im Marion von Schröder Verlag

DAHL, Roald: *Hexen hexen,* Seite 90
Aus dem Englischen von Sybil Gräfin Schönfeldt
© 1986 by Rowohlt Verlag GmbH, Reinbek bei Hamburg

DAHL, Roald: *Sophiechen und der Riese,* Seite 407
Aus dem Englischen von Adam Quidam
© 1984 by Rowohlt Verlag GmbH, Reinbek bei Hamburg

DICKENS, Charles: *Große Erwartungen,* Seite 351
Aus dem Englischen von Ulrike Jung-Grell
© der Übersetzung: Philipp Reclam jun., Stuttgart 1993

DICKENS, Charles: *Oliver Twist,* Seite 491
Aus dem Englischen von Reinhard Kilbel
© der Übersetzung: Sammlung Dieterich Verlagsgesellschaft mbH, Leipzig 1964, 1992

EAGLE, Solomon: *Moving a Library,* Seite 95
Aus: *A Gentle Madness,* hrsg. von Nicholas A. Basbanes
© der Übersetzung aus dem Englischen: Oliver Latsch 2003

ENDE, Michael: *Jim Knopf und Lukas der Lokomotivführer,* Seite 431
© 1960 by Thienemann Verlag (Thienemann Verlag GmbH) Stuttgart–Wien

ENDE, Michael: *Die unendliche Geschichte,* Seite 556
© 1979 by Thienemann Verlag (Thienemann Verlag GmbH) Stuttgart–Wien

Die Geschichte von Ali Baba und den vierzig Räubern, Seiten 412, 528
Aus: *Die Erzählungen aus den tausendundein Nächten*
Übertragen von Enno Littmann
© Insel Verlag, Frankfurt am Main 1976

GOLDMAN, William: *Die Brautprinzessin,* Seiten 107, 155, 292, 315, 381
S. Morgensterns klassische Erzählung von wahrer Liebe und edlen Abenteuern. Die Ausgabe der »spannenden Teile«.
Gekürzt und überarbeitet von William Goldman.
Aus dem Amerikanischen übersetzt von Wolfgang Krege
© 1973 by William Goldman
© J. G. Cotta'sche Buchhandlung Nachfolger GmbH, gegr. 1659, Stuttgart 1977

GRAHAME, Kenneth: *Der Wind in den Weiden,* Seiten 34, 113
Aus dem Englischen von Harry Rowohlt
© 1973 Gertraud Middelhauve Verlag GmbH & Co. KG, Köln

HERTZ, Wilhelm: *Spielmannsbuch,* Seite 74
Aus: Franz Irsigler und Arnold Lassotta: *Bettler und Gaukler, Dirnen und Henker*
Deutscher Taschenbuch Verlag, 8. Auflage, München 1998 (S. 126)
© 1984 Greven Verlag Köln GmbH

IBBOTSON, Eva: *Das Geheimnis von Bahnsteig 13,* Seite 344
Aus dem Englischen von Sabine Ludwig
© Cecilie Dressler Verlag, Hamburg 1999

KÄSTNER, Erich: *Emil und die Detektive,* Seite 286
© Atrium Verlag, Zürich 1935

KIPLING, Rudyard: *Das Dschungelbuch,* Seiten 210, 518
Aus dem Englischen von Wolf Harranth
© der Übersetzung: Cecilie Dressler Verlag, Hamburg 1987

KIPLING, Rudyard: *Geschichten für den allerliebsten Liebling,* Seite 437
Aus dem Englischen von Irmela Brender
© der Übersetzung: Cecilie Dressler Verlag, Hamburg 1987

LARRABEITI, Michael de: *Die Borribles 2 – Im Labyrinth der Wendels,* Seiten 149, 228, 438
Aus dem Englischen von Joachim Kalka
© 1981 by Michael de Larrabeiti
© J. G. Cotta'sche Buchhandlung Nachfolger GmbH, gegr. 1659, Stuttgart 1984

LEWIS, C.S.: *Der König von Narnia,* (Bd. 2 »Die Chroniken von Narnia«), Seite 141
Aus dem Englischen von Lisa Tetzner
© der deutschsprachigen Ausgabe: 2002 by Verlag Carl Ueberreuter, Wien
»The Lion, The Witch and the Wardrobe«, published by HarperCollins Publishers UK
© C. S. Lewis Pte Ltd 1950
Narnia and The Chronicles of Narnia are trademarks of C. S. Lewis Pte Ltd

LINDGREN, Astrid: *Mio, mein Mio,* Seite 378
Aus dem Schwedischen von Karl Kurt Peters
© Verlag Friedrich Oetinger, Hamburg 1955 und 1996

MANGUEL, Alberto: *Eine Geschichte des Lesens,* Seite 59
© 1998 der deutschen Ausgabe by Verlag Volk und Welt, München, einem Unternehmen der Verlagsgruppe Random House GmbH

MORRISON, Toni: *Nobelpreisrede 1993,* Seite 419
© der Übersetzung aus dem Amerikanischen: Oliver Latsch 2003

PREUSSLER, Otfried: *Krabat,* Seite 397
© 1981 by Thienemann Verlag (Thienemann Verlag GmbH) Stuttgart–Wien

SENDAK, Maurice: *Wo die wilden Kerle wohnen,* Seite 563
Aus dem Amerikanischen von Claudia Schmölders
Copyright © 1967 Diogenes Verlag AG Zürich

SHAKESPEARE, William: *Der Sturm,* Seite 305
Aus dem Englischen von Frank Günther
© der Übersetzung: Hartmann & Stauffacher GmbH, Verlag für Bühne, Film, Funk und Fernsehen, Köln

SILVERSTEIN, Shel: *Where The Sidewalk Ends* (1. Strophe), Seite 273
Aus: ders., *Where the Sidewalk Ends: Poems and Drawings of Shel Silverstein*
Copyright © 1974, renewed 2002, by Evil Eye, Llc.
By permission of Edite Kroll Literary Agency Inc.
© der Übersetzung aus dem Amerikanischen: Cornelia Funke 2003

SINGER, Isaak B.: *Naftali, der Geschichtenerzähler, und sein Pferd Sus,* Seiten 25, 125; Aus: ders., *Der Geschichtenerzähler*
Aus dem Amerikanischen von Irene Rumler und Rolf Inhauser
© 1988 Carl Hanser Verlag, München – Wien

STEVENSON, Robert Louis: *Entführt oder Die Erinnerungen des David Balfour an seine Abenteuer im Jahre 1751,* Seite 445
Aus dem Englischen von Michael Walter
© der deutschsprachigen Ausgabe: 1998 Deutscher Taschenbuch Verlag, München

STEVENSON, Robert Louis: *Der seltsame Fall von Dr. Jekyll & Mr Hyde,* Seite 509
Aus dem Englischen von Harald Raykowski
© der deutschsprachigen Ausgabe: 1983 Deutscher Taschenbuch Verlag, München

STEVENSON, Robert Louis: *Die Schatzinsel,* Seiten 195, 198, 239
Aus dem Englischen von N. O. Scarpi
© der Übersetzung: Büchergilde Gutenberg, Frankfurt am Main, Wien und Zürich

TOLKIEN, J. R. R.: *Der Herr der Ringe, erster Teil: Die Gefährten,* Seite 118
Aus dem Englischen von Margaret Carroux
Gedichtübertragung von Ebba-Margareta von Freymann
© J. G. Cotta'sche Buchhandlung Nachfolger GmbH, gegr. 1659, Stuttgart 1969

TOLKIEN, J. R. R.: *Der Herr der Ringe, zweiter Teil: Die zwei Türme*, Seite 477
Aus dem Englischen von Margaret Carroux
Gedichtübertragung von Ebba-Margareta von Freymann
© J. G. Cotta'sche Buchhandlung Nachfolger GmbH, gegr. 1659, Stuttgart 1970

TOLKIEN, J. R. R.: *Der Hobbit oder Hin und Zurück*, Seite 457
Aus dem Englischen von Wolfgang Krege
© J. G. Cotta'sche Buchhandlung Nachfolger GmbH, gegr. 1659, Stuttgart 1998

TWAIN, Mark: *Die Abenteuer des Huckleberry Finn*, Seite 274
Aus dem Amerikanischen von Wolf Harranth
© der Übersetzung: Cecilie Dressler Verlag, Hamburg 1995

TWAIN, Mark: *Die Abenteuer des Tom Sawyer*, Seite 253
Aus dem Amerikanischen von Ulrich Johannsen
© der Übersetzung: Cecilie Dressler Verlag, Hamburg 1999

WALTON, Evangeline: *Die vier Zweige des Mabinogi*, Seite 449
Aus dem Amerikanischen von Jürgen Schweier
© J. G. Cotta'sche Buchhandlung Nachfolger GmbH, gegr. 1659, Stuttgart 1979

WHITE, T. H.: *Der König auf Camelot* (Band 1), Seiten 335, 361
Aus dem Englischen von Rudolf Rocholl
© J. G. Cotta'sche Buchhandlung Nachfolger GmbH, gegr. 1659, Stuttgart 1976

WHITE, T. H.: *Das Buch Merlin*, Seite 465
Das unveröffentlichte Fünfte Buch von »König auf Camelot«
Aus dem Englischen von Irmela Brender
© J. G. Cotta'sche Buchhandlung Nachfolger GmbH, gegr. 1659, Stuttgart 1998

Nicht aufgeführte Zitate waren genehmigungsfrei.
Inhalt und Reihenfolge der Angaben in diesem Verzeichnis wurden nach den Vorgaben der Lizenzgeber gestaltet.
Die Rechtschreibung der Zitate folgt den Originalausgaben.

Schon gehört?
Tintenherz als Hörspiel

Cornelia Funke
Tintenherz – Das Hörspiel
Hörspiel von Frank Gustavus
mit Musik von Jan-Peter Pflug.
Jewelcase im Schuber.
Ab 12 Jahren.
2 CDs. Laufzeit: 160 Min.
ISBN 978-3-8373-0637-8

Für alle, die von Büchern (fast) nie genug kriegen: Hier kommt Cornelia Funkes Welterfolg erstmals als Hörspiel! Von Frank Gustavus spannend inszeniert und mit der fabelhaft-atmosphärischen Musik von Jan-Peter Pflug erlebt Meggie ihr geheimnisvolles Abenteuer in einer gekürzten Fassung.

Mit: Rainer Strecker, Lars Rudolph, Peter Kaempfe, Volker Hanisch und Leonie Landa.

Oetinger ▸ audio

Weitere Informationen unter: ***www.corneliafunke.de, www.dressler-verlag.de/tintenherz*** *und* ***www.oetinger-audio.de***

Tiefgründig. Fesselnd. Brillant.
Die Tintenwelt-Trilogie

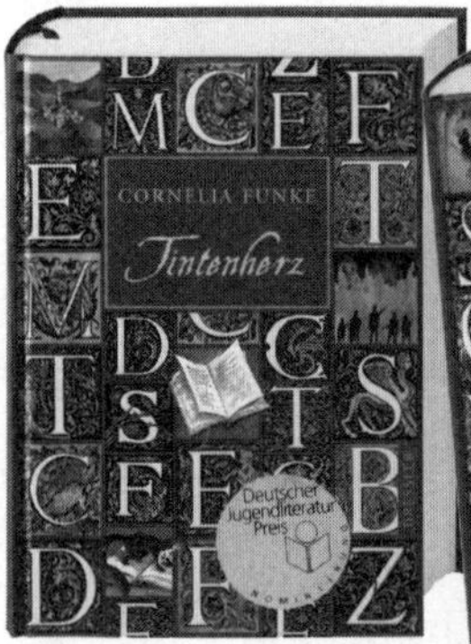

Cornelia Funke
Tintenherz
576 Seiten
ISBN 978-3-7915-0465-0

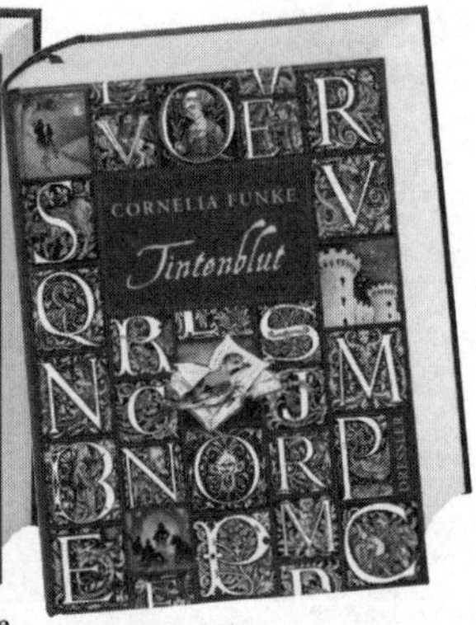

Cornelia Funke
Tintenblut
736 Seiten
ISBN 978-3-7915-0467-4

Cornelia Funke
Tintentod
768 Seiten
ISBN 978-3-7915-0476-6

Nachdem Meggie das Geheimnis hinter »Tintenherz« kennt, hält die Magie des Buches sie in Atem. Sie will ihre verschwundene Mutter finden, den Weglosen Wald sehen, den Speckfürsten und die Elfen. Und sie will Staubfinger warnen, denn der grausame Basta ist nicht weit…

»Cornelia Funke lässt den Leser süchtig nach weiteren Geschichten von Meggie und Mo, Staubfinger und dem Schwarzen Prinzen zurück.«

[Frankfurter Rundschau]

DRESSLER

Auch als E-Books erhältlich. Weitere Infos unter:
www.corneliafunke.de** und **www.dressler-verlag.de/tintenherz